# MADAME TERROR

# JAN GUILLOU

## Madame Terror

pirat
FÖRLAGET

*Till Ann-Marie*

ISBN 13: 978-91-642-0180-5
ISBN 10: 91-642-0180-5

© Jan Guillou 2006
Utgiven av Piratförlaget
Omslag: Kaj Wistbacka, illustration, Arne Öström Ateljén, form
Tryckt hos ScandBook AB, Smedjebacken 2006

"Jag är rätten, jag är rättvisan!" sade kapten Nemo. "Jag är den förtryckte, och där är förtryckaren! Allt, som jag älskat och respekterat, har jag sett gå under; fosterland, hustru, barn, min far, min mor, allt har jag sett gå under – och det är han som står bakom det! Allt som jag hatar är där; tala inte till mig!"

Jag såg en sista gång mot krigsfartyget, som stävade fram under sin ånga.

*Jules Verne – En världsomsegling under havet – 1870*

5

# Prolog

Den forsta versionen var uppenbart lögnaktig. Det borde åtminstone ha varit uppenbart, dels därför att den spreds från något som kallades "västliga diplomatiska källor", det vill säga den amerikanska CIA-stationen på USA:s ambassad i Moskva. Dels för att den påstådda förklaringen till att 118 ryska sjömän och officerare ombord på atomubåten Kursk dog var väl primitiv. Det hette att ubåten gått under därför att en äldre typ av torped laddad med väteperoxid skulle ha självantänt och därefter orsakat den fruktansvärda explosionen som sänkte Kursk. Den typen av torpeder togs ur bruk inom NATO:s enheter för mer än 50 år sedan, just på grund av deras opålitlighet.

Det kan rentav ha varit ett rått skämt från den CIA-tjänsteman på någon avdelning för politisk analys och desinformation som hittade på förklaringen. För anledningen till att just Kursk varit västvärldens högst prioriterade spionmål i Ryssland var att Kursks moderna beväpning, i all synnerhet när det gällde torpeder, var skrämmande överlägsen allt som fanns inom NATO eller andra västliga sjöstridskrafter.

Redan 1995 hade det stått klart att ryska vetenskapsmän löst ett av torpedens eviga problem som sysselsatt en betydande mängd marinmilitära forskare ända sedan vapnet uppfanns på 1800-talet.

En torped hade alltid varit en avlång bomb med en sprängladdning där fram och en propeller där bak, i princip varken mer eller mindre. Undan för undan hade man funnit metoder att mångdubbla sprängstyrkan, förbättra styrfunktionen och öka framdrivningen. Men i realiteten hade inte mycket förändrats sedan 1890-talet då torpederna gjorde 40 km/tim till 1990-talet när de kom upp i dubbla hastigheten.

Fram till 1995 vill säga, när den ryske vetenskapsmannen Anatolij Pavkin kunde presentera sin uppfinning VA-111 Schkval (Orkan), som trots sin aktningsvärda vikt på 2 ton uppnådde en hastighet som översteg 500 km/tim. Det problem som Anatolij Pavkin slutligen löst, det stora genombrottet, handlade om friktionen mot vatten. Ett metallskrov som färdas genom vatten möter allt hårdare vattenmotstånd ju mer man ökar drivkraften, därav den till synes olösliga begränsningen när det gällde torpedens fart. Vilket inte var något strategiskt problem, så länge det var lika för alla.

Men från och med 1995 var det inte längre lika för alla. Anatolij Pavkins uppfinning byggde på den helt nya idén att låta något annat än metall möta vattenmotståndet. Den nya torpeden Schkval färdades inne i en gasbubbla, och gas rör sig fortare genom vatten än metall.

Atomubåten Kursk var, när den sänktes av den amerikanska ubåten USS Memphis den 12 augusti 2000, bestyckad med den nya versionen VA-232 Schkval, som bland annat innehöll ett betydligt förbättrat styrsystem. Det var därför som de två amerikanska attackubåtarna i Los Angeles-klassen, USS Toledo och USS Memphis, hade kommenderats till den största ryska flottövningen sedan Sovjetunionens tid för att spionera på testskjutningen av detta nya fruktansvärda vapen.

Det fanns också ett politiskt skäl för den amerikanska närvaron vid flottövningen uppe i Barents hav. Man ville visa sin irritation, eller underförstått hota Kursk genom att lägga sig tydligt och hörbart alldeles bakom den ryske jätten. Det uppdraget hade USS Memphis. Den andra amerikanska ubåten USS Toledo skulle försöka ta sig ännu närmare, och långsides med Kursk, för att kunna spela in ljud och göra exakta mätningar när den ryska övningen kom till det läge där Kursk skulle avfyra en Schkval.

Om denna torped hade kommit i bruk under det kalla kriget så hade den i ett slag förändrat den sjömilitära maktbalansen i världen.

Den hade garanterat Sovjetunionen herravälde till havs, eftersom ingen hangarfartygseskader hade gått säker. Schkvals huvuduppgift är just att sänka hangarfartyg och inom NATO-styrkorna finns hittills inget känt motmedel.

Detta är den yttersta anledningen till att 118 ryska ubåtsmän och officerare dog mellan den 12 och 20 augusti år 2000. Man vet att 23 man överlevde under någon tid i det nionde vattentäta skottet i fartygets akter. De knackade SOS-signaler mot skrovet, en del av dem efterlämnade brev, som delvis blivit offentliggjorda efter noggrann rysk censur. Men de instängda ubåtsmännen i den sänkta Kursk väntade förgäves på räddningen, trots att ubåten låg enkelt till, på knappt 100 meters djup och på flat sandbotten. De dog av realpolitiska skäl.

Ett mer traditionellt maktpolitiskt skäl för USA att visa sin irritation under den pågående ryska övningen i Barents hav var att Ryssland sålt sitt nya torpedvapen till Kina. Och en grupp kinesiska amiraler var med som observatörer ombord på det ryska stabs- och flaggskeppet, robotkryssaren Peter den Store.

Kina har då och då hotat med att återta Taiwan, som har permanent skydd av en amerikansk hangarfartygseskader. Det betraktades länge som en absolut garanti för att Kina, hur mycket man än satsade på modernisering och förstärkning av sin flotta, aldrig skulle våga sig på en attack. Men torpeden Schkval i fungerande skick ombord på kinesiska ubåtar förändrade även den maktbalansen.

I värsta tänkbara scenario skulle Kina helt enkelt kunna hota USA med enorma förluster om den amerikanska flottan lade sig i ett kinesiskt återerövringsförsök av Taiwan. Kineserna skulle säga att Taiwanfrågan var en inre kinesisk angelägenhet och att man givetvis inte hade för avsikt att beskjuta några amerikanska flottstyrkor. Såvida man inte själva blev beskjutna först, varvid man skulle besvara elden.

Om detta hade de 118 besättningsmännen ombord på den ryska flottans stolthet Kursk förmodligen ingen som helst aning. Men att uppvaktas av amerikanska spionerande ubåtar under en pågående övning var säkerligen ingenting nytt för flertalet av dem. Amerikanska och sovjetiska och därefter ryska ubåtar har lekt katt och råtta i framför allt Atlanten under de senaste 50 åren. Åtminstone åtta ryska ubåtsvrak och två amerikanska är resultatet av denna ständigt pågående och ytterst allvarsamma lek.

Med tanke på förloppet vid sänkningen av Kursk så som det först blev känt, innan den nyvalde ryske presidenten Vladimir Putin slog till med full kraft mot alla läckor, bör ungefär följande ha hänt.

Ombord på Kursk upptäckte man snart att man var förföljd av en amerikansk ubåt i Los Angeles-klassen. Det var alltså USS Memphis. Men det ingick i spelet, det var meningen att USS Memphis skulle upptäckas, för att dra uppmärksamheten från den mer närgångne spionen USS Toledo.

Dock tycks den ryska besättningen ha upptäckt båda sina bevakare, för plötsligt försvann den gigantiska Kursk från alla skärmar ombord på både USS Memphis och USS Toledo.

Det måste ha upplevts som närmast svart magi i stridsledningscentralerna på de två amerikanska attackubåtarna. Deras specialitet var just att uppspåra och i händelse av krig förinta dessa ryska bjässar. Och Kursk var ett fartyg som var över 150 meter långt och 8 våningar högt, ett jättelikt föremål som borde vara omöjligt att tappa kontakt med på nära håll.

Kursk var förvisso en strategisk ubåt, i den meningen att den, precis som föregångarna i Tajfoon-klassen, skulle kunna placera en enorm kärnvapenarsenal var som helst i världshaven. Ombord på Kursk fanns 24 interkontinentala missiler med multipla stridsspetsar, en kärnvapenlast som motsvarade 960 Hiroshima.

Men Kursk var dessutom fullt kapabel att försvara sig mot insmygande amerikanska jaktubåtar, till skillnad från sina föregångare i Tajfoon-klassen. Torpeden Schkval var inte bara till för att förinta hangarfartyg.

Det är inte svårt att föreställa sig paniken i de två amerikanska ubåtarnas stridsledningar. Kursk hade försvunnit på nära håll mitt emellan dem, vilket borde vara en absolut omöjlighet.

Teorier saknas inte om orsaken. Grunt vatten, magnetism, olika vattentemperaturer i strömmar av olika vattenskikt och andra naturliga förklaringar – men värst av allt möjligheten att dessa ryska jättar, trots bullrande kärnkraftsreaktorer, kunde "försvinna" med avsikt. Problemet med bullrande kärnkraftsreaktorer var visserligen lika för alla tre. Har man en eller två egna reaktorer ombord så hör man dem i första hand när man försöker lyssna ut i den svarta tystnaden.

I efterhand skulle man möjligen kunna tycka att amerikanerna i detta läge borde ha tagit det mer försiktigt, legat stilla för att åtminstone inte orsaka en kollision.

Vi får aldrig veta hur amerikanerna tänkte. Åtminstone inte inom de närmaste 50 åren innan hemligstämpeln lyfts från deras rapporter. Men med tanke på den långa inbördes rivaliteten mellan amerikanska och ryska ubåtsmän, den långa katt- och råttaleken fiender emellan, är det lätt att anta att de två amerikanska fartygscheferna nu tog till hårt språk. Den jäveln ska inte tro att han ska kunna finta oss så lätt, se till att hitta den jäveln ASAP och liknande. De två amerikanska ubåtarna inledde häftiga manövrer för att få ny kontakt med den mysteriöst och genant försvunna Kursk.

Fartygschefen ombord på USS Toledo valde en variant av den ryska taktik som på amerikanskt ubåtsspråk kallas Crazy Ivan, han vände helt om 180 grader för att leta bakom sig i stället för föröver.

Hans kalkyl var olyckligtvis helt rätt. Kursk hade lurat sina båda förföljare genom att helt enkelt ändra djup och sakta in till nästan stillastående. Den förföljande USS Memphis hade därför seglat förbi ovanför Kursk – vi får föreställa oss nöjda men tysta ryska skratt när de insåg att tricket lyckades – och USS Toledo hade virrat iväg långt framför den Kursk man trodde sig ligga långsides med.

Men nu hade alltså USS Toledo chansat på en helomvändning och gick därmed rakt mot Kursk och på samma djup.

När kollisionsvarnarna slog till på båda fartygen var det redan för sent. Katastrofen var oundviklig.

Skillnaden i storlek mellan de två fartygen var betydande, "som en

11

bogserbåt intill en Atlantångare", som en rysk amiral förklarade. USS Toledo blev allvarligt skadad vid sammanstötningen och kunde senare med yttersta svårighet linka hem på låg fart och med assistans från den amerikanska flottan när hon väl var ute i säkerhet på internationellt vatten. Fast man hade lämnat en nödboj efter sig; förmodligen hade den utlösts automatiskt vid kollisionen.

Det väldiga braket när de två ubåtarna stötte samman gjorde naturligtvis att besättningen ombord på den andra amerikanska ubåten USS Memphis fick en exakt position på Kursk, som dessutom hade ökat farten och därmed släppt tydliga ljudspår efter sig.

Hur fartygschefen på USS Memphis nu reagerade, och agerade, i det följande har möjligtvis avhandlats i en hemlig amerikansk krigsrätt. Enda kända faktum är att han avfyrade en torped av typ Mark 48 rakt in i skrovet på Kursk. Rimligtvis måste han ha haft något rationellt skäl och den vanligaste teorin, för att inte säga den enda, är att han hörde – eller trodde sig höra – hur Kursk öppnade en torpedlucka för just Schkval och, i så fall, gjorde sig beredd att skjuta för att döda.

Därför, såvitt vi kan förstå bara därför, lät den amerikanska fartygschefen avfyra sin torped. Logiken är amerikanskt enkel. Han drog först, jag sköt snabbast.

Effekten på Kursk var till en början kusligt omärklig. Kursk ökade farten som för att ta sig från platsen. Men efter två minuter och femton sekunder exploderade en stor del av vapenlasten i Kursks främre torpedrum och fartyget sjönk, med våldsamma inre bränder, som en sten till botten.

USS Memphis avvek långsamt från platsen och gick till sådant djup att man kunde sända kodade signaler till hemmabasen. Vilka order man fick är okänt.

Däremot är det väl känt att USS Memphis därefter gick mycket långsamt och synligt runt Norges kust till Bergen, man avverkade en resa som normalt skulle ha tagit två dagar på sju dagar. Manövern påminner om vissa fåglar som spelar skadade för att leda uppmärksamheten bort från de sårbara ungarna. I det här fallet den allvarligt skadade USS Toledo.

Det nya Rysslands största marina katastrof någonsin var ett faktum. Detta var Rysslands 11 september. Men det fanns fortfarande goda möjligheter att rädda de 23 överlevande ryska ubåtsmännen. Ubåten låg enkelt till på relativt grunt vatten och vädret var inte särskilt besvärligt. Ingen nation i världen som har sin flotta utrustad med ubåtar skulle sakna resurser för denna enkla räddningsoperation.

Men ändå fick de 23 överlevande dö, långsam kvävning på grund av tilltagande syrebrist eller drunkning på grund av sakta inträngande vatten och stigande tryck. Det kan ha tagit mellan två och tio dagar.

Beslutet om deras nödvändiga död förhandlades fram av två män i bästa samförstånd, den avgående amerikanske presidenten Bill Clinton och Rysslands nyvalde president Putin.

Vladimir V. Putin var mer eller mindre krönt av sin gudfader Boris Jeltsin. Familjen Jeltsin var nu Rysslands rikaste efter några synnerligen lukrativa år som ledare för ett land som medelst chockterapi och andra omskrivningar skulle överföra alla statliga tillgångar till privata händer för att bli riktig, och av Världsbanken godkänd, demokrati. En betydande andel av dessa privata händer som skulle garantera demokratin tillhörde familjen Jeltsin. "Det visste alla" i Ryssland. Följaktligen "visste alla" med samma säkerhet att den unge före detta KGB-officeren Putin bara var knähund åt gudfader Jeltsin.

President Putin befann sig på semester i Sotji vid Svarta havet. Och där blev han kvar förvånansvärt länge, kan tyckas.

Men redan på andra dagen efter den amerikanska torpederingen av Kursk fick han besök av sin försvarsminister, marskalk Igor Sergejev, som gav honom dels en fullständig rapport om vad man dittills visste om förloppet när USS Memphis sänkte Kursk. Och dels rådet att inte störta iväg till Moskva, eftersom amerikanerna skulle kunna tolka det som ett tecken på krig. De hade ju skjutit först.

En sak är klar i detta läge. Den oerfarne statsmannen, en man som tillbringat hela sin karriär i det slutna och ytterst disciplinerade KGB,

13

drabbades på intet sätt av panik. I stället lyfte han telefonluren och ringde den amerikanske presidenten.

Mindre än 24 timmar senare landade George Tenet, den dåvarande chefen för CIA, i Moskva. Exakt vem han förde förhandlingar med är inte känt – Putin dröjde sig fortfarande kvar i Sotji – men resultatet är känt. En rysk skuld på ett okänt antal miljarder dollar avskrevs. Och Ryssland fick ett nytt lån på 10,2 miljarder dollar, till förvånansvärt förmånliga villkor.

En förutsättning för affären var självklart att inga överlevande skulle dyka upp från Kursk och berätta vad som hänt.

Den vid den här tiden halvfria ryska pressen kokade av historier som byggde på vad olika amiraler sagt i intervjuer – deras version var entydigt att Kursk hade sänkts av den amerikanska ubåten USS Memphis. Och Putin fick genomlida förfärliga möten med anhöriga till de döda ubåtsmännen när han – efter att alla överenskommelser med USA var klara och alla ryska ubåtsmän ombord på Kursk var garanterat döda – reste upp till Murmansk för att konfronteras med vildsint sörjande och anklagande släktingar till de stupade sjömännen.

Efter dessa erfarenheter drog Putin en del mycket konkreta slutsatser. En var att tysta pressen en gång för alla, att sända iväg alla nya mediebaroner i landsflykt till exempel. En annan slutsats var att det var dags att återgå till klassisk sovjetisk strategi, att bygga makten ömsom på krigsmakten och ömsom på det omorganiserade KGB.

Han lät sparka alla amiraler som sagt eller ens antytt att Kursk hade torpederats av amerikanerna, liksom sin vice premiärminister som sagt samma sak. Därefter beordrade han sin riksåklagare att "utreda" fram ett par tusen sidor med önskvärda slutsatser. Den officiella ryska versionen blev att en torped av äldre typ hade självantänt i Kursks torpedrum och att det var enda orsak till haveriet.

Den CIA-tjänsteman på amerikanska ambassaden som varit först med att hitta på den, närmast cyniskt skämtsamma, förklaringen måtte ha känt sig något underlig när hans skämt upphöjdes till gällande rysk version.

Men den nye presidenten Putin drog också mer långtgående slutsatser. En var att bygga upp det nya Rysslands styrka med militär makt som grund. Och då skulle man inte som förr i världen satsa på kvantitet. Exempelvis enorma mängder stridsvagnar som skulle kunna välla in i Västeuropa för att till slut, som det heter på militärt språk, mätta fiendens resurser. Tvärtom. Den överlägsna teknologi som redan hade funnits i Kursk skulle vidareutvecklas. Lönerna i flottan höjdes med 20 procent och alla innestående löner betalades ut. Och de anhöriga till besättningen på Kursk fick mellan 25 och 30 000 dollar i skadestånd, en ofantlig summa i Ryssland.

Ytterligare en slutsats var att Ryssland skulle kunna utmana det amerikanska herraväldet över haven. Inte med direkt konfrontation, naturligtvis inte det. Men däremot genom att – dessutom för god betalning – exportera rysk militär teknologi till USA:s fiender.

Familjen Jeltsin neutraliserade han snabbt – redan den omständigheten att hela det gamla KGB-gardet i det nybildade FSB (en rysk översättning av FBI) avgudade sin förre kollega gjorde att pensionären Jeltsin fick nöja sig med de dollarmiljarder han redan stulit och närmast vara tacksam mot sin "pudel" att han fick behålla frihet, liv och lem.

Om Putins popularitetssiffror varit i botten efter det som många ryssar med fog uppfattat som ett svek mot besättningen på Kursk så fann han snabbt botemedel. Framför allt ökad statlig kontroll över televisionen. Under presidentvalskampanjen 2004 uppträdde han i rockvideor med populära stjärnor, visade sina konster på judomattan och bilder på sig själv talande i telefon med den nye, lätt korkade och harmlöse amerikanske presidenten George W Bush och fick 71,2 procent av rösterna. Sedan dess håller han Ryssland i ett järngrepp.

\* \* \*

Påhittet om den ålderdomliga självexploderande torpeden blev den internationellt gällande versionen av det som i själva verket varit Rysslands 11 september. Den versionen passade för övrigt väl in på föreställningar om Ryssland som allmänt sönderfallande och i synnerhet med en sönderfallande krigsmakt.

Men i det internationella brödraskapet *sub rosae*, under rosen, det vill säga bland all världens underrättelsetjänster, blev den verkliga historien om Kursk väl känd i stort sett redan månaderna efter katastrofen i Barents hav i augusti år 2000.

För underrättelsefolket var vissa slutsatser uppenbara. Ryssland hade en väldig militärteknologisk potential. Och när det gällde ubåtsteknologi var Ryssland uppenbart på väg mot ett betydande försprång.

Det som man några år tidigare hade betraktat som slump eller bara tur, att en rysk ubåt i den jättelika Anteus-klassen, möjligen självaste Kursk, hade lyckats smyga in i Medelhavet genom den strikt övervakade passagen i Gibraltar sund, var kanske inte alls tur. Ryssarna kanske verkligen var överlägsna USA när det gällde ubåtsteknologi. Det var det nya.

Visserligen hade sovjetiskt flyg och viss sovjetisk marinteknologi, liksom rymdteknologin, ofta kunnat mäta sig med, och ibland till och med överträffa, den västerländska konkurrensen. Men Sovjetunionen hade alltid bromsats av att man planerade det andra världskriget en gång till, det vill säga överväldigande kraft på grund av kvantitet. Som att kunna sända 100 000 stridsvagnar mot Berlin.

Men om det nya Ryssland övergett den kostnadskrävande, och dessutom hopplösa, mängdstrategin för att i stället satsa på sin mest avancerade vetenskap så uppstod ett helt nytt läge. Därav följde också slutsatsen att rysk ubåtsteknologi varit underskattad. Till och med ett jättefartyg som Kursk hade, till sin egen olycka, kunnat kollra bort två amerikanska attackubåtar. Till den grad dessutom att en amerikansk fartygschef vars namn vi inte känner, kaptenen ombord på USS Memphis, fullkomligt tappade nerverna och gjorde det som varit nära men som ingen gjort under hela det kalla kriget. Han hade tryckt av.

Men om nu ryssarna tänkte sig att dessutom intensifiera sin försäljning av denna teknologi så skulle vinsten, förutom pengarna, bestå i att man underminerade det amerikanska herraväldet över världshaven. Den amerikanska flottans beteckning på VA-232 Schkval var i sin brutala enkelhet mycket talande: "hangarfartygsmördaren".

Den ryska årsbudgeten för hela ubåtsflottan var vid tiden för Kursks torpedering mindre än 70 miljoner dollar. Det var en tänkvärd siffra på många sätt.

Kring denna problematik skrevs tiotusentals sidor analys i all världens kända underrättelsetjänster, från MI 6 och CIA i väst till ISI i Pakistan.

Men störst intresse, och mest konkreta och innovativa idéer, uppstod hos en av världens minst kända underrättelseorganisationer. Fast den i vissa avseenden är lika effektiv som sin mer omsusade huvudfiende, den israeliska underrättelsetjänsten Mossad. En effektivitet som bland annat beror på de stora likheterna med just Mossad.

# I

Det var en svaghet. Men hon hade ingen respekt för engelsmän. Åtminstone inte engelsmän i offentlig tjänst, *civil servants* som de kallade sig med i och för sig typisk engelsk underdrift. För *servants*, tjänstefolk, var ju det sista som sådana figurer uppfattade sig som. Om de såg sig ha någon huvuduppgift i sin tjänsteutövning så var det snarare att ständigt föra den brittiska allmänheten bakom ljuset än att tjäna den.

Fast det var förstås fullt möjligt att hon just i det avseendet, när det gällde att bedra skattebetalarna, umgicks med en mycket speciell krets av engelsmän, eller om man skulle vara mer noga, brittiska tjänstemän.

Eller så hade det att göra med att hon var kvinna och att dessa välskräddade, välmodulerade snobbar ständigt gav henne intryck av att ha vissa svårigheter att förhålla sig till henne just för att hon var kvinna. Hon hade ibland haft svårt att värja sig från i sammanhanget lika distraherande som opassande fantasier när hon träffade dessa män. Mitt under en föredragning från en sådan där välskräddad typ kunde hon drabbas av föreställningar om apelsiner i munnen och strypkoppel med ungefär samma sorts blanka nitar som hårdrockarna dekorerade sig med från New York till Beirut. I samma vecka som hon kom till London hade ännu någon minister, eller om det var en partihöjdare, tvingats avgå därför att News of the World avslöjat att den gode familjefadern brukade gå på homobordell som tillhandahöll säregna hjälpmedel.

Tur för honom att hans karriärs hädanfärd hade dränkts i en mycket större händelse som fick till och med Londonpressen att tillfälligt släppa sin sexfixering. London hade drabbats av sitt 11 september. Tre självmordsbombare hade slagit till mot tunnelbanesystemet och en buss, 52 döda.

Attacken hade varit väntad och förlusterna bland allmänheten i London hade blivit jämförelsevis måttliga. Men det var inte själva förlusterna som låg till grund för den skräck och terrorhets som nu svepte genom de brittiska medierna och samhället, utan det faktum att terroristerna hade varit inhemska. Det första anfallet mot London hade alltså inte utförts av några saudiarabiska fanatiker i Usama bin Ladins gangstergäng, sådana fiender som motsvarade alla förväntningar, utan av brittiska och rentav rätt välartade ungdomar. Ur hennes perspektiv var det vad man kunde förvänta sig, närmast en självklarhet. Men hon gissade att just detta förmenta mysterium skulle bli ett av huvudämnena för de två närmaste av dagens sammanträden.

Hon hade föredragit att promenera i stället för att beställa någon transport från sina brittiska värdar. Det var inte så långt från hennes hotell uppe vid St. James's Place och ner över Themsen på Vauxhall Bridge och vädret var måttligt kallt för att vara London i juli månad.

Hon stannade till ute på bron och betraktade byggnaden som såg ut som en stor arabisk bröllopstårta i grönt och gulvitt. Mitt i tårtan, både på höjden och bredden, låg raden av särskilt stora sammanträdesrum med höga fönster där det internationella mötet skulle hållas. Två våningar rakt ovanför fanns en liten rund utbuktning som var chefernas tillhåll. Där hon stannat på bron skulle hon utan vidare ha kunnat träffa båda målen med RPG, ett granatgevär, laddat om och skjutit igen, kastat utrustningen över broräcket, sprungit tillbaks samma väg hon kommit och haft ungefär 50 procents chans att komma undan.

Världen var full av terrormål.

Världen var dessutom full av mål som vore betydligt bättre än det som missanpassade ungdomar i Mellanöstern och från och med nu Västeuropa vanligtvis valde. Men västvärlden och framför allt dessa västvärldens experter som hon snart skulle träffa i överväldigande mängd, där uppe i sammanträdessalarna som var ett så lätt mål, hade en enastående förmåga att överdriva fiendens farlighet. Om det berodde mest på bristande underrättelsetjänst, naivitet eller vilja att framhäva sin egen betydelse eller vikten av nya anslag var omöjligt att säga.

Hon öppnade sin handväska och kontrollerade för sista gången läppstift och ögonskugga i en guldinfattad spegel, sedan svepte hon den ljusa italienska kappan tätare omkring sig och gick fort den sista biten över bron, rundade huset och var framme vid tjänsteingången. Den vägen var hon tydligen ensam om att välja bland dagens gäster eftersom där inte fanns någon kö. En skylt meddelade att man inte fick ta med sig cyklar in och bakom pansarglasen satt ännu en av dessa pensionerade överfurirer från H M Drottningens hästgarde, eller vad han nu kom från, och han piggnade förstås omedelbart till av att se något så misstänkt som en mörkhårig och sannolikt utländsk kvinna och röt åt henne att identifiera sig.

Utan ett ord lade hon upp sitt välförfalskade brittiska pass och inbjudan från högste chefen. Överfuriren drog sig tankfullt i mustaschen medan han betraktade hennes dokument.

"Brigadgeneral al Husseini, stämmer det!" röt han.

"Ja sir, det stämmer", svarade hon överdrivet lågt och med skrämt nedslagen blick, ett skämt hon var barnsligt förtjust i.

"Ett ögonblick madame, förlåt jag menar brigadgeneral, måste kolla. Rutin som ni vet", sade överfuriren och grep efter telefonluren.

Tre minuter senare kom två kritstrecksrandiga figurer andfått ner och hämtade upp henne till sammanträdesvåningen.

Första dagens långdragna sessioner gjorde henne på intet sätt besviken. Det blev nämligen precis vad hon väntat sig, en sorts religiösa möten snarare än arbetsmöten. Bortsett från klädsel, språk och en del särskilda ritualer var det ungefär som att träffa Hamas eller Hizbollah. Eller kanske snarare en parodi på FN, en internationell kongress samlad för att rådbråka ämnet "det fruktansvärda terroristhotet som påkallar vårt dagliga och obrottsligt lojala samarbete". De mest underliga delegater framförde synpunkter i ämnet, som exempelvis ryssar och vitryssar vars förhållande till terrorismen sakligt sett bestod i att de så energiskt utövade den. Eller svenskar, ester, finnar, norrmän och letter som snarare verkade mer glada över att släppas in på ett prestigefyllt internationellt möte än angelägna att säga något annat än det som redan sagts i hälsningsanförandet. Detta var diplomati och inte konkret underrättelsearbete.

Här gällde det bara att visa sin närvaro med en liten flagga och det var mycket riktigt enda anledningen till att hon var där. Hon satt bakom en palestinsk flagga och bara tre meter från israelerna från Mossad. Det var själva uppdraget och hon fann ingen anledning att yttra sig i den pågående ritualen. Mötet var bara ett av många utslag av den internationella nyordning som införts efter 9/11 och nu förstärkts ytterligare av attacken mot London i förra veckan.

Hon satt av de långa seanserna utan att somna och utan att grimasera eller skratta på fel ställe. Vid lunchen hamnade hon bredvid en ryss som på någon sorts knagglig engelska försökte övertyga henne om att Usama bin Ladin låg bakom allt besvär i Tjetjenien. Hon avstod mycket medvetet från att hjälpa honom till rätta genom att byta till ryska.

\* \* \*

Sir Evan Hunt var ingen nöjd chef. Hans karriär i det offentliga livet hade gått utomordentligt ända fram till nu och han hade blivit adlad helt enligt sin kära hustrus planer. Men i stället för att bli chef för hela utrikesunderrättelsetjänsten MI 6, vilket ingått i karriärplanen på senare år, hade han blivit sparkad snett uppåt till biträdande chef och ansvarig för det internationella samarbetet. Man hade försökt intala honom att detta jobb, med tanke på betydelsen av internationellt samarbete i en förändrad värld efter 9/11, nog i själva verket var det allra viktigaste arbetet på nutidens MI 6. Det kalla kriget var över och

21

därmed det mesta av den traditionsrika sporten att rekrytera agenter i Östeuropa och allt det där fina gamla *cloak and dagger* som varit den huvudsakliga inriktningen för MI 6. Modern underrättelsetjänst förlitade sig mycket mer på teknik, för mycket enligt Sir Evan, än på mänskliga källor. Och dessutom var den nya fienden globaliserad, vilket krävde ett utbyggt internationellt samarbete bla bla bla och det pågående kriget var asymmetriskt, bla bla bla – alla dessa ord! – eftersom hangarfartygseskadrar inte kan hindra ett gäng religiösa fanatiker att klättra upp på Big Ben och spränga sig själva.

Sir Evan var konservativ i sina analyser och betraktade exempelvis kampen om världens råvaruresurser, *good old imperialism*, som betydligt viktigare än hela den grasserande skrämselkampanjen om terrorism. Det var visserligen en analys som byggde på 30 års karriär inom det brittiska underrättelseväsendet men knappast imponerade på politiska beslutsfattare som hellre lyssnade på tabloidpress.

Men det vore Sir Evan främmande att öppet visa sitt missnöje med de felsatsningar som den gamla familjen av västvärldens underrättelsetjänster numera sysslade med sedan den olycksalige, åtminstone den föga briljante, George W Bush proklamerat Kriget mot Terrorismen. Lika lite föll det Sir Evan in att ynka sig över tvärstoppet i hans egen offentliga karriär. Dök rätt tillfälle upp skulle han stiga ytterligare i graderna. Men då var det väsentligt att han aldrig, vare sig förr eller senare, gjort sig känd som någon gnällspik.

Följaktligen tog han emot sin biträdande sambandsofficer Lewis MacGregor på bästa humör, rentav entusiastiskt. Han ansåg på erfarenhetsmässigt goda grunder att han borde briefa den unge MacGregor ingående före mötet med den palestinska motparten Mouna al Husseini. Annars fanns en betydande risk att MacGregor skulle titta för djupt i hennes mörka ögon och fullständigt missförstå med vem han hade att göra.

"Först av allt vill jag att du ska ha en sak jädrans klart för dej, unge man", inledde Sir Evan. "Den du har att göra med är inte ett vackert fruntimmer, ja det vill säga inte enbart, fastän hon kanske inte riktigt är i din ålder. Hursomhelst, hon är alltså en fullfjädrad mördare. Är det klart?"

"Ja sir, fullkomligt", svarade MacGregor.

"Jag har hennes fajl här, du kan titta på den sen fast jag är rädd att den är något ofullständig. Men vad som torde framgå redan vid första ögonkastet är att vi har att göra med en utomordentligt allmänbildad långvägare. Hon dödade sina första israeler vid åtta års ålder, kastade handgranater i Gaza ... plockades upp av självaste Muhammed Odeh, mer känd under sitt alias Abu Daod, mannen bakom attacken på München 1972, den palestinska underrättelsetjänstens militäre fader om man vill uttrycka saken finkänsligt. Har arbetat nära Ali Hassan Salameh, han som grundade styrka 17 och var CIA:s förbindelseofficer hos palestinierna ... ja, och så där rullar det på. Utbildad vid American University of Beirut ... tro inte att du kan platta till henne med ditt språkövertag. Och sen mord på ... det är kanske mindre intressant ... utbildad i Pyongyang tre år på en rysk spionskola. Hon kan alltså allt det klassiska. Men det viktigaste skulle jag nog säga ... betänk noga följande. Hon har inte jobbat på fältet på länge, småmordens tid är så att säga förbi för hennes del. Men hon har under det senaste decenniet undan för undan stigit i graderna inom PLO:s politiska underrättelsetjänst. Trots att hon är uppenbart fruntimmer. Jag menar, om vi nu inom MI 6 ibland beskylls för att hålla tillbaka begåvade kvinnor därför att vi är en sådan ... ja, du vet, organisation ... Men den kvinna som blir biträdande chef och ansvarig för alla internationella förbindelser inom en arabisk spionorganisation är ingen dununge. Rätt?"

"Fullkomligt rätt sir, jag kan verkligen bara hålla med om er analys, sir", svarade den eftertryckligt tillplattade MacGregor. Dels hade han fått svälja att bli tilltalad som ett barn eller mindre vetande – han hade lagt ner avsevärda ansträngningar på att läsa in sig på Mouna al Husseini – och dels hade han undervisats i den nya vetenskapen att kvinnor kan. Något som de äldre killarna på bolaget, sådana som Sir Evan, ibland sade men inte trodde på.

23

Men trots att MacGregor var väl förberedd blev han märkligt tagen av sina första intryck när hon kom in på hans kontor. I hennes fajl hade det förstås funnits ett och annat kornigt svartvitt foto taget med teleobjektiv på 80-talet, bilder som föreställde en kvinnlig soldat i *koffeiya* och bylsig uniform som givetvis var sydd för en man. Men den medelålders kvinna som steg in i hans rum, han hade låtit underordnade gå ner för att möta henne för att åtminstone nödtorftigt upprätthålla övertaget som brittisk värd, kunde ha varit vilken som helst spansk eller italiensk överklassdam. Men sannerligen inte yrkesmördare och än mindre kollega, och därtill med råge överordnad om man såg till gradbeteckningen. Lewis MacGregor var kapten i flottans reserv.

Mouna var helt oförberedd på mötet med den unge MacGregor, hon hade snarare väntat sig någon av de gamla stötarna som såg ut och förde sig som och dessutom lät som en kabinettssekreterare på Utrikesministeriet. Hon drog genast slutsatsen att man hade skickat på henne någon sorts *trainee* eftersom man inte betraktade det nya samarbetet med palestinierna som särskilt viktigt utan snarare symboliskt. Det passade henne desto bättre. Den här gången hade hon inte kommit till London för att bygga diplomatiska relationer med de brittiska spionorganisationerna utan för att bedra dem.

Hon betraktade honom noga medan han jäktade igenom sina artigheter i tur och brittisk ordning; hon bad om mjölk i teet, "men var snäll att servera mjölken först", av någon anledning var det ju ordningen för brittisk stil och klass. Han såg snäll och hygglig ut, rödhårig och lika parodiskt skotsk i utseendet som i sin brytning, eller om man snarare skulle kalla det dialekt.

"Madame brigadgeneral", inledde han nervöst när de satt där och rörde i sina tekoppar. "Jag har dragit slutsatsen att vi faktiskt bara har två punkter på vår dagordning. Den ena hur Hennes Majestäts Hemliga Tjänst skall kunna bistå PLO med att förebygga planerad terror i Mellanöstern. Och den andra, således, hur PLO skall kunna bidra med underrättelser om terroraktiviteter på framför allt brittiskt territorium. Är vi överens så långt, brigadgeneral?"

"Ja absolut", svarade hon med ett alldeles uppriktigt leende. Det här skulle bli mycket lättare än hon hade väntat sig.

Hans svårighet var ju att han måste låtsas att det fanns något ömsesidigt i deras samarbete, att britterna på något sätt skulle kunna bidra med informationer från hennes hemmaplan i utbyte mot kunskap om det som de just nu satte högst av allt, risken för förnyad terror i själva Storbritannien, särskilt i London.

Hon avstod från att ironisera över det genomskinliga i förslaget och förklarade i stället långsamt och med utstuderat enkelt ordval – enligt hennes erfarenhet ansåg män att kvinnor som talade långsamt var mer seriösa – att terroraktioner i London, utförda av palestinier eller pakistanier eller andra generationens invandrare eller vilka som helst personer som kunde beskrivas som "muslimer", var ett av den palestinska frihetsrörelsens största problem. Den fria palestinska staten i Gaza och på resterna av den västra Jordanstranden, det vill säga de delar som ännu inte koloniserats av israelerna, kunde inte uppstå utan kraftfullt internationellt stöd. Framför allt från USA och EU. Varje terrordåd, egentligen varhelst i världen det inträffade, till och med på badstränder i Indonesien bland australiensiska hippies, men naturligtvis ännu värre i London, försvagade det diplomatiska stödet till palestinierna. Följaktligen fanns ett mycket starkt egenintresse för PLO att förhindra nya terrordåd i London. Detta var faktiskt den palestinska underrättelsetjänstens just nu högst prioriterade ärende, bredde hon på, nära att tappa masken mitt i dagens fräckaste lögn.

Han köpte den genast och såg rentav lättad ut. Han hade förmodligen väntat sig den vanliga prestigekampen från någon av tredje världens alla förhandlare som mer för principers än för verklighetens skull propsade på jämlikhet i relationerna. Nu hade han sluppit alla sådana pinsamheter.

"Well, kapten MacGregor, så har vi kommit en bit på väg", suckade hon lättad och för ögonblicket fullkomligt uppriktig. "Har ni något emot att vi klargör en del, ska vi säga, byråkratiska problem?"

Hon såg avspänd ut, det var omöjligt för MacGregor att avgöra om hon var överraskad över deras snabba framsteg.

"Naturligtvis inte, madame brigadgeneral", svarade han snabbt.

"Är det något särskilt ni tänker på i det avseendet?"

"Ja, det är det. Ni och jag utgör själva förbindelselänken, från och med idag om jag förstått saken rätt, mellan Den Palestinska Befrielseorganisationen, PLO, och Hennes Majestäts Hemliga Tjänst, eller hur?"

Hon hade uttalat de formella orden för båda deras organisationer med betoning på varje stavelse och tydlig ironi, som han utan tvekan tycktes road av.

"Helt rätt, madame", sade han. "Ni är Presidentens man och jag är Drottningens man. Utan tvekan. Men vari består problemet?"

Hon spelade bekymrad, vilket inte var så svårt. Det fanns ju en tydlig svaghet att peka på. MacGregor arbetade för den del av Hennes Majestäts Hemliga Tjänst som hade beteckningen MI 6 och enbart sysslade med utrikesfrågor. Men de eventuella kunskaper PLO kunde få fram som rörde problem eller rörelser på den brittiska scenen angick snarast den inrikes säkerhetsorganisationen MI 5.

Så var det förvisso och det kanske inte var ett helt lysande arrangemang ur ren praktisk synvinkel. Men å andra sidan fanns lagar och bestämmelser som man dessvärre inte kunde göra mycket åt.

Jo, i kritiska situationer kunde det bli en fatal tidsfördröjning innan informationen processades från kontoren på MI 6 till MI 5 ute på det brittiska fältet så att säga. Men det var dessvärre en nackdel, byråkratisk eller ej, jo föralldel ganska byråkratisk, som man måste leva med. Lagar och reglementen, så var det bara.

Hon såg ogillande ut och han tröstade henne med att han ju ändå skulle få glädjen att assistera henne under morgondagen när hon skulle avlägga artighetsvisit på säkerhetstjänsten MI 5:s terroristsektion.

"Mycket bra. Låt oss då tala lite om morgondagens möte", sade hon.

"Utmärkt gärna, madame. Har ni några särskilda önskemål?"

"Ja, det har jag. Det är mitt första och kanske enda möte med MI 5 och jag vore väldigt tacksam om ni ringde dom och förklarade att jag skulle vilja framföra PLO:s analys av våra gemensamma problem under tjugo minuter utan att bli avbruten, jag menar tjugo, inte tjugoen eller nitton. Vem eller vilka inom personalen som cheferna på terroristsektionen tycker ska höra på lägger jag mej inte i. Hundra personer eller två gör ingen skillnad. Men jag vill ha mina tjugo minuter. Jag förutsätter att ni kommer att köra mej till mötet, som min förbindelseofficer så att säga?"

"Det ska bli mej ett sant nöje", svarade MacGregor fort innan han insåg att han gått på ett av världens äldsta övertalningstrick. Hon hade kommit med ett orimligt krav först och så hade hon hängt på en liten fråga som han måste svara ja på. Och nu hade hon rest sig och han blev genast infångad i gentlemannens ofrånkomliga plikt att hjälpa henne på med den eleganta kappan. Eftersom hon sträckt fram handen till avsked.

"Men madame, jag är inte helt säker ...", försökte han.

"Jag förutsätter att ni hämtar upp mej klockan 0815", fortsatte hon obesvärat medan hon trasslade lite med kappans vida ärmar. "Jag bor på Duke's Hotel vid St. James's Place, lite knepigt att hitta men det tror jag ni klarar. Det var verkligen angenämt ..."

"Förlåt en sista fråga bara!" försökte han samtidigt som han måste börja arrangera hennes sorti från en av Storbritanniens mest säkerhetsskyddade byggnader.

"Javisst, gärna!" log hon.

"Om vi nu skulle kunna ordna dom här tjugo minuternas presentation som ni föreslog, vad skulle ni då tala om?"

"Åh, bara det allra viktigaste", sade hon. "Om två saker. Vilka fiender ni ägnar er åt som ändå är ofarliga. Och vilka verkligt farliga fiender ni är på väg att skapa. Med ni menar jag Storbritannien. Vi ses i morgon!"

Han satt kvar en stund som förlamad bakom sitt skrivbord. Det var som om han behövde andas ut. Det var naturligtvis alldeles sant, nu dessutom bevisat, att den här kvinnan inte var någon dununge, precis som Sir Evan hade påpekat. Man måste nog dra slutsatsen att hon varit med förr, tänkte han och blev samtidigt full i skratt inför sin inte helt skarpsinniga slutsats. Den borde ha varit inte bara dagens, utan säkert månadens underdrift.

Fast nu fick han skylla sig själv, in i skiten och jobba bara. Hans föga avundsvärda uppgift bestod i att ringa till sina ibland groteskt fientliga kolleger på MI 5 och försöka föreskriva en dagordning för morgondagens presentation. Det skulle inte bli lätt.

Mouna al Husseini var till skillnad från sin kollega Lewis MacGregor på mycket gott humör när hon kom ut från den fula tårtliknande byggnaden. Gamla pistagenötter som tappat fräschören blandat med *hoummos*, kikärtsröra, tänkte hon. Det var de färgerna jag letade efter. Märklig tårta, det där.

Hon hade kommit halvvägs. Återstod bara att under morgondagen få MI 5 själva att svälja betet. Och därmed skulle den stora operationen, den största någonsin, ha kommit några steg närmare verkligheten.

Först tog hon en taxi till sitt hotell och klädde om till jeans och en svart läderkappa från något spanskt modehus hon hade glömt namnet på och så släntrade hon ut på stan. Från Duke's Hotel var det bara något stenkast uppför St. James's Street till Piccadilly. Klockan var fem och alla gångtrafikanter tycktes försöka springa omkull henne. Det fanns ingenting rasistiskt eller något underklass-överklass i det beteendet, hon blev knuffad av pakistanier lika ofta som av män i kubb och randiga byxor. Det var bara så det hade blivit i London. Det påminde om Tokyo, men London, åtminstone det London hon känt i sin ungdom, hade inte varit så här.

Den andra nyheten för den som rörde sig till fots i London var alla de mer eller mindre osynliga övervakningskamerorna. Om nu den där lite konciliant diplomatliknande unge kollegan MacGregor, eller än värre någon av hans motståndare eller kolleger eller motståndarkolleger eller hur man nu skulle se på de trassliga motsättningarna inom brittisk underrättelsetjänst, hade följt henne i bild från det ögonblick hon lämnat sitt hotell hade de henne fortfarande i bild på någon sambandscentral. Det skulle inte som förr i världen vara lätt att göra sig av med övervakningen ens genom att gå ner i tunnelbanan. Också där nere fungerade systemet.

Hade hon varit i London för att döda någon hade det varit besvärligt. Men den tiden var förbi. Nu var hennes uppdrag betydligt större än så.

Hon gick in på en asiatisk snabbmatsrestaurang och åt en obestämd fiskrätt innan hon fortsatte ner i tunnelbanan vid Piccadilly Circus och tog Piccadilly Line ut till Finsbury Park. Det tog lite drygt tjugo minuter.

Hon valde fel uppgång som det visade sig och fick fråga sig fram för att hitta moskén. Byggnaden var relativt ny, hon gissade på 1970-tal, i rött tegel med gröna fönsterbågar, märkligt likt färgen på MI 6:s tårthus, och en vit minaret som tryckte sig intill en av tegelväggarna som en skorsten. Det var inte särskilt vackert och dessutom var den från början vita kupolen med halvmånen nersmutsad av Londons giftiga luft. Moskén verkade stängd och ovanför den tillbommade grinden hängde en övervakningskamera avsedd att synas.

Hon gick runt på baksidan och hittade en bänk där hon satte sig. Snett mitt emot henne låg ett hyreshus i samma röda tegel som moskén och med spröjsade fönster och vita fönsterramar. Där uppe någonstans hade killarna från MI 5 antagligen hyrt in sig hos någon patriotisk medborgare för att kunna upprätthålla sin övervakning 24 timmar om dygnet. Idiotiska kostnader, särskilt med västerländska regler för övertid.

Komiskt nog, eller åtminstone mycket engelskt, hade den myndighet som beslutat om moskéns stängning varit *The Charity Commission*. Polisen hade inte gärna kunnat stänga en moské, än mindre MI 5 (där beslutet säkert fattats i realiteten) eller något annat regeringsorgan. Men *Välgörenhetskommissionen* hade alltså fått ett kultiverat samtal där

29

höga vederbörandes önskemål framförts. Välgörenhetskommissionen hade därefter, i god demokratisk ordning och bästa engelska anda, noga analyserat problemet och kommit fram till att moskén i Finsbury Park hade personer inom sin krets som bedrev välgörenhet med inriktning och syfte som stred mot en eller annan regel från 1800-talets viktorianska England grundad på "anständighet" eller "gott kristligt syfte".

Och allt detta besvär, all denna byråkratiskt finurliga tankemöda, hade de brittiska myndigheterna lagt ner bara för att stänga en enda moské och för att få tyst på en enda förargelseväckande agitator. Nej, han var förstås lite mer än bara förargelseväckande. Som självutnämnd imam (han hade varit utkastare på krog innan han nåddes av Guds kallelse) representerade Abu Hamza det mesta som saboterade motståndskampen. Hade hon varit tjugo år yngre hade hon på fullt allvar övervägt att sända ett team för att tysta honom för gott. Under den världsomspännande kampanj som kallades Kriget mot Terrorismen blev en enda man som Abu Hamza i Finsbury Park en lika stor belastning som vilken som helst missriktad terroristaktion. Han stod dessutom för allting som Mouna hatat ett helt liv, religiöst bigotteri, föreställningen om att Gud gett den ene eller den andre rätten att döda eller stjäla den andres land och dessutom belöning i paradiset för den som stal bäst.

Det var komiskt nog i just frågan om stöld som Abu Hamza först skapat sin berömmelse. Han hade börjat predika att den rättroende bokstavligen kunde stjäla från engelska banker efter eget gottfinnande. "*Take, shoot and loot*" ("ta för er, skjut och plundra") var det första citat som gett honom stor publicitet. Den brittiska tabloidpressen älskade sådana muslimer och Abu Hamza älskade all uppmärksamhet, och så uppstod en naturlig växelverkan mellan medierna och den religiöst minst sagt torftiga hatpredikanten. Dessutom var han bildmässig eftersom han var helt eller halvt blind och hade sina båda händer bortsprängda och ersatta med metallkrokar. Vilket enligt hans egen förklaring kom sig av att han heroiskt arbetat som frivillig i Afghanistan för att röja de afghanska barnens lekplatser från personminor. En mer trolig förklaring till olyckan var att han försökt tillverka någon enklare bomb. Medialt strålande var han hur som helst, en närmast perfekt fiendebild. Och dårar av det slaget attraherar sina likar. En man som var uppenbart sinnessjuk men likväl av amerikanska myndigheter fått artistnamnet "den 20:e kaparen från 9/11", en viss Zacarias Moussaoui, påstods ha besökt Abu Hamza i Finsbury Park. Vid detta besök i moskén skulle han ha skådat ljuset. Och så skulle han därefter ha blivit den 20:e kaparen, dock utan att kapa något plan. Och utan att vare sig den oerhört informerade världspressen eller de amerikanska myndigheter, som sedermera infångade honom och ställde honom inför rätta, hade kunnat förklara de rent praktiska konsekvenserna av hans omvändelse.

Han inledde rättegångsförfarandet i USA med att kräva dödsstraff för sig själv med motiveringen att han var oskyldig. När hans advokat då invänt att man här uppenbart hade att göra med en galning hade han – med domstolens gillande – sparkat advokaten. Han beskrev sig därefter som Usama bin Ladins närmaste man och fick till slut livstids fängelse med sträng isolering.

En liknande gudomlig kallelse tillskrevs den så kallade skobombaren och brittiske medborgaren Richard Reid som stigit ombord på ett plan med tillräckligt mycket sprängämne i sin ena skoklack för att riskera en brännblåsa under foten. Han kom undan med ett 20-årigt fängelsestraff genom att vittna om hur Abu Hamza förmedlat Guds frälsning i Finsbury Park.

Och när Abu Hamza själv till sin egen förtjusning äntligen greps av MI 5 påstods han vara ledare för en organisation som kallade sig "Sharialagarnas Supportergrupp" och som enligt även den brittiska pressens mest upphetsade krigsreportrar påstods omfatta färre än 200 av Londons 2 miljoner muslimer.

Dömd för något skulle han säkert bli. Just nu satt han i Belmarshfängelset med en åtalslista i 16 punkter på halsen. Till exempel "uppvigling av mötesdeltagare till mord på icke-muslimer, särskilt judar", eller "hotande, smädande eller kränkande uppförande i syfte att piska upp rashat".

Så vems fiende var Abu Hamza? I första hand hennes fiende. Och det var ingen tvekan om hur hennes gamla ryska spionlärare i Pyongyang hade analyserat situationen.

Först skulle de, liksom de gamla romarna, ha frågat: "I vems intresse?"

Hans eget, förutsatt att han är så galen som han onekligen förefaller, skulle de ryska handledarna ha slagit fast som punkt ett. MI 5 skulle de ha sagt i andra hand. En säkerhetstjänst behöver en del synliga fiender och i all synnerhet sådana som man till allmänhetens entusiasm kan oskadliggöra. Så om inte Abu Hamza var en galning som uppfunnit sig själv så hade MI 5 åtminstone haft ett stort behov av att uppfinna honom.

Men en sådan formellt logisk analys föreföll Mouna alldeles för enkelt rysk och konservativ. Ryssarna hade aldrig behövt laborera med en fri press och olika politiska partier i sina ekvationer. Politiker i väst kan drivas kors och tvärs av journalister som inte har något annat syfte än att sälja tidningar genom att hota sina läsare med död och förstörelse. Och då måste politikerna visa sig kraftfulla, exempelvis genom att lagstifta mot felaktig gudsuppfattning eller för mer hemlig avlyssning. Därefter kommer de att ställa krav på sina myndigheter att också de skall visa sig kraftfulla. Då behövs många Abu Hamza.

Allt detta var mycket dystert och praktiskt taget omöjligt att påverka. Även om Abu Hamza och hans gelikar var hennes fiender i första hand kunde hon inte låta skjuta honom. Mot en sådan åtgärd fanns inte bara taktiskt politiska invändningar – förfärliga konsekvenser om man åkte fast – utan också rent etiska.

Hon kunde ibland känna sig smärtsamt maktlös inför allt detta vanvett och den religiösa fanatism som fick representera motståndskampen i hela Västvärlden. En enda hatpredikant i London var en större sak än den israeliska ockupationen av Palestina eller den amerikanska ockupationen av Irak eller ett nytt anfall mot Iran, vilket de redan satt och planerade i Washington. De skulle hänvisa till Irans framtida kärnvapen.

Och för hennes del var det meningslöst att gnälla inför sina västerländska kolleger. Än värre, det var nästan omöjligt att ens börja försöka förklara innan de blev demonstrativt uttråkade och började raljera om politik och överkurs.

Ändå skulle hon, bara delvis för att provocera, framföra detta resonemang om Abu Hamza som hennes fiende, och den brittiska säkerhetstjänstens vän, i morgondagens föredragning inför ett okänt antal höjdare på MI 5. En sak var klar. Hur inlindat hon än presenterade en sådan analys skulle de bli förbannade. Men det var på sätt och vis meningen, det var en del av betet.

Hon insåg att hon ändå borde mildra en del formuleringar och ta bort en del sarkasmer. Hennes anförande fanns i datorn på hotellet, det hade knappt mörknat och hon skulle få något att syssla med på hotellrummet som var mindre deprimerande än att se på västerländska nyhetsprogram.

Vad gällde avsnittet om bröderna Husseini, det som var huvudanledningen till hennes resa till London och mötena med sina fientliga allierade, kände hon sig mer säker. Det var väl förberett. Där behövde hon inte kasta in några ändringar i sista stund.

\* \* \*

Den heltäckande mattan över golvet gick i beige och rött och var utformad som ett geometriskt mönster med rader av invävda bönemattor vända mot Mecca. Hela golvytan var kanske 65 x 65 fot, en stor tom yta just nu. Kupolen gick i blått och guld med fönsterbågar i en stil som kallades umayyadisk, om han kom ihåg rätt. I kupolens nedre del låg en cirkel av små fönster med blåfärgat glas. Det var enkelt och stilrent.

Moskén här i Regent's Park hade visserligen det fantasilösa namnet

Central Mosque, men den var i alla fall den största i London. Och den låg rätt vackert, inbäddad i lite grönska i ett hörn av parken.

Han kände omedelbar frid när han kom in här, det var nästan mirakulöst. På hans arbetsplats dånade ständigt rockmusiken medan hela hans inre var i uppror. Han måste göra något snart, inte bara snacka. Han måste slå tillbaks, hårt. Och han sökte vägledning av sådant slag som han aldrig kunde få i det samhälle där han vuxit upp. Men han var inte heller mycket till muslim, det var bara att erkänna. Det var hans äldre bror som hade tjatat på honom att gå hit och söka upp den nye unge imamen Abu Ghassan. Själv talade han usel arabiska, ett språk som han inte använt sedan ungdomen när hans föräldrar skiljde sig och far gifte om sig med en engelsk kvinna om vilken man kunde säga ting som inte passade sig i Guds hus.

Och han visste knappt hur man gjorde när man bad, alltså rent praktiskt, när man skulle stå upp och när man skulle ligga framåtlutad på knä i den ödmjuka ställning som engelsmännen älskade att förlöjliga eller förvandla till skämtteckningar av det mest avskyvärda slag.

Men ändå. Det här var helt säkert den enda plats i London där han kunde rusa in med håret på ända, med ett rasande bultande hjärta, med en fast övertygelse om att man omedelbart borde slå tillbaks – och i stället känna en omedelbar frid.

Det var ett ord han inte kunde tänka sig i något annat sammanhang och som han aldrig använde där ute, annat än med ironi.

Han tänkte klarare och renare här inne och det kunde inte bero på något annat än Guds närvaro. Också den insikten var något helt nytt för honom. Han måtte ha suttit av tusen ceremonier i den gamla internatskolans kyrkorum vid alla de kristna högtiderna utan att någonsin reflektera över Gud som någonting annat än ett inslag i mängden av allt det som kallades god uppfostran. Också på Cambridge hade det varit samma sak. Gud själv var ärligt talat en ny bekantskap.

Han hade med avsikt kommit en halvtimme före det avtalade

mötet, bara för att få sitta en stund och ordna tankarna. I någon sorts intellektuell mening var han givetvis förvirrad, det var också bara att erkänna. Fast såg han tillbaka på sig själv som han hade varit före 9/11 så måste man beskriva även det tillståndet som intellektuell förvirring.

Nu var det ändå hat och raseri som hade drivit honom in i Guds hus och det var, särskilt om man formulerade saken så uppriktigt och utan försköning, fullkomligt orimligt.

Han hoppades att Ibra också skulle komma lite före utsatt tid, för Ibra var det ju första gången.

Men det fanns ingenting svårt i att gå till moskén, det var bara att gå in, hade han förklarat för sin misstänksamme vän som föreställde sig säkerhetsvakter, ID-handlingar, metalldetektorer, övervakningskameror och allt annat som numera präglade livet. Här var det bara att promenera över den vita stensatta gården, parkera sina skor i skohyllorna och gå in och sätta sig. Ingen frågade, ingen undrade.

Ibra såg mycket riktigt både misstänksam och undrande ut när han slank in borta vid huvudingången som om han närmast hade dåligt samvete för att tränga sig på, eller än värre som om han tvivlade på att han hade rätten att göra det. Han blev förstås lättad när han upptäckte sin vän, kom fram och satte sig.

"Tjena Marv, läget?" hälsade Ibra osäkert med blicken flackande runt bland små grupper av män som samtalade viskande längs väggarna, en del med Koranen uppslagen framför sig i ett litet bokstöd i trä.

"Man skulle faktiskt kunna säga frid broder", svarade Marv. "Bra att du inte kom för sent, den där imamen jag talade om, Abu Ghassan alltså, kommer alltid på sekunden."

De satt besvärat tysta en stund. Det var som om också Ibra hade drabbats av frid när han kom in. Alla deras heta diskussioner på jobbet och alla föreställningar om nödvändigheten av att göra något stort dämpades av stillheten här inne.

Imamen kom mycket riktigt på sekunden. Han var i deras ålder, ganska lång och tydligt fysiskt vältränad som om han hade gått på gym som vem som helst. Fast han hade ärr i ansiktet som skulle ha varit skrämmande om det inte varit för hans ögon, den milt humoristiska blicken gjorde mer än hans religiösa dräkt för att man skulle förstå att ... ja, att han var den han var.

Marv kunde inte hålla tillbaks sina engelska reflexer, allt detta som fienden planterat i hans ryggmärg, utan genomförde förstås presentationen mellan de två andra med namns nämnande i rätt ordning.

De satte sig intill väggen och imamen drog fram ett bokstöd och ställde upp Koranen som han haft under armen. Sedan befallde han dem att be tyst för sig själva för att Gud skulle vägleda dem i samtalet. Utan krångel eller åthävor, bara med handflatorna sträckta framåt och uppåt.

De försökte nog båda uppriktigt.

Men därefter gick han mycket rakt på sak och ställde dem några frågor som inte lämnade mycket utrymme att slingra sig undan. De sökte Gud för att de var förorättade? De ville tjäna Gud genom att slå hårt mot sina fiender? Eller, något ädlare, mot islams fiender? Och de trodde att Gud skulle finna behag i en sådan inställning?

Sakligt sett var det egentligen bara att erkänna att så var det. Men de hade en del idéer om Jihad som de talat om inbördes, och om någon annan än denne allvarlige och jämnårige imam ställt frågorna hade de förmodligen vågat sig ut på svag is och rentav beskrivit sin gudstro, vilket för övrigt skrämde skiten ur de flesta engelsmän.

Men nu skulle deras teologiska argument inte duga, nu måste de klara sig undan med politik och psykologi. Om 9/11 varit själva kärnvapendetonationen, försökte Ibra, då alla först känt själva tryckvågen, så hade man sedan dess fått uppleva långtidseffekterna. Det var strålningen som dödade allt och alla även på långt håll och över lång tid.

För inte så länge sedan hade motsättningen i det brittiska samhället byggt på hudfärg. Nu var det religion. Nu hade till och med sikherna, alltså killarna med turban, gått samman med fascisterna i National Front för att bekämpa den onda religionen islam. Och det hade de forna rashatarna i National Front utan vidare accepterat. Man märkte förändringen, strålningen, också i smått. Både Marv och Ibra, som arbetskamraterna kallade dem, hade på senare år fått höra alltmer av förstulna anspelningar. Till en början som små skämt, senare som till och med öppet rasistiska kommentarer.

Och då var att märka att det ändå var en högt kvalificerad arbetsplats. Alla var extremt högutbildade, genomsnittslönen låg runt 300 000 pund, om man räknade bort de kvinnliga sekreterarna.

Och nu efter Londons 9/11, attacken för två veckor sedan, hade det blivit närmast olidligt. Vad de innerst inne ville var förmodligen att vråla till sina arbetskamrater att de där skolungdomarna från Leeds ändå offrat sina liv för någonting de trodde på. Inte för att de var politiskt smarta, inte för att de ville berika sig, utan bara för att de hade fått nog och var desperata. De ville slå tillbaks, en kontraattack i det så kallade Kriget mot Terrorismen, och det var värt respekt. Vilket dock skulle ha varit ytterst oklokt att säga högt. Och att inte kunna säga högt vad man tänkte var outhärdligt.

De gick på så en stund, till en början ivrigt, mångordigt och drastiskt, eftersom de båda var vana att alltid kunna formulera sig bättre och snabbare och vid behov också vitsigare än alla andra.

Men imamen Abu Ghassan hade bara lugnt lyssnat på dem utan tecken på otålighet eller ens reaktion och det gjorde dem efterhand osäkra och till slut tysta.

"Vill ni be för dessa ungdomars salighet?" frågade imamen när Marv och Ibra inte längre hade något mer att säga. De nickade tveksamt.

"Det kan ni förstås göra. Gud är barmhärtig och förlåtande och dessa gymnasister dog mer av dumhet än av höga principer. Just deras dumhet, som skadade oss alla, som förstärkte den där giftiga strålningen ni talade om, just deras dumhet är deras enda ursäkt. Men ni två kan inte hoppas på den ursäkten, av er måste Gud vänta sig mycket mer. Du broder Marv, som du kallar dej, jag antar att det är Marwan, slå upp den sextionde suran Al-Mumtahanah, 'Den som skall förhöras', passande nog, och var snäll och läs upp den åttonde versen för mej."

Han sköt långsamt över den uppställda Koranen mot Marwan som bläddrade nervöst en god stund innan han hittade rätt. Sedan läste han, lite stakigt förstås men ändå förhoppningsvis begripligt:

*Gud förbjuder er inte att visa godhet mot dem som inte bekämpar er på grund av er tro och inte driver er ut ur era hem och Han förbjuder er inte att bemöta dem med rättvisa och opartiskhet – Gud älskar de opartiska.*

"Well, ganska bra läst Marwan", sade imamen och nickade långsamt eftertänksamt som om han ville att de skulle få tid att låta orden sjunka in. "Säg får jag fråga, är det någon av er som händelsevis är av palestinskt ursprung?"

De räckte båda upp handen.

"Det var vad jag trodde", fortsatte imamen. "Ni *skall* älska dom som *inte* drev er från Palestina. Det är vad som står där. Och ni *skall* älska dom som inte bekämpar oss på grund av vår tro. Ungdomarna från Leeds begick en svår synd. För hur många av dom femtiotvå Londonbor som dog hade drivit oss från vårt hem och bekämpat vår tro? Tre? Kanske i värsta fall tio? Men dom andra?"

"Är ni också palestinier, Abu Ghassan?" försökte Ibra för att vinna tid.

"Ja, jag är palestinier. Jag har suttit tio år i israeliskt fängelse, med Koranen som enda läsning för övrigt, och det är därför jag ser ut som jag gör både i klädsel och med ärr. Men försök inte undkomma frågan", svarade imamen snabbt. "Hur många av dessa femtiotvå Londonbor förtjänade att dö enligt Guds ord?"

"Som ni ställer frågan sir, teoretiskt sett – ingen. Men mot vem ska den maktlöse då slå tillbaks?" svarade Ibra.

"Dom kallar dej Ibra, men du heter väl Ibrahim? Ja, du är i sanning uppkallad efter en stor profet och ledare, betänk det."

"Men ska vi *inte* slå tillbaks?"

"Jo det skall vi. Ibland. När det är rätt. Men inte när det är fel som

38

det var den 7 juli. Slå nu upp den tjugonionde suran, vers sextionio!"
Ibrahim gjorde som han blev tillsagd, fast med en min av tydlig besvikelse. Han hade kommit till Guds hus för ett tröstens ord om action och just nu tyckte han att det gick åt andra hållet, ungefär som i kristendomen. Men han fann versen snabbt och läste upp den märkbart bättre än vad Marwan hade kunnat göra:

*Men den som kämpar och strävar för Vår sak skall vi sannerligen leda på de vägar som för till Oss. Gud är alltid med dem som gör det goda och det rätta.*

Imamen satt tyst en stund innan han sade något.

"Kära bröder, jag kan förstå den brand ni känner i era hjärtan. Jag har den själv. Ni vill slåss för vår sak och det är rätt och det är gott. Men med dom säkert mycket speciella talanger som ni besitter så vore det inte bara en dumhet, utan också en synd, att spränga tunnelbanevagnar. Gud skulle ha mycket svårare att förlåta er än gymnasister från Leeds, det tror jag i all ödmjukhet att jag vågar garantera. Vad ni två ovillkorligen måste göra är att vänta på det ögonblick när Gud kallar er till något stort."

"Men när gör Han det?" frågade Marwan.

"Kanske i morgon, kanske aldrig, vad vet jag?" svarade imamen nästan roat. "Men Gud har gett er båda stora intellektuella gåvor, då är det er skyldighet inför Honom att använda dom gåvorna. Gå nu och betänk vad jag sagt. Kom inte tillbaka om ni vill söka hämnd på mina, muslimernas, palestiniernas, irakiernas, alla muslimers men förmodligen mest på era egna vägnar. Kom tillbaka när ni tror att jag kan hjälpa er att finna Gud och därmed den rätta vägen till den stora insats Han nog vill kalla just er till."

De reste sig och bugade och imamen klottrade ner en koranvers till, 2:218, som han gissade skulle stämma väl in på deras sökande:

*De som har blivit troende och har övergett ondskans rike och som strävar och kämpar för Guds sak har skäl att hoppas på barmhärtighet – Gud är ständigt förlåtande, barmhärtig.*

Koranen är i sanning en underbar skrift, tänkte imamen när han såg efter de två grubblande och något stukade unga männen som kommit till Guds hus så brinnande i anden för att söka skäl att slåss. Man kan faktiskt hitta bevis för vadsomhelst, bara man lärt sig allt utantill.

Han var rätt säker på att han skulle kunna fånga dem nu, till en större gudomlig *action* än någon av dem skulle ha kunnat föreställa sig. Operationen gick helt planenligt.

\* \* \*

Lewis MacGregor kom i taxi och på sekunden, samtidigt som Mouna steg ut från hotellet och gled in i bilen innan han ens hunnit ut för att öppna dörren åt henne. Hon hälsade kort och lutade sig tillbaka efter att först ha knackat menande på den falska taxins grönskimrande pansarglas.

"Företaget har funnit det praktiskt att använda Londons mest anonyma bilar för vissa transporter", förklarade han.

"Utmärkt, då förutsätter jag att chauffören är en av oss", svarade hon kort utan att se mot vare sig chauffören eller sin kollega och eskort. Hon förvånade MacGregor genom att verka nervös. Eller om det var dåligt morgonhumör, hon tycktes i vart fall inte vara inställd på någon allmän konversation.

Han försökte betrakta henne i smyg. Hon var aningen elegantare klädd än hon varit vid deras första möte, men i det avseendet var väl hans omdöme inte tvärsäkert. Hon hade en ljusgrön åtsittande dräkt, årets modefärg enligt hustru MacGregor, grå sidenblus med förvånansvärt djup v-ringning med tanke på att hon var ... muslim. Löst över hennes axlar hängde en kashmirschal i varma höstfärger och hon bar svarta skor med en liten silverglänsande klack och en brun och välpatinerad portfölj från Mulberry som tycktes innehålla en dator. Vilket ändå skulle visa sig när de kom fram till säkerhetskontrollerna.

Hon såg ut att vara någonstans mellan 40 och 45, men MacGregor visste att hon var några år äldre och han försökte förstå vad som gjorde att hon såg yngre ut än hon veterligen var. Det var inte så svårt, insåg han. Hon hade inte påtagligt smal midja, såvitt han kunde se genom den välskurna dräktjackan, men heller ingen fettvalk. Hon var helt enkelt fysiskt vältränad, också styrketränad, vilket nästan var lite kusligt med tanke på att hon påstods inte längre syssla med operationer ute på fältet. Den som efter lång och trogen tjänst där ute hamnade bakom ett skrivbord brukade snabbt förändra sin kropp. Det gällde för övrigt lika för män och kvinnor. Men hon hade alltså bibehållit sin fysträning på en avsevärd nivå.

Det kunde ha olika och dessutom mycket enkla förklaringar. Underrättelseofficerare var inte mindre fåfänga än andra människor. Och allmänt sett var det snyggare att inte vara fet och själv borde han vara den siste att fundera över den saken, med tanke på hur stor del av sin arbetstid som han tillbringade i MI 6:s gymavdelning på andra våningen.

Taxiresan tog som beräknat en halvtimme, hon sade ingenting alls på vägen och verkade nu sammanbiten snarare än morgonsur.

MI 5:s kontor, åtminstone den sektion som gällde för dagens besök, var inhysta i ett företagskomplex uppe i Knightsbridge, mitt emot Kensington Gardens. Dörrskyltarna beskrev någon sorts export-importverksamhet. Det var ett arrangemang som tilltalade henne, det var precis som på den gamla goda tiden. Och det var förresten precis så som hennes eget huvudkontor i Tunis var kamouflerat.

När de stigit in i ett kalt rum med receptionist och förfärlig modern konst på en av väggarna såg det fortfarande ut som vilket företag som helst. Men de släpptes omgående in till en andra reception av den mer stränga sorten, med genomlysningsapparater, metallbågar och uniformerad vaktpersonal som undersökte hennes dator på ett sätt som föreföll lätt överdrivet.

Där innanför var teknologin dominerande, blinkande skärmar och personal med hörlurar och mikrofoner framför sig i hela den korridor de leddes genom bort till en samlingssal som var inredd i krom och ljusblått.

Ett trettiotal personer satt redan bänkade, och två män som förmodligen var cheferna stod och väntade för att ta emot henne. Ingenting andades vänlig välkomst, och klädstilen i publiken var så långt från Savile Row och MI 6 som tänkas kunde. Det stämde också med att ingen reste sig när den kvinnliga gästen kom in. Längst bak satt några skäggiga figurer i jeans med amerikanska baseballkepsar och solglasögon. Sir Evan Hunt på MI 6 skulle ha svimmat vid anblicken. De två cheferna som tog emot henne var också klädda i jeans, men med tweedkavajer och nödtorftigt knutna slipsar.

De kallade sig Pete och Webber, den ene kortsnaggad och den andre med en långhårig hippiefrisyr, och de tog artigt i hand, visade henne utan vidare mot talarstolen, gick snabbt och satte sig och intog någon sorts ironiskt andäktig uppmärksamhet. Några små fniss i publiken förstärkte ironin. Mouna antog att det här var priset att betala för att hon förmått MI 6 att ge order till lillebror om hur mötet skulle läggas upp.

När hon gick upp i den lilla provisoriskt anordnade talarstolen tänkte hon att hon nog måste korta ner det inledande avsnittet ännu mer än hon gjort under gårdagskvällen på hotellet. Den här publiken var fientlig redan från början. Kanske skulle hon försöka mer med ironi och humor, även om det inte var hennes starkaste sidor.

Hon väntade först in tystnaden och gick sedan rakt in i sitt resonemang om hur MI 5 riskerade att skapa fler terrorister än man infångade. Utgångspunkten var en egyptisk officersson vid namn Mustafa Kamel Mustafa från Alexandria som skådat Guds ljus relativt sent i livet, bland annat efter en karriär som utkastare på krog i Soho och äktenskap av garanterat icke-religiös natur med en engelsk kvinna vid namn Valerie Fleming. En man mer känd under namnet Abu Hamza från Finsbury Park, med andra ord.

Hennes följande resonemang om spelet mellan medier, politiker och lojala tjänstemän gick hyggligt men inte mer. En och annan suck upplyste henne om att hon begick synden att tala politik inför en församling som enligt yrkeskonventionen aldrig sysslade med politik.

Nästan alla västvärldens kolleger menade sig syssla med någon form av analytisk vetenskap, trots att underrättelse- och säkerhetstjänst tillhör politikens tydligaste instrument.

Men det skulle ha varit fel taktik att envisas, hon måste i stället över till sitt huvudsakliga budskap ännu fortare än hon tänkt sig.

"Och därmed, gentlemen", sade hon och gjorde en lång konstpaus, "kommer vi till er värsta fiende, den ni inte ser, den ni underskattar eller i värsta fall känner er maktlösa inför. Ja, jag talar fortfarande om potentiell inhemsk terrorism i Storbritannien, vårt stora gemensamma problem. Min beskrivning börjar visserligen 1917. Men jag kan garantera att det är relevant, och kanske ur lyssnarens synpunkt mer tacksamt, att jag är framme vid juli år 2005 i London på ett par minuter."

Och så var hon inne på fallet Husseini och den historien började mycket riktigt 1917 då palestinierna sände en viss Muhammed al Husseini från Jerusalem till London. Meningen var att denne emissarie, som var bror till stormuftin Hadj Amin al Husseini, det närmaste man kunde komma en palestinsk ledare vid den här tiden, skulle påverka den brittiske utrikesministern Lord Balfour att inte lova bort Palestinamandatet till judarna. Storbritannien hade ju "mandat" över Palestina efter att tillsammans med ett arabiskt uppror ha besegrat turkarna i första världskriget.

Om denne Muhammed al Husseinis diplomatiska förmågor, eller ansträngningar, är föga känt. Faktum är dock att Lord Balfour inte tycktes ha tagit några djupare intryck, eftersom han lovade bort landet Palestina till judarna.

Muhammed al Husseini drog inte till följd av denna konkreta motgång slutsatsen att han skulle återvända till Palestina, däremot att sluta ägna sig åt diplomati. Han var redan inne på en annan bana och hade börjat göra mycket lönande affärer i London. Att han kunde ta sig sådana friheter berodde möjligtvis på att han var det närmaste aristokrat man kan komma i Palestina, familjen Husseini sägs vara släkt med Profeten, må frid vila över hans namn.

43

Här har vi alltså en sällsynt lyckad arabisk immigrant i London, för övrigt brittisk medborgare. Och han gör lysande affärer.

Och detta kommer att leda till terrorism? Ja, var så säker. Men ingen skulle ha kunnat drömma om något sådant då, exempelvis 1920 när Ghassan kom till världen, vår värderade Muhammed al Husseinis förstfödde son, som han för övrigt fick med en flicka från fin familj som importerats från Jerusalem enkom för detta ändamål. Och affärerna gick bra, rentav mycket bra. Den engelska grenen av familjen Husseini var förmögen redan efter andra världskriget, 1945, när Ghassans son Abdullah föddes.

Abdullah var först i immigrantfamiljen att bli mer brittisk än britterna. Det var han som förvärvade familjegodset Montrose House i Kent.

Abdullah, som för övrigt förkortade sitt förnamn till Ab och ändrade sitt familjenamn till Howard sörjde nog mest, som den engelsman han föreställde, över att han aldrig blev adlad. Ja, han lever fortfarande men nu är det förstås ogörligt att bli adlad eftersom det är väl känt för berörda brittiska myndigheter att "Howard" skall utläsas Husseini.

Därmed är vi framme vid dagens ämne. Sönerna Peter Feisal och John Marwan, båda således med efternamnet Howard, föddes 1972 och 1973.

Bröderna visade sig tidigt vara extremt tekniskt begåvade. Nere på Montrose House fanns länge en utställning med ritningar på vad som sägs vara fullt funktionella explosionsmotorer, elmotorer till lok, lyftkranar för byggnadsverksamhet och liknande som pojkarna lär ha utfört vid 12 och 13 års ålder.

Det enda som skiljde dem åt i ungdomsåren var att den yngre brodern John Marwan av någon anledning inte ville gå på Eton, utan föredrog Rugby.

Överklasspojkar av det här slaget brukar föredra att studera ekonomi när de kommer upp på universitetsnivå, inte något så bland engelska lantliga gentlemen föraktat som teknik och naturvetenskap, som är medelklassens domän. Att bröderna Howard satte sig över den konventionen är lätt att inse.

Peter Feisal doktorerade i Cambridge vid knappt 29 års ålder, på ett ämne inom elektromagnetism som jag varken har tid eller intellektuella möjligheter att förklara. Hans avhandling fick extremt höga betyg och en professur låg inom nära räckhåll. Men lägg nu märke till datum för hans disputation. Den 11 september 2001.

Hans yngre bror John Marwan avslutade aldrig sin avhandling, också han låg vid Cambridge, men är för närvarande ytterst framgångsrik inom en teknik som går ut på ett nytt system att överföra datorsignaler till animation. Särskilt inom modern filmindustri tycks det här vara ett område med enorm ekonomisk betydelse.

Händelsevis på årsdagen av 9/11 år 2002 bröt de båda unga männen med sin far "Ab" och återtog familjenamnet Husseini. Nu kallar de sig alltså Feisal och Marwan Husseini. De har konverterat, får man väl nästan säga, till islam. Peter Feisal klär sig i exotiska kläder, båda har de sniffat på moskén uppe i Finsbury Park och nu hänger de runt moskén i Regent's Park.

De här unga männen är vår mardrömsfiende. De är inte andra generationens invandrare, som tunnelbanebombarna från Leeds. De är fjärde generationen om man verkligen skulle behöva räkna efter på det viset.

De behöver inte precis leta på internet efter något recept på bomber eller intressant förgiftningsteknik eftersom de båda är vetenskapsmän på geninivå.

Och även om säkerhetstjänsterna i Storbritannien numera kan ringa in ett helt kvarter i norra London där alla invånarna rätt eller fel sägs vara muslimer och proklamera någon sorts utegångsförbud, eller gripa någon handfull och spärra in på obestämd tid så kan ni knappast ge er på bröderna Husseini, före detta Howard.

De är inte vilka svartskallar som helst. De är Eton, Rugby och Cambridge.

Det betyder inte bara att de talar en sådan engelska att vissa av

45

språkets grövsta vulgariteter framstår som skön poesi i deras uttal. Det betyder framför allt att brödraskapet av domare, åklagare, advokater och kanske rentav enstaka höga polischefer ingår i deras krets. Eton, Rugby och Cambridge är höjda över alla låga terroristmisstankar. Liksom för övrigt Cambridge en gång var höjt över varje misstanke om spioneri och förräderi.

Här har vi då att göra med den kanske största terroristfaran i Storbritannien någonsin.

Så långt själva föredragsdelen av hennes framförande. Mouna tittade på klockan och konstaterade att hon sparat mycket tid. Men det var nu det skulle avgöras och hon hade tyst repeterat avslutningen gång på gång på gång under natten.

"Låt oss säga att vi här har den största terroristfaran någonsin i Storbritannien. Er uppgift, MI 5:s uppgift, borde i första hand vara att förstå hur denna fara uppstår. Först i andra hand gäller det att räkna ut hur man ska kunna slå till förebyggande mot sådana potentiella och extremt farliga terrorister utan att himlen faller ner och man får sparken och hänvisas till att sköta cykelstölder eller skriva ut parkeringsböter för resten av tiden fram till pensionen.

Jihaz ar-Razed, min organisation, kan bidra med två saker. Om ni orkar lyssna kan vi förklara ett och annat för er. Och vi kan finna faran, också här i London, innan ni gör det."

Hon kallsvettades under sminket. Men detta gäng av busar applåderade henne mer än artigt, till och med hjärtligt och leende. Hennes skämt hade gått hem, det hade hon ju sett. Särskilt det där med konsten att uttala "vissa av språkets grövsta vulgariteter" (alla tänkte på samma ord utan att hon sagt dem) "så att de framstår som skön poesi".

Man får ta seden dit man kommer, tänkte hon. Engelsmän var speciellt språkligt känsliga, det är en del av deras kultur som delvis är obegriplig. Men i krig är alla trick tillåtna.

Nu hängde allt på fortsättningen. De som kallat sig Pete och Webber såg på sina klockor och skickade iväg all personal till arbete med något skämt om att "vara försiktiga där inne" och tog artigt farväl av

46

Lewis MacGregor (som suttit professionellt intresserad med ena benet över det andra under hela hennes framställning, utan att någon enda gång byta ställning eller röra en min).

Att de valde att säga farväl till MacGregor först fick henne att hoppas och hon sträckte genast fram handen till sin liaison på MI 6 och tackade för i dag, försäkrade att hon inte behövde någon transport och hoppades att de snart skulle höras av igen.

Pete och Webber bad henne ytterst vänligt om lite mer av hennes säkert dyrbara tid, hon tackade ja utan att se på klockan och de visade henne vägen till en annan avdelning där säkerhetsdörrarna öppnades genom att en av dem lade en handflata mot en liten svart skärm.

Korridoren de kom in i var kort och tycktes innehålla några stora chefsrum och en datacentral och arkiv. Här inne var det inte längre krom och ljusblått och ljusrör utan det gamla vanliga engelska med träboaserade väggar, heltäckande mörka mattor och möblemang i läder med bord i idegran och mässingsbeslag. Det enda som fattades i det parodiska var storblommiga gardiner.

"Well, brigadgeneral", började Pete när de kom in i det stora chefsrummet, "varsågod och sitt. Som dom moderna *spooks* vi är på det här stället är jag rädd att vi har lagt av med te. Likasågott enligt min uppfattning, var jäkligt trött på dom där tepåsarna i alla fall. Men vi har en espressomaskin som fungerar, faktiskt. Så om ..."

"Absolut, hemskt gärna", svarade hon snabbt när hon satte sig i den kvidande besöksfåtöljen i vinrött läder. "Förutsatt naturligtvis att biträdande avdelningsdirektören Andrew Lloyd, kodnamn Webber, hämtar kaffet åt mig."

De två männen utbytte ett hastigt ögonkast innan de bestämde sig för ett ansträngt skratt.

"Jaha. Jag förstår, våra hemliga namn tycks inte vara så hemliga för PLO. Well, Mr Andrew Lloyd, du hörde vad brigadgeneralen önskade?"

"Naturligtvis, sir", svarade den långhårige och reste sig blixtsnabbt. "Vad får det lov att vara, Madame?"

"En dubbel espresso med lite mjölk, inget socker tack", svarade hon.

"Ta med det vanliga köret till mej", sade chefen till den redan bortilande biträdande chefen. Därefter försvann hans vänliga attityd.

"Jag kanske låter lite petig", sade han när de blivit ensamma. "Men våra identiteter här på Sektion T anses extremt hemliga. Det är inte så där jättekul att höra att denna, som vi trodde, elaborerade säkerhet inte tycks omfatta självaste PLO."

"Det tycker jag inte ni ska oroa er det minsta för, Mr Charles Peter, därav det underfundiga kodnamnet Pete, Hutchinson. Ingen inom PLO hade till för någon minut sedan en aning om dom där namnen och det är ingenting jag ämnar vidarebefordra. Jag är säker på att ni kommer ihåg att jag är här för att inleda ett samarbete och jag kan försäkra er att jag är mycket snällare än jag ser ut."

"Det tvivlar jag i och för sig på, Madame. Men ni måste förstå att jag blir lite konsternerad när ..."

"Ingenting märkvärdigt", avbröt hon. "Så fort man stiger in i den här korridoren finns en liten mässingsskylt uppe till vänster där tjänstemännen räknas upp i befälsordning. Ni står först, avdelningsdirektör Hutchinson, med titel och allt. Och att den som heter Andrew Lloyd får kodnamnet Webber är inte så förfärligt långsökt. Snarare tvärtom, om jag ska vara helt uppriktig."

"Jahapp. Det var ju en synpunkt. Är ni händelsevis en entusiast när det gäller sådana där musikaler av Andrew Lloyd Webber?"

"Verkligen inte! På dom kontor där jag arbetat är det vanligtvis dånande arabisk rockmusik, smäktande sentimental arabisk musik eller västafrikansk rockmusik. Avskyr det, har förmodligen blivit tondöv. Men att få slut på plågan vore som att försöka införa rökförbud."

"Man får röka på era kontor?"

"Självklart."

"Har ni ett jobb ledigt?"

"Inte just nu. Och kommer vi in i EU så är det ju ändå kört."

"Naturligtvis, lycka till. Att jag inte tänkte på det. Men hursomhelst, hur kunde ni associera så snabbt till Andrew Lloyd Webber?"

"Jaså, det! Jo, på min avdelning är vi lite skeptiska mot radiokoder som ni förstår, vi har stora starka björnar på ömse sidor. Israelerna är ena jäklar på signalspaning och på att knäcka koder. För att inte tala om deras gudfader USA med sitt NSA. Vi körde någon operation för några år sedan när hela kodsystemet baserades på en andraupplaga av Fantomen på Operan. Jag tror fortfarande jag kan texterna utantill."

"Fascinerande. Ni värjer er mot västerländsk signalspaning genom att ta ett teknologiskt steg bakåt?"

"Helt rätt."

"Men då är ju allt förstört om vi kommer in och tar er grabbar när ni sitter och sänder där med alla era partitur."

"Helt fel. Då vet vi att den enheten måste släckas ner och koderna bytas. Men om *ni grabbar* tar oss på signalspaning så får vi ingenting veta innan hela katastrofen ramlar ner över oss. Och förresten Mr Hutchinson, vad menade ni med att komma in och ta *er grabbar*? Terroristerna?"

"Well, Madame brigadgeneral, jag ber om ursäkt för min klumpiga formulering. Jag är rädd att jag av gammal vana associerade åt det hållet, ja."

Webber hade just kommit tillbaks med en liten bricka med deras kaffe. Det enda han kunde ha uppfattat av samtalet, men knappast undgått, var att hans chef just tycktes ha kallat besökaren för terrorist.

Mouna fick ett välkommet avbrott med kaffet. Hon hade ilsknat till och varit nära att säga saker som hon helt säkert skulle ha ångrat. I stället smakade hon på kaffet, berömde espressomaskinen och log.

"Låt oss glömma det där och tala lite jobb. Eller hur?" sade hon när hon ställde ner kaffekoppen.

"Absolut!" svarade de båda männen nästan i kör.

"Jag fruktar att ni inte bjöd in mej till lite extraprotokollärt samtal bara för att ni drabbats av ett stort nymornat och sympatiskt intresse för PLO. Ni sitter med en glödhet fråga om bröderna Husseini i knät, eller hur?"

"Mitt i prick, det är bara att erkänna", suckade avdelningsdirektören Hutchinson. "Alltså dom här bröderna är inte precis såna killar som plockar ihop rörbomber med spik. Dom är fullt kapabla att åstadkomma allsköns helvete och om dom båda, och samtidigt, har fått någon sorts religiöst fnatt så finns ju vissa mardrömsscenarier. Precis som ni själv påpekade, Madame. Den äldste av dom, Peter Feisal, anställdes faktiskt på en fruktansvärt välbetald forskartjänst på ett av Storbritanniens ledande företag för ... ja, det kan göra detsamma. Men han dök aldrig upp på jobbet. Och den yngre brodern ..."

"På Marconi", avbröt hon. "Peter Feisal fick en forskningstjänst på Marconi med en lön på 400 000 pund om året för att syssla med viss marin vapenteknik, eller hur?"

"Det kan jag varken bekräfta eller förneka, som ni förstår Madame?"

"Ta det nu lugnt, Mr Hutchinson. Jag är inte här för att pumpa er på information. Det kan ni vara förvissade om, gentlemen. Däremot kan jag redogöra för praktiskt taget allt av värde ni har i era fajler när det gäller dessa, ska vi säga enligt värsta scenario, bröderna Frankenstein. Och mina kunskaper beror givetvis inte på att PLO lagt ner minsta ansträngning på att penetrera er organisation. Det finns, om jag så får säga, en mer sympatisk förklaring till att jag kan allt ni kan om dessa unga män. Gissa en gång!"

Charles Peter Hutchinson, 42 år gammal och av det man kallar god familj och med goda skolor i bakgrunden – förvisso inte sådant som Eton dock – och snabb karriär inom säkerhetstjänsten, hade suttit nästan två år på sin chefsstol. Ingenting hade gått honom emot, han hade hittills inte gjort bort sig ens i någon småsak, allt hade gått på räls och hans självförtroende var obrutet. Fram till detta ögonblick som han knappast skulle glömma.

Att betrakta henne hjälpte inte. Det var som att försöka genomskåda en skicklig kortspelare. Hon var en vacker kvinna, på ett lite säreget och skrämmande sätt. Hon bar en ring på vänster ringfinger, men inte en slät guldring som den änka hon enligt handlingarna var. Ringen var svart, med tre stora stenar i grönt, rött och vitt. Den palestinska flaggan, tänkte han. Hon är, som den där gamle Arafat brukade säga, gift med revolutionen.

Men just nu hade hon mer än antytt att all deras kunskap om Bröderna Big T, som de kallades inom avdelningen, kom från henne. "Förlåt min långa tvekan", började han. "Men jag måste vara helt uppriktig. Vad ni antyder är faktiskt ... hur ska vi uttrycka saken?" "Som om ni fått alla era relevanta kunskaper från oss, från PLO", svarade hon nästan överdrivet vänligt.

"Det var som själva fan, förlåt min franska!" utbröt avdelningschefen Hutchinson för att åtminstone vinna tid och slippa hamna i en ny lång tystnad medan han tänkte ut vad han borde försöka säga. "Men", fortsatte han mer samlad, "vi har egna källor som vi själva rekryterat som står dessa objekt mycket nära och jag har svårt att se hur ..."

"Den unge imamen Yussuf ibn Sadr al Banna!" avbröt hon, mild i rösten men med en snabb handrörelse. "Han är min kille. Utbildad vid självaste al-Azhar i Kairo. Det är ungefär som hos påven i Rom för katolikerna för att förenkla saken. Hursomhelst, han är min kille. Jag tränade honom själv, jag är osäker om han tror mer på Gud än vad jag gör och jag tror inte på Gud."

De båda brittiska underrättelseofficerarna utbytte en lång tyst blick som om de försökte läsa varandras tankar. Det slutade med att Webber nickade mycket bestämt.

"Jahapp!" sade Hutchinson. "Det var mycket på en gång. Men okay. Vi trodde vi hade en genuin och mycket värdefull källa, det medges. Men han är alltså er desinformatör ..."

"Absolut inte, avdelningsdirektör Hutchinson", avbröt hon. "Tänk efter nu. Skälet till att jag bryter mot en av spionbrödraskapets allra heligaste regler, att aldrig bränna en egen agent, ni vet, är att jag till varje pris måste vinna ert förtroende. Och ni kan vara förvissad om att dom rapporter ni fått från bådas vår agent Abu Ghassan är äkta vara. Det är samma rapporter jag fått själv."

"Jag kan naturligtvis inte säga emot er nu, Madame. Men hur i all

51

världen ska vi kunna kolla upp den här saken?"

"Lätt. Ni arresterar honom, lagar för sånt har ni ju, låser in honom några dagar och förhör honom diskret. Ställ honom sen frågan: för vem arbetar du? Han kommer då att svara, ordagrant – om ni inte spelar in det här samtalet vilket jag utgår från att ni gör så anteckna – '*För Mouna och ingen annan än Mound*'. Kontrollfrågan därefter lyder: varför tog du dej namnet Al Banna? Och han kommer att svara: '*Därför att jag olyckligtvis är släkt med den jäveln*'. Pröva det, så vet ni att han är min kille. Misshandla honom lagom och släpp honom. Det är mitt förslag."

De båda britterna satt tysta en stund. Ingen av dem gjorde min av att anteckna koderna.

"Förlåt men vem är *den jäveln*?" frågade plötsligt den långhårige biträdande avdelningschefen som mestadels suttit blickstilla utan att röra en min under samtalet.

"Al Banna? Ni känner honom under namnet Abu Nidal, en klent begåvad terrorist som Saddam Hussein köpte upp", förklarade Mouna fort.

"*Är* dom släkt, jag menar din kille och den där Abu Nidal?" envisades den långhårige.

"Ja, fast på ganska långt håll. Vi är ett litet folk, man har dom mest önskade eller lika gärna oönskade släktingar."

"Är du släkt med bröderna Husseini?" frågade Hutchinson.

"På sätt och vis. Jag hade ursprungligen ett annat familjenamn, är född i Gaza långt från all palestinsk överklass. Men senare i livet gifte jag mej med en läkare, pacifist för övrigt, ett tag var jag inne på att börja ett helt nytt och fredligt liv, och han var en äkta al Husseini. När israelerna mördade honom tillsammans med min dåvarande chef Abu al Ghul övertog jag namnet al Husseini. Ungefär som Pete eller Webber."

"Men varför dödade dom din man, om han var pacifist och allting?" undrade Webber med ännu ett snedskär ut i periferin som irriterade både Mouna och avdelningschefen Hutchinson.

"Ett misstag. *Collateral damage*, ni vet. Meningen var att jag skulle ha varit hos Abu al Ghul vid just den tidpunkten för att hämta kurirpost. Men jag hade fått ett oväntat besök i Tunis och min man hjälpte mej med det där lilla ärendet. Det var bara två personer som hade kunnat veta om rätt plats och tidpunkt. Så vi hade ingen svårighet att räkna ut vem och blev av med en israelisk spion. Men vi kanske ska återgå till själva saken?"

"Ett mycket bra förslag, Madame", sade Hutchinson med ett kritiskt ögonkast mot sin underlydande. "Ni har berättat allt det här med ett syfte, ni har också lagt upp hela den här operationen med ett syfte, eller hur?"

"Självklart."

"Okay, vad vill ni åstadkomma från och med nu?"

"För det första, att ni låter en av mina bästa källor i London, och därmed en av era bästa källor i London, vara kvar på spelbordet. Ni anar inte hur svårt det är att få en av sina medarbetare utbildad till imam vid en sån där superskola."

"Jo, det anar vi nog. Låter förnuftigt att ha kvar en sån spelpjäs. Men vartåt syftar hela spelet? Vi spooks skapar den hemliga sammansvärjningen? Alla farliga dårar söker sig till oss och vi har full koll på dom, något i den stilen?"

"Ja. *Maskirovka* kallas spelet på ryska, lika gammaldags som bokkoder men det funkar fortfarande som ni ser."

"Allright, vi är med så långt. Men sen?"

"Sen vill jag ha bröderna Husseini."

"Förlåt?"

"Ni hörde mycket väl vad jag sa. Jag vill ha bröderna Husseini."

"Jo, jag hörde. Men vad exakt betyder det?"

"Jag ska rekrytera dom innan någon annan gör det."

"Och vem skulle denne *någon annan* vara?"

"Kanske er värsta mardröm. Om dom här bröderna hamnar i klorna på broder Usama bin Ladin så sover vi inte längre gott om natten, någon av oss."

"Förlåt, men *vi?*"

"Just det, *vi*. Låt mej göra en sak fullständigt klar. Jag gråter inte om jag ser en ny attack där Big Ben sprängs på något infernaliskt sätt, inte just då. En kort stund skulle jag nog känna någon sorts primitiv revanschglädje, är jag rädd. Men sen kommer jag till jobbet och då kommer jag att gråta. Som jag sa förut. Terrorismen skadar mej mer än er. Ni får nya anslag. Jag ser drömmen om ett fritt hemland avlägsna sig ännu mer."

"Okay, vi godtar det resonemanget. Men då kommer vi ju till frågan hur ni själv tänker använda dom här bröderna Frankenstein om ni rekryterar dom?"

"Jag tänker reformera dom, till allas vår glädje."

"I religiös mening?"

"Bevare mej väl, naturligtvis inte. Men tänk på att vi har att göra med mycket intellektuella och mycket romantiska personligheter. Jag skall visa dom vad dom aldrig sett och aldrig ens kunnat föreställa sig, Jihaz ar-Razed inifrån. Dom kommer att få se frihetskampen inom en organisation som visserligen inte avstår från våld i vissa situationer men som i huvudsak använder politiska, tekniska och hemliga kampmetoder som är raka motsatsen till enkel terrorism. Jag tror att till och med ni båda gentlemen skulle bli ganska imponerade av en sådan insyn. Bröderna Husseini kommer att bli överväldigade, så väl känner jag dom vid det här laget."

När nu samtalet äntligen hade vinglat in på hennes konkreta fråga fanns ingen återvändo eller möjlighet att börja prata om annat. Det vändes och vreds på problemet. Bröderna T var ju brittiska medborgare och ingen kunde hindra dem från att när som helst lämna landet, oavsett vad man misstänkte. Av sociala skäl, eller om man så ville politiska skäl, var de okränkbara innan de begått brott. Och att klä sig i turban och beställa flygbiljett till Islamabad var inget brott.

De båda var som mogna frukter, bara att plocka för den som kom först. Och vad vore då värst, terrorskola i Pakistan eller uppfostringsanstalt hos PLO?

Såg man saken så var det ju enkelt. Och det som till slut fick de två brittiska säkerhetsmännen att acceptera Mounas logik var hennes återkommande argument att terroraktioner faktiskt skadade hennes sak mycket mer än de kunde skada Storbritannien.

När hon promenerade hemåt genom Kensington Park – hon hade avstått från alla mer eller mindre diskreta transporter – hade hon en timme om inte mer till sitt hotell. Men hon var lycklig. Nej, det var förstås fel ord, det var ett ord som var utplånat från hennes medvetande sedan länge. Hon kände sig upprymd, lätt, stark, som om hon var i mycket bättre fysisk form än på länge.

Britterna hade gått på det. De skulle låta henne rekrytera bröderna Husseini mitt framför näsan på dem. De skulle till och med hjälpa till med lite falska identitetshandlingar om så behövdes.

Några av de sista och svåraste pusselbitarna höll äntligen på att hamna rätt.

\* \* \*

Webber, som han vanligtvis kallade sig också inåt i organisationen, hade inte rätt till egen tjänstebil med chaufför. Men det var ingenting att gnälla över och förresten tyckte han om att få några timmars avbrott bakom ratten. Han tänkte bra när han körde bil, fritt och ostrukturerat, från meningslösa observationer längs vägen tillbaks in till den stora frågan som alltid var terrorismen. Som här ute på den ständigt överbelastade M 1 norrgående. Det skulle krävas mycket små insatser i materiel och personal för att fullständigt blockera trafiken här i flera timmar med efterföljande kaos. Fast så var det egentligen överallt. Med tanke på hur sårbart ett västerländskt samhälle var för enkla tekniska sabotage var det närmast mysteriöst att attackerna kom så sällan.

När han kom fram till flygbasen visade sig den vakthavande säkerhetspersonalen ytterst ovillig att släppa in honom. Besökslista och ID-handlingar och koder och angivna telefonnummer för dubbelkontroll var naturligtvis helt i sin ordning. Antagligen var det hans långa hår i kombination med att just denna flygbas hade ett beredskapslager med kärnvapen. Till det omgivande grannskapets lyckliga okunnighet.

Tills för två år sedan hade han haft ett chefsjobb i yttre tjänst, och ute i det engelska samhället var en slafsig långhårig frisyr närmast en garanti mot varje misstanke om att man befann sig i Hennes Majestäts Hemliga Tjänst. På sätt och vis var det alltså ett gott tecken att den militära vaktpersonalen här på flygbasen till och med behandlade hans militära och mycket svårförfalskade ID-handlingar med misstänksamhet.

Två surmulna uniformerade vakter följde honom till slut bort mot ett avlägset område avspärrat med taggtråd, vilket såg aningen underligt ut eftersom det enda som syntes innanför taggtråden var oklippta gräsmattor och ett par förfallna och uppenbart oanvända träbaracker.

Men fånglägret låg under jord. Och när han lämnats av till två nya följeslagare inne i en av barackerna, och drillen med ID-handlingar gått ett nytt varv, och de steg in i i en tung nybyggd industrihiss fick han en föreställning om att sjunka ner i underjorden i mer än ett avseende.

"Förvaringssektion 4" kunde gott tjäna som en modern helvetesvision. Rena, perfekta korridorer, stark belysning, övervakningskameror, blanka ståldörrar och avlägsna skrik och vrål av smärta och svordomar som antingen var det man måste tro att de var, tortyr. Eller också var det inspelade band avsedda att verka som "mental påverkan i syfte att uppmuntra fångarnas samarbetsvilja", en omskrivning för en annan form av tortyr.

Hur många undantagsfångar som hölls här nere i helvetet hade han ingen aning om. Det kunde vara allt från något dussin till ett hundratal. Sammanlagt höll Storbritannien för närvarande mer än tusen personer inspärrade på obestämd tid och utan domstolsbeslut eller krav på någon konkret brottsmisstanke. Den som en natt drogs ur sin säng och forslades iväg till Förvaringssektion 4 eller någon liknande anläggning hette med stor sannolikhet Muhammed eller Ahmed i förnamn och hade med all sannolikhet förlorat sina medborgerliga rättigheter. Detta var en militärbas, en anläggning för krig och inte för demokrati. De hade släpat in fången i ett något större rum. Han satt, eller snarare hängde, över en lätt plaststol vid ett litet fyrkantigt bakelitbord. Belysningen var stickande hård och lätt blåskimrande, förmodligen avsedd att vara just så obehaglig som den var.

"Stå upp!" vrålade en av vakterna och fången vacklade upp i något som säkert inte kunde anses som korrekt stående på Förvaringssektion 4 eftersom han böjde ryggen och stödde sig med ena handen mot bordsskivan.

Webber avvärjde vakternas tydliga ambition att ta itu med frågan om korrekt stående och bad att få bli ensam med fången. Han åtlyddes med tvekan och väntade tills den skinande ståldörren var ordentligt stängd innan han satte sig ner på andra sidan bordet.

Fången såg bedrövlig ut. Värre än så, han såg hjärtskärande ut om man betänkte vem han var, en av deras egna agenter ute på fältet, i värsta fall till och med en sorts kollega. Så sett var situationen dessutom pinsam.

"Är du i stånd att samtala?" frågade Webber med en röst som sprack så att han måste harkla sig. Fången lyfte på huvudet och försökte se honom i ögonen mellan springorna i sina blodiga och igensvullna ögonlock. Men han svarade inte utan gjorde bara en roterande rörelse med handen som såg ut som om han bara manade på till fortsättning.

"Jag är Webber, biträdande chef på sektion T på MI 5. Och du är om jag förstår rätt Mr Yussuf ibn Sadr al Banna, alias Abu Ghassan. Är det korrekt uppfattat?" Fången nickade, utan att svara.

"Jaha Yussuf ... det är väl okay om jag kallar dej Yussuf? Hursomhelst, jag har två precisa frågor. Är du i stånd att svara?"

Fången upprepade sin roterande gest med handen.

"Well. För det första. Vem arbetar du för?"

"För Mouna och ingen annan än Mouna", svarade fången hest.

"Jag förstår", fortsatte Webber forcerat, han ville egentligen avbryta för att få in lite dricksvatten till dem båda. "Då har jag bara en andra fråga. Varför tog du dej namnet al Banna?"

"Därför att jag är släkt med den jäveln, jag menar därför att jag *olyckligtvis* är släkt med den jäveln", viskade hans kollega.

Webber var skakad. Men han tog sig samman och kommenderade in vatten och det sätt den torterade agenten drack på måste uppfattas som om han inte fått vatten på mycket länge.

"Jaa, Yussuf ... på tjänstens vägnar beklagar jag verkligen det sätt som du har blivit behandlad på. Jag är rädd att vi antydde någonting om att det kanske vore lämpligt att det syntes att du hade blivit omhändertagen av oss. Men det här ... hemskt ledsen. Verkligen."

"Jag skulle inte oroa mej så mycket för den saken om jag var du", svarade agenten Yussuf med ett försök till leende mellan sina spruckna läppar. Hans övre framtänder var dessutom avslagna, bara de smärtorna borde vara svåruthärdliga.

"Var det Webber du hette?" fortsatte han och sköljde sig i ansiktet med resten av det kalla dricksvattnet och baddade sina såriga och inflammerade kinder. "Well, Webber, det var ju ett underligt första möte vi fick du och jag."

"Vi ska naturligtvis se till att få ut dej på stubinen härifrån. Och jag beklagar än en gång ..."

"Lägg av!" avbröt agenten Yussuf med ett nytt försök till leende som blev till en grotesk grimas. "Jag har fått värre stryk än så här. Inte bara av israelerna utan också under min utbildningstid. Så ta det nu kallt. För det första är det här inte vårt fel. Alla nya som kommer hit får stryk utan förhör. Det är nån idé dom har som kallas uppmjukningsfasen. Dom klår en, pissar på Koranen, uttalar synpunkter på Profeten, frid över honom, och uppträder även i övrigt som moderna representanter för den kämpande demokratin."

"Uppmjukningsfasen!? Vad i helvete betyder det?"

"För det andra! Håll käften och lyssna i stället. Det vore inte så lyckat om jag av någon outgrundlig anledning undantogs uppmjukning eller annan lika behandling som alla andra här. Om någon där ute får minsta misstanke om vad jag jobbar med så spricker hela operationen." "Men jag vill ändå ha dej härifrån så fort som möjligt", invände Webber. "Som du ser ut just nu kan man inte gärna misstänka dej för att vara en av oss." "Du anar inte vad folk kan misstänka. Jag har ett bättre förslag. Jag har uppehållstillstånd därför att någonting som heter Anglo-Islamska Vänskapsförbundet har ordnat ett stipendium åt mej. I tjänsten ingår att vara hjälpreda i moskén i Regent's Park, särskilt vad det gäller ungdomsverksamheten. Mina välgörare vet inte varför jag är försvunnen, det är ju det vanliga när misstänkta försvinner. Men tipsa mina hedervärda och idealistiska vänner och dom kommer att leva djävulen med press och myndigheter och så har dom, simsalabim, oväntat stor framgång. Efter några dar, ungefär. Mina skador läker inte tills dess. Jag gnäller lite när jag kommer ut, besvarar försiktigt eventuella förfrågningar från brittiska medier. Om sådant intresse finns, vilket jag i och för sig tvivlar på. Misshandlade och religiöst kränkta muslimer i rikets hemliga fångläger är väl knappast någon idealisk story. Eller vad tror du?"

"Uppriktigt sagt, Yussuf, så vet jag inte vad jag ska säga. Det här är rent ut sagt vidrigt. Jag vet inte hur jag ska kunna beklaga eller gottgöra."

"Nej, det förstås. Det beror på att du nu vet att jag är Mounas kille. Och du har träffat henne förstår jag, eftersom du hade hennes kontrollkoder?"

"Jo, vi har träffats."

"Nå?"

"Imponerande kvinna, jag menar kollega, faktiskt."

"Mm. Så skulle man kunna uttrycka det. Imponerande kvinna."

"Absolut."

"Och lite av den glansen får jag låna. Men om jag inte varit hennes kille utan bara någon av dom andra trettio–fyrtio fångarna här inne och givetvis sett likadan ut? Då hade du inte beklagat."

"Yussuf, jag kan gott och väl förstå att du är kritiskt inställd, med all rätt vill jag säga, till det sätt du har behandlats på. Jag hoppas det inte skadar vårt goda samarbete."

"Naturligtvis inte, jag gör bara mitt jobb."

Webber var så tagen av situationen att han nog inte dolde det särskilt bra för sin torterade kollega. Och än mindre för sig själv. Han borde kanske ha rest sig upp och gått just vid den här punkten i samtalet, även om den palestinske agenten verkade påtagligt mycket piggare nu än för en stund sedan. Kanske berodde det på att han fått vatten, så enkelt som så, bara vattnet.

Det hade åtminstone inte varit fel att gå därifrån. De hade rett ut vad som under omständigheterna kunde redas ut. Kollega Yussuf hade till och med skisserat ett betydligt intelligentare sätt att få ut honom från fånghålorna än att bara fatta ett blixtsnabbt överordnat beslut på MI 5. Alltså var deras mellanhavande vad gällde själva tjänsten avklarat.

Antagligen skämdes han inför tanken att bara kyligt tjänstemanna-aktigt rätta till pressvecken, bildligt talat, och sedan gå och lämna en sönderslagen agent på ett sätt som han aldrig skulle ha gjort om agenten varit britt. Men av alla små vänliga konversationsfrågor han kunnat ta till hörde han sig själv plötsligt uttala det mest orimliga, åtminstone i den situation de nu befann sig.

"Yussuf, det kan kanske verka som en konstig fråga, men tror du på Gud?"

Han kunde ha bitit tungan av sig.

Yussuf tittade häpet upp och betraktade honom genom sina igen-svullna ögonspringor en stund innan han svarade.

"Nej", sade han till slut, "det gör jag nog inte. Åtminstone inte i dag. Och vad i hela fridens namn får dej att ställa en sådan fråga?"

"Du är imam."

"Jamen det är ju bara mitt cover. Jag är förstås teologiskt välutbildad och har svar på alla möjliga och omöjliga frågor om Gud. Men det är ju uppriktigt sagt inte samma sak. Så vad vill du egentligen veta?"

Det var nog där det låg. Associationen hade han fått, insåg han nu, från Mouna al Husseini som sagt att hon inte trodde på Gud och heller inte tänkte sig att hennes egen imam gjorde det. Men egentligen ville han veta något helt annat. Närmare bestämt hur man talar om Gud till unga desperata muslimer som i värsta fall får för sig att Gud är *för* tunnelbanesprängningar. Det var det obegripliga, det skrämmande och dessutom en av hans professionella huvuduppgifter att ändå begripa. Den andra huvuduppgiften bestod dessvärre i att selektera och transportera muslimer som bedömdes vara i någon sorts riskzon till institutioner av ungefär den typ där han just nu befann sig. Så han förtydligade frågan. Och fick sig, som ett smakprov, nästan som en intellektuell lek, en predikan som inte var längre än en halvtimme.

Men under två timmars bilresa tillbaks på den nu ännu mer överbelastade M 1:an söderut mot London räckte tiden ändå inte till att sortera det den falske imamen och officerskollegan sagt.

Utgångspunkten var enkel, gott mot ont, den dualistiska världsbild som alla religioner håller sig med. I det här fallet George W Bush och Israel mot all världens muslimer, de kristnas Heliga Krig för andra gången, de ockuperade folken i Palestina och Irak, allt det självklara. Men vad var nu religion och vad var politik? Det var knäckfrågan och åtminstone de värsta fanatikernas svaga punkt eftersom det var så enkelt att göra religion av politik, att bara vifta med Koranen eller, som George W Bush, med Bibeln.

Det var här den skicklige predikanten måste sätta in stöten. Han fick inte vara för mjuk i sina fördömanden av de sataniska krafterna bakom USA och Israel, för då skulle han tappa åhörarnas förtroende.

Ett närmast komiskt problem i det sammanhanget var att man inte heller fick vara för aggressiv, eftersom moskéerna var avlyssnade och det numera fanns lagar mot alltför eldfängda utfall under predikan.

Men detta gott mot ont var den givna utgångspunkten, dessutom för det mesta lätt att framföra med egen övertygelse. Men därefter blev det svårare, och viktigare. För det var inte kärleken till Gud eller någon annan upplyftande esoterisk erfarenhet som fick de unga gymnasisterna eller universitetsstudenterna att bli rasande.

Det var 9/11 och följderna av det därefter proklamerade Kriget mot Terrorismen. Storbritanniens tre miljoner muslimer, eller bara påstådda muslimer, hade blivit den inre fienden. Om man var klädd som Yussuf eller om en kvinna hade schal och kom in på en tunnelbanevagn så var det första som mötte honom eller henne skräcken och motviljan hos de andra passagerarna. Alla tänkte att måtte den jäveln inte sätta sig bredvid mig. Att gå och handla hade blivit en annan sak än förr, att bråka om en konstig elräkning hade blivit en fientlig handling och hela det vardagliga livet dominerades av att man vid första anblicken antogs vara alla de andras fiende. Mest frustrerade, rasande, förtvivlade och till slut hämndlystna blev kanske inte ens muslimerna, åtminstone inte de fattiga muslimerna, utan de icke särskilt troende eller de alls icke troende som buntades ihop med fienden. Ur det perspektivet var den fattige pakistanske pojken som arbetade i kebabståndet hos sin far, och verkligen trodde på Gud, bad alla bönerna och allt det andra, den minst sannolike att spränga tunnelbanan. Och vem den mest sannolike var visste vi ju redan. Exempelvis han som kom från Cambridge och plötsligt trodde sig ha funnit Gud och till en början ville lära sig hur man gjorde när man bad och på allvar funderade på att sluta dricka alkohol.

De flesta imamer som Yussuf diskuterat problemet med såg på saken tämligen lika. Förvirrade själar som sökte sig till Gud kan inte avvisas, de måste hjälpas till rätta. Det första de frågar om brukar dessvärre vara saker som rör Jihad och viljan att offra sig för Guds sak.

Det är då det gäller. Man säger att det är rätt att offra sitt liv för Gud. Men inte utan vidare. Ty det gäller bara den som verkligen känner Guds kallelse. Gud förbjuder självmord. Och den som begår självmord i en fåfäng föreställning om att bli hjälte begår en dubbel synd. Gud har givit dig livet och bara Han har rätt att ta ditt liv. Ungefär så var upplägget. Inte bara från den falske imamen från PLO utan också från de flesta av hans mer troende kolleger. Det hela byggde i all enkelhet på tvivel och eftertanke. Och mer ingående koranstudier, ironiskt nog.

\* \* \*

När han inte var sönderslagen var han antagligen en lika övertygande som karismatisk predikant, tänkte Webber när han parkerade bilen hemma utanför radhusvillan i Kensington.

Kollega Yussuf hade sagt att han levde i en bubbla av overklighet, att han trodde på allt just när han predikade och att det kändes schizofrent, nästan blasfemiskt, att bara kallt dra scenariot för en brittisk officerskollega.

Det var tvivelsutan en fantastisk prestation, inte minst skådespelarinsatsen. Kollega Yussuf var ingen dununge, sannerligen brigadgeneralen Mounas kille.

I samma ögonblick som radhusdörren slog igen bakom honom stängde han av allt som hade med dagens arbete att göra. Det var rutinen. Det var en konst han hade utvecklat genom åren och han lyckades nästan alltid. Men hans hustru Mary genomskådade honom också alltid när han inte riktigt lyckades.

"Tuff dag på jobbet, älskling?" mer konstaterade hon än frågade när han steg in i köket och kysste henne först på båda kinderna och sedan på munnen. Mer behövde inte sägas, det var det arrangemang de hade. Hon visste att han var en spook, men inte vad han gjorde.

Han deltog fåordigt och lite frånvarande i de vanliga familjebestyren, förhörde äldsta dottern på historieläxan som handlade om Cromwell och puritanismen, kontrollerade i smyg hur det hade gått för Man U på sportens texttevesidor, men utan att dröja sig kvar vid teven, plockade undan disken efter maten och kontrollerade döttrarnas tandborstning och läste godnattsaga för den minsta.

När barnen var lagda försökte han och Mary se en populär fråge-sport men han hade hela tiden tankarna på annat håll och hans hust-ru observerade det förstås, fastän hon inte sade någonting. När pro-grammet var slut märkte han det inte förrän hon stängde av teven, kom över till honom och kröp upp i hans knä och drog honom i det långa håret.

"Jag tror det är dags att klippa bort det där, skulle du ha något emot det?" frågade han lika oväntat för sig själv som för henne.

"Om du vill höra min absolut övertygade och orubbliga uppfatt-ning?" skojade hon.

"Ja?"

"Så tycker jag det är en av de bästa men mest försenade goda idé-erna jag hört på länge!" svarade hon och ryckte honom i ett lättfång-at grepp i nackhåret.

"Okay. Trodde väl det ...", mumlade han. "Får jag fråga dej en helt annan sak?"

"Ja?" sade hon med ett snabbt slocknat leende, nästan oroligt.

"Du är vacker, anständigt men smakfullt klädd, en fantastisk mor, universitetslektor i företagsekonomi, liberal, inte ens labour, typiskt intellektuell och ledamot av kyrkofullmäktige och sammanfattnings-vis Wales stolthet och jag älskar dej ..."

Han kom av sig, kunde inte fullfölja meningen och naturligtvis blev hon orolig att han ville komma in på något som skulle skada eller såra henne.

"Det där var ett signalement, delvis smickrande, men ingen fråga", konstaterade hon. "Vad var frågan?"

"Är en person som du medveten om att vi i Storbritannien dagli-gen torterar människor i hemliga och avsides belägna fängelsehålor?"

Hon reste sig tvärt ur hans knä, drog nervöst ner sin tröja och slog armarna i kors över bröstet.

"Neej!" sade hon. "Det är jag inte medveten om och jag är inte heller säker på att jag vill veta, eller ens har rätt att veta. *Såvida inte.*"

"Såvida inte vadå?"

"Såvida inte min man, *min man*, är en torterare."

"På den punkten kan du vara alldeles lugn", svarade han. "Jag tror helt ärligt talat att jag aldrig skulle kunna förmå mej till det, inte ens om man formulerar problemet som i filosofiundervisningen. Du vet, om du kan rädda hela världen genom att tortera din egen mor …? Nej. *Din man* skulle aldrig förnedra sig till något sånt."

"Så bra", sade hon. "Då tar jag en Pimm's och du en scotch, nej jag serverar eftersom du antingen är förlamad eller somnambul. Lite vatten som vanligt, Highland Park eller Caol Ila eller något annat?"

"Caol Ila, tack."

Han ångrade sig naturligtvis. Resten av kvällen skulle milt sagt bli något ansträngd. Skälet till att de flesta på jobbet hade samma princip som han själv följt med orubblig disciplin ända tills alldeles nyss var inte att fruarna förmodades utgöra någon sorts säkerhetsrisker. Det var enklare än så. Halvkvädna visor för ingenting gott med sig och mer än halvkvädna visor kunde det ju inte bli.

Han gick och lade sig tidigt och låtsades somna och hon låtsades att han sov medan hon låg och läste någon roman.

Nästa dag på kontoret bestod det enkla jobbet i att avrapportera mötet med den palestinske kollegan till chefen och ordna så att den där Anglo-Islamska föreningen kunde få tips från en tabloidtidning och börja yla om imamens omedelbara frigivning.

Därefter drog han sig tillbaks till sitt tjänsterum och tog fram den förlängda versionen av Mouna al Husseinis föredrag som hon haft i sin dator och låtit dem skriva ut innan hon gick. Han hoppade över alla hennes i och för sig drastiska men ändå rätt övertygande resonemang om galningar som Abu Hamza från Finsbury Park och gick direkt ner till de sista sidorna i avsnittet om den verkliga faran. Det vill säga att göra alla muslimer, även icke troende, även de mest högutbildade och till och med dem från överklassen, till fiender.

Någonting i hela hans världsbild hade ruckats. Palestinier hade han alltid betraktat som mer eller mindre besvärliga "objekt" för spaningsinsatser eller rentav större operationer. Eller som nyhetsbilder på bildskärmar där de vrålade och skrek iklädda gröna pannband i Gaza. Märkligt att tänka sig att hon kom därifrån.

Men den operation som Mouna al Husseini lagt upp i London var något av det mest sofistikerade han hört talas om på länge. Det var sådant som fanns bland klassikerna och användes i undervisningen för nyanställda. Det var en hel teaterföreställning, en *maskirovka* som hon kallade det, som knappt ens någon av världens hundratusen författare i den enklare konspirations- och underhållningsbranschen hade kunnat hitta på.

Vilka enorma och säregna kunskapsresurser, specialutbildad personal och politiska och intellektuella kontakter hade inte krävts för att göra detta? Och alla dessa ansträngningar för att *hindra* terroraktioner i London?

I hennes skrivna föredrag fanns en annan avslutning än den hon hade föredragit muntligen vid sitt besök:

"Och alla dessa ansträngningar från vår sida kokar till slut ner till en enda sak. Vi bekämpar den israeliska ockupationen av vårt hemland. Det är vårt allt övergripande mål. Och då måste man kanske fråga sig vad jag gör här i London, varför det är så angeläget för mej att hjälpa er. Ni som både historiskt och möjligen fortfarande betraktar mej som fienden.

Svaret är enkelt. Varje gång någon förledd tonårskvinna från Hamas rusar in och spränger sig själv och ett antal israeler till döds på ett kafé vid Ditzengoff Square i Tel Aviv eller någon busstation i Negev så bygger Ariel Sharon muren längre. Och varje gång några förvirrade gymnasister bombar eller försöker bomba tunnelbanan i London så bygger Ariel Sharon muren längre. Och den här gången med tyst brittiskt gillande. När muren är helt färdig, och det är inte långt kvar, dör drömmen om mitt befriade hemland. Därför är jag här.

George W Bush internationaliserade, globaliserade om ni föredrar det nya ordet, det han kallar Kriget mot Terrorismen. Vi måste följa med i den logiken, det är så enkelt som så. Det är därför jag är här. Tack för ordet mina herrar!"

Webber läste hennes avslutning två gånger med en underlig känsla av att det var något han såg men inte såg. Varför hade hon för det första inte sagt det här utan bara lämnat det i sitt dokument? Det var ju rätt välformulerat, hade Tony Blair sagt det här i parlamentet hade alla applåderat som dårar.

Just den frågan gick nog att besvara. Den här texten var avsedd att läsas av någon som redan träffat Yussuf.

Men hon hade ju inte kunnat veta att hon utanför protokollet skulle bli inbjuden till eftersnack? Jo, det hade hon nästan kunnat veta. Hon hade kallt kalkylerat med att det hon liksom av en händelse råkade välja som exempel, bröderna Big T, skulle väcka en minst sagt berättigad nyfikenhet. Och så skulle hon få chansen att berätta om Yussuf. Oerhört smart uttänkt.

Men ändå kvarstod frågan om denna enorma ansträngning, alla resurser, alla kostnader, all planering och framför allt långsiktigheten. Man skulle rentav kunna tro att hon höll på med något mycket större, att *Operation Rekryt* som hon nu fått igång som ett gemensamt projekt, i själva verket dolde något ännu viktigare och större.

Men det var bara en känsla, det fanns ingenting att ta på. Dessutom var det osannolikt att hon skulle använda bröderna Big T till någonting för egna syften. Den värste av dem, om man nu skulle uttrycka sig så om ett tekniskt geni, hade doktorerat på magnetiska effekter och grön laser i förhållande till brytningsfenomen i större vattenmassor. Eller något i den stilen. Och den yngre av dem var specialist på att överföra datorernas språk till animation.

Två saker var i alla fall klara, nej tre saker om man tänkte efter.

Med de angivna vetenskapliga specialiteterna hos bröderna BT sprängde man förvisso inte några tunnelbanetåg.

Och den där brigadgeneralen al Husseini var en spook med mycket stora förmågor.

Och slutligen. I sinom tid skulle man få veta vad i helvete detta handlade om.

Och på vägen mot den kunskapen, vad det nu skulle bli, var det bara för MI 5 att snällt spela med i Operation Rekryt, med egen predikant i Central Mosque och allt, till och med fixa lite falska utresepapper om så behövdes.

Jag är rädd att vi har torskat på någonting, mumlade han för sig själv. Problemet är bara att jag inte har minsta aning om vad.

# II

Det eviga mörkret var värst. Enligt vad man sagt honom skulle solen över huvud taget inte visa sig över horisonten förrän någon gång i mars, om flera månader. Severomorsk, en plats han aldrig hört talas om innan han transporterades hit som någon sorts fånge, var i den meningen så nära man kunde föreställa sig ett helvete på jorden. Ändå var mörkret till fördel för Severomorsk, han mindes fortfarande hur det sett ut i dagsljus, ett enda förfall av rostiga armeringsjärn som stack ut överallt, nedrasad rappning, sönderkörda vägar med vatten och lera, höghusbaracker utan så mycket som en park eller ens enstaka träd att se ut över, tung och förmodligen giftig industrirök som pressades ner mot marken och blandade sig med dimman.

Men trots dessa glåmigt dystra förutsättningar hade han snabbt kommit att älska sin nya tillvaro, och det som förfört honom var i tur och ordning tre saker. Han hade träffat två häpnadsväckande begåvade vetenskapsmän i hans egen ålder som båda var specialiserade på de problemställningar och möjligheter som han diskuterat i sin avhandling; säkert blev han också smickrad av att de båda förklarat att just hans avhandling hade varit något av deras bibel de senaste åren. Docenten Ivan Firsov och doktoranden Boris Starsjinov såg förvisso inte mycket ut för världen och talade en egendomlig engelska som det tog lite tid att lära sig att förstå. Men allt sådant hade varit lätt att sätta sig över när han väl insett vad projektet gick ut på.

Andra delen i hans snabba förförelse var att han hade fått se själva Monstret redan efter några dagar. Ivan Firsov och en specialist från ryska ishavsflottan hade varit hans guider. Det hade känts som att stiga ombord på ett framtida rymdskepp från verklighetens Star Wars, en svindlande fantasieggande sightseeing bland rader av instrument och bildskärmar och virrvarr av kabelknippen där man höll på att installera en uppdaterad elektronik.

Det tredje var att han oemotståndligt drabbats av den enkla slutsats som varje något så när intellektuellt välordnad person måste dra av att ha sett Monstret inifrån – projektet var fullt möjligt, eller mer än så.

Och just denna nattsvarta eftermiddag i november skulle de genomföra ett praktiskt test för att se om de nya grejorna, resultatet av månaders grubbel, diskussioner och experiment i deras lilla laboratorium, fungerade också i praktiken. Ivan Firsov och Boris Starsjinov var lika optimistiska som han själv, allt de hade simulerat i datorerna hade entydigt visat att de löst de avgörande problemen.

De hade fått låna en av torrdockorna i Severomorsk för sitt experiment. Den hade kapacitet att ta in en av de allra största ubåtarna i Anteus-klassen, samma som den förolyckade Kursk, och när man vattenfyllde den 180 meter långa, 30 meter djupa och 40 meter breda bassängen uppstod ett havsområde som gott och väl motsvarade en ubåts operationsområde. Eftersom de små ubåtsmodeller man skulle lokalisera där inne i det tänkta havet inte var längre än en meter så var det bara att multiplicera alla mått gånger hundra. Deras experimenthav var således 18 kilometer långt och 3 000 meter djupt i förhållande till modellubåtarna.

Experimentet förutsatte att personalen från den marina underrättelsetjänsten höll hemligt för den vetenskapliga ledningen var och när de skulle placera ut de små amerikanska ubåtarna.

Det som skiljde verkligheten från experimentmiljön var allt omgivande järn som påverkade magnetsensorerna på ett sätt som inte skulle kunna ske ute i en verklig vattenmassa. Men den effekten trodde de sig ha kompenserat.

Redan efter några minuter förstod de att experimentet skulle bli en framgång. På deras bildskärmar växte hela torrdockan fram meter för meter allteftersom sonderna drevs framåt i vattenmassan. De kunde se en kvarglömd skiftnyckel där nere på botten, de kunde till och med zooma in en rostskada som att döma av virvelbildningen innehöll en vattenläcka. Och att upptäcka de små ljudlösa ubåtsmodellerna var inga problem. De kunde till och med avläsa sifferbeteckningarna på ubåtarnas torn.

Den gröna lasern hade uppnått mer än hundra gånger större effekt än vad som tidigare varit möjligt. Det var ett vetenskapligt genombrott, en mänsklig, eller åtminstone en militär dröm om att passera en gräns för det hittills otänkbara. De kunde se på långt håll under vatten.

Den natten söp de sig våldsamt berusade på vodka, oavsett det syndfulla i att dricka alkohol och oavsett det något enahanda i att bara riva kapsylen av den ena lilla brännvinsflaskan efter den andra, utan någon som helst möjlighet till variation, inte så mycket som en endaste liten Highland Park eller Macallan.

Men åt helvete med synden och den kommande bakfyllan, åtminstone just då. De hade inte bara åstadkommit ett vetenskapligt genombrott tillräckligt stort för att man skulle kunna bli tokig utan ens en droppe vodka. De hade gjort projektet mer än fullt möjligt.

Själva monstret hade för närvarande ett något fantasilöst namn, ryssarna kallade henne någonting i stil med *Prajekt Pabjed,* om han kom ihåg rätt. Det skulle betyda Segerprojektet. Men Peter Feisal hade föreslagit att man åtminstone i den engelsktalande kretsen skulle döpa om henne till Viktoria. Först hade Ivan och Boris protesterat och menat att det lät som ett fjolligt namn på någon gammal tsaritsa eller drottning. Men de ändrade sig när han på ironiskt överdriven Queen's English upplyste dem om att Viktoria bara var det latinska namnet för Seger, faktiskt.

Ryssarna tyckte om när han gjorde parodi på *angliskij gaspadin,* den engelske gentlemannen. Hans bror Marwan var mindre road. Det var ju inte bara att göra parodi på sig själv, det var snarare att spela sig själv så att gränsen mellan parodi och verklighet blev hårfin, om den ens fanns.

71

Det var möjligen Marwans större känslighet för det där med den parodiska engelskan som gjorde att kvällen, trots det fantastiska genombrottet, slutade med gräl dem emellan. Peter Feisal hade gjort sig lite lustig över färgsättningen i de bilder som datorerna producerade. Han sade sig tvivla på att vare sig amerikanska eller israeliska ubåtar var svagt rosatonade. Marwan hade först försökt förklara det självklara, att färgerna dels var artificiellt producerade – där ute fanns ingen realistisk färg, animationerna var bara till för att göra bilderna omedelbart tolkningsbara för den som såg dem och måste fatta snabba beslut – dels en lätt sak att korrigera. Allt det där var förstås uppenbart och ingenting att bråka om. Men nu satt man där i midnattsmörkrets Ryssland och var dessutom berusad och då handlar onödiga bråk inte om vetenskap och vanligt förnuft.

\* \* \*

Bakfylleångest var förstås ingenting nytt i hans liv, han hade bland annat betydande erfarenheter från de första åren i Cambridge. Men det här var en ovanligt svår morgon och det vetenskapliga genombrottet föregående dag var bara ett av flera starka skäl. *Angliskij gaspadin,* det var vad han var, det gick inte att tvätta bort. Men han var också palestinier, till och med mer palestinier än engelsman, särskilt efter 9/11.

Att söka Gud var rätt. Att försvara sig själv och sina betydligt mindre lyckligt lottade landsmän var också rätt. Och det han uträttat tillsammans med Ivan och Boris var sannerligen ingenting att skämmas över. Tvärtom, slutresultatet skulle kunna bli ett av de största nederlag, nej det största som någonsin drabbat den fientliga västvärlden. Ingenting av detta var värt att känna fylleångest inför.

Men Herre Gud så naiv han hade varit! Och vilken lättlurad idiot dessutom. Objektivt var det visserligen bra. Det var alldeles utmärkt att han befann sig där han nu befann sig. Men det var ju inte hans förtjänst, det hade inte varit hans mening och det hade hon förstått.

Vilket gjorde saken än mer genant.

Det var bara några månader sedan han och Marwan och Marwans arbetskamrat på den hippa videofirman hade suttit i en sorts avancerad studiecirkel för, hur man nu skulle formulera saken, ivriga och intellektuellt välutrustade nybörjare i islam och sökt svaret på frågan hur kallelsen skulle se ut när eller om den kom.

Abu Ghassan hade varit en fantastisk lärare, inte tu tal om den saken. Han var teologiskt lärd utan att vara någon dogmatiker. Han predikade tolerans som kärnan i islam på ett mycket övertygande sätt utan att vika en tum eller tvivla en sekund på det rättfärdiga i att med Guds hjälp besegra den israeliska ockupanten och den sataniska och under George W Bush moraliskt förfallna världsmakt som med både vapen och pengar permanentade Israels övertag.

Abu Ghassan tog Apache-helikoptrarna som utgångspunkt för en diskussion som drog sig mot teknologi och politisk psykologi snarare än teologi. Eller rättare sagt mot frågan hur den gode muslimen skulle förhålla sig till viss teknologi.

Exemplet var enkelt. En tonåring, pojke eller flicka, förses av Hamas med ett tjockt bälte som förvandlar den unga människan till en levande bomb. Sprängladdningen är förstärkt med spikar som inte bara kommer att slita sönder martyren utan dessutom döda och skada så många israeler som möjligt.

Operationen lyckas i den meningen att nio människor dör, nämligen självmordsbombaren, en turist från Brasilien, två irländska fredsaktivister, tre israeliska barn och deras mor och en soldat på väg hem på permission.

Fyrtio minuter senare lyfter två Apache-helikoptrar och hovrar in över Gaza och avfyrar tre Hellfire-missiler. Tjugosex människor dör omedelbart. Ytterligare femton dör i ambulanser och på sjukhus det följande dygnet.

Den första aktionen räknas som terrorism och får stor publicitet. Den andra aktionen räknas som nödvärn, repressalier eller liknande, dock inte som terrorism.

Det man gör med enkla vapen är alltid terrorism, det man gör med avancerade vapen är något helt annat, särskilt om man har blå uniform på sig. Och vad skall den rättroende nu säga till Gud? Att världen är orättvis? Visst, så är det, svarar Gud.

Att våra förtryckare dödar oss och får applåder i medierna och stöd från London och Washington och vi möts av hat och avsky när vi försvarar oss? Visst, så är det också, säger Gud.

Var det ändå inte en god gärning denna unga martyr gjorde som offrade sitt liv i kampen mot övermakten? frågar ni då.

Det var en modig gärning, säger Gud.

Men mer säger Han inte.

Och där satt de och tog om allt från början. Om fienden riktade dödliga slag mot de troende så måste de slå tillbaks. Men första frågan var då hur och mot vem?

Att göra som gymnasisterna från Leeds, att döda tunnelbanepassagerare i London, måste under alla förhållanden vara fel. Det var bara bedragare som den självutnämnde imamen Abu Hamza som kunde hävda något annat och nu satt förvisso han där han hörde hemma, i Belmarsh-fängelset till skada för de troendes sak och till självförhärligande syndfull glädje för sig själv.

Abu Ghassan visade hur Koranen beskrev två vägar. Den ena förstod alla, det handlade om att visa tillit till Gud och be om Hans stöd. Som i andra suran verserna 250-251:

*Och när de stod öga mot öga med Goliat och hans styrkor bad de: "Herre! Ge oss kraft att hålla stånd och gör oss stadiga på foten och låt oss segra över dessa förnekare av sanningen!"*

*Och med Guds vilja besegrade de dem och drev dem på flykten. Och David dödade Goliat och Gud gav honom makt och visdom och all den kunskap han ville.*

Detta var alltså det enkla, enligt Abu Ghassan. Vem skulle inte i sin ångest be om Guds hjälp när han stod inför Goliat?

Men Gud kräver mer av oss än så och i all synnerhet kräver Han mer av dem som Han har utrustat med ett gott förstånd. Och just

Peter Feisal, Marwan och Ibrahim borde särskilt beakta tredje suran, vers 190:

*I skapelsen av himlarna och jorden och i växlingen mellan natt och dag ligger helt visst budskap till dem som vill använda sitt förstånd.*

Gud talade alltså rent ut om naturvetenskapens betydelse och skyldigheten för den som var vetenskapsman att använda sitt förstånd. Mer än så, den som har begåvats med naturvetenskapens källa till kunskap har ett ovillkorligt ansvar att använda de gåvorna.

Ungefär så hade diskussionerna gått.

Det är klart att det var någon sorts fälla, kunde man säga i efterhand. En dag hade deras vanligtvis så avspänt ironiske imam sagt dem att han hade något så farligt och viktigt att berätta att de måste ta en promenad ut i parken för den händelse att moskén var avlyssnad.

Där i Regent's Park bland turister och unga kvinnor med barnvagnar och pensionärer som matade fåglar och vanligt hyggligt folk som tagit sin lunch med sig ut i den fortfarande milda sensommaren hade Abu Ghassan visat sig som en helt annan. Han var tydligt spänd och djupt allvarlig när han avslöjade att han tillhörde en av världens hemligaste och mäktigaste motståndsrörelser. Och det han nu hade att säga dem var mycket stort. De hade kanske fått kallelsen.

Det innebar inte att de var utvalda, utan att de skulle prövas. Och han kunde just då inte avslöja mer om vad saken gällde, om det nu var så att någon av dem skulle backa ur, än att det skulle komma att krävas stort mod, en fast tro på den goda saken och, vilket händelsevis gjorde att just de tre passade sällsynt väl för uppdraget, att kunna uppträda som en engelsk gentleman.

Först var det som om tiden hade stannat. Om just han, Abu Ghassan, som hela tiden hållit deras krigiska iver tillbaka och gång på gång sagt dem att de måste vänta på ett tecken, den sanna kallelsen, om just han sade sig vara övertygad om att nu var den här, så var det omöjligt att tvivla. Det var ett svindlande ögonblick.

Lite senare när de lugnat ner sig blev de ändå något skeptiska, förutom att de självklart blev paranoida. Men om de blivit manipulerade av en i övrigt fullt övertygande gudsman som blivit knäpp så skulle det visa sig rätt snart.

Och det gjorde det. För bevisligen fanns en resursstark organisation någonstans i bakgrunden. En man Peter Feisal aldrig tidigare sett stoppade med en vänlig blinkning en papperslapp i fickan på honom när han varit i moskén för enskild bön. På lappen stod bara ett klockslag, en adress i Kensington och beskrivningen av en trasig brevlåda. När han gick dit och sträckte ner handen i den mycket riktigt trasiga brevlådan, det kändes som att stoppa ner handen i en råttfälla, fiskade han upp ett irländskt pass.

Två miles därifrån satte han sig på en parkbänk, såg sig omkring och slog upp passet. Han blev alldeles kall när han såg bilden på sig själv i ett såvitt han kunde bedöma helt äkta pass. Hans namn hade blivit David Gerald Airey.

Samma sak hände med några variationer både Marwan och Ibra. Nästa steg var att de fick flygbiljetter utskrivna på samma namn som i deras falska pass, med olika avgångar från olika flygplatser men mot samma destination, Frankfurt i Tyskland.

Dagen före avresan samlades de alla hos Abu Ghassan i Central Mosque för att be om framgång. Han informerade dem viskande om hur de skulle söka upp en viss mötesplats i avgångshallen för flygningar mot Asien. Där skulle de träffa en kvinna i muslimsk klädsel men med sportskor med tre ränder på. Hon skulle fråga dem något och därefter tappa ett litet paket som någon av gentlemännen naturligtvis skulle ta upp. Det var nya pass och nya flygbiljetter. Deras gamla pass skulle de göra sig av med i en papperskorg på närmsta toalett.

En sak till var mycket viktig. De skulle visserligen ha falska identiteter under hela resan, men alltid brittiska identiteter. De borde därför klä sig i överensstämmelse med det. Och de skulle packa för ett kallt klimat, gärna tweed, men absolut ingenting som kunde tolkas som muslimsk klädsel. Deras identiteter måste stämma med deras bagage, ifall någon – givetvis mot all förmodan – skulle fatta misstankar.

Hela arrangemanget var oemotståndligt, särskilt som det från början var så uppenbart proffsigt genomfört. Bara en sådan sak som att kunna prestera sex till synes äkta pass och låta tre av deras identiteter gå upp i rök med flygbiljetter och allt.

De hade alltså stått vid den angivna platsen på Frankfurts flygplats i sina brittiska kläder, händelsevis alla i tweed, konverserat ansträngt högt om fasanjakt och spelat britter, vilket var lite roande eftersom Marwan påstods vara skotte och Ibrahim walesare. Och själv var ju Peter Feisal för tillfället irländare, vilket han bedömde som den klart mest otacksamma rollen.

Hon hade haft en lång svart slöja som dock bara täckte halva ansiktet, svarta bylsiga kläder och förstås sportskor med tre ränder när hon kom fram till dem och på en något svårbegriplig engelska började fråga om var man kunde hitta rätt avgångshall om man skulle till Islamabad. Hon låtsades tappa något och när Peter Feisal reflexmässigt böjde sig ner mot paketet krockade hans huvud med hennes eftersom hon också böjt sig ner. Hon åmade sig högljutt men stoppade det lilla platta paketet blixtsnabbt i hans kavajficka när de rätade på sig. Sedan vimsade hon vidare.

Det var hans första möte med Mouna al Husseini.

När de gick in på den intilliggande herrtoaletten och gjorde sig av med sina gamla resehandlingar och sorterade upp de nya upptäckte de att deras nya identiteter var hart när desamma, utom att Marwan blivit irländare och Peter Feisal walesare och att de således hade fått byta brittisk nationalitet med varandra. De tolkade det hela som ett avancerat, närmast arrogant skämt från en organisation som hade så stora resurser att man kunde göra även de nya extremt svårförfalskade passen i vilken variation man behagade. Det var i sanning, som Abu Ghassan skulle ha sagt, ett stort äventyr.

Att deras nya biljetter visade sig vara enkel resa till Moskva gjorde dem inte på något sätt misstänksamma. De utgick från att de skulle få nya biljetter när de väl var där.

Vilket de också fick. Från Mouna själv. Hon hade varit med på samma flight som de, men de hade inte känt igen henne eftersom hon var klädd i moderna västerländska kläder, slöjan och det där andra hade hon helt enkelt slängt på damtoaletten, fick Peter Feisal veta senare när de börjat komma överens och till och med kunde skämta om hela bedrägeriet.

Efter att de passerat passkontroll och tull på utrikesflygplatsen Domodjedevo II i Moskva hämtades de av mörka män i svarta skinnjackor som tog deras bagage och föste ut dem mot en liten väntande Volkswagenbuss med neddragna gardiner runt om, och när de väl var installerade i bilen försvann männen och Mouna som satt sig där framme bredvid chauffören förklarade kort för de tre brittiska äventyrarna att de skulle till en ny flygplats som hette Sjeremetjevo varifrån man flög över större delen av Asien. Sedan inledde hon en snabb konversation på ryska med chauffören.

Större delen av Asien var en sanning med modifikation, visste han nu. Sjeremetjevo var inrikesflygplatsen i Moskva. Men destinationen hade de ingen möjlighet att utläsa på sina nya flygbiljetter som var utskrivna på kyrilliskt alfabet och dessutom med en usel maskin, eller om det var svagt bläck.

När de steg ombord på planet till Murmansk i sina tweedkavajer såg de klart avvikande ut, alla andra hade tjocka vinterkläder och lurviga huvudbonader, men de förstod fortfarande inte vad som hände. Det var dessutom en kvällsflygning så de hade inte med solens hjälp kunnat begripa att de reste norrut i stället för åt sydöst, exempelvis mot Islamabad som de hade förmodat.

Murmansk blev en chock. Flygplatsen gav intryck av att vara världens ände och när de steg ut i den arktiska kylan var det ingen tvekan om i vilket land de fortfarande befann sig, eller på vilken breddgrad.

Hon tog in dem till Murmansk med ännu en liten illaluktande buss med gardiner, som dock inte var fördragna, och stjälpte av dem framför ett hotell med nybyggd neonskylt som både med kyrilliska och latinska bokstäver förkunnade att detta var Hotell Arktika. Redan det var en nedslående upplysning.

Och när de kom in i den väldiga receptionen med sitt skrovliga stengolv började det likna mardröm snarare än överraskning. Den bortre delen av den hangarliknande hallen var någon sorts diskotek och nattklubb med sprakande neonljus, strålkastare, helvetiskt oväsen och dansande, våldsamt berusade unga människor. Mouna förde dem bestämt åt andra hållet, mot receptionsdisken, där demonstrativt sura personer vägrade att lämna en teve med något sportevenemang. Hon röt åt dem på ryska och en av dem sträckte förvånat upp sig, kom fram och blev plötsligt förunderligt artig och lade upp deras rumsnycklar på disken.

Så började alltså mardrömmen. Eller om man skulle vara mer precis så borde man nog säga att det var början på en lång sömnlös natt. För det Mouna nu sade kunde ha varit ungefär detsamma som om hon kastat dem alla tre i en iskall vak. Peter Feisal förstod först långt senare varför hon tagit till en sådan till synes onödig brutalitet.

"Mina herrar!" började hon befallande. "Mitt namn är Mouna, jag är biträdande chef för PLO:s underrättelsetjänst och vi har använt en del bedrägliga arrangemang för att få hit er. Var förvissade om tre saker. Ni har inte blivit värvade till något religiöst projekt. Vi kommer ändå att övertyga er om att ni ska hjälpa oss. Med början klockan 0800 vid frukost i morgon bitti och kom inte för sent. Hotellet kan ordna med väckning om någon är osäker. Och en sak till. Om ni, eller någon av er, backar ur kommer vi inte att döda er men behålla er i Ryssland obekvämt länge. Godnatt, mina herrar!"

Sedan lämnade hon dem utan vidare och smattrade bort mot hissarna på sina höga klackar. Själva blev de kvar vid disken för att fylla i incheckningskorten med sina falska namn och adresser och dessutom blev de berövade passen.

De hade fått tre rum intill varandra på fjärde våningen. När bagaget kommit upp och de blivit av med bärarna som fnös åt deras fempundssedlar och muttrade något om dollar samlades de inne i Peter Feisals rum. Det luktade starkt av tobak och något surt som ingen av dem just nu ville analysera.

"Jaha grabbar, intressant resa", sade Ibrahim, kastade av sig kavajen och sjönk ner i en bedagad mörkröd soffa med knirrande fjädrar. "Förr i världen skulle man ju ha sagt att det här är ett läge som tarvar en drink. Jag vet inte hur ni ser på saken, men finns det inte undantag?"

Ingen log åt det högst eventuella teologiska problemet huruvida en god troende i vissa lägen har rätt till ett järn. Marwan gick genast bort till minibaren och lastade upp en försvarlig mängd småflaskor och glas på en bricka.

Peter Feisal som möjligen lärt sig att hålla hårdare på alkoholförbudet än de två andra hade ingen tanke på invändningar men heller inte att dricka whisky utan vatten vid sidan av. Han gick ut i badrummet utan ett ord och återkom med ett fyllt tandborstglas som fick duga som karaff.

De nickade åt varandra och svepte varsin första whisky, hällde genast upp en ny och tvekade lika mycket alla tre om vem som skulle säga något först. Det var inte så lätt.

"Vi tycks ha hamnat i en liten knipa", sade Ibrahim med stenansikte.

"Absolut, en liten knipa skulle man kunna säga", fyllde Marwan i.

Sedan skrattade de, lättade av att åtminstone kunna skämta om eländet.

De hade alltså kidnappats av PLO, av PLO:s underrättelsetjänst närmare bestämt. Tidigare hade ingen av dem ens reflekterat över att PLO hade en sådan organisation, det var något som man förknippade antingen med Storbritannien, USA eller de mest hemlighetsfulla islamistiska befrielserörelserna.

Som läget nu var fanns det ingen anledning att ifrågasätta faktum. Det infernaliskt skickliga sätt på vilket de hade blivit iväglurade till Murmansk – Murmansk vid norra Ishavet av alla ställen! – lämnade åtminstone inget utrymme för att tvivla på den palestinska underrättelsetjänstens förmåga.

Men varför? Det var den stora frågan. Om nu PLO hade önskat

deras hjälp med något som man just nu inte kunde föreställa sig, så varför inte fråga först? Den där kvinnan Mouna hade ju sagt att hon var säker på att kunna övertyga dem, så varför allt dyrbart och tidskrävande krångel om saken? Det hela var obegripligt. Och så ett underförstått dödshot ovanpå allting. Hon hade sagt något om att ifall de backade ur – en sådan öppning skulle alltså finnas? – så skulle de visserligen inte dödas men tvingas stanna i Ryssland obekvämt länge eller något i den stilen. Och så var det förstås frågan om vad de tre förmodades kunna göra. Vad var det de tre kunde tillsammans, om man tänkte efter, som skulle kunna vara till någon nytta för PLO?

Rimligtvis inte att tillverka små bomber, eller ens stora. Bröderna Marwan och Peter Feisal hade haft en del spektakulära framgångar i den branschen som småpojkar, de hade bland annat tillverkat förstärkta påsksmällare med hjälp av enkla ingredienser som de hade hemma på godset och det hade slutat med visst elände och upprördhet och en exploderad lada. Men då hade de bara varit elva och tolv år gamla. Och det var då, det. Men nu?

Peter Feisal prövade en idé. Han hade ju erbjudits jobb på Marconi, det vill säga han hade handplockats dit strax efter att hans avhandling hade publicerats.

Inte för att han hade lust att arbeta på någon industri, särskilt inte om det i huvudsak gällde vapenutveckling, men han hade accepterat till en början, kanske mest av nyfikenhet. Han hade förstås anat vissa praktiska konsekvenser av sina upptäckter, mest trodde han på möjligheten att kunna revolutionera oceanografin, en framtid där man skulle kunna kartlägga världshaven lika grafiskt detaljerat som jordens landmassor. Vartenda djup, varenda bergskedja under vatten skulle kunna avbildas på både grafiska och elektroniska sjökort lika säkert och tydligt som motsvarigheterna på land. Det var vad han hade hoppats att saken gällde.

Men forskningsavdelningen på Marconi hade varit inne på något helt annat, nämligen att konstruera någon sorts ubåtsvapen. När han förstod det tappade han intresset och sade upp sig.

Det fanns alltså skäl att anta att PLO var ute efter samma sak. Fast den geografiska belägenheten för sådan palestinsk vetenskaplig nyfikenhet var onekligen något oroande. Man befann sig, såvitt Peter Feisal visste, inte många mil från Rysslands största ubåtsbaser. Och att hjälpa PLO, det palestinska folkets befrielserörelse, låt vara dess världsliga och politiskt korrupta gren, ändå det palestinska folkets – det var en sak.

Men PLO hade ju inga ubåtar. Och att sälja kunskaper till ryssarna av ungefär det slag som man varit inne på hos forskarna på Marconi i London skulle te sig synnerligen osmakligt, särskilt för en man från Cambridge.

Det var andra gången de skrattade. Det var visserligen komiskt men det krävde ändå lite bitter självironi för att acceptera skämtet. *Synnerligen osmakligt för en man från Cambridge.* Visst. Vem ville ställa sig i kön bakom Burgess, Kim Philby, Maclean och Blunt, "gänget från Cambridge", landsförrädarna.

Men där hade de – inne på nya whiskyminiflaskor som hämtats från Marwans rum – en plausibel förklaring vad gällde Peter Feisals eventuella nytta, eller ett värde så stort att det motiverade hela denna extremt komplicerade headhunting som de hade varit med om.

Men då kom ju frågan. Om de ville åt Peter Feisal för det där med nya oceanografiska möjligheter. Vad ville de ha ut av Marwan och Ibra The Wiz, som han visst kallades på den där underliga lilla videofirman?

Ibrahim och Marwan ignorerade fullständigt den nedlåtande beskrivningen av deras, tydligen i Peter Feisals ögon, obetydliga eller onyttiga kunskaper.

De vände och vred på några möjligheter, antingen att deras specialkunskaper skulle kunna användas på olika områden eller, vilket var mer utmanande som tanke och kanske också rimligare som hypotes, på samma område.

Marwan hämtade papper och penna och ritade en stund medan

han tänkte. Det såg ut som vanliga kopplingsscheman men handlade om datorspråk. Han antog att hans bror kunde samla in och systematisera oceanografiska detaljer, djup, bergskedjor, hinder, naturligtvis andra fartyg av järn med extra stark magnetisk signatur. I så fall måste alla dessa data visualiseras. I ett vetenskapligt laboratorium var det inget problem, eftersom alla skulle kunna läsa av signalerna och tolka dem redan innan de förenklats till grafisk form. Senare skulle man till och med kunna göra de där undervattniska sjökorten, eller vad man nu skulle kalla dem. Men antag att man behövde en snabboversättning av signalerna, en möjlighet att i tydlig bild genast se vad datorn hade registrerat?

Det var just det Marwan och Ibrahim kunde göra, de kunde omforma datorns språk till en visuellt tydlig bild som varje åskådare kunde tolka. Det var på sätt och vis märkligt att denna teknik inte redan fanns, förutsatt att de hade gissat rätt. Det var bara frågan om att lägga samman redan befintliga kunskaper, långt från science fiction. Kanske var det för enkelt.

De försökte börja om, men det gick inte. De hade rest för långt och de hade dessutom börjat bli berusade efter tredje hämtningen av småflaskor från Ibrahims rum. Och klockan var redan över två på natten. Om mindre än sex timmar skulle de få veta hur långt deras gissningar höll. Hon hade ju sagt åt dem att komma i tid till frukosten och hon verkade vara en person som inte utan vidare skulle acceptera en gentlemans rätt att ligga och dra sig på morgonen.

Nyduschade, välrakade med fräscha skjortor och underkläder men något rödögda kom de följande morgon strax före klockan 0800 till frukostmatsalen.

Dukarna var vita, men välanvända. De slog sig ner med en frukost som man hämtade själv och som var någon sorts blandning mellan engelsk förstärkt frukost, med alltför mycket griskött, och rysk frukost som bestod av ägg och salt och rökt fisk i olika variationer. De var förstås spända.

Hon kom på sekunden, klädd i jeans och stickad tröja med en lång pälsjacka över armen. När hon slog sig ner vid deras bord och hälsade godmorgon verkade hon vara på gott humör och en kypare kom omedelbart fram och behandlade henne som en överhetsperson. Hon beställde obesvärat någonting på ryska.

"Well, gentlemen", började hon nästan muntert, "jag vill till en början gratulera till er slutledningsförmåga. Det hade jag i och för sig väntat mig av sådana begåvningar. Men nu var det ju under stress, det är en helt annan sak. Mitt underförstådda dödshot behöver ni inte ta på särskilt stort allvar."

"Inte på särskilt stort allvar", upprepade Marwan misstänksamt. "Hur förmodas vi tolka den saken?"

"Förlåt, jag försökte bara spela brittisk, underdrift ni vet. Hursomhelst lyssnade jag på er konversation i natt. Jag ber om ursäkt, det kommer aldrig att hända igen, i fortsättningen kommer vi säkert att kunna tala helt uppriktigt. Men i natt var det viktigt att tjuvlyssna och jag är faktiskt väldigt nöjd med vad jag hörde."

"Jasså verkligen, det är ni. Får jag fråga hurså?" sade Peter Feisal.

"Därför att ni inte drabbades av panik. Ni har gissat rätt, vi ska ha ner er alla tre i en ubåt längre eller kortare tid. Där får man inte gripas av panik. Och så är jag glad att ni kom fram till att ge mej chansen att övertyga er, för det kommer jag att göra."

Hon avbröt sig när två kypare kom fram och från varsin sida serverade hennes frukost som tycktes vara helrysk snarare än något engelskliknande.

Hon började äta med god aptit och uppmanade de tre något iögonenfallande brittiska gentlemännen i Harristweed att göra detsamma.

\* \* \*

Efter en kort sightseeing i Murmansk förbi det groteskt stora segermonumentet och det propagandistiska Naturhistoriska riksmuseet nere på en huvudgata, som i folkmun fortfarande hette Leniniskij Prospekt men under senare år hade döpts om flera gånger under väx-

84

lande politiska konjunkturer, satt de på nytt i en minibuss som transporterade dem på snöslaskiga vägar norrut mot Severomorsk. Vid slutet av resan passerade de en del militära kontroller och så var de framme vid Forskningsstation 2.

De fick dela rum i ett nedlagt logement för marint infanteri. Det gjorde ett nedslående intryck, inte så mycket för att de skulle ha önskat sig en elegantare gästfrihet, utan mer därför att de tappade förtroende för en omgivning som föreföll vara i förfall. Hur skulle det palestinska folkets frihetskamp någonsin ha någonting gott att hämta härifrån? De hade nästan lika gärna kunnat bli inhysta i ett flyktingläger.

Men Mouna al Husseini manade på dem och så fort de ställt ifrån sig sitt bagage "på luckan", som Marwan konstaterade med en suck, tog hon dem med sig i snömodden över något som mycket väl kunde ha varit en kaserngård där man en gång i tiden kört exercis med mängder av marinsoldater.

De kom in i en liten föreläsningssal med en glödhet vedkamin i ett hörn och möttes av två män i civila kläder som de först antog var någon sorts vaktmästare och en man i sjöofficersuniform.

"Det här är kommendörkapten Aleksander Ovjetchin", presenterade Mouna al Husseini. "Han är min allra bäste ryske vän och dessutom min förbindelseofficer, alltså mellan Rysslands och PLO:s underrättelsetjänster. Vi har tillsammans arbetat i över fyra år med det projekt ni nu ska få veta allt väsentligt om. Därefter kommer våra vetenskapliga experter Ivan Firsov och Boris Starsjinov, kolleger till er själva, att ta vid. Varsågoda och sitt, mina herrar!"

Hon sade någonting på ryska åt sjöofficeren men tycktes ångra sig och vände sig mot sina ofrivilliga gäster och lade till att engelska skulle bli konversationsspråket, vilket annars var ovanligt i Ryssland och att samtliga ryska herrar var *filologiskt* välutrustade när det gällde att uttrycka sig på engelska.

Det föreföll i förstone som en mycket konstig kommentar, eller snarare reservation, men den förklarade sig själv såfort den unge kommendörkaptenen började tala. Han kunde helt säkert läsa mycket avancerad text på engelska, möjligen till och med skriva. Men hans uttal och grammatik var från en helt annan värld än de tre Cambridgemännens.

"Mina herrar framstående vetenskapsmän!" började han. "Det är mej en stor tillfredsställelse att hälsa er välkomna här i Severomorsk, som är ett viktigt centrum för den mest avancerade ryska ubåtspositioneringen i en tid när marinteknologiska såväl som de geopolitiska förhållandena i världen sätts under hårda prov med en typ av politiska motsättningar som vi på ingen sida av den tidigare barriär av det som kallades det kalla kriget till fullo, med rimliga krav på analytisk förmåga, kan ha satt oss in i."

Och så fortsatte han. Det tog en stund för de tre väluppfostrat artigt lyssnande engelska akademikerna att komma in i kommendörkaptenens språk och börja förstå. Men när det språkliga hindret väl var passerat, och det tog inte lång stund efter att föreläsaren lyft upp den första stora planschen på Monstrets storasyster, så lyssnade de alla tre lika spänt som de fina internatskolegossar de en gång varit.

Kommendörkapten Ovjetchin kanske också förstod betydelsen av att komma fram till vissa viktiga poänger så snabbt som möjligt. Den bild han visade föreställde ubåten Kostroma, nummer K 276 i den ryska ishavsflottan. Det var en attackubåt, alltså inte avsedd för strategiska kärnvapenanfall utan för att anfalla taktiska mål, som fiendens flotta och flygbaser. Den var 107 meter lång, besättningen bestod av 61 man, varav 30 officerare på olika nivåer. Vapenlasten kunde man tills vidare hoppa över, den var förvisso fullt tillräcklig. Men det verkligt intressanta med just denna ubåtstyp var att dess tryckskrov, det inre skrovet, var byggt i titan.

Titan är dyrare än guld. Men titan har dessutom två andra egenskaper som blir särskilt betydelsefulla i ubåtssammanhang. För det första en hållfasthet som överträffar alla hittills kända varianter av stål. Och för det andra avger titan ingen magnetisk signatur. I praktiken betyder det att K 276 kan dyka ner till 800 meters djup. Ingen känd amerikansk ubåt kan gå ner under 600 meter och för övrigt fungerar inte NATO:s torpeder under ett djup på 450 meter.

Magnetbojar, magnetslingor och andra metoder baserade på magnetism för att spåra en sådan ubåt blir helt verkningslösa. Anledningen till att det ändå inte byggts mer än ett fåtal ubåtar med den här konstruktionen var likväl lätt att inse. De största titanfyndigheterna i världen finns i före detta Sovjetunionen, huvudsakligen i Sibirien. Men kostnaderna blev hursomhelst förfärliga om man byggde ett helt krigsfartyg i detta material.

Dessutom hade såväl den gamla sovjetflottan som den nya ryska flottan att ta hänsyn till världsomspännande uppgifter med stor variation, från att skydda de strategiska ubåtarna till att slå ut fientliga jaktubåtar eller större flottenheter och i det stora sammanhanget behövdes inte mer än enstaka ubåtar med titanskrov för alldeles särskilt ovanliga eller speciella uppgifter.

Men om man såg på saken ur palestinsk synvinkel så uppstod en helt annan logik. Den enda uppgift en palestinsk ubåt skulle kunna ha var att slå ut den israeliska flottan och möjligen delar av Israels flygvapen. Och förutsättningarna för en sådan insats var extremt goda.

En betydande del av Israels BNP gick åt till krigsmakten, vilket var väl känt. Mindre känt, men just i det här sammanhanget särskilt intressant, var att bara fem procent av Israels militärutgifter gick till flottan. Det berodde på att den israeliska flottan i praktiken inte hade någon seriös fiende att ta hänsyn till, vare sig i Medelhavet eller i Röda havet. Libyen, Egypten och Syrien hade tidigare haft ryska, nåja snarare sovjetiska, ubåtar i Kilo-klassen. Men de hade betraktats som någon form av broderlig u-hjälp och sedan Rysslands pånyttfödelse hade man beslutat att i fortsättningen bara leverera krigsmateriel till den som betalade. Såvitt känt hade såväl de syriska som de libyska Kilo-ubåtarna sjunkit i hamn efter lång tids brist på underhåll. Egypten hade visserligen inlett förhandlingar med Tyskland om att bygga upp ett nytt ubåtsvapen, men ingenting tydde på att de planerna skulle kunna förverkligas inom de närmaste fem åren.

Den israeliska flottan hade därmed ett begränsat antal uppgifter. Den viktigaste var att kontrollera sjöterritoriet runt Israel och hindra palestinska fiskebåtar att gå ut från Gaza. Det rörde sig alltså om rutinmässiga patrulluppdrag riktade mot en fiende som inte var beväpnad. Den andra sjömilitära huvuduppgiften hamnade på Israels tre ubåtar, att kunna transportera och landsätta specialenheter runt Medelhavet – och att kunna sätta in ett kärnvapenanfall mot exempelvis Iran. De tre israeliska ubåtarna, för övrigt en gåva från Tyskland till staten Israel, Dolphin, Leviathan och Tekuma, medförde alla kryssningsmissiler av typen Popeye med kärnvapenstridsspetsar.

Ubåtarna var den israeliska flottans mest avancerade vapenplattform och sakligt sett den enda motståndare som den palestinska flottan hade att ta hänsyn till.

Just där, ganska abrupt och överraskande enligt de tre engelska, eller om de nu var palestinska, åhörarna avslutade kommendörkaptenen sin föreläsning. Han undrade vänligt om det fanns några frågor.

"Förlåt men existerar den här palestinska ubåten?" frågade Marwan omedelbart och tänkte samtidigt att det borde finnas ett hundratal följdfrågor.

"Ja, den ligger vid kaj två kilometer härifrån", svarade Mouna al Husseini i kommendörkaptenens ställe. "Den har hittills kostat oss närmare en miljard dollar. Vi har övat några gånger med den, tillsammans med rysk personal. Och läget är att vi har lösningar till alla offensiva problem, vi skulle kunna slå ut Israels flotta i morgon. Men som det ser ut just nu skulle ubåten inte överleva en sådan attack, vi är alltså inte färdiga med våra defensiva system. Och det är där ni tre kommer in. Lyssna först på vad era vetenskapliga kolleger har att säga om den saken så tar vi en bred diskussion efteråt."

De satt käpprätt upp på sina skrangliga stolar, än en gång som mycket väluppfostrade internatskolegossar. Just det de inte ville vara.

* * *

Det var en överväldigande känsla för dem alla tre, någonting de aldrig skulle kunna beskriva för någon annan, när de två och en halv månad senare klättrade ner i ubåten med hela besättningen. Nu var det för första gången på riktigt, de skulle ut på en tre veckor lång realistisk övning i Nordatlanten och Barents hav. De hade varsin sjösäck i grovt jute slängd över axeln med minimalt bagage, toalettartiklar, extra strumpor, underkläder och några böcker. Det var trängsel och högljutt glatt prat i de trånga utrymmena när var och en försökte ta sig fram till sin sovplats. De tre engelska gentlemännen, som de tydligen kallades av alla ryssar ombord, delade hytt. Mer än så, de skulle faktiskt dela säng, eftersom hyttens tre bingar fördelades på nio palestinier. Eller "libyer" som de kallades på ryska eftersom ingen i den ryska besättningen vare sig visste eller fick veta vad de arabiska gästerna egentligen representerade. Inte ens inbördes kände de palestinska besättningsmännen varandra mer än till förnamnet.

Att man skulle sova tre man i samma minimala säng var på sätt och vis ett missförstånd, åtminstone i så måtto att man givetvis inte skulle befinna sig där samtidigt. Från och med ombordstigningen indelades deras dygn i tre åttatimmarspass. Åtta timmars arbete, åtta timmar för språklektioner i ryska och militära studier och fritid och därefter åtta timmars sömn.

De tre gentlemännens station var vid de nya bildskärmarna inne i ubåtens hjärta, eller snarare hjärna, ordercentralen där fartygschefen eller hans ställföreträdare alltid befann sig.

De hade dragit lott om i vilken ordning de skulle gå på skiften och Peter Feisal hade dragit nitlotten med första sovpasset, vilket blev svårt att ens försöka.

I stället trängde de sig alla tre in i centralen när det var dags för fartyget att lägga ut. Deras gröna axelklaffar hade en smal röd rand som markerade att de alltid hade tillträde, det var ju de som hade installerat alla de nya sydkoreanska plattskärmarna, vilket inte bara hade sparat mycket utrymme utan också medfört en väsentligt förbättrad bildkvalitet.

Visserligen blev själva avfarten något av en antiklimax. De gick långsamt ut i fjordens mörker och det enda som syntes på skärmarna från omgivningen var enstaka ljus från lanternor på mötande fartyg och belysningen inne från hamnen i Severomorsk. När fartygschefen gav order om att dyka till 200 meters djup kunde man inte uppfatta några särskilda ljud utöver den ständigt susande luftkonditioneringen och man märkte inte av någon lutning eller krängning eller något annat som kunde skapa en faktisk upplevelse av att vara på väg ner i havsdjupet. Plötsligt rapporterade bara en av underofficerarna att ordern var verkställd.

De tre gentlemännen hängde i flera timmar vid sin skärm, det vill säga Peter Feisal och Ibra fick hänga över axeln på Marwan, eftersom han fått första vakten och var den som satt i stolen. Något utrymme för extrastolar fanns inte, allt ombord var planerat till sista kvadratcentimetern. De tog in tre funktioner på skärmen. Längst till vänster det ryska systemet, det elektroniska sjökort som ubåten navigerade efter. Till höger på skärmen hade de lagt in sitt eget nya system, det som blivit ubåtens syn i mörkret. Undan för undan växte de parallella bilderna fram, den ena i blurrigt svartvitt, den andra i färg. Men färgen var bara utanverket, det intressanta var att se den stora överensstämmelsen i bilderna. Det ryssarna arbetat fram genom år av upprepade ekolodsstudier registrerade det nya systemet omedelbart. Då och då kom nyfikna officerare och frågade ett och annat hos den yngre officer eller underofficer – de hade dumt nog inte lärt sig gradbeteckningarna – som satt bredvid Marwan för att assistera vid eventuella datorsökningar eller frekvensändringar. Besökarna verkade motvilligt gilla vad de såg, grymtade något och gick därifrån den ene efter den andre.

I mittendelen av skärmen var det svart och tomt. Där registrerades vad de kunde se i riktning framåt, vilket blev ingenting alls utom fiskstim de första två timmarna. Men strax efter att Ibra tröttnat, sett på klockan och avlägsnat sig för en språklektion kom något stort emot dem två sjömil bort och 50 meter djupare. Det var en ubåt.

När ryssen bredvid Marwan slagit larm kom självaste fartygschefen ner och förhörde sig om läget och en hetsig diskussion tog vid där Marwan bara trodde sig förstå att det rörde sig om ett oväntat möte. De hade saktat fart och ställt om till ultratyst gång. Den andra ubåten kom stadigt närmare. Och när man kunde registrera kavationsljuden från den okände svarade datorerna negativt på om den var bekant. En okänd ubåt långt inne på ryskt territorialvatten höll på att utlösa panik ombord, om Marwan tolkade situationen rätt. Han dirigerade sin assisterande ryss att rikta lasersensorerna mot fartyget och på skärmen kunde han nästan omedelbart avläsa en sifferbeteckning på den främmande ubåtens torn, K 329. Han pekade och visade och datorerna svarade blixtsnabbt att det rörde sig om den ryska flottans experimentubåt Severodvinsk.

Den ryske fartygschefen sken upp och gav order om något som Marwan inte förstod men som visade sig vara en riktad ljudstöt mot främlingen, en "ping" som genljöd i deras egen sonar när den träffade kollegans skrov. Alla inne i centralen jublade och klappade händer.

Långt senare tog Marwan reda på, med viss möda och med hjälp av lexikon och sin motvillige språklärare, att det rörde sig om ett klassiskt skämt ryska ubåtar emellan. Det var förargligt att plötsligt träffas av en aktiv sonar, en ping, på nära håll. Och motsvarande kul för den som vann leken. Och den här gången hade man inte pingat vem som helst, utan ett ultratyst experimentfartyg. Dessutom hade man spelat in den nya ubåtens ljud och arkiverat det i ljudbiblioteket.

Peter Feisal hade missat denna enda oväntade föreställning under det första dygnet ombord eftersom han gått tillbaka till sin hytt och trängt sig ner bland två palestinier som inte heller de kunde sova men ändå måste försöka.

Även om han hade varit trött hade det nog inte varit så lätt att somna denna första kväll på väg ut i de stora havsdjupen. Intill sovkojen kände han att den hårda metallväggen var svagt rundad. Han låg alltså tätt intill tryckskrovet, fem centimeter titanvägg. Han knackade försiktigt mot väggen men känslan i fingret sade honom ingenting annat än att det var hårt och metall.

På nytt drabbades han av en svindlande känsla av overklighet. Ändå hade månaders slit i laboratoriet och experimentbassängen varit så högst konkret att det inte längre borde finnas mycket att tvivla på. De var verkligen på väg att försöka göra det oerhörda. Och när tanken i nästa steg oundvikligen snuddade vid hur världen skulle komma att reagera räckte hans fantasi aldrig till.

Då och då frågade han sig, nästan skamset, om Gud fortfarande stod vid hans sida så som han ibland känt under sin första och, fick man nog medge, något mer svärmiska tid i Central Mosque. Men här nere i djupet svarade Gud honom inte med minsta tecken eller känsla och han längtade på ett sätt som påminde om förälskelse efter att få träffa imam Abu Ghassan för tröst och stöd.

Han märkte att de andra i hytten inte heller kunde sova men han fann ingen anledning att börja bekanta sig med sina okända landsmän just då. Det skulle ändå bli gott om tid för den saken. Förmodligen tänkte de på samma sätt eftersom inte heller någon av dem försökte börja samtala.

Det fanns en moralfråga som ibland gjorde sig påmind som dåligt samvete i hans huvud, och just nu när han inte kunde sova återkom vissa ord som en fix idé man kunde grubbla sig tokig på.

Efter bara någon vecka hade de alla tre varit så febrilt invecklade i projektet att de kunde arbeta nätterna igenom tillsammans med de ryska kollegerna som visserligen hade familjer att komma hem till någonstans borta i de tröstlösa höghusen men ändå ställde upp till utmattningsgränsen. Eller så skrev de oändliga listor på ny teknisk materiel från Samsung (ansågs mest diskret) som omfattade allt från datorkomponenter – Ibra the Wiz var verkligen en trollkarl när det gällde hårdvarans funktioner. De hade varit som uppslukade.

Men mitt i detta feberliknande tillstånd hade han över en kopp te dragit ner Mouna al Husseini vid bordet och rakt på sak ställt henne en personlig fråga. Hon kom då och då för att titta till dem men var ibland borta och nu hade hon just återvänt från en knapp veckas resa till Gud vet vart. Hon var glad, uppmuntrande och entusiastisk och sade sig vara beredd att just då besvara vilken som helst fråga. Hennes leende när hon sade det kunde nästan uppfattas som tvetydigt. Hans fråga var sakligt sett enkel. För hon hade ju haft rätt. Nu när hon såg dem alla tre arbeta som de sju små sjungande dvärgarna på väg till gruvan, nu när hon såg att de var beredda att göra allt för att förbättra projektet – ångrade hon då inte sitt, kunde man möjligen säga, något bedrägliga sätt att få dem att ansluta sig? Hon tänkte en stund, nickade och log innan hon svarade. Jo, kanske. Kanske nu när alla visste hur det hade gått. Men enligt hennes erfarenhet var livet aldrig logiskt och klokt. Gick hon till en rik man som stödde befrielserörelsens sak och frågade om han möjligen kunde ge henne 10 000 pund för denna sak, förmodligen en bråkdel av hans förmögenhet, skulle han svara nej.

Han skulle göra svårigheter av praktiskt slag, tala om rent tekniska problem, säga att en banköverföring skulle försätta honom i ett misstänkt läge, särskilt nuförtiden när allting övervakades och banksekretessen var borta. Å andra sidan skulle det just därför verka misstänkt att ta ut en så stor summa pengar i kontanter och bära bort dem i portfölj från banken som om man planerade något olagligt. Och för den händelse hon skulle föreslå lösningar på dessa små praktiska problem, vilket hon mycket väl skulle ha kunnat göra, så hade han hittat nya praktiska hinder.

Men kom hon till samme man och frågade om han ville riskera sitt liv för Palestinas frihet genom att hjälpa till med något som bara han skulle kunna göra – så skulle han erfarenhetsmässigt och efter kort betänketid svara ja – och stå vid sitt ord.

Varför människor var sådana, också goda människor som i hennes exempel, visste hon inte. Men hursomhelst hade hon än en gång föredragit att, efter en del invecklade turer men i alla fall just så, fråga Peter Feisal och hans bror Marwan och Ibrahim om de var beredda att offra sina liv för en stor operation. Det var ju det intryck de måste ha fått. Och de hade bevisligen svarat ja. Efter mycket kort tvekan dessutom. Sådan var människan. Det var inte rationellt, intelligent, framsynt, kalkylerande eller ens smart utan bara känslomässigt. Men det hade fungerat, eller hur?

Han kom att tänka på första natten på Eton i en kall sovsal med elva andra pojkar som alla var äldre än han och redan klargjort att den som var yngst och ny hade vissa ännu inte helt specificerade skyldigheter. Han var mycket liten och ensam.

Det var han visserligen inte längre. Men på något avlägset sätt liknade den natten och den här natten varandra mer än att det bara var omöjligt att sova. På Eton hade en kallsinnig husföreståndarinna rutinerat förutsett nybörjarens särskilda svårigheter och kort förklarat att i sådana lägen var det bara att räkna får tills man somnade.

Det behövde han inte längre bekymra sig om och sedan andra året på Eton hade han över huvud taget aldrig besvärats av sömnsvårigheter. Men i stället för får hade han nu en fråga som aldrig tycktes upphöra att vrida och vända på sig. För om hon kommit till honom som till den rike mannen och bett om 10 000 pund till den palestinska saken? Om hon alltså kommit direkt och med öppna kort, fiskat upp honom någonstans och fått ner honom på en parkbänk eller vid ett restaurangbord eller vad som ingick i hennes teknik och frågat honom rakt på sak?

Han hade sett en medelålders välklädd och rentav vacker kvinna som beskrivit ett avancerat teknologiskt projekt så initierat att han sannolikt skulle ha trott på det. Hon hade säkert kunnat övertyga honom om att just hans vetenskapliga specialiteter skulle vara av största betydelse. Allt detta och lite till hade hon sannolikt klarat av eftersom hon var en lika övertygande som övertalande person.

Men vad i himmelens namn hade han då svarat? Hade han legat i samma för korta koj med två okända landsmän 200 meter under ytan på väg upp i Barents hav i detta ögonblick om hon hade nalkats honom på detta mer öppna och hederliga sätt?

Det fanns en icke helt försumbar risk att han fortfarande svassat omkring i London i hemmagjord muslimsk dräkt och sökt Guds kallelse. Han log åt sin underdrift. En icke helt försumbar risk betydde tvärtom. Hon hade lurat honom med hjälp av Gud, det största av alla omoraliska bedrägerier och han hade till slut bara tacksamt accepterat det. Vad var det då han hade sökt? Hade han i själva verket genom Guds stora barmhärtighet funnit just det han sökt därför att Mouna al Husseini lurat kaftanen av honom? Och om Gud sett detta hade Han då inte lett lika roat som milt åt saken? Abu Ghassan hade i alla fall ofta försäkrat att Gud hade humor.

Se där var åtminstone några rejäla får att rasta fram och tillbaka hoppande i den sömnlösa natten.

Medan Peter Feisal låg och vred och vände sig första natten, eller sovpasset rättare sagt eftersom det inte finns dag och natt ombord på en ubåt, satt Ibra i någon sorts språklektion med en kapten som åtminstone till utseendet svarade mot högt ställda förväntningar hur en rysk ubåtsofficer skulle se ut. Nämligen som en något rödbrusig rakad björn. Han hade presenterat sig som Jevgenij Kasatonov och inlett med att han inte kunde ett ord arabiska men var bra på engelska. Så mycket ryska hade Ibra snappat upp under sina nästan fyra månader i polarmörkret att han förstod detta positiva besked och lättad svarade han att det naturligtvis skulle underlätta avsevärt om de nu hade engelskan som gemensamt språk. Att han uttryckte detta med uttal och tonfall som utan tvekan skulle betecknas som Queen's English hade dock ingen som helst positiv effekt. Eftersom kamrat kapten Kasatonov behagat överdriva en aning. Hans engelska inskränkte sig till den mest utrerat amerikanska svordomen, ett enklare uttryck för samlag, samt ja och nej.

Det fick alltså bli rysk-rysk språkundervisning.

Sjöbjörnen inledde sin pedagogik med att peka på Ibras gröna axelklaff och uttala ordet *seljonnij*, pekade därefter på ett vitt papper och sade *bjelij*. Därefter tycktes färgläran åtminstone för tillfället vara klar och han pekade på nytt på den gröna axelklaffen och frågade *musulman?*

Ibra nickade bekräftande, samtidigt som han starkt börjat ifrågasätta lektionens uppbyggnad. Vad hade nu dessa två färger med någonting alls viktigt att göra?

Med *svinina*, visade det sig. De satt nämligen i ubåtens största utrymme som tjänade som matsal, dagrum, bibliotek, studerkammare, officersmäss i en avgränsad avdelning för sig, och som mötesplats för schackspelare. Ovanför ryssens huvud hängde ett porträtt av president Vladimir V. Putin som såg mycket beslutsam ut och blickade snett uppåt, mot framtiden, iklädd ryska flottans vintermössa.

Hursomhelst var det alltså någonting särskilt viktigt, eller snarare roligt visade det sig, med *svinina*. Kamrat kapten Kasatonov ryckte åt sig det vita pappret och ritade en gris samtidigt som han grymtade ytterst illusoriskt. Och så pekade han mot matdisken där två torpedmatroser just hämtade ut middag och gav sig in på en förklaring som tycktes gå ut på att det ryska folket tyckte mycket om att äta gris. Han genomförde en ny närmast perfekt grymtning, skrattade våldsamt och tillade någonting om "mycket gris" och pekade på nytt bortåt kabyssen.

Detta är inte precis Cambridge och vafan gör jag nu, tänkte Ibra samtidigt som han försökte le. Det var inte läge att börja bråka 200 meter under havsytan. Hellre då ta initiativet i undervisningen.

Han ritade upp ett kopplingsschema över datasystemet i ordercentralen och pekade på en mittpunkt.

"*Kampjoter?*" frågade han och fick en glad nick till svar. Och så började han arbeta sig igenom kabel, tangentbord, bildskärm, frekvens, sonarsystem, ljud, kavationsljud, ljus, laserljus och vad han kunde komma på innan han ritade upp konturerna av en ubåt och började om med skrov, tryckskrov, stabilisatorer, propeller, torpedlucka, torpedtapp, räddningsfarkost, elektrisk drift, bränsleceller och så vidare. På så vis flöt det hela, men han hade börjat ana oråd. Det fanns något klart illavarslande i den här sjöbjörnens sätt att uttala ordet *musulman*.

\* \* \*

Förvånansvärt snabbt accepterade deras kroppar rytmen under ett dygn med tre åttatimmarssekvenser. De lärde sig att somna i samma ögonblick de lade sig och de var utsövda när de blev purrade av näste sängkamrat. Den mest relevanta ryskan lärde de sig vid datorerna och bildskärmarna av de tekniker de hade vid sin sida. Undan för undan lärde de också känna de andra palestinierna ombord, nästan alla var välutbildade inom olika tekniska områden och de som inte var det ingick i fartygets brandförsvar och kunde nog beskrivas som hårdingar från PLO, men knappast från PLO:s underrättelsetjänst. De var 16 palestinier ombord, ytterligare fyra man var i land och övade med en minifarkost som skulle placeras i fartygets buk där man tjänat in ett stort utrymme efter att ha ersatt en kärnreaktor med dieselmotorer.

Men just antalet 16 palestinier ombord i en besättning på 52 man hade medfört en del oväntade problem. Hade de varit 18 "arabiska människor" som de kallades av den ryska besättningen när de förmodades höra det, eller "tjetjener" och "terrorister" när de inte förmodades höra, så hade det inte varit några problem. 18 "arabiska människor" rymdes i två tremannahytter. Men eftersom ingen i den ryska besättningen ville sova i samma säng som hyst en sådan människa och eftersom man inte kunde lämna sovplatser outnyttjade så hade den etniska matematiken lett till att två ryssar fick dela en improviserad sovplats i ett utrymme intill maskinrummet. Där var det inte lätt att sova.

De tre gentlemännen observerade visserligen problemet men allteftersom man kom närmare den stora övningen avskärmade de sig mer och mer inför de kommande tekniska testerna.

Det var tre saker som skulle övas, två redan väl inarbetade i den ryska ubåtsflottans rutin. De skulle smyga sig inpå en påstådd fiende och avfyra en Schkvaltorped som förmodades sänka ett fientligt hangarfartyg. Och de skulle fingera en flykt undan förföljare, vända och avfyra en kryssningsmissil mot fiendens stabs- och ledningsfartyg.

Så långt det jämförelsevis enkla och redan väl inövade. Men därefter förmodades de bli upptäckta av en fientlig ubåt och efter ett antal navigationstest kom den fientliga ubåten in på ett sådant avstånd att hon kunde öppna eld med torpeder.

Det var det viktigaste eftersom det nu handlade om att testa ett helt nytt styrsystem för den ryska flottans mest avancerade motmedel mot fientliga torpeder, *Schstjuka,* "Gäddan".

Gäddan var havets motsvarighet till Patriot, eller andra typer av luftburna antimissiler. Den var en liten, extremt snabb, trådstyrd torped som hade som enda uppgift att slå ut fiendens inkommande torpeder. Alltså inte fara iväg och skapa oväsen för att förvirra fienden, den typen av system hade alla, utan faktiskt träffa och spränga den inkommande torpeden.

Det ryska systemet byggde, liksom hela västvärldens, på att lokalisera målet med hjälp av ljud, försöka beräkna målets hastighet och kurs och sedan med Guds hjälp, eller åtminstone tur, få in en träff. Det var som att skjuta i ett mörkt rum mot ett rörligt mål.

Det var i det här momentet som de tre engelska gentlemännens teknik skulle sättas på ett verkligt prov. Frågan, som fick de gamla ryska sjöbjörnarna att tvivlande skaka på huvudet, var om de faktiskt kunde se det inkommande målet och låsa Gäddans kurs exakt rätt.

De två första övningarna gick helt enligt beräkningarna. De svårigheter man tidigare haft att styra supertorpeden Schkval tycktes vara förbi. De slog utan minsta problem ut fiendens fiktiva hangarfartyg.

Senare sände de också problemfritt två kryssningsmissiler som träffade sina mål.

När de på övningens tredje dygn, hårt pressade av samtidiga brandövningar och våldsamma dykningar till så stora djup att det smällde och brakade i titanskrovet, äntligen kom till det avgörande testet var det spänt tyst inne i ledningscentralen. De angav sin position exakt för den ubåt som skulle avfyra övningstorpederna mot dem, det gavs order om klart skepp och alla luckor mellan ubåtens sex individuella trycksäkra skott stängdes och låstes.

Så kom de två torpederna, de hördes tydligt i sonarsystemet redan när de avfyrades. Det var ett fruktansvärt ljud, för när man ombord på en ubåt hör det ljudet återstår inte mycket annat än att avfyra sina motmedel och be till Gud, om man har någon.

Fyra Gäddor låg färdiga att avfyras, två skulle hanteras av den ordinarie ryska besättningen och två skulle styras med hjälp av de engelska gentlemännens lasersystem.

Hur det skulle gå för ryssarna, som skulle skjuta först, tänkte Peter Feisal inte ett ögonblick på där han satt vid sin skärm med Marwan och Ibra lutade över sig. Alltför mycket stod på spel, det här hade de bara kunnat simulera och laboratorietesta.

Men de hade sett den anfallande ubåten, de till och med såg hur den öppnade två torpedluckor och kunde rapportera det innan ljudet nått fram till den egna ubåtens sonarsystem.

Så såg de två inkommande torpeder, med tydliga virvelströmmar efter sig. Så långt fungerade allt.

"Well gentlemen", sade Peter Feisal och pekade på de två torpederna på sin skärm, "ska vi dela på nöjet?"

"Håll käften käre bror och lås på målet i stället!" viskade Marwan.

"Så här ungefär?" frågade Peter Feisal medan han rörde på datormusen och fick upp två röda rutor på de framrusande torpedernas främre del.

"Ungefär, typ", viskade Ibra. "Det här är förfan inget att skämta om. Tänk om det vore på riktigt."

De lät det ryska teamet sända sina Gäddor först och de kunde följa hela förloppet på skärmen framför sig. En sköt klart bakom men en var nära att träffa och sprängdes så att de två inkommande torpederna gick ur kurs för några sekunder innan de som styrde dem kunde stabilisera dem på sin ursprungliga kurs.

Peter Feisal fick leta upp målen på nytt och placerade två nya röda fyrkanter på målen.

"Låst på målet", konstaterade han. "Vem vill ha äran?"

"Jag!" sade Marwan och vräkte sig fram över sin brors rygg och tryckte in avfyrningssignalen.

99

"Och sen jag!" upprepade Ibra och gjorde samma sak.

Flera personer samlades nu bakom dem. Ljudet från de inkommande torpederna hade vuxit i styrka så att alla hörde det med vanlig hörsel utan hjälp av tekniska hjälpmedel. Följaktligen hörde de också de två detonationerna ännu högre, nästan på smärtgränsen och på skärmen hade de sett träffarna någon sekund tidigare.

Ledningscentralen var först närmast spöklikt tyst, som om ingen av de tolv närvarande officerarna hade trott sina ögon och öron. Sedan utbröt ett jubel av samma typ som vid vissa idrottsevenemang. Folk hoppade och skrek och kramade om varandra och till och med kysstes.

När upphetsningen började lägga sig beordrade fartygschefen en ny kurs som han högt ropade ut siffra för siffra och det ledde till nytt jubel. Alla visste att just den kursangivelsen betydde hem.

Det kunde ha blivit en strålande hemfärd, kanske med en del enklare övningar. Det kunde ha blivit en hemfärd i triumf och förbrödring. K 601 Pobjeda hade haft en fullständig framgång under sina övningar, flera av officerarna hade nya förtjänsttecken att vänta. När det gällde supertorpeden Schkval hade man inte sett några tendenser till de svårigheter som så ofta tidigare visat sig vid styrning och avfyrning och de två kryssningsmissiler man avfyrat hade träffat med perfekt precision på ett avstånd av 130 kilometer, det tydde på att man var ikapp amerikanerna på det enda område inom ubåtskrigföringen där man säkert vetat att de låg före.

Och det nya styrsystemet med Gäddan som kunde slå ut inkommande torpeder var på sitt sätt ett lika stort teknologiskt genombrott som Schkval en gång varit. Sammantaget kunde slutsatsen av övningarna bara bli att K 601 hade både offensiva och defensiva kvaliteter som överträffade till och med amerikanernas Seawolf, ett ubåtsprojekt som gått lös på ofattbara 2,5 miljarder dollar. För att bygga och utrusta ett enda fartyg.

K 601 var i viss mening ett fartyg i utländsk ägo. Men triumfen tillkom den ryska flottan, utlänningarna hade bara lagt upp en hög med oljedollar men teknologin var rysk. På annat sätt uppfattade ingen bland den ryska besättningen läget.

Till en början tedde det sig därför inte alltför märkligt att fartygschefen gav vodkatillstånd vid måltidsvilan för tre skift i rad. Som Marwan påpekade när han väckte Peter Feisal med den märkliga nyheten så var det väl ungefär som i den engelska flottan, att man hade någon sorts tradition med ranson av rom vid särskilda tillfällen.

Men när Peter Feisal åtta timmar senare kom till mässen för att äta frukost insåg han omedelbart att man befann sig tämligen långt från amiral Nelsons traditioner. De besättningsmän han såg ute i matsalen var helt enkelt plakat fulla, dessutom gormande och aggressiva.

Fylleriet förvärrade allting som man dittills bara hade kunnat ana. Allt som hade varit förstulna muttranden ur mungipan förstärktes nu till högt uttalade förolämpningar. Ingen rysk matros eller befäl satte sig vid samma bord som någon av de palestinska besättningsmännen som man dessutom svor högljutt åt samtidigt som man försökte provocera fram politiska gräl om Usama bin Ladins terrorism och, naturligtvis, den gröna faran. Just valet av gröna axelklaffar åt den i huvudsak tekniska palestinska personalen var ur den synvinkeln olyckligt eftersom grönt inte tolkades som en färg för vetenskap utan som en symbol för islam och terrorism.

Om man i Cambridge hade kunnat skoja på det klassiska temat att vinet löser tungans band så blev det ombord på K 601 Pobjeda snarare så att vodkan släppte på alla kättingar eller koppel som hållit hatet tillbaka.

När några palestinska maskinister gick av sitt skift och kom för att hämta mat fick de varsin gigantisk fläskkotlett med vitkålssås, ingenting annat. De vägrade förstås med vämjelse att ta emot maten och sekunder senare befann de sig i slagsmål som slutade med att en av dem trycktes ner på golvet av fyra ryssar medan en femte försökte tvinga in fläskkotletten i munnen på honom.

Vaktstyrkan som kom inklampande bestod enbart av ryssar som med sina batonger omedelbart fortsatte misshandeln av de "tjetjenska bråkstakarna" och släpade iväg dem till arrestlokalerna.

Peter Feisal hade sett allt detta bortifrån den avbalkning som användes som officersmäss och han lyckades med svårighet kväva sin helt säkert okloka impuls att lägga sig i bråket. I stället gick han till centralen där ställföreträdande fartygschefen kommendörkapten Almetov för tillfället förde befäl. Almetov var den ende av de tre högsta officerarna ombord som förstod engelska, vilket dock inte gjorde saken mycket bättre. För när Peter Feisal krävde ett ingripande från fartygsledningen, bestraffning av de skyldiga och omedelbart indragen vodkaranson möttes han bara av en vägg av oförståelse. Han fick rådet att inte lägga sig i och upplysningen att indragen vodka i det här läget skulle uppfattas som en så fientlig åtgärd att man i så fall satte säkerheten ombord i fara. När Peter Feisal då krävde att man skulle väcka fartygschefen kamrat kommendör Aleksandrov fick han bara ett snett leende till svar. Han propsade ändå på en förklaring och fick veta att kamrat Vladimir Sergejevitj väckte man bara om det var krig eller reaktorhaveri.

Det fanns ingen hjälp att få och även om de 24 vodkatimmarna varit värst så låg stämningen kvar ombord de följande dygnen under hemfärden. Det blev inte bättre av att man måste gå upp till ytan för att kunna snorkla och förse dieselmotorer och luftkonditioneringssystem med färskt syre. För uppe vid ytan var sjögången våldsam i vinterstormen och ubåten som rörde sig omärkligt på större djup rullade nu häftigt fram och tillbaka. Vilket fick lätt insedda konsekvenser på en besättning vars stora majoritet var gediget bakfull. Det blev nya slagsmål och en oupphörlig ström av fientligheter och trakasserier. När K 601 lade till vid kaj i Severomorsk skiljdes besättningen utan att ta varandra i hand och närmast som öppna fiender. Det var exempellöst ombord på en ubåt.

\* \* \*

Redan i bussen på väg från kajen i Severomorsk till barackerna på

Forskningsstation 2 hade de 16 palestinska besättningsmännen bildat en sorts fackförening som formulerade sex oeftergivliga krav som om de inte uppfylldes skulle leda till strejk. Ingen skulle gå ombord igen innan de sex kraven var uppfyllda. Man krävde ett bönerum och två själavårdare, en muslimsk och en grekisk-ortodox. En etniskt blandad vaktstyrka. Två sorters mat, ett halalkök vid sidan av det ryska fläskköket. Förbättrad språkundervisning av kompetenta lärare och dessutom undervisning i engelska för de ryska besättningsmännen. Till sist ett totalt alkoholförbud ombord.

Peter Feisal hade enhälligt utsetts till den palestinska gruppens talesman. Det dröjde emellertid två dygn innan han fick möjlighet att ta upp kravlistan med Mouna al Husseini, eftersom hon hade varit bortrest under större delen av K 601:s övningar till havs. Men hon föreföll vara på strålande humör när Peter Feisal sökte upp henne och hon hälsade från Abu Mazen till dem alla, från den palestinske presidenten Mahmoud Abbas, förtydligade hon.

Hennes goda humör försvann snabbt när Peter Feisal, visserligen artigt inlindat men otvetydigt, förklarade att testresan kunde beskrivas på två sätt. Om man skulle ta den goda nyheten först så hade all vapenteknologi, också den nya och otestade, fungerat anmärkningsfritt. Den dåliga nyheten var dock att hela projektet låg i ruiner på grund av mänskliga problem. Och så drog han kravlistan. Hon lyssnade utan att röra en min.

"Vad är din personliga uppfattning om dom här kraven?" frågade hon, fortfarande utan att visa vad hon tänkte eller kände, när Peter Feisal avslutat sin uppräkning.

"Att det är en närmast blygsam lista, Madame. Jag skulle kunna lägga till en del ytterligare, det här är bara vad de andra bett mig framföra."

"Lägg inte till något just nu. Motivera i stället det du framfört!" befallde hon.

Det föreföll honom sakligt sett inte särskilt svårt att komma med motiveringar, men hon hade något i sin blick som han inte sett förut så han tog det ändå försiktigt resonerande.

Vad gällde det där med bönerum, ortodox präst och imam, så motsvarade det väl egentligen inte något allmänt religiöst krav ombord. Han uppskattade att ungefär en tredjedel av palestinierna var religiösa i någon mening och av en del korstecken i spännande ögonblick eller kristna kors runt halsen på en del ryssar skulle han väl mellan tummen och pekfingret säga att andelen troende bland dem var ungefär densamma. Men det var snarare psykologi än själavård som saken gällde, en markering för att jämställa kristna och muslimer.

Man kunde se på kravet på fläskfri mat på ungefär samma sätt. De flesta palestinier ombord kunde liksom han själv nog äta fläskkött vid ett eller annat tillfälle. Men det var en helt annan sak att bokstavligen få fläskkotletten ingniden i ansiktet. Det var en ordningsfråga, eller kanske hellre en demokratifråga, mer än en trosfråga.

Att man skulle ha en vaktstyrka ombord för att garantera ordningen betraktade han som självklart. Men då var det lika självklart att man inte fick att göra med någon rasistpolis. En mixad vaktstyrka var därför ett lågt krav. Dessutom lätt att ordna, stora starka palestinier med ärr i ansiktet fanns det ju viss tillgång till.

Språkundervisningen var förstås praktiskt mer svår att komma till rätta med. Men i skarpa situationer, det man faktiskt övade för, var det oerhört viktigt att ingen missförstod vad som sades. Att införa tvåspråkighet ombord borde vara en utmärkt reform. Vad sedan alkoholförbudet beträffade så var det inte religiöst motiverat. Det som inträffat på hemvägen med fylla och slagsmål som övergick i öppen rasism talade för sig självt. Sammanfattningsvis föreföll projektet ogenomförbart utan de föreslagna förändringarna.

"Gör så här", sade hon när han talat till punkt. "Författa en utförlig rapport, jag menar verkligen detaljerad, till i morgon klockan 0800. Då ses vi för ett möte där avsikten blir att på allvar angripa dom här frågeställningarna. Hur var det annars ombord?"

Äntligen smålog hon åtminstone.

104

"Jotack, en enastående erfarenhet, faktiskt. En på många sätt stor och märklig upplevelse. Lysande tekniska resultat."

"Bra. Men nu måste vi dessvärre lägga de lysande tekniska resultaten åt sidan tills vi löst det här. Klockan 0800 i morgon alltså!" Hon reste sig och sträckte fram handen.

När hon blivit ensam efter att Peter Feisal lommat iväg för att ta itu med sitt skriftliga uppdrag kände hon sig plötsligt djupt pessimistisk. Alla dessa år av ansträngningar, dessa mängder med pengar, tusentals timmars möten med teknisk expertis och med ryska politiker, alla dessa efter hand stigande förhoppningar, allt föreföll nästan förgäves eller hopplöst. Det Peter Feisal berättat var den värsta av alla tänkbara eller mindre tänkbara katastrofer, det enda återstående hotet mot den stora operationen men samtidigt fullständigt avgörande.

Desto mer ironiskt när hon just återvänt från ett första möte på mycket lång tid med presidenten. För såvitt han visste hade hon i stort sett kunnat svindla honom på pengarna och försvinna, han hade inte hört ett ord från henne de senaste två åren.

Och det var förstås det första han påpekade. Men den invändningen eller kritiken var inte alltför svår att hantera. När hon nu äntligen gick där bredvid honom fram och tillbaka ute i trädgården bakom det sönderbombade residenset i Ramallah riskerade hon livet i varje sekund. Israelerna hade redan dödat henne två gånger och om de insåg att de misslyckats även den andra gången så skulle de med sin kända beslutsamhet när det gällde avrättningar inte tveka inför ett tredje försök. Ändå var detta bara en av flera stora säkerhetsfrågor. För om projektet blev känt, bara minsta rykte, så skulle hela operationen äventyras. Det handlade inte bara om att förlora tempo, det handlade om att förlora det avgörande överraskningsmomentet. Så det gick inte att ringa eller mejla eller ens försöka med kodad radiotrafik. Personliga sändebud var det enda, samtal ansikte mot ansikte den enda möjliga kommunikationen.

Abu Mazen hade varit Yassir Arafats bankir och som sådan hade hon alltid sett honom, den grå och lite byråkratiske eminensen i bakgrunden av alla dessa bullrande revolutionsveteraner som mördats en efter en av israelerna. När Arafat dog var det inte så många av de gamla från den inre kretsen kvar och Abu Mazen hade blivit en kompromisskandidat bland annat därför att han ansågs ofarlig av israelerna och framför allt av amerikanerna.

Som PLO:s bankir hade han lärt sig leva med en del ytterst okonventionella lösningar att hantera pengar som dock inte innefattade vanlig bokföring. Yassir Arafat själv hade ensam sett till att skaffa sig kontroll över alla utländska bankkonton. Det ledde till en del närmast tragikomiska missförstånd när han dog, bland annat hade hans änka fått för sig att det fanns ett "arv" på flera miljarder dollar efter hennes man. Det var väl snarast kunskaper hon inhämtat i västerländsk press, där han alltid framställdes som fullkomligt korrupt. Nog för att han hade en rad personliga svagheter. Mouna hade haft mycket att invända mot hans ledarstil, som det hette på västerländsk affärspolitisk jargong, sannerligen. Hon var såvitt hon visste den enda kvinna inom PLO som han någonsin tagit på allvar.

När han låg döende i Paris hade hon ilat från Moskva för att hinna och det var tack vare bankiren Abu Mazen som hon kunde smugglas in en bakväg på sjukhuset som påstods vara så välbevakat av fransk säkerhetstjänst.

Han var svag men vid fullt medvetande när de träffade honom. Då var projektet redan fyra år gammalt och ubåten sågott som färdigbyggd. Men då förestod också en utbetalning på 500 miljoner dollar för att kunna gå vidare.

Hon berättade viskande för honom med munnen tätt tryckt intill hans öra. Han stank av medikamenter och någon sorts orenhet men han var klar i huvudet och viskade tillbaks en serie koder som han, vilket föreföll ytterst märkligt i det läget, behärskade utantill. Först långt efteråt när hon tömt kontona och flyttat om tillgångarna till en rysk bank insåg hon vilka enkla minnesregler han använt sig av. Det var både rörande och skrämmande, vilken som helst hacker hade kunnat knäcka koderna.

Abu Mazen hade varit vittne till allt. Han hade sett en döende man framföra sin sista vilja och skulle aldrig någonsin komma med invändningar, inte ens senare när han blev vald till president och hade kunnat åberopa både det ena och det andra. Ur hans perspektiv var saken klar. Arafat, Abu Ammar, hade verkligen lämnat ett gigantiskt arv efter sig. Men inte till släkt och änka utan till den palestinska motståndskampen och Mouna var den han valt att förvalta arvet. Enkelt och klart.

Och där i trädgården i Ramallah hade den nye presidenten fått veta exakt datum och klockslag för en attack så stor att den skulle överträffa allt annat i den palestinska motståndskampens historia. Och han, Abu Mazen, skulle bära det yttersta ansvaret, operationen skulle bara genomföras på hans slutgiltiga order.

Det enda bekymret just då var att det såg ut som om religionsgalningarna i Hamas hade en chans att gå fram så mycket i det kommande valet att man måste släppa in dem i regeringen. Det var en närmast komiskt omöjlig situation att föreställa sig. Presidenten kallar till sig två ministrar från Hamas och säger allvarligt att det ni nu får höra måste ni hålla absolut tyst om. Visst, de skulle svära vid Profeten, frid över honom, eller vadsomhelst. Nästa dag skulle man kunna läsa om den planerade attacken i New York Times. Ibland var demokrati ett elände.

Hon hade alltså med livet och friheten i behåll tagit sig genom de israeliska vägspärrarna och passkontrollen vid Allenbybron tillbaks till Amman och därifrån flugit direkt till Moskva-Murmansk. Då på flyget och hela vägen fram till mötet med Peter Feisal hade hon känt sig fågellätt av glädje och optimism. Det dåliga samvetet för att ha hållit Abu Mazen i okunnighet var borta och ingenting hon hört före avresan tydde på att övningarna uppe i Barents hav skulle ge annat än positiva resultat.

Och så kom Peter Feisal och berättade, på sitt kyligt lågmälda Cambridgesätt, att operationen aldrig skulle kunna genomföras. Rent sakligt var det faktiskt det han hade sagt. Vad man skulle försöka genomföra var den moderna marinmilitära historiens djärvaste och mest förödande anfall – det var kommendörkapten Ovjetchins ord – fast med en ubåt där besättningen var som hund och katt. Det var omöjligt. Och det var inga små räddningsoperationer som måste till, inte bara att rekvirera någon imam och lite fläskfri mat. Det skulle bli oändligt mycket svårare än så.

\* \* \*

Hon hade kallat de andra två gentlemännen, Marwan och Ibrahim, till sammanträdet, liksom de vetenskapliga rådgivarna Ivan Firsov och Boris Starsjinov och naturligtvis kommendörkaptenen Ovjetchin, hennes vän och förtrogne sedan många år.

Hon inledde mötet som om det gällde vilken som helst kommitté. De läste igenom Peter Feisals skriftliga rapport och analys av de krav som den palestinska besättningen ställt upp.

De enades snabbt om två saker. För det första borde man genomföra det palestinska manskapets krav på varje punkt. Utan vidare, och utan resonemang.

För det andra var problemen mycket större än så. Vad kunde man exempelvis göra åt islamofobin inom den ryska flottan? Sparkade man dessa sjömän som fanns på K 601 just nu och anställde nya så hoppade man ju bara ur askan i elden.

Kommendörkapten Ovjetchin skruvade besvärat på sig och harklade sig och hade en del andra konster för sig som mer än väl visade hur plågad han var av att tvingas inleda den här diskussionen. Alla de andra hade ju vänt blicken mot honom.

Den utbredda misstron mot allt som hade med islam att göra sammanhängde i första hand med modern rysk historia, började han. De andra nickade artigt.

Afghanistan var första prövostenen, det var där det började. Först hade det framstått som vanlig broderlig hjälp till en progressiv regim eller vänner i nöd, som det brukade heta. Sådant hade man varit med om förut och trott mer eller mindre på, Ungern -56 och Tjeckoslovakien -68 till exempel.

Men i Afghanistan tillkom snart en religiös dimension som aldrig hade funnits förut. Det var när amerikanerna byggde upp en banditorganisation av religiösa fanatiker med Usama bin Ladin i spetsen.

Det förvandlade inte bara Afghanistan till ett helvete, spåret ledde vidare både mot 11 september 2001 och dessförinnan mot Tjetjenien och i värsta fall vidare till en hel rad av kommande galna krig i Kaukasus och Centralasien.

Men redan det som hade varit, alla ryska mödrar som förlorat sina söner i obegripliga krig som bara framkallade nya krig och ledde vidare in i stora terroristattacker till och med i Moskva, hade lärt ryssarna att hata allt de kallade "tjetjener".

Man kunde kanske tycka att den ryska ishavsflottan borde ha varit opåverkad av allt detta. Inga sjömän stupade i Tjetjenien. Men dels solidariserade sig flottans folk med vänner och bekanta som hade söner i armén, dels stod man automatiskt på samma sida som alla stridande ryska förband. Av lätt insedda skäl fanns det alltså inga muslimer i den ryska ishavsflottan. Och "libyer" eller andra araber kom att uppfattas som "tjetjener". Det var den psykologiska och politiska bakgrunden till de olyckliga incidenterna ombord på K 601.

Mouna hade inte visat minsta min av otålighet under den något långrandiga och i det stora hela klart förutsägbara utläggningen. Efter en stunds eftertanke undrade hon om kommendörkaptenen över huvud taget kunde tänka sig några metoder att förbättra den ryska stämningen ombord.

Det kunde man visserligen, menade kommendörkaptenen. Men då kom man i konflikt med kravet på absolut säkerhet. Själv tillhörde han kanske ett knappt tiotal människor i hela Ryssland, president Putin inräknad, som visste vad projektet ytterst syftade till. Brast säkerheten och rykten började spridas så skulle allt kunna visa sig ha varit förgäves. Därför arbetade den ryska personalen för den – efter ryska förhållanden – strålande summan 500 dollar i månaden för sjömän och 2 500 för officerare. Men dels föreställde de sig inte att de, eller åtminstone några av dem, skulle delta i ett anfall som skulle gå till sjökrigshistorien. Och dels såg de bara ett utbildningsjobb med "libyer" framför sig. Förresten vore, vid närmare eftertanke, ett totalt vodkaförbud omöjligt att driva igenom bland ryska ubåtsmän.

Den sista funderingen ledde dem alla ut i en vilt ostrukturerad diskussion om alkohol, moral och precision. De kom ingen vart på den vägen.

Peter Feisal bytte till slut ämne och tog upp frågan om inte en så strikt hierarkisk organisation som befälsordningen ombord på ett krigsfartyg kunde regleras från toppen. Fartygschefen var kommendör. Men Mouna var ju ett eller om det var två steg högre i rang. Och om själva operationen skulle genomföras så måste väl hon vara med ombord?

De tre ryssarna i rummet såg förvånade ut inför denna reflektion som Peter Feisal framfört som en självklarhet och de såg närmast vädjande på henne för att hon skulle förneka denna orimlighet.

"Naturligtvis", svarade hon kort. "Jag kommer förstås att bära uniform och det är jag som har högsta befäl, det är jag som ger den sista anfallsordern."

Det blev tyst i rummet. Marwan försökte förstå varför de tre ryssarna uppfattade detta som en total omöjlighet. Hon var utan tvekan högst i rang, hon var den som hade organiserat projektet och till och med betalat det. Hon var kort sagt ägaren. Vad var det med det?

Han upptäckte att han frös och sneglade bort mot ett dubbelfönster med avflagnad målarfärg som hängde snett. Det var säkert där draget kom in och det var närmare 30 grader kallt där ute.

"Som din uppriktige vän, Mouna ...", började kommendörkaptenen plågat. "Så måste jag nog påpeka en sak och förklara en annan sak. Kvinnor förekommer hittills inte ombord på den ryska ubåtsflottan, för ryska sjömän lär det bortsett från allt annat betyda otur. Och det jag måste förklara är att ... även om din ryska är utomordentlig så är du inte sjöofficer."

"Vilket är värst?" frågade Mouna med uppgiven ironi. "Att jag är kvinna eller att jag är landkrabba?"

"Det är förstås en oerhörd nackdel att du är landkrabba", svarade kommendörkaptenen i samma tonfall, "men det är värre att vara kvinna."

"Finns det några palestinska sjöofficerare?" frågade Marwan.

"Ja, visserligen", svarade Mouna. "Vi opererar med en del mindre undervattensfarkoster, med attackdykare och en del små snabba yt-fartyg. Men vi har ingenting i närheten av en rysk kommendör i ubåtstjänst, vi har hela tiden varit på det klara med den saken. Vi kan fylla på besättningen med vissa tekniker, som ni tre här i rummet, liksom brandförsvar, ordningsstyrka, maskinister och till och med torpedansvariga, åtminstone delar av den gruppen. Men fartygschefen och hans två ställföreträdare på en rysk atomubåt är i en helt annan klass. Du kan väl förklara, Aleksander?"

"Visst", sade kommendörkapten Ovjetchin. "För att bli fartygs-chef ombord på en rysk ubåt av den kapacitet vi talar om så krävs till att börja med en prickfri, mer än så, en berömvärd, karriär på minst tjugo år i flottan. Vi hade förr på den sovjetiska tiden en mycket stor ubåtsflotta som ni kanske vet och den är fortfarande stor. Kommen-dör Aleksandrov ombord på K 601 är liksom hans två ställföreträdare Loktjev och Almetov sådana som visat sig bäst i konkurrensen bland kanske 200 andra. Jag bedömer det som fullständigt omöjligt att komma ikapp en sådan träning, utbildning och framför allt urval."

"Slutsatsen är att vi inte kan ersätta de tre ryska cheferna ombord", konstaterade Marwan.

"Men om nu felen med brigadgeneral al Husseini var att hon var landkrabba och kvinna ...", funderade Ibra, "så menar ni ryska kamrater i förlängningen att om Madame hade varit man och konter-amiral så hade läget varit ljusare?"

De tre ryssarna nickade generat till svar.

"Då blir ju nästa fråga", fortsatte Ibra, "om det finns någon arabisk amiral någonstans som vi skulle kunna hyra in och som i sin tur naturligtvis skulle vara underställd Madame?"

"Jag ser en viss logik i den tanken", medgav Mouna. "Men ser vi oss omkring så är jag rädd att vi inte hittar några direkt lysande alternativ. Irak har säkert någon sorts amiral, chef över två patrullbåtar som ligger på land. Men även om det vore mer storståtligt än så, finns det vissa politiska nackdelar med ett irakiskt alternativ som jag kanske inte ens behöver utveckla. Iran har visserligen tekniskt sett en bättre flotta, bland annat med tre ryska Kilo-ubåtar. Men om vi redan har vissa språkproblem ... Syrien, Egypten och Libyen har haft ubåtar men dom fungerar inte längre. Och amerikanska kommendörer, om vi nu riktar blicken utanför arabvärlden, skulle säkert ge sin högra hand för att få ta del av teknologin ombord på K 601 men jag tvivlar på att vi skulle kunna värva någon av dom. Så var var vi?"

"Nästan framme vid en punkt där det ser ut som om vi måste ge upp", sade Peter Feisal. "Fartygschefen och hans två ställföreträdare ombord måste vara ryssar. Vi har inget alternativ, eller hur?"

Han fick inget svar, bara någon modstulen bekräftande nick runt bordet.

"Då är jag rädd att vi befinner oss i en jädrans knipa", fortsatte han släpigt sarkastiskt. "Vi har just överfört en avancerad teknologi till Ryssland som vi aldrig kommer att kunna använda för vårt eget projekt. Men av en del jubel, innan vodkan kom fram ombord, måste jag fatta saken som så att det enda vi verkligen åstadkommit är att öka på Rysslands försprång inom undervattenskrigföring. Inte sant?"

Fortfarande var det ingen som sade emot honom.

"Well", fortsatte han. "Vet ni vad det gör mej till just nu? Och min bror Marwan och vännen Ibra? Vi är just nu landsförrädare, vi är spioner och det är alldeles förbannat. Vi har till och med skämtat om det särskilt olämpliga för män från just Cambridge att slå in på den här vägen. Om något var det sista jag trodde så var det att jag bara skulle förvandlas till rysk spion!"

Det blev en lång diskussion. För nu lade sig de två vetenskapsmännen Ivan Firsov och Boris Starsjinov i diskussionen. De menade att vad man uträttat tillsammans representerade ett vetenskapligt genombrott och att vetenskapliga landvinningar aldrig i sig kunde vara spioneri. Att snoka reda på andras hemligheter och sälja dem, det var föraktligt och det var spioneri. Men inte att forska och experimentera i samarbete över nationsgränserna. Dessutom hade alla deltagare på den vetenskapliga sidan i projektet en gemensam kunskap. Om de tre engelska kamraterna återvände till hemlandet så skulle nog den brittiska regimen föredra att få ta del av deras nya kunskaper hellre än att sätta dem i fängelse. Dessutom innebar den nya tekniken enorma möjligheter inom civil teknik, oceanografin skulle till att börja med komma in i en helt ny era. Åtminstone för Boris och Ivan hade det varit en ära att med så utomordentligt skickliga vetenskapsmän som de engelska kamraterna få vara med om detta teknologiska språng. Och till sist borde man understryka att det ju bara var högst tillfälligt, här i detta rum så länge projektet levde, som man hanterade militära hemligheter. I framtiden skulle det som nu var militärt också bli civilt.

"Vi börjar om!" befallde Mouna al Husseini. "Jag håller med om att ni inte kan bli spioner mot er vilja, misslyckas vi så återvänder ni hem och är fria att få Nobelpriset om ni vill. Men vi börjar om, vi har inte gett upp, vi måste rädda det här. Ett nytt högsta befäl ombord, det är vad ni säger, någon som kan basa över ryska ubåtskommendörer. Vi börjar förutsättningslöst, ge mej vederbörandes signalement!"

"Det är en man", konstaterade Ivan Firsov.

"Han är inte ryss", fortsatte Ibra.

"Men inte heller arab", sade Boris Starsjinov.

"Han är äkta sjöofficer, ingen påhittad amiral eller något i den stilen", sade kommendörkapten Ovjetchin.

"Han talar både engelska och ryska, helst perfekt", fortsatte Peter Feisal. "Nåja, glöm det där med perfekt engelska, jag ber om ursäkt, standarden i det här rummet duger utmärkt, faktiskt."

"Han gör det helst inte för pengar. Det är kanske inte absolut nödvändigt, men jag skulle föredra en man som trodde på vår sak", sade Mouna al Husseini.

"Han kan följaktligen vara amerikan, engelsman, fransman, tysk eller skandinav, det är dom länder som har officerare med tillräcklig kompetens", sade kommendörkapten Ovjetchin.

De hade alla automatiskt skrivit ner listan i punkter i sina anteckningsblock. Nu satt de en stund under tystnad och betraktade anteckningarna och skakade på huvudet och suckade. Helt klart var den här vägen stängd. Ingen hade något ytterligare att tillägga och var och en började desperat leta efter någon ny väg att komma tillbaks till ett projekt som intill helt nyligen sett ut att vara sågott som i hamn, eller till sjöss snarare.

"Jag skulle vilja komplettera den där kravlistan något", sade Mouna al Husseini med en min som alla uppfattade som närmast galghumoristisk. "Den här mannen vi söker, med uppräknade kvalifikationer, borde ha några ytterligare meriter. Jag skulle vilja föreslå att han till exempel var viceamiral, det är högt så att det räcker om man ska ge order till en kommendör. Och han borde i sin militära karriär ha haft ett sådant samarbete med Ryssland att olika presidenter förärat honom Rysslands finaste ordnar, exempelvis Rysslands Hjälte, den där lilla femuddiga stjärnan i guld, ni vet, den som kamrat Bresjnev hade tre fyra stycken av. Men som exemplet Bresjnev olyckligtvis visar kan höjdare bli Rysslands Hjälte sittandes på sin tunga ända. Så låt oss förse vår man med Röda Stjärnan dessutom. Den kan man bara få i strid. Och så kan vi för säkerhets skull kasta in den franska hederslegionen, det tyska Bundesverdienstkreuz och lite till. Nu börjar det väl likna någonting?"

"Excellent", konstaterade Peter Feisal som liksom alla andra i rummet utgick från att Madame skämtade med hela deras tankebana. "Absolut strålande. Jag skulle vilja föreslå att vi antingen satte ut en annons eller, vid närmare eftertanke, att vi headhuntade honom direkt och diskret."

"Jag ska söka upp honom diskret", sade Mouna al Husseini tankfullt.

De andra sneglade sig osäkert omkring. De förstod inte om de skulle skratta artigt eller vad som var meningen.

"Han kanske inte heller bör vara äldre än drygt 50", fortsatte hon plötsligt. "Det är väl inte någon ålder på en viceamiral, eller vad säger du Aleksander Ilitj?"

"Att nå viceamirals grad före 50 års ålder är nog en utmärkt karriär i dom flesta av världens flottstyrkor", svarade kommendörkaptenen osäkert artigt.

Hon trummade en stund med kulspetspennan på anteckningarna hon hade framför sig. Som alla andra hade hon noterat signalementet punkt för punkt. Efter en stund tog hon ett djupt andetag och såg upp.

"Gentlemen", sade hon och lät blicken långsamt vandra från den ene till den andre runt sammanträdesbordet när hon fortsatte. "Det förhåller sig på följande sätt. Den man vi just beskrivit finns. Bättre än så, han är en gammal vän till mej. Vi genomförde en del operationer tillsammans förr i världen och kom varandra rätt nära även på ett personligt plan. För tio år sen tröttnade han och försvann på ett sätt som bara en mycket skicklig underrättelseofficer kan göra. Då krävs det en sån som jag för att hitta honom och när jag gör det ska jag ge honom ett erbjudande han inte kan säga nej till. Och när den mannen stiger ombord på K 601 så kan jag garantera att ordningen är återställd. Några frågor?"

Det sista tillägget om några frågor var uppenbart ironiskt menat. Ingen sade något.

"Nu gör vi så här", fortsatte hon energiskt och tydligt uppfylld av en god idé, att ni genomför det program vi har här framför oss. Med vissa korrigeringar. Anställ *kvinnliga* språklärare som kan undervisa ryssar i engelska och palestinier i ryska. Arbeta vidare med den teoretiska undervisningen och bygg vad ni behöver bygga i era laboratorier. Jag kommer att resa till mitt huvudkontor i ... det spelar ingen roll men det är en bit härifrån. Och därifrån ska jag lokalisera vår försvunne Rysslands Hjälte och viceamiral. Gentlemen, det var allt för i dag!"

Hon reste sig bestämt och tvingade de andra att stå upp och göra höger-vänster om marsch.

Men hon högg kommendörkaptenen i uniformsärmen och pekade åt honom att stanna kvar och sätta sig på nytt. Hon gick och stängde dörren efter de andra och gnuggade händerna som om hon frös när hon drog fram en stol och satte sig mitt emot honom.

"Jag har hört talas om den där mannen", nästan viskade han.

"Verkligen, hans huvudsakliga verksamhet var ju underrättelsetjänst?"

"Det är min också, glöm inte att jag är GRU och det var därför du och jag träffades."

"Bra, då har jag inte så mycket mer att förklara. Jag ville bara försäkra mej om att åtminstone inte du trodde att jag blivit tokig, du har huvudansvaret här när jag är borta och då måste jag veta att du tror på mej."

"Inga problem. Jag vet att han finns. God jakt!"

\* \* \*

När hon ett drygt dygn senare stormade in på sitt kontor i Tunis var hon ovårdad i håret och hålögd av brist på sömn men full av energi de första timmarna tills hon somnade över akten på den man som just nu såg ut att vara enda lösningen på den serie lika oväntade som svårlösliga problem som ramlat ner i hennes knä. Hennes medarbetare som sett henne i samma belägenhet förut bäddade ner henne i den stora franska besökssoffan på hennes tjänsterum och drog sig diskret tillbaka.

Nästa morgon tog hon det lite lugnare, duschade, tvättade håret och blåste det, bytte kläder och gick ut för att äta en stor tunisisk frukost, helst med mycket röd stark peppar. Hon hann till och med diskutera någon affär med en av de vanliga kunderna och lät det hela tills vidare stupa på priset. Kanske skulle han komma tillbaka med ett nytt bud, kanske inte. Just nu brydde hon sig inte det minsta om vilket det blev. Hon drev officiellt en export-importfirma och kunde spela rollen av affärskvinna, lika bra på arabiska som på franska.

Tillbaks uppe på sitt chefsrum – som snabbt utrymts av vem det nu var som spelat hennes roll medan hon var borta – fördjupade hon sig på nytt i hans fajl.

Hans karriär var enastående i underrättelsehistorien, det var det som framgick omedelbart när man slog upp handlingarna och såg rubrikerna på första sidan. Han hade dessutom, vilket var ovanligt för intellektuellt tränade underrättelseofficerare, varit en utomordentligt skicklig mördare. Det var kanske där någonstans det hade gått snett och den uppenbara risken var att han blivit spritt språngande galen. I sämsta fall skulle man hitta honom som ett stinkande fyllo bland likasinnade i någon storstad.

Men hon hade känt honom väl, innan han eventuellt blev galen. Första gången de träffades var de båda unga, han kapten och hon löjtnant om hon mindes rätt, eller om det var tvärtom. Då hade hon hotat honom med pistol. Andra gången de träffades hade hon skjutit och torterat honom lagom för att han skulle klara sig undan syriernas misstankar och därefter hade de blivit vänner för livet och deras gemensamma operationer hade för övrigt gått bra.

Sista gången de sågs hade de varit i Libyen på ett uppdrag som gick ut på att lokalisera och oskadliggöra den kärnvapenladdade stridsspetsen till en SS-20 som galenpannan Khadaffi hade köpt från det sönderfallande Sovjetunionen. Också det hade gått bra.

Men därefter hade israelerna mördat henne för andra gången. Följaktligen hade hon gått under jorden i flera år och arbetat från kontoret i Damaskus, ständigt klädd i svart långslöja om hon visade sig utomhus. Det hade inte varit läge att kontakta vare sig honom eller någon annan gammal vän under de åren. Hon var ju död.

Därför levde inte riktigt den avslutande delen i hans fajl. Det var bara rapportspråk blandat med en del tidningsklipp om vad som hänt och det sade henne inte så mycket även om det som faktiskt berättades gjorde det lätt att instämma med det slutliga omdömet, de sista orden som över huvud taget stod om honom i fajlen. *Blev galen och rymde, är sedan dess försvunnen.*

Kanske, kanske inte. Det var i och för sig fullt logiskt och dessutom psykologiskt trovärdigt.

Han hade befordrats till högste chef för sitt lands säkerhetstjänst, följaktligen försedd med total tillgång till säkerhetstjänstens alla angivare, de som mot betalning tjallade på sina landsmän, de politiska flyktingarna.

Han hade sökt upp tjallarna en efter en och dödat dem med allehanda metoder av det slag som tidigare gjort honom till hjälte men nu gjorde honom till förbrytare.

Han hade vägrat psykiatrisk hjälp vid rättegången. Dessutom hade han satt fast sig själv. Det var som om han ville genomföra någon sorts botgöring, för hade han velat komma undan så hade han förmodligen gjort det. Han hade dömts till livstids fängelse i en internationellt uppmärksammad rättegång och därefter mysteriöst rymt från sin fängelsecell.

Det var tio år sedan. Då var han 42 år gammal, i dag alltså 52. Ingen ålder för en viceamiral, som sagt.

Men var han galen då och var han fortfarande galen nu?

Det behövdes en avsevärd skicklighet för att hålla sig undan på det där viset så det var inget fel på hans förmågor. Och förställa sig kunde han som alla spioner.

Det troliga var att han inte blivit galen och knappast något fyllo under en bro någonstans i Europa. Minsta identitetskontroll skulle ha röjt honom. Han fanns inte i Europa. Men inte heller i Ryssland. De skulle visserligen, på grund av hans utmärkelser, ha gett honom en tillflyktsort men som hon kände honom skulle han aldrig stå ut med ett sådant liv. Såvida han inte drabbats av religiös omvändelse och satt som munk någonstans i ett kloster i Sibirien.

Nej, inte troligt. Han var utbildad i San Diego i Kalifornien, både på University of California San Diego och hos Navy Seals och en del annat militärt. Där fanns han.

Han talade ju perfekt amerikansk engelska och skulle alltid av alla uppfattas som amerikan. Där fanns han!

Plötsligt började hennes minne söka efter något som inte stod i hans fajl. Det var i så fall hennes fel, det var hon som borde ha gjort noteringen. Under deras sista operation tillsammans, jakten på den ryska kärnvapenstridsspetsen i Libyen, hade han fått en falsk amerikansk identitet av CIA. Hon hade namnet på tungan, vände och vred på hans riktiga namn under någon minut innan hon plötsligt kom på det.

Det här kunde gå fort, tänkte hon. För en gångs skull var man inne på ett område där två av världens underrättelsetjänster var överlägsna alla andra, den israeliska och den palestinska.

Det finns inte ett enda universitet av rang i hela världen där det inte finns judiska studenter, doktorander, lektorer, docenter och professorer.

Men det finns inte heller ett enda universitet av rang i hela världen där det inte finns palestinska studenter, doktorander, lektorer, docenter och professorer. Det beror på de två folkens likartade historia, båda befinner sig i diasporan mer än i det land som båda av lite olika skäl räknar som hemlandet.

Alla dessa universitetsmänniskor har en sak gemensamt, för en del en mardröm och för andra kanske en mer eller mindre from förhoppning. En vacker dag kommer en artig främling in på deras rum och säger helt frankt att han, eller lika gärna hon, representerar Mossad, i det judiska fallet, eller Jihaz ar-Razed i det palestinska fallet. Och nu är det så att den egna underrättelsetjänsten skulle behöva hjälp med en liten sak.

Förmodligen reagerar de då alla på samma sätt. Om det spionen ber om ligger något så när inom det rimligas gräns så finns ingen tanke på att vägra hjälpa till.

Och i hennes fall just nu rörde den artiga frågan något mycket enkelt. Hon hade redan börjat skriva ner den i sin dator för att vidarebefordra den till de cirka 40 mer eller mindre aktiva agenter hon disponerade i Kalifornien: *Finn Hamlon!*

# III

Vissa helger när hon hade några dagars sammanhängande ledighet brukade hon åka ner till San Diego för att hälsa på sina två yngre systrar, som hon oroade sig mycket för på den tiden. De hade, fastän födda amerikaner, alltså på amerikanskt territorium, knappast haft det lätt att växa upp som amerikaner. Det hade inte varit lätt för någon i familjen och Linda var det enda av syskonen Martinez som kommit längre än high school. Men de följande medicinska studierna tvingades hon avbryta halvvägs eftersom det hade funnits ett så stort behov av pengar för att få systrarna på fötter. Därför alla dessa nattskift på olika kirurgiska akutmottagningar i LA. Fast om hon inte jobbat så mycket på kirurgen, om hon alltså inte under flera års tid sett något tusental svarta unga män och lika många spansktalande unga män uppskurna på alla ledder och skjutna på alla sätt, så hade den misslyckade kärlekshistorien kanske aldrig inträffat. Då hade hon inte kunnat tolka vad hon faktiskt såg där nere på stranden i San Diego för åtta år sedan, åtminstone inte på ett par tre sekunder. Och då hade hennes nyfikenhet inte väckts på samma sätt. Men så var det ju i livet. Man missade en buss och just därför träffade man någon som förändrade allt. Eller man hann precis med bussen och fick aldrig ens veta vad man just gått miste om.

Den äldsta av systrarna, Corazón, var villkorligt frigiven för narkotikainnehav och riskerade två till fem års fängelse om hon åkte fast en andra gång och livstid om hon åkte fast för tredje och sista gången. Den yngsta av dem, Teresia, hade förmodligen sysslat med prostitution. Linda Martinez visste inte säkert hur det låg till med den saken och ville inte heller veta.

Genom en del personliga kontakter hade hon fått in sina systrar på Santa Teresias Rehabiliteringshem i San Diego, en privat stiftelse som ägnade sig åt att hjälpa mexikanskättad ungdom i svårigheter. Just nu såg det gudskelov ut som om det blivit deras räddning, de tycktes sköta sig och hade till och med fått ett deltidsjobb.

Det var i och för sig ett jobb som hade en tydlig odör av välgörenhet, för övrigt hemma hos en av stiftelsens huvudmän, eftersom det verkade lika lätt att sköta som det var överbetalt. De jobbade med städning och trädgårdsarbete och andra småsysslor hos en enstöring och något kufisk miljonär som hette Hamlon. Han hade visst blivit rik under den stora börsuppgången i databranschen, föga originellt i Kalifornien visserligen. Han hade dragit sig tillbaka vid 40 års ålder och ägnade sig tydligen mest åt musik och fanatisk kroppsvård, inte heller det särskilt originellt i Kalifornien.

Redan då hade han den fantastiska villan ute i La Jolla, det mest inne området för rika människor i San Diego-trakten. Men han hade aldrig några partyn och svinade inte ner som andra rika människor, så städningen var för det mesta ett närmast symboliskt arbete. De två systrarna hade i alla fall ett jobb som kunde hålla dem flytande.

Den där gången när det egentligen började satt de alla tre på stranden och såg honom komma löpande på långt håll. Corazón och Teresia berättade i munnen på varandra att han hade en jävligt fantastisk kropp, fastän han alltid uppträdde som en gentleman, eller om det var att han var gay eller blyg eller nåt. Antagligen var han gay, fast helt säkert var inte det heller eftersom han hade några porrtavlor med nakna kvinnor som badade på klippor i vad han påstod var "nordiskt ljus", vad nu det var för något. Förresten hade han en del knäppa tavlor med vita vildkaniner i snö uppe i Kanada eller Alaska någonstans, fast också en del revolutionär mexikansk konst. Han visste mycket mer om sånt än de själva och han hade visat dem både på Emiliano Zapata och Pancho Villa.

De blev ivriga och pratade än mer i munnen på varandra medan deras storasyster med stigande nyfikenhet granskade löparen som närmade sig längs stranden.

Han hade en hel jävla mysko vinkällare med viner som inte var kaliforniska. Och en massa konstiga böcker där man inte ens kunde läsa bokstäverna och han tränade som en galning varje dag, två löptimmar, en på morgonen och en på kvällen, och sen körde han en timme om dagen i sitt eget gym. Han sköt pistol på en bana i källaren och simmade ibland upp till en timme i poolen. Det var faktiskt det enda han gjorde. Nej förresten, han hade en massa töntmusik också, satt på sin terrass och såg ut över havet på kvällarna och lyssnade på sån där gammal skit. Fast schysst var han ju, det var inget att snacka om. Synd bara om han verkligen var gay.

Linda Martinez lyssnade nu bara med ett halvt öra på systrarnas beskrivningar medan hon noga och kisande betraktade den man i hästsvans och pannband som närmade sig med lätta löpsteg. Han såg ut att vara i någon obestämbar ålder mellan 35 och 45, svårt att säga eftersom han var så fysiskt vältränad. Han löpte utan synbarlig ansträngning och han lyssnade på musik, man såg tydligt de små propparna i öronen.

Det var iskallt i vattnet just denna dag, frånlandsvind och hårda strömmar, röd flagg borta vid badvaktstornet signalerade badförbud. Alldeles nedanför de tre systrarna Martinez lekte ett äldre par med sin pudel, som var försedd med rosa badmössa och någon sorts flytväst som gjorde det svårt för den lilla hunden att simma.

Plötsligt tog strömmen tag i pudeln, drev den några meter utåt där vinden fick fäste i flytvästen och sedan gick det fort och till synes ohjälpligt utåt. Det äldre paret började skrika i panik.

Just då kom Hamlon fram. Han såg på hunden som drev utåt i den starka strömmen, stannade och sänkte huvudet i en gest som om han suckade tungt. Sedan tog han utan att göra sig någon brådska av sig sin walkman, sparkade av sig löparskorna och drog sin urblekta sweatshirt från UCSD över huvudet och vadade ut några meter i det iskalla vattnet som inte tycktes bekomma honom det minsta. Så dök han ner i en strömvirvel och kom efter en stund upp ett tjugotal yards längre ut och simmade med lugna effektiva armtag ut till hunden, grep den i flytvästen och höll glatt signalerande upp den mot det förtvivlade äldre paret inne på stranden medan både han och hunden drevs vidare utåt som hållna av en jättelik osynlig hand.

Men han började simma inåt land, fortfarande utan att göra sig någon brådska, med hunden bakom sig i ena handen. Det tog sin tid på grund av den hårda strömmen. Badvakterna som kommit rusande från sitt torn beslöt efter någon tvekan att det inte fanns någon anledning att kasta sig i. De bedömde att mannen där ute visste vad han höll på med, att han måste ha simmat förut i kallt och strömt vatten.

När Hamlon kom iland kastade han skämtsamt över den lilla pudeln till matte, som omedelbart blev upptagen av något som först såg ut som om hon försökte kyssa hunden. Det gjorde hon visserligen också, men hennes huvudsakliga ansträngning gick ut på att praktisera mun-mot-mun-metoden på en vid det här laget fullständigt räddad hund som förtvivlat sprattlande försökte undkomma alla kvävande omsorger.

Hamlon tog snabbt husse i hand och skyndade bort mot sin hög av kläder. Husse såg villrådigt efter honom, tvekade som om han egentligen ville uttrycka mer av sin tacksamhet innan också han kastade sig in i de pågående återupplivningsförsöken.

Det var när Hamlon höjde armarna över huvudet för att dra på sig sin tröja som Linda Martinez såg det.

Det var bara några sekunder när han stod där med armarna sträckta över huvudet och blottade hela sin överkropp som hon läste av honom, lika automatiskt som röntgenplåtar strax före operation. Två av skottskadorna var relativt färska och snyggt hopsydda. Andra skottskador var betydligt äldre och sämre skötta, hans högra underarm var full av ärrvävnad som måste bero på djurangrepp, hans bröstkorg hade skurits upp med kniv, tortyr alltså.

Det var lika tydligt som ett medicinskt protokoll. Mannen hade blivit skjuten vid minst tre olika tillfällen, dessutom hade han blivit torterad. Han var för ung för Vietnam, en del av skadorna var för övrigt rätt färska. I Irak hade han knappast kunnat bli tilltygad så här många gånger, men militär var han utan tvekan. Linda Martinez var säker på sin sak. I Los Angeles blir unga män skjutna en gång, högst två, mer än så överlever ingen. Militärer kunde däremot bli skjutna flera gånger, eftersom de aldrig behövde ligga och förblöda medan de väntade på operation, eller medan ambulanspersonal och sjukhusets mottagning grälade om vilket distrikt som var skyldigt att ta hand om just den här unge mannen.

Hon såg efter Hamlon som dragit på sig tröjan, fäst cd-spelare och öronproppar och nu barfota löpte vidare i sanden med joggingskorna i händerna och sade någonting skämtsamt till sina småsystrar om att de fick se till att presentera henne för den där "dataspecialisten" någon gång. De svarade med fnissande skämt som innehöll en del plumpa anspelningar; de tyckte ibland om att skoja med sin välartade storasyster med språk som gjorde henne generad.

När hon sedan träffade honom kort tid därefter så var också hennes första intryck att han mycket väl skulle kunna vara gay. Det fanns en mjuk elegans i hans sätt att vara som stämde rätt väl på den finare sortens bögar. Hans klädsel, som såg dyr ut utan att vara snobbig, hans självklara nästan kvinnliga handlag med matlagningen när han rörde ihop en sås till de stora laxstycken som han grillade vid bordet ute på terrassen, hans handrörelser när han serverade vinet.

Men å andra sidan, hade hon intalat sig senare, var hon så generad i början att hon förmodligen varken såg eller tänkte klart. Teresia hade redan efter en vecka ringt henne och sagt att de var bjudna på middag alla tre till helgen och hon hade fullkomligt skamlöst erkänt att hon sagt att de hade en skitsnygg storasyster som hemskt gärna ville komma. Det hade funkat direkt.

Han serverade ett vin som var gudomligt gott fastän det var europeiskt och själv såg han nästan ut att falla i gråt av hänförelse när han drack de första klunkarna. Han såg att de såg och förklarade det med minnen och sentimentalitet och att vin var något som man helst inte drack i ensamhet och därför var han lite ovan. Sedan började han tala om Teresias och Corazóns stödundervisning på centret. Meningen var att de båda skulle avsluta sina high school-studier för att komma vidare till college.

Teresia lyckades till slut med milt våld bända sig loss ur frågeställningen om stödundervisning genom att två gånger fråga honom varför han hade dragit sig tillbaka så ung. Första gången låtsades han inte om frågan, andra gången såg han ut som om han tvekade men lat artigheten ta över. Han var verkligen en gentleman.

Han sa någonting lite svävande om att han fått nog både av sitt jobb, som var sifferbetonat, lönsamt och trist, och att de människor han umgåtts med i samband med sitt arbete alla var sifferbetonade, manligt logiska och känslobefriade. Sedan passade han på att duka ut, han insisterade på att göra det själv eftersom de alla tre, även Teresia och Corazón, nu var hans gäster. Medan han sysslade med efterrättsbestyr nere i köksregionen förde systrarna en snabb och viskande konversation. Den stora frågan var fortfarande om han var bög. De kunde inte enas, Linda var nästan helt säker på att det inte var så, Corazón trodde att det bara var önsketänkande från storasysters sida och Teresia antydde att hennes mycket stora erfarenhet av män nog entydigt proklamerade bögvarning.

När han kom tillbaks med fruktsallad, nya vinglas och ett nytt mysko vin från Frankrike hann han knappt servera innan lillasyster Teresia obesvärat under första tuggan gick rakt på sak.

Linda hade känt det som om hon ville bli osynlig, upplösas i atomer, vadsomhelst bara hon just då kunde försvinna.

Först stirrade han bara häpet på dem, en efter en. Han såg verkligen mycket förvånad ut.

Han svarade att han inte var gay men att han var förvånad över frågan och bad dem förklara vad det var de trodde sig ha observerat, och de hamnade i en lång stunds rätt pinsamma försök att beskriva sättet han serverade mat, hålla fram stolar åt dem, konstiga – fast mycket goda – viner, kroppsfixeringen och vad de nu kunde komma på.

Han verkade ganska road och funderade om det kunde vara att han arbetat *på andra sidan haven* i tio år, han sa just så med det brittiska uttrycket, och att det kanske satt sina spår så att han verkade lite oamerikansk då och då.

Det var sant att det fanns något oamerikanskt med honom. Nästa gång de träffades lyssnade hon särskilt noga på hans språk som var obestämbart, akademisk bakgrund utan tvekan, det borde höra hemma någonstans borta på östkusten snarare än i San Diego. Om man bara hörde honom skulle man ha gissat på en betydligt äldre man med betydligt striktare, och för den delen tristare, klädsel. Kostym med väst, typ. Och absolut inte hästsvans.

Kanske hade hon varit för påträngande under den där första tiden eftersom de hemligheter hon drog ur honom mest handlade om en tragedi som vem som helst skulle ha känt sig ovillig att ventilera. Han hade haft fru och två barn som dödats tillsammans i en bilolycka, så han hade dragit sig undan av andra skäl än det där med trista typer och siffror på jobbet som han sagt först.

Som älskare var han till en början både blyg och hänsynsfull på ett sätt som antingen kunde verka mycket svalt eller ångestladdat, som om han hade dåligt samvete eller kände sig otrogen mot sin döda hustru. Men det mystiska och hemlighetsfulla i hans person attraherade henne mer och mer och fick henne förstås att ställa fler och fler frågor som han alldeles uppenbart helst inte ville besvara.

Som en morgon när de vaknade i badande solljus i hans dubbelsäng på andra våningen. Plötsligt hade hon bara frågat honom vilken sorts militär han egentligen varit och varför han låtsades att ha datateknik som yrkesbakgrund.

Först hade han förnärmat sagt att han visst sysslade med datateknik, att han hade en Master of Science i ämnet från UCSD. Hon hade då inte sagt något utan bara låtit sitt pekfinger glida över alla skottskadorna och de andra ärren på hans kropp.

Mer behövde hon inte förtydliga sin fråga, han visste ju att hon försörjde sig på akutintagen inne i Los Angeles.

Okay, hade han sagt. Visst hade han haft en militär karriär, men dessvärre var allting som rörde den saken hemligt. Och han skulle aldrig återvända och mer fanns inte att säga.

Han spelade en roll, hon var säker på att hästsvansen hade med den rollen att göra, och rollen var till för att skyla över något i hans förflutna.

Men hon var lika säker på att det var våldet i hans militära förflutna som plågade honom och inte någon karriär inom gangstervärlden.

Mycket riktigt medgav han att han regelbundet gick hos en psyko-analytiker för att tala igenom det som han inte ville tala med någon annan om, inte ens henne.

De gled sakta in i ett förhållande som varade ett par år och de gled lika sakta isär. Skulle hon peka på något särskilt skäl så var det att han tycktes bli paniskt rädd för tanken att få barn på nytt. Det sårade henne, inte bara för att hon själv ville ha barn utan mest därför att hon fick en känsla av att för honom skulle ett nytt barn kännas som ett svek mot hans döda familj. Det var i så fall en självisk och djupt osympatisk idé. Men han sade det aldrig annat än att han en gång antydde att hans skräck var att än en gång se någon nära anhörig dö en våldsam död.

Vänner förblev de ändå på ett både djupt och innerligt plan. Han såg till så att hon fick ett generöst stipendium från Santa Teresia-stiftelsen så att hon kunde avsluta sina medicinska studier, han vakade över hennes systrar som om han varit deras gudfar. När det gällde hans generositet fanns inga gränser och med tiden fick hon veta att han var den huvudsakliga donatorn bakom Santa Teresia. Hon trodde sig också förstå att hans avlidna hustru varit mexikanska.

När hon gifte sig fyra år efter att deras korta förhållande hade tagit slut var han med på bröllopet och höll ett lysande tal så att man skulle kunna tro att han snarare varit politiker än militär i sitt hemlighets-fulla förflutna, det förflutna som hon aldrig riktigt hade kunnat nå fram till. Även om hon var den enda personen i hans fåtaliga omgivning som förstått att han dolde någonting och att hästsvansen var en del i maskeringen.

Vid senaste styrelsemötet på Santa Teresia, hon hade blivit invald i styrelsen efter sin MD-examen och det var inte svårt att gissa på vems rekommendation, hade han som vanligt hälsat till hennes familj, förhört sig både om hennes lille son och om systrarna och föräldrarna. Hon visste att om hon så mycket som antytt minsta bekymmer med hyra eller något annat så skulle den hemlighetsfulla skyddsängeln från ovan omedelbart göra ett nytt mysteriöst ingripande. Han var nog den raraste och mest omtänksamme man hon någonsin träffat.

Vid styrelsemötet hade han verkat som vanligt, kanske aningen mer melankolisk men inte mer än så och hon skulle aldrig ha kunnat ana att det var sista gången hon såg honom. Suicidal var han definitivt inte. Så när han bara försvann var det totalt oväntat, han hade blivit någon sorts självklarhet där ute i La Jolla med sina kronometriskt exakta joggingturer och med sitt ständiga och växande engagemang i allt från villaföreningen mot inbrott till kommittéer för bekämpande av ungdomsbrottslighet.

Och en dag var han bara försvunnen. Det föreföll henne obegripligt men hon kände sig märkligt säker på att hon aldrig skulle se honom, eller ens höra talas om honom igen. Det hon minst av allt kunde föreställa sig var att han skulle återvända till någon uniform, han var den mest civile man hon känt.

\* \* \*

Efter Hamlon kunde man ställa klockan, sade man nere på Harry's strandbar inte långt från den höjd där han hade sin fästningsliknande villa. Han brukade komma in mellan 10:35 och 10:37 på förmiddagen och dricka en super size ice tea medan han förhörde sig om det senaste. Politik brukade han undvika att tala om men nuförtiden var det alltför många som hade både det ena och det andra att säga om George W Bushs krigsträsk i Irak för att ämnet skulle kunna undvikas. Men han hade för det mesta skämtat bort sådant, särskilt med att hänvisa till att han inte begrep sig på militärer och deras sätt att tänka.

Mellan november och februari var Harry's strandbar stängd men från och med de första veckorna i februari brukade gästerna strömma till. Kort innan han försvann kom också Hamlon som vilken regelbundet återvändande flyttfågel som helst. Han hämtade sig snabbt från sin löprunda, torkade svetten ur ansiktet med en handduk och fick sin stora pappmugg med super size ice tea utan att behöva beställa la.

Ingenting i detta var egendomligt utan bara som det skulle vara. Men ägaren Harry gjorde en ovanlig iakttagelse på andra veckans öppethållande. Hamlon gick därifrån med en kvinna, det hade aldrig hänt förut och Harry hade inte ens sett hur det gick till. Fast på sätt och vis var det ju glädjande, han hade trott att Hamlon över huvud taget inte intresserade sig för kvinnor. Men Harry hade som sagt inte sett vad som hände eftersom det gick så fort.

Carl hade kommit insläntrande som vanligt med huvudet fullt av morgonens affärssamtal och jobbet vid datorn som finansierade hans välgörenhetsoperationer. Han hade aldrig i sitt liv varit så oförberedd. Han inte ens observerade den medelålders kvinnan i träningsklädsel, mörka glasögon och pannband förrän hon plötsligt slog sig ner mitt emot honom och sakta tog av sig solglasögonen.

"Hej Carl", sade Mouna al Husseini, "long time no see."

Tiden stannade för honom och han blev stum. Det var ingen tvekan om att det var hon, men möjligen kunde han föreställa sig att hon var en hallucination eller att någon blodåder omärkligt brustit i hjärnan så att han betraktade något som inte fanns.

Hon såg intresserat småleende på honom medan han kämpade med att förstå. Det tog kanske tio sekunder och så såg han ut som om han skulle börja gråta.

"Mouna, min älskade högt respekterade kamrat Mouna, jag har sörjt dej i åtta år", viskade han.

"Andra gången var det min syster dom dödade, familjen hade goda skäl att hålla den saken hemlig, liksom vi på avdelningen. Inte ens dej kunde jag höra av mej till", viskade hon tillbaks.

Han reste sig plötsligt och sken upp i ett brett leende, gick runt bordet och slog armarna om henne, kysste henne och drog henne utan vidare därifrån.

"Jag bor nära, vi går hem till mej", sade han när de var utom hörhåll för alla.

"Jag vet var du bor."

"Ja det förstår jag, men nu är du bjuden och behöver inte tjuvtitta."

"Det är verkligen fint att se dej och att du tycks må bra", sade hon.

"Tror jag det. Men du har inte spårat upp mej för att försäkra dej om min goda hälsa. Var det förresten svårt? Kan du vistas legalt i USA?"

"Det var inte så svårt och jag kan vistas legalt här, jag har brittiskt pass utfärdat av MI 6 och vi har ingenting att oroa oss för av det slaget. Är du avlyssnad hemma?"

"Nej."

"Bra."

Han gick med armen runt hennes axlar, teatern kunde ju inte gärna föreställa annat än det som på sätt och vis var sant, att gamla vänner träffats på nytt. Och att de hade bråttom att komma hem, vilket ju också var sant. Det skulle bli ett långt samtal, annars hade hon inte sökt upp honom, och han hade visserligen inte den blekaste aning om vad som kunde vara så viktigt, men det var ju *honom* hon hade sökt upp, inte Hamlon med hästsvansen. Han hade spelat Hamlon så länge att det ibland kändes som om han glömt bort sig själv. Men Mounas axlar under hans högerarm var verkligheten på nytt. Det gjorde honom nästan euforisk, det var en överrumplande känsla av plötslig frihet.

När de kom hem till den vita muromgärdade villan frågade han först om hon hade gott om tid och hon svarade att hon hade all tid de behövde och då föreslog han att de skulle skicka efter hennes bagage och att hon helt enkelt skulle etablera sig som en gammal kärleksrelation, vilket inte var direkt lögnaktigt. Han tryckte ner henne i en korgstol ute på terrassen mot havet och försvann en kort stund för att duscha och byta kläder, sedan kom han ut med två perfekt blandade glas lemonad med lime.

"Du kan inte få den bättre i Beirut", försäkrade han och slog sig ner mitt emot henne. "Och nu när du återvänt från de döda och jag har hunnit vänja mej vid tanken och dessutom hunnit bli riktigt lycklig vid den, det underliga är att först blir det en chock men ... Le chaim, som våra fiender säger, till livet!"

"Le chaim!" skrattade hon och skålade tillbaks.

"Bland jordens levande kvinnor är du den jag respekterat och beundrat mest, käraste Mouna", fortsatte han allvarligt. "Men du har inte letat upp mej av sentimentala skäl, även om det vore en förtjusande tanke. Du vill be mej om något. Inte sant?"

"Sant."

"Okay. För dej gör jag nästan vadsomhelst i min förmåga. *Nästan* vadsomhelst. Så vad gäller saken?"

"Det tänker jag inte säga på en stund. Först vill jag att du berättar om dej själv."

Hon började helt enkelt förhöra honom och han fann sig och insåg snart att huvudfrågan brutalt och enkelt var om han blivit tokig och om han fortfarande var det. Och det var inte sådant som man kunde besvara i brådrasket, det var inte läge för några snärtiga repliker. Det var alltför mycket död och svart kaos i bakgrunden.

Så han tog tid på sig och ansträngde sig för att berätta uppriktigt och konkret, även om det snart kändes som en upprepning av åtskilliga seanser med den dyrbara psykiatriska expertis han anlitat under några år.

Men visst kunde man säga att han blivit tokig, att det kokat över. Rent sakligt handlade det från början om en simpel vendetta, ordet var verkligen på sin plats. Han och en av hans närmaste medarbetare hade varit nere på Sicilien för att utväxla några svenska direktörer mot pengar, ingenting märkvärdigt egentligen. Men då hade de galna jävla mafiosi fått för sig att stärka sitt förhandlingsläge genom att mörda hans närmaste medarbetare och vän mitt framför ögonen på honom. Bara som en sorts teatralisk gest, den kallas *vendetta transversale*. Skulle man tala om galenskap kunde man nog säga att det var där det började. För han hade mobiliserat alla de resurser en militär underrättelsetjänst förmår i ett västerländskt samhälle och dessutom ordnat ett samarbete med den militära italienska underrättelsetjänsten. De hade anställt en formlig massaker på gangstergängen.

Lysande seger och medaljer och hemflygning med befriad gisslan och eskort med jaktflyg sista biten in mot Arlanda. Så långt allt gott och väl.

Det var bara det att somliga överlevande i den sicilianska maffian därefter, med fenomenalt tålamod och en icke föraktlig portion förslagenhet, hade gett sig på att mörda hans familjemedlemmar en efter en. De hade försökt döda honom också vid ett par tillfällen men det var inte lika lätt som att mörda kvinnor och barn. De hade dödat hans första hustru och hans andra och hans barn och de hade inte ens nöjt sig med det. Sist hade de skjutit hans gamla mamma på en fest i ett slott i Sydsverige.

I det läget, precis i det läget, hade den svenska staten fått för sig att han skulle bli en perfekt chef för den civila säkerhetstjänsten. Hans kaliforniske psykiater hade inte trott att det var sant när han hörde det. Om man i och för sig hoppade över alla medicinska analyser så kunde man ändå med lätthet hålla med om att just då var han onekligen fel man på fel jobb. Bland annat fick han namn och adress på alla palestinska och kurdiska angivare som opererade bland politiska flyktingar och asylsökande.

Och då kom han på den briljanta idén att mörda dem en efter en för att få slut på eländet. Det låg nära till hands, hans företrädare hade låtit mörda ett par av sina ovilliga angivare bland kurderna genom att förråda dem för terrororganisationen PKK. Men att mörda genom ombud var inte hans stil, han gjorde det själv. Rent praktiskt fungerade planen.

När han sedan nyktrade till, eller hur man skulle uttrycka det, fick han dåligt samvete, angav sig själv, vägrade psykiatrisk hjälp och tog heroiskt emot sitt straff som förstås bara kunde bli livstids fängelse för seriemord. Hans psykiater här i San Diego hade övertygande argumenterat för att i det läget borde han ha fått vård i stället för fängelse. Numera instämde han helhjärtat i den analysen.

Hursomhelst hade hans fasta principiella beslutsamhet att betala det personliga priset för sin dåraktighet bleknat betänkligt efter någon tid i cell. Han hade varit 41 år när han ryckte in på livstid.

Han rymde till Kalifornien, åberopade sitt amerikanska medborgarskap, sitt Navy Cross och ytterligare något som han glömt och stoppades undan i FBI:s program för vittnesskydd. Avtalet med FBI var enkelt. Han förband sig att inte lämna Kalifornien. De förband sig att aldrig utlämna honom eller röja hans identitet.

Och så hade han spelat Hamlon med hästsvans i tio år. Det var hela historien. Och om det var angeläget så kunde han säga att han numera inte var särskilt galen, att räkningarna till själsläkarna blivit avsevärda, men att han nog betraktade det som väl investerade pengar.

Och fanns det någonting att tillägga så var det möjligen att det var en obeskrivlig lättnad att tala som sig själv för första gången på tio år utanför en läkarmottagning. Nu var han Mounas vän och Carl Gustaf Gilbert Hamilton och exempelvis kommendör av den palestinska hederslegionen. Det var en mycket märklig upplevelse att efter så lång tid gå utanför sitt cover och tala som sig själv. För att känslan skulle ha blivit helt fulländad borde han egentligen berättat historien på svenska.

"Jag hoppas du får chansen att berätta på svenska någon gång", sade hon. "Men just nu hade det kanske inte varit så praktiskt. Men jag vet hur det känns, jag vet vad du talar om. Jag spelade syriska i tre år på vår station i Damaskus, med slöja och allt, och höll till slut på att bli tokig. För snart vet man inte vem man är, om man är rollen eller om det där man var en gång bara är inbillning. Okay Carl, jag tyckte om din historia. Jag menar jag tyckte om vad jag hörde och jag måste säga att jag fann dej i bättre form än vad jag vågat hoppas."

"Tack Mouna, och nu är det din tur."

"Nej inte än, jag är långt ifrån färdig med dej min vän. Vad är meningen med livet?"

"Förlåt vad sa du?"

"Du hörde. Vad är meningen med ditt liv?"

De betraktade varandra en stund under tystnad. Han försökte se på henne om hon på något sätt drev med honom. Hon försökte se på honom om han ändå, mot det hon hittills haft anledning att förmoda, hade något drag av galenskap.

Eftersom hon inte gjorde en min av att ställa om frågan på något annat sätt eller ta tillbaks den, gjorde han ett ärligt försök att formulera ett svar.

För det första kunde han naturligtvis inte se någon särskild mening med livet, definitivt inte om man sökte det Stora Svaret. Universum var obegripligt. Det var obegripligt att det skulle ha kunnat skapa sig självt och det var lika obegripligt att det skulle ha skapats gudomligt. Men nu var man ju här. Det enda som gällde var väl att försöka lämna platsen i lite bättre skick än den var när man kom. Mer hade han inte att säga, för hans del var hela ämnet uttömt med det.

Men hon gav sig ändå inte. I nästa steg ville hon veta vad han konkret gjorde för att "lämna platsen i lite bättre skick".

Han skrattade ganska hjärtligt och avspänt, det var den Carl hon kände från förr. Sedan gav han henne en drastiskt självironisk berättelse om välgörenhet. På den tiden han var svensk hade han föraktat välgörenhet som ett borgerligt påfund för att rika damer skulle känna sig goda, ungefär som att med gåvor till kyrkan köpa plats i gräddfilen till Himmelriket. På den tiden han var svensk hade han föredragit hög skatt i stället för välgörenhet.

Men här i Kalifornien, som Hamlon, hade han inte utan vidare kunnat inse att hög skatt var någon välsignelse i vare sig det ena eller det andra avseendet. Framför allt inte den federala skatten som gick till militära erövringar av oljefält i Mellanöstern med hänvisning till exempelvis irakiers oerhörda farlighet.

Så han ägnade sig mycket åt något som bara kunde beskrivas med det lite skamliga ordet välgörenhet, han hade exempelvis byggt upp ett rehabiliteringshem för ungdomar av mexikanskt ursprung, han ägnade en timme om dagen åt att donera pengar och två timmar om dagen att tjäna in dem.

När hon envisades med att förlänga det till synes högst perifera ämnet hamnade han i försvarsställning och försökte förklara att han ju ändå försatt sig i ett läge där han var fast i Kalifornien för evigt och inte hade något val. Då fann hon plötsligt och överraskande ämnet uttömt och föreslog att de skulle ta en långpromenad längs stranden. Hon tillade att det inte gjorde något om de blev iakttagna av någon säkerhetstjänst, eller ens filmade tillsammans, så länge ingen hörde vad de sade. Han kom, nästan lite kränkt, med en serie invändningar. Husets framsida mot havet var omöjlig att komma åt ens för det mest välutrustade avlyssningsteam, en brant sluttning ner mot havet och där de satt hade de perfekt överblick. Vad gällde risken för dolda mikrofoner så hade han snart bott tio år i huset och av budgetskäl om inte annat så skulle en avlyssnare, i så fall hans höge beskyddare FBI, ha tröttnat för länge sedan. Och han hade svept huset med jämna mellanrum på jakt efter sändarmikrofoner och aldrig hittat någon.

Hon sade att det var alldeles utmärkt, men nu ville hon i alla fall ta en lång promenad längs stranden i det störande bruset av Stilla havet.

Först ordnade de med att få hem hennes bagage från hotellet inne i San Diego och så beställde han middag från en libanesisk catering-firma inne i stan, på hennes förslag när han frågade vilken sorts mat hon längtade efter.

Sedan tog de sin mycket långa promenad och gick i timmar om-slingrade längs stranden och såg ut som det de nästan var, människor med en kärlekshistoria långt bak i tiden som nu, efter alla dessa år, hade återförenats och följaktligen hade mycket att tala om.

Längs stranden utanför La Jolla berättade hon allt, verkligen allt från projektets politiska ursprung ner till minsta vapendetalj, om K 601 och problemet med ryska ubåtsmän som höll på att omintetgöra alla möjligheter till framgång. Han lyssnade intensivt och avbröt henne bara ibland och då enbart med små tekniska frågor.

När de kom tillbaks till huset visade han henne sin samling av politisk mexikansk konst, installerade henne i ett gästrum och förklarade att han ville gå till sitt gym och tänka en timme. Sedan skulle han servera middagen. Hon tyckte han uppträdde som om hon skulle ha all anledning att se fram emot kvällen, det fanns något i hans avspända beslutsamhet som hon kände igen från förr.

Han hade dukat ute på en glasveranda med några öppna fönster som släppte in havsbruset och dessutom – vilket hon antog var hans tanke – skapade vibrationer i fönsterrutorna så att det skulle omöjliggöra tekniken att använda dem som avlyssningsmembran. Lika omtänksamt hade han lagt fram ett par filtar, det var fortfarande februarisvalt i Kalifornien, och arrangerat hela måltiden med både tända ljus och, mer överraskande, ett par flaskor av det bästa vinet från Ksara, Comte d'M, hur han nu lyckats hitta det i Kalifornien.

Han förde henne till bordet med skämtsam högtidlighet, serverade det värmda pitabrödet och skålade med henne. De försåg sig någon minut från myllret av smårätter.

"Det första du ska göra är att ta av dom där ryssarna deras uniformer", började han rakt på sak. "Jag har skrivit ner anvisningar om hur du ska göra rent praktiskt och var du ska handla grejorna, vi kan hoppa över det. Det enda dom ryska ubåtsmatroserna får behålla är två saker som dom förmodligen inte skulle klara sig utan. Det ena är fullt begripligt, det är det fem centimeter långa silverfärgade ubåtsemblemet med en röd stjärna i mitten, nåja just den detaljen har dom kanske ändrat. Men dom har svettats mycket och tagit mycket skit för att få det där emblemet. Det andra är mindre begripligt men nästan lika viktigt. Ryska elitförband har en blåvitrandig undertröja som kallas *teljnaschka,* ubåtsmännen har den, specialförband som spetznaz och liknande grupper har den. Klä alltså upp dom i främmande uniformer men med bibehållen undertröja och ubåtsemblem. Jag hoppas du förstår att det här är mycket viktigare än man skulle kunna tro, att det alltså är högst seriöst menat."

"Jag tror dej, lita på det Carl. Och vad ska officerarna behålla förutom undertröjan som ändå inte syns under deras uniformer?"

"Sina små kartor med färgsymboler som beskriver deras förtjänsttecken och eventuella medaljer, förutom ubåtsemblemet förstås."

Han skrattade och hon log och höjde glaset när han sade det där sista. Han verkade på strålande humör och hon utgick från att han hade en lång rad nya idéer och att han förmodligen hade velat börja med det mest överraskande.

Men han forcerade inte, utan verkade snarast road av att få gå igenom sina förslag som nästan undantagslöst verkade enkla att genomföra, och dessutom billiga. Exempelvis fiskade han upp en liten iPod ur fickan och beskrev hur man skulle förse ubåtens bibliotek med en sågott som komplett inläsning av hela den ryska klassiska litteraturen, han hade hela serien inspelningar hemma i huset, liksom för övrigt en del språkkurser som också skulle komma väl till pass. Hon passade på att fråga hur hans ryska var nuförtiden och han skrattade bara bort frågan med att han nog inte skulle ha några språkliga problem med att överta den ryske presidentens jobb, men att han kanske skulle låta lite stelt gammalmodig när han talade.

Han åt en stund, synbarligen mycket nöjd, försåg henne med en del små fat utanför hennes räckvidd och serverade henne mer vin innan han fortsatte.

Kvinnliga språklärare ombord var en utomordentlig idé av flera skäl. Mouna fick inte vara ensam kvinna ombord, det skulle totalt undergräva hennes ställning och ubåtsmän över hela världen var vidskepliga på ett sätt som var svårt att förstå. Det hade mer att göra med traditioner och machoattityd än seriös tro på tomtar och troll och sjöjungfrur. Det var snarare en stil, ungefär som när flygare stukar sina uniformsmössor på ett visst sätt. Till och med i hans hemland Sverige hade det varit gnäll och pjåsk när den första kvinnliga personalen kom ombord på ubåtarna.

Men på K 601 var det viktigt att få ombord så många kvinnor som möjligt. Det var inte en fråga om feminism eller jämställdhet eller något annat politiskt. Det var psykologi. Det gällde att markera en helt ny ordning, någonting som inte var ryskt så att varje rysk matros skulle känna sig överlägsen icke-ryssarna. Språklärarna var en start, skeppskirurgen borde också vara kvinna, kirurgyrket var ett kvinnligt jobb i Ryssland så det skulle inte vara några problem att hitta någon mycket högt kvalificerad. På varje funktion där hon kunde få in en kvinna skulle hon försöka. Nej inte varje funktion, städningen måste alltid utföras av män. Men kvinnlig kökspersonal var helt okay, eftersom kockarna ombord på en ubåt brukar vara både omtyckta och respekterade.

Det gällde alltså att skapa en del enkla nyheter av det här slaget så att alla ombord blev utlänningar och därmed ingen. Vad gällde vodka skulle den förresten inte förbjudas helt, men man borde milt uttryckt vara något mer restriktiv med serveringen än man varit vid den olycksaliga hemfärden med K 601 från Barents hav.

Och därefter en ännu viktigare fråga än avrussifieringen. Ubåten måste ha en egen presstjänst ombord. Det innebar att hon borde erbjuda någon korrespondent från Al Jazeera, gärna kvinna förresten, nej helst kvinna, att få sitt livs scoop som inbäddad reporter, som amerikanerna kallade systemet.

Tevereportern skulle alltså ha med sin egen utrustning för att kunna genomföra reportage ombord, intervjuer och direktsändning via satellit.

Här kom den första punkten där Mouna började invända. Det skulle bli en mardröm att resa till Qatar eller London och försöka ragga upp en tevereporter utan att kunna säga vad saken gällde. Dessutom handlade det om utrymmeskrävande utrustning och personer som man inte hade någon möjlighet att säkerhetskolla innan de kom ombord. Och för övrigt riskerade man att locka folk i döden som inte visste vad de gett sig in i förrän det var för sent och omöjligt att komma undan.

Allt detta höll Carl med om. Men han menade också att möjligheterna att överleva var större med inbäddade journalister ombord och han lyckades tålmodigt och rätt övertygande beskriva för henne vad som skulle hända i världens medier efter den första attacken. Händelsen skulle få samma dignitet som 9/11. Om man i det läget inte hade några möjligheter att besvara allt vad Rumsfeld, Cheney och de andra skulle börja gapa om, kärnvapenfaran till exempel, så fanns till slut inga politiska hinder för USA att slå till med full militär kraft och till och med sätta in taktiska kärnvapen om ingenting annat hjälpte.

Mouna invände att den palestinske presidenten skulle få allt medieutrymme i världen efter attacken. Då suckade Carl att han inte på något sätt ville vara oartig men att medieutrymmet för Abu Mazen skulle bli en droppe i havet, bokstavligen, i jämförelse med vad de ledande amerikanska politikerna skulle få.

Det moderna kriget utspelade sig inte bara med vapen, det hade väl förresten inget krig någonsin gjort. Men i dag utkämpades en mycket större del av kriget än någonsin tidigare i medierna. Och det fanns bara ett effektivt motmedel mot västerländska journalister. Det var scoop, den stora nyheten. Och i det avgörande avseendet kunde ingenting överträffa nyheter från världens genom tiderna mest jagade ubåt efter världens genom tiderna mest framgångsrika terroristattack. Att ha en korrespondent från Al Jazeera ombord var alltså inte någon liten taktisk fråga, det var en fråga om liv eller död.

Och när man ändå var inne på nyheter. Ubåten måste ha en väl fungerande satellitmottagning ombord så att man kunde ta in världens tevestationer. Det skulle bli svårt att kommunicera direkt med någon hemmabas när väl helvetet brakat loss, inte ens snabbsändningar över kortvåg och på kod var att rekommendera. Risken att bli spårad var alldeles för stor om man sände radio. Enda sättet att kommunicera indirekt utan att röja sig själv var att se på teve. När Abu Mazen satt i en intervju och berättade att "jag har just gett order till ubåten att ..." så gjorde han det först i det ögonblicket. Och så kunde amerikaner och israeler grubbla sig trötta över hur kommunikationerna såg ut.

Problemet var inte nytt för Mouna, hon hade sedan lång tid tillbaks stannat vid slutsatsen att man inte kunde sända någon radiotrafik från ubåten utan en högst påtaglig risk att NSA eller någon annan snappade upp den, och naturligtvis dechiffrerade den. Att knäcka radiokod var bara en fråga om resurser i dagens värld och det var omöjligt att matcha USA eller ens Israel i det avseendet. Men idén om indirekt kommunikation via nyhetssändningar var en förbättring. Och även om metoden var lättgenomskådad så var den svår att komma åt.

Deras måltid låg i ruiner, precis som det skulle vara efter en två timmars libanesisk *mezza*. Mouna hade fått en hel del nytt att tänka på, fast ändå ingenting som vare sig ekonomiskt eller praktiskt låg utanför vad som var möjligt. Och det insåg förstås också han. Men när hon försjönk i funderingar passade han på att röja av bordet, svepte en filt runt henne och gick och hämtade mer vin.

"Låt oss göra ett tankeexperiment", sade hon när hon fått välja vin och valt det han föreslagit. "Jag har fullmakt från Abu Mazen att göra dej till viceamiral och chef för den palestinska flottan. Inte fartygschef ombord, men chef för hela flottan. När du nu kommer till Severomorsk, gärna med Rysslands Hjälte och Röda Stjärnan fullt synliga på din uniform, vad blir dina första åtgärder?"

Han log åt frågan och såg på henne nästan retfullt några ögonblick innan han svarade.

"Dom där medaljerna har jag olyckligtvis sålt, kunde inte föreställa mej att dom skulle ha en så nyttig framtid. Men annars skulle min första åtgärd bli att sparka varenda man som varit ombord på K 601 och sen bygga en ny besättning från början."

"Alla? Varför det?"

"Kanske inte alla, om dom här brittiska gentlemännen har haft några underofficerare vid sin sida som inte gnider in fläskkotlett i ansiktet på er andra och dessutom har hunnit sätta sig in i gentlemännens nya teknologi, så skulle man kanske kunna göra enstaka undantag. Men i princip ska alla sparkas."

"Varför det?"

"Därför att det är något särskilt med ubåtar. Så som kommendören är så är hans besättning. Och när du hittar rätt kommendör, rätt fartygschef, så måste du lägga korten på bordet och säga vilka ni är och vad saken gäller."

"Och om han då säger nejtack har vi en mardröm av säkerhetsproblem."

"Helt riktigt. Men om du inte har den ryske fartygschefen med dej så har du inte hans besättning, även om du mångdubblar deras lön, betalar rikliga förskott före avgång och allt det andra du redan tänkt dej."

"Det är ogenomförbart", sade hon efter en stunds koncentrerad eftertanke. "Det går helt enkelt inte."

"Varför det?"

"Jag är visserligen chef för projektet, högsta *politruk* för att tala ryska. Men jag är två saker, nej tre saker som är fel när jag träffar kommendören. Jag är nån sorts arméofficer, om vi ska vara petiga med sånt. Jag är arab, det vill säga tjetjen och *musulman*. Och så är jag kvinna."

"Du har lärt dej en hel del nytt i Ryssland, hör jag."

"Ja, på gott och ont. Och vet du vad som krävs för att värva den där kommendören?"

"Kanske, men säg i alla fall."

"Den nye chefen för den palestinska flottan bör vara en vit viceamiral som talar perfekt ryska och som är dekorerad med Röda Stjärnan och Rysslands Hjälte. Då först kan det här bli allvar."

"Är det ett direkt anbud?"

"Svar ja."

"Var det därför du kom hit?"

"Ja, förutsatt att du var vid dina sinnens fulla bruk. Och bortsett från din sällsynt oklädsamma frisyr så har jag träffat min gamle vän som han var. Även om du kastar ut mej nu, Carl, så gläds jag verkligen över att ha sett dej igen, känt igen dej som du var, kramat dej och kysst dej."

"I vanliga fall skulle jag aldrig kunna säga nej till dej, det vet du Mouna."

"Ja, det vet jag. Det var där vi började. Men då visste du inte hur *ovanligt* detta fall var."

"Nej, du ber mej att dö för Palestinas sak. Det är extremt ovanligt i Kalifornien."

"Trodde du jag kom för att be dej om en miljon dollar?"

"Ja, jag kunde i vart fall inte föreställa mej K 601. Förresten skulle jag antagligen ha sett en del praktiska svårigheter med att överföra ett så stort belopp till dej utan att hamna i terroristjägarnas nät."

"Men nu?"

"Nu är det en annan sak. Jag är lite berusad. Låt mej tänka över natten."

Hon nickade bara till svar.

Han visade henne upp till badrummet som låg närmast hennes gästrum, kysste henne på båda kinderna och omfamnade henne med en värme som han varken kunde eller hade någon avsikt att dölja och så gick han tillbaks ner och klev ut i den kalla vinden på terrassen.

Det var svårt att samla tankarna, det där han sagt om vinets påverkan var inte bara en ursäkt för att bli lämnad ensam. Det gick runt, det var lite mycket på en gång. Hon hade alltså rent faktiskt erbjudit honom ett nytt liv. Fast förmodligen kort.

Han hade kunnat börja ett nytt liv här i La Jolla också, något mycket mer än att bara gå omkring och spela Hamlon. Alla skäl i världen hade talat för att han med hull och hår skulle ha kastat sig in i förälskelsen med Linda Martinez. Men han hade inte vågat.

De skulle haft barn vid det här laget och hade Mouna dykt upp då så hade hon nog inte ens träffat honom utan bara avbrutit spaningsinsatsen och åkt tillbaks till sitt nästan hopplösa problem i Severo-morsk. Utan att han ens skulle ha fått veta hur nära de kommit var-andra. Man kunde förresten undra över hur hon hittat honom så lätt. Det spelade ingen roll, hon hade gjort det.

Linda Martinez var en underbar människa, hon hade förmodligen helt ensam räddat sina två systrar på glid – egendomligt uttryck, han insåg plötsligt att han stod och tänkte *på svenska*, vilket han inte gjort på ett decennium.

Nere i örlogshamnen i San Diego låg den svenska ubåten Gotland. Han hade läst om det i lokaltidningen och knappt trott att det var sant. Men det visade sig att HMU, Hans Majestäts Ubåt, Gotland, hade hyrts in av den amerikanska flottan med man och allt för att de skulle kunna öva något som de själva inte kunde, jakten på en kon-ventionell ubåt som inte drivs med bullrande kärnkraft utan diesel-elektriskt. De hade hållit på ett år med övningarna och om han tolkat informationen på US Navys hemsida rätt så var setsiffrorna efter ett års ubåtsjakt ungefär 6-1, 6-1, 6-1 i svensk favör. Därför hade ameri-kanerna begärt att det i och för sig egendomliga kontraktet – varför skulle Sverige bistå den amerikanska flottan? – skulle förlängas på ett helt nytt år.

Han hade gått ner där till kajen, stått bland andra anonyma åskå-dare och sett den lilla ubåten med en tretungad svensk örlogsflagga lägga till. I bakgrunden ett jättelikt hangarfartyg och två robotjagare. Han hade blivit märkligt rörd och rentav haft svårt att hålla tårarna tillbaka. Där fanns en känsla som han bara hört talas om från andra men aldrig förstått, det där med den höga höjden som gör att man får en vansinnig impuls att vilja kasta sig ut mot döden och friheten. Hans impuls hade varit att gå fram till grabbarna, några tjejer också för den delen, som han såg kliva ur ubåten och gå över landgången ner på kajen och han skulle ha kramat om dem och sagt något om ... ja, vadå? Hej svenskar, jag är visserligen er gamle viceamiral Hamilton men efterlyst för mord?

Mouna hade tänkt rätt när hon övergav idén om en atomubåt.

Setsiffrorna mellan HMU Gotland och US Navy talade sitt tydliga språk. Amerikanerna kunde inte få tag på Gotland och skulle få ännu svårare med K 601, som dessutom kunde skjuta skarpt tillbaka.

Han slogs av en kort misstanke att Mouna hade förskönat K 601:s enastående defensiva kapacitet men han viftade bort tanken.

Tillbaks till Linda. Hon hade varit möjligheten till hans nya liv, Hamlon var bara en teaterroll som dessutom blev långtråkigare för varje år. Efter vad läkarna påstod hade han goda möjligheter att leva ytterligare fyrtio år. Men fyrtio år som Hamlon?

Ett år till som den jag var, ett år som Carl Gustaf Gilbert Hamilton, tänkte han. Förmodligen skulle deras död på ubåten ändå åstadkomma en hel del. Att Gaza fick sin egen hamn och sitt eget territorialvatten innan det hela var över kunde man nog betrakta som en realistisk kalkyl. Och det var ändå ett minimum av vad man kunde hoppas på. Var det värt att dö för? Ja. Åtminstone om alternativet var ytterligare fyrtio år i hästsvans.

# IV

Att låta den underlydande vanta demonstrativt länge var visserligen mycket ryskt. Det var inte ens så att han själv var särskilt oskyldig på den punkten, en kommendörkapten har tillräckligt många under sig för att åtminstone ibland kunna ta till både detta och andra trick för att visa makt. Men att låta någon vänta i tre timmar var väl ändå lite väl storslagna fasoner? *Tsar Vladimir*, ord som få vågade uttala men desto fler tänkte om presidenten, hade nådigt låtit meddela att kommendörkapten Aleksander Ilitj Ovjetchin kallas till presidentens västra ämbetsrum i Kreml klockan 06:00 nästa dags morgon. Då hade han redan suttit vid telefonen i sitt hotellrum och väntat i två dygn.

Först hade han känt sig lättad och nöjd i tron att 06:00 betydde 06:00 och att presidenten hade för avsikt att klara av det ytterst hemliga ärendet K 601 före alla andra av dagens säkert många plikter. Men nu var klockan precis 09:00 eftersom de två hedersvakterna i arméns paraduniform – fast med KGB:s gamla färg i skärmmössans band – avlöstes för tredje gången under ett fasligt stampande och stelt gestikulerande. Två nya mänskliga stenstoder vaktade nu presidentens stängda dubbeldörrar som var minst sex meter höga och ornamenterade med guld över röd sammet. Ovanför dörrstycket spretade den gamla ryska dubbelörnen. Vad gällde utanverket hade han alltså lika gärna kunnat sitta och vänta utanför någon av de gamla tsarerna.

Den första halvtimmen i de obekväma guldmöblerna hade han nervöst repeterat sina svar på de mest tänkbara och mindre tänkbara frågorna från presidenten. Därefter hade han försökt fundera igenom

145

projektets utrikespolitiska konsekvenser, det som med säkerhet intresserade presidenten mest. Men den typen av bedömningar var hans svagaste gren, sådant klarade både Mouna al Husseini och den nye viceamiralen från Sverige mycket bättre än han. De båda levde i världen utanför Ryssland och visste självfallet mycket mer om den. Vad han själv borde hålla sig till var den marina teknologin, det han verkligen begrep sig på.

Nu inne på tredje timmens väntan hade han gett upp alla analyser av kloka och rediga svar på frågor från presidenten och satt i stället och försökte rekonstruera hur allt hade börjat.

Han och Mouna hade ju faktiskt bara sammankopplats som Rysslands och PLO:s sambandsofficerare i frågor gällande internationell terrorism. Det var för övrigt den funktion hon redan hade visavi de västliga underrättelsetjänsterna, som hon för övrigt inte hade någon överdriven respekt för. Hon hade berättat en del roliga historier om både amerikaner och engelsmän.

Hade han och Mouna bara hållit sig till själva uppdraget så hade det väl aldrig blivit något projekt. Men det de hade att säga varandra i ämnet terrorism kunde klaras av ganska kortfattat. Det fanns ingen palestinsk fundamentalistisk rörelse i Centralasien och inget palestinskt intresse att annat än med till intet förpliktande ord från en eller annan extremist i Hamas stödja en muslimsk upprorsrörelse i Ryssland. Och från den ryska underrättelsetjänstens sida fanns sällan något intressant att säga om diplomatiska framstötar i Mellanöstern, det var ett område där Ryssland hamnat långt på efterkälken. Men eftersom de hade ganska trevligt när de träffades sökte de gärna efter samtalsämnen som till nöds kunde gränsa till deras egentliga uppdrag. Nya militärstrategiska scenarier när det gällde Mellanöstern var givetvis ett sådant ämne.

Det var nog när han, kanske lite långrandigt och docerande, vilket tydligen var en av hans största svagheter, och hon hade ett ord för det som han hade glömt, börjat tala om Israels enda relativa brist i militär slagkraft som hon hade tänt till. Det hela föreföll så enkelt när man tänkte tillbaks på det. När han analyserat den israeliska flottan ställde hon en obönhörligt precis fråga: Vad skulle vi behöva för att slå ut den?

Han hade inte behövt tänka efter särskilt länge för att besvara den frågan, som de dessutom nu fem år senare kunde svaret på in i minsta detalj. Men det hade varit uppenbart redan då. Överraskningsmomentet var den första förutsättningen. En enda rysk superubåt var den andra. Det skulle räcka.

Hennes följande fråga, om det fanns sådana ryska ubåtar till salu och vad den i så fall skulle kosta, kunde han givetvis inte besvara. Då lämnade hon ämnet och han kunde varken just då eller de följande månaderna föreställa sig vilken tankeverksamhet och politik som faktiskt hade inletts. Förmodligen hade hon ganska omgående organiserat någon diskret men högst officiell förfrågan från sin president, som var Yassir Arafat på den tiden.

Plötsligt hade han kallats till Moskva för att träffa Rysslands nye försvarsminister, den gamle hade blivit avskedad på grund av Kurskaffären.

Krigsministeriet var en stor vit marmorbyggnad mitt i Moskva, full med de vanliga heroiska ornamenteringarna och relieferna i svart järn, men försvarsministerns tjänsterum hade inte ens varit tiondelen så stort som det här väntrummet utanför president Putin.

Den nye försvarsministern hade gett honom en utrikespolitisk föreläsning som han inte begrep så mycket av, antingen för att han inte var – nörd hette det, nu kom han ihåg Mounas ord om honom, på just det området. Eller om det möjligen var så att den gamle armégeneralen heller inte hade utrikespolitik som sin starkaste sida.

I gammal god anda från Sovjetarmén hade i alla fall analysen lagts fram i punkter. För det första bedrev Ryssland inte längre militärt bistånd som någon sorts broderlig hjälp till utsugna eller fattiga länder. För det andra sålde Ryssland numera krigsmateriel för pengar och när det kunde gynna egna politiska intressen, helst i kombination. Och här förelåg en sådan kombination.

För nu var det så att den palestinska partisanrörelsen ville köpa en ubåt och pengar hade de. Det var det ena. Men om deras projekt därtill blev framgångsrikt skulle det på flera plan gynna Rysslands utrikespolitiska strävanden. En anmärkningsvärd palestinsk militär framgång med rysk materiel skulle inte bara positivt påverka framtida försäljning av liknande materiel, en typ av hänsyn som hörde den nya tiden till men som den gamle försvarsministern inte verkade så förtjust över. En sådan framgång skulle också, vilket var det andra och viktigare, ge det nya Ryssland ett helt nytt och starkare inflytande över den politiska utvecklingen i Mellanöstern. Det var en geopolitisk, ekonomisk och strategisk fråga av största vikt.

Där någonstans hade Aleksander Ovjetchin förlorat sig i de politiska resonemangen fast han åtminstone förstått så mycket som att en palestinsk seger med rysk utrustning skulle gynna Rysslands, och presidentens, utrikespolitiska intressen.

Och när politiken var undanstökad gick det fort. Försvarsministern såg på klockan, räckte över ett dokument vars innehåll han bara kortfattat beskrev. Det gick ut på att kommendörkapten Ovjetchin härmed utnämndes till särskild teknisk sambandsofficer i det ryskpalestinska samarbetsprojektet *Projekt Pobjeda.* Den palestinska samarbetspartnern kände han tydligen redan, det var en brigadgeneral Hussein, men också han hade entledigats från sitt underrättelseuppdrag för att på heltid syssla med den hemliga planens förverkligande, avslutade försvarsministern. Plötsligt var det bara att göra ställningssteg och utgå.

När han träffade Mouna en vecka senare i Moskva fick de börja från allra första början. Han beskrev tänkbara ubåtstyper och hon tyckte han blev för långrandig, vilket väl antagligen var sant.

Den första stora nöten de måste knäcka var för övrigt viktigare än alla kommande taktiska hänsyn. Den stora frågan var om ubåten skulle vara atomdriven.

Det som talade för en kärnreaktor som kraftkälla var uppenbart. Den enorma motorstyrkan gav högre fart och en möjlighet att i uläge helt enkelt rusa ifrån eventuella förföljare. Kärnreaktorn hade dessutom bränsle för tjugo år och då slapp man problemet med att bunkra bränsle. Man kunde utgå från Severomorsk, segla runt Afrika och Asien till Vladivostok och tillbaks utan bränsleproblem.

Det som talade mot en kärnreaktor var mer komplicerat. En atomubåt kunde inte gå in i vilken hamn som helst på grund av alla internationella säkerhetsbestämmelser och överenskommelser. Dessutom fanns det internationella avtal om att inte sprida kärnkraft hursomhelst, något som kunde bli ett genant problem för Ryssland. Och slutligen, en atomreaktor ombord kräver en helt egen liten besättning och reaktorn avger en ljudsignatur som gör att jaktubåtarna lättare hittar den, liksom spaningsinsatser från flygplan, helikoptrar och ytfartyg. Och den ubåt man till slut bestämde sig för skulle med stor säkerhet bli intensivt jagad efter sina första insatser.

Dieselelektrisk drift med det nya och förbättrade systemet Kristall 28 skulle följaktligen medföra en hel serie fördelar för båda parter, både för de jagade palestinierna ombord och för Ryssland som inte bröt mot några internationella avtal genom att exportera kärnkraftsteknologi.

Där hade de börjat. Efter åren som gått var det märkligt att tänka tillbaks på hur primitivt projektet varit i inledningsfasen. Först i nästa fas uppstod idén att göra en modifierad typ av ubåt, med dieselelektrisk drift – fast i titan. Dyrt, men i vissa avseenden oerhört överlägset. Särskilt för en jagad ubåt. De hade ju redan tidigt förstått att man måste koncentrera sig på varje möjlighet att förlänga ubåtens liv.

Han hade lyckats försjunka i alla de problem som löstes med titankonstruktionen när dubbeldörrarna till presidentens kontor plötsligt smälldes upp av en överste som fick de två KGB-kadetterna, eller vad de nu var, FSB hette det visst nuförtiden, att flyga upp i en serie av stampanden och blixtsnabba manövrer med sina bajonettförsedda karbiner. Aleksander Ovjetchin hade gjort något liknande och intog enskild ställning framför översten.

"Kommendörkapten Aleksander Ovjetchin!" röt översten.

149

"Ja överste, närvarande!" röt han tillbaks.

"Rysslands president är färdig med viktiga statsangelägenheter och kan nu ta emot er, kommendörkapten!"

Översten pekade befallande på den röda mattan som började strax innanför dubbeldörrarna och ledde rakt fram mot ett barockskrivbord med någon sorts tronstol i andre änden av det oändliga rummet. Där skymtade presidenten böjd över något på bordet framför sig. Det fanns inget utrymme för tveksamheter. Aleksander Ovjetchin marscherade rakt in genom dörrarna på den röda mattan på väg mot skrivbordet femton meter längre bort, noterade hur dörrarna stängdes med ett brak bakom honom och intog enskild ställning inför Rysslands president, som inte tycktes ha märkt att han kommit in i rummet.

Där stod han, spänd och med armarna sträckta utefter sidorna och sneglade mot de två kristallkronorna som borde väga ett ton styck, de fem sex meter höga oljemålningarna som föreställde 1800-talshjältar till häst, intarsian i de konstfulla parkettgolven och dubbelörnen ovanför presidentens huvud.

Presidenten tycktes fortfarande inte ha observerat honom utan föreföll djupt försjunken i handlingarna framför sig.

"Jag har läst era rapporter Aleksander Ilitj och ni beskriver en del svåra och komplicerade problem, inte sant?" sade presidenten till slut. Han talade lågt och lät närmast fundersam.

"Ja! Det är sant! Herr president!" svarade Aleksander Ovjetchin blixtsnabbt.

"Ni är också medveten om, Aleksander Ilitj, att vi nu i det här rummet hanterar en hemlig materia som ytterst få människor i Moder Ryssland känner till?"

"Ja, herr president! Jag är *razvedtjik*, herr president!"

När presidenten förvånat såg upp insåg Aleksander Ovjetchin att han möjligen gjort bort sig. Men det hade kommit från ryggmärgen.

Han hade använt det militära ordet för underrättelseofficer, razvedtjik. Det kunde uppfattas som en underförstådd fräckhet, vilket i så fall var djupt olyckligt för det hade inte alls varit hans mening. *Razvedkan* hade i alla tider befunnit sig i konkurrens, ibland till och med öppen fientlighet, med *Tjekan*, det gamla ordet för KGB och alla dess företrädare eller efterträdare.

Presidenten betraktade honom strängt och med stenansikte. Men det visade sig bara vara en grym lek.

"Aha, jag förstår", sade presidenten och sken upp som om han verkligen just begripit någonting. "Sån tur att Rysslands hemligheter är i händerna på en razvedtjik och inte en gammal *tjekist* som jag. För det var väl det ni menade, kamrat kommendörkapten?"

"Naturligtvis, herr president! Jag menar naturligtvis *inte*, herr president!"

Hade han haft en praktisk möjlighet att ta livet av sig i det ögonblicket hade han förmodligen gjort det. I stället försökte han hålla masken.

Presidenten brast oväntat i skratt, slängde läsglasögonen som ingen fick se ifrån sig och rättade till sin perfekta kostym med mörkblå slips.

"Det var faktiskt rätt roligt sagt, Aleksander Ilitj, det må jag säga", sade presidenten som fortfarande var full i skratt. "En gammal tjekist som jag kan ändå gå ganska långt som vi vet, men det kan faktiskt en razvedtjik som ni, Aleksander Ilitj, också göra. Såvida vi inte misslyckas förstås?"

"Korrekt, herr president!"

"Lediga! Förlåt att jag inte observerade att ni stod där som en pinne, folk får så konstiga beteenden framför presidenten. Jag har några frågor."

"Jag ska göra mitt bästa för att besvara era frågor, herr president!" svarade Aleksander Ovjetchin som blixtsnabbt åtlytt ordern att byta från givakt till lediga.

"Utmärkt. Första frågan. Den nya teknologin för att upptäcka främmande ubåtar när man själv befinner sig i uläge, liksom för att bekämpa inkommande torpeder, är det numera teknologi under rysk kontroll?"

"Ja, herr president! Och under palestinsk kontroll!"

"Så inom kort kommer också våra egna ubåtar att kunna utrustas med denna nya teknik?"

"Ja, herr president."

"Vilket åtminstone för närvarande ger oss ett enormt övertag i mötet ubåt mot ubåt?"

"Korrekt, herr president."

"Ingen tvekan?"

"Ingen tvekan, herr president."

"Men det är ju verkligen strålande nyheter, Aleksander Ilitj, det må jag verkligen säga. Jag satt nämligen och undrade om jag skulle vara förbannad eller inte, en del av era förfrågningar tycks mej lite väl, ska vi säga aparta? Men i alla fall. Då skulle jag vilja att vi fortsatte vårt samtal på något mer informell fason. Skulle ni vilja ha en utsökt skotsk maltwhisky, Aleksander Ilitj?"

"Nej tack, herr president! Klockan är bara 09:37 på morgonen."

"Jag vet, jag bara skämtade. Min företrädare, Onkel Boris du vet, skulle kanske ha sett annorlunda på saken men nu går vi över till soffgruppen och fortsätter samtalet. Vi har för övrigt också utsökt te från Georgien här i Kreml, det skulle kanske passa bättre?"

"Tack gärna, herr president!"

När de gick mot den bylsiga röda soffgruppen med ben och ryggstöd i svällande guldbarock bytte presidenten helt stil. Det var som om han bara spelat en teaterlek med sitt tidigare trakasseri. Till att börja med föreslog han att de, nu när ändå ingen hörde dem eftersom ingen fick höra dem, skulle kalla varandra vid för- och fadersnamn. Och så påpekade han att han hade exakt 21 minuter till vännen Aleksander Ilitjs förfogande och beställde in te genom att bara trycka på en dold knapp under det stora lilaflammiga marmorbordet.

Enligt Vladimir Vladimirovitjs mening hade det tett sig både underligt och onödigt komplicerat att byta ut hela besättningen, alltså den ryska besättningen ombord på K 601. Kommendör Aleksandrov och hans två närmaste män, kommendörkaptenerna Almetov och

Loktjev, hade såvitt han visste utomordentliga meriter från Ishavs-flottan. Så, vad var problemet?

Aleksander Ovjetchin försökte förklara saken som så att kommendör Aleksandrovs besättning redan var så kontaminerad av negativ förhandsinställning till den arabiska kontingenten att det skulle leda till allvarliga problem om man inte tog ett radikalt grepp och började om från början. Man kunde kanske inte heller, om presidenten ... om Vladimir Vladimirovitj ursäktade, bortse från vad palestinierna ansåg i frågan. Det var ju faktiskt de som betalade.

Korrekt. Men då till nästa fråga. Varför var kommendör Petrov av särskilt stort intresse som ny fartygschef?

Två skäl, meddelade Aleksander Ovjetchin ivrigt, kanske också lite aningslöst. Kommendör Petrov hade faktiskt ansvarat för den djärvaste autonomkan i den moderna ryska flottans historia när han var nere med Kursk i Medelhavet 1999 och gång på gång lurade bort den amerikanska Medelhavsflottan. Och eftersom han varit en av fartygscheferna ombord på Kursk så skulle han nog inte vara helt ointresserad av att möta en amerikansk ubåt i skarpt läge med de tekniska förbättringar som nu stod till förfogande.

Plötsligt insåg Aleksander Ovjetchin att han lurats säga för mycket. Han hade anspelat på den officiella lögnen att Kursk sprängde sig själv och inte sänktes av en amerikansk ubåt. Presidenten hade mulnat högst märkbart och höll upp handen till tecken på tystnad.

"Ta det nu lugnt, Aleksander Ilitj", sade han. "Det här är faktiskt ett mycket hemligt samtal tjekist till razvedtjik och ingen hör oss och ingen kommer någonsin att höra talas om detta samtal. Detta samtal har aldrig ägt rum och kommer aldrig att nämnas såvida vi inte vinner en strålande seger och det står i mina officiella memoarer förstås. Har vi förstått varandra?"

"Helt säkert, herr president! Jag menar Vladimir Vladimirovitj, helt säkert."

"Bra. Då har jag ytterligare några frågeställningar. Din uppfattning, Aleksander Ilitj, är alltså att Kursk sänktes av en amerikansk ubåt i Los Angeles-klassen, att detta av outgrundliga skäl har blivit en statshemlighet, att kommendör Petrov och hans ställföreträdare kommendörkapten Larionov och örlogskapten Charlamov också har denna inställning. Samt att de helst av alla amerikanska ubåtar skulle vilja möta USS Memphis där ute. Har jag rätt så långt?"

"Korrekt herr ... Vladimir Vladimirovitj, helt korrekt."

"Bra. Jag gillar ditt mod. Du har min fullmakt så som du begärde. En sista, mindre viktig fråga. Den här svensken, är han så viktig och varför måste vi besvära oss med att förnya hans medaljer?"

"Han talar perfekt ryska och engelska, han är hjälte, riktig vice-amiral och han kommer att få stor betydelse som brygga i våra interna relationer."

"Jag förstår. Jag litar dessutom på ditt omdöme, Aleksander Ilitj. Det datum du angett för operationens inledningsfas gäller fort-farande?"

"Korrekt. Det gäller."

"Ännu en sista fråga. Kommer K 601 garanterat att segra i hän-delse av ett konfrontativt möte med exempelvis, jag säger bara exem-pelvis och har därmed inte bekräftat någonting, USS Memphis?"

"Vi kommer garanterat att ha avgörande fördelar vid en sådan eventuell konfrontation, Vladimir Vladimirovitj."

"Utmärkt. I så fall kommer du inte att bli obelönad. Liksom du inte blir obestraffad om vi förlorar. Är det klart?"

"Självklart, herr president!"

President Putin log åt Aleksander Ovjetchins återfall i det mer for-mella tilltalet och nämnde, när han reste sig för att avsluta mötet, lik-som mer i förbigående, att inte vem som helst fick träffa presidenten. Det hade med politik att göra, just nu var exempelvis en delegation från den nya palestinska Hamasregeringen i Moskva. De fick träffa folk på Utrikesministeriet men absolut inte presidenten. Lustig tanke förresten, att de nyvalda Hamasdelegaterna inte hade en aning om att deras regering snart skulle ansvara för K 601. Men det var deras pro-blem, och den palestinske presidentens. Så det fanns ju vissa fördelar med möten som inte kunde äga rum och möten som aldrig hade ägt rum, eller hur?

\* \* \*

Carl orienterade ur minnet. Det var ganska enkelt med utgångspunkt från Tsentral Station och vidare uppför Karl Marxgatan som den hette första och, som han hade trott, sista gången han var här. Nu var det nya gatunamnet överkluddat med målarfärg i varje gathörn. Han skulle gärna vilja veta vad det nya och tydligen impopulära namnet egentligen var, Vladimir Putingatan?

Strax innan man kom fram till den lilla tvärgatan som var så lätt att minnas, Rybnij Prajezd – "Fiskgränd" – hade det funnits en liten skridskobana där han sett barn spela hockey i ena änden och äldre par åka arm i arm i långsamma värdiga svängar i andra änden. Ryssland hade alltid varit hans fiende rent yrkesmässigt, desto märkligare att han funnit så mycket att älska just här. En av hans bästa vänner i livet var dessutom rysk underrättelseofficer, förmodligen pensionerad vid det här laget och förhoppningsvis borta på jakt och fiske i sitt älskade Sibirien.

Moder Ryssland lockade alltid till sentimentalitet. Det var ofrånkomligt men samtidigt lite genant, ungefär som att tycka om musik av Tjajkovskij.

Där uppe bodde hon alltså fortfarande och det lyste i de två fönstren, fjärde våningen på Rybnij Prajezd i hörnan av det som varit Karl Marxgatan. Hon väntade honom men det var omöjligt att säga i vilken sinnesstämning. Ingen ryss i femtioårsåldern skulle säga nej till en artig förfrågan som förmedlades av den militära underrättelsetjänsten. Och själv hade han påverkat hennes liv så mycket att han hade en outtalad rätt att tränga sig på närsomhelst, åtminstone enligt de gamla reglerna från kalla krigets dagar.

Men Murmansk var alldeles uppenbarligen inte riktigt detsamma som för tio år sedan när han sist varit här, nej förresten det var lite längre sedan än så. Tolv år sedan? Och han själv var kanske inte heller riktigt densamme.

Möjligen var han bara ryskt sentimental när han sökte just henne. Sade hon nej så var det ingen katastrof, då skulle det bara bli en artighetsvisit och inte mer med det. Men hon hade en gång gjort ett så starkt intryck på honom att han aldrig kunnat glömma det. Docent Jelena Mordavina, allmänkirurg på Centralsjukhuset i Murmansk, gift med kommendören Aleksej Mordavin som dött välförtjänt men av skäl som hon sannolikt aldrig förstått.

Ljuset i trapphuset fungerade fortfarande inte. Det kanske bara var en slump, men i så fall nästan som ett hemligt tecken om att vissa ting aldrig förändrades.

Han knackade på dörren plus minus tre sekunder avtalad tid, det var vanor som satt i från hans yrkesliv. Det första han tänkte på när hon öppnade var att hon inte förändrats på det självklart ryska sättet som han väntat sig, han hade fel på ungefär tjugo kilo. Hon var snarast elegant smärt. Han hade också tänkt sig att hon skulle ha förlorat lite lyster i sitt blonda hår men fortfarande ha det uppsatt i en tjock fläta på ryggen. Det stämde däremot. Möjligen hade han föreställt sig att hon skulle ha klätt upp sig lite och sminkat sig. Det var hursomhelst fel.

"Fru Mordavina, vilken glädje att återse er", hälsade han uppriktigt.

"Det är hedersamt att återigen få träffa er, herr amiral", svarade hon betydligt mer återhållsamt.

Han hängde själv av sig rocken på en krok i tamburen och följde henne förbi köket in i vardagsrummet. Inte så mycket hade förändrats, lägenheten hade målats om och fått nya värmeelement, de vita lädersofforna från Koljas tid var numera, som man kunde vänta sig, något solkiga. Hon hade ställt fram te på soffbordet.

"Varför i all fridens namn söker ni mej efter alla dessa år herr amiral?" frågade hon när de satte sig och hon räckte över sockerskålen.

"Om det gäller pengarna ...?"

Han avbröt henne genom att hålla upp händerna och hon tycktes då få för sig att han menade att de var avlyssnade och tystnade tvärt. "Nej, fru Mordavina", sade han. "Vi är garanterat inte avlyssnade. Men när ni nu ändå kom in på ämnet, har ni några pengar kvar?" "Ja", sade hon vaksamt. "Jag har 4 300 dollar kvar. Hur mycket har ni kvar av dom 50 000 dollar ni tog, herr amiral?" "Inte en kopek", sade han med en dubbeltydig suck. "Jag överlämnade hela den där summan till min vän generallöjtnant Jurij Tjivartsjev på razvedkan. Och jag sa givetvis att det var allt som hade funnits här hemma. Vad han sen gjorde med pengarna har jag ingen aning om och jag kan garantera er, fru Mordavina, att jag verkligen inte sökt upp er för att dra upp den där saken."

"Det var skönt att höra", sade hon. "En dollar är inte vad den en gång var, inte ens i Ryssland."

"Det är sant. Men nu är jag rädd att vi kommit ganska snett in i det här samtalet. Hur mår Sasja och Pjotr?"

"Ni kommer ihåg pojkarnas namn?"

"Självklart. Hur mår dom och vad gör dom?"

"Pjotr har doktorerat i organisk kemi och fått en docentur i Sankt Petersburg och Sasja är örlogskapten i Ishavsflottan, följer i sin fars fotspår."

"Är han inte lite ung för att redan ha blivit örlogskapten? Förlåt, jag ska naturligtvis gratulera till båda sönernas framgångar. Kan vi förresten säga du till varandra, Jelena? Jag heter Carl i förnamn."

"Karl? Som i Karl Marx?"

"Ja, men jag tvivlar starkt på att jag är uppkallad efter honom. Vad heter förresten Karl Marxgatan nuförtiden?"

"Ingen aning. Sist var det någonting i stil med Nya Bizznizzgatan. Och nu när du inhämtat denna väsentliga kunskap frågar man sig om det är något mer du kom hit för att få veta?"

"Jag såg i några papper att du numera är professor", fortsatte han lugnt utan att låtsas om hennes ironi. "Opererar du fortfarande själv eller föreläser du bara?"

"Jag opererar dagligen, min professur är i något som kallas praktisk kirurgi och det innebär i stort sett att man undervisar medan man arbetar. Vårt yrke är mycket konkret, ungefär som rörmokare."

"Det blev aldrig någon gästprofessur i Boston?"

Hon tvekade innan hon skakade på huvudet, äntligen hade han lyckats rubba henne lite och det var inte så svårt att förstå varför. Hon hade erbjudits ett strålande jobb som dessutom innebar ett par års gigantiska inkomster för en nybliven änka. Men just då hade ansvaret för yngste sonen vägt över, han gick sista året på gymnasiet och om han blev lämnad ensam då och slarvade med studierna skulle han inte få ihop de betyg som behövdes för att komma in på något bättre än högskolan i Murmansk.

"Jag har glömt varför, Jelena, men du kan säkert förklara för mej varför ni ryska kirurger är så populära i USA?" fortsatte han.

Hon berättade ungefär det han kom ihåg. I USA specialiserar sig alla kirurger tidigt eftersom inkomsterna för en amerikansk läkare knyts just till specialiteterna. Den underförstådda hackordningen kirurger emellan påverkas inte av det, en thoraxkirurg kommer alltid att sitta en pinne högre än en urolog. Men för den amerikanske patient som har råd och vill ha sin urinblåsa opererad så dyrt och bra som möjligt spelar läkarhierarkin ingen roll, han vill bara ha en garanterad specialist.

Men i det gamla sovjetiska systemet hade pengarna aldrig funnits som motiv för specialisering. Man vandrade bara sakta uppåt i lönegraderna oavsett om man var specialiserad eller inte. Sjukvården var dessutom gratis.

Den praktiska skillnaden mellan amerikanska och ryska kirurger blev därför nästan tragikomisk i vissa situationer. Om man kom in som offer efter en bilolycka på något av sjukhusen i Moskva och hade livshotande blödningar till följd av en krossad bröstkorg så riskerade man inte att mötas av en jourkirurg som var specialiserad på anus eller att förstora läppar där uppe eller minska läppar där nere. Särskilt på akutintagen i de stora städerna var det naturligtvis en betydande fördel att ha jourkirurger av rysk typ som utan vidare såg efter vad som skulle göras och sedan gjorde det. Den ryska kirurgens yrkesstolthet låg till stor del i att kunna säga att inget var honom – eller henne, det var ju mest ett kvinnoyrke – mänskligt främmande.

Ungefär lika stor fördel som ombord på en ubåt, tänkte Carl när han reste sig och gick ut i tamburen för att hämta ett dokument från uniformsrockens innerficka.

När han kom tillbaks in i hennes vardagsrum hade hon tappat något av den tillfälliga entusiasmen av att berätta om skillnaden mellan amerikanska och ryska kirurger. Hon såg misstänksamt på det vita pråliga kuvertet i hans hand.

Han stannade till vid en låg bokhylla och tog upp det inramade fotografiet av hennes man. Intressant kollega, tänkte han. Hade uniformsmössan på nacken som unga sjömän och underofficerare, men knappast högre ryska marinofficerare. Fräknig och lite uppnäst, måste ha varit en glad lax. Och naturligtvis en skicklig officer. Man satte inte vem som helst att ansvara för de strategiska missilerna ombord på en Tajfoon-ubåt.

"Vet du fortfarande inte varför han mördades?" frågade hon oroligt borta i soffan. "Kan jag servera mera te?"

"Jatack, gärna", svarade han när han gick tillbaks och satte sig i soffan mitt emot henne. "Men nej, jag har inga nya kunskaper om den tragiska händelsen."

Han visste inte bara varför kommendören Aleksej Mordavin hade mördats, han visste till och med vilka som var skyldiga till och avrättade för mordet. Men bortsett från att allt som hade med saken att göra tillhörde Rysslands känsligaste militära hemligheter så var det dessutom kunskaper som inte på något sätt skulle vara till någon glädje för Jelena Mordavina. Eller kunde förbättra hans möjligheter att värva henne.

De rörde om i sina teglas under en kort tystnad.

"Jag blir inte klok på det här, Carl", sade hon till slut. "En gång för länge sen kom du in här i full paraduniform och inte som nu, i dom kläder man har ombord och där man knappt ser att du är viceamiral.

159

Och du kom med fruktansvärda nyheter. Så var det, inte sant?"

"Sant. Så var det, Jelena. Och jag minns hur jag beundrade ditt mod och din förmåga att ta dej samman, det är därför jag kommit tillbaks. Men i dag har jag inga dåliga nyheter, det kan du vara förvissad om."

"Förvissad om?"

"Korrekt."

"Men tänk dej min situation just då. Änka, två söner under utbildning, usel lön, usel pension efter Aleksej och 49 000 dollar i en kakburk!"

"Ja, men du gjorde som jag sa. Du var försiktig med pengarna och klarade båda sönernas utbildning, allt annat skulle uppriktigt sagt ha förvånat mej. Och det är alltså därför jag är här."

"Nu förstår jag inte alls. Du sa ju att det inte hade med pengarna att göra!"

"Nej, nej det har det inte heller. Inte på det viset. Men det starka intryck du gjorde på mej fick mej att komma tillbaks för att jag vill erbjuda dej ett jobb."

"Som kirurg?"

"Ja, korrekt. Men inte som vilken som helst kirurg utan bättre än Boston."

"Är det lagligt?"

"Ja, åtminstone i Ryssland. Läs här!"

Han räckte över det vita linnekuvertet med Republiken Rysslands statsemblem som hade legat en stund bredvid hans teglas. Hon tog långsamt emot det och sträckte sig efter sina läsglasögon.

Dokumentet var ett brev från president Putin där han omständligt och högtravande försäkrade att var och en rysk medborgare, anställd inom de väpnade styrkorna eller på annat håll, som emottog erbjudande om assistans i ett väsentligt projekt från viceamiralen Carl Hamilton, brigadgeneralen Mouna al Husseini eller kommendörkaptenen Aleksander Ovjetchin, eller att anställas inom Projekt Pobjeda hade presidentens tillstånd och lyckönskningar.

Hon rynkade pannan, tänkte säga något men läste i stället den snåriga texten på nytt.

"Vet du vad min man skulle ha sagt om han sett den här texten?" frågade hon.

"Nej."

"Vad i glödheta helskotta betyder det här!"

"Det betyder, översatt till normal ryska, att jag har presidentens tillstånd att anställa dej som kirurg och du har dessutom hans lyckönskningar."

"Var då?"

"Ombord på en ubåt."

"Va? Ombord på en ubåt?" upprepade hon tvivlande och såg ut som om det måste ha varit ett skämt.

"Korrekt, Jelena. Ombord på världens i vissa avseenden mest avancerade ubåt. Vi blir ungefär 40 man ombord."

"Och en kvinna! Du är medveten om, Carl ... förlåt om jag påpekar det men jag är faktiskt kvinna."

"Jag är mycket medveten om det."

"Ombord på en ubåt?"

"Ni blir mellan fem och tio kvinnor ombord."

"Och hur hade du tänkt dej att vi skulle vara klädda!"

Nu var han nära att falla i skratt, lättad över att hon spontant kommit med en så marginell invändning i stället för att resa sig och kasta ut honom. Han förklarade roat att kvinnliga och manliga officerare skulle ha samma klädsel ombord. Hon skulle alltså se ut som han själv gjorde just nu, med mörkblå stickad tröja med axelklaffar och gradbeteckning, uniformsbyxor i samma färg och svarta skor, men med en kraftigare och mjukare sula. Först hade han för övrigt tänkt utnämna henne till kapten, men det var innan han fått reda på att hon blivit professor. Nu skulle hon alltså bli örlogskapten, samma grad som sonen Sasja, lustigt nog.

En kort stund föreföll hon ganska entusiastisk och då fyllde han på med att officerarnas månadslön skulle vara 10 000 dollar i månaden, att ett års förskott skulle betalas ut till var och en när autonomkan inleddes. När han såg att hon ändå var tveksam garanterade han att hon givetvis skulle ha en permissionsuniform också och att han, vid närmare eftertanke, kunde tänka sig att befordra henne ytterligare ett steg, till kommendörkapten. Så att hon skulle vara sin äldste sons överordnade.

Men hennes entusiasm hade lagt sig oroande fort och Carl kunde se hur invändningarna började ställa sig i kö bakom hennes rynkade panna.

Vad gick det hela ut på? Hur skulle man kunna ta anställning på ett projekt som man själv inte kunde överblicka? Ett sånt där dokument kunde väl vem som helst förfalska, hon kunde ju inte gärna ringa president Putin och fråga om saken. Och ett örlogsfartyg av det här slaget hade inte byggts bara för uppvisning, vad var i så fall det rent militära uppdraget? Och om det inte var Ryssland som låg bakom uppdraget, vem var det då? Och om man inte visste för vem man arbetade så hade man försatt sig i en väldigt svår och komplicerad situation.

Carl medgav allvarligt att hennes invändningar var både kloka och relevanta, men att åtminstone några av dem gick att hantera. Vad gällde godkännandet från president Putin och det av honom undertecknade dokumentet så förhöll det sig rent praktiskt så att när ubåten lade ut för själva uppdraget så var det från hemmahamnen Severomorsk. Då skulle det inte gå att vifta med något falskt papper.

Just det resonemanget accepterade hon omedelbart. Som änka efter en kommendör i ubåtstjänst hade hon en god uppfattning om alla säkerhetsarrangemang som omgav atomubåtarna. Som sagt, där gick det inte att vifta med något falskt papper.

Ryssland hade således del i projektet, Ryssland hade något att vinna, åtminstone måste Putin ha den föreställningen.

Men det fanns fortfarande en hög av obesvarade frågor. Carl höll fogligt med om att det var ett dilemma. Allting var hemligt och måste så förbli tills man lade ut. Då när alla ombord slutgiltigt ställt sig till förfogande skulle fartygsledningen redogöra för operationsplanerna. Men först då.

"Finns det ingenting mer jag kan fråga om?" försökte hon efter en lång stunds koncentrerad tystnad.

"Försök!" sade han lätt uppgivet eftersom han förmodade att hon bara skulle komma med sådana, visserligen mänskligt sett befogade, frågor som han inte kunde besvara.

"Kan du helt ärligt säga om det kommer att finnas kärnvapen ombord?" frågade hon.

"Ja", svarade han lättad. "Det är faktiskt en fråga jag kan besvara. Det kommer garanterat inte att finnas kärnvapen ombord."

"Kommer du att vara ombord?"

"Korrekt."

"Kommer det att finnas någon över dej i militär grad ombord?"

"Nej. Jag är högste officer, men inte fartygschef. Vår fartygschef kommer att bli en kommendör från Ishavsflottan, en kollega till din man som du kanske rentav känner. Du ställer bra frågor, Jelena."

"Jo, men jag vet ju en del om befälsordningen ombord på stora ubåtar. Men vad du nu sist och slutligen ber mej om är helt enkelt att bara lita på dej och president Putin?"

"Jag är rädd att det är en ganska träffande beskrivning, Jelena. Men låt mej säga en sak till innan jag får veta hur du kommer att ställa dej. Jag är uppriktigt glad att ha träffat dej igen, att ha sett att det gick så bra för dej och dina söner trots den katastrof som drabbade er. Du är dessutom den mest imponerande kirurg jag träffat, därför sökte jag i första hand dej. Med detta sagt, vad blir ditt svar kamrat kommendörkapten?"

"Sakta i backarna, jag är inte kommendörkapten än!" skrattade hon.

"Åjo!" invände han ryskt vresigt. "Jag befordrade dej för en stund sen, men det är hemligt. I värsta fall får jag i hemlighet degradera dej också. Nå? Hur ska vi göra?"

"Kan du ge mej en veckas betänketid?"

163

"Ja, men då blir det som det där med pengarna i kakburken. Jag får än en gång be dej att inte berätta för någon."

"Självklart. Men även i min ensamhet finns en hel del plus och minus att tänka igenom."

"Det är sant, Jelena. Jag hoppas jag får ett positivt svar om en vecka."

Han gjorde inga ytterligare försök att övertala henne eftersom han kände att det nog snarare skulle motverka hans syften. Nere i det mörka trapphuset där han fick treva sig fram med högerhanden längs väggarna gissade han att det stod ungefär 70–30 för att hon skulle komma med ombord. Det vore ingen katastrof om hon hoppade av, ryska kirurger fanns det gott om, särskilt för 10 000 dollar i månaden. Det var snarare personliga skäl som gjorde att han helst ville ha Jelena Mordavina, inte bara den stora respekt han hade för henne utan kanske också en skuld. Han hade mördat hennes brorson och han hade för alltid bestämt sig för att inte berätta för henne varför hennes man dog och dessutom förtjänade det. Eftersom han faktiskt försökt smuggla ut kärnvapen från det sönderfallande Sovjetunionen.

\* \* \*

Vidjajevo var inte mer än en liten finne på Rysslands arselhål, brukade han säga. Ändå hade han stått ut i den lilla arktiska hålan mer än tjugo år och till sammanlagt ingen glädje alls. Och inte heller till någon nytta, i den meningen att han själv skulle kunna göra någon nytta. Det hade varit hans fasta övertygelse när han var ung, han hade i alla fall ständigt upprepat för sig själv att han ville göra en viktig insats på den tiden han gick på Marinhögskolan i Leningrad, eller gubevars Sankt Petersburg som tsaristerna sade nuförtiden. Hursomhelst hade det varit hans mål, att göra nytta.

Nu var allt borta, glädjen i livet försvann när hans hustru Jekaterina dog året efter Kursks undergång. Och ner i djupet med Kursk försvann också hans bäste vän och det var alldeles in i glödheta förbannat att de hade skiftat den gången, han och Vasilij. Egentligen var det ju han själv, Anatolij Petrov, som skulle ha fört befäl ombord på Kursk under hennes sista resa och inte bäste vännen Vasilij Orlov.

Jekaterina hade haft några gråtmilda funderingar om att allt var Guds vilja och att den viljan var outgrundlig och vad hon nu svamlat om. Just det där var det enda han inte riktigt kunnat förlika sig med hos henne. Normalt hade det inte varit mycket att bråka om, det var väl känt att många fruntimmer som var ingifta i ubåtsflottan höll på så där. Men han tyckte det var rakt åt helvete att dra in någon gud i det hela när alla visste att det var amerikanerna som sänkte Kursk.

USS Memphis, tänkte han. Om Gud verkligen funnits och dessutom varit god skulle han sett till att en liten rysk kommendör där nere på jorden fick föra befäl ombord på någon av Kursks systrar och möta USS Memphis på nytt.

Men inte fan var Gud så god inte. Och dessutom hade den jäveln illa lönat sin snällt troende undersåte Jekaterina genom att pracka på henne en hjärtinfarkt året efter. Det var i alla fall vad marinläkarna dillade om, en massiv hjärtinfarkt på grund av flera sammanfallande omständigheter, fet mat, rökning, stress, ångest som alla ubåtsmäns hustrur hade och dessutom ärftliga faktorer och vad de nu kom dragandes med.

Allt liv i land hade förlorat sin mening utan Jekaterina. Hans odugliga söner hade flyttat till Moskva och påstods syssla med någon bizznizz som tillförsäkrat dem både Mercedes och obegripligt stora lägenheter med guldkranar i badrummen. Hans våp till dotter hade stuckit till Leningrad, eller Sankt Petersburg för helvete om det nu skulle vara så viktigt. Där hade hon i alla fall gift sig med någon sorts poet med långt hår och utan jobb.

Jekaterina hade varit det enda som fanns kvar på land. Det hade varit både bättre och mer rättvist om det varit han som suttit i manövercentralen på Kursk när en Mark 48 från USS Memphis slog in i hennes skrov. Vasilijs hustru Marija levde ju och hade hälsan, så mycket bättre det hade varit om hon och hennes man hade fått vara kvar och han själv lämnat jordelivet bara kort tid före Jekaterina. Kanske skulle de rentav ha träffats i hennes himmel, för vafan visste man om sånt egentligen.

Men om det nu varit han själv och inte Vasilij som suttit där i augusti 2000 ...

Så kom tvångstankarna tillbaks, han kunde aldrig bli fri från dem. Vad han inte kunde begripa hur mycket han än vände och vred på saken, fortfarande efter mer än fem år, var varför Vasilij inte bara hade blåst alla tankarna och stigit upp till ytan när den där torpeden träffade. I efterhand visste man att i så fall hade han räddat en stor del av sin besättning. Det var ändå drygt två minuters betänketid från torpedträffen till den stora explosionen.

Alla som satt i manövercentralen måste ha dött inom några sekunder när torpedrummet exploderade. Men två minuters betänketid är en mycket lång tid i en sådan krissituation. Hade Vasilij blåst tankarna och gjort en nöduppstigning hade han varit uppe vid ytan på 30 sekunder. Nu dog först 118 man snabbt på grund av eld och inträngande vatten och 23 man långsamt på grund av politik.

Själv skulle han tveklöst ha tagit upp henne till ytan omedelbart efter träffen. Det var inte något han intalade sig bara för att man i efterhand vet bäst utan därför att han inte hade kunnat uppfatta situationen som krig mitt inne i en rysk flottmanöver. Förresten hade det varit rätt att försöka rädda besättningen även i en krigssituation. Nej så fan att han någonsin kunde begripa det där och det var en plåga att ständigt komma tillbaks till den obegripliga ekvationen.

Hans liv höll på att förfalla, det var bara att medge. Det hade minsann varit annorlunda. Året innan Kursk sänktes hade han tagit henne på den mest framgångsrika autonomkan någon gjort i modern tid. De hade gått ner i Medelhavet, utan svårighet smugit in genom Gibraltar sund och letat upp den amerikanska 6:e flottan och följt deras manöver på nära håll i flera dagar innan han gick upp i ytläge och visade flaggan. Amerikanerna måste ha skitit i brallorna. Och så hade han dykt, skakat av sig förföljarna och efter ett par dagar gjort om uppvisningen. Så hade det pågått i fjorton dagar innan amerikanerna avbröt övningen och seglade hem. Kursk hade försetts med en hedersutmärkelse som skruvades fast på tornet och hela besättningen hade belönats med ryska flottans nya ordnar och medaljer, var och en efter sin grad. Han och hans sekonder hade fått Flottans Stjärna. Det var tider det.

Men nu var det tvärtom och han satt ensam i Vidjajevo och hade för andra gången åkt in i kylskåpet och dessutom för samma sak som första gången. Från början hade alla amiraler som sagt emot presidentspolingens påhitt om Kursk, det där om den antika självexploderande torpeden, fått sparken. Till och med den dåvarande försvarsministern hade fått sparken.

Att han själv vid det tillfället, som en av två fartygschefer på Kursk, hade klarat sig undan med en varning berodde förmodligen på hans goda meriter, på den känslomässiga anknytningen till Kursk och på att det skulle ha blivit praktiskt omöjligt att sparka varenda marinofficer som tvivlat på den självexploderande torpeden eftersom alla borde ha fått sparken i så fall.

Men när det gällde djävulskap av den här sorten så hade ingenting förändrats sedan Sovjettiden. Plötsligt visste alla bara att någon var i onåd och så spred sig tystnaden och kylan omkring honom och ingenting behövde förklaras.

Att han åkt in i kylskåpet på nytt berodde väl som vanligt på att någon beskäftig liten fan hade golat ner honom om att han yttrat sig icke korrekt och till och med raljerande om olyckan på Kursk. Eller hur dom nu skulle ha formulerat sig uppe på någon marinstab. Sådant fick de riktiga sjömännen till havs aldrig veta.

Vidjajevo var nog den fulaste håla han sett i hela Sovjetunionen och han hade sett många och kom själv från en. Inte ens för nyförälskade och inte ens nu i maj när vinterhelvetet var över och midnattssolen kommit tillbaks var Vidjajevo värt en promenad. Grå femvåningshus i sprucken cement, aritmetiskt uppställda som på en militärkyrkogård. Och alla kände alla. Hotell fanns inte, än mindre någon restaurang utan det var Folkets Hus och örlogshamnen och sen var det slut. Rostiga stängsel runt om. Inte ett träd, inte en buske utan bara små förskrämda försök till gräsmattor här och var runt gårdsplanerna. Det var illa nog att bo här när man hade familj, som ensam man med vodka som enda glädjeämne var det helvetiskt.

Han hade aldrig förstått ens hur mycket det betydde att få lagad mat på bordet, med Jekaterina hade den bara funnits som en självklar del av livet. Stora stärkande frukostar med späck som fräste i stekpannan, rågbröd med mycket smör och te. Eller hennes borsjtj och pannbiffar, eller hemplockad svamp med sås och potatismos.

Han hade försökt att göra hennes borsjtj när han tröttnat på att alltid steka salt fläsk eller korvar. Det ville sig inte, även om han teoretiskt kunde manövern. Man kokade lite billigt kött och märgben i fyra timmar så hade man buljongen. Så hackade man lök och strimlade morötter och rödbetor, så långt enkelt. Men det var något fanskap med ättika som han hade glömt så hans soppa sket sig och blev alldeles för söt och hans kokta potatis blev dessutom illröd.

Vodka, salt fläsk, korv och sport på teve var hans liv i Vidjajevo, om man bortsåg från hans pinsamma försök att gå över till Marija, änkan efter bäste vännen till råga på allt, och föreslå att de åtminstone kunde knulla lite. Så förfärligt att tänka på, han hade nog uttryckt sig ungefär så vulgärt och dessutom hade han varit full. Det var en tillräckligt plågsam upplevelse för att han skulle hålla sig inne i fortsättningen.

Där hade han alltså suttit en eftermiddag och ömkat sig själv som en av Rysslands bästa men mest orättvist förföljda ubåtskaptener, i flottans svarta kalsonger och med bara teljnaschkan på sig, orakad och förmodligen inte särskilt marint väldoftande, när den svarta tjänstebilen stannade där nere.

Han hade hört bilmotorn och gått fram till fönstret och tittat ut, det var ovanligt att bilar stannade utanför hus nummer 7 på gata nummer 16. När han sett den unge välputsade kommendörkaptenen stiga ur och rätta till uniformsmössan tänkte han först på något totalt meningslöst, som man gör i desperata lägen, att åh fan är det redan dags för vitt kapell på uniformsmössan, javisst vi är ju en bit in i maj. Därefter drabbades han av det som borde ha varit första instinkten att nu tar fan bofinken. Nu är det klippt.

Det är sant att en människas liv kan förändras i ett enda slag. Det ryska språket är till och med fullt av uttryck som framför den förhoppningen, före sol kommer regn, när nöden är som störst är räddningen som närmast och allt det där. Men nu hände det.

När den med tanke på omständigheterna förvånansvärt artige unge kommendörkaptenen Ovjetchin satt där i hans svinstia till lägenhet och stammande framförde sitt ärende till herr kamrat kommendören så var det totalt overkligt.

I duschen var han fortfarande lycklig, vid rakningen fick han idéer om att det var något i görningen som kanske snarare hörde gamla tider till, att han skulle vara uppsnyggad och i uniform för att kunna bjudas till sin egen avrättning under värdiga former, med tanke på hans militära grad och utmärkelser.

Han var visserligen bakfull och rödögd när han sex timmar senare träffade den lettiske viceamiralen nere i Severomorsk – från början hade han trott att Carl var lettländare från den gamla sovjetiska Östersjöflottan – men han behövde inte lyssna länge för att gå med på allt.

Pengarna var förstås en extra bonus, som det hette på nya tidens språk. Men han skulle ställt upp för sin vanliga lön med avdrag om bara hälften av det han hörde var sant. Och vad gällde sanningshalten i Carls korta och föredömligt precisa framställning skulle åtminstone det rent tekniska visa sig sant eller möjligen överdrivet ganska snart. Men viktigast var det som blivit hans hemliga besatthet, som han inte ens senare vågade röja för Carl när de blivit vänner och lagt bort titlarna, att han ville segla i evighet för att möta USS Memphis som tagit hans fartyg, hans bäste vän och hans hustru ifrån honom.

Det där med teatern var dessutom lika bra som lättförståeligt. De var en internationellt sammanställd styrka och de avvek från det strikt ryska i många avseenden. Bara en sån sak som att ha fruntimmer ombord.

Men gradbeteckningar hit eller dit, han skulle ju både ha en politruk som var brigadgeneral och en viceamiral över sig, så var han ändå alltid fartygschefen. Om det skulle det aldrig råda någon tvekan. Teatern underlättades dessutom av den tvåspråkighet som skulle råda ombord. Först uttalade han ordern på ryska, därefter upprepade Carl den på engelska. Att den ordningen på sätt och vis gjorde en viceamiral till sekond under en kommendör skulle ingen tänka på. Teatern var viktig. Och desto lättare att acceptera om den här modifierade ubåten i Alfa-klassen bara höll hälften av de löften som Carl utfärdat redan vid den mycket korta övertalningen.

\* \* \*

Det var en fin försommarkväll med strålande sol i början av juni, ovanligt varmt för att vara i Severomorsk. K 601 låg förtöjd vid den yttersta kajen som hade tak för den händelse man ville undvika att bli avporträtterad av fientliga satelliter.

Hela provbesättningen, de kallades än så länge bara provbesättningen, på K 601 stod uppställd i perfekt ordning på däcket och väntade. De hade god sikt in mot den långa hamnpiren där en ensam man nu närmade sig. Inte ens Putin hade kunnat regissera teatern bättre, tänkte kommendör Anatolij Petrov som stod som nummer två i raden av officerare ovanför raden av manskap.

När viceamiralen närmade sig landgången kunde man redan se det låga solljusets reflexer i den femuddiga guldstjärnan och andra detaljer i hans uniform. Rysslands Hjälte med mera stannade mitt på landgången, gjorde först honnör mot den ryska flottans blåvita flagga och sedan mot den vakthavande löjtnanten och begärde tillstånd att komma ombord. Vilket löjtnanten beviljade, teater är teater, tänkte Anatolij Petrov.

Löjtnanten eskorterade därefter viceamiralen fram till en punkt mitt för den uppställda besättningen och kommenderade givakt, gjorde därefter en del krumbukter och drog sig undan. Alla stirrade på viceamiralen som betraktade dem stint innan han började tala. "Kamrater officerare och sjömän!" inledde han. "Detta är den sista övningen inför en mycket stor insats, en autonomka som kommer att gå till världshistorien och jag är stolt över att vara er chef och kommer att göra mitt yttersta för att ni ska bli stolta över mitt chefskap."

Sedan upprepade han förmodligen samma sak på engelska innan han kom till sin korta avslutning.

"Kamrater! Vi ska nu ut på en månads övning, kanske längre. Det kommer att bli hårt. Vi har mycket att testa. Det viktigaste att testa är ni som står framför mej, Rysslands bästa sjömän. Men vi har hårda krav. Vi är just nu en tio man för stor besättning och tio kommer att få stiga av innan vi går ut nästa gång, då det inte längre är övning. Den som bryter mot ordningen ombord, exempelvis brister i respekt inför kvinnliga officerare som jag vet att ni ryska kamrater är ovana vid, kommer att få stiga av. Gör mej inte besviken. Gör inte er själva besvikna!"

Sedan sade han något på engelska, sannolikt liknande fast utan det där med Rysslands bästa sjömän. Därefter kommenderade han lediga och gick fram för att personligen hälsa på dem en och en, med början hos den kvinnliga brigadgeneralen och vidare längs raden av officerare, inklusive den kvinnliga skeppsläkaren som hade fått kommendör-kaptens rang.

Men han nöjde sig märkligt nog inte med det. Han fortsatte ned-för raden av hela besättningen, gjorde honnör och tog dem i hand. Det tog sin lilla tid. Slutligen gick han tillbaks upp mot fören, där far-tygsledningen stod, och beordrade kommendören att överta befälet och lägga ut. Det var en övertygande föreställning.

När alla rutinkommenderingar var klara och man låg tryggt på 200 meters djup på väg ut genom Litsafjorden drog sig kommendör Anatolij Petrov tillbaks till sin hytt som var rymligare än han väntat sig och dessutom hade två bingar. Han lade sig med händerna knäppta under nacken, stirrade upp i taket och försökte "värdera läget" som det hette med en gammal, utsliten fras.

Läget var gott. Närmare bestämt hade han inte varit så här nära ett tillstånd av lycka sedan Jekaterina dog. K 601 var med hänsyn till sina uppgifter ett strålande välbyggt fartyg, inte tu tal om den saken. För en knapp månad sedan hade hans liv inte varit värt ett skit, nu låg han på nytt i fartygschefens hytt. Livet var underligt.

\* \* \*

Båtsemester, tänkte Mouna. Jag som alltid fantiserat om båtsemester, särskilt i Arktis under perioden med midnattssol. Den blev kort.

Hon hade stått uppe i tornet med ledningsgruppen när K 601 sakta gled ut i fjorden. Klockan hade varit efter elva på kvällen och solljuset glittrade i det blå havet, måsarna skrek. Men efter tjugo minuter hade Anatolij blivit tydligt otålig och vände sig till Carl med en sötsur förfrågan om det inte var dags.

"You are the boss, captain", hade Carl svarat utan att få någon reaktion och då förtydligat på ryska med att "Anatolij Valerivitj, du måste arbeta hårdare med dina språklektioner, jag sa just att det är du som är fartygschef".

Anatolij hade nickat buttert och skrikit ut sina order. Tio minuter senare gick de stadigt och tyst på 200 meters djup och här i hennes hytt hördes inget annat än det svaga suset från luftkonditioneringen. Så var det med den båtsemestern i den arktiska midnattssolen. De skulle inte upp till ytan förrän om tre veckor.

Men semester behövde hon och det var en lättnad, närmast en känsla av frid att ligga en stund och bara vila i den rymliga hytten med dusch och bildskärm. Det här var näst sista steget på resan, de hade avlägsnat sig oändligt långt från det som en gång bara verkat som en desperat fantasi. Tre veckor till och om allt gick bra på övningar och tester, och ingenting särskilt varnade för motsatsen, så var det bara att bunkra upp på nytt, lasta den sista vapenlasten och gå mot Israel. Det var inte klokt att de var så nära.

Det var en välsignelse att bara vara passagerare en stund. Hon var rejält trött av allt sitt slit som handelsresande i kläder, dvd-filmer och medaljer och vad hon sysslat med. Mycket hade verkat som meningslösa investeringar i både pengar och tid, framför allt tid.

Men Carl hade haft märkligt rätt. Kläderna gör mannen. De första att hålla med hade varit löjtnanterna Peter Feisal, Marwan och Ibrahim. De hade fått en helt annan värdighet i sina officersuniformer, det var liksom inte till att tänka på att någon av de ryska sjömännen skulle slåss med fläskkotlett där inte.

I efterhand fick hon erkänna att hon långa stunder tyckt att det hela, framför allt Carls starka engagemang i denna till synes skitsak, var rätt fånigt. Som när han kommit på den strålande idén att hon skulle ha en *grön* tröja med gradbeteckning men i övrigt samma klädsel som alla andra officerare ombord. Han hade försäkrat henne att det var vanligt med specialister från andra vapenslag på ubåtar, att alla då tog för givet att de verkligen var specialister och att det ovanpå det var den där generalsstjärnan som gjorde susen. Ett tag hade det sett ut som ritbordet på någon modefirma inne i hans arbetsrum i Severomorsk. Han hade till och med uppfunnit nya uniformer för manskapet, dock alltid med en väl synlig blåvitrandig undertröja. Hon hade ibland undrat om det ändå inte var något hon missat den där gången hon försökte kontrollera om han var galen.

Desto mer så under all den tid hon fått lägga ner på shopping i Stockholm och Rom för att få ihop den just då rätt förhatliga beställningen.

Men det hade fungerat. Slutscenen när Carl kommit där med det låga men fortfarande starka solljuset blixtrande i sina medaljer – vilket satans besvär man haft med den detaljen dessutom! – hade varit obetalbar. Här inleddes verkligen en ny epok i sjökrigshistorien, här samlades en internationell styrka i ett helt nytt brödraskap, de bästa av de bästa från flera olika nationer. I det ögonblick han gick över landgången förändrades allt. K 601 hade förvandlats och det var ett mirakel just därför att det inte var ekonomi och teknologi utan bara teater och psykologi. Men det hade fungerat, som det hade fungerat! Han hade haft helt rätt och hon hade haft helt fel och det hade hon till och med, inte ens särskilt motvilligt, sagt honom i efterhand. Han hade ryckt på axlarna och sagt att de tekniska underverk man hade till förfogande inte skulle fungera om man inte fick ihop besättningen till ett team med målet att alltid hjälpa varandra. Det var så enkelt som så. Det var en fullständigt tydlig erfarenhet efter K 601:s första stora, och katastrofala, övning.

I fortsättningen skulle hans föreställning bygga på gradbeteckningen. De tre amiralsstjärnorna avbröt varje verksamhet i varje rum där han steg in. Någon vrålade AMIRALEN PÅ DÄCK! och alla reste sig upp i givakt. Han hade då att se sig lite strängt omkring, nicka och beordra, först på ryska och sedan på engelska, återgå – fortsätt där ni var!

Som han beskrev sin egentliga funktion för henne var det att vara hennes ordningsman, intendent och personalchef. Han gick runt och petade i små disciplinfrågor, körde ut någon maskinist från mässen som inte gått via duschen, korrigerade små detaljer ner till nivån kvarglömd trasselsudd i maskinrummet. Han var egentligen någon sorts flaggstyrman snarare än högste chef för flottan. Men också det fungerade. Alla visste, eller trodde sig veta, att han hade sista ordet när det gällde vem som skulle stiga av och vem som skulle bli kvar efter sista övningen och det fanns två överväldigande starka skäl för manskapet att inte stöta sig med höjdaren: pengar och det stora äventyret. För vid det här laget var det ingen tvekan om att det var dit man var på väg, en autonomka som skulle bli så fantastisk att den var värd att riskera livet för. Vilket en ubåtsman ändå alltid gjorde.

Men förmodligen gjorde han sin viktigaste insats som personalchef, han hade ett komplicerat schema i sin hytt som visade alla mannars olika skift och eftersom han liksom alla de högsta officerarna hade en egen hytt kunde han förskjuta dygnet som han ville. Planen var att han efter denna sista övningsresa skulle ha ätit antingen frukost, lunch eller middag med varenda man ombord. Det skulle bli en långt utdragen serie av anställningsintervjuer men också ett sätt att öka stämningen av kamratskap ombord och minska avståndet mellan officerare och manskap, vilket var mycket oryskt.

Carl visste vad han gjorde. Han spelade sin roll perfekt och hans teater hade en förunderlig effekt, det hade hon sett redan i Severomorsk när de första nya rekryterna från Anatolijs gamla besättning på Kursk började strömma till. Hon skulle ha önskat att hon förstått allt detta när hon for runt som en skottspole i Europa och Mellanöstern och kände sig som hans handelsresande i second hand-bijouterier och strass. Det hade faktiskt varit ganska dystert. Utom för en månad sedan när hon lyckades med ett hugskott som kunde förefalla nästan lika långsökt som när hon kom på idén att rekrytera Carl själv.

"Operation Zaiton" hade i vissa avseenden varit märkligt lik hennes manöver när hon letade upp Carl. Det var lika improviserat och byggde i lika hög grad på gamla minnen och kanske i viss mån en liknande känslomässighet. Möjligen fick hon uppslaget redan när hon satt i hans konstgjorda hem i La Jolla utanför San Diego och fått som hon ville – att ta hem en libanesisk middag – och de talade om vilka kvinnor man skulle kunna ha ombord, kockar till exempel, och då hon stoppade en stor svart *zaiton*, en oliv, i munnen.

När livet började återvända till Beirut efter inbördeskriget och den israeliska ockupationen låg PLO:s agentnät i ruiner. Själv kunde hon bara komma inflygande från Tunis på tillfälliga besök som nästan alltid slutade i besvikelser i underrättelsehänseende. Hon fick mest återvända med dåligt underbyggda spekulationer och dessutom hade man börjat se med misstänksamhet på alla "tunisier", även bland de mest hängivna som stannat kvar under cover efter PLO:s andra exodus. Under Svarta September i slutet på 60-talet hade kung Hussein drivit ut dem från Jordanien. Under 80-talet drev det libanesiska inbördeskriget och Israel dem ut från Libanon och de fick ta sin tillflykt till Tunis.

För att få liv i underrättelseverksamheten i Beirut behövde hon en ny täckmantel, det stod helt klart. Helst skulle det vara ett företag som drev någon form av business, gärna med vinst även om det inte alltid gick att ordna, där folk kunde komma och gå utan att det väckte onödig uppmärksamhet.

I Bourj al Barajneh, det största palestinska flyktinglägret i Libanon, hade hon hittat Khadija och Leila som tycktes som klippta och skurna för uppgiften. De var förstås tuffa tjejer eftersom de båda var PFLP-medlemmar, marxist-leninister gubevars. Men de gjorde nytta i flyktinglägret på ungefär samma sätt som Hamas nuförtiden. De var utbildade sjuksystrar båda två och Khadija hade dessutom vuxit upp på sin fars lilla restaurang och kunde väl åtminstone nödtorftigt det som krävdes av matlagning och kökshantering.

Hon försåg dem med en lokal på självaste Hamra Street där de öppnade ett litet kafé för intellektuella med det anspråkslösa namnet Zaiton. Att de båda två var attraktiva kvinnor, slängda i käften, befriade från all gudsnådelighet och all traditionell blygsel gjorde inte saken sämre. Till och med en perfekt utkastare kom med på köpet i form av Khadijas man Muhammed. Han var en hårding och bekant till Mouna från styrka 16 under den tid hon varit kompanibefäl där.

Zaiton blev en succé, även kommersiellt. Snart hade det blivit ett av Beiruts nya inneställen för intellektuella, vilket de två stenhårda värdinnorna i hög grad bidrog till eftersom de kunde slänga marxistisk käft med vem som helst. Under flera år hade Zaiton varit en perfekt central för både informationssamlande och möten, ännu en operation i gammal rysk stil som visade sig fungera.

Men så tog den kommersiella succén på något sätt över och de utvidgade och öppnade dessutom en ny restaurang för finsmakare som enligt ryktet varit nära att få en stjärna i Guide Michelin. Det blev en sorts utförsbacke och till slut lät hon dem lösa ut sig, betala tillbaks skulderna till PLO och därefter leva sitt eget liv i sus och dus och framgång. Muhammed hade dessvärre skjutits av israelerna utan att man någonsin kunde förstå orsaken. Förmodligen var det någon förväxling av person, israelerna slarvade ju ibland med sådana mord som kallades riktade avrättningar.

Och Leila hade skiljt sig från sin nedsupne man av skäl som man inte närmare kände till och knappast behövde fördjupa sig i.

Från att ha varit sjuksköterskor i PFLP:s regi i ett flyktingläger hade Khadija och Leila förvandlats till framgångsrika krögare i Beirut. Så kunde det gå, de två var ju inte precis de enda revolutionärerna i världshistorien som hade hamnat på avvägar. Det ironiska i sammanhanget var möjligen att den djupaste orsaken till deras politiska fall varit PLO:s underrättelsetjänst i form av Mouna själv.

Detta var hennes och deras förhistoria. Och nu för någon månad sedan hade de suttit på Leilas takterrass i västra Beirut och kisat mot solnedgången när det blivit tillräckligt svalt för att vistas utomhus. De hade druckit rosévin från Ksara och situationen hade förefallit närmast sinnessjuk, om man tänkte på varför hon egentligen sökt upp dem. Deras utgångspunkt var förstås att det var för gammal vänskaps skull och för minnenas skull, allt det som hade med historien om Zaiton att göra.

Både Leila och Khadija hade lagt ut, båda var översminkade och det rasslade om deras armar av basarguld när de drack vin, och de företedde även i övrigt alla tecken på att vara lyckad medelklass som tagit sig långt från flyktinglägrens barndom.

Med det följde som vanligt ett mardrömslikt samvete och en ständig vilja, särskilt i kombination med alkohol, att försäkra att man i sitt hjärta stod lika mycket bakom den palestinska frihetskampen som i sin ungdom. Det var alltid lika tragiskt att se och det var alltid lika mänskligt lättbegripligt. Men exodus är också ett liv som måste levas.

Hade hon nu bett dem om 100 000 libanesiska pund för frihetskampen så hade de vägrat. Men när hon formulerade den större frågan sade hon för mycket. Ur säkerhetssynpunkt var det vansinnigt, hon om någon borde ha varit medveten om det. Det var väl att det skulle ha blivit för sorgligt att slentrianmässigt fortsätta samtalet om det som en gång var och aldrig kunde komma tillbaka, vad än alla försäkrade, samtidigt som man hällde upp ännu ett glas vin som skulle ha kostat en palestinsk flyktingfamiljs dagsranson av egyptiskt rundkornsris.

Det var för mycket, det var för sorgligt.

"Jag har sökt upp er båda av ett särskilt skäl", sade hon plötsligt mitt i någon vinglig sidodiskussion om de nya lyxhotellen i Beirut som bara hade saudiska gäster. "Håll käften båda två. Jag behöver två kvinnliga kockar som ska arbeta under ett år på en operation som ska slå hårdare mot sionisterna än vad vi någonsin gjort tidigare. Det är extremt viktigt att köket fungerar. Jag vill ha er två."

Det hade förstås blivit alldeles tyst på terrassen. Och när man kunde ha väntat sig att antingen Khadija eller Leila skulle ha samlat sig för att fråga om det var ett elakt skämt så sänkte sig en Boeing 747 ner över dem på sin inflygningsrutt mot flygplatsen. De måste vänta ut det öronbedövande dånet från flygplansmotorerna, vilket kanske var mycket bra.

"Är du helt allvarlig i det du säger?" frågade Khadija.

"Helt allvarlig. Men det är farligt, vi riskerar livet", svarade Mouna torrt.

"Vi kommer", sa Leila.

Som om ingenting mer behövde sägas. Eller som om det var en förfrågan hon längtat länge efter att få besvara just så säkert och beslutsamt.

I efterhand var allt logiskt. Men så är det ju ofta, när man vet vad som hände. Om det nu hade visat sig att man fått ett oväntat gastronomiskt problem ombord på K 601 så var det jämförelsevis snarare angenämt än besvärligt.

Aleksander hade ordnat två ryska kockar, Irina Voronskaja och Luba Politovskaja för att ansvara för den ryska maten, det så kallade grisköket. Beräkningen var att man skulle lägga drygt tre fjärdedelar av resurserna på det ryska köket och att en knapp fjärdedel av matlagningen skulle vara "halal", vilket i strikt mening var en högst överdriven försäkran. Men det hade snart visat sig att den verkliga konsumtionen bland besättningen inte stämde med den förmodade. Tanken hade från början varit att Khadija och Leila skulle få ägna avsevärd tid åt att hjälpa Irina och Luba i grisköket. Det skulle visserligen inte ha varit några problem med den saken eftersom ingen av dem trodde vare sig på syndfulla griskotletter, Gud eller Satan. De kom ju från PFLP, som de betonade allt oftare.

Men nu blev det tvärtom, "den internationella besättningen", som var den officiella termen ombord, föredrog med stor majoritet det fransk-orientaliska köket. Särskilt efter att man, trots brandansvarige officer Charlamovs betänkligheter, infört träkolsgrill i köket.

Kockarna hade alla styrmans grad, enligt Carls outgrundliga ordning för sådana ting.

# V

På sjätte dygnet mitt under tredje lunchpasset kom larmsignalen för klart skepp och samtidigt upplysningen över högtalarsystemet på både ryska och bruten engelska att DETTA ÄR INGEN ÖVNING! UPPREPAR DETTA ÄR INGET ÖVNINGEN! Det innebar en sådan rusning ombord att det skulle ha kunnat se ut som panik. Alla stridsledningsstationer skulle bemannas, också back up-systemen och halva besättningen skulle ta sig till sina stridsstationer, alla förbindelser mellan ubåtens fem vattentäta avdelningar förseglades med tunga runda luckor, alla lösa föremål surrades fast, köket rensades blixtsnabbt och matlagningen stängdes av, all disk röjdes undan och samtlig personal som inte var i tjänst försvann till sina hytter eller särskilt anvisade reservpositioner. Hela manövern tog mindre än två minuter innan instrumentpanelen inne i ledningscentralen visade att alla lampor tänts med grön signal. K 601 hade gjort sig beredd.

Mouna hade suttit i officersmässen i samtal med Abu Ghassan, men de skiljdes snabbt, han gick till bönerummet som var hans anvisade stridsstation och Mouna skyndade iväg mot ledningscentralen för att inte fastna framför ett låst skott. På vägen kastade hon en snabb blick på en bildskärm som grafiskt visade K 601:s position, ungefär som på transatlantiska flygningar. Man befann sig 69° norr och 3° öst, det vill säga nordost om Island mitt i den klassiska leden för andra världskrigets konvojer mot Murmansk – och den tidens ubåtskrig.

Inne i ledningscentralen rådde ett närmast spöklikt lugn trots att

180

vartenda system var aktiverat och varje position besatt. Fartygschefen Petrov och Carl stod för sig själva på en liten upphöjning i rummets bakersta del. Hon trängde sig in mellan dem och frågade viskande vad som var på gång.

"Våra framskjutna farkoster har fått vittring av en bamsing", svarade Anatolij Petrov, "se på vänstra skärmen här så kan du följa förloppet."

Ett par distansminuter framför K 601 simmade två små farkoster som lotsfiskar framför hajen, besättningen hade döpt dem till krabbögon, eftersom de påminde om ögon på skaft. Dessa ögon-öronmagnetsensorer hade registrerat ett stort föremål som kom snett mot K 601 fast hundra meter grundare.

"Övergå till elektrisk drift, fart tre knop!" kommenderade Anatolij och Carl upprepade genast ordern på engelska.

"Plocka hem sydliga krabbögat, låt nordliga krabbögat stiga till banditens djup!" löd nästa dubbelorder.

Bilden på skärmen flimrade till när den ena spaningsfarkosten stängdes av och ändrade kurs för att återvända hem.

"Analys från sonaren!" beordrade Anatolij.

"Amerikansk, förmodligen Ohio-klass, kapten!" svarade någon som satt långt där framme bredvid Peter Feisal.

"Ja, det var en bamse, det", konstaterade Anatolij och vände sig nöjt leende mot Carl och Mouna. "Vad tycker ni vi ska göra med henne? Närmare bestämt, på vilket sätt ska vi skrämma skiten ur dom?"

"Dom vet inte att vi är här?" frågade Mouna klentroget.

"Förmodligen inte, i vart fall inte nu längre men det ska vi snart ta reda på. Är krabböga nord snart i position?" röt han i nästa ögonblick med Carl som engelskt eko.

"Yes sir!" hördes från Peter Feisal. "Vi har närbildsanalys om 5, 4, 3, 2, 1 sekund och NU!"

Mouna såg ner på skärmen framför sig. Där kom det stora svarta monstret ljudlöst glidande. Detektorsystemet letade sig genast in mot tornet på jakt efter ubåtens sifferbeteckning som var 731. Inom någon sekund skulle datorerna svara på frågan vem det var.

"Vi har en ID, sir", rapporterade Peter Feisal. "USS Alabama!"

På den upplysningen följde till synes omotiverade skratt, applåder och någon vissling.

"Tystnad! Har vi henne i ljudbiblioteket?" röt först Anatolij och därefter Carl.

"Negativt, sir!" svarade en rysk sonarofficer på engelska.

"Bra. Ligg stilla med krabbögat och gör en ljudupptagning när hon går förbi!" blev nästa order. "Meddela när ni har ljudsignaturen!"

När amerikanen befann sig på två sjömils avstånd gjordes ljudupptagningen med perfekt kvalitet och under tiden hade Anatolij några funderingar om hur man skulle kunna skoja med honom. USS Alabama var en av USA:s 14 strategiska ubåtar, nu på väg mot Ryssland. Ombord fanns 24 Tridentmissiler var och en med 8 MIRV på 100 kiloton. De behövde inte räkna, sade han. Det hade han gjort många gånger. Sammanlagt rörde det sig om 192 Hiroshima och från nuvarande position skulle USS Alabama kunna utplåna varenda större rysk stad fram till Ural, inklusive Moskva, Sankt Petersburg och flottbaserna i norr. Och så fanns det alltså ytterligare 13 systerfartyg med samma beväpning.

"Vad är försvaret mot något sådant?" frågade Mouna matt.

"Egentligen ingenting", svarade Anatolij med en axelryckning. "Såvida man inte har tur och ligger där vi ligger nu. Just nu är USS Alabama i våra händer, vi kan förstöra henne sen ett par minuter tillbaka."

"Vad tycker du vi ska göra i stället?" anmärkte Carl torrt.

"Leka lite", svarade Anatolij med ett plötsligt brett flin och tryckte in högtalarknappen så att det följande beskedet skulle gå ut till hela besättningen. "Hör upp kamrater! Nu skrämmer vi skiten ur amerikanerna, sänd ljudsignatur från krabböga nord, typ Akula!" När Carl upprepade ordern dränktes hans ord i glada skratt inne i centralen.

Mouna förstod sig inte på uppsluppenheten. Senare begrep hon att det på sätt och vis var hennes förtjänst. Bland de 400 dvd-filmer hon tagit ombord handlade minst 50 om olika ubåtsäventyr från andra världskriget och framåt. Och just filmen med USS Alabama med en halvt galen kapten spelad av Gene Hackman hade snabbt blivit en av besättningens favoriter, trea på K 601:s tioitopplista. Och här hade man alltså plötsligt Gene Hackmans ballar i ett stadigt grepp.

"Ljudsignatur typ Akula går ut om 5 sekunder, 4, 3, 2, 1 och NU!" rapporterade sonarofficeren.

På avstånd hördes ett ljud som om ubåtsmotorer startades och en ubåt accelererade i något som kunde vara en undanmanöver. Alla såg ner på sina skärmar för att följa förloppet. Det gick fem sekunder under tystnad, sedan vräkte sig plötsligt USS Alabama framåt och åt sidan i en våldsam undanmanöver, planade ut, minskade farten och tystnade. Krabbögat följde försiktigt efter.

"Gissa om det där satte myror i huvudet på dom", log Anatolij.

"Vad tänker dom nu?" frågade Mouna.

"Enkelt. Hur i helvete kan en rysk attackubåt i Akula-klassen smyga tätt inpå oss utan att vi märker det! Och nu lyssnar dom som möss efter katten och har redan tappat bort Akulan eftersom den inte finns."

USS Alabama låg praktiskt taget stilla och drev med strömmen, allt närmare K 601. Efter henne smög en liten trådstyrd farkost, krabbögat, som också kunde sända ljud från hela ljudbiblioteket ombord på K 601.

"Nå, då är det dags för ett skämt till!" beordrade Anatolij. "Krabböga nord går upp jämsides. Vid position sänd en ping och hala sen försiktigt hem henne!"

Carl upprepade ordern, men utan att helt lyckas med den allvarliga buttra tonen eftersom han var full i skratt. Det var inte lite de skulle utsätta amerikanerna för.

Några minuter senare var det läge. Krabbögat låg mindre än en halv distansminut från USS Alabama när de sände en aktiv sonarstöt, en ping, rakt in i hennes skrov. Det innebar två saker. Dels att man ombord på det amerikanska fartyget insåg att Akulan var kvar, att den gått upp långsides och jävlades. Dels att man nu hade hennes exakta position eftersom sonarstöten spårats automatiskt. Och då ändrade USS Alabama kurs och styrde rakt mot den position där man trodde att Akulan fanns. Det var en extremt aggressiv manöver.

Samtidigt gled krabböga nord ljudlöst med strömmen tillbaks mot sin dockningsstation på K 601. Man var nu så nära amerikanen att det sedan länge hade gått att följa henne med systemen ombord, utan hjälp av de utsända spanarna. USS Alabama låg stor och tydlig på ett tiotal skärmar inne i ledningscentralen.

Amerikanerna trevade sig försiktigt fram med vartenda öra riktat åt det håll där den förmodade fienden visat sig så tydligt. Det var ett mycket fantasieggande skådespel. Alla i centralen satt med blicken fastnaglad på skärmarna.

"Vad rör sig i fartygschefens huvud nu?" frågade Carl. "Vad skulle du själv ha trott och framför allt, vad skulle du ha gjort?"

"Det vete fan", viskade Anatolij och kliade sig i nacken. "Det vete verkligen fan. Jag skulle ha trott att vi hade något allvarligt tekniskt fel någonstans, för det som hände kunde enligt all beprövad kunskap inte ha hänt. Jag skulle nog föredra att lämna området, vore jag ansvarsfull skulle jag återvända till hemmahamnen för tekniska kontroller och avlägga en rapport som inte skulle ge mej vare sig utmärkelser eller respekt. Det är sånt där som ubåtskaptener hatar, jag antar att han där borta liknar mej i åtminstone det avseendet. Men vafan vet man."

"Om det vore krig oss emellan så vore han alltså död nu?" frågade Mouna kallt sakligt. Det lät nästan som om hon önskade att så vore fallet.

"Jadå", flinade Anatolij nöjt och fick genast en idé. "Lystring, grabbar! Då övergår vi till en övning. Observera att det följande är en övning! Aktivera videosimulatorn!"

När Carl upprepat ordern på engelska utbröt en närmast febrilt munter verksamhet i tio femton sekunder innan det rapporterades klart från två olika stationer.

De såg fortfarande den fullkomligt tysta USS Alabama framför sig med bredsidan rakt mot K 601, de var så nära att sifferbeteckningen på tornet syntes klart på alla skärmarna.

Anatolij gav en serie order som gick ut på att aktivera torpederna i ettans och tvåans tuber och så gav han order om eld. På skärmarna hördes ljudet av hur de två torpederna fräste iväg och någon rapporterade 30 sekunder till träff och att kursen var rakt på mål.

"I det här läget", förklarade Anatolij och knackade med knogen på skärmen framför dem, "skulle dom där borta ha hört torpederna komma, dessutom rakt från sidan och två på en gång. Sonarofficerarna har redan beräknat hastighet och avstånd och meddelar att det är 20 sekunder till träff. Och då händer följande, se här!"

På skärmen såg de hur fyra vita virvlande föremål sköts ut från USS Alabama.

"Det är deras aktiva motmedel. Men våra torpeder är trådstyrda och vi ser dessutom målet, så det där går vi inte på. Det här, det kan jag säga er, är varje ubåtsmans mardröm, från yngste maskinist till fartygschefen. Nu hör alla ombord på USS Alabama med sin egen mänskliga hörsel dom två torpederna komma. Då vet dom att det är slutet."

"Fem sekunder till träff!" rapporterades det där framme hos torpedofficeren.

Mouna stirrade som förhäxad på videospelet, det såg fullkomligt verkligt ut. Och när torpederna slog in i den svarta fartygskroppen hördes ingenting och inga eldsflammor eller ljussken syntes. Men några sekunder senare genljöd dånet av en sönderbruten och krossad fartygskropp som kvidande och knakande började sjunka och orden GAME OVER blinkade i rött på skärmen och det utbröt spontana applåder. I nästa ögonblick var allt tillbaks till verkligheten. Där låg USS Alabama oskadd och lyssnade utan att röra sig.

"Nå kamrater, det var dagens lilla roliga! Återstår att smyga härifrån, gå sakta ner på 400 meter så glider vi förbi henne underifrån!"

När Carl upprepat ordern på engelska förklarade Anatolij att de där 170 meter långa amerikanska bjässarna hade en svaghet, de kunde inte gå under 250 meter. Alldeles för stora skrov, alldeles för mycket död och förstörelse ombord.

"Ändring av order! Ta ner henne till 600 meter!" röt han i nästa ögonblick och Carl upprepade genast ordern, fast utan att ryta.

"Intressant det här med titanskrov", myste Anatolij en stund senare när det började knaka och smälla i K 601 av ett tryck som för länge sedan skulle ha knäckt USS Alabama eller någon av hennes 13 dödsbringande systrar som äggskal.

På väg ner mot det stora djupet hade de passerat en kall vattenström som gick åt motsatt håll från den varma stora Golfströmmen där uppe där fartygsledningen ombord på USS Alabama förmodligen fortfarande desperat testade sina system och letade efter förklaringar. K 601 befann sig nu rakt under USS Alabama, men med ändrad salthalt och temperatur hade de ett reflekterande golv över sig som neutraliserade amerikanernas bästa, kända sonarsystem. De skulle aldrig kunna lösa mysteriet med den försvunna Akulan.

Anatolij Petrov beordrade förnyad dieseldrift och ökade farten till tio knop med sakta stigning upp mot 400 meter där man kunde släppa på den höga beredskapen som rådde på maximalt djup och återgå till beredskapsläge 4 så att alla de vardagliga aktiviteter ombord som avbrutits kunde börja om.

Carl lämnade centralen och lät över högtalarsystemet kalla tillbaks 1:a klassens ubåtsmatros Sergej Kovalin till den lunch i officersmässen där de blivit avbrutna av signalen för klart skepp.

"Nåväl, var var vi Sergej Petrovitj?" frågade han godmodigt när de med ny lunchbricka satt mitt emot varandra på samma platser som förut.

"Fantastiska manövrer vi gjorde, amiral!" svarade den unge sjömannen, tydligt uppfylld av det som skett.

"Var befann du dej under manövern, Sergej Petrovitj?" frågade Carl förvånat.

"I torpedrummet, på min position, amiral!"

"Ni har en plasmaskärm där nere också?" frågade Carl och insåg för sent att det var en dum fråga han gott kunnat hålla inne med.

"Ja, amiral! Och med perfekt stereoljud, vi hör kommendören i vänstra högtalaren och er amiral i den högra. Och bilderna är knivskarpa!"

"Ja. Jo just det, våra engelska gentlemän har tillfört en hel del imponerande teknik. Men som sagt, var var vi?"

De hade avbrutits i 1:a klassens ubåtsmatros Kovalins berättelse om vad som hänt med den andra besättningen på Kursk där han själv liksom kommendör Petrov och de flesta andra ryssar som nu var ombord på K 601 hade varit stationerade. En och annan kamrat hade fått det lite jobbigt. Det var ju som ett lotteri, det hade lika gärna kunnat vara deras besättning som varit ombord på Kursk när hon sänktes. När hon kommit i hamn nästa gång skulle de ha stått där på kajen, kommendörerna skulle ha hälsat på varandra, Petrov skulle ha tagit över kommandot och så hade de lagt ut.

De hade alla undkommit döden genom en ren slump och en del tog det med en klackspark och andra blev inåtvända, dystra, och grubblande. Till en början hade de portionerats ut på andra ubåtar. Själv hade han hamnat på ett av Kursks systerfartyg med hemmahamn i Severomorsk, K 119 Voronets, med samma jobb i torpedrummet så det hade väl varit som vanligt ett tag. Men efter någon tid var det som om det vilade någon sorts förbannelse över alla som varit på Kursk, de skiljdes från varandra och splittrades upp på Ishavsflottan och Östflottan i Stilla havet och han hade skickats bort till Vladivostok för vidare transport till Tarjaviken och för att mönstra på K 186 Omsk. Tekniskt sett hade allt varit detsamma, ett torpedrum är ett torpedrum och har man väl vant sig så är det ingen skillnad mellan Kursk, Voronets eller Omsk, ett jobb är ett jobb. Men dels var det det där med att somliga nya kamrater muttrade i mungipan om att såna som kom från Kursk förde otur med sig. Och dels var det också så att befälen tycktes dela den uppfattningen. Man blev en misstänkt typ om man kom från Kursk och det som var mest absolut

187

förbjudet bland alla absoluta förbud på en atomubåt var att så mycket som viska om det som alla kände till, det där om USS Memphis. Det var en förbjuden sanning som kändes ända ner i torpedrummet till yngste matros.

Med den bakgrunden var det ganska givet att unge Sergej Petrovitj skulle bli närmast panegyrisk när Carl bad om synpunkter på tillvaron i torpedrummet ombord på K 601. Bättre sängplatser, renare sängkläder, perfekt ordning och dessutom en luftkonditionering som fungerade. Där han varit sist, på K 186 Omsk, hade skeppsläkaren fått för sig att förkylning och andra infektioner spreds genom luftkonditioneringssystemet, så det var för det mesta avstängt. Och i torpedrummens trånga utrymmen kunde det då antingen bli isande kallt, beroende på vilket djup och vilken breddgrad man gick, eller stekhett. K 601 var ett lyxhotell i jämförelse.

Det var Carls nittonde personalsamtal och han började kunna refrängen. Bara en sådan enkel sak som tillgången till alla plasmaskärmar med såväl information om var man befann sig och vad man gjorde som möjligheterna på fritiden att dyka ner i havet av dvd-filmer var rena lyckan i jämförelse med utspelade gamla VHS i ett tiotal exemplar som alla kunde utantill. Det var lite jobbigt att förstå eftersom alla filmer var på engelska utan text, men åtminstone de som handlade om ubåtar fattade man ju direkt.

Så trivseln var det inget fel på, till och med käket var mycket bättre. Nya uniformer och nya gradbeteckningar var förstås fortfarande lite konstigt – 1:e ubåtsman hade till exempel blivit korpral. Men det ingick ju i den internationella stilen ombord och var mer häftigt än störande. Bäst med den internationella stilen var förresten att dom yngre inte längre måste tåla stryk från dom äldre hela tiden. En del grabbar hade haft det jäkligt svårt med sånt, på en rysk atomubåt fick man passa sig väldigt noga för att inte bli en av hackkycklingarna.

Så långt lika med det mesta hittills bland ryssarna, noterade Carl och började förhöra sig om korpralens familjebakgrund. De flesta ubåtsmännen i Ryssland kom från städer med en eller annan anknytning till Sovjetflottan eller den nya Ryska Flottan men just den här pojken kom från Barnaul långt bort i Sibirien dit en pensionerad ubåtskapten hade dragit sig tillbaka eller blivit förvisad efter sin långa tjänstgöring i Sovjetflottan. Och den gamle sjöbjörnen hade en sondotter i Sergej Petrovitjs ålder och via bekantskapen med hennes familj, och en tids förälskelse, hade han fått höra den ena ubåtshistorien mer fantastisk än den andra. Så hade drömmen fötts. Han hade inte haft stora förhoppningar när han sökte till ubåtsflottan, landkrabba från Barnaul som han var. Men han misstänkte att hans gamle vän hade lagt in ett gott ord för honom någonstans och så hade han ju klarat alla testerna. Och då hade man skickat honom hela vägen till Severodvinsk vid Vita havet för själva den grundläggande värnplikten och därefter blev det kanske för oekonomiskt att skicka honom tillbaks till Sibirien och så hade han hamnat på självaste Kursk efter grundutbildningen, i kommendör Petrovs besättning. Då hade det varit en dröm som gick i uppfyllelse. Långt senare en mardröm där enda trösten var att de av hans kamrater som befunnit sig i torpedrummet, där han själv skulle ha varit, förmodligen dog så snabbt att de inte ens märkte det. Värre var det för de 23 man som dött långsamt av kyla, vatten och stigande tryck i det aktersta skottet.

Och eftersom korpral Sergej Petrovitj Kovalin så långt bara fått pluspoäng i Carls hemliga noteringar, som han inte skrev ner förrän han blev ensam, och eftersom korpralen var fräknig, uppnäst med ett lite fräckt utseende som påminde märkligt starkt om en viss kommendör Mordavin, så föreföll saken klar.

Återstod bara en fråga, men en fråga som kunde frambringa de märkligaste krumbukter och lögnaktiga försäkringar, en fråga som på sätt och vis blev en av de mest avgörande för vem som skulle vara ombord och vem som inte skulle vara det.

"Säg mej en sak, korpral", började Carl fundersamt. "Du vet att det här är den sista avgörande övningen. Men du vet inte vad det blir frågan om sen, när vi går ut nästa gång är det på riktigt. Vad tror du om det?"

"Ingenting amiral, det är ju hemligt!"

"Sant. Det kan man nog säga", svarade Carl som hur han än försökte inte kunde hålla tillbaka sitt leende. "Men det kan ju knappast vara hemligt för mej. Nu beordrar jag dej att säga vad du tror att allt det här handlar om!"

"Ja, amiral!"

"Seså, sänk tonläget lite, kamrat korpral. Men jag är idel öra."

Det var ett svårt test han utsatte pojken för, det var klart. Antingen risken att ljuga för sin högste chef, eller risken att på något sätt verka som om man snokade i något som man helt säkert inte borde snoka i eftersom det var hemligt. Det var på sätt och vis en omöjlig balansgång, en närmast satanisk prövning.

"Det är ju så att jag är stationerad i torpedrummet, alla vapen passerar oss där nere ...", började korpralen nervöst.

"Självklart. Ja?"

"Vi kommer att slå mot mål både till lands och till sjöss, men kryssningsmissilerna kommer inte att ha kärnvapenstridsspetsar ..."

"Förlåt, hur vet du det, korpral?"

"Då hade befälsordningen sett något annorlunda ut, kamrat amiral!"

"Bra. Jag förstår. Nå, mål till lands och till sjöss säger du. Det är inte helt unikt för en attackubåt, det är ju vad vi är till för. Så, vad mera?"

"Dom arabiska kamraterna ombord är palestinier ..."

"Korrekt. Ja?"

"Det får mej att tro att vi kommer att gå till Medelhavet och att vårt mål är den israeliska flottans baser, amiral!"

"Så det tror du. Och vad tror dom andra grabbarna i torpedrummet?"

"Lite av varje, amiral. Dom flesta hoppas att vi kommer att slåss med amerikanerna, fast inte under rysk flagg för då skulle det bli världskrig. Men alltså att vi, när det är på riktigt och ... som i dag med USS Alabama."

"Du har huvudet på skaft, Sergej Petrovitj, det är alltid en fördel för en ubåtsman", sade Carl spelat eftertänksamt som om han just hade förmedlat en stor visdom. "Om du har rätt eller fel i dina funderingar kommer du att få veta. Om du sköter dej. Jag vill inte se ditt namn på en enda rapport om förseelser av ens det minsta slag. Är det klart, korpral?"

"Fullständigt klart, kamrat amiral!"

"Bra! Det var trevligt att träffa dej och jag vill gärna ha dej ombord när det blir allvar. Utgå!"

1:e ubåtsmatros, eller korpral, Sergej Petrovitj Kovalin stod upp som en eldgaffel, gjorde honnör, ställningssteg, vände sig och gick raskt ut från officersmässen och Carl noterade att han sett ännu en man han ville ha. Problemet var bara att han hittills knappt hade träffat på någon av ryssarna som han inte ville ha. Vilket möjligen berodde på att Anatolij tagit sin uppgift på blodigt allvar när han, som han indiskret uttryckte saken ibland, fått sitt livs chans att nita dom jävlarna. Och när Anatolij mötte sin första amerikanska ubåt här nere och det var allvar, en högst sannolik prognos som han gjort såfort han anat vad projektet gick ut på, så ville han bara ha sina bästa män ombord. Märkligt att en ubåtskapten kunde ha en sådan detaljerad överblick över sin besättning, ner till minsta maskinmatros. Men det var kanske det som var själva yrkeshemligheten. Korpral Kovalin åkte hursomhelst upp på listan över uttagna besättningsmän.

\* \* \*

Hans puls dunkade så häftigt att han nästan skämdes för det. Hassan Abu Bakr var en man som var övertygad om sitt eget mod och han tillhörde bevisligen det fåtal som kan motstå tortyr om saken är tillräckligt angelägen.

Men nu när han och de andra satt i K 601:s räddningsfarkost och hydrauliken började stöna och kvida och ljuset minskade i effekt så spändes hans nerver till det yttersta. Nu var det på riktigt, det här var inte längre en stilla strömfri torrdocka, det här var Nordatlanten och tre knops ström där ute.

Titanportarna i K 601:s buk öppnade sig sakta och de automatiska förtöjningarna i räddningsfarkostens tak släppte och de gled ut i mörkret.

"Det här är centralen till Savior. Allt väl ombord än så länge? Kom!" hördes amiralens röst i radion lika klart som om han själv suttit inklämd där inne.

"Yes sir! Vi är loss och går för egen maskin, alla system OK. Kom!"

"Det låter bra, Savior. Fortsätt enligt order. Klart slut!"

Övningen bestod av tre moment. Först skulle de avlägsna sig ungefär två sjömil mot strömmens riktning, sedan vända och lokalisera den hjälplöst drivande K 601. När de kommit så långt var det dags för det svåra, att docka räddningsfarkosten över K 601:s aktersta räddningslucka, plocka upp fem man och avancera till räddningsluckan i fören över torpedrummet och få in de räddade den vägen.

Det kunde låta enkelt, som den mest självklara och mest övade uppgiften för en räddningsfarkost. Men det var en sak att öva i teorin, eller på så grunt vatten att man hade dagsljus, en helt annan sak på 150 meters djup i strömt vatten och på en drivande ubåt. Dessutom hade de instruerats att vara beredda på okända svårigheter som inte angetts i förutsättningarna. Det var alltså stora examensdagen. Eller i värsta fall sista dagen.

Det första momentet var självfallet det enklaste. De gick motströms i tjugo minuter, vände och följde strömmen i tio minuter innan de slog på sina strålkastare. De upptäckte den stora svarta skuggan utan onödig tidsfördröjning, de låg till och med lite före det ideala schemat vid den tidpunkten.

Men sedan blev det genast knepigare. K 601 rörde sig visserligen mycket lite i djupled, men hon var inte helt stabil i sidled, om det berodde på att de satt inne i manövercentralen och vände och vred på skevningsrodren eller om det var den starka strömmen. Helvetiskt svårt visade det sig i alla fall vara att få ner räddningsmunstycket precis över luckan. De fick göra tio femton försök och var snart långt över den stipulerade tiden. Minsta fel i precisionen och luckan skulle inte gå att öppna. När man placerade munstycket över luckan och tryckte ut vattnet satt allt fast som berg av trycket från 150 meters djup.

Till slut hamnade de rätt och en man, Abdelkarim, kunde stiga ner och hamra med en skiftnyckel på luckan. De som skulle evakueras öppnade nästan genast, men då strömmade det upp fet svart rök och de skrek hysteriskt i munnen på varandra och bara på ryska, vägrade plötsligt att förstå ett enda ord på engelska. Det gick att reda ut. Vad den fingerat nödställda besättningen hade försökt förklara var att de hade två svårt sårade som måste hissas upp i särskilda bärselar genom räddningsluckan och vidare upp i räddningsfarkosten.

Och så började helvetet om när de skulle fästa farkosten på nytt över räddningsluckan i ubåtens för och först hissa ner de skadade och sedan pressa ner de andra en efter en, där den siste blev hysterisk och började streta emot så att man fick slå honom på käften och då blev den jäveln förbannad på riktigt och förklarade den saken på ganska hygglig engelska.

Ovanpå allt detta visade det sig förvånansvärt enkelt att docka räddningsfarkosten tillbaks i sitt utrymme under K 601:s buk. Hela övningen tog fyra timmar och dessutom hade man kombinerat dockningen med brandövningar, akut sjukvård, operationer av arm- och benbrott, behandling av brännsår och det ena med det andra ombord på K 601. Det var en pärs.

När Hassan Abu Bakr stod i den ljumma duschen upptäckte han hur fysiskt trött han var och dessutom mörbultad med blåmärken både här och var. Det var alla oväntade krängningar i strömmen som kastat dem hit och dit inne i det trånga manöverutrymmet. Han tänkte att han skulle föreslå en del förbättringar vad gällde vadderad inredning och höll nästan på att somna stående. Det var då någon slog med handflatan mot duschkabinen och skrek åt honom att han enligt order skulle äta middag med amiralen om tio minuter i officersmässen. Märkligt nog uppfattade han inte om ordern kom på ryska eller engelska, även om han förstod allt.

"Ni skötte er ganska bra i dag, fänrik Hassan Abu Bakr", hälsade amiralen avmätt när den trötta chefen för räddningsstyrkan nio och en halv minut senare infann sig i nytvättad uniform och våt i håret.

"Tack, amiral!"

"Varsågod och sitt ner, fänrik. Vi har att välja mellan fläskfilé med grönmögelost- och konjakssås, om jag förstår franskan rätt. Eller grill-spett på lamm med timjan och klyftpotatis. Vad föredrar du?"

"Helst lammköttet, amiral!"

"Det kunde jag nästan gissa, Hassan, hoppas det inte är slut. Ett glas rödvin?"

"Tack gärna, men får vi ..."

"Vi befinner oss nu i viloläge, går på 400 meters djup sakta söderut med 5 000 meter under kölen, vi lär inte krocka med någon. Vi kör-de hårt medan ni jobbade där ute, vi också. Vad tycker du om övningen?"

"Det var mycket tuffare än vi väntade oss, amiral."

"Naturligtvis, det var också meningen. Men som jag sa, ni skötte er bra. Fartygschefen är skyldig mej en flaska vodka, han trodde inte ni skulle klara det och när det såg ut som om han skulle förlora vadet mixtrade han lite extra med våra krängningar i sidled. Så vi har en del sjösjuka ombord. Du är dykare?"

"Ja amiral, liksom ni själv, antar jag."

"Hur vet du det?"

"När ni steg ombord och tog befälet i Severomorsk, amiral, i parad-uniform. Jag såg tecknet för Navy Seals när vi tog varandra i hand. Alla dykare i hela världen känner igen den symbolen. Är ni amerikan, amiral?"

Just när Carl skulle svara kom deras beställning in och Hassan Abu Bakr som också slagit vad med de andra palestinska dykarna som inte kunde tänka sig att det fanns en amerikan ombord, trodde att han hade 400 dollar som i en liten ask. Men nu skulle det verka både på-stridigt och konstigt att återkomma till frågan som redan försvunnit i servering av mat och vin. De hade fått in en hel flaska på bordet och den tycktes för tillfället ha övertagit amiralens intresse när han läste på texten och smakade med uttryckslöst ansikte.

"Georgiskt vin, ungt. Cabernet Sauvignon och något jag inte känner igen, en ganska märklig smak", sade amiralen och började äta. Efter en stund skålade han.

Hassan Abu Bakr började känna sig illa till mods. Det fanns något lätt obehagligt i hela situationen, något konstgjort eller en form av psykning som han inte kunde genomskåda. Ryssarna snackade mycket inbördes om de här mötena med amiralen, men för dem stod ju mycket på spel. De skulle antingen vinna eller försvinna. Men det gällde inte för den palestinska minoriteten ombord som stod under Mouna al Husseinis befäl.

"Vi måste göra något åt vinfrågan", sade amiralen plötsligt. "Men vad du än tror så är jag inte amerikan. Sant är att jag är Navy Seal och när vi går ut på det riktiga uppdraget ska du få veta allt. Men nu ska vi tala om dej."

Hassan Abu Bakr föddes i flyktinglägret Nabatieh utanför Saida i Libanon 1972 vid en tid då det fortfarande fanns gott hopp. Kriget 1973 mellan Israel och Egypten visade i alla fall att israelerna inte var oövervinneliga. Hans barndom hade ärligt talat varit rätt harmonisk. När man är barn tänker man inte på det materiella på samma sätt, ett flyktingläger är bara som en stor fattig stad med stora skolklasser där somliga är väldigt flitiga elever – han hade i alla fall varit det – och andra mindre flitiga. Skolan var en lycklig tid och man började varje dag med att sjunga Biladi, den palestinska nationalsången, ungefär som andra barn i andra delar av världen sjunger sina psalmer. När det började regna framåt november lade sig en tjock lukt av vått ylle och lera över hela lägret, men redan i februari kom våren och är man barn så förstår man ändå inte så mycket mer än vardagen, man vet inte att man borde vara olycklig, tänker inte på att man är flykting eller att det är sextio barn i samma skolklass eller att man ofta äter bara sardiner och egyptiskt ris till middag och att riset kokas över ett spritkök i ett stort plåtkärl som en gång innehöll fem liter olivolja.

Men när han var tretton år var det 1985, ockupation och ständiga israeliska bombanfall. Varför israelerna anföll Nabatieh förstod han inte, i efterhand tänkte han sig att det var hämnd för att någon hämnats, som det brukade vara.

Av tvåtusen små lerhus i deras del av lägret träffade de israeliska attackplanen tre med sina splitterbomber. De hade inte Hellfiremissiler på den tiden utan bombade från flyg. Det blev förstås hursomhelst med precisionen, om det nu alls hade någon betydelse i hämndlogiken. Det hus där hans familj bodde hade blivit ett av de tre avsiktliga eller slumpmässiga målen. Inte mycket av huset återstod och alla hade varit hemma utom han som kom springande med andan i halsen för att han dröjt sig kvar för länge hos en lekkamrat och nu skulle få stryk av sin far för andra gången den veckan. Middagstiden var helig. Man kan inte utfodra en familj på nio personer en åt gången, utan middag är middag.

Hans mor var en av dem som fortfarande levde och hon hämtades med första ambulansen eftersom hon uppenbart för alla befann sig i ett långt framskridet havandeskap. Hans starkaste minne var att blodet syntes så lite på hennes svarta långa blomsterbroderade klänning, hon var så stolt över mönstret som kom från deras hemby i Galiléen.

De israeliska splitterbomberna på den tiden var konstruerade av en särskilt skör metallegering som såg ut som mässing. Bombens ytterhölje fragmenterades i tiotusentals små nålar som inte kunde opereras ut från en människokropp därför att de brast såfort man försökte få tag i dem med något kirurgiskt instrument. Avsikten var såvitt man kunde förstå att döda långsamt för att binda fiendens sjukvårdsresurser. Det tog hans mor tio timmar att dö, hennes sista barn gick inte heller att rädda. Man sade honom att det skulle ha blivit en liten syster. De fyra andra i familjen som fortfarande hade varit vid liv när ambulanserna kom dog också, far och en bror några timmar före, två syskon några timmar efter mamma.

Al Fatah, som på den tiden var den överlägset största befrielserörelsen, hade tagit hand om honom. Han hade vuxit upp på ett av deras barnhem där man föralldel lärde sig ett och annat som inte ingick i den av FN organiserade skolundervisningen i lägret. *Klaschinkov*, som varje barn sade om AK 47 Kalasjnikov, var den universella bilden för frihet på den tiden, gärna sträckt mot skyn av en brunbränd muskulös arm. På affischer, men också i något blekare verklighet på flyktinglägrets skjutbanor. Han hade varit duktig på att simma och dyka, bättre än nästan alla andra. Och därmed var vägen mot Ramlehfängelset utstakad.

Al Fatah försökte bygga upp en liten flotta av undervattensfarkoster. Man kunde inte gärna simma själv under vatten från den libanesisk-israeliska gränsen till mål i Israel. Än mindre efter att Israel ockuperat hela södra Libanon. Man måste ha farkoster, en sorts miniubåtar som dykarna kunde navigera själva eller åtminstone bogseras av.

I efterhand tyckte han fortfarande att idén var god men att man förberett sig för lite, ägnat för lite tid åt att spana på målet och framför allt slarvat med säkerheten. Det var den sortens blandning av nonchalans, offervilja och fatalism som man kunde finna överallt inom motståndsrörelsen, så varför inte i den palestinska flottan.

Ända dit hade han kommit i sin historia när amiralen för första gången avbröt honom med höjda ögonbryn och frågat om det verkligen fanns en enhet som kallades "den palestinska flottan". Frågan verkade så formalistisk, närmast irrelevant så Hassan Abu Bakr kom av sig i sin berättelse och fick svårt att ta fart igen.

Hursomhelst. Det kunde, när man tänkte på saken i efterhand, naturligtvis bara sluta på ett sätt, med nederlag. Frågan var bara hur många av dem som skulle dö och hur många som skulle tas till fånga.

Målet för deras operation var Israels militära hamn i Haifa. Uppdraget gick ut på att med undervattensfarkoster ta sig så nära hamnen som möjligt och därefter simma in i små grupper och fästa magnetminor på krigsfartygen, ställa in en timer, återvända till de väntande undervattensfarkosterna och ha en timme på sig upp mot den fria libanesiska kusten.

Inget fel på planen. Det var bara det att deras instruktör, en svensk attackdykare som PFLP skickat på dem, fick förhinder i sista stund. En påstådd akut blindtarmsinflammation. Redan då borde man ha begripit, eller åtminstone dragit öronen åt sig. Men alla hade de adrenalin upp till ögonbrynen, de hade förberett sig så länge, tränat så mycket och behövde äntligen en seger.

När de simmade in i hamnen var de väntade och bombades ut med handgranater och togs till fånga. Den där svensken hördes aldrig vidare av. Gud vare nådig den svenske dykare som Hassan Abu Bakr träffade på nästa gång.

Den första tiden i fångenskap blev de inte ens torterade, de hade tillräckliga besvär med sina sprängda trumhinnor och huvudvärken. Ljudet av en handgranat förstärks mångfalt under vatten, det känns som ens huvud sprängs och man är medvetslös när man flyter upp till ytan, som en sprängd fisk ungefär. Varför man flyter upp är svårt att säga, förmodligen drar man instinktivt i knopparna som utlöser flytvästen just när man förlorar medvetandet.

Han hade suttit åtta år i Ramlehfängelset innan han utväxlades, eller släpptes i någon fredsförhandling, eller släpptes därför att alla israeliska fängelser var överfulla av palestinier. Det var ju det enda området i Israels värld där palestinier var i garanterad majoritet, 25 000 var den sista siffran han hört.

Det tortyren senare hade handlat om var att peka ut personer, fler personer än vad den svenske agenten hade känt till. Allt som hade med baser, bryggor, träningsanläggning och sådant att göra bombades sönder och samman såfort de var gripna.

Vad hans kamrater sagt eller inte sagt under tortyren fick han aldrig veta, det dröjde flera år innan de över huvud taget träffades där i fängelset. Det hade mest varit isoleringscell, eller "hålet" som det kallades. Det var en liten kall svart betongbur på en kubikmeter där man satt naken utan toalettmöjlighet en månad i stöten. Sedan kom de, klädda i gula gummioveraller och plexiglas för ansiktena, släpade ut fången och spolade honom med högtryckssprutor och iskallt vatten.

När de till slut släppte honom utvisades han till Libanon som vägrade att ta emot honom men där fanns Mouna al Husseini. Han hade därefter kommit till Tunisien och de hade återupptagit programmet med små undervattensfarkoster och attackdykare. Det var hela historien. De andra palestinska kamraterna i dykargruppen kom från samma ställe, de var alla "tunisier" i den meningen.

Amiralen hade lyssnat på hans långa berättelse med koncentrerad uppmärksamhet men utan att med en min visa vad han kände eller tyckte. Och han hade hunnit dricka ur halva rödvinsflaskan ensam, Hassan Abu Bakr hade nöjt sig med ett enda glas.

"Det finns mycket att säga om din berättelse, fänrik", sade amiralen när Hassan Abu Bakr tycktes ha talat till punkt. "Men låt mej just nu bara säga att du har min beundran. Det ni gjorde i dag var ärligt talat helvetes svårt. För en dykare som haft åtta långa års avbrott i träningen borde det vara rätt tufft att komma igen. Säg mej, Koranen var det enda ni fick läsa där i Ramleh?"

"Ja det stämmer, amiral. Dom vanliga kriminella fångarna fick läsa vad dom ville, titta på teve till och med men det var annorlunda för oss politiska fångar."

"Låter bekant. Blev du en troende?"

"Både ja och nej, amiral. Jag tror på Gud men jag dricker vin och kan i nödfall äta gris."

"Har du träffat imam Abu Ghassan?"

"Naturligtvis, amiral. Han satt ju också i Ramleh, fast två år längre än jag. Koranen gjorde tydligen ett djupare intryck på honom än på mej eftersom han gick på al-Azhar i flera år efter sin frigivning. Men han är bra, bra för dom troende i alla fall, vi har ju en hel del såna ombord."

"Allright, fänrik. Då är det din tur. Vad vill du fråga mej om?"

"Får jag vara helt uppriktig, amiral?"

"Allt annat skulle göra mej besviken."

"I så fall finns det en sak jag verkligen undrar över. Vad är meningen med vår räddningsfarkost, den som jag har befälet över?"

"Att rädda liv, naturligtvis."

"Förlåt amiral, men ... jag har lite svårt för den här strikta västerländska militära stilen och drillen. Jag förstår att det måste vara en jävla, förlåt uttrycket, ordning ombord på en ubåt i den här klassen, det är inte precis en liten farkost för transport av attackdykare. Men ..."

"Men?"

"Får jag vara *helt* uppriktig, amiral?"

"Ja, men du får inte slå mej på käften, fänrik. Då åker du i buren. Men fram till den gränsen har du fritt vatten. Sätt igång!"

"Okay, amiral. Om vi ligger på botten så lär inte vår räddningsfarkost kunna ta sig ut. Och det utrymme som skulle ha funnits för räddningsklockor där vi kan tränga oss in och ta oss upp till ytan är borta och används till annat. Så vad är egentligen meningen med det här? Vem ska jag rädda?"

"Om vi ligger på botten, fänrik, så beror det inte på något haveri. Det beror på att amerikanerna eller israelerna antingen bombat oss vid ytan eller att vi är torpederade sönder och samman. Då behöver vi inte längre någon räddning."

"Ändå har vi en räddningsfarkost, amiral? Dessutom har vi lagt ner stora ansträngningar på den saken, för min del två och ett halvt års träning. Jag förstår inte det här."

"Så här är det, fänrik. Du och räddningsfarkosten kan sannolikt rädda våra liv och mer än så, nämligen hela K 601. Tills vidare får du tro mej på mitt ord. När vi går ut på vårt uppdrag kommer du att förstå bättre och anledningen till att jag inte säger mer till dej, fast du lika väl som jag förstår att du tillhör dom som närmast garanterat kommer att vara med till slutet, är att jag vill behandla ryssar och palestinier lika ombord. Och så vill jag hålla en tät säkerhet kring vårt mål. Du har ju varit med om vådan av bristande säkerhet en gång förut. Tänk om vi har en sån där svensk attackdykare ombord den här gången också."

"Jag förstår, jag ber om ursäkt."

"Nej, gör inte det! Nu vill jag i stället ha ett uppriktigt svar från dej. Vad tror du och dina vänner i dykarstyrkan att det här uppdraget går ut på?"

"Men det är ju extremt hemligt, amiral. Just av dom skäl som ni själv nämnde."

"Svar ja. Det är förmodligen världens just nu mest intressanta mi litära hemlighet. Men knappast för mej. Så vad tror du?"

"Jag vet inte om jag vill svara på det, amiral."

"Jo gör det. Det är en direkt order."

"Puh amiral! Ni gör det inte lätt för mej."

"Nej, så sant. Och?"

Hassan Abu Bakr hade aldrig haft några dubier om uppdragets innebörd, det föreföll närmast självklart. Israels flygvapen var oåtkomligt, Israels attackhelikoptrar och armén likaså. Nålsticksoperationer var alltid möjliga, åtminstone i teorin. Med landminor kunde man spränga en och annan Merkavastridsvagn, kamraterna i Gaza hade gjort det vid åtskilliga tillfällen. Med små luftvärnsmissiler kunde man slå ut någon enstaka helikopter. Men helhetsbilden till lands och i luften var entydig. En stridsvagnskolonn på väg in i mot Ramallah eller Hebron var helt enkelt oövervinnelig, det var David mot tio Goliat.

Men så var det inte med hamnen i Haifa, den han själv försökt anfalla en gång. Och K 601 hade tiotusen gånger större anfallskraft än vad attackdykare med små farkoster i kolfiber och plast någonsin skulle kunna mobilisera. K 601 var förmodligen ensam starkare än hela den israeliska flottan.

"Förlåt om jag säger det, amiral. Men jag tror jag är på väg tillbaks mot Haifa."

"Bra tänkt, fänrik. Men du glömmer en sak. Våra kryssningsmissiler ombord kan lika gärna slå ut israeliska flygbaser. Well, vi kommer snart att kunna tala mer uppriktigt om dom här sakerna. Det var en mycket givande konversation, tack för i kväll. Utgå!"

När Carl kom in i sin hytt gjorde han några korta anteckningar om Hassan Abu Bakr. När det gällde just honom fanns inte mycket att grubbla över rörande själva kompetensen. Den hade han bevisat under en övning som åtminstone Anatolij hade bedömt som alldeles för svår. De palestinska dykarna kunde bara diskvalificera sig själva genom sensationellt olämpligt uppförande.

Det fanns en helt annan sak att grubbla över. Hassan Abu Bakrs hela familj hade dödats av fienden, det var det de båda hade gemensamt. Hans egen familj hade visserligen inte varit så stor som en palestinsk familj i ett flyktingläger, men sicilianarna hade mördat både Eva-Britt och Tessie, hans första och andra fru och deras barn och till och med hans gamla mor och han hade blivit lika ensam överlevande som Hassan Abu Bakr.

Men det fanns en skillnad, svårbegriplig fast konkret. Själv hade han inga hämndbehov i den meningen att han skulle vilja söka upp några sicilianska mafiosi och döda dem. Rent praktiskt skulle han nog kunna göra det.

Det fanns andra och större olikheter. Han hade inte suttit åtta år i sicilianskt fängelse och blivit sparkad, förolämpad, misshandlad och spolad ren från avföring med högtryck en gång i månaden och hans hemland var inte ockuperat av en armé som gjorde sådant. Det var en avgörande skillnad.

Å andra sidan hade han inget hemland längre. Trossarna till skyddshamnen i La Jolla utanför San Diego var kapade. Han skulle aldrig återse Kalifornien. K 601 var hans enda hemland.

\* \* \*

Det fanns en särskild ironi i att det just på denna den kanske mest extremt manliga arbetsplats man kunde föreställa sig, åtminstone i Ryssland, fanns fyra kvinnor som arbetade hårdast. De fyra språklärarna Nadja Rodinskaja, Olga Shadrina, Irina Issajeva och Lena Kutsnetsova hade på eget initiativ reducerat sin fritid till fyra timmar och arbetade i två sextimmarsskift per dygnscykel. Vid varje given tidpunkt satt någon av dem och gnuggade vokabulären antingen med ryssar som lärde sig engelska eller med palestinier som lärde sig ryska. Man hade lagt störst ansträngning vid de tekniska termerna och själva ordergivningen och avvaktade med enkla allmänna konversationsövningar tills eleven hade börjat få ett fast grepp över de cirka tusen ord som fanns i den dubbelspråkiga ordlista som Carl hade tillverkat. Alla ombord utom han själv och Mouna, som ju redan behärskade båda språken, hade absolut närvaroplikt.

Det gällde även kommendör Anatolij Petrov och hans två ställföreträdare. De hade visserligen gnällt och grymtat en del om saken, Anatolij påstod bland annat att han var för gammal för att sätta sig inför någon skolfröken, vilket förmodligen bara var en undanflykt. Han visste mycket väl var han skulle befinna sig i varje skarpt läge, och då var ändå hans språk ryska, och Carl skulle stå bredvid och som en snäll papegoja översätta allting.

Mouna och Carl hade tagit honom på en gemensam lunch i amiralshytten för att lirka med honom.

Just nu övade de i Nordatlanten och allting gick lugnt och fint och mötte de en amerikansk ubåt så var det bara en lek, ibland en farlig lek som genom decennierna kostat många liv på båda sidor när leken gick för långt. Men ändå en lek.

Men om de nu, *Inshallah*, lyckades med sin attack precis som planerat så blev det därefter omöjligt att förutse vad som skulle hända. Den mest rimliga gissningen var ändå att man till en början skulle få USA:s Medelhavsflotta efter sig. Det var dessutom fullt tänkbart att Tony Blair än en gång skulle hålla ett av sina läppdallrande tal om sin innersta övertygelse om sanning och rätt och därefter skicka den brittiska flottan efter dem. Och efter det egna första anfallet hade de en del svåra förflyttningar, inte bara till anfallsposition två utan framför allt till det tredje slaget. Inte sant?

Jodå, surade Anatolij. Det skulle helt säkert bli ett liv och ett kiv. Nåväl i så fall. När de amerikanska Mark 48 eller de brittiska Spearfish kom på riktigt så fick ingen ombord på K 601 göra minsta fel. Ingen. Alla skulle ha nerverna spända till bristningsgränsen, det var inte otänkbart att någon skulle tappa kontrollen och bli hysterisk. Poängen var självklar. Om det skulle gå åt helvete för dem alla så skulle det åtminstone inte bero på ett lingvistiskt fel eller bristande studieflit under långa fritidspass. Eller hur?

Mjaeä, det vore väl dumt, muttrade Anatolij.

Och det var i så fall allt som behövde bevisas. Om nu unga besättningsmän som inte insett allvaret i saken fick se sina tre högsta officerare sitta där och gnugga glosorna på samma sätt som de själva, så kunde man väl knappast överskatta den ... pedagogiska effekten? Eller hur?

Så numera satt också kommendör Petrov, kommendörkapten Charlamov och örlogskapten Larionov snällt i studiehörnan i allas åsyn en gång vartannat dygn. De hade till och med rekvirerat varsin mp3-spelare för att kunna somna till Carls inspelade lektioner i örlogsengelska.

Det var ändå med blandade känslor som Mouna betraktade de fyra ryska språklärarna. Det var förstås tilltalande att fyra kvinnor som på intet sätt var inblandade i dödsteknologins sköna konst bidrog till krigsansträngningen med något så högst civilt och humanistiskt som att lära ut språk. Men deras hårda arbete gav henne ändå ett dåligt samvete som hon inte riktigt kunde komma till rätta med. Ingen av dem hade en ringaste aning om vad Projekt Pobjeda gick ut på och förmodligen struntade de alla fyra hjärtligt i den saken. För dem var det dels ett exotiskt äventyr – de kom alla från Murmanskområdet och var inympade med marin romantik – dels ett fruktansvärt lönande extraknäck. De fick 5 000 dollar var för den här övningsexpeditionen.

Men två av dem måste hon anställa för ett år, för själva kriget. Det betydde visserligen 60 000 dollar var. Inte ens Olga Shadrina och

Nadja Rodinskaja som var gifta och hade barn skulle tacka nej, hur mycket Mouna än underförstått försökte varna dem med att den riktiga expeditionen kunde bli mycket farlig.

Två av dem måste stiga iland, det hade man enats om i ledningsgruppen. Varje personalreducering som inte hotade säkerheten eller funktionen ombord var nödvändig. Varje besättningsmedlem som klev av stärkte K 601:s uthållighet genom både minskad syreförbrukning och livsmedlens minskade åtgång. Man måste kunna klara minst tre veckor i uläge utan att bunkra och utan att sticka upp snorkeln för färskt syre.

Man borde alltså behålla de två ogifta och barnlösa, Irina Issajeva och Lena Kutsnetsova. Kunde man resonera så enkelt? Ja, om man måste välja och det måste man.

En miljon dollar i packade hundradollarsedlar väger 19 kilo, erinrade hon sig mitt i det moraliska dilemmat. Det var en stor hårt packad ryggsäck. Men nu skulle hon behöva en Volkswagenbuss för att frakta alla förskottsbetalningarna från flygplatsen i Murmansk till Severomorsk före den sista avresan. Alla måste få tid på sig att få hem sina pengar till familjen, ingen menig eller underbefäl skulle ha rätt att ta med sig mer än 200 dollar ombord, eftersom risken för bokstavlig kapitalförstöring var avsevärd ombord på K 601. Dessutom skulle fickpengarna deponeras och låsas in och kunna kvitteras ut i händelse av en högst eventuell landpermission. Allt spel om pengar var strängt förbjudet ombord, liksom alla sexuella relationer.

Det senare ökade om möjligt på problemet med att ge sista budet till Irina och Lena, de två yngre och ogifta lärarna. Om man gick ut på en resa som blev minst sex månader eller kanske upp till ett år, inte ens Mouna kunde gissa, så skulle det uppstå problem med två attraktiva ryska lärarinnor och ett trettiotal stentuffa ryska ubåtsmän. Och hur hanterade man sådant på 400 meters djup ute i Atlanten?

För Leila och Khadija tyckte hon inte att hon hade några större skäl till oro, de var båda vana krögare från Beirut och kunde till och med hantera berusade män, ett problem som knappast skulle uppstå numera. Dessutom skulle de båda vara så totalt koncentrerade på att bidra till själva operationen att det skulle mycket till för att en sjöman med mössan aldrig så käckt på svaj kunde störa dem.

En av de ryska kockorna skulle man kunna undvara. Köket borde kunna rekvirera ytterligare manlig handräckning, bland annat hade man fem palestinska attackdykare som tycktes klart undersysselsatta. Det borde vara hennes jobb att plocka fram lite extra kökshandräckning bland attackdykarna. Eller Carls? Vad ingav de där tuffingarna störst respekt, tre amiralsstjärnor eller hennes förflutna som alla kände till och dessutom lättnaden att få diskutera saken diskret viskande på arabiska? Svårt att säga.

Carl och hon hade till slut enats om att det var hon som skulle sköta alla personalsamtal med de fyra ryska lärarna. Men det hade inte varit självklart, hon hade invänt att bara det faktum att hon själv var kvinna inte innebar någon automatik i arbetsfördelningen. I hela sin karriär inom Jihaz ar-Razed hade hon nästan uteslutande haft att göra med män, både över sig och under sig i befälsställning, hela vägen från småmord upp till spionutbildning och officersgrad. Snarare menade hon att hon, särskilt om det gällde de arabiska männen, var bättre på män och att de fyra ryskorna i gengäld skulle känna sig väldigt uppskattade om de fick äta lunch eller middag, eller vad det nu blev, med självaste amiralen. Men just det argumentet hade han vänt emot henne. En kvinna om än med stor stjärna på axelklaffen var ändå en kvinna, särskilt om det gällde att förhöra sig om eventuella problem med sexuella trakasserier.

Där hade hon gett sig omedelbart. Och följaktligen satt hon nu i officersmässen och väntade på Irina Issajeva, som skulle bli det sista personalsamtalet med de fyra ryska kvinnorna.

Irina hade slutat sminka sig, det var det första Mouna lade märke till. Från början hade alla fyra kommit till sina lektioner iförda grön eller lila ögonskugga som om de var på väg till nattklubb. Men en ubåts begränsade utrymmen – och framför allt bristen på speglar med bra ljus! – hade efter bara någon vecka nött ner deras ambition att se perfekta ut. Hon var smärt, blond och hade håret i hästsvans, vilket passade mycket väl till den marina uniformen – Carl hade gjort lärarna till styrmän. Mouna hade glömt vilken förklaring han hade, det var något om att vara högre än manskapet och lägre än de struliga officerarna.

Först ägnade de sig åt lite självklart småprat om de rent pedagogiska problemen, exempelvis en vokabulär som även för ryskfödda inte var helt enkel. Sedan konstaterade de med viss lättnad att de låg i samma dygnsrytm så att det var fråga om middag för dem båda. De beställde lammkotletter à la provençale med renat havsvatten som de palestinska kockarna döpt till Château d'Atlantique och Mouna gick klumpigt rakt på den fråga som var den sämsta.

"Jag ser i pappren Irina att du är ogift och 31 år gammal. Jag hade för mej att man gifte sig mycket ung i Ryssland. Och du är begåvad och vacker men ogift, varför det?"

Irina såg ut som om hon hade fått en örfil och dröjde med svaret.

"Jag var förlovad", svarade hon lågt. "Min man var löjtnant ombord på Kursk."

Därmed var det Mounas tur att se ut som om hon fått en örfil.

"Jag ber verkligen om ursäkt för ... ja, jag ber om ursäkt Irina. Det var inte precis så här jag ville inleda vårt samtal."

"Det är ingen fara, brigadgeneral! Jag har börjat vänja mej vid tanken, även om det inte är lätt."

"Självklart. Men nu skippar vi det där med titlarna, jag är Mouna och du är Irina. Fast vad sorgligt ... ni var på väg att gifta er?"

"Ja, men dom ändrade besättning i sista stund. Kommendör Petrov hade en trettioårig bröllopsdag att fira med sin hustru eller vad det var och så bytte dom besättning med bara ett par dagars varsel. Min Jevgenij fick rycka in och vi måste skjuta upp bröllopet tills han kom tillbaka. Det var inget märkvärdigt, bara en övning med lite torpedskjutning. Men Kursk kom ju aldrig tillbaks ..."

Maten smakade inte så bra som den brukade och hade dessutom kallnat. Och Mouna var väl medveten om att hon klampat in i samtalet på ett sätt som knappast gick att reparera förrän långt senare. Ändå måste hon ta reda på ett och annat för plötsligt hade det dykt upp ett oväntat säkerhetsproblem.

Förhoppningsvis mer skärpt och med bättre teatermask frågade hon deltagande om Irina hyste några bittra känslor när det gällde kommendör Petrov, som alltså ordnat det där bytet av besättning i sista stund. En enda antydan åt det hållet och Irina skulle i stort sett frihetsberövats under resten av resan.

Men Irina trodde på Gud, visade det sig. Det som hänt med Kursk var en obeskrivlig sorg för alla anhöriga till den besättning som stigit ombord. Men det var också en lättnad och, det visste hon mycket väl från en del väninnor i Severomorsk, dåligt samvete för dem som hade klarat sig undan olyckan bara genom en till synes betydelselös bröllopsdag för en kommendör. Ingen utom Gud hade ju kunnat veta i förväg. Och Hans vägar var alltid outgrundliga.

Ständigt denna jävla Gud, tänkte Mouna. Judarna är galna, de kristna är galna, för att inte tala om somliga av mina egna som nu till och med vunnit valet. Gud ville alltså att Kursk skulle gå under när Irinas fästman löjtnant Jevgenij befann sig ombord och då sänker hon sitt huvud i ödmjuk bön? Galenskap. Och dessutom en galenskap som sliter sönder Palestina mer och mer för varje dag medan muren reser sig allt högre. Om det åtminstone vore olja!

Resten av deras samtal blev försiktigt melankoliskt men inte värre än att Mouna kunde räkna ut hur Irina hamnat ombord. Det var Ovjetchin som hade rekryterat henne och Ovjetchin hade talat med Petrov som kände till Irinas bakgrund. Så måste det ha gått till. Det var alltså Anatolij som hade spelat Gud. Tyckte han kanske att eftersom fästmannen dött på havets botten så kunde fästmön få göra honom sällskap? Inte omöjligt. Folk var galna.

Fast man kunde vända på det resonemanget också. Det kanske inte alls var galet. Om Irina dog med alla andra ombord på K 601, vilket i hög grad var en kalkylerad risk, så dog hon åtminstone inte ifrån en vansinnigt sörjande fästman. Och om hon mot förmodan överlevde så skulle hennes årslön på 72 000 dollar innebära en avsevärd materiell tröst i Ryssland. Vid sidan av vad en högst eventuell Gud förmådde var det den bästa start man kunde ge henne. Alternativt en ganska bra och snabb död. Irina Issajeva var definitivt en av två språklärare som man skulle ha med sig på väg till det stora allvaret.

* * *

Guds Hus ombord på K 601 var ytterst modest. Sakligt sett bestod det av ett lagerutrymme om 2 x 3 meter, som en ordinär fängelsecell således, men med samma ljusblåa väggar som överallt annars ombord. Guds Hus var satt under dubbelkommando eftersom det delades mellan den grekisk-ortodoxe prästen Josef Andjaparidze och imamen Abu Ghassan. Beroende på vilken Gud som gick av eller på sitt skift togs korset ner och ersattes med några svarta tavlor med guldkalligrafi från Koranen, eller tvärtom. I vad mån det uppstod luckor mellan de båda gudsmännens övningar tjänstgjorde rummet dessutom som extra gymnastiklokal, med två motionscyklar och en skivstångsanläggning.

Till det yttre var de två själavårdarna varandras motsatser, Fader Josef var en mycket temperamentsfull man i svart skägg som vippade upp och ner när han klagade på något praktiskt arrangemang med hänvisning till hur mycket bättre allt hade varit ombord på robotkryssaren Pjotr Velikij, eller när han skällde ut någon syndare, vilket han såvitt hördes utanför bönerummet gjorde ofta. Abu Ghassan var däremot en återhållsam person som aldrig höjde rösten och som föredrog stillsam ironi framför Fader Josefs burdusa och ibland till och med ekivoka skämt.

Men de kom väl överens, Fader Josef sade sig vara säker på att vad gällde ekumeniska strävanden mellan kristendom och islam så låg de säkert hästlängder före det mesta som åstadkoms i Ryssland.

De båda var i stort sett uniformerade som alla andra, men i stället för båtmössa bar Fader Josef en liten svart pillerboxliknande hatt och

Abu Ghassan en vit turban. På de svarta axelklaffarna hade de i stället för gradbeteckningar det grekisk-ortodoxa korset och halvmånen i silver.

De flesta praktiska problem löste de under närmast gemytliga former, som när de till exempel enades om att tillämpa GMT ombord i stället för Moskvatid och Meccatid. Då kunde man klämma in en kristen morgonmässa en timme efter den muslimska morgonbönen och den kristna aftonsången efter kvällsbönen, och efter några komiska kollisioner på väg ut och in löpte det sakrala tidsschemat friktionsfritt. Då och då åt de lunch tillsammans, strax efter den muslimska middagsbönen. Naturligtvis jämförde de sina erfarenheter och ingen av dem överraskades särskilt av att döden även för kollegan var det vanligaste problemet i själavården. Det hade, menade Fader Josef, i huvudsak att göra med den låga genomsnittsåldern ombord. De flesta var ju unga grabbar, och lustigt nog grubblar människan mer över döden när hon är långt ifrån den än när hon börjar närma sig. Abu Ghassan för sin del menade att frågan om döden nog snarare blev mer näraliggande ombord på en krigsmaskin av det oerhörda slag som K 601 var. Men hur det än var med den saken så kunde båda konstatera att frågan om livet efter döden var den fråga som orsakade flest teologiska grubblerier ombord.

Ur kristen synvinkel hade man förkörsrätt till Himmelriket om man dog ung och med ett syndaregister som på grund av tidsbrist blivit tämligen kort. Ur muslimsk synvinkel hade man förkörsrätt till Paradiset om man dog för den Heliga Saken, vilket Fader Josef fann något gammalmodigt, för att inte säga rent befängt.

Den diskussionen ledde ingenstans, då var det bättre att jämföra erfarenheter om hur man kunde försöka formulera ett tröstens ord kring dödsångest.

De omfattande och snåriga reglerna kring Jihad hade annars varit välkommet praktiska för Abu Ghassan. På K 601 var det omöjligt att tänka sig någon böneutropare som stämde upp mitt i en avancerad övning eller ett fingerat anfall mot en främmande ubåt. Historiskt sett, exempelvis på Profetens tid, frid över honom, hade de troende ofta befunnit sig i liknande predikament och det fanns hundratals undantag från exempelvis böneskyldigheter i krig. Den som satt vid en sonarskärm och följde en amerikansk atomubåt hade alltså enligt Koranen en fullgod ursäkt för att just då inte falla på knä och sänka pannan mot jorden.

Men som tröstare hade Abu Ghassan börjat känna sig alltmer överflödig. Det var nog sant att de kristna ombord var mer rädda för döden, varför skulle de inte vara det? Till skillnad från palestinierna jobbade de mest för pengarna och lite för äventyret och hade dessutom en ytterst vag idé om vad som skulle kunna hända. Och den stora lönen kunde de ju bara ha glädje av i jordelivet.

Med palestinierna ombord förhöll det sig följaktligen dramatiskt annorlunda. De flesta av dem tycktes vara stillsamt övertygade om att döden kunde vara ett pris väl värt att betala. De var alla självmordsbombare i den meningen. Men i stället för en sprängladdning runt midjan satt de alla tillsammans inneslutna i den största sprängladdningen någonsin. Dessutom med åtminstone en teoretisk chans att komma undan, till skillnad från Muhammed Atta och de andra galna saudierna som flög sina kapade plan in i Twin Towers.

De flesta palestinska ungdomar som utfört självmordsuppdragen hade haft personliga snarare än religiösa skäl. De var sådana som dykaren Hassan Abu Bakr. Hade självmordsattackerna varit på modet när han var tonåring hade han garanterat utfört en av dem, efter att hela hans familj hade slitits sönder och samman av de israeliska splitterbomberna.

Så mycket bättre då att befinna sig ombord på K 601. Han själv och dykaren Hassan Abu Bakr hade haft mycket att tala om när det gällde den välsignelsen. Båda hade de attackerat Israel i ett gerillaförband, den ene till lands och den andre till sjöss. Och så hade de båda fått sitta ungefär ett decennium i Ramlehfängelset som var så nära ett jordiskt helvete man kunde komma. Fast det var inte problemet. Åkte man fast fanns ett pris att betala. Alltid ett mycket högt pris. Det var själva grundförutsättningen för allt de båda hade sysslat med under sin tid som *fedayeen*, sådana som vågar livet. Men K 601 var allt som de inte hade varit. K 601 var fiendens teknik och fiendens strategi med långsam välplanerad uppbyggnad fram till ett anfall med överväldigande kraft som avgörande faktor och alls ingen tapperhet eller Gud. Bara amerikanerna och israelerna använde sig av båda strategierna, överväldigande kraft i kombination med försäkringar att Gud ville det, *Deus vult* som korsriddarna vrålade när de anföll.

Inför den stora och obetvingliga verkligheten, inne i det väldiga titanskrovet, hade Gud ärligt talat börjat bli mindre viktig. Det märktes mest på de tre gentlemännen, som alla kallade löjtnanterna Peter Feisal, Marwan och Ibrahim. Deras metamorfos var häpnadsväckande. Eleganta, lite nonchalant skämtsamma, typiska engelska gentlemän i just den roll som de hade flytt från i ren panik. De föreföll onekligen att njuta av sina uniformer, men de njöt lika tydligt av att ha bidragit med så avgörande tekniska förbättringar som alla förbehållslöst erkände att de hade åstadkommit. Det var inte Gud de hade sökt utan K 601.

Abu Ghassan och Mouna hade samtalat en hel del om saken. Det var förstås mest en akademisk fråga, men man kunde ändå undra om det verkligen hade varit nödvändigt att gå omvägen via Gud för att få dem ombord. Mouna var av just den bestämda uppfattningen och argumenterade rätt övertygande för den. Genom hela den palestinska diasporan gick det som en våg av revanschbegär och lust att återvinna sin mänskliga värdighet efter att George W Bush inlett sitt Heliga Krig i september 2001. Eftersom ingen kunde föreställa sig K 601 famlade man desperat efter Gud i stället, Peter Feisal hade ärligt talat varit något komisk i sin nyfunna roll som troende. Han passade bättre som löjtnant i den palestinska flottan. Han skulle för övrigt ha passat som hand i handske i Royal Navy också, åtminstone vad stil, språk och uppträdande beträffade. Fast det var en orättvis betraktelse.

Royal Navy skulle aldrig ha kunnat värva de tre löjtnanterna, med eller utan falsk imam.

Och vad imam beträffade så hade han, ju mer tiden gick, allt starkare börjat ifrågasätta nyttan av sin själavårdande insats ombord. Han kunde förhistorien om allt det förskräckliga som inträffat på K 601:s första stora övningsresa. Det var inte svårt att förstå hur intelligenta människor som Peter Feisal och Mouna hade kommit fram till slutsatsen att någon sorts demonstrativ religiös jämlikhet skulle bli en nödvändighet ombord. Och så hade han själv plötsligt och lite mytiskt utvisats från Storbritannien med en långsökt förklaring om att han måste tillbaks till Kairo för att söka visum på nytt. Han var säker på att Mouna på något sätt låg bakom beslutet, hon hade i flera avseenden lindat MI 5 runt sitt lillfinger. I Kairo hade hon händelsevis men med perfekt timing dykt upp och gett honom ett nytt religiöst uppdrag i underrättelsetjänsten som han inte kunde säga nej till. Hon var en oerhört skicklig manipulatör, han beundrade henne till och med för det.

Han tvivlade ändå på att han verkligen behövdes när kriget tog sin början. Då skulle inga palestinier ombord längre behöva tröst, vilket däremot gällde dem som eventuellt fick lämna fartyget före sista resan därför att de inte hållit måttet i ett eller annat avseende. Han hade själv försökt göra sig mera nyttig ombord, ansvarade för en städsektion och arbetade extra i tvätteriet, sådana uppgifter som en imam har lättare att utföra med omgivningens och sin egen respekt än en attackdykare. Men han skulle ändå föreslå Mouna att han fick en annan funktion än falsk fast äkta imam, eller hur man nu skulle beskriva hans jobb. Hon behövde exempelvis en livvakt och en assistent när hon gick ut med underhållsfartyget. Han borde verkligen tala med henne om den saken.

Dagens händelsekedja beskrev i all sin enkelhet hans nya problem. Mitt under middagsbönen när han stod och reciterade framför de fyra bedjande som kunnat komma och nu låg vända mot Mecca – vilket aldrig var något problem eftersom man överallt hade skärmar som beskrev K 601:s exakta läge – kom larmet om klart skepp.

De fyra bedjande framför honom reste sig blixtsnabbt och rusade iväg utan ett ord. Och han blev ensam kvar i Guds Hus, som ju komiskt nog var hans stridsstation. Det var en fullständigt tydlig illustration till hela hans resonemang. K 601 var större än Gud.

Och där inne satt han utan bildskärm och kände hur fartyget började kränga, i vad han uppfattade som en våldsam undanmanöver, samtidigt som motorerna tystnade. De dök tydligen i brant vinkel, en koran hasade över golvet och hamnade vid hans fötter.

Be kunde han inte utan publik. Det var bara att vänta där inne i halvmörkret tills signalen för faran över kom och han kunde gå ut och sätta sig in i vad som hade hänt. Han visste att de hade gått förbi Shetlandsöarna och befann sig utanför Irlands västkust, men inte mycket mer. Exempelvis att de hade seglat rakt in i en brittisk örlogsmanöver och att det skett med avsikt.

Vid middagen fyra timmar senare när de åter gick i normalt beredskapsläge träffade han Ibrahim som haft vakten i ordercentralen under hela förloppet. De hade varit på kollisionsavstånd med en brittisk attackubåt, HMS Trenchant i Trafalgar-klassen, ett fartyg betydligt större än deras eget. Övningen gick ut på att hålla rak kollisionskurs för att se hur länge det dröjde innan britterna upptäckte vad som var på gång. Men de hade kommit så nära att kollisionsindikatorerna i båda fartygen slog till innan de gjorde undanmanövern. Britterna ombord på HMS Trenchant måste ha fått fnatt och trott att övningsledningen utsatt dem för något icke aviserat men ändå rätt riskabelt experiment.

Därefter blev det katt och råtta. Britterna förstod snart att en främmande ubåt gett sig in i deras övning och kapten Petrov gjorde ingenting för att ta ifrån dem den misstanken. Tvärtom.

Efter att de fått kontakt med två jagare som skickats mot platsen för att hitta dem gick K 601 upp till periskopdjup, visade periskopet tydligt, videofilmade de två jagarna – D 89 Exeter och D 97 Edinburgh – dök och försvann under och mot de inkommande fienderna, antagligen rakt motsatt kurs de hade tänkt sig – och skakade dem av sig.

I den yttre periferin av den brittiska eskadern gjorde de om tricket, visade sig på nytt med ett periskop och identifierade två fregatter i Duke-klassen, HMS Montrose och HMS Kent, och smet igen. Men den här gången bara genom att sakta sjunka djupt och gira babord.

Enligt kapten Petrov skulle britterna inte kunna förstå ett skit annat än att en ryss var ute och lekte med dem, men de skulle aldrig kunna fastställa vilken typ av ubåt de haft att göra med. De försökte med allt, helikoptrar sänkte sonarbojar och magnetdetektorer, fregatter och jagare for bullrande kors och tvärs där uppe. Medan K 601 på betryggande djup gick med tre knops fart på elektrisk drift rakt söderut för ett fingerat anfall på Cork, den irländska flottans hemmabas.

Anfallet mot Cork skulle genomföras inom 36 timmar. Och om den övningen gick OK så skulle de gå vidare mot det största tänkbara målet, Devonport i England, de brittiska atomubåtarnas hemmabas.

Ibrahim hade berättat ivrig som en gymnasist om en lyckad cricket-match.

"Må Gud vara med oss", mumlade Abu Ghassan.

"Oroa dej inte gamle gosse, det här sköter vi!" svarade löjtnant Ibrahim med fullständigt uppriktig aningslöshet. Just då såg han verkligen ut som en internatskolepojke.

Gamle gosse? tänkte Abu Ghassan. Är det så man säger i Royal Navy om man är officer och gentleman? Förmodligen. K 601 är större än Gud. Här behövs jag snart inte längre såvida jag inte ensam tar ansvaret för tvätt och städning.

* * *

Två veckor senare befann sig kommendörkapten Ovjetchin i en moralisk knipa han inte riktigt visste hur han skulle ta sig ur. Han skulle sammanfatta rapporterna till Ryska Flottans ledning angående K 601:s övningar. Enligt ryskt synsätt var K 601 fortfarande en del av de egna flottstyrkorna, fast man kanske inte talade så högt om den saken om fartygets egentliga ägare var i närheten.

Följaktligen skulle K 601:s sista autonomka före överlämnandet utvärderas. Det fanns uppenbarligen två möjliga men extremt olika utgångspunkter. Kommendör Petrov hade överträffat sig själv. När han gick ner i Medelhavet 1999 med Kursk och snurrade upp den amerikanska 6:e flottan på läktarna hade han vunnit det årets utmärkelse för främsta insats inom ubåtsflottan. Därför hade också Kursk fått ett emblem i rött och silver med Rysslands dubbelörn att fästa på tornets framsida.

Det var bara det att den här senaste manövern överträffade allt annat. Hans lek med USS Alabama hade enbart den räckt till för ännu någon vacker utmärkelse. Ärligt talat hade amerikanerna länge haft ett tekniskt försprång i det eviga spelet uppe i Nordatlanten, deras sonarsystem hade alltid legat något före. Men den här gången hade de varit chanslösa.

Ändå hade den triumfen inte på minsta vis stillat Petrovs aptit, eller om det var äregirighet. För efter USS Alabama hade han gett sig rakt in i getingboet, mitt i en stor brittisk manöver, i stället för att bara gå runt den. Och han hade tvivelsutan grundlurat dem, det fanns ingen anledning att tvivla på loggen, det var alltför många som skötte den.

Skenanfallen mot marinbasen Cork, huvudbas för den i och för sig inte alltför skräckinjagande irländska flottan, och *eventuellt* skenanfall mot en av de största och mest välbevakade brittiska baserna, Devonport, som bland annat var hemmahamn för de fyra strategiska atomubåtarna, hade visserligen ingått i planerna.

Men då hade man ju inte tänkt sig att K 601 först skulle tumla runt med britterna utanför Irland och väcka all världens misstankar och höjda beredskap. Ändå genomförde han de två anfallen, lade sig på rätt avstånd och rätt djup. Väntade fem minuter, visade sitt periskop och simulerade anfallet – det hade tydligen blivit en strålande videoföreställning i simulatorerna – och sedan lugnt smitit därifrån.

Så långt var allting åtminstone fattbart.

Det var då han gjorde det ofattbara, förmodligen utan att någon ombord utom hans två närmaste ställföreträdare fattade vad man faktiskt höll på med. I stället för att runda Irland på nytt genom att gå ut i Atlanten där K 601 kunde segla helt säkert i kraft av sin stora djupkapacitet, hade han valt att återvända hem genom det trånga och grunda utrymmet mellan Irland och Storbritannien. Det innebar fyra dygn med högsta beredskap på lägsta hastighet. Det innebar också att de sällan kunde haft ett större djup än 100 meter, ofta mindre, att manövrera på.

När de slutligen gick genom den smalaste passagen, North Channel utanför Belfast, trängde de dessutom in på förbjudet brittiskt territorium. Hade de upptäckts hade de kunnat anfallas med verkningseld i syfte att tvinga upp dem.

Men den jäkeln hade gjort det. Dessutom hade han nu med sig en perfekt elektronisk bottenkarta över varenda skiftning i den trånga passagen.

Skulle man sammanfatta det hela ärligt för sig själv så hade Petrov å ena sidan gjort något som ingen annan ens drömt om att försöka. Och han hade därtill återvänt med ett unikt och oersättligt elektroniskt sjökort. Det var en insats av sådan magnitud att åtminstone inte Ovjetchin skulle ha något att invända om K 601 fick ännu en Rysslands Hjälte ombord.

Å andra sidan. Han hade riskerat sitt fartyg, han hade brutit mot givna order. Han hade äventyrat ett projekt som presidenten fäste stora förhoppningar vid, han hade riskerat sin besättnings liv långt utöver vad som är normalt för en ubåtskapten även under den mest krävande autonomka. Han hade dessutom kunnat sänkas på fientligt territorium med alla de politiska konsekvenser en sådan historia kunde föra med sig. Kort sagt led han av något som kallades galet mod, en sorts dödslängtan.

Att resten av den långa övningen också gått strålande var inte så mycket att orda om, det fanns åtminstone ingenting förvånande i det.

De hade övat tankning från en liten tanker uppe vid ytan i krabb sjö, de hade gått vidare in i en rysk övning i Barents hav, lurat sina egna lika framgångsrikt som de gjort med amerikaner och britter och totalt överraskande avfyrat sina kryssningsmissiler – och kommit undan igen!

Segraren skriver historia. Anatolij Petrov måste numera framstå som den främste verksamme ubåtskaptenen i hela Ryska Flottan. Vilket intuitivt genidrag hade det inte varit att föreslå honom som fartygschef på K 601! Den där svenske amiralen var sannerligen ingen dumskalle.

Det största problemet var dock att kommendör Petrov inte bara var den numera dokumenterat främste. Han var dessutom en fartygschef som ville dö.

Hur skulle man kunna förhålla sig kall och analytisk inför en sådan slutsats? Kommendör Petrov hade mot rim och reson genomfört en hel serie omöjliga manövrer. Men nästa gång han gick ut hade han enbart stridsladdade vapen ombord och då gällde det inte längre stilpoäng utan att överleva, att spela enkelt som ishockeyspelarna sade. För att vinna, nämligen. Förhoppningsvis var viljan att vinna mycket större än viljan att dö, särskilt om han konfronterades med en ubåt i Los Angeles-klassen, någon av systrarna till USS Memphis. Så var det nog.

Följaktligen fanns ingen anledning att överbetona hans uppenbara vansinne i rapporten till Marinstaben. Snarare trycka på det heroiska och fenomenala.

Men man borde ha ett allvarligt samtal med Mouna, Carl och Anatolij själv. När K 601 bytte namn till något helt annat och gick ut nästa gång så var det under palestinsk flagg. Då var inte Anatolij Petrov längre högste chef ombord. Frågan var om han kunde förstå det.

# VI

Det hjälpte inte att vara stjärnreporter på Mellanösterns största teve-kanal Al Jazeera. Grundlurad kunde man bli ändå och till och med av palestinier. Det var snarare retfullt än en särskilt smärtsam upplevelse för Rashida Asafina. Men här var hon, i praktiken tillfångatagen med sin fotograf/redigerare ombord på en rostig tunisisk trålare utan badrum och service. På femte dagen dessutom. Den enda goda nyheten var att vädret blivit kav lugnt och att hennes förbannade sjösjuka hade gått över.

Först hade de lurat henne ända till Tunis för att hon skulle få en exklusiv intervju med den palestinske presidenten Mahmoud Abbas, vilket inte lät som skitsnack även om det snart visade sig vara det. Men de hade försäkrat att han skulle göra ett stort utspel och att hon skulle bli ensam journalist om nyheten, och det verkade i alla fall vara värt fyra fem timmar på ett plan nere från huvudkontoret i Qatar.

Intervjun hade blivit patetisk, närmast löjeväckande eftersom den bestod av välkända fakta, sorgliga och upprörande förvisso, men ändå välkända och därmed ingen nyhet. Och ovanpå det skrattretande hotelser.

Det Mahmoud Abbas hade att säga var i korthet att det palestinska folket inte kunde finna sig i att Gaza förvandlats till ett enda stort fängelse utan hamn eller flygplats, inneslutet i en förödande kvävning av Israels flotta och flygvapen. Israels konfiskation av alla tullavgifter och omsättningsskatter gjorde att hela infrastrukturen i Gaza höll på att bryta samman. Mer än två miljoner palestinier hölls som gisslan därför att Israel var missnöjt med utgången i det senaste demokratiska valet. Men att bestraffa det palestinska folket för att man röstat fel var inte demokratiskt och eftersom man inte längre kunde acceptera detta outhärdliga förhållande så ämnade man nu använda sin lagliga rätt att vidta militära åtgärder för att bryta blockaden. Folkrättsligt var den rättigheten kristallklar.

Den palestinske presidenten backade inte för de självklara följdfrågorna utan insisterade och upprepade bara det som skulle vara huvudbudskapet: Man ämnade bryta Gazas isolering med militära medel. Och varje sådan åtgärd stod i överensstämmelse med internationell lag.

På hennes närmast ironiska följdfrågor om vilka militära maktmedel man tänkte visa Israel förutom återgång till terrorism med självmordsbombare svarade han bara att självmordsattacker inte var aktuella och i övrigt "inga kommentarer". Det var nästan så att hon skämdes att sända intervjun.

Efteråt fick hon för sig att allt varit en skenmanöver, att intervjun i sig inte var allvarligt menad även om den nu olyckligtvis var sänd och till och med repriserad flera gånger. Något annat hade varit huvudsaken, nämligen det lika överraskande som sockrade anbudet.

Och det kom inte från vem som helst. Mouna al Husseini var en legend i Mellanöstern, en av de högst uppsatta palestinska militärerna. Officiellt mördad två gånger av israelerna och med en bakgrundshistoria som överträffade all fantasi och kanske till och med arabisk poesi när den är som värst.

Ingen visste egentligen hur hon såg ut nuförtiden och när hon utan att knacka och klädd i en glittrig aftonklänning bara steg in i sviten på Tunis Hilton så gissade både Rashida Asafina och fotografen omedelbart att hon bara var någon lokal älskarinna till presidenten som råkade gå fel.

Det hade de tydligen förutsatt, både att Mouna al Husseini var ett namn som skulle väcka omedelbar misstro om någon presenterade sig så, och att hon först, genant nog, kunde uppfattas som kvinnligt fritidsnöje för den högt uppsatte politikern. Men när hon kom fram mot dem reste sig president Abbas närmast högtidligt, tog henne i hand och nickade mot kamerateamet och sade att han skulle lämna dem ensamma med sin nära och mycket respekterade medarbetare ... Mouna al Husseini. Och så bugade han bara lätt och gick.

"Så du är verkligen ... *hon*? Wow!" var det enda Rashida Asafina, förmodat världsvan stjärnreporter på Al Jazeera, fick ur sig. Klart pinsamt.

Anbudet hade kommit direkt och utan omsvep. Saken gällde ett världsscoop av en sådan dignitet att reportern skulle gå till den journalistiska historien. Om det passade var det bara att följa med, allting var förberett. Det enda som behövde packas var kamera, sändningsutrustningen för satellit och redigeringsapparatur. Lämpliga kläder och allt annat fanns dit man skulle. Mer kunde inte sägas innan man var på plats.

Det var ett häpnadsväckande förslag. Och lätt att gå på, fick man väl konstatera i efterhand. Lite misstänksamt, alldeles för lite, hade hon frågat om en lång exklusiv intervju med Mouna al Husseini själv ingick i dealen. På det hade hon fått ett närmast skämtsamt svar att det var en garanti som Mouna kunde lämna redan nu, men garanterat småpotatis i sammanhanget.

När de två timmar senare lastade ombord sin utrustning på den rostiga trålaren i Tunis hamn gissade både Rashida och hennes fotograf och redigerare Hannah Ruwaida att det måste röra sig om en intervju till havs med någon ohyggligt efterlyst person, i bästa fall Usama bin Ladin. Det var åtminstone den enda personintervju i nuläget som skulle kunna klassas som världsscoop.

Så hade de alltså förvandlats till fångar och inte fått några ytterligare informationer, bara beslagtagna telefoner och föga trovärdiga försäkringar om att löftena var sanna och att löften var till för att hållas. Och så kom det hårda vädret när de gick ut genom Gibraltar och upp i Atlanten efter Portugals kust. Sjösjukan förstärkte dessutom känslan av maktlöshet intill det outhärdliga.

Men nu hade trålarens motorer nästan stannat och de gled fram i ett blankt svart hav med tända strålkastare. Det verkade som om någonting äntligen var i görningen och hon och fotografen Hannah gick upp på bryggan för att se efter.

Det första de lade märke till var hur spända alla var där uppe och att Mouna al Husseini hade klätt om till något slags militär outfit. Den spända nervositeten fick Rashida Asafina att börja hoppas. *Något* skulle i alla fall hända. Palestinierna viskade ivrigt inbördes och kontrollerade hela tiden sin GPS. Och så upptäckte de något ute i mörkret och tycktes bli både upphetsade och lättade.

När de kom närmare visade det sig att strålkastarna från trålaren spelade över en rostig liten oljetanker med rysk flagg. Återigen antiklimax, således.

De två skorvarna lade sig långsides med varandra men verkade inte vilja borda utan höll ett avstånd på ungefär tjugofem meter. Det var obegripligt redan som det var och dessutom ökade spänningen starkt mellan Mouna al Husseini och hennes närmaste man ombord som hela tiden såg på klockan. Han viskade något om tio sekunder till T enligt GMT och slickade sig om sina torra läppar. Mouna sade ingenting men höll sig i ett mässingsräcke intill radarskärmen så att hennes knogar vitnade.

Då syntes plötsligt ett starkt ljus nere i djupet mellan de två skorvarna och ett svart monster dubbelt så långt som fartygen på ytan steg sakta upp ur mörkret. Mouna och hennes besättning jublade och kramade om varandra.

Det var nog den mest häpnadsväckande syn Rashida Asafina någonsin sett. Ändå var det hennes jobb att söka det extrema, det hemlighetsfulla och det ovanliga. Att det var en ubåt förstod ju vem som helst men vad i helvete höll palestinierna på med!

De två rostiga småfartygen manövrerade sig närmare ubåten, förtöjde och lade ut fendrar och landgångar, luckor öppnades i fören och aktern på den svarta ubåtskroppen och däcket vimlade snart av uniformsklädda sjömän som började lasta över gods från trålaren. Det mesta var paketerat så att man inte såg vad det var, utom en mängd färska djurkroppar, teveteamets utrustning och något som märkligt nog såg ut som vinlådor i trä. Allt drogs ner i luckorna och försvann som in i en myrstack. Från den ryska tankern hade man kopplat en tjock slang som gick ner i akterluckan på ubåten, man tycktes bunkra olja. Stundtals blev ubåtens däck överbelamrat men efter någon halvtimme var det plötsligt tomt.

Då hände något nytt, en grupp officerare kom upp på däck och formerade sig och man blåste i en skeppspipa.

"Mina damer, nu väntar dom på oss!" kommenderade Mouna mot sina tillfångatagna journalister och pekade med hela handen att de skulle gå i förväg ner till landgången mellan trålaren och ubåten, vid landgången stod den man som tycktes ha varit hennes närmaste officer ombord och som kallade sig Abu Ghassan. De två tog förvånansvärt återhållsamt avsked av varandra, kramades kort och stelt.

"Ni två följer mej!" kommenderade hon och de två journalisterna ställde lydigt upp sig bakom henne.

Mouna al Husseini gick därefter ut på landgången och stannade halvvägs. Där sträckte hon upp sig och gjorde honnör som omedelbart besvarades av hela det uppställda officersgänget. En ny visselsignal ljöd och hon gick raskt över och hälsade hjärtligt på dem en efter en och presenterade "sina två journalistvänner" som halkade och snubblade i sina för snäva kjolar och höga klackar i ubåtens konstigt mjuka och gummiartade yta.

Därefter vidtog ytterligare en snabb ceremoni. Två sjömän kom springande med sladdriga vita bokstäver i gummi eller plast som snabbt brändes fast vid ubåtens torn med någon sorts elektrisk apparat.

Gud i Himmelen! tänkte Rashida Asafina när hon läste texten: U-1 JERUSALEM med latinska bokstäver på ena sidan tornet och U-1 AL QUDS med arabisk skrift på andra sidan.

De kommer att anfalla Israel på riktigt, insåg hon. Det där som Mahmoud Abbas sade var sant och han visste det! Han visste förbanne mej också att jag inte gärna kunde tro på honom. Snacka om att ha ett världsscoop framför sig utan att begripa det.

Ytterligare en snabb ceremoni följde. Några man skruvade bort en prålig skylt i rött och silver med något som såg ut som den ryska dubbelörnen och ersatte den lika snabbt med en exakt lika stor palestinsk flagga i mjukplast. Därefter började man kasta loss från trålaren precis efter att man lett över en stretande bakbunden person och så gled trålaren ut i mörkret och försvann. De som var kvar på ubåtens däck trängde sig in genom en smal lucka i sidan av tornet en efter en.

Mouna puffade roat på sina två stapplande journalister och fällde en kommentar om att det fanns lämpligare skor ombord. I ögonvrån såg Rashida Asafina hur en person i amiralsuniform tog ett känslosamt farväl av en man i rysk uniform som överlämnade en liten röd box, gjorde honnör och försvann mot lejdaren upp till tankerns däck.

Svärande och sprattlande med kjolarna upphasade till midjan krånglade sig Rashida Asafina och Hannah Ruwaida ner för den smala lejdaren till ubåtens innandöme, redan detta skulle ha varit nog för en god portion cellskräck om inte de förbannade höga klackarna hade tagit all koncentration.

Det var en obeskrivlig röra där nere i de smala gångarna där man fortfarande släpade gods åt olika håll, och de trängde sig med Mounas hjälp fram till ett något större utrymme som beskrevs som mässen. Där väntade nästa överraskning, de hade fått en personlig adjutant.

Mouna överlämnade dem till en ung officer som gjorde stram honnör åt henne, sedan försvann hon med en närmast ironisk vinkning.

"God afton mina damer, mitt namn är löjtnant Peter Feisal Husseini i den palestinska flottan och mitt uppdrag är att visa er till rätta. Jag antar att ni redan har blivit hälsade välkomna ombord", öppnade han i ett enda flöde av perfekt engelska.

"Godafton själv löjtnant, har vi engelsmän ombord?" försökte Rashida Asafina på arabiska för att se vad som hände då.

"Inte alls, Madame, jag är som jag sade officer i den palestinska flottan", svarade han snabbt på arabiska med en lustig blandning av både omisskännlig palestinsk accent och engelska i sitt uttal.

"En palestinier som legat länge vid Oxford, antar jag, löjtnant?" frågade hon lite retsamt på engelska.

"Absolut inte, Madame! Cambridge, om ni inte misstycker. Låt mej visa damerna till ert kvarter ombord."

En timme senare gick U-1 Jerusalem i en vid sväng ut i de atlantiska djupen 500 meter ner, det som besättningen ombord börjat kalla semesterdjupet där man i bästa fall hade flera tusen meter under kölen ner mot botten och ingenting annat än jagande kaskelotvalar på samma djup. Det brukade vara inledningen till ledighet eller rekreation av något slag och det hade mycket riktigt kommit order om allmän uppställning i mässen i paraduniform.

Man hade röjt undan den lilla spaljéliknande träkonstruktionen som skiljde officersmässen från resten av ubåtens största utrymme och ställt upp ett litet bord närmast den bortre kortväggen där det nu hängde två porträtt sida vid sida på den plats där varje rysk ubåt skulle haft Vladimir V. Putin i flottans vintermössa blickande beslutsamt mot skyn. Inte alla ryska besättningsmän kände igen de två palestinska presidenterna, men de förstod mer än väl innebörden. På det lilla bordet under porträtten på Yassir Arafat och Mahmoud Abbas låg en liten hög med silvergråa paket och ett lite större i rött lack.

Peter Feisal hade i god tid eskorterat de två *fartygskorrespondenterna*, som stjärnreportern och fotografen vid Al Jazeera hädanefter skulle tilltalas ombord, till ett lämplig ställe där de fick plats med kamera och stativ. Och när besättningen började strömma till, alla i permissionsuniformer och perfekt puts, förklarade han att den underförstådda ordningen var att man kom i stigande grad, eftersom inte alla kunde tränga sig fram samtidigt. Manskapet började fylla på fem minuter före utsatt tid, amiralen kom på sekunden.

När rummet fyllts till bristningsgränsen och bara en liten tom golvyta fanns kvar framför de stängda jalousierna till matserveringen och vid bordet under presidentporträtten kom mycket riktigt amiralen och på kommandoropet "amiralen på däck!" sträckte alla upp sig och han gjorde honnör och kommenderade lediga.

Han såg sig omkring med ett småleende och tycktes avsiktligt dra ut på den spänning som de två nykomlingarna från Al Jazeera inte kunde undgå att lägga märke till.

"Vi rullar väl för helvete!" väste Rashida Asafina till sin fotograf men fick bara en kort himlande blick till svar eftersom frågan snarast var en förolämpning.

"Kamrater officerare och sjömän!" började han på tydligt amerikansk engelska. "Ni väntar på stora nyheter och stora nyheter ska det bli. Men först en liten och dålig nyhet så att vi har den saken avklarad. Furir Abdelkarim Qassam vid torpedtekniken och flaggstyrman Sergej Nikolajevitj Stepanchenka vid mekanikersektionen har i dag båda lämnat oss med de två underhållsfartygen. De har brutit flagrant mot en viktig regel ombord när det gäller förhållningssättet till våra kvinnliga kamrater. Man kan möjligen säga att de hade tur i oturen, eftersom de fick åka båt hem. Den som i fortsättningen vill lämna fartyget får göra det via torpedtuberna, på djupt vatten."

Ett viskande mummel uppstod medan han förmodligen sade samma saker en gång till fast på ryska. Rashida Asafina trodde knappt sina öron och hade ingen känsla för om det hon hört var ett råbarkat skämt eller blodigt allvar. Reaktionerna bland de tydligen många ryskspråkiga ombord gav henne heller ingen vägledning.

"Därmed över till de goda nyheterna!" vidtog amiralen på engelska. "Men först en kort sakupplysning. K 601 har i dag döpts om till U-1 Jerusalem-Al Quds. Hon är följaktligen flaggskepp i den palestinska flottan. Och så har jag ett brev från Rysslands president Vladimir Putin att läsa upp."

Han gick över till ryska där Asafina och Hannah bara uppfattade namnen Jerusalem och Putin medan han vecklade upp ett brev och återgick till engelska.

"Jag hoppar över ett antal fraser i början. Till det väsentliga. President Putin säger att han med beundran och häpnad tagit del av

K 601:s enastående expedition under fartygschefen Anatolij Petrovs befäl och han har därför beslutat två saker. *För det andra,* att bevilja kommendör Petrov tillfälligt avsked ur den ryska flottan med konteramirals grad. *För det första,* har han beslutat tilldela konteramiral Petrov republikens förnämsta utmärkelse ... Rysslands Hjälte! Han beklagar att han inte själv kan närvara men anförtror uppdraget att överlämna utmärkelsen till chefen för den palestinska flottan."

Somliga började applådera och se glada ut medan ett vilt mummel steg i lokalen men tvärdog när amiralen höjde handen för att säga samma sak på ryska.

Han hann inte så långt i den ryska versionen förrän rummet dränktes i ryska hurrarop och vild glädje. Därefter öppnade amiralen den röda asken och höll upp den högt, där inne glänste samma femuddiga guldstjärna med band i de ryska färgerna som han själv bar på sitt bröst. Han tog upp medaljen, vinkade fram kommendören och fäste utan vidare krusiduller utmärkelsen på vad man måste förmoda vara alldeles rätt plats, varvid de omfamnade varandra och kysstes till besättningens jubel. Den höge ryske officeren grät, det kunde ingen missta sig på.

Amiralen höll på nytt upp handen och fick nästan, men bara nästan, tvärtyst.

"President Putin tillade, något syrligt enligt min mening, vi får ändå tolka det som ett skämt, att han dessutom fann det olämpligt att bara utlänningar ombord skulle kunna bära detta hederstecken."

Hans ryska översättning dränktes i skratt.

"Och nu kamrater!" fortsatte amiralen på engelska, "har jag nöjet att själv hedra ett antal besättningsmän. Får jag be sjömännen Vladimir Shajkin, Viktor Varjonov, Boris Popov, Jevgenij Kutsnetsov, Michail Rodin, Boris Likchatjev, Jevgenij Semjonkin och Aleksander Kopjekin stiga fram!"

Saken behövde knappast översättas och de åtta unga ryssarna radade upp sig och fick en efter en en guldnål fäst på vänster sida av uniformsjackan, varannan gång av den ryska sjöbjörnen och varannan gång av amiralen. När den proceduren var klar upprepades samma sak med ett antal palestinier och därefter tystnade mumlet i spänd väntan på eventuella nya överraskningar.

"Jag vet vad somliga tänker", började amiralen med ett brett leende. "Varför skall vissa kamrater, nybörjare dessutom, få ubåtstecknet i guld medan vi andra bara har det i silver? Förklaringen är enkel. Det här är den palestinska flottans ubåtstecken. Mot uppvisande av rysk motsvarande, fast mindre elegant om jag får säga så, anmodas var och en att hämta ut sin dubbelhaj med treudd, som är vårt tecken. Den ryska ubåten i silver som många av er kämpat hårt för, behåller ni tills vidare bland era privata tillhörigheter."

Han upprepade förstås samma saker på ryska och kasserade in en del glada skratt innan det var dags för nästa meddelande.

"Och nu *äntligen* kamrater och officerare och sjömän!" fortsatte han plötsligt i ett helt nytt och lägre tonfall och fick överraskande blixtsnabbt tvärtyst på alla. "Härmed skall ni få anfallsordern. Det är nu den 22 september 0346 GMT. Den 2 oktober 1700 GMT kommer vi att anfalla Israels marinbas i Haifa. Syftet är att förstöra hela den israeliska flottan i Medelhavet i ett enda slag. Anfallet kommer att genomföras i två steg. Först med kryssningsmissiler, två timmar senare med torpeder. Det är vårt uppdrag och det skall vi genomföra."

Det hade blivit knäpptyst i rummet. Mer än fyrtio människor som stod tätt sammanpackade och som nyligen varit i feststämning hade plötsligt fått stenansikten. De flesta tycktes ha förstått redan under den engelska versionen, för när amiraler tog om det på ryska märktes inga nya reaktioner.

"En sak till", fortsatte amiralen utan att behöva påkalla ny tystnad. "Vi går nu på 500 meters djup, vi är ensamma här nere och farten är låg. Härmed inleds fyra timmars inre permission som vi kallar det. Baren öppnas strax och det serveras tilltugg av, om jag förstått saken rätt, tunisisk-libanesisk typ och givetvis saltgurka till våra ryska kamrater. Fylleri bestraffas hårt, tänk på torpedtuberna. Det var allt för i dag. Ha en trevlig kväll!"

Han gick omedelbart och satte sig och den dova stämningen ändrades kvickt av att jalusierna till matserveringen drogs upp och exponerade ett batteri av färgglada rätter och ett ännu större batteri av vodka och rödvin.

"Well", sade Peter Feisal som stått med händerna på ryggen bredvid de två fartygskorrespondenterna under hela föreställningen, "jag antar att det i stort sett rundar av damernas första kväll ombord. Jag har ett bord reserverat åt er i officersmässen. Kunde jag möjligen förse damerna med en drink?"

"Kan man få en exklusiv intervju med den där amiralen!" nästan skrek stjärnreporter Rashida Asafina.

"Kära Madame fartygskorrespondent", svarade den parodiskt gentlemannamässiga löjtnanten de fått som dadda. "Som jag är helt säker på att ni har observerat är det tolv dagar kvar till vårt anfall. Jag är övertygad om att ni kommer att få rikliga tillfällen både dessförinnan och, hoppas jag verkligen, efteråt att genomföra allehanda önskvärda intervjuer. Men jag är inte helt säker på att, uppriktigt sagt, just detta vore rätt tillfälle. Kan jag alltså servera damerna något att dricka eller äta eller båda?"

\* \* \*

Kommendörkapten Aleksander Ovjetchin kände sig djupt melankolisk. Ryskt melankolisk av värsta bakfylletyp fast han inte druckit en droppe på länge, det var bara balalajkorna som saknades, tänkte han i ett desperat försök till självironi eller påtvingad humor. Det misslyckades.

Allt var över för hans del. Här satt han på en liten usel tankbåt som stånkade sig uppåt Biscayabukten och allt hade därmed tagit slut. Det var nästan omöjligt att fatta och känslomässigt ännu svårare att acceptera. Projekt Pobjeda hade varit hans allt i mer än fem år. Dag och natt hade han levt med projektet, särskilt natt eftersom han fick svårt att sova när han var uppskruvad. Han hade grovt försummat sin familj och praktiskt taget bosatt sig på Forskningsstation 2 månadsvis i sträck och varit frånvarande och inåtvänd när han äntligen träffade dem. Han kunde kasta boll med sin femåriga dotter Natasja och plötsligt bara stå där med bollen i handen, i en annan värld tills Natasja gnällde över att pappa måste kasta någon gång.

Möjligen var han bara utarbetad. De sista veckorna efter att K 601 återvänt från den fantastiska autonomkan runt Irland hade han slitit som ett djur med flottans byråkrater om att få fram den slutliga vapenlasten. De gnällde om pengar och förskottsbetalning, till och med påhittad "moms" som om det varit på perestrojkatiden, och framför allt gnällde de om säkerheten. Byråkraterna visste egentligen mycket lite, bara att det var frågan om att sätta ryska vapen i händerna på en utländsk köpare. Och sådana var det tydligen inte så noga med, han fick till och med förklaringar som gick ut på att negrer och gulingar bara ville ha häftiga vapen att visa upp på parader inför varandra, men att det ändå aldrig var meningen att de skulle användas.

Till slut hade han desperat skrivit till presidenten, vilket var lite som att skriva till Jultomten, men märkligt nog var just *Vladimir Vladimirovitj* den ende makthavaren i Ryssland vid sidan av en sketen kommendörkapten i razvedkan som hade full insyn i Projekt Pobjeda. I sitt förhoppningsvis lagom underdåniga och lagom sakliga brev hade han framför allt skjutit in sig på det ständiga tjatet om säkerhet. Det var självklart så, medgav han, att det vore en betydande motgång om Schkvaltorpeder hamnade intakta i fiendens händer. Men med K 601 förhöll det sig faktiskt så att det vore en ojämförligt mycket större katastrof om den nya palestinsk-ryska teknologin hamnade i fiendens händer. För som det nu låg till, när de nya instrumenten höll på att installeras i nästa generations ryska ubåtsflotta, framför allt i experimentversionen av projekt 885 i Jashin-klassen, hade Ryssland äntligen skaffat sig ett avgörande övertag i ubåtskriget. Det var ett vetenskapligt faktum. Men det var också ett faktum att palestinierna ägde denna teknologi i lika hög grad som Ryssland.

Det var alltså inte en fråga om vänlighet, ens tacksamhet för hjälpen, det handlade om rent egenintresse. Slutsatsen av detta kunde bara bli en. Nämligen att beväpna K 601 så väl som över huvud taget var möjligt just för att undvika att hon föll i fiendens händer. Ju sämre beväpning, desto större risk. På så vis kunde både snålheten och fyrkantigt säkerhetstänkande bedra visheten.

Han hade säkert skrivit om brevet ett tiotal gånger, ständigt vacklande mellan risken att bli för tekniskt pratig, för underdånig eller i värsta fall för påstridig.

Att sända ett brev till presidenten var rent praktiskt det minsta problemet. Varje underrättelseofficer på kommendörkaptens nivå och däröver hade den rätten och det fanns väl inkörda gamla sovjetiska rutiner för saken.

Men väntan på svar blev närmast outhärdlig ju längre tiden drog ut. Han fick aldrig något svar annat än i form av en försändelse som fastställde kommendör Petrovs upphöjelse till konteramiral och Rysslands Hjälte. Men inte ett ord om allt det andra.

Såvida inte svaret kom i själva verkligheten, det var faktiskt fullt möjligt. För plötsligt en dag, en vecka före avgång, var alla byråkratiska problem som bortblåsta. K 601 utrustades geschwint med både Schkvaltorpeder, speciellt modifierade kryssningsmissiler utan kärnvapenstridsspetsar men med en imponerande konventionell ersättning, det begärda antalet torpeder för ubåtsbekämpning och hela mängden av Gäddor för att motverka inkommande torpeder. Till och med den tjatiga skeppsläkarens alla svårbegripliga beställningar om teknisk utrustning och medel mot infektioner och vad det var uppfylldes till punkt och pricka, liksom beställningarna av alla de elektroniska sjökorten och till och med de koreanska reservdelarna som behövdes för att få tevemottagningen ombord att fungera. Och när hela det miraklet var klart hörde viceamiralen på Marinstaben av sig med en *artig* förfrågan om det var något ytterligare att tänka på. Vilket i så fall omedelbart skulle effektueras.

Så visst hade väl presidenten svarat på brevet ändå. Det var den enda logiska förklaringen till det plötsliga byråkratiska genombrottet och det var bara det att han själv var så förbaskat fantasilös och *nördig*, som Mouna brukade säga, att han inte förrän nu förstod sammanhanget.

Den lilla tankern gjorde väl ungefär tolv knop och vattenytan i glaset på det bruna bakelitbordet framför honom vibrerade av dieselmotorernas annars omärkliga arbete. Här skulle han sitta i tio dygn eller mer, visserligen med ett fåtal slutrapporter att pyssla med men mestadels sysslolös och bara stirra ut över havet. Dessutom med en förbittrad flaggstyrman Stepanchenka i husarrest där nere någonstans i den trånga manskapskorridoren utan luftkonditionering. Stepanchenkas bitterhet var lätt att förstå. Han hade ju varit så nära både de stora pengarna och det som han visserligen inte kände till i detalj men som han ändå uppfattade som den största autonomkan någonsin. Vad skulle man annars tro, om resan runt Irland bara varit en övning inför själva uppgiften.

Stepanchenka var förstås en höggradig säkerhetsrisk. Liksom alla andra som hade sorterats ut, eftersom de flesta av dem med fog kunde hävda att det skett på grund av skitsaker och att det var orättvist. Sådana människor blir alltid säkerhetsrisker. Spioner värvade man inte med sex och pengar som kanske förr i världen, utan främst med deras bitterhet eller fåfänga vilket ibland var nästan samma sak.

För de åtta ubåtsmän som sorterats ut efter sista övningen hade han gjort ett särskilt arbetsschema tillsammans med både Mouna och viceamiralen på Marinstaben. För det första fick de 10 000 dollar som plåster på såren från Mouna. För det andra fick de inte lämna Forskningsstation 2 innan det var dags för kommendering på en ny ubåt. Och där bland sina nya kompisar kunde de ju sitta och skryta bäst de ville om vilka märkliga hemligheter de kände till. Om ungefär två veckor skulle hela världen veta.

Den 2 oktober 1700 GMT skulle han sedan ett par dagar vara tillbaka i Severomorsk. Det var en måndag, så ingenting behövde kollidera med det nya och bättre familjeliv han nu skulle inleda, post Projekt Pobjeda. En tidig måndagkväll, vad i helvete skulle han göra då?

Han grubblade en stund över den outhärdliga fantasin att han skulle gå där i mörkret och snöslasket på väg hem från kontoret och hela tiden snegla på klockan, kanske stanna och se upp mot himlen efter något tecken, det kunde mycket väl vara praktfulla norrsken vid den tiden på året. Att veta men ändå inte veta, det var sådant som förmodligen kunde göra en galen.

Nej, det fanns en alldeles uppenbar sak att göra. Han skulle bjuda in docent Ivan Firsov och doktoranden Boris Starsjinov till en enkel liten privat sammankomst på kontoret. De visste ju också, fast de inte visste vilket mål och vilken tidpunkt som gällde. De hade ändå haft en avgörande del i Projekt Pobjeda. Så fick det bli.

De skulle sitta på hans kontor och ta en enkel liten matbit, kanske kokt tunga med saltgurka och iskall vodka. Och klockan 1700 GMT, 1900 Severomorsktid, skulle de slå på CNN eller BBC World och se om sändningen plötsligt bröts för en ny världsnyhet eller om de måste vänta en halvtimme till nästa sändning.

I kylskåpet utanför kontoret skulle han gömma champagne och kaviar. Han tvivlade inte, frågan var bara om grejorna i kylskåpet skulle fram efter redan en halvtimme eller om de måste vänta en timme. Det skulle visserligen bli lite dyrt, men ett av hans livs största ögonblick var väl värt så mycket som 100 dollar.

Det var alltså en månadslön om man tänkte efter. Till och med den där fånen till flaggstyrman under däck som tagit en palestinsk kvinna ombord på brösten tjänade hundrafalt mer än han själv på Projekt Pobjeda och var ändå från och med nu en säkerhetsrisk. På grund av sitt missnöje.

Det var en lustig tanke, förresten. Han själv, den fattige ryske kommendörkaptenen, satt just nu inne med världens största hemlighet. Det enda som kunde hindra K 601 från total framgång i åtminstone den första attacken vore ett ytterst osannolikt haveri, ett lika osannolikt sabotage från någon ombord – eller förräderi.

Den ende i hela världen som praktiskt kunde begå det förräderiet var han själv eller, mer teoretiskt vilket man väl ändå fick bortse från, president Putin. Alla andra som visste exakt tid och plats var ombord på en ubåt som inte skulle upp till ytan förrän långt efter attacken. Det var en förfärlig tanke. Hur mycket var hans kunskap, om man alltså bara resonerade rent teoretiskt, värd i förräderihänseende? Vad kostade den israeliska flottan? Åtminstone några miljarder dollar och ovanpå det en politisk prislapp som var svår att uppskatta. Sakligt sett hade han god tid på sig att sälja en hemlighet värd, efter lite schackrande, åtminstone en halv miljard dollar. Och han tjänade 100 dollar i månaden, hade ägnat fem år av sitt liv på heltid för den lönen och kunde förmodas vara missnöjd.

Såg man det så, helt strikt som *razvedtjik*, var analysen enkel. Han själv borde omedelbart skjutas av säkerhetsskäl.

Så var det tvivelsutan. Han vände och vred några varv på tankegången, men nej, man kunde inte komma ifrån den logiken. Borde inte Mouna ha tänkt på det här, hon som tänkte på allting? Eller litade hon så blint på honom? Stiligt i så fall, men oprofessionellt.

Det var ju inte så att han skulle förråda sitt eget projekt, aldrig i livet. Men det hade varit en fantasi som högst märkbart hade fått hans puls att öka, som om han åtminstone halades upp från sin melankoli till någon sorts desperat munterhet. Det var fanimej dags för en vodka! Eller två.

Han hade gått upp i mässen en timme i förväg för att sitta för sig själv och göra just det han gjort, bara andas ut och stirra ut över den svarta havsytan med början till vita vågkammar. Det höll på att blåsa upp, som Biscaya var så känt för. Det kunde bli en lustiger dans i natt på en så här relativt liten båt, som under grundutbildningen på ett minfartyg uppe i Barents hav. Skitsamma, maten ombord var ändå inte i närheten av vad som serverades på K 601.

Han tog för givet att det var någon av skeppsgossarna från kökspersonalen som kom in i mässen bakom honom för att servera kålpudding i version ett eller två eller i värsta fall tre.

"Gosse! Ge mej genast 100 gram!" röt han utan att vända sig om.

Men han fick inget svar, utan bara en hand som försiktigt lades på hans axel. När han vände sig om upptäckte han till sin förvåning kaptenen ombord.

"Förlåt, kommendörkapten!" sade kaptenen lågt. "Jag ska genast sända efter någon av skeppsgossarna. Men ..."

"Förlåt själv, kapten!" skrattade Ovjetchin. "Jag antar att det var lika länge sen för er, Aleksej Andrejevitj, som för mej när vi fick passa upp på sura gamla höjdare. Vill ni inte själv ha ett glas förresten?"

"Nejtack, inte just nu, kommendörkapten", svarade fartygschefen tydligt generad. "Det är nämligen så att jag har en mycket otrikt order från viceamiralen på staben i Severomorsk, alltså chefen för Ishavsflottan ..."

Helvete! Dom gör det alltså, tänkte Ovjetchin. Skit också, jag accepterar logiken men inte orättvisan, jag skulle aldrig ha kunnat bli förrädare!

"Fullfölj bara era order, kapten", suckade han och hann tänka att nu såg han den där situationen som han grubblat över ända sedan han var pojk. Varför gjorde de aldrig motstånd in i det sista!

"Naturligtvis, kommendörkapten", svarade fartygschefen lätt konsternerad. "Jag har instruktion att ge er det här brevet precis hundra distansminuter från avslutat rendez-vous med ubåten. Det är nu. Varsågod!"

Kaptenen drog sig tyst tillbaka och lämnade Ovjetchin med ett gråbrunt kuvert i handen, med Ishavsflottans emblem i kladdigt tryck och hans eget namn handskrivet på utsidan.

Han vägde det tankfullt i handen, fortfarande med hög puls, fortfarande inte riktigt tillbaks på jorden efter den himmelsfärd han påbörjat. Ett brev från viceamiralen, nu? Efter hundra distansminuter från rendez-vous?

Han slet upp kuvertet som visade sig bara vara ett ytterhölje, eller en maskering om man så ville. Innanför låg ett vitt linnekuvert som kändes styvt och stelt och hade den ryska dubbelörnen tryckt i guldrelief på baksidan. På framsidan stod en handskriven adress, till kommendörkapten Aleksander Ilitj Ovjetchin, Ishavsflottan, Projekt Pobjeda.

Han vågade inte slita upp kuvertet som vilket som helst brev utan reste sig och gick och hämtade en bordskniv som han pillade in i ett av hörnen innan han försiktigt sprättade upp.

Dubbelörnen i guld igen. Han tittade genast ner på signaturen under det handskrivna brevet och blev alldeles kall: *Putin, president.* Handstilen var ren och klar:

*Käre Aleksander Ilitj,*

*Du får förlåta mej detta lilla skämt, en tjekist till en razvedtjik. Men först nu kan jag sätta mitt namn under ett sådant här dokument, som Du för övrigt har mitt tillstånd att bevara. Till skillnad från så många meddelanden som både Du och jag rutinmässigt har förstört efter läsningen.*

*Självklart skall jag fatta mej kort. Din insats har varit mycket stor och jag har beslutat tilldela Dig Ryska Flottans Stjärna av högsta graden. Du kommer tyvärr inte att få ta emot den ur min hand, då en utmärkelse av den digniteten alltid och med rätta ådrar sig stort offentligt intresse, vilket inte skulle gagna vår sak just nu. Chefen för Ishavsflottan har fått mina instruktioner därvidlag.*

*Han har fått mina instruktioner i ännu ett avseende, nämligen att upphöja Dig till kommendör i Ryska Flottan.*

*Jag kan inte nog uttrycka min uppskattning för den trofasthet och solidaritet Du visat under detta stora och banbrytande projekt.*

*Den palestinska presidentens representant i projektet synes vara av samma mening. I formellt god ordning har brigadgeneral Mouna al Husseini anhållit om tillstånd att betala dig 200 000 dollar för Ditt arbete. Jag har självklart och med gillande godtagit denna framställan.*

*Någon gång när allt detta är över ser jag fram emot att träffa Dig på nytt för ett vänskapligt samtal tjekist till razvedtjik om denna stora sak vi höll hemlig så länge och kämpade så hårt för att genomföra. Segla väl, Aleksander Ilitj!*

*Putin, president*

Han läste brevet tre gånger och långsamt. Nej, absolut ingenting kunde missförstås. Sakligt sett var brevet kristallklart. Till och med Mounas namn var rätt stavat som det borde transkriberas till ryska.

Hade han allvarligt funderat över förräderi för en stund sedan? Naturligtvis inte, det var bara en tankelek, dessutom från högst professionella utgångspunkter. Hur skulle en man kunna leva med en halv miljard dollar om han aldrig kunde se sig själv i spegeln?

Hans vodkaglas kom in av en lätt snubblande skeppsgosse som bad om ursäkt för dröjsmålet och meddelade att det blev kålpudding variant två till middag.

"Tack, det blir utmärkt matros, men hämta 100 gram till!" kommenderade han lite surt ryskt och snäsigt. Matrosen bockade och ilade iväg utan ett ord. Det slog honom att han fortfarande satt i paraduniform, fast uppknäppt i halsen och orakad.

Anatolij, Mouna och Carl, vilken oslagbar trojka ombord på K 601, tänkte han och höjde sitt vodkaglas ut mot mörkret. *Må lycka och välgång följa din färd över haven, U-1 Jerusalem,* tillade han mumlande för sig själv och svepte sin hundragrammare som om han varit en ung styrman i Sovjetflottan. Vilket var länge sedan.

\* \* \*

Ibrahim Olwan vaknade en timme för tidigt, det hade aldrig hänt så länge han var ombord. Först trodde han att han drabbats av illamående, en magsjuka som i så fall kommit vid den absolut mest olämpliga tidpunkten i hans liv. Han steg upp och försökte kräkas i det minimala handfatet men det gick inte. Han blaskade sig i ansiktet med kallt vatten och satte sig på den nedersta renbäddade britsen.

Bara denna trånga lilla hytt. Bara ljudet från luftkonditioneringen som man måste påminna sig för att höra varje gång man tänkte att det var absolut tyst. Bara han, Olwan. Löjtnant Olwan om man ville förtydliga. Något annat var han ju inte längre, inte Ibra the Wiz. Och något annat än löjtnant Olwan skulle han förmodligen inte hinna med i livet.

Byn hette Qalqiliya, bombad, anfallen av stridsvagnar, hus sprängda, männen bortsläpade, stenkastande pojkar skjutna, ibland med gummikulor med blykärna ibland med blyspets, ofta sak samma, därifrån kom familjen Olwan.

Hans far hade ändrat deras namn till Alwin just när det stod klart att äldste sonen antagits vid Cambridge. Det var rörande och förnedrande på samma gång. En palestinsk flykting från Qalqiliya hade en son som blivit forskarstipendiat vid Cambridge och tog ännu mer revansch med namnet Alwin. Det var lätt att sympatisera med, åtminstone då.

Men senare något att skämmas över. Nu var han åter Olwan och för bröderna Peter Feisal och Marwan hade fadersomsorgen när det gällde anglifiering av alltför arabiska namn åtminstone varit lustigare. Deras far hade ändrat Husseini till Howard och eftersom han var en man som stoltserade med att vara mer engelsk än engelsmännen hade sönerna retat honom genom att kalla honom för *Leslie* Howard efter någon liten finlemmad aristokratisk skådespelare på 40-talet. Nu hade de i alla fall lagt av med fjanteriet, nu var de rekonstruerade som Husseini och Olwan, löjtnanter i den palestinska flottan.

Han hade suttit alldeles stilla, andats lugnt och försökt tänka på helt andra saker än det som förestod fast det inte gick att komma ifrån. Han mådde fortfarande illa och hans händer darrade något när han sträckte ut dem framför sig.

Klockan var precis 1501 GMT. Att somna om var inte att tänka på, det var mindre än två timmar kvar till T.

I själva verket var han skräckslagen, insåg han när han började dra på sig uniformsbyxorna. Kallsvetten var på väg tillbaka, om mindre än två timmar skulle han gå i krig och det var fullständigt oundvikligt. Tvångstanken om hissen kom tillbaka. När han åkte hiss brukade han få föreställningar om att livet var som en hissfärd, man stod där och kunde ingenting påverka, bara räkna och se att nu hade man kommit en tredjedel av sträckan, nu var det hälften och snart skulle hissen stanna totalt opåverkad av passagerarens känslor eller skräckvisioner. Och då var det slut.

De videospel man använde på övningarna, om man nu anföll Devonport i England eller sänkte USS Alabama, hade han konstruerat. Åtminstone var det han som gjort merparten av jobbet. Matematiken och datorernas grundregler var desamma, inte mycket skiljde från alla de spel han tillverkat åt blodtörstiga tonåringar i London och fått hutlöst betalt för. Fram till nu hade allting varit som i ett sådant spel.

Inte ens de minutiösa planläggningsmötena i stridsledningen, de ständigt upprepade övningarna, detaljstudierna av Haifas hamn på satellitfoton från den ryska underrättelsetjänsten, dubbelkontrollerna av koordinaterna, sifferrepetitionerna eller de realistiska övningarna när de verkligen avfyrade kryssningsmissiler på riktigt, som uppe i Barents hav på sista övningsresan, ingenting av detta hade gett honom känslan av att han arbetade med verkligheten.

Intellektuellt var det inget problem, naturligtvis insåg han förnuftsmässigt vad han höll på med, men känslan var en annan sak. Den kom först nu och bestod av illamående och kallsvett.

Haifas största vågbrytare var 2 826 meter lång. Den mindre vågbrytaren var 765 meter, första målet var luftvärnsbatterierna med Patriotrobotar vid ytterpunkten och insidan på den långa vågbrytaren, repeterade han som om han kunde besvärja skräcken genom att rabbla alla siffrorna på nytt.

Missilerna från U-1 Jerusalem skulle först stiga till 150 meters höjd, stabilisera sin kurs och gå mot målet i Mach 0,75. När de antände det andra steget skulle de öka och gå genom ljudvallen, fortfarande på betryggande avstånd från målet. De skulle komma fram före ljudbangarna. För vid tredje steget, när de fyra små vingarna fälldes ut, accelererade de till Mach 3, tre gånger ljudets hastighet, och låstes i sin kurs. Och då var de nere på 3–5 meters höjd över vattenytan, beroende på väder och vågtopparnas höjd.

Darrningen i hans händer ville inte ge sig, han fortsatte sina besvärjelser som om tekniken var den lugnande spruta han antagligen behövde. Hur osannolikt det än var att dessa Patriotrobotar, en gåva från USA till Israel som skulle skydda mot irakiska missiler, skulle kunna försvara sig mot U-1 Jerusalems anfall så var Patriotbatterierna fortfarande första målet. Huvudregeln ombord var numera att inte ta några som helst risker. Det var ändå att skjuta på sittande fågel, som en äkta engelsk gentleman skulle ha sagt. U-1 Jerusalems kryssnings-missiler var två generationer modernare teknologi än de irakiska Scudrobotar som Patriot skulle skjuta ner. Något amerikanskt företag hade förmodligen tjänat våldsamma pengar på att sälja sina för-åldrade vapen till Israel, som sedan skickade räkningen till de ameri-kanska skattebetalarna som därefter lånade ihop pengarna i Kina och Saudiarabien.

Det gick varmt i huvudet på honom, han svamlade fast tyst, ing-enting hängde ihop och han måste skärpa sig. Han måste få ner febern i huvudet, slå bort alla ovidkommande funderingar.

Men han kallsvettades fortfarande och han hade inte förmått klä på sig mer än uniformsbyxorna.

Sågott som hela den israeliska flottan skulle vara samlad på en liten yta. Haifa var deras hemmahamn och bas för ubåtarna. Det var nu den 2 oktober, Yom Kippur, en helg som betydde samma sak i Israel som juldagen i England, Thanksgiving i USA eller Id al-Fitr i den muslimska världen.

Associationerna fortsatte att snurra runt i huvudet på honom utan någon ordning. Kanske var allting rentav repeterat för mycket. Sedan de gick in genom Gibraltar sund, lätt surfande i den inåtgående kalla strömmen från Atlanten på 600 meters djup, hade de inte gjort annat än repeterat anfallet. Det kanske hade blivit för mycket, men på öv-ningarna hade man ibland fått tio minuter på sig att lösa helt nya och väl så komplicerade uppgifter som den här och det hade i regel gått bra. Det kanske rentav var en bättre metod.

Varför hade det blivit just han och inte Marwan eller Peter Feisal som skulle sitta vid styrkontrollerna i det avgörande ögonblicket?

Bara en slump. Deras dygnscheman hade lagts fast redan när de sista gången gick ut från Severomorsk och från den stunden var det bara matematik som inte gick att påverka, ungefär som hissen på väg upp eller ner.

Var han skräckslagen inför den slutliga vissheten att han nu skulle döda ett okänt antal människor? Inte så många visserligen, tidpunkten för anfallet var vald för att komma åt fartygen på en och samma plats medan besättningsmännen förväntades vara hemma på helgfirande hos sina familjer. Fartygen var huvudsaken, Israel skulle inte längre ha någon flotta. Ändå skulle flera tiotal sjömän och officerare dö, liksom vaktpersonalen och i värsta fall en del palestinska städare. Fel, palestinska städare släpptes inte in på militärbaser i Israel, Haifa var inte Devonport.

Fy fan att sitta där och röka och prata skit och gnälla vid något av robotbatterierna, se ut över den lugna mörka havsytan, beklaga sig över att man dragit nitlotten att hamna här just denna helg. Och så se de första ljusskenen komma in strax under horisonten. Först skulle man tro att det var inkommande jaktplan från det egna flygvapnet, sedan skulle man hinna förstå att de kom alldeles för snabbt för att vara jaktplan, skicka en fråga till radaroperatören och aldrig hinna få något svar därför att det var för sent.

Nej, han hade absolut inga samvetsproblem, det var inte det. Anfallet skulle inte kosta fler israeliska människoliv än vad det ockuperade palestinska folket fick släppa till på någon månad i skjutna skolbarn eller bombade hus med påstått misstänkta imamer med påstått misstänkt planläggning. Detta var dessutom politik, som Mouna al Husseini hade drillat dem i. Inga *collateral damages*, ingen missil på avvägar in mot Haifas centrum, den skulle hellre sprängas vid minsta misstanke om avvikande kurs. Vi var inte som de. Detta var en strikt militär operation.

Allt det där trodde han på. Det verkade förnuftigt, bra politik om man ville uttrycka det som Mouna al Husseini.

En mer genant men också mänsklig förklaring till hans illamående och kallsvett var kanske bara skräcken för att misslyckas nu när allt slutligen skulle ske. Märkligt men fullt möjligt att sådana egoistiska bekymmer så lätt kunde omtolkas till något vackrare, som omsorgen om människoliv.

Självbedrägeriet är människans spegel, tänkte han och undrade samtidigt om det var han själv eller Shakespeare som stod för den perfekta sammanfattningen. Cynismen fick honom ändå att vakna till och han klädde sig snabbt och rakade sig och gick ut för att ta en kopp te i mässen och hitta någon att småprata med innan det var dags att inställa sig. Småprata coolt med, som en äkta ubåtsofficer timmen före ett anfall, och följaktligen lugna ner sig därför att han måste visa sig lugn. Precis som den han talade med. Peter Feisal hade en halvtimme kvar på sitt fritidspass och skulle snart gå och lägga sig, han fanns säkert där ute. Inför Peter Feisal skulle han aldrig kunna visa sig rädd, om det nu verkligen var det han var. Och Peter Feisal skulle vara i samma läge. En sista te bara, lite småprat och sedan lugnt släntra in i ordercentralen och bänka sig framför skärmarna som om det vore som vanligt och därefter bara lyda alla order i den ordning de kom. Precis som vanligt. Konstigare var det inte.

Peter Feisal satt mycket riktigt i mässen, lite rödögd och orakad med ett glas te och en mandelpirog. Han var nästan ensam där ute eftersom de gick i näst högsta beredskapsläge och bara personal som var på väg till eller från sina skift fick använda de gemensamma utrymmena. Inte ens de ständiga schackspelarna var på plats.

De hann inte växla så många ord. Peter Feisal skämtade om att det var aningen konstigt att gå och lägga sig för att sova just nu. Ibrahim svarade att det väl inte var just nu som var den mest intressanta tidpunkten. Nu fanns inga problem. Men sexton timmar senare när Peter Feisal gick på skiftet skulle det nog vara full rulle med amerikanerna i häcken. Och det vore väl en ännu värre tidpunkt att försöka sova lugnt.

De skrattade lite manligt kärvt som situationen krävde. Och Ibrahims teori om deras ömsesidiga påverkan förefoll praktiskt bevisad.

Inne i ordercentralen skulle denna påverkan, med alla korta, precisa och absolut lugna instruktioner från kommendören och amiralen verka ännu starkare.

Ibrahim hade just hämtat sitt te och satt sig på nytt när kommendörkapten Charlamov kom in, såg sig omkring och genast klev fram när han upptäckte Ibrahim, hälsade lite nonchalant och förklarade att de hade bestämt sig för att göra vaktombytet lite tidigare. Så det vore bra om Ibra kunde komma direkt.

"Vi har en liten situation nämligen", förklarade Charlamov släpigt lugnt när de kröp igenom skottet in till den sektion där ordercentralen låg.

En liten situation var knappast adekvat beskrivning på det som hänt. Såvida inte den brittiska förtjusningen i groteska underdrifter spritt sig ombord.

Ordercentralen var fullpackad med folk. Vid chefsbordet längst bak stod hela höjdartrojkan. Ibrahim sträckte upp sig och gjorde honnör för dem alla tre samtidigt och avvaktade när han fått hälsningen besvarad.

"Lediga, löjtnant! Så här ligger det till i all korthet", sade amiralen på sin mjuka men ändå distinkta amerikanska. "Vi har ett problem. Det är lite mer än en timme till T. Men vi har en inkommande oidentifierad ubåt på väg mot oss i full fart. Vi vet ännu inte om det är en turk eller en israel. Om det är en turk får han bara dundra förbi och vi fortsätter enligt plan. Om det är en israel dödar vi honom. Första uppgiften är alltså att försöka få en ID på vår inkommande ubåt. Är det uppfattat?"

"Självklart, amiral."

"Några frågor innan du byter av löjtnant Husseini?"

"En fråga, amiral."

"Låt det gå fort, varsågod."

"Om det är en israel, varför inte låta honom komma hem först och lägga sig mitt i boet."

"Därför att han utgör ett dödligt hot mot oss om han förstår att vi finns här, därför att vi garanterat kan slå ut honom nu. Fler frågor?"

"Nej amiral, allt uppfattat!"

"Bra. Utgå!"

När han kom ner till Marwan fick han snabbt ungefär samma lägesbeskrivning, men med alla tekniska data, i snygg grafik på tre av de fyra skärmarna.

Man befann sig bara några få distansminuter från platsen där kryssningsmissilerna mot Haifa skulle avfyras. Alla sex torpedtuberna var alltså laddade med varsin missil, men det enda försvar man hade uppe mot ubåtsanfall var fyra Schstjuka, Gäddorna som kunde slå ut inkommande torpeder.

Krabböga Syd hade upptäckt en inkommande ubåt som gick med 25 knops fart på fulla dieselmotorer i rak kurs mot Haifa. Den enkla gissningen var att det rörde sig om israeliska helgfirare på efterkälken som hade bråttom hem till sina familjer. Deras kurs, om man drog ut tangenten, skar U-1 Jerusalems rakt framför i vinkel 0 om 27 minuter, givet att båda fartygen höll nuvarande kurs och fart.

Det var läget. Men vad befälet tänkte göra åt saken hade Marwan ingen aning om. Och nu var det för övrigt lunch och enskilda språkstudier för hans del.

Ibrahim mumlade något om gamle gosse och bra jobbat och trängde sig ner på den lilla snurrfåtöljen i läder och kollade mekaniskt igenom alla funktioner. Krabböga Syd var på väg i högsta möjliga fart för att skära in så nära den inkommande ubåten som möjligt, givetvis för att försöka få en ID. Man hade redan fångat in främlingens ljudsignatur, det var inte så svårt eftersom han gick för full diesel i högsta fart. Men det enda man visste var att den var av tyskt ursprung och både israeler och turkar kunde tänkas ha tyska motorer, israelerna definitivt. Ljudbiblioteket i datorerna kunde inte säga mer än så.

Men borta vid det lilla bordet där de tre högsta cheferna trängdes hade man tydligen redan gissat nationalitet på den inkommande ubåten, eller om man bara tog det osäkra före det säkra.

"Ersätt kryssningsmissiler i treans och fyrans tuber med torpeder

244

för ubåtsjakt!" beordrades först på ryska och sedan, numera knappt nödvändigt, på engelska.

Ingen i ordercentralen drog efter andan eller reagerade på annat märkbart sätt, man bara vidarebefordrade den nya ordern till torpedrummet. Ibrahim föreställde sig hur de ryska matroserna där nere svor och förbannade när de måste börja om med att dra fram kranar och hissar för att få ut de tunga missilerna och sedan krångla in två torpeder i stället, som om allt bara var ännu en jävligt besvärlig övning.

"Har vi någon visuell kontakt med inkommande ubåt än, om inte, när?" frågade amiralen efter en stund. Ordern upprepades inte på ryska, märkligt nog.

"Negativt, sir", svarade Ibrahim och tvekade några sekunder medan blicken fladdrade mellan hans fyra skärmar. "Vi får vänta sju åtta minuter, men vi kommer att hinna in på nära håll med Krabböga Syd!"

"Det är bra, löjtnant, ge oss ID så fort vi har den!"

Efter en kort stund upprepades ordern på ryska. U-1 Jerusalem gick i oförändrad hastighet på fem knop och utan att korrigera kursen rakt mot den position 27 distansminuter rakt väster om Haifa där man skulle avfyra kryssningsmissilerna. Enligt skärmarna framför Ibrahim var det mycket nära den position där den främmande ubåten skulle skära deras kurs. Matematiken var enkel. Den kom som på beställning, nästan som i ett dataspel för nybörjare och lika overkligt.

De var nonchalanta, säkra på att inte ha någon fiende, mentalt hade de redan gått iland, tänkte Ibrahim som nu hade blivit alldeles kall och lugn. Det här dataspelet var alldeles för enkelt.

Från torpedrummet rapporterades det att två kryssningsmissiler i trean och fyran nu ersatts med torpeder och att man avvaktade vidare order.

Det rådde absolut tystnad inne i ordercentralen. Ingen vred och vände på sin stol, ingen viskade något åt sin granne, alla satt med blicken stint mot skärmarna framför sig.

Minuterna sniglade sig fram för Ibrahim medan han styrde sin spaningsfarkost allt närmare främlingens kurs. Eftersom han hade ingående ljud i den ena av sina hörlurar dånade det nu av dieselmotorer, tyska dieselmotorer tydligen, i vänster öra medan det var knäpptyst i höger. Plötsligt började han få en bild i den tomma skärmen, den just nu viktigaste.

"Vi har en visuell kontakt, sir!" rapporterade han. "Namnskylt i trä med guldbokstäver högst upp på tornet. Jag bokstaverar. T-E-K-U-M-A, Tekuma, upprepar Tekuma. Oläslig skylt längre ner på tornet, försöker gå in för ..."

"Vi har en ID, sir!" avbröt dataoperatören. "Tekuma, en av tre israeliska ubåtar i Dolphin-klassen, dieselelektrisk drift, 1 900 tons vikt, 30 mans besättning, beväpning tyska torpeder av typ DM 2 A 4 Seehecht och sannolikt kärnvapenmissiler av typ Popeye Turbo!"

"Tack. Då dödar vi henne. Förbered torpedavfyring, två skott, fem sekunders mellanrum!" kommenderades blixtsnabbt på först ryska och sedan engelska, men fortfarande i samma tonfall som på övning.

Inga tveksamheter, inga resonemang. Bara tystnad.

"Räknar vi?" frågade cheferna på varsitt språk och fick två snabba bekräftande svar. Frågan innebar att man ville försäkra sig om exakt rätt tidpunkt för skott och en nedräkning i stora röda digitalsiffror flashade strax upp på en display som syntes över hela rummet och i ovankant av varenda skärm. Från torpedrummet bekräftades att torpedluckorna var öppna, tuberna således vattenfyllda och vapnen osäkrade och redo att avfyras för verkningseld.

Displayens röda siffror räknade obönhörligt ner mot noll. Ibrahim slet av sig hörlurarna eftersom dånet från fiendens motorer blivit för starkt, han såg att flera andra där inne gjort samma sak. Som hissen, tänkte han. Obönhörligt som hissen.

U-1 Jerusalem skälvde till, knappt märkbart. Först en gång och några sekunder senare ytterligare en gång.

"Torpederna i vattnet, kursen rätt, 130 sekunder till första träff", rapporterade torpedofficeren.

Sekunderna tickade. Den israeliska ubåten var nu så nära att man fick visuell kontakt och därför dök den upp på alla de skärmar som intill nu hade flimrat tomma. Fi gick fortfarande med högsta fart och man såg tydligt vattenvirvlarna efter den sjubladiga propellern.

De var den israeliska flottans överlägset starkaste vapen, en dödlig fara också för U-1 Jerusalem, tänkte Ibrahim desperat med blicken på den blodröda digitala nedräkningen. De var säkra på att de inte hade några fiender och de hade bråttom hem.

"Kursen fortfarande rätt, 20 sekunder till träff", rapporterade torpedofficeren i ett tonläge som lät nästan uttråkat.

Gud i helvete, tänkte Ibrahim, nu måste de väl ändå ha hört vad som är på väg. De kan väl inte ha börjat partyt, vad det nu hette, redan? Fortfarande tydde ingenting på hans skärm att fi hade hört de inkommande torpederna, vilket borde vara ett tordönsmuller för en sonarofficer på sin plats. Jo, äntligen! Den israeliska ubåten inledde en vild undanmanöver och sköt ut fyra virvlande motmedel för att störa ut de inkommande torpederna.

"Kursen fortfarande rätt, tio sekunder till träff, trådstyrning intakt, visuell bild intakt, undanmanöver och motmedel kompenserade", rapporterade torpedofficeren torrt.

Femton sekunder senare träffades U-1 Jerusalem av ljudvågorna och därefter tryckvågorna från två torpedträffar. Belysningen inne i ordercentralen blinkade till och de fjäderupphängda dataskärmarna gungade och man genomförde en snabb skadekontroll innan befälet frågade efter analys och skadeverkan på fi. Man hade en träff i fören på henne, där torpedrummet borde befinna sig, och en träff mitt i ubåten, ungefär på motsvarande plats där de själva satt just nu.

Så följde obeskrivliga ljud som alla kunde höra utan instrument. Ibrahim hade försökt simulera dem i sina övningsspel, ljudet av metall som bryts sönder under vatten, kvidande stål som låter som valsång men med dissonanser från tolvtonsmusik, dovt dån av de första delarna från den sönderslagna ubåten som dunsar ner i mjuk sand, hårdare brakande ljud när något träffar stenbotten, en dödens musik som han först nu hade i perfekt inspelning utan några som helst störningar.

Några sista kvidande ljud när den krossade ubåten lade sig till rätta på botten och sedan absolut tystnad i båda hörlurarna.

"Kan vi observera någon nödboj, hann de få upp någon sån?" frågade den ryske chefen. Amiralen brydde sig inte om att översätta, frågan var väl för enkel och självklar.

"Vet ej. Går in med krabböga för närmare observation", svarade Ibrahim med ett försök att låta lika oberörd som befälet.

"Ladda om treans och fyrans torpedtuber enligt ursprunglig order", kommenderade de två fartygscheferna.

"Vi fullföljer nu attacken mot Haifa som planerat men tidigarelägger fem minuter. Verkställ!" kommenderade amiralen. Ordern upprepades genast på ryska.

"Sju minuter till robotanfall, automatisk nedräkning från och med nu!" meddelade robotofficeren. Den absoluta tystnaden sänkte sig på nytt över ordercentralen. Gyrokompassen visade att man redan låg tio meter plus minus noll beräknad avfyringsstation och U-1 Jerusalem steg sakta mot ytan för att inta rätt djup för att avfyra kryssningsmissiler.

Inget fartygsljud fanns i närheten. De var ensamma här ute. De röda digitalsiffrorna dök åter upp på allas skärmar och nedräkningen blinkade vidare. De flimrande tiondelarna såg man inte, men sekunderna tickade obevekligt ner. Ibrahim fann det obegripligt att han inte längre kände någon nervositet.

# VII

Condoleezza Rice var inte precis någon dununge när det gällde utrikes-
och säkerhetspolitik. Hon hade suttit bland grabbarna i Nationella
Säkerhetsrådet ända sedan Bush seniors tid, då hon var säkerhetsråd-
givare specialiserad på ryska missiler och rysk kärnvapenkapacitet.
Hon hade sett många stora elefanter komma och gå och framför
allt hade hon lärt sig att både behärska och parera den tuffa idrotts-
jargong, späckad med fotbolls- och baseballtermer, som ständigt bröt
ut i militära krissituationer. Och under det senaste året hade hon
börjat få viss kontroll över de två värsta sabelskramlarna Dick och
Rummy. Även om man i rättvisans namn måste medge att deras nu-
mera lägre svansföring till stor del berodde på eländet i Irak. Det gick
inte en dag utan att de fick äta upp en eller annan av sina tvärsäkra
förutsägelser om "en klockren slamdunk" eller den "promenad i
parken" som de utlovat efter erövringen av Bagdad. Dick hade också
tärts hårt av att han lyckades med konststycket att skjuta en av sina
vänner på fågeljakt. Den kanonad av skämt som bröt ut i alla tele-
visionens pratshower plågade honom fortfarande. Värst var nog den
där Lettermans variant "att vi fick visserligen inte bin Ladin men vi
knäppte i alla fall en 78-årig advokat".
Men Dicks och Rummys tilltagande svaghet var hennes styrka och
det var, menade hon fullständigt ärligt, bättre för Förenta Staterna.
Att sköta utrikespolitiken för världens mest fruktade och hatade
nation var svårt nog utan att ha två babianhannar i vägen som
ständigt stod och bankade sig själva på bröstet framför tevekame-
rorna.

Men nu hade hon dem båda någorlunda punktmarkerade. Och när hon steg upp på morgonen, som vanligt 04:45 för att inleda dagen med löpning och styrketräning i sitt privata gym i våningen i Watergate, fanns helt enkelt inte minsta tanke hos henne att just denna dag skulle sluta med ett våldsamt återfall i babianpolitik. Irak var som det var. Rummys ständiga filande på krigsplanerna mot Iran var närmast terapi för dem, det skulle inte bli verklighet i första taget. Än mindre med något kärnvapenanfall.

Fram till lunch var hennes dag rutin, pappersexercis de första timmarna, ett möte med presidenten för Malawi som hon skulle skälla ut och så lunch med tal på Judiska Nationalfondens årliga välgörenhetsmöte där man skulle säga allt det vanliga om Yom Kippur och försoning. Och hon skulle säga allt det vanliga om att Israel alltid kunde påräkna Förenta Staternas stöd, att detta stöd aldrig skulle svikta, men att bosättningspolitiken kunde utgöra ett visst problem. Dock ett problem som israelerna givetvis fick lösa internt. Ungefär så.

Klockan var strax efter halv ett när hon inledde sitt tal och hon hann till de två första applåderna, markerade som paus i talet, innan en av hennes medhjälpare utan vidare steg upp till talarstolen och viskade att Nationella Säkerhetsrådet omedelbart kallades till krismöte, och att det var stort.

Inför den oroligt mumlande publiken ursäktade hon sig, rundade snabbt av och förklarade att NSC måste träda i funktion omedelbart för att man fått en kris på halsen.

Får verkligen hoppas att det är en rejäl kris, annars skämde de ut mig ordentligt genom att slita ner mej från talarstolen, tänkte hon ursinnigt i baksätet på den svarta limousinen som buskörde mot Vita huset med vrålande polisbilar, Secret Service och polismotorcyklar i en svärm runt henne.

Det var verkligen stort. Yom Kippurfirarna skulle komma att visa all förståelse i världen för att hon måste lämna dem så brådstörtat. Hon träffade stabschefen Joshua i trappan ner från hans kontor i sydvästra hörnet av Vita huset och han såg verkligen inte glad ut. Bara några meter från ingången till NSC:s sammanträdesrum, "krisrummet", sprang han ikapp henne och tog henne i armen.

"Vilken skit har träffat vilken fläkt den här gången?" frågade hon.

"Vi har en jävla mardröm över oss", viskade han. "Haifa brinner, Dick och Rummy har fått spel. Gör vad du kan för att bromsa dom, snälla!"

Haifa brinner? tänkte hon när hon steg in i det dunkla rummet där alla gubbarna väntade. Hon hälsade på presidenten och slog sig ner vid sidan av honom utan att se åt vicepresidenten eller försvarsministern.

En kommendör från flottans underrättelsetjänst inledde omedelbart föredragningen. Det var alltid den ordningen. Först info om vad som hänt och vad man visste och därefter diskussion om åtgärder.

Satellitbilderna var fasansfulla. Haifas hamn var en enda eldstorm och hon trodde först att terroristerna mot rim och reson lyckats göra om manövern med att störta kapade passagerarplan, det föreföll först som enda tänkbara förklaring till en så omfattande förstörelse.

Men så visades bilderna på själva anfallet med sex kryssningsmissiler som kom in på extremt låg höjd. Hon såg omedelbart vad det var frågan om. Just Mach 3 i sista inflygningssträckan mot mål och sicksackrörelsen var omisskännliga tecken. Det rörde sig om en variant av 3 M -54 Klub eller SS N 27, som den hette på NATO-språk. Rysk högteknologi när den är som mest skrämmande effektiv.

När kommendören avslutade sin korta redogörelse i sak, bildskärmarna släcktes och ljuset höjdes i rummet satt alla tysta. Ingen skulle drömma om att ta ordet före presidenten i det här läget.

George W Bush lutade sig framåt, det där speciella "kroppsspråket" som uttryckte beslutsamhet och som han fått så mycket beröm för i Bob Woodwards hyllningsböcker, och spände ögonen i CIA-chefen.

"Okay Johnny, vi sågs ju klockan åtta i morse, din vanliga säkerhetsgenomgång, du vet?"

"Ja, Mr President?"

"Se mej nu i ögonen Johnny och säg att det här hade du ingen aning om."

"Det är dessvärre sanningen, Mr President. Det här hade vi ingen aning om, ingen föraning och inga som helst indikationer."

"Okay. Nästa fråga. Vem tror vi har gjort det här ... eller om vi börjar i en annan ände. Vilka *kan*, rent tekniskt, göra det här?"

"Vi själva, Ryssland, Storbritannien, Frankrike är de enda givna, jag menar när det gäller förmågan rent tekniskt. Samtliga uppräknade dock fullständigt osannolika."

"Kan Iran ligga bakom?"

"Aningen långsökt, Mr President. Att Iran skulle ha den politiska viljan är höjt över varje tvivel. Men det är ytterst osannolikt att de har tillgång till den teknologi vi just såg."

"Vad säger ni om det, kommendör?" frågade presidenten som ett piskrapp som träffade både den avfärdade CIA-chefen och den nervöse kommendören.

"Well, Mr President ... Iran har tre ryska ubåtar i Kilo-klassen, stationerade i Bandar Abbas i Persiska viken. Kilo-ubåtarna kan avfyra den här typen av ryska missiler, vi tror i alla fall att det rör sig om ryska missiler, underrättelseavdelningen jobbar på en analys just nu och ..."

"Missilerna är ryska. Typ SS N 27", avbröt Condoleezza Rice.

"Okay, då vet vi det", konstaterade presidenten. "Dom iranska ubåtarna kan alltså avfyra dom här grejorna. Nästa fråga. Kan en iransk ubåt ta sig från Persiska viken till Haifa via Atlanten?"

"Frågar ni mej, Mr President?" undrade kommendören.

"Absolut, kommendör. Ni hörde frågan?"

"Ja, Mr President. Det skulle visserligen krävas någon sorts diskret bunkring hos någon vänskapligt sinnad stat på vägen runt Afrika. Men om dom ordnade det och hade lite tur så är det inte omöjligt, långt ifrån omöjligt faktiskt."

"En sista fråga, kommendör. Finns det några stater i närområdet som har tillgång till ubåtar, förutom Iran?"

"Turkiet, Mr President. Turkiet har 14 ubåtar men definitivt inte tillgång till några ryska missiler av den här ultramoderna typen. Jag vågar påstå att vi kan utesluta Turkiet."

Presidenten lutade sig något bakåt. Det var hans kroppsspråkssignal som betydde att han lämnade ordet fritt.

"Vi bör förstås omedelbart gå ut med ett pressmeddelande till Vita huset-korrarna med ett uttalande från presidenten", skyndade sig stabschefen Joshua Bolton in i samtalet för att förekomma försvarsministern som redan öppnat munnen och såg ut som om han tog sats.

"Jepp", sade presidenten. "Israel är vår nära vän och allierade och så vidare. Men också att Förenta Staterna inte kommer att sitta med armarna i kors och inte spara på några ansträngningar, inklusive militära åtgärder och så vidare. Bör jag hålla ett tal till nationen redan i kväll?"

Han lutade sig framåt och såg beslutsam ut igen så att ingen i rummet kom på tanken att säga emot honom.

"Jag kallar in talskrivarna, ordnar pressmeddelandet och ... klockan åtta i kväll blir väl bäst tevetid?" summerade stabschefen.

"Jo, det blir nog bra. Men vi kan inte bara snacka, vi måste göra något också och jag måste erkänna att jag är jäkligt sugen på att slå någon på käften den här gången", fortsatte presidenten och riktade blicken mot Donald Rumsfeld som genast fångade bollen.

"Vi har två valmöjligheter", började försvarsministern belåtet.

"Först måste vi klippa den där ubåten ..."

"Ja för helskotta, den vill jag ha sänkt före solnedgången", instämde presidenten energiskt.

"Det beror på vilken solnedgång ni avser, Mr President", skojade Rumsfeld. "Den lokala solnedgången i östra Medelhavet är redan ett faktum. Men vi kan stänga in ubåten där och sen är det bara en tidsfråga. Solnedgången i morgon kanske. Men den större möjligheten är förstås att vi tidigarelägger operationerna mot Iran, eller att vi tar ut vissa delar och kör dom separat. Jag tänker närmast på att vi bör raska på med att slå ut deras ubåtsbas i Bandar Abbas."

"I så fall vill jag försäkra mej om att vi alla i det här rummet är med på det upplägget", sade presidenten och såg sig om runt bordet från ansikte till ansikte.

Nu gällde det, insåg Condoleezza Rice. I vissa lägen blev presidenten som en coach för ett baseballag. Då lutade han sig framåt, skaffade ögonkontakt med en efter en och frågade sådant som "ni är väl med ombord, eller hur?". Då blev det kärvt att säga emot, Condoleezza Rice var en av de få som kunde eller vågade, och hon ansåg ärligt att presidenten visst tolererade debatt, men var och en som ville komma med andra förslag måste ha goda argument och helst en färdig lösning eller åtminstone ett trovärdigt förslag till ny lösning. Och nu brann det i knutarna i mer än ett avseende, om hon tappade greppet nu så slank Dick och Rummy iväg och fick sitt krig mot Iran så snabbt och fullskaligt som bara de två kunde önska.

"Well, Mr President", började hon beslutsamt. "Vi har i nuläget, jag betonar i nuläget, ett bra och ett dåligt förslag från försvarsministern. Det bra förslaget är givetvis att sätta till alla tillgängliga resurser för att få tag på den där ubåten. Där finns tvivelsutan dom skyldiga. Och när vi väl identifierat dom så torde det underlätta avsevärt när det gäller att lokalisera deras uppdragsgivare. Och då, men först då, tar vi nästa steg."

"Det finns förfan inga andra troliga uppdragsgivare än Iran", fräste Rumsfeld.

"Det är möjligt att försvarsministern har rätt", svarade Condoleezza Rice kallt. "Men i så fall lär det visa sig rätt snart, kanske redan till vårt nästa möte om fyra timmar. Men jag säger bara det. Låt oss för Guds skull inte anfalla Iran av fel anledning. Det blir inte bara en utrikespolitisk mardröm, det skulle dessutom avsevärt försvåra alla planer på en utvidgad attack."

Några år tidigare skulle George W Bush ha funnit det närmast outhärdligt med två av sina närmaste medarbetare på kollisionskurs inför ett viktigt beslut, han skulle aldrig ha kunnat välja mellan

Condi och Rummy på den tiden. Numera var det annorlunda, numera litade han mest på henne.

Presidenten valde att sätta punkt där och att ajournera mötet till klockan 18:00 eftersom det fanns mycket som måste hinnas med tills man samlades nästa gång med förhoppningsvis betydligt mer fakta i bagaget. Vicepresidenten Cheney anmälde att han måste utebli eftersom han skulle hålla tal på *Veterans of Foreign Wars Convention* i Nashville.

"Visst", sade presidenten med dagens enda småleende. "Gör det Dick, håll ett bra tal, men sätt mej inte i klistret igen är du hygglig."

Presidentens mest överhängande arbetsuppgift nu när han gick uppför trapporna mot Ovala rummet var att klara av en del mer eller mindre angenäma telefonsamtal innan han tog itu med talskrivarna. Först ringde han den israeliske premiärministern Ehud Olmert som han hade praktiskt taget väntande i telefon. Det föll sig naturligt att de började tala om 9/11 och den nya era i mänsklighetens historia som hade inletts då, vilket just blivit extra brutalt tydligt när Israel drabbats av sitt 9/11. George Bush förband sig "reservationslöst för ett hundraprocentigt militärt stöd" och berättade att han just gett order till 6:e flottan att med alla till buds stående resurser ta upp jakten på ubåtsterroristerna. Han skulle offentliggöra det beslutet i ett tal till nationen klockan 20:00, Eastern Time.

I sak hade den israeliske premiärministern ingenting att tillföra, deras underrättelsetjänster hade blivit lika mycket tagna på sängen som tydligen de amerikanska. Om israelerna lutade åt något så var det utan tvekan Iran som framstod som misstänkt nummer ett. Iran hade ju under senare år både underförstått och ibland till och med i klarspråk hotat med militära attacker mot Israel. Ingen kunde dock förstå hur de kunnat gå obemärkta runt hela Afrika med en av sina tre Kilo-ubåtar.

De avslutade samtalet med de vanliga ömsesidiga försäkringarna om vänskap och stöd och hälsade till varandras familjer.

Den ryske presidenten Vladimir Putin uppgavs för närvarande inte vara tillgänglig för telefonsamtal eftersom han höll ett bankettal. Man skulle återkomma från Kreml så fort talet var klart.

Tony Blair var hemma i sin bostad på 10 Downing Street och svarade själv när Vita husets sekreterare ringde upp.

Tony var som vanligt högst resonabel och underströk att det aldrig fick finnas någon tvekan om att Förenta Staterna och Storbritannien stod skuldra vid skuldra i kampen mot den internationella terrorismen. Däremot var han pessimistisk inför utsikterna om att få FN:s säkerhetsråd med på ett krig mot Iran. För det behövdes vad amerikanerna brukade kalla en rykande pistol, ett otvetydigt bevis. Och hade man inte det kunde man inte ena säkerhetsrådet i mer än allmänna och till intet förpliktande avståndstaganden från terrorism. Förresten kunde man inte ena säkerhetsrådet ens i den frågan. Tanken att Förenta Staterna och Storbritannien skulle gå ut ensamma i en ny "koalition av villiga" var ändå för tidigt väckt. Vad man borde koncentrera sig på i första hand, menade Tony, var att som Condi faktiskt föreslagit – jo hon hade talat med Jack, och Jack hade berättat – fånga ubåten. De brittiska örlogsfartyg som fanns i Medelhavet hade redan beordrats samverka med 6:e flottan i det avseendet.

Talskrivarna började trampa otåligt utanför det Ovala rummet men George W Bush ville helst få tag på Putin innan han koncentrerade sig på sitt tal till nationen.

Den här gången svarade Putin och lät som om han var på mycket gott humör, rentav som äldre tiders ryska statsmän när de kom från en bankett, och han verkade närmast oförberedd på att hans amerikanske vän och kollega ville tala om den där attacken i Haifa, den hade inte varit särskilt stor i ryska medier, åtminstone inte än och Ryssland hade ju ingen permanent satellitövervakning i området så man hade inga egna informationer.

George W Bush insåg att han helt enkelt måste försöka ställa den ryske presidenten mot väggen med påståendet om att vapnen som använts var ryska. Men det skrattade Vladimir bara åt och låtsades först tro att George faktiskt anklagade honom för att ha anfallit

USA:s närmaste allierade. Det skulle se ut, det.

Putin var inte på något sätt ovänlig, tvärtom underströk han deras gamla vänskap flera gånger under samtalet. Men George W Bush kände sig ändå provocerad att ställa vad han bedömde som en hård och avgörande fråga.

"Vladimir, säg mej nu en sak alldeles ärligt. Har Ryssland sålt moderna kryssningsmissiler till Iran, sådana som går att avfyra från deras Kilo-ubåtar?"

"Men käre van och president!" utbrast Putin. "För det första kan väl vilka som helst kryssningsmissiler avfyras från i princip vilka ubåtar som helst, vi har ju närmast en internationell standard för torpedtuber. De är nästan alltid 533 millimeter. Men bortsett från det så är det alldeles klart att Iran inte har offentliggjort några sådana vapenköp från Ryssland."

"Betyder det att dom inte heller har köpt sådana vapen från er?"

"Men George, käre vän, hörde du inte vad jag sa? Iran har inte offentliggjort sådana köp antingen därför att dom inte har köpt eller också för att dom har krävt en tystnadsklausul i kontraktet. Jag kan alltså inte kommentera sånt."

George W Bush försökte överrumpla sin yngre kollega med fler listiga frågor, men utan framgång. Han härsknade till och visade det innan han avslutade samtalet. Hans bestående intryck blev ändå att Putin indirekt gått med på att Iran hade fått den typ av ryska missiler som använts i anfallet på Haifa, men att det inte kunde medges officiellt. Tills vidare fick man stanna där, för nu var det hög tid att släppa in talskrivarna.

Condoleezza Rice ägnade mesta tiden fram till det återupptagna mötet i NSC åt telefonsamtal. Först talade hon med den brittiske utrikesministern Jack Straw, vilket var det enklaste. De var personligen goda vänner och hade alltid lätt att komma överens. Jack tyckte som hon, att det enda självklara beslutet i stunden var att klippa den där ubåten.

Den tyska förbundskanslern Angela Merkel var visserligen mycket vänlig i tonen, mån om att bibehålla de förbättrade relationer till USA som var ett viktigt element i hennes politik, men hon var samtidigt stenhårt emot varje tanke på något FN-sanktionerat krig mot Iran innan man visste att det verkligen var Iran som låg bakom anfallet mot Haifa. Enligt de tyska nyhetsbyråerna dementerade Iran kategoriskt att de var ansvariga för attacken. Men att den amerikanska flottan tagit upp jakten på ubåten i Medelhavet fann förbundskanslern helt i sin ordning.

Frankrikes premiärminister Dominique de Villepin, mannen som stretat emot mest i FN när Förenta Staterna försökte få igenom en krigsresolution mot Irak i säkerhetsrådet, hade liknande synpunkter. Dock med en mycket märklig reservation.

Om det mot all förmodan visade sig att ubåten var palestinsk, vilket en del franska underrättelsekällor hade antytt, så skulle saken ur fransk synvinkel hamna i ett helt annat läge. I så fall motsatte sig Frankrike varje form av internationellt organiserad skallgång efter ubåten, då var saken en strikt israelisk-palestinsk affär.

Donald Rumsfeld ägnade hela sin eftermiddag på Pentagon till att rya och gorma om att man måste bevisa den iranska kopplingen så fort som möjligt för att inte tappa tempo. För försvarsmaktens underrättelsefolk var det ingen som helst tvekan om vad som var önskvärd information – och vad som var icke önskvärd.

Men i brist på hårda fakta blev det mest indicieresonemang och letande efter invändningar mot andras invändningar.

Exempelvis det där om att det skulle vara så svårt för Iran att ta ut en av sina ubåtar genom Hormuzsundet i Persiska viken och segla runt Afrika.

Man behövde till att börja med bara betänka varifrån dessa Kilo-ubåtar ursprungligen hade kommit. De hade gått för egen maskin från Norra Ishavet ner till Iran, en ännu längre sträcka än den från Iran till Haifa. Man kunde också tänka sig att Iran börjat gapa om att anfalla Israel för ungefär ett år sedan just därför att de faktiskt förberedde det. Ingenting hindrade att de köpte ytterligare en ubåt från ryssarna, flög upp en besättning och seglade *ner* till Medelhavet och så att säga anföll från fel håll och på själva jungfruresan.

Dessutom hade Iran redan i april provskjutit torpeder som var misstänkt lika den ryska supertorpeden Schkval. Antingen hade man själva lyckats konstruera en sådan torped. Då var den iranska marinvetenskapen verkligen att gratulera, eftersom man kommit före exempelvis amerikaner och britter i den högprioriterade ansträngningen att kopiera Schkval. Eller också, vilket var mer troligt, hade man liksom kineserna fått köpa den, men med sekretessklausul i kontraktet. Utgångspunkten kunde inte bli annat än att ryska Schkvaltorpeder nu fanns i Iran. I så fall måste väl skägg- och turbankillarna vara minst lika intresserade av att lägga lite oljepengar på en uppgraderad vapenplattform till en så formidabel torped?

Till detta kom att satellitspaningen visade en viss panik kring strategiska anläggningar i Iran, som om de väntade sig flyganfall både vid kärnkraftsanläggningar och hamnar. En oroande omständighet var att man för tillfället bara hade koll på en av Irans tre ubåtar, den låg i hamn i Bandar Abbas.

Sammantaget såg allt detta ut som mycket trovärdiga kopplingar. Oroande var förstås att den iranska ubåten i Medelhavet kunde vara beväpnad med just Schkvaltorpeder. Hade de redan köpt en leverans som de visat upp på övningarna i april så var det närmast självklart att de skulle utrusta sin nya ubåt med samma vapen. Det kunde innebära en icke negligerbar fara för de amerikanska och brittiska örlogsmän som just nu jagade ubåten.

Sambanden var bra. Allting stämde. Men försvarsminister Rumsfeld var ingalunda nöjd utan blev bara mer förbannad och mer högljudd ju längre tiden led mot nästa möte i Nationella Säkerhetsrådet. Han antydde att det fanns vissa fittor som inte skulle köpa den bevisning som förelåg.

Å andra sidan kunde man hävda att man inte behövde bevis, att man bara förlorade tempo med den formaliteten. När iranierna nu började förstärka sitt skydd runt strategiska mål och gömde sina ubåtar så visade det att de var väl medvetna om att de hade handen i syltburken och var upptäckta. Och lade man ihop Irans dokumenterade ansträngningar att skaffa kärnvapen, deras uppbyggnad av en vapenarsenal som till och med kunde hota amerikanska hangarfartyg – de nya Schkvaltorpederna, egna eller ryska – och deras tydligt och upprepat uttalade politik att Israel skulle utplånas, så räckte allt sammantaget för att genomföra ett förebyggande krig. Givetvis begränsat, nämligen till de delar av Iran som gränsade mot Irak. Genom att ockupera en säkerhetszon mellan Iran och Irak kunde man skära av den shiamuslimska insurgensen som ju allvarligt försvårade demokratiuppbyggnaden i Irak.

Att just de begränsade områden av Iran där man skulle lägga en sanitär säkerhetszon, det vill säga ockupera, händelsevis var de mest oljerika var inte direkt en nackdel. Även om det var en omständighet som inte fick framstå som huvudorsak för det kommande anfallet. Sist och slutligen var det ändå bara en tidsfråga innan man skulle slå till. Lika bra, om inte bättre, att smida nu medan järnet var varmt.

När försvarsminister Rumsfeld var som mest upphetsad ringde Dick Cheney från sitt plan Air Force Two på väg till Nashville. Dick ville förstås veta det senaste. Och den upphetsade Rummy svävade inte precis på målet när han redovisade dels vad han kallade bevisläget, dels vad han förmodade att vissa fittor skulle komma att invända.

Vicepresidenten drog därav en del bestämda slutsatser, tog fram sitt tal, utkast fyra, och kallade på sin mest betrodde talskrivare.

Att hålla tal för gamla krigsveteraner kunde ha sina både goda och trista sidor. Patriotismen kunde ibland mala på tomgång. Men hade man tur inför ett sådant rutintal så hade det hänt något i världen som kunde användas som illustration till alla de betydelsefulla uppoffringar som amerikanska pojkar gjort utomlands för frihetens sak, generation efter generation.

Och hänt något i världen hade det sannerligen gjort. Den förödande attacken på Israels flotta dominerade alla medier i lika stor omfattning som 9/11 hade gjort, och överallt på tidningarnas webbsidor och i tevenyheterna stirrade skäggiga muslimer mot den återigen skräckslagna allmänheten. I de tidigaste nyheterna hade det spekulerats i att Usama bin Ladin och al Qaida skaffat sig både massförstörelsevapen och vapenplattformar som gjorde att de nu hotade USA. En legion av militära experter intygade att förstörelsen hade blivit ännu mer omfattande på en amerikansk flottbas av det anfall som riktats mot Haifa. En lika stor legion av terroristexperter intygade att de känt på sig vad som skulle komma och att detta var "det väntade andra steget" i al Qaidas utveckling. Skillnaden vid ett motsvarande anfall mot USA låg i att när det gällde amerikanska mål ville al Qaida helst döda civilbefolkning, varför det var en tidsfråga innan ett liknande ubåtsanfall skulle riktas mot New York, Boston, Philadelphia, eller förstås mer överraskande och kanske därför mer sannolikt mot Los Angeles, och att det praktiskt taget inte fanns något skydd mot detta kommande anfall. Det var bara en fråga om när och var, inte om anfallet skulle komma.

Men nyhetsorganens första al Qaida-linje förändrades så snart reportrarna började snappa upp att man inom administrationen misstänkte Iran för att ligga bakom terrorattacken. Ut med bilderna på bin Ladin och in med bilder på den iranske presidenten Mahmoud Ahmadinejad, som ju också hade skägg.

Att tala på ett massmöte inför berusade krigsveteraner är som att stjäla godis från små barn om det är stormande applåder man är ute efter, ansåg Dick Cheney. Och ärligt talat kunde han behöva lite stormande applåder just nu, det hade varit ett tungt år sedan skjutolyckan. Och Rummy hade ju försett honom med tillräcklig ammunition.

Han gjorde inledningsvis ett nummer av att han inte riktigt hade kläm på vad den iranske presidenten hette, men håvade in sina första skrattsalvor med att förklara att det var "den där andre skäggige killen".

Och därefter sade han nästan i klarspråk att det var Iran som satt med den rykande pistolen i hand. Om han garderade sig med en eller annan reservation så var den något för subtil för att märkas inför en så våldsamt stor, berusad och patriotiskt uppjagad publik av före detta amerikanska soldater som deltagit i många krig utomlands och därtill var sådana soldater som fortfarande trodde "etthundratio procent" på sina insatser för demokratin och den amerikanska livsstilen.

Dick Cheney beskrev den iranska ubåtsstrategin, hur de hämtade nya ubåtar från Ryssland och hur de beväpnade dem med de mest fruktansvärda vapen, som man ju sett effekten av i Israel.

Han sade alltså egentligen bara att Iran hade sådana vapen som riktats mot Israel, inte att det var Iran som gjorde det. Men det var det ingen som märkte just då, inte ens de rapporterande journalisterna.

Och så övergick han till att helt hänga på mediernas senaste mardrömsscenarier om vad en sådan som Ahmed Alladin eller vad han hette, skulle kunna göra mot den amerikanska civilbefolkningen.

Därmed var han framme vid talets klimax där han i två minuter hyllade de modiga amerikaner som inte tvekade att ge sitt liv i kampen för frihet och demokrati, i generation efter generation eftersom ondskans axelmakter alltid kom tillbaka för att få på käften en gång till. Men den fria världen skulle alltid slå tillbaka, vad än skäggkillar med kökshanddukar på huvudet trodde. De skulle än en gång besegras av våra grabbar. Och just nu jagades det senaste skäggänget som råttor, vattensorkar fick man kanske säga i det här fallet, i Medelhavet och utgången av den jakten kunde bara bli en, ty frihetens försvarare ger aldrig upp sin kallelse. Och den som hotar våra familjer och våra barn har definitivt gått över den gräns där den amerikanske krigarens vrede blir fruktansvärd, vilket japaner, nazister, saddamister, binladister fått erfara i det förflutna och de iranska skäggen snart skulle få känna av ända in i sitt brinnande helvete. Gud välsigne Amerika!

Applåderna och jublet ville aldrig ta slut.

Just när vicepresidenten Cheney skördade sin stora triumf, åtminstone för stunden, sammanträdde Nationella Säkerhetsrådet på nytt i Vita huset.

Försvarsminister Rumsfeld hade kommit dit sammanbitet beslutsam. Men också han blev till en början närmast lamslagen av den nya info som flottans underrättelsefolk föredrog med nya satellitbilder. Haifa hade anfallits igen. Denna gång med torpeder som hade gått in mellan vågbrytarna i hamnen och styrts mot några återstående oskadade fartyg, däribland korvetten Hanit och robotbåtarna Kidon och Yaffo. Det som hade varit en 75-procentig förstörelse av de israeliska flottstridskrafterna inne i den militära hamnen i Haifa var nu närmast fullständig.

Men inte nog med det. Reservhamnen i Ashdod, belägen mellan Tel Aviv och Ashkelon, hade anfallits en timme senare och ytterligare fyra fartyg hade förstörts, däribland Israels enda ubåtsräddningsfartyg. Dessutom saknade Israel sin modernaste ubåt Tekuma, som man befarade hade blivit torpederad ute till havs strax före det första anfallet. Seismologiska institutionen vid universitetet i Tel Aviv hade registrerat seismiska störningar som stämde alltför väl med träffen av två torpeder.

Det troliga var att man hade att göra med flera anfallande ubåtar. Det säkra var att de som bemannade denna eller dessa ubåtar garanterat kunde sin sak. De hade sänkt en ubåt, såvitt man kunde förstå, i undervattensstrid. De hade riktat kryssningsmissilerna med perfekt precision under sitt första anfall och de hade dessutom lyckats genomföra ett andra anfall med trådstyrda torpeder på ett sätt som sannolikt vore omöjligt utan förspaning från land eller satellitövervakning. Information hade gått ut till alla amerikanska flottenheter som nu närmade sig området att ta det ytterst försiktigt.

Vad beträffade frågan om ubåtarnas nationalitet hade den palestinska presidenten Mahmoud Abbas gått ut i en teveintervju och förklarat att anfallet skett på hans direkta order, att det var "den palestinska flottan" som genomfört det och att han ansåg sig ha den internationella lagen på sin sida. Han hänvisade till att han vid "upprepade tillfällen" krävt att belägringen av Gazas kust- och landgränser skulle hävas, och om inte vidta militära åtgärder. Vilket nu skett.

Vidare hade den så kallade palestinske presidenten framhållit att det han benämnde "den palestinska flottan" absolut inte befann sig i krig mot USA, att man inte hade några som helst avsikter att beskjuta amerikanska örlogsfartyg. Men att man, för den händelse man själv blev beskjuten, skulle besvara eldgivningen.

När föredragningen plötsligt slutade blev det alldeles tyst och alla såg på George W Bush som log väldigt konstigt och såg ut som om han tvivlade på allt han hade hört.

Det här blir ett besvärligt möte, tänkte Condoleezza Rice. Och om två timmar skall han hålla tal till nationen. I värsta fall anfaller vi Iran redan i natt.

\* \* \*

Mässen på U-1 Jerusalem var ett blodigt inferno. Åtminstone den tredjedel av mässen från officersavdelningen och akterut som hade förvandlats till fältsjukhus. Flera av de sårade och chockade stönade och kved oupphörligt och någon grät hulkande och pinsamt högt.

I den återstående delen av mässen var det ruljangs som vanligt men förstås ovanligt trångt och dessutom serverades nästan uteslutande rysk mat eftersom de två palestinska kockarna, styrman Leila och styrman Khadija, nu arbetade som assisterande operationssköterskor och narkosläkare åt kommendörkapten Mordavina.

Jelena Mordavinas första åtgärd hade varit att snabbt sortera alla skadade i turordning. Alla frakturer, hur plågsamma de än var, fick vänta eftersom de två ubåtsmän som hade allvarliga inre skador måste opereras först. Några av dem som tvingades vänta på behandling hade fått morfin, men den måste doseras med viss måtta ifall patienten senare skulle komma att sövas ner.

Då och då kom styrman Leila eller styrman Khadija ut från den lilla operationssalen, som läkarmottagningen hade förvandlats till, för att undersöka läget i kön av sårade, och därför hade det bildats ett brett blodspår som en del inte uppmärksammade när de kom in i mässen, trampade i blodet och spred det vidare. Det såg ut som om nån jävel spillt rödbetssoppa över hela golvet, skämtade en av de ryska torpedmatroserna. Men ingen i omgivningen verkade tycka att det var ett särskilt bra skämt. Ljuden från de sårade och chockade kollegerna gjorde stämningen oväntat dyster bland besökarna i mässen.

Carl hade hunnit sova ett par timmar när han väcktes av örlogskapten Larionov som meddelade att skeppskirurgen absolut ville tala med honom och att det bokstavligen gällde en fråga om liv eller död. Hon hade betonat det, att han skulle säga bokstavligen liv eller död.

Carl sköljde sig fort med kallt vatten i ansiktet, drog på sig kläderna och skyndade iväg mot mottagningen. Han knackade på dörren och steg försiktigt in eftersom han anade att det skulle vara trångt där inne.

Det var det också, och mycket blodigt. Två ubåtsmän låg nära varandra, nedsövda och med bukhålorna öppnade. Jelena Mordavina stod i gröna men nedsölade kläder och rotade inne i den ene av de nedsövda patienterna. Från bukhålan på den andre hördes ett sörplande ljud, förmodligen blod som sögs ut.

"Stanna där du är, Carl!" uppmanade Jelena Mordavina med bara en kort blick upp bakom sina tjocka förstoringslinser. "Infektionsrisken här inne är svår nog som den är."

"Vad är läget, vad kan jag göra?" frågade Carl.

Jelena Mordavina skakade kort på huvudet och pekade åt Leila som höll ner ett finger och gjorde något som Carl inte kunde se.

"Så där. Kan du sy ihop?" frågade Jelena Mordavina, men Leila viskade förskräckt nej.

"Nå, det går fort, jag gör det själv."

Carl avvaktade. Evinnerlig tur att Jelenas engelska är så förhållandevis bra, tänkte han. Det hade blivit svårt för dem att samarbeta med bara ryska som språk.

"Jo, så här är det Carl", fortsatte Jelena Mordavina med en kort blick upp mot honom. "Den här som jag håller på att sy ihop har vi klarat, ja om vi bortser från infektionsrisken och annat, men för stunden är han klar. Vi tog bort hans mjälte, den var spräckt. Svår att sy i dessutom. Den andre närmast dej har också kraftiga inre blödningar, vi försöker fixa hans lever. Den kan vi inte ta bort. Vi kan förmodligen rädda honom också, men det finns ett problem."

"Vad är problemet?" frågade Carl.

"Enkelt att beskriva, kanske svårt att lösa. Vi börjar få brist på blod och vi behöver mer. Jag kan inte gå in på komplikationerna, det har med blodgrupper och annat att göra, men kort sagt är det bara åtta man ombord som kan förse oss med det blod vi behöver."

"Har du en förteckning över dom?"

"Ja, jag har skrivit en lista som ligger ovanpå handfatet till vänster om dej, ta den!"

"Och om jag inte kan få dom åtta att leverera blod frivilligt?" frågade Carl bekymrat. Han såg ett tydligt problem.

"Då har vi följande konsekvenser", svarade Jelena Mordavina utan att ta koncentrationen från sitt arbete, det såg ut som om hon sydde ihop en seg säck. "Antingen använder jag resten av dom plastpåsar med blodkoncentrat som vi har, det är fullt möjligt att det räcker. Men då står vi utan praktiska möjligheter till nya insatser av det här slaget i nästa krisläge. Eller också låter vi han där närmast dej dö. Eller också skaffar vi färskt blod från just dom åtta man ombord som råkar ha rätt blodgrupp. Avgörandet är ditt."

"Hur mycket blod från varje man?" frågade Carl.

"500 ml räcker mer än väl."

"Hur fort?"

"Om förste man kavlar upp ärmen utanför dörren om tio minuter är det bra, sen är det bara att köa. Khadija tar hand om det som behöver ordnas där ute i korridoren."

"Jag förstår", sade Carl, tog upp namnlistan och betraktade den i hopp om att han själv skulle finnas på den. Men sådan tur hade han inte. Alla åtta namnen gällde personal ombord i rätt underordnad ställning, tre palestinier och fem ryssar.

"Jag ordnar det här, förste man finns utanför dörren om tio minuter", sade han utan entusiasm, backade försiktigt ett steg och stängde dörren efter sig.

Han var fylld av olust när han gick mot centralen för att ta upp en av de mikrofoner som kunde kommunicera med hela fartyget. Så kallade han alla på namnlistan och beordrade dem att omedelbart infinna sig där han stod, oavsett vad de just höll på med. En del kanske låg och sov, han måste få fram en tjänstgöringslista och ropade på vakthavande personalofficer.

De första mannarna kom efter ett par minuter, det var två ryssar och en palestinier.

Han började genast förklara, ömsom på ryska och ömsom på engelska. Budskapet var inte svårt att formulera, men det var också det enda enkla.

"Vi har en döende kollega där nere på operation. Han behöver blod av just den typ som ni råkar ha. Bara ni kan rädda hans liv. Jag ber er om en hjälp som är nästan frivillig. Har vi någon som ställer sig först i kön?"

En av ryssarna räckte tveksamt upp handen, palestiniern stirrade vilt och nästan fientligt på honom.

"Det är bra, Grisjin. Du vet var sjukan ligger. Gå genast dit och du blir omhändertagen."

Maskinist Grisjin gjorde en antydan till honnör och gav sig iväg utan vare sig brådska eller entusiasm. Samtidigt kom vakthavande personalofficer Gontjarenko, en palestinsk dykare och ytterligare två ryssar. Carl bad personalofficeren ta reda på dem som ännu inte infunnit sig, samtidigt som det förklarades viskande på arabiska och ryska bland ubåtsmännen. Den palestinske dykaren var gruppchef och skulle ha sovit så här dags. Han såg inte glad ut när han fick veta vad saken gällde.

"Är det inte, med tanke på omständigheterna, lite väl mycket begärt, amiral?" frågade han med en tydlig ansträngning att behärska sig.

"Nej", sade Carl. "Tro på mej fänrik Hassan Abu Bakr. Du har kanske räddat allas våra liv i dag. Det får vi tala om senare. Nu ber jag dej rädda ett liv till."

"Amiralen *ber* mej?

"Ja, jag vill inte beordra dej."

"Och amiralen menar att det är rätt?"

"Det är jag övertygad om, jag beklagar att mitt eget blod inte duger."

Hassan Abu Bakr sänkte sitt huvud i eftertanke eller bön några ögonblick innan han såg upp, tog ett djupt andetag, såg Carl stint i ögonen och gjorde honnör.

"Okay amiral, jag tar uppdraget!"

"Tack fänrik, gå till sjukan och ställ dej i kön."

Därmed var krisen över. Eftersom ingen vägrat i början följde de andra efter.

Carls nästa uppgift var både lättare och svårare, om än inte lika brådskande. Löjtnanten väntade på honom i den lilla utbuktning i korridoren intill ordercentralen som användes som sammanträdesrum, eller om man skulle kalla det sammanträdesyta, för fartygsledningen. Han var vit i ansiktet och såg ut som om han frös.

"Så här är det, löjtnant", sade Carl med en suck när han satte sig ner. "Din grad framgår av uniformen. Men jag vill att du uppger ditt namn och tjänstgöringsnummer."

Han fick bara en långsam huvudskakning till svar. Det tydde i alla fall på att mannen förstod engelska.

"Konstra inte nu, löjtnant", fortsatte Carl lågt. "Det är nästintill omöjligt att en israelisk ubåtsofficer inte skulle förstå engelska. Genèvekonventionen ger mej rätten att ställa denna enda fråga till en krigsfånge. Men den ger också dej skyldigheten att besvara frågan."

"Är ni amerikaner?" frågade den israeliske löjtnanten med en plötslig glimt av hat i ögonen.

"Nej", sade Carl. "Och inte heller jag är amerikan även om det kanske låter så. Du är ombord på U-1 Jerusalem, flaggskepp i den

268

palestinska flottan. Mitt namn är Carl Hamilton, jag är högste chef."

Den israeliske löjtnanten såg upp på nytt och den här gången var det den tvivlande förvåningen i stället för hat som hjälpte till att häva hans chocktillstånd.

"Den palestinska flottan ... den *palestinska* flottan!"

"Rätt uppfattat, löjtnant. Vi torpederade er 27 distansminuter utanför Haifa. Något senare räddade vi er som överlevt längst bak i den sjunkna Tekuma. Det var vad som hände, Israels räddningsmöjligheter var utslagna, vi kan tala mer om det senare. Men nu är ni här och nu är ni krigsfångar och därför frågar jag igen. Var snäll uppge grad, namn och tjänstgöringsnummer!"

"Till den *palestinska* flottan?"

"Helt korrekt. Till chefen för den palestinska flottan till och med. Nå?"

"Det här är en jävla mardröm ..."

"Det kan jag förstå. Men vi kan inte sitta och tramsa längre. Två av era kamrater ligger på operationsbordet med livshotande inre blödningar. Vår skeppskirurg och hennes assistenter arbetar intensivt på att rädda deras liv. Alldeles nyss anmälde sig åtta man i min besättning för att lämna blod. Dom gör det just nu, när vi sitter här. Om det lyckas blir ni nio överlevande från Tekuma."

"Är alla andra ombord ...?"

"Tvivelsutan ja. Jag beklagar, men så är det."

"Och varför skulle jag då samarbeta med våra bödlar? Om ni ursäktar ... är ni amiral förresten?"

"Viceamiral, ja. Om jag ursäktar?"

"Så har jag vissa historiska fördomar om att samarbeta med bödlar, om dom så är storamiral Karl Dönitz."

Carl blev spontant blixtarg men hann behärska sig. Han svalde förolämpningen att jämföras med Hitlers ställföreträdare, genom att låtsas inte förstå anspelningen.

"Löjtnant, nu måste vi lösa det här!"

"Annars ...?"

269

"Det finns inget sådant annars. Genèvekonventionen förbjuder varje form av misshandel av krigsfångar. Den föreskriver också att officerare skall behandlas bättre än tillfångataget manskap. En märklig praktisk konsekvens av det, unge löjtnant, är att ni får dela hytt med mej. Jag är nämligen en av bara två befälspersoner ombord som har två bingar i hytten. Ni och era kolleger kommer dessutom att serveras mat som inte kränker era kulturmönster. Vi har ett halalkök ombord. Men jag måste helt enkelt ha era namn."

"Varför det?"

"Vi kommer nämligen vid första tillfälle att via radio sända en lista till Röda Korset på de krigsfångar vi medför ombord. Liksom vi kommer att meddela de exakta koordinaterna där man kan hitta vraket efter Tekuma. Sådant ingår också i reglerna. Nå?"

"Zvi Eshkol, löjtnant i Heyl Hayam, Israels flotta. Och Röda Korset kommer att meddela våra anhöriga?"

"Helt riktigt, löjtnant Eshkol. Det är en av poängerna. Okay, det var allt jag hade rätt att fråga er. Men nu skulle jag vilja be er om en tjänst."

"En tjänst?"

"Jag behöver namn och befattning på alla era åtta kolleger från Tekuma. Också dom namnen ska till Röda Korset. Ni är ende israeliske officer ombord, följaktligen befäl över den israeliske krigsfångegruppen och därmed vår sambandsman. Så om …?"

"Jag förstår, amiral. Så fort jag får träffa mina kolleger ska jag ordna en namnlista."

"Utmärkt. Har ni någon aptit? Jag förstår om …"

"Ärligt talat ja, amiral."

Carl såg till så att löjtnant Eshkol hämtades, eskorterades till mässen och fick en improviserad supé tillsammans med två andra ubåtsmän bland de nio fångarna som också var fysiskt oskadade. Sedan gick han tillbaks till det lilla sammanträdesrummet och lät hämta den under de senaste timmarna ytterst inbäddade reportern Rashida Asafina från Al Jazeera.

Hon var inte oväntat arg som ett bi när hon kom, ledsagad av en av de tre engelska löjtnanterna som gick i skift som fartygskorrespondenternas ständiga eskort ombord.

Hon skällde ut honom, bland annat med hänvisning till att han undertryckte pressfriheten, något som fick honom att le hjärtligt samtidigt som han intygade att han var en varm anhängare av pressfrihet. Men också anhängare av väl inbäddade reportrar och det var ju läget i sak just nu.

Det bestred hon ilsket och med goda argument. För vad som var läget *i sak* hade hon nämligen ingen aning om. Eftersom hon varit inlåst i tio timmar.

Han berättade först att det var över, att hon från och med nu hade samma arbetsvillkor som förut. Alltså filma allt ombord utom torpedrummet och ordercentralen tre meter från den plats de satt just nu. Tala med vem som helst ombord, men respektera om någon inte ville svara eller vara med på bild.

Och vad läget i mer konkret sak beträffade så var det följande. U-1 Jerusalem hade under de senaste åtta timmarna anfallit de israeliska hamnarna i Haifa och Ashdod och förstört uppskattningsvis mer än 90 procent av den israeliska flottan. Vidare hade man sänkt den israeliska ubåten Tekuma ute till havs och hade nu nio krigsfångar ombord, räddade från Tekuma med andra ord.

Klockan 08:00 GMT skulle U-1 Jerusalem gå upp i ytläge under cirka 15 minuter. Rashida Asafina och hennes medhjälpare skulle få hjälp att rigga utrustningen för att sända via satellit till Al Jazeeras huvudkontor. Hon var då fri att göra vilken presentation hon ville, rimligtvis efter att först ha ringt via satellittelefon till hemmabasen för att förbereda dem på att ta emot sändningen. Slutligen skulle hon få ställa intervjufrågor till brigadgeneral Mouna al Husseini, som var den palestinske presidentens talesman ombord. Några frågor?

Det var närmast mirakulöst att Rashida Asafina hade kunnat ta emot all denna information utan att avbryta eller tappa koncentrationen. Men hennes första reaktion föreföll Carl högst begriplig.

"Helvete!" utbrast hon. "Det här är världens största story sen 9/11. Och jag sitter mitt i den utan att kunna rapportera!"

"Snart kan du det och då blir din rapport den mest intressanta i världen. Oroa dej inte för ditt scoop, du har mindre än åtta timmar kvar till att bli världsberömd", sade Carl utan minsta tecken på ironi. Men det fanns förstås ett myller av frågor i alla fall. Vad hade hänt där ute i världen? Tänk om ingen svarade när hon ringde redaktionen, de måste ju tro att hon var kidnappad vid det här laget. Kunde man inte förlänga den där sändningstiden? Och vad med allt inspelat material, det kunde ju inte länkas över till Al Jazeera på bara en kvart, i synnerhet inte som man skulle sända samtidigt och blockera satellitlinjen.

Carl höll avvärjande upp händerna för att försöka bromsa hennes frågestorm.

"Ta det nu iskallt Rashida, är det förresten okay att jag kallar dej Rashida när vi är ensamma så slipper vi herr amiral och ms fartygskorrespondent?"

"Passar mej utmärkt. Men jag tänker inte verka intim med dej i intervjusammanhang."

"Passar säkert oss båda utmärkt. Men då kör vi. Punkt ett. Vad har hänt ute i världen? Vet ej. Vi ska gå upp nära ytan om några timmar, sticka upp en parabolantenn och ta in CNN:s version av vad världen tror. Gissningsvis, precis som du sa, har det väl samma mediedimensioner som 9/11 och ..."

"Varför just CNN!"

"Vi har ont om tid, varje gång vi sticker upp något ovanför ytan riskerar vi att spåras. Då kan dom döda oss. Vi måste ha den amerikanska versionen i första hand, ren ekonomi."

"Okay, jag förstår. Fortsätt!"

"Om ingen svarar när du ringer hemmaredaktionen har vi otur, måste gå några timmar till en annan plats och göra om försöket."

"Kan jag få se på det ni tar in från CNN?"

"Självklart. Det är lika viktigt för dej som för oss att veta vad dom tror där uppe. Det är förmodligen det du ska dementera. Och sänd-ningstiden ... det var väl nästa fråga du ställde? Samma sak där. Så fort vi visar oss vid ytan riskerar vi att dö. Vi måste begränsa det tids-utrymmet och vi måste exempelvis ligga utanför det israeliska attack-flygets nära räckvidd. Och vad var det sen?"

"Allt vårt inspelade material, hur ska vi få över det till redaktio-nen?"

"Inte i brådrasket är jag rädd. Vi ska gå upp flera gånger för att du ska kunna göra ståuppor och vi kommer kontinuerligt att ta hem ny-heter från CNN."

"Men vad händer med mej, min medhjälpare och allt vårt materi-al?"

"När vi går in i en säker hamn kommer du och din medhjälpare att få välja. Att ni sänder hem allt ert inspelade material till redaktionen utgår jag från under alla omständigheter. Men om världens just då mest berömda tevereporter fortfarande vill vara inbäddad hos oss när vi går ut på nästa uppdrag är kanske en mer öppen fråga?"

"Var och när går vi i hamn, vad gäller nästa uppdrag?"

"Det dröjer omkring två veckor innan vi går i hamn. Var och pre-cis när kan jag, jag menar *vill* jag, inte säga just nu."

"Varför inte det, jag kan ju inte springa och skvallra?"

"Jo, du har en direktsändning i morgon och sen förhoppnings-vis fler direktsändningar. Du har ett antal telefonsamtal direkt med hemmaredaktionen."

"Litar du inte på mej?"

"Det kanske jag gör. Men du ska inte ens ha en teoretisk möjlighet att döda oss allihop därför att nyheter är heliga. Fler frågor?"

Det återstod bara några små praktiska frågor. Rashida Asafina visste lika väl som Carl att hon snart skulle vara världens mest kända tevereporter med världens största scoop. Det hade hon inte en tanke på att sabba.

Snarare ville hon veta hur lång tid före sändningen hon kunde få se CNN:s version, eller gissningar, om vad som hade hänt. Det som hon skulle lägga till rätta framför den palestinska flaggan på ubåtens torn tillsammans med Mouna al Husseini. Och apropå det ville hon att Mouna också skulle ha sett CNN innan de förberedde intervjun.

Det var nog inga problem, de värsta problemen för U-1 Jerusalem var för närvarande över, menade Carl. Här satt man i stormens öga. Vad som hände där uppe vid ytan var nog våldsamt mycket mer krisartat.

\* \* \*

Presidentens tal skulle sändas från The Treaty Room på andra våningen i Vita huset. Till höger i rummet hänger en tavla som gett rummet dess namn och som föreställer president McKinley när han övervakar undertecknandet av fredsavtalet i det spansk-amerikanska kriget.

Medan presidenten sminkades kom en upphetsad medarbetare till presstalesmannen in och berättade att någon hade läckt, ett av tevebolagen sände redan nyheten att kriget skulle börja.

"Dom där nötterna fattar fortfarande ingenting", muttrade presidenten från sin bakåtlutade position hos sminköserna. "Det här kriget började för länge sen, den 11 september 2001."

En stunds tystnad följde bland de mer än ett dussin personer som befann sig i rummet. Det enda som hördes var ett viskande samtal mellan Condoleezza Rice och Rumsfelds statssekreterare Card.

"Va ere nu om?" frågade presidenten irriterat.

"Det är Pentagon, Mr President", svarade Condoleezza Rice med en sorts kall återhållsamhet i rösten som var mycket bekant för presidenten. Så där lät hon när hon var förbannad.

"Ja? Och vad med Pentagon?" frågade han.

"Dom vill ha mer beslutanderätt."

"Jag har sagt åt dom att dom har all beslutanderätt dom behöver, huvudsaken är att undvika stora kollaterala skador. Skit i det där nu."

Tystnaden lägrade sig på nytt i rummet. Det var tio minuter kvar till sändning och staben började troppa av. Bush gnällde om något rytmfel i promptern och fick ett glas vatten. Ny tystnad.

"Verkar som begravning här inne", skämtade presidenten. "Det här har vi väl ändå gjort förut och var var du förresten på senaste löprundan, Big Al?"

Frågan riktade sig till en av säkerhetsmännen. Han svarade att det inte varit hans skift men att han i alla fall sprang en mile på fem minuter häromdagen. Presidenten höll med om att det var hyfsat, men påpekade att han själv nyligen sprungit en runda på tre miles på 21 minuter och 6 sekunder.

Ny spänd tystnad. Presidenten frågade irriterat var poolgänget höll hus. Hans fråga syftade på den personal från olika tevebolag som häckade i Vita huset och turades om att sköta sändningarna därifrån. De kom just in, med andan i halsen och bemannade tekniken. Bush skämtade något om att besparingarna hos tevebolagen började gå så långt att man väl snart överlämnade åt presidenten att vara sin egen sminkös, som Tony Blair. Nedräkningen började. Bush gjorde några nöjda armtänjningar, slätade ut kavajen och blinkade åt en av teveskriptorna. Han verkade stridslysten och glad. Fem sekunders absolut tystnad med nedräkning. Presidenten för Amerikas Förenta Stater påannonserades.

"Kära landsmän amerikaner här hemma och varhelst i världen ni befinner er", började han och lutade sig något framåt och spände beslutsamt blicken i tevetittarna, det vill säga den löpande texten på åttonde och sista utkastet till hans tal.

"I kväll är vi ånyo ett folk som skådar den stora faran av massförstörelsevapen i händerna på demokratins fiender. Och ånyo kallas vi att försvara friheten.

I dag på Yom Kippur, Försoningsdagen, då Herren ålägger oss att försona oss med våra fiender, har Israel, vår närmaste allierade och vän i Mellanöstern, utsatts för ett terrorangrepp av sådan barbarisk vildsinthet att det bara kan – och skall – jämföras med den 11 september 2001. Staden Haifa har utsatts för ett fegt bakhåll med massförstörelsevapen avfyrade från ubåt.

Vi måste därför inse att det finns vissa ting som härmed framstår som kristallklara. Israel är vår vän och allierade. Amerikas Förenta Stater viker aldrig, och kommer aldrig att vika från vänners sida, vi kommer alltid att försvara demokratin och friheten. Om de som hatar oss och friheten, och den amerikanska livsstilen, tror att de kan skrämma oss med fega bakhåll så tar de dödligt fel.

Vi kommer att använda alla resurser vi har till förfogande, varje diplomatiskt medel, varje instrument vi förfogar över inom våra underrättelsetjänster, varje institution för upprätthållande av nationell och internationell lag och varje militärt vapen för att tillintetgöra detta globala nätverk av terrorister som nu än en gång bringar förstörelse och sorg.

Vi har härdats i detta krig mot terrorismen och ingen har utlovat en snabb och lättvindig seger. Det enda jag lovat är seger.

Vad amerikaner kan vänta sig är inte ett enda stort vinnande slag, utan en fortsatt utdragen och beslutsam kampanj som skiljer sig från allt annat som vi tidigare skådat. Denna kampanj kommer att innehålla fullt synliga attacker som kan ses på teve, men också operationer som är hemliga och förblir hemliga även när de är framgångsrika. Jag ber om ert tålamod, men jag ber er framför allt om förtröstan och jag ber er låta livet gå vidare som vanligt och krama era barn som vanligt.

Men var förvissade om att jag aldrig kommer att glömma de sår som tillfogats oss och demokratin denna dag, eller glömma dom skyldiga. Jag viker inte, jag vilar inte, jag tvekar inte i min beslutsamhet i detta pågående slag för friheten och för det amerikanska folkets trygghet och säkerhet.

Jag har därför gett Amerikas Förenta Staters väpnade styrkor två uppdrag. Flygstridskrafter från hangarfartyget USS Thomas Jefferson har just utplånat den hamn för terroristubåtar som Iran byggt i Bandar Abbas vid Persiska viken. Låt världen aldrig glömma att den som ger hamn åt terroristerna har valt sida.

Jag har vidare gett order till Förenta Staternas flottstridskrafter i Medelhavet att uppspåra och förstöra den eller de terroristubåtar som

genomförde bakhållet mot den fredliga staden Haifa i Israel.
Terroristerna skall förintas eller tillfångatas. Om vi släpar våra fiender till rättvisan eller släpar rättvisan till dem så kommer rättvisa likväl att skipas.

Gud välsigne Amerikas Förenta Stater!"

Condoleezza Rice hade stått fem meter från presidenten när han höll talet och hon tyckte att det var långt över genomsnittet. Han hade inte stakat sig och inte sagt fel på något ord eller trasslat in sig i språkrytmen som om han inte riktigt hängde med i vad han läste. Han hade utstrålat målmedvetenhet och tillförsikt om att han gjorde det rätta.

Och så långt var ju allt gott och väl. Problemet var att hela utspelet hade drag av chansning eller ren hasard. Måtte Gud verkligen välsigna Amerikas Förenta Stater just nu.

Han hade bett henne stanna över natten i Vita husets residens. Hon hade ju ändå ett eget rum där med komplett garderob, och i kväll var rikets första dam dessutom i Los Angeles för att tala om familjevärden inför Amerikas Mödrars kongress. Efter sina tal ville han inte bli lämnad ensam utan måste ha något bollplank, liksom för att jogga ner sig i normalt tempo. Dessutom åt han aldrig något före sina tal men blev i gengäld hungrig som en varg efteråt.

De kalasade på Vita husets King size super cheeseburgers, en lyx de bara kunde unna sig när de var ensamma och ingen såg dem, och de satt en stund och vände och vred på olika formuleringar innan det var dags för Dick. Exempelvis tyckte Condoleezza Rice att uttrycken "terroristubåt" eller "massförstörelsevapen" när det gällde kryssningsmissiler inte var helt oproblematiska förändringar av det politiska språket. Men där hade han redan bestämt sig så hon övergick snabbt till det positiva, exempelvis att han inte bundit sig för att ubåten kom från Iran, även om alla skulle uppfatta det så. Men han hade faktiskt inte sagt det.

Därefter kunde de komma in på Dick. Det var nästan komiskt, suckade presidenten, men om han mindes rätt hade han faktiskt sagt åt Dick när de skiljdes efter lunch på mötet i Nationella Säkerhetsrådet att "sätt mej inte i klistret *igen* nu är du snäll." Man kunde väl ändå tycka att det borde ha varit en mer än tillräcklig påminnelse. För Dick hade ju gjort det där konststycket en gång förut. Innan Vita huset ens hade insinuerat att Saddam Hussein hade några massförstörelsevapen – det enda George W Bush själv hade undsluppit sig var att Saddam Hussein *eftersträvade* sådana vapen – så hade Dick gått ut i ett tal och sagt att man *visste* att så var fallet. Och eftersom Vita huset inte gärna kunde desavouera eller dementera vicepresidenten så hade hans utspel onekligen satt extra fart på krigsmaskinen.

Och nu hade Dick gjort om samma sak. Han hade naglat fast Iran vid ubåten, eller om det nu rentav var flera ubåtar. Det var i praktiken en krigsförklaring. Så då var det lika bra att gå till anfall så fort som möjligt, innan förvarningstiden blev alldeles för lång.

Condoleezza Rice invände försiktigt att det trots allt fanns ett inslag av hasard i attacken mot Iran – fast det naturligtvis, och mest troligt, kunde visa sig att det var helt rätt.

George W Bush ville inte acceptera den kritiken. För nu hade han ändå kompromissat. Man skulle förstöra en ubåtshamn och några anläggningar för upparbetning av uran för deras kärnvapenprogram, det var allt för närvarande. Och det kunde man ändå göra närsomhelst utan någon särskild händelse som förklaring. Skurkstater som Iran fick inte inneha kärnvapen, eller över huvud taget vapen som kunde hota Förenta Staternas sjöstridskrafter.

Men det fina i kråksången var att det ändå blev en kompromiss, en begränsad aktion. Rummy hade velat släppa loss hela projektet, hela *Operation Extended Democracy*, det stora anfallet mot Iran. Det hade kanske inte varit så bra. Men nu tjänade den här begränsade insatsen som kamouflage, det kunde se ut som om det här var hela den tänkta operationen, förutom att fiska ubåt. Då kunde man ha kvar optionen med det stora anfallet och fick dessutom tid att förbereda det bättre.

Condoleezza Rice valde att hålla inne med sitt missnöje. Som presidenten beskrev läget hade han bara försökt göra det bästa av situationen, mannen bakom det eventuella misstaget var i så fall Dick. Men hon skulle få en besvärlig morgondag. När FN:s säkerhetsråd sammankallades var anfallet mot Iran sedan länge över och bränderna släckta. Delegaterna i säkerhetsrådet skulle knappast vara entusiastiska när de därefter ombads sanktionera ubåtsjakt.

"Med Guds hjälp ska vi nog ändå reda ut det här, Condi", sammanfattade presidenten med en gäspning och klippte med ögonen.

Klockan var över tio på kvällen och han hade mycket tidiga kvällsvanor. Bättre att sova ut inför en säkert rätt intensiv morgondag, föreslog hon, reste sig och nickade godnatt. Han vinkade bara trött åt henne, djupt nedsjunken i sin fåtölj. Han hade klätt om till träningskläder, men hon tvivlade på att han verkligen skulle upp i gymet och avreagera sig. Han verkade alldeles för trött, det hade säkert varit slitsamt att få ihop det där talet med så många stridiga viljor bland talskrivare och rådgivare.

När hon gick vinkade hon åt honom att sitta kvar, hon hittade ju ändå lika bra i huset som han själv och rikets första dam.

Condoleezza Rice hade vanligtvis inga svårigheter att somna, lika lite som att stiga upp 04:45 utan väckarklocka. Men den här natten var annorlunda.

Hon hade hamnat på efterkälken, hon hängde i svansen på de två grabbarna och utvecklingen riskerade att få sin egen dynamik fram mot ännu ett illa förberett krig och amerikanska ockupationssoldater i ännu ett muslimskt land. Rummys försäkringar om att iranierna då skulle ställa sig på ockupationssoldaternas sida och göra sig av med det förhatliga religiösa förtrycket trodde hon inte en sekund på. Det hade grabbarna sagt om Irak också.

Men Dick och Rummy hade en förmåga att i vissa lägen driva presidenten framför sig. Georges ledarstil gränsade till det jäktade, hon om någon borde veta eftersom hon kände honom bäst av alla principalerna, som den inre maktkretsen kallades. Han ville ha action och lösningar och när han slagit in på en väg så rusade han framåt, såg sig sällan om, morrade åt eller till och med förlöjligade tvivelsmål. Och då var allt annat än hundra procents uppställning näst intill landsförrädiskt. Han tycktes aldrig tveka och hans korta deklarationer kunde förefalla väl impulsiva. Och så tyckte han också om att framställa sig själv i de enstaka intervjuer han beviljade utvalda hovreportrar. "Jag går på min instinkt", var ett sådant ofta upprepat intervjuuttalande. Hon var väl medveten om alla dessa egenheter. Men hon ansåg också att tvivel kunde vara den nyktra politikens kammarpiga, en formulering som hon var rätt nöjd med. Försiktig eftertänksamhet var en nödvändig del av varje beslutsprocess och hon ansåg att det var hennes jobb att vifta med varningsflaggor, till och med rödljus om nödvändigt, för att förmå presidenten att tänka om.

Man kunde inte påstå att hennes strategi därvidlag hade varit särskilt framgångsrik under det senaste dygnet. Och Rummy var inbokad i fem av tevekanalernas morgonsoffor där han skulle stoltsera med sitt framgångsrika anfall mot Iran och säga både det ena och det andra som sannerligen inte skulle göra morgondagens diplomatiska spel i FN lättare. Vilket väl för både Rummy och Dick bara skulle bli en självuppfyllande profetia, ytterligare ett bevis för att Amerikas Förenta Stater inte kunde förlita sig på någon annan allierad än Tony Blair. En tankegång som dessutom hade väldigt lätt att få fäste hos George själv.

Bara två saker kunde rädda situationen som Condoleezza Rice såg det. För det första att den där ubåten, eller ubåtarna, verkligen var iranska. För det andra att man fick tag på den, eller dem, så fort som möjligt och stabiliserade hela situationen.

En sak man ägnat alldeles för lite uppmärksamhet var att den palestinske presidenten så bestämt hade hävdat att ubåten var palestinsk. Och dessutom anfallit på hans uttryckliga order. Rummy hade bara hånskrattat om terroristledare som alltid hoppar fram och tar åt sig äran för att få lite publicitet. Och från CIA hade man avfärdat det palestinska alternativet som otänkbart.

På något sätt lyckades hon till slut somna ifrån sitt ältande, men vaknade flera gånger under natten och såg på klockan och fick svårt att somna om och till slut försov hon sig.

Fem minuter i sex ringde hennes statssekreterare, bad både förvånat och generat om ursäkt när han insåg att han hade väckt henne, men insisterade på att hon måste se nyheterna på CBS om några minuter.

Hon drog på sig en morgonrock, beställde apelsinjuice, hälsoyoghurt och decaff från Vita husets room service och slog på teven.

Det var *inte* anfallet mot Iran under natten som var förstanyhet, än mindre presidentens tal under gårdagskvällen. Under den brinnande röda vinjetten ISRAELS 9/11 dånade i stället en fullkomligt förfärlig nyhet.

Den arabiska oberoende nyhetskanalen Al Jazeera hade en korrespondent ombord på ubåten, som nu presenterades under namnet U-1 Jerusalem och som "flaggskepp i den palestinska flottan". Och så kom inslaget, köpt för säkert fruktansvärda pengar från Al Jazeera.

En tuff reportertjej av den vanliga typen gjorde ståuppa framför ett ubåtstorn i rörelse till havs med den palestinska flaggan i bakgrunden. Hon berättade att det var detta fartyg som hade utplånat den israeliska flottan i Haifa och reservhamnen Ashdod och dessutom sänkt den israeliska ubåten Tekuma 27 distansminuter från Israels kust innan man inledde anfallet.

Dessutom hade man nu nio överlevande israeliska krigsfångar från Tekuma ombord, varav två hade opererats för svåra inre skador. Varje påstående från den amerikanska administrationen om att det rörde sig om en iransk ubåt var således fel.

Och så presenterade reportern en kvinna i uniform som den högsta politiska befälhavaren ombord på U-1 Jerusalem, generalen Mouna al Husseini.

Condoleezza Rice satt käpprätt upp på sängkanten och viftade undan den betjäning som blixtsnabbt kommit med hennes frukostbeställning, utan att släppa teverutan med blicken.

Först bad tevereportern den kvinnliga befälhavaren beskriva vad

U-1 Jerusalem hade genomfört och fick en korthuggen redogörelse som bara bekräftade de värsta farhågorna.

"Och varför genomförde den palestinska flottan den här attacken?" löd nästa fråga.

"På order från vår president Mahmoud Abbas slog vi ut den israeliska flottan därför att israelernas inringning av Gaza inte tycktes kunna hävas på annat sätt. President Abbas har flera gånger varnat Israel för just detta."

"Varifrån har ni fått den här ubåten?"

"U-1 Jerusalem är ett samarbetsprojekt mellan Ryssland och palestinsk vetenskap. Grundkonstruktionen är rysk, men vi har genomfört en serie förbättringar och förändringar med egna resurser."

"Ni har också rysk personal ombord?"

"Det stämmer. Vi är fyra eller fem olika nationaliteter ombord, men detta är den palestinska flottan och ingenting annat."

"Men ryssarna har en dominerande ställning ombord?"

"Det kan jag inte hålla med om. Själv är jag högsta politiska chef som vidarebefordrar den palestinske presidentens order. Högste officer till graden ombord är för övrigt amerikan."

"Medför ni kärnvapen?"

"Vad är det amerikanska befäl brukar svara på den frågan? Jag får väl säga som dom. U-1 Jerusalem medför alla vapen som kommer att behövas för att vi ska kunna genomföra våra uppgifter."

"Enligt amerikanska nyhetskanaler är ni just nu jagade av hela den amerikanska Medelhavsflottan och president George W Bush har lovat att sänka er. Kommentar?"

"För det första att vi palestinier absolut inte befinner oss i krig med USA. Vi har inga som helst avsikter att öppna eld mot amerikanska fartyg. Blir vi beskjutna kommer vi att besvara elden, men det är en annan sak. Dessutom gjorde den amerikanske presidenten sina uttalanden när han var felinformerad om vår identitet. Att ett angrepp från Iran på ockupationsmakten Israel skulle möta en sådan motreaktion är på sätt och vis begripligt. Men saken kommer i ett helt annat läge nu, när vi har visat att vi är palestinier."

"Varför det?"

"Därför att vi har den internationella lagen på vår sida, det har inte Iran. Vi är ett ockuperat folk, vi får använda militärt våld mot vår ockupant."

"Ni fruktar inte att USA kommer att fullfölja anfallet mot er även efter att ni som man säger visat flaggan?"

"Det hoppas jag verkligen inte. Vi vill inte sänka några amerikanska fartyg, det skulle inte gagna våra intressen."

"Vad sker härnäst?"

"Det kan jag tyvärr inte svara på. Vi avvaktar nya order från vår president, ni får fråga honom."

Reportern gjorde en lite nervöst pressad avannonsering, tydligt jäktad av någon i bakgrunden och där klipptes inslaget och ett batteri av uniformsklädda experter visade sig i tevestudion samtidigt som programledaren beklagade att försvarsminister Rumsfeld hade fått förhinder och inte kunde komma som utannonserat.

Condoleezza Rice slog av teven och försökte samla tankarna. Just nu hade hon inget som helst behov av att höra ett antal terroristexperter och pensionerade generaler sätta igång och spekulera.

Intervjun var jäktad och repeterad, bedömde hon. Förmodligen därför att man måste gå upp och visa sig vid ytan för att kunna sända och då var det nog klokt att inte prata för länge.

Det som hade sagts, repeterat eller ej, gav ett bestämt intryck av autenticitet. Det ryska ursprunget till ubåten skulle man klämma ur Putin ögonaböj. Men det stämde nog. Hon hade själv sett de ryska kryssningsmissilerna under det första anfallet.

Al Jazeera hade sänt materialet först. Det var deras reporter som de kände sig säkra på, alltså måste de ha varit övertygade om materialets äkthet. Och CBS skulle inte ha köpt det och toppat sin sändning med det om inte också de hade bedömt innehållet som ytterst trovärdigt.

Bara en detalj föreföll orimlig. Men reportern som måste ha

befunnit sig ombord en tid reagerade inte så mycket som med en blinkning eller minsta invändning inför påståendet att den högste officeren ombord – högre än general således! – var amerikan. Det var inte bara mysteriöst, det var i så fall en oerhörd skandal.

Och härmed skulle världspressen splittras, blev Condoleezza Rices nästa insikt. En vacker, cool för att inte säga stenhård kvinnlig chef över den största terroroperationen i Mellanösterns historia. Det skulle gå skälvningar genom den västerländska journalistkulturen av sådan kraft att det blev utslag på Richterskalan.

Resolution i säkerhetsrådet kunde man glömma. Den kvinnliga palestinska generalen var en levande garanti för veto från Frankrike, Ryssland och Kina. Plus en bunt övriga nejröster. Det vore fullständigt kontraproduktivt att Amerikas Förenta Stater och Storbritannien satt där ensamma med Svarte Petter i handen.

Det skulle bli en jobbig och lång dag. Hon svepte sin apelsinjuice.

\* \* \*

U-1 Jerusalems nästa framträdande på världsscenen blev lika sensationellt som det första. Och lika oväntat.

Vid åttatiden på kvällen den femte oktober fick kaptenen på lyxkryssaren Pallas Athena med hemmahamn i Pireus ett högst oväntat radioanrop. Man var på väg in mot Rhodos med beräknad ankomst om två och en halv timme. Ombord fanns 800 betalande passagerare och 300 besättningsmän.

Telegrafisterna hade först uppfattat radioanropet som ett skämt, men kaptenen råkade gå förbi och höra delar av konversationen och något fick honom att tro att det kanske var allvar. Han ryckte åt sig sändarmikrofonen och drog på sig hörlurarna.

Den som anropade Pallas Athena presenterade sig artigt men bestämt som chefen för den palestinska flottan, ombord på U-1 Jerusalem, en halv distansminut västsydväst om passagerarfartyget och på väg fram.

Man hade en begäran som om den var sann också var mycket svår att säga nej till. Ombord på U-1 Jerusalem fanns en nyligen opererad överlevande israelisk ubåtsman från den sänkta ubåten Tekuma. Det vore oansvarigt att behålla en krigsfånge i ett kritiskt tillstånd, och man hade inte möjlighet att gå iland på flera veckor. Fången borde därför tas hem till Israel så fort som möjligt för att garantera hans överlevnad. Förslaget var att man skulle sätta ut en livbåt från Pallas Athena och hämta upp patienten från ubåten på 100–200 meters avstånd.

Intervjuad av all världens medier de kommande dygnen förklarade kapten Ioannidis att han helt enkelt inte kunde förstå varför det hela skulle ha varit en bluff. Om en ubåt hade velat skada ett civilt kryssningsfartyg så hade det inte precis behövts några krigslister. Den palestinske flottchefen hade dessutom låtit mycket ärlig och övertygande på rösten.

Räddningen av förste torpedmaskinist Uri Gazit blev en världsstory som höll sig vid liv i närmare en vecka. Inte minst för att den israeliske ubåtsmannen var i så god form efter omständigheterna och kunde ge intervjuer från sin sjuksäng på Hadassasjukhuset till både israeliska och utländska journalister. Det mest sensationella i det han hade att säga var att där inte fanns ett ord av kritik mot fienden. Tvärtom. Palestinska kolleger, ubåtsmän alltså, hade ställt sig i kö för att ge blod i ett kritiskt skede av hans operation.

Den till synes obetydliga händelsen blev en enorm PR-framgång för den palestinska sidan, dessutom extremt vältajmad.

För världen, liksom världens medier, hade redan delat upp sig i två konfrontativa sidor. Amerikanska och brittiska medier talade om attacken mot Haifa som Israels 11 september och U-1 Jerusalem som en "terroristubåt". Övriga Europa med undantag för en del östeuropeiska stater som Litauen, Tjeckien och Bulgarien – vilka alla gick på den anglo-amerikanska linjen – talade polemiskt om "Israels Pearl Harbor" och U-1 Jerusalem som "flaggskeppet i den palestinska flottan", den formidabla ubåten och liknande.

Uppdelningen mellan världens medier svarade väl mot den internationella splittringen i FN. USA:s och Storbritanniens försök att få attacken mot Haifa fördömd som terrorism i FN:s säkerhetsråd strandade på att de tre vetoländerna Frankrike, Ryssland och Kina klargjorde att en sådan resolution skulle vara chanslös.

I gengäld lade USA och Storbritannien ensamma sina röster – dock vetoröster – mot en resolution som krävde eldupphör från båda sidor i konflikten samt förhandlingar. Därmed var det politiska läget i FN fullkomligt låst.

En ny våldshändelse gjorde att USA och Storbritannien blev ytterligare trängda. Befolkningen i det isolerade Gaza hade nämligen strömmat ner till havet, man uppskattade att närmare en miljon människor badade samtidigt. Det hade varit förbjudet så länge Israels flotta behärskade kusten. En mängd mer eller mindre reparerade fiskebåtar från Gaza gav sig också till mängdens jubel ut på havet för att återuppta sitt gamla fiske. Gaza befann sig nu på svältgränsen eftersom Israel stoppat all handel och all biståndsförmedling, liksom man beslagtagit alla palestinska tullavgifter och all skatteuppbörd med hänvisning till att palestinierna röstat på fel parti vid det senaste parlamentsvalet.

Den primitiva och till stora delar föga sjösäkra och improviserade fiskeflotta som nu löpte ut från Gazas stränder representerade därmed något mer än bara en symbolisk trotsig frihetsgest. Det var också ett högst allvarligt menat försök att skaffa mat.

Israeliska Apachehelikoptrar angrep fiskeflottan från Gaza med varningsskott som bara besvarades med hån och förbannelser. Då sköt israelerna verkningseld och sänkte ett trettiotal småbåtar och dödade strax under hundra personer, några säkra siffror rapporterades aldrig i världens medier. Men förlusterna i människoliv blev tveklöst större än antalet döda israeler vid U-1 Jerusalems anfall.

Ett enhälligt säkerhetsråd i FN fördömde Israels massaker på civila och uppmanade på nytt till eldupphör och förhandlingar. Enhälligheten var visserligen skenbar, eftersom USA och Storbritannien den här gången såg sig tvingade att lägga ner sina röster. De kunde å ena sidan inte fördöma Israel, å andra sidan inte heller överse med massmord.

Den palestinske presidenten Mahmoud Abbas upplevde under dessa dagar sin mest intensiva massmedieperiod i livet, plötsligt stod alla världens medier i kö för att intervjua honom. Och han var inte sen att utnyttja tillfället.

Han accepterade FN:s säkerhetsråds resolution om eldupphör och förhandlingar och gav (via medierna) order till den palestinska flottan att avstå från vidare angrepp. Han antydde också att en viss israelisk helikopterbas hade varit mycket nära sin undergång, men nu generöst skonades.

Det fanns en bild, ett fotografi frammonterat från Al Jazeeras första korta teveintervju ombord på U-1 Jerusalem, som kom att förvandlas till ett emblem av samma slagkraft som på sin tid bilden av Che Guevara. Det var bilden av brigadgeneral Mouna al Husseini framför ett ubåtstorn med den palestinska flaggan, sjögång i bakgrunden, vinden i hennes hår, trotsigt leende.

Först hamnade bilden på all världens förstasidor. Kort därefter som affisch på var och varannan husvägg från Casablanca till Bagdad. Men i Bagdad ryckte amerikanska säkerhetsstyrkor ut för att med färgsprutor sabotera alla dessa bilder som uppfattades som antiamerikanska, i vart fall som trots. Vilket gjorde bilderna än mer populära och än mer masstillverkade.

Den nya Che Guevarakulten fick snart ännu ett uppsving. Den inbäddade fartygskorrespondenten Rashida Asafina hade tagit en chans, efter att i god ordning ha frågat viceamiralen ombord på U-1 Jerusalem och fått hans godkännande.

Med en av de besättningsmän från lyxkryssaren Pallas Athena som kom över i en livbåt för att hämta den sårade israelen smugglade hon ut en videokassett. Hon förklarade snabbt att han skulle posta den mot mottagarens betalning, nämligen 10 000 dollar. Och han kunde inte sälja kassetten till någon annan tevekanal, eftersom det var hon som gjort den och hon var med på var och varannan bild. Sjömannen från Pallas Athena var klok nog att tro henne, postade kassetten mot postförskott såfort han kom iland och inhöstade snart sina 10 000 dollar.

Huvuddelen av innehållet på videokassetten var en lång personlig intervju med Mouna al Husseini, som redan före U-1 Jerusalems existens varit något av en legend i Mellanöstern.

På Al Jazeera redigerade man snabbt ihop den långa intervjun med historiska klipp och kompletterande intervjuer till ett 47 minuters program, en kommersiell timme på tevespråk, som inom två dygn sålts till 147 tevestationer världen över för ett belopp som översteg 40 miljoner dollar.

Titeln på programmet var mycket slagkraftig: Madame Terror.

Det kan inte sägas ha varit en rättvisande programtitel, innehållet var i huvudsak välvilligt sympatiskt till huvudpersonen. Men det var en säljande titel.

Mouna al Husseini skulle oavsett det rättvisa eller det orättvisa förbli Madame Terror för hela världen så länge hon levde. För somliga skulle det låta som Che Guevara – den berömda bilden av henne skulle aldrig nötas ut – och för andra skulle det låta som fru bin Ladin. Den logiken tycks evig. Den enes frihetshjälte är den andres terrorist.

# VIII

U-1 Jerusalem hade först gått norrut förbi Syrien, sedan rakt västerut längs den turkiska kusten förbi Cypern tills man närmat sig Rhodos och funnit ett lämpligt kryssningsfartyg där man kunde göra sig av med sin israeliske intensivvårdspatient. Avsikten med att gå så utmanande nära Turkiet och långa sträckor till och med inne på turkiskt territorialvatten var att i händelse av upptäckt skapa både förvirring och politisk splittring bland NATO:s ubåtsjägare.

Turkiet har 14 dieselelektriska ubåtar, de flesta med tyska motorer. En liknande okänd ubåt inne på turkiskt vatten borde kunna ställa till med åtskillig oreda innan turkarna förstod sammanhanget. Och hur gärna den turkiska regimen än brukade vilja ställa upp på USA:s sida så skulle man den här gången få att göra med en rasande hemmaopinion, eftersom U-1 Jerusalem nu identifierat sig som palestinsk.

Av dessa politiska avsikter blev inte så mycket, bland annat därför att ingen letade efter ubåten norr om Israel. NATO:s flygspaning hade koncentrerat sig på en solfjäderform bort från Haifa och rakt ut mot de stora djupen i östra Medelhavet. USA:s 6:e flotta hade spärrat av passagen mellan Sicilien och Tunisien och man ansåg sig därmed ha terroristubåten instängd i den östra delen av Medelhavet. Att terroristerna skulle försöka smita ut norr om Sicilien, efter att först ha passerat det smala och grunda Messinasundet höll NATO-strategerna för nästintill otänkbart, även om man sänt fyra ubåtsjaktutrustade korvetter dit för att ligga på bakpass, som jakttermen lyder.

När fällan var gillrad skickade man in två amerikanska och en brittisk ubåt i den östra delen av Medelhavet för att ta upp jakten.

Det var visserligen lite som att leta efter en nål i en höstack. Å andra sidan skulle terroristerna inte kunna ta sig ur fällan. Därmed var det bara en tidsfråga innan man tog dem.

Så såg det rent taktiska upplägget ut. Men det tillkom en besvärlig politisk komplikation, eftersom terroristerna hade tagit gisslan. Frågan om man kunde sänka terroristubåten med israelisk gisslan ombord var emellertid inte en taktisk fråga för sjöofficerarna ombord på NATO:s amerikanska och brittiska ubåtjaktsfartyg – Italien, Frankrike och Grekland vägrade att delta beroende på en besvärlig hemmaopinion och Turkiet hade tidigt dragit sig ur – det var en fråga för politikerna att göra upp.

Mitt inne i denna påstådda fälla befann sig nu U-1 Jerusalem, söder om Kreta i rak västlig kurs på 500 meters djup. Man gick långsamt och hade alltså intagit läge för "inre permission". Ingen fiende skulle kunna gå ner till samma djup och NATO:s torpeder fungerade ändå inte under 450 meter.

Mässen hade återställts till sitt ursprungliga skick. En av de israeliska krigsfångarna låg fortfarande på "intensiven", det vill säga Jelena Mordavinas sjukmottagning, de andra var vid det här laget väl omplåstrade, gipsade för olika frakturer de fått när de kastats kors och tvärs vid torpedträffarna i Tekuma och dessutom var de inlåsta.

En mindre festlighet var förberedd efter att framför allt styrman Leila och styrman Khadija hade fått sova ut och sedan återgått till sin så högt uppskattade matlagning. All personal var kallad till mässen i permissionsuniform och fartygskorrespondenterna hade i god tid riggat sin kamera. Ceremonin följde samma mönster som förra gången. Amiralen kom in sist och på sekunden, alla beordrades upp i givakt och han gjorde honnör och kommenderade lediga.

"Kamrater officerare och ubåtsmän!" började han på ryska den här gången. "Vi har nu löst vår första uppgift, vi har slagit ut den israeliska flottan. Därmed är vi inne på vår andra uppgift, att lura våra förföljare och överleva. Och det ser bra ut hittills. Därför har vi nu fyra timmars rekreation."

När han upprepat samma saker på engelska fortsatte han med att be kommendörkapten Mordavina, styrman Leila och styrman Khadija att stiga fram.

"Alla ombord har skött sina uppgifter perfekt, annars skulle vi inte ha vunnit det första slaget och inte överlevt", fortsatte han. "Men några av er har gjort exceptionella insatser och skall belönas efter förtjänst. Vårt läkarteam arbetade tjugo timmar i sträck för att vi, till skillnad från fienden, skulle kunna uppfylla Genèvekonventionens alla berättigade krav på hur krigsfångar skall behandlas. Att detta kommer att ge oss stora politiska fördelar är en sak. Det tror jag inte föll vår sjukvårdspersonal in under arbetet, de gjorde bara sitt jobb på ett utmärkt sätt. Kommendörkapten Mordavina och styrmännen Khadija och Leila tilldelas därför den palestinska flottans silverstjärna!"

Artiga men ändå aningen dämpade applåder följde när de tre kvinnorna steg fram för att ta emot utmärkelsen, som bestod av en femuddig silverstjärna med band i de palestinska färgerna.

Just när de nöjt rodnande skulle troppa av blev de hejdade av amiralen som – nu plötsligt till stort jubel – höll upp tre ubåtsnålar i guld. När de fick sina insignier fästa av kommendör Petrov förklarade amiralen samtidigt att detta var på tiden och att samtliga ombord nu var fullfjädrade ubåtsmän. Den här gången blev applåderna betydligt högre.

Och än mer populär blev nästa åtgärd när amiralen kallade fram fänrik Hassan Abu Bakr, furir Ahmed Abu Omar, furir Mahmoud Abu Utman och furir Daoud Abu Ali, som utgjorde hela dykarstyrkan ombord. De fick samma utmärkelse som de tre kvinnliga ubåtsmännen men också mer hjärtliga applåder och sedan drogs jalousierna undan från serveringen och partyt var igång.

De fyra dekorerade dykarna gick mellan led av ryggdunkande ryssar och palestinier till ett eget reserverat bord i mässen där det redan dukats upp en rysk-libanesisk måltid med vin, vodka, arrak och vatten. Ingen av de fyra dykarna tillhörde den palestinska grupp

ombord som hade invändningar mot alkohol, vilket var desto lusti-
gare som de kallades för "de fyra kaliferna". Det hade ingenting med
deras storartade insatser att göra utan bara med att de valt krigar-
pseudonymer efter Muhammeds fyra första efterföljare, kalifer.

Gruppens chef, Hassan Abu Bakr, som till och med lämnat blod
till en av de tillfångatagna israelerna, hade varit småsur och grubb-
lande de senaste dygnen, men efter lite arrak och god mat tinade han
upp och när han rentav var på uppenbart gott humör efter någon
timme kom en av de engelska gentlemännen och hälsade att han var
välkommen hos amiralen i officersmässen. Det var inte en inbjudan
man kunde säga nej till, så han reste sig omedelbart, tvekade lite
innan han tog med sig sin tallrik, ryckte urskuldande på axlarna åt
kamraterna och trängde sig bort genom partyt.

När Carl såg honom komma i trängseln flyttade han över från sitt
sällskap med fartygschefen Petrov och skeppsläkaren Mordavina till
ett litet bord för bara två, drog ut stolen för Hassan Abu Bakr och
gjorde skämtsamt honnör.

"Det är väl på tiden att du och jag har ett litet privat samtal, tyck-
er du inte, fänrik?" frågade Carl. Han såg rätt road ut, som om saken
alls inte var besvärlig.

"Om amiralen vill tala med mej så kommer jag", svarade Hassan
Abu Bakr försiktigt. "Vi palestinier har vunnit vår största seger
någonsin och ni var vår chef så då är det väl till stor del er förtjänst,
amiral", tillade han lite djärvare.

"Liksom jag hade fått skulden om vi dött, menar du?" kontrade
Carl snabbt, men inte det minsta aggressivt. "Nu ska jag säga dej en
sak fänrik, och jag menar varje ord. Dom hittills viktigaste insatserna
för vår överlevnad har du och läkarteamet utfört. Så är det. Men jag
undrar om du egentligen förstår varför?"

"Dom största insatserna för vår seger utfördes av dom som navige-
rade rätt och siktade rätt", invände Hassan Abu Bakr avvaktande.

"Jo, men det var inte det jag talade om. Jag talade om nästa
uppgift, vår överlevnad. Just nu är den det viktigaste. Åtta välskötta

israeliska fångar ombord ställer verkligen till det för fienden."

"Men en sån seger var värd att dö för, överlevnaden var inte det viktigaste."

"Nej men nu är den det, ursäkta ett ögonblick!"

Carl beställde in vin, två glas och lite tilltugg, skålade njutningsfullt, betraktade vinflaskan och nickade nöjt.

"Jag såg just kvällsnyheterna från CNN", fortsatte han. "Där fanns bland annat intervjuer med kirurger på Hadassasjukhuset i Israel som var häpnadsväckande välvilliga till vårt arbete ombord. Och vår leveropererade kollega Uri Gazit uttalade sig också. Han hade ingen kritik mot oss, tvärtom. Däremot riktade han sin ilska mot Israels slappa beredskap och inkompetensen hos sin egen fartygsledning. I Israel ställs nu krav på att huvuden måste rulla, men inte våra utan chefernas för den israeliska flottan. Det är väl ändå något att tänka på?"

"Var det här hela tiden avsikten med vår räddningsfarkost, att jag i första hand skulle rädda israeliska liv?"

"Ja, fänrik. Det var faktiskt min förhoppning och jag måste säga att den uppfyllde du och dina kamrater långt över förväntan."

"Är det inte lite underligt? Först ska vi döda dom, sen rädda dom."

"Det ena är krig, det andra är politik, man måste lyckas i båda leden för att vinna. Världen där uppe är just nu splittrad, en del kallar oss terrorister, andra frihetshjältar. Frankrike, Ryssland och Kina står på ena sidan i FN, USA och Storbritannien på den andra. Hade dom varit enade så hade vi varit dödsdömda. Kommer du inte ihåg vad jag svarade dej när du första gången frågade vad räddningsfarkosten egentligen var till för?"

"Att den skulle rädda liv."

"Våra liv närmare bestämt. Och det gjorde den."

"Varför är det så viktigt att överleva?"

"Därför att vi inte är några självmordsbombare utan civiliserade krigare, precis som fienden inte vill ha oss. Dom älskar självmordsbombare och hatar U-1 Jerusalem. Och därför att vi kommer att anfalla Israel på nytt ..."

Äntligen tändes en glimt av äkta entusiasm i ögonen på den före detta gerillakrigaren som alltid varit så inriktad på att kunna offra sitt liv. Han höjde spontant sitt glas mot Carl och skålade.

I just det här ögonblicket, tänkte Carl lättad, blev vi äntligen vänner och inte bara fänrik och viceamiral. Men att det ska vara så svårt att se den gamla sanningen att kriget är politikens förlängning? Fienden befinner sig i ett enda politiskt hundslagsmål och vi seglar lugnt ut ur Medelhavet till omväxlande rysk discomusik och arabisk och västafrikansk rockmusik.

\* \* \*

Amiral Georgi Triantafellu försökte på fullständigt allvar fråga sig vad det demokratiska systemet nu faktiskt krävde av honom. Han var chef för den amerikanska flottan, Chief of Naval Operations som det hette mer högtidligt, han hade fyra amiralsstjärnor. Längre än så skulle han aldrig nå. Och två år till pensionen och inga som helst politiska ambitioner, han hade alltid hållit sig borta från politiken.

Ändå satt han nu och försökte förstå vad demokratin krävde av honom. Det ena var att möjligen skicka amerikanska grabbar i döden, det andra var att av rädsla för Rumsfeld inte säga sin fullständigt uppriktiga mening och därmed kanske föra presidenten och överbefälhavaren bakom ljuset.

En del kolleger hade valt att hålla käften ända tills de avgick. Just det innevarande året hade varit sensationellt, såtillvida att inte mindre än sju avsuttna generaler hade riktat våldsam kritik mot både försvarsministern och den förda krigspolitiken. Från Pentagons talesmän skojade man föraktfullt om en "epidemi av mundiarré hos avdankade generaler". Sist i den raden, nummer sju, hade varit NATO-chefen Wesley Clark.

Han hade känt Wesley lite grann, åtminstone tillräckligt för att känna sig säker på att det var en kille som hade ordning och reda omkring sig. Så när också Wesley, på påskafton av alla dagar, sällade sig till de kritiska kollegerna började det väga tungt. Åtminstone för dem som fortfarande tjänstgjorde i försvarsledningen. Pentagon hade visserligen genast gått ut med ett bemötande där man påpekade att Rumsfeld hade haft 139 sammanträden med försvarsgrenscheferna och 208 möten med de viktigaste befälhavarna på fältet sedan början av 2005.

Det var just sådana siffror som visade vilka skojare de var. Om Rumsfeld haft så många möten med det militära ledarskapet på så kort tid så räknade man tydligen varenda utskällning som möte. Men dessutom visade siffrorna på just det som alla klagade över, att Rumsfeld skulle lägga sig i varenda liten detalj och dessutom uppfinna egna strategier och vid behov till och med egen taktik vid vissa anfall. Tänkte man så gav det närmast ett galet intryck.

Och nu skulle han snart ha ett nytt möte med Rumsfeld där han tvivelsutan skulle bli utskälld så att det skakade i väggarna. Helt enkelt därför att Rumsfeld inte gillade fakta som på något sätt motsade hans finurliga strategier. Fakta fick helt enkelt inte se ut som de just nu gjorde i underrättelserapporten på amiral Georgi Triantafellus skrivbord. Men fakta var ändå fakta.

Flottans underrättelsefolk hade arbetat som bävrar de senaste dygnen, det fanns ingenting att anmärka på när det gällde deras arbetsinsats. Felet var bara att de fått fram för mycket information av det slag som det demokratiska ledarskapet för Amerikas Förenta Stater just nu skulle kräkas på. Så vad i helvete skulle han säga till Rumsfeld om en liten stund?

Hans hustru Liza skulle väl närmast bli glatt överraskad om han tog ut sin pension två år tidigare än de hade planerat. Och skulle det egentligen finnas något att beklaga? Lite mindre pengar, men de hade så de klarade sig. Lite mer tid över för regnbågslaxarna i Vermont? Lite mer tid för att sommarsegla, aldrig mer en beeper som kunde avbryta till och med kalkontrancheringen på Thanksgiving. Det var onekligen ett alternativ med en del angenäma inslag.

Han slog upp de sista sidorna i rapporten från flottans underrättelsecentral i Tampa och läste sammanfattningen på nytt.

Enligt satellitbilder var ubåten identifierad som en typ Alfa, rysk beteckning Projekt 705. Det var både oroande och förbryllande redan där.

Alfa-ubåtarna var såvitt man visste inte längre i tjänst, den sista hade byggts så tidigt som 1981 enligt tillgängliga uppgifter. Men om Alfa nu hade återuppstått från de döda projekten så var den förstås kraftigt modifierad. Redan i sitt ursprungliga skick var den långt före sin tid, en attackubåt avsedd att jaga andra ubåtar i första hand med en högsta hastighet på 42 knop. Det var mer än vad USS Seawolf förmådde idag, en bit in på 2000-talet.

Den var 81,4 meter lång, det var på det som spionsatelliten hade identifierat den och den hade, åtminstone i sin ursprungsversion, en uthållighet på över femtio dygn.

Redan detta var mycket att bita i. För Alfa-ubåtarna hade skrov i titan, vilket innebar att de kunde gå ner till kanske 800 meters djup och dessutom var djävulskt svåra, för att inte säga omöjliga, att spåra med magnetism och elektriska fält.

Om det dessutom var så att man hade bytt ut kärnreaktorn mot en modern variant av dieselelektrisk drift så blev den ännu svårare att spåra. US Navy hade övat ett helt år utanför San Diego med en svensk ubåt av den typen och det var ingen tvekan om vilken sida som tagit hem det spelet. Svenskarna hade blivit ombedda att förlänga övningskontraktet på ytterligare ett år.

Så vad förklarade detta? Möjligen att den palestinska ubåten hade kunnat ta sig genom Gibraltar sund oavsett vad britterna lovat om att de hade ett idiotsäkert övervakningssystem. Alfan hade kunnat gå nära botten, på 600 meters djup, och dessutom slinka förbi alla magnetdetektorer eftersom den var i titan.

Och ovanpå detta, rapporten från USS Alabama. Verkligen strongt av kommendör Rafael K. Osuna att återvända till bas och avlägga en fullständig rapport även om han visste att han skulle få skit för det.

Men faktum var att USS Alabama hade haft närkontakt med en

okänd rysk ubåt som spöade skiten ur dem och till och med fick dem att tro att de mötte en Akula, fast ingenting tydde på det. Och de hade inte på något sätt kunnat identifiera den främmande ubåten eftersom den bara spårlöst försvunnit.

Kort tid därefter hade britterna fått oförklarliga problem med en rysk ubåt som gick in på nära håll och jävlades med dem mitt under en stor flottmanöver. Man hade sett delar av ubåtens torn när den gick upp för att avsiktligt visa sig, men ingen hade hittills trott att de rätt dåliga fotografierna verkligen visade en gammal Alfa. Men nu fanns desto större skäl att ta den vaga uppgiften på allvar.

Alltså hade man att göra med en modifierad Alfa med ett så till den grad uppdaterat varningssystem att den kunde köra i cirklar runt den brittiska flottan, därefter gå ner till Medelhavet, ouppäckt ta sig fram till Haifa och genomföra ett perfekt anfall.

Med det faktaunderlag som fanns var detta ett mycket trovärdigt scenario. Det gick inte att vifta bort. Det var oangenämt, däri kunde man hålla med till och med Rumsfeld. Men allt byggde på fakta.

Till detta kom vad man faktiskt visste om ubåtsbesättningens taktiska förmåga. De jäklarna hade gått *in* mot Haifa efter sitt robotanfall. De hade värderat läget rätt och kallt avslutat jobbet. Och därefter, när alla sökte dem utåt i solfjäderform från Israels kust hade de lugnt gått söderut efter den israeliska kusten, dödat resten av den israeliska flottan vid Ashdod för att sedan genomföra en nog så komplicerad räddningsaktion, ta krigsfångar och på nytt försvinna i en logiskt sett orimlig riktning – men där ingen sökte dem förrän de visade sig och lämpade över sin skadade israel till ett passagerarfartyg. Och därefter inte ett spår efter dem.

Återigen fakta. Vad man hade emot sig var utomordentlig teknologi, delvis av okänt slag som var omöjlig att värdera. Hur ubåtens fartygsledning, som rimligtvis inte hade tillgång till satellitfoto, hade kunnat värdera läget i Haifas brinnande hamn innan man slog till med ett nytt anfall med torpeder framstod fortfarande som ett mysterium. För om de haft info från observatörer iland, så borde de intensiva signalspaningsinsatserna ha snappat upp åtminstone några spår av den kommunikationen.

Och förutom denna delvis okända teknologi hade man att göra med en eller flera ubåtskaptener som sannerligen inte var några snabbutbildade kamelryttare. Snarare det bästa Ryssland kunde prestera.

Återigen fakta, man visste ju numera i detalj vad som faktiskt hade hänt. Den enda fråga som var stor och obesvarad var om ubåten hade kärnvapen ombord, men det saknade taktisk betydelse. Det var en politisk fråga.

Alltså. Då kom man tillbaks till den till synes icke-militära frågeställningen om innebörden i den amerikanska demokratin. Som chef för flottan löd man självklart under överbefälhavaren, presidenten. Men det förutsatte också att man tog ansvar för att presidenten fick absolut korrekt information. Om presidenten sände amerikanska pojkar i döden på grund av ofullständig information låg skulden hos den eller dem som inte sett till att han fick bästa tänkbara kunskap.

Först hade presidenten gett order om att ubåten skulle jagas upp och sänkas till varje pris. Men det var innan man hade en aning om vad det var man jagade, presidenten hade ju trott att det rörde sig om en iransk Kilo-ubåt.

Sedan när det visade sig att ubåten var palestinsk, och att den hade israeliska krigsfångar ombord, hade Rumsfeld gett order om att den fortfarande skulle sänkas. Men "försiktigt", vilket givetvis var en så idiotisk order att mrs Triantafellu skulle ha skrattat högt. Man sänker inte en ubåt försiktigt. Antingen torpederar man den jäveln eller bombar den från luften, men försiktig är man inte. Alternativordern var visserligen att "tvinga upp den" genom att skada den. Det var en taktik som visade sig omöjlig redan under andra världskriget.

Den där tuffa tjejen som poserat som ubåtskapten i teve hade betonat att hon inte i onödan ville sänka några amerikanska örlogsfartyg. Det såg ut som om hon hade täckning för sin fräcka attityd. Det kunde man förresten garva lite gillande åt när åtminstone inte

Rumsfeld såg på, en tjej som hotar Förenta Staternas flotta!

Men fakta var fakta. De hade klippt en israelisk dieselelektrisk ubåt utan minsta svårighet. Antingen genom en märkligt väl fungerande underrättelsetjänst eller genom ren och skär bondtur, minst sannolikt förstås, men de hade bevisligen gjort det.

Och just nu hade man två ubåtar i Los Angeles-klassen inne i det heta området med order att skjuta för att tvinga upp, eller skada lätt, hur fan nu ubåtskaptenerna skulle hantera den ordern. Och det var helt enkelt inte bra.

Den här ubåten måste man ta antingen från luften när den var i hamn, eller också när man mot förmodan fick ett perfekt läge, eller inte alls. Det var i all sin skoningslöshet fakta och ingenting annat. Slutsatsen var självklar. Det han måste säga till Rumsfeld var att jakten på U-1 Jerusalem måste avbrytas såvitt det gällde att försöka slå ut den med egna ubåtar.

Så enkelt att konstatera för sig själv, ensam vid skrivbordet. Men där ställdes demokratin på sin spets, hela systemet byggde på att ha *guts* nog att tala sanning, att inte vika sig i skräck för dem som hade fler stjärnor på axelklaffen än man själv. Om man ljög saboterade man den amerikanska demokratin, saboterade det uppdrag man som officer och än mer som chef för hela flottan hade svurit inför Gud att genomföra efter bästa förstånd och samvete. Det ingick i eden, ordet samvete.

Han skulle alltså gå in till Rumsfeld och rekommendera att man omedelbart drog tillbaks sina jagande ubåtar, att man i stället försökte nå ubåten från luften eller vid säkert läge om sådant uppstod. Men inte nu och inte i östra Medelhavet.

Rumsfeld skulle bli vansinnig och kalla honom för mjukispelle, kycklingskit och annat som inte var så kul. Vad betydde då ansvaret i hans fyra amiralsstjärnor, vad var att visa gammalt hederligt amerikanskt mod?

Att lägga ner amiralsstjärnorna på Rumsfelds skrivbord, det var grejen. Och så skulle han förstås tillfoga att han skulle skicka en kopia på sin avskedsansökan till presidenten. Och till presidenten skulle han också säga som det var:

"Mr President, som Chief of Naval Operations anser jag det vara min absoluta skyldighet att varna för att om vi fortsätter den här improviserade och illa förberedda ubåtsjakten kommer Ni, Mr President, med oroväckande stor sannolikhet att snart stå inför det amerikanska folket för att förklara förlusten av en amerikansk atomubåt i Los Angeles-klassen med 133 man ombord."

\* \* \*

Mouna al Husseini låg avsiktligt och drog sig en halvtimme. Det ingav en märklig känsla av civil fridsamhet och hon kunde inte minnas när hon sist unnat sig den lyxen. Hon hade dessutom sovit som ett barn, tungt och drömlöst, kanske för att hennes sovpass råkade sammanfalla med en transportsträcka där U-1 Jerusalem skulle gå extremt tyst och långsamt, upp genom Messinasundet mellan Sicilien och det italienska fastlandet. Det var den sista plats där amerikanerna skulle leta efter dem, åtminstone enligt Anatolij. Han hade gnuggat händerna i förväntan inför manövern och hon skulle hinna höra honom berätta hur det gick innan han avlöstes och gick till kojs.

Lakanen var nytvättade och doftade karaktäristiskt kemiskt av ryskt tvättmedel, något som hon lärt sig uppskatta, en doft som hon förmodligen skulle ha präglad i minnet för resten av livet. Hur långt nu livet blev, påminde hon sig fort, liksom för att inte frammana onda krafter genom övermod. U-1 Jerusalem hade de svåraste och farligaste manövrerna kvar. Det man uträttat hittills var visserligen mest spektakulärt och mest effektivt i sänkt fientligt tonnage eller hur man nu räknade. Men det farligaste låg framför dem, och det var hon en av de få ombord som visste.

Fast som dykargruppchefen Hassan Abu Bakr brukade säga, det man uträttat hittills var redan värt att dö för. Han var inte ensam om att resonera på det viset, de flesta palestinierna ombord tänkte i de banorna. Medan ryssarna förmodligen mest räknade pengar och en sorts örlogspoäng, förvissade om att de skulle ta hem spelet och komma levande och rika tillbaks till Moder Ryssland. De visste ju inte vad som väntade. Det fanns dock ingen anledning att misströsta, tvärtom. Oändligt mycket hade kunnat gå fel och de hade delvis haft en alldeles osannolik tur. Det var tur att den israeliska ubåten Tekuma hade kommit dånande rakt in mot dem, det var ännu större tur att konflikterna ombord på K 601 hade brutit ut så tidigt att man förstod att man hade ett avgörande problem och kunde göra något åt det. Sådana bråk ombord nu skulle ha lett till döden för dem alla.

Mest tursam var värvningen av Carl. Från början hade hon väl på samma sätt som han själv bedömt att han skulle spela en teaterroll som föreställde dekorerad krigshjälte med många amiralsstjärnor. Och på så sätt skulle han få pli på ryssarna, vilket verkade som ett begränsat men livsviktigt uppdrag.

Men han hade gjort så mycket mer, han hade en alldeles särskild blick, eller känsla, för hur en militär organisation skulle sättas ihop och fungera under press inom den västerländska och närbesläktade ryska krigskulturen. På den punkten skiljde sig hennes och hans erfarenheter i karriären helt säkert avsevärt. Hon hade tillbringat hela sitt officersliv i rökiga rum där det åts, dracks Johnnie Walker till maten, röktes och simultanpratades utan någon särskild dagordning, vilket ledde till ytterst oklara beslut framåt småtimmarna. Så att man fick söka upp någon som Abu Ammar, Abu Lutuf eller Abu al Ghul för att börja om från början, få ännu ett vagt beslut och sedan handla efter bästa förstånd.

Carl representerade den helt motsatta kulturen. När han slog sig ner vid ett ledningsgruppsmöte var han en självklar ordförande, den som ledde diskussionen framåt punkt för punkt, lugnt och kallt utan att någonsin hetsa upp sig eller höja rösten. Hans möten var så långt ifrån palestinska whisky- och falafelmöten man kunde komma. Och oändligt mycket mer effektiva.

Som deras senaste ledningsmöte om krigsfångefrågan. Som den mest självklara sak i världen gick han själv och hämtade den israeliske löjtnanten, eftersom de faktiskt bodde i samma hytt – bara en sån sak! – och därefter inledde han mötet med att utan vidare konstatera att löjtnant Zvi Eshkol vid den israeliska flottan härmed adjungerades till ledningsgruppsmötet nummer 143 på den punkt som handlade om fortsatta rutiner rörande krigsfångars status ombord.

Sedan tog det bara tio minuter att fatta alla besluten, inklusive någon sorts demokratisk diskussion. Den israeliske löjtnanten menade inledningsvis att det fungerade alldeles utmärkt som det var, och att han på sina kamraters vägnar inte hade några klagomål på den hittillsvarande ordningen.

När Carl då förklarade att man tyvärr måste skärpa rutinerna högst avsevärt fick han det ändå att låta som om det närmast var frågan om vänliga omsorger. Han började med att återigen hänvisa till Genèvekonventionen, ett demagogiskt trick han ofta utnyttjade. Men enligt gällande internationella överenskommelser var det alltså varje krigsfånges rätt att försöka rymma, eller hur? Själv skulle han i motsvarande belägenhet inte ha tvekat att försöka. Nu var det visserligen inte helt lätt att ta sig ifrån en ubåt, men det var de israeliska krigsfångarnas rätt att försöka, och deras skyldighet som anställda inom den israeliska flottan. Så vad göra? Rimligtvis försöka sabotera U-1 Jerusalems motorfunktioner på något sätt så att hon tvingades gå upp till ytan, eller hur?

Jo, medgav den israeliske löjtnanten närmast fascinerat, det lät som en fullt tänkbar handlingsplan.

Alltså beslöts en ny ordning där en av de åtta kvarvarande israeliska krigsfångarna, han som fått sin mjälte bortopererad och fortfarande vårdades på intensiven, borde kunna flyttas över till någons hytt, lämpligen kommendör Petrovs eftersom där fanns två bingar. Några frågor så långt?

Anatolij hann inte ens fatta att han skulle få en oväntad israelisk rumskamrat innan Carl hade gått vidare.

Och sedan gick det ännu fortare och var möjligen ännu svårare att fatta. Det fanns fyra platser i arresten, tre av fångarna var gipsade, tre oskadade, inklusive löjtnant Eshkol. Vilket innebar att två fångar kunde vistas samtidigt i fritt område kring mässen och gymet medan de andra två var inlåsta. Men schemat borde läggas så att två oskadade fångar aldrig var ute samtidigt. Till det tillkom förstärkning av bevakningen kring motorrummet, dock inga handvapen framme, det skulle bara ställa till besvär, israelerna skulle försöka erövra dem, folk skulle komma till skada. Några frågor?

Löjtnant Eshkol såg ut som om han kände sig ytterst väl behandlad när han gick därifrån med dessa nya och betydligt strängare regler. Det märkliga var att han på sätt och vis hade rätt. Det var en av Carls stora förmågor, som hon sannerligen underskattat från början, att han genast kunde få folk med sig.

Men det som Mouna underskattat mest var nog hans blick, som hon kallade det. När han kom upp till Severomorsk och lärde känna Aleksander Ovjetchin och fick krisläget klart för sig behövde han inte mer än två dagar för att hitta Anatolij Petrov som ny fartygschef. Han hade utgått från torpederingen av Kursk, Ovjetchin fyllde i med lite halvkväden information och så sade det bara pang – och en av Rysslands i särklass djärvaste och skickligaste ubåtskaptener kom ombord. Till allas belåtenhet dessutom, inte minst den ryske presidentens och i synnerhet Anatolijs egen.

Vilken enorm skillnad skulle det inte ha varit ombord utan Anatolij, och man skulle inte heller glömma hans två ställföreträdare Charlamov och Larionov. Och ännu mindre professor Mordavina. Vilken kirurg! Och enbart dessa fyra personers betydelse för moralen ombord var omöjlig att övervärdera. Det var Carls verk, betydligt mer än någon teaterroll, till och med Anatolij uppfattade nu Carl som den självklare ledaren ombord.

Vilket Mouna al Husseini inte hade den ringaste invändning emot eftersom allt som sett ut som om det aldrig skulle kunna fungera nu fungerade med samma socialt väloljade precision som på amerikanska atomubåtar. Åtminstone om man skulle tro på innehållet i flertalet av de filmer som toppade tio mest sedda-listan ombord på U-1 Jerusalem.

Hon klädde sig och gick ut i mässen för att äta frukost, eller vilken måltid som stod på tur. Hon blev plötsligt osäker eftersom hon höll på att lägga om sitt dygnsschema så att det skulle passa bättre till tevesändningarna men bestämde sig för att eftersom hon sovit länge så måste det vara frukost. Där ute satt ett gäng ryssar och såg på inspelade nyheter från CNN, schackspelarna var på plats som vanligt, liksom språklärarna med sina elever. Man hade börjat arbeta med två eller tre elever samtidigt för att kunna öva mer konversation och vardagsspråk. Vid det här laget var alla de tekniska glosorna inbankade i varenda skalle ombord. En idé var att de personer som talade perfekt ryska eller engelska bland officerarna skulle börja delta i konversationsövningarna. Hon själv, Carl och de tre engelska löjtnanterna skulle bli engelska konversatörer, fartygsledningen och några tekniska officerare skulle få motsvarande funktion på ryska. Carl höll visst på med något schema även för den saken.

Rashida Asafina kom in, osminkad och sömnig, och slog sig obesvärat ner och muttrade något om att varje morgon hon vaknade så tog det lite tid innan hon fattade att hon faktiskt var på en ubåt, i värsta fall 600 meter eller mer under havsytan. Men vad gjorde man inte för konsten och journalistiken?

De repeterade kort den intervju de skulle göra om några timmar, den här gången i två versioner, först på engelska som vanligt men sedan samma sak på arabiska. Redaktionen i Qatar hade klagat, eller rättare sagt hade en mängd tittare i arabvärlden klagat över att man aldrig fick höra Mouna på det egna språket. Så den här gången måste man klara av två intervjuer på samma tid som en. Strategerna ombord som satt och räknade tid från upptäckt till beräknat robotanfall och nedslag vägrade att släppa till mer tid. Vilket man kanske kunde förstå om det nu var så att amerikanerna fortfarande hade för avsikt att sänka U-1 Jerusalem vid första bästa tillfälle. Visste förresten Mouna något mer om den saken?

Nej, svarade hon med en axelryckning. Inte mer än vad CNN och Fox hade varit vänliga nog att förmedla. Just nu verkade det ändå rätt säkert att 6:e flottan "höll östra Medelhavet i ett järngrepp" medan de oövervinneliga amerikanska ubåtarna USS Annapolis och USS Louisville, som assisterades av den förmodligen minst lika oövervinneliga HMS Triumph från Royal Navy, "genomkorsade djupen med en teknik som inte ens en flundra skulle klara sig undan". Om man fick tro CNN:s förtjust ivrige militärexpert.

Det kunde de gott få tro en stund till, eftersom de var ungefär 1 000 kilometer fel. Vad visste man egentligen? De kanske inte ens ville hitta U-1 Jerusalem just nu eftersom de i så fall måste döda åtta israeler. De amerikanska tevebolagen hade inte fått riktigt kläm på deras avsikter därvidlag. Från Israel hade man bara lakoniskt konstaterat att man aldrig förhandlade med terrorister, eftersom priset i så fall skulle bli alltför högt.

Militärexpertsnacket på CNN om att US Navy hade en särskilt finurlig och överlägsen teknik som gick ut på att bekämpa ubåten "försiktigt" var enbart skrattretande. Det kunde helt enkelt inte vara sant. Hursomhelst var amerikanerna just nu geografiskt långt borta.

Men det återkommande uttrycket "gisslan" retade Mouna. Borde man inte ta upp det också i nästa intervju?

Rashida Asafina var inte så förtjust i det förslaget. Som inbäddad reporter hade hon tillräckligt besvär med sin trovärdighet. Det fick inte framstå som om hon var någon sorts talesman för U-1 Jerusalem, eller mikrofonservitör, och hittills hade de klarat balansgången hyggligt, inga frågor hade förbjudits. Problemet var bara att anpassa intervjutillfällena till den korta tid som stod till buds innan man måste dyka. Frågor om terrorism var i så fall journalistiskt mer motiverade än den där polemiken om "gisslan".

Mouna nickade bara tyst, svepte i sig resten av sitt turkiska kaffe, reste sig och gick mot ordercentralen. Hon fann Anatolij på strålande humör, något trött och orakad efter ett långt skift, men ändå i högform. Larionov skulle snart ta över befälet där inne.

Mouna piggade upp honom ännu mera genom att berätta om den amerikanske experten på CNN som hade intygat att två amerikanska ubåtar och en brittisk skulle kunna "hitta en flundra" inne i det nu påstått avspärrade östra Medelhavet. "Dom är verkligen ena jäklar på att kunna ljuga så där fräckt", skrattade han. "En flundra, en *kambala*, va? Tror den västerländska publiken på sånt där, är dom så lättlurade? Jaja, desto roligare om en stund när vi drar ner brallorna på dom!"

Han fortsatte att småskratta, kunde tydligen inte släppa det där med flundran, medan han beskrev läget för Mouna. Passagen genom Messinasundet hade varit problemfri, betydligt lättare än när de övningskörde mellan Irland och England. Det var dessutom tät trafik i sundet, ständiga färjor kors och tvärs och hela godstrafiken som bullrade överallt så att den som hade så känslig hörsel att han kunde höra en flundra skulle bli kroniskt hörselskadad på några sekunder.

Under passagen hade de tillverkat ett elektroniskt sjökort över hela bottenprofilen. Skulle man tillbaks samma väg blev det betydligt enklare, man kunde köra utan krabbögonen som förposter. Norr om sundet hade man observerat fyra korvetter av NATO-typ som låg och sov tryggt som andungar. Det hade funnits en del elektroniska spänningar som genererades från korvetterna, det var den senaste tekniken när man letade ubåtars magnetiska signatur. Men modernt eller inte, det hade de inte så mycket för. Dels passerade tiotusentals ton järnskrot per minut i området, dels bet inte såna sökmetoder på titanskrov.

Så allt var lugnt, det var bara tjugo distansminuter kvar till Capri och det gick en bottendal av mycket stora djup nästan ända fram till ön. När man var färdig med föreställningen där uppe så var det bara att åka rutschkana ner i djupet igen. Enda problemet var om något NATO-fartyg råkade vara på väg ut eller in till hamnen i Neapel just när man kom fram. Men då var det väl bara att vänta ett slag, hursomhelst fick Larionov ta hand om dom små eventualiteterna för nu ville Anatolij gå och knyta sig.

Hans fryntligt goda humör smittade av sig på de andra inne i ordercentralen och till och med på Larionov som kom för att ta över, Larionov var annars en man som log lika sällan som han höjde rösten. Lättsamheten var dock bedräglig, eftersom det de skulle göra var mycket farligt. Det behövde man inte vara ubåtsspecialist för att begripa. Men gick det hem så var det en strålande politisk poäng och dessutom skulle man få all världens skrattare på sin sida. Det senare kunde visserligen vara ett tveeggat svärd menade Carl, som ju var den som förstod sig bäst på amerikansk mentalitet. Den som skulle bli mest och närmast totalt utskrattad var enligt Carl den amerikanske försvarsministern Donald Rumsfeld, som redan satt löst till. Den tidigare stormen av avgångskrav mot honom hade kommit igång på nytt efter det misslyckade halva kriget mot Iran när amerikanerna fortfarande trodde att det var iranska Kilo-ubåtar som anfallit Haifa. Blev Rumsfeld nu tvingad att avgå så var allt gott och väl. Då kunde hans efterträdare backa från alla löften om att sänka U-1 Jerusalem. Men lyckades han klamra sig kvar vid makten så stod U-1 Jerusalem tveklöst som etta på hans dödslista. Det var hugget som stucket.

Medan Larionov började förbereda uppstigningsmanövern gick Mouna tillbaks till sin hytt och läste på sina intervjusvar en gång till. Det var särskilt antalet bokstäver i tre grupper i det sista svaret som var viktigt. Det var en enkel kod om man förstod att leta efter den, men förhoppningsvis svävade amerikanerna fortfarande i villfarelsen att U-1 Jerusalem hade lyckats upprätta fungerande och ännu inte uppsnappade och kodknäckta radiosamband.

Hon gjorde en snabb make-up och borstade håret medan hon repeterade bokstavskombinationerna. Gick det här vägen var hon förtjänt av ett par glas vin till middagen.


När Larionov nått periskopdjup började han leta efter någon av de turistbåtar som ständigt kryssade runt Capri och när han fann ett lämpligt objekt höjde han beredskapen ombord. Tre minuter senare steg världens just nu mest välbekanta ubåt upp till ytan bara ett femtiotal meter från ett passagerarfartyg med däcken överfyllda av turister som genast började vinka och hurra. Ubåtstornet med den stora fast monterade palestinska flaggan var sedan snart två veckor en dominerande nyhetsbild i all världens tevekanaler.

Teamet från Al Jazeera och deras medhjälpare ur besättningen vinkade glatt tillbaka och kastade slängkyssar åt turisterna medan sändarutrustningen monterades upp och Rashida ringde sin numera ständigt beredda hemmaredaktion och meddelade att man gick i sändning om ett par minuter.

Så kom Mouna ut på däck och möttes av stormande bifall från turistbåten och tusentals privata kameror, vilket var meningen, när hon ställde sig i intervjuposition framför den palestinska flaggan och rättade till håret.

"U-1 Jerusalem har just stigit upp till ytan utanför den världsberömda semesterön Capri", började Rashida Asafina med sin mest trumpetande reporterröst. "Som ni kan se möts vi av glada och, får man förmoda, mycket överraskade turister här i närheten. Bakom ön Capri, som ni ser över min axel, ligger Neapel som är den amerikanska flottans huvudbas i Medelhavet. Vi befinner oss sedan länge inom skjutavstånd, men efter vad som rapporterats är USA:s flotta just nu sysselsatt med att leta efter oss i östra Medelhavet, minst 1 000 kilometer härifrån. Och med mej i dag har jag också den politiska chefen ombord, brigadgeneral Mouna al Husseini. Får jag först fråga, varför är vi här, utanför Neapel?"

"Ja, sannerligen inte för att attackera den amerikanska flottan, då hade det tydligen varit bättre att stanna i östra Medelhavet", började Mouna med ett oskuldsfullt leende som var väl inövat. "Allvarligt talat", fortsatte hon och blev mycket riktigt allvarlig. "Vi har fått order från president Abbas att iaktta vapenstillestånd. För att markera allvaret har vi lagt oss så långt bort att vi inte längre kan nå Israel med våra vapen. Och dom inte oss."

"Vad har ni för uppfattning om de självmordsattacker som inträffat i Israel under dom senaste dagarna?"

"Jag sätter det i samband med den frustration och förtvivlan som måste ha uppstått efter Israels massaker på civila i Gaza. Men jag vill betona att den palestinska flottan inte sysslar med terrorism."

"Men den amerikanska administrationen anklagar ju er för att vara terrorister?"

"Det måste i så fall vara ett missförstånd. Den palestinska flottan har inte angripit, och har heller inte för avsikt att angripa, civila mål."

"Tidigare vägrade ni att kommentera om ni hade kärnvapen ombord. Nu säger man i Washington att så är fallet. Kommentar?"

"Det är en absurd anklagelse oavsett om den riktas mot oss eller Iran. Det finns inga kärnvapenmål i ett så litet land som Palestina. Kärnvapen skulle slå lika förödande mot våra egna som mot israelerna."

"Ni har fortfarande åtta israeliska krigsfångar ombord. Hur mår dom?"

"Utmärkt efter omständigheterna. Den svårast skadade har just lämnat intensivvårdsavdelningen, det medicinska läget är under full kontroll."

"Kan vi på Al Jazeera få en ocensurerad intervju med någon av fångarna?"

"Ja, men bara med den eller dom som vill medverka frivilligt. Vi vill inte visa upp våra fångar eftersom det strider mot internationella överenskommelser att förnedra krigsfångar. Inför nästa sändningstillfälle får ni själva göra upp om den saken, nu hinner vi inte. Vi ligger nämligen på NATO:s territorium och mycket nära en flottbas. Vi måste tyvärr dyka snart."

Rashida Asafina vände sig mot kameran och gjorde en snabb avannonsering där hon meddelade att detta var U-1 Jerusalem, utanför NATO:s flottbas i Neapel och Rashida Asafina för Al Jazeera.

Där klippte man och jäktade igenom samma saker på arabiska och när Rashida gjorde sin avannonsering började vattnet redan stiga över fören på den effektfullt långsamt dykande ubåten.

Tio minuter senare var de i säkerhet på 700 meters djup och gick för fulla dieselmaskiner med så mycket ljud som möjligt i en kurs så att det kunde förefalla som om de var på väg att runda Sicilien på norrsidan.

Det var champagneläge, menade Mouna när hon kom ner till mässen. Det hade gått hem. Man hade lagt sig utanför NATO:s största flottbas i Medelhavet, räckt lång näsa och kommit undan, visat sina fredliga avsikter och dessutom dragit ner brallorna på Rumsfeld och alla CNN:s experter som jagade flundra borta i östra Medelhavet.

Tyvärr hade man ingen champagne ombord, förklarade Carl ironiskt bistert. Det var ännu en planeringsmiss som man borde åtgärda. Men man hade några utsökta bordeauxviner och han åtog sig att ordna ett lämpligt urval.

\* \* \*

I stället för Air Force One tog George W Bush ett C-20-plan som var tillräckligt litet för att kunna landa i Hagerstown, Virginia, och därifrån fortsatte han med limousin till Camp David. Han hade bett principalerna Cheney, Rice och Rumsfeld att åka i förväg och förbereda nästa dags möte. Hans uträkning var att han på något sätt skulle kunna tvinga dem till ett fungerande samarbete om han lämnade dem utan sin coaching.

Men han kunde inte märka om det vare sig fungerat eller inte fungerat när de åt middag bestående av buffelstek i vicepresidentens timmerhus. Det blev ett fladdrigt samtal hit och dit, utan att någon hade anteckningar med sig, om det stigande kravet på en eskalerad insats mot Iran, den förbannade ubåten och chefens för flottan hot om att avgå, och hur mycket ytterligare förberedelse som behövdes för att kunna gå in för fullt i Iran. Det giftigaste problemet, om Amerikas Förenta Staters flotta skulle ställa sig till Israels förfogande fullt ut, och alltså bli officiellt krigförande part mot palestinierna, tycktes alla vilja undvika. George W Bush verkade tycka att det var ett segt och håglöst samtal och drog sig tillbaka tidigt.

Condoleezza Rice uppfattade kvällen snarare som en sorts politisk motsvarighet till den amerikanska seden att öva bröllopsmiddag med en generalrepetition kvällen innan det skulle vara på riktigt. Kort efter att presidenten gått ursäktade hon sig och drog sig tillbaks till sin egen timmerstuga.

Hon hade egentligen tänkt avstå från teven och i stället ägna sig åt att gå igenom den 220-sidiga rapporten från flottans underrättelsetjänst för att kunna bibehålla sin punktmarkering på Rummy när det riktiga mötet började nästa dag. Men så tyckte hon att hon i alla fall kunde scanna igenom nyhetskanalerna för att se om det fanns något nytt med bäring på morgondagen.

Det fanns det. Och det hade pågått några timmar medan de satt och slöpratade borta i vicepresidentens timmerstuga.

Ubåten hade dykt upp igen, mitt på ljusan dag, med vinkande turister i bakgrunden alldeles utanför den amerikanska Medelhavsflottans huvudbas i Neapel. Det var inte bara sagolikt fräckt. Det var inte bara modigt, för det antog hon att det var. Det var dessvärre politiskt skickligt.

Rummy hade ju inte kunnat hålla sig. Även om de kommit överens om en kompromiss, att tills vidare bara spana efter ubåten, så hade han snappat upp någon drastisk formulering om att kunna hitta till och med en flundra – fast numera uppenbarligen i fullständigt fel del av Medelhavet. Den fisken skulle han få äta upp många gånger. Lustigkurrarna skulle ha en helkväll när de brakade igång i pratshowerna om några timmar.

Flundran i fråga hade dykt upp till ytan långt inom räckvidd för sina kryssningsmissiler till ett hangarfartyg inne i Neapels hamn. Det budskapet kunde inte missförstås. De hade markerat att de respekterade ordern om vapenstillestånd och påstod sig behandla sina krigsfångar efter konstens alla regler, underförstått till skillnad från somliga.

Motståndarna var inte bara skickliga sjömilitärer, det hade hon drygt 200 sidors bevis om på sitt tevebord. Fienden, vem det nu var, för hittills hade man bara sett deras galjonsfigur som förvisso spelade den rollen med den äran, var dessutom sataniskt politiskt skicklig. Och de lade stor tonvikt på politik och framför allt den politik som förmedlades av televisionens nyhetsstationer. De tog en stor fysisk risk bara för att trassla till det ännu mer för den amerikanska administrationen, och de lyckades över hövan.

Hon snabbläste flottans underrättelserapport med ljudet från teven avstängt i väntan på kvällens pratshower. Hon kom till samma slutsats även den här gången.

Amiral Georgi Triantafellu borde ha någon sorts medalj som inte fanns. När Rummy skulle sparka honom bad han att få träffa presidenten i ett ärende som gällde liv och död eller åtminstone hans egen avgång, som han hade formulerat det till sekreterarna i Vita huset.

I vanliga fall skulle presidenten ha avvisat en sådan propå och sagt att det amiralen ville anlägga synpunkter på kunde han framföra till försvarsministern. Men nu hade hon råkat vara i Ovala rummet när en sekreterare kom in med beskedet, och hon hade omedelbart föreslagit att presidenten borde acceptera mötet och att hon själv för övrigt mycket gärna ville höra på. George hade flackat lite med blicken innan han sade okay och lät stryka något möte med jordbruksutskottet.

Det hade varit ett lyckokast, mest därför att killen stod på sig. För som väntat blev George väldigt störd av att höra att hur många ubåtar man än sände efter den fientliga palestinska ubåten så var risken avsevärd att det skulle sluta med en sänkt amerikansk atomubåt. Samt att, om det blev överbefälhavarens order, skulle amiralen omedelbart lämna in sin avskedsansökan.

Tekniskt sett hade amiralen utpressat sin president. Men det verkade han alldeles för fyrkantigt rättrådig för att förstå.

Om han avgått hade han tvingats hålla presskonferens – så långt verkade han inte ens ha tänkt – och på en presskonferens skulle de stora nyhetsbyråernas reportrar inte behöva många minuter för att klämma ur honom sanningen. Att han avgick som chef för den amerikanska flottan därför att han inte kunde ta på sitt samvete att så vårdslöst riskera amerikanska liv.

För det hade den jäkeln säkert sagt. Bara för att det råkade vara sant.

George var ju inte alltid så kvicktänkt, framför allt inte under stress, men det här begrep han omedelbart. Han praktiskt taget bönföll amiralen om att på nytt överväga sin avgång och gav sitt ord som president på att ubåtsjakten de facto omedelbart skulle upphöra. Till dess man bättre kunde värdera läget och förbereda en garanterat framgångsrik aktion utan egna förluster.

Det hade inte funnits något val. Att Rummy sedan fick spel när han hörde talas om saken och mumlade om att skära vissa kroppsdelar av den skvallrande amiralen var ett helt annat, i sammanhanget mindre och bara pinsamt, problem. Det var nog en evinnerlig tur att den där Triantafellu haft mod nog att lägga sina amiralsstjärnor på chefens skrivbord.

När hon såg David Letterman inleda sin talkshow med att göra entré med en håv över axeln slog hon genast över till Jay Leno. I programmets öppningsvinjett fanns en bild på Pentagon med ett insprängt porträtt på dess chef och skylten Gone Fishin' och publiken vrålade av skratt. Hon behövde inte se mer.

Fienden begrep sig på amerikansk politik, tänkte hon ironiskt och erinrade sig samtidigt att underrättelserapporten från flottan fullständigt avfärdade tanken på att någon amerikansk flaggofficer kunde finnas ombord på terroristubåten. Man hade kollat upp varenda pensionär, lagt ner en betydande ansträngning med andra ord, men ändå kunnat redovisa varenda amerikansk konteramiral och högre. Det var i och för sig en tröst. Men visst fanns det någon eller några ombord på den där ubåten som begrep sig på att föra krig i medierna, med hjälp av fiendens egna medier dessutom. Imponerande.

Hon var väl utsövd när hon kom till Camp Davids Laurel Lodge nästa morgon. Hennes statssekreterare hade anslutit under natten med den senaste packen renskrivna anteckningar och promemorior och hon kände sig rustad till tänderna och hade redan skrivit ner de

313

beslut som borde fattas, den punkt dit hon ville nå.

De började som vanligt med en liten andakt där de bad Herren Gud om styrka att leda dem så att de kunde fatta de riktiga besluten för friheten och Hans välbehag.

Principalerna, eller krigskabinettet som de ibland kallades, sammanträdde i den träpanelade salen och slog sig ner vid det stora träbordet som rymmer två dussin personer vid behov. Klädstilen var som vanligt på Camp David, cowboystövlar och rutiga skjortor, George W Bush i jeans och grön bombarjacka.

CIA-chefen hade anlänt med sin terrorexpert Cofer Black, Rumsfeld sin ännu blodtörstigare biträdande Paul Wolfowitz, medan Dick nöjt sig med en assistent på lägre nivå.

George W Bush höll en kort inledning där han påpekade att det hela kunde sluta med att Amerikas Förenta Stater blev lämnade helt ensamma i kriget mot terrorismen. Men det var ändå inget att hänga läpp över, eftersom det var man själva som var Amerika.

Innebörden var förmodligen, tänkte Condoleezza Rice, att man borde bortse från allt vad den övriga världen tänkte, eftersom man ändå hade tagit på sig jobbet att slutföra kriget och inte kunde dra sig ur – eftersom man var Amerika.

Sedan fick Rummy inleda diskussionen. Man kunde inte ens med den mest kamratliga välvilja påstå att han såg glad ut. Han hade det inte så lätt just nu och de flesta runt bordet tyckte rentav synd om honom.

Han hade bara fått igång ett halvt krig mot Iran. Och hur mycket man än från administrationens sida pratat sig blå om att det förebyggande tillslaget mot Iran inte hade med den palestinska ubåten att göra, så var såväl de egna medierna som världen i övrigt överens på den punkten. Man hade klippt till fel kille.

Därefter hade Rummy rusat iväg och garanterat terrorubåtens säkra död, till och med dragit på sig en hel poesi av skämt om flundror på slutet. Och nu måste den jakten inställas.

Rumsfeld valde att tala för den enda rimliga beslutslinjen på kort sikt. Man hade upphört med bombningarna i Iran med hänvisning till att jobbet var gjort och att Iran hade fått sig en rejäl läxa. Alternativet att fortsätta kriget på halvfart och låta det gradvis eskalera till den fullt utvidgade Operation Extended Freedom fanns inte just nu. Planen var att ägna tillräcklig tid åt att bygga upp det stora anfallet. Men det skulle ske först efter att Iran tydligt visat att de inte lärt sig läxan, att de till exempel försökte återuppbygga sina förstörda anläggningar för att anrika uran.

Vad ubåten beträffade hade de väpnade styrkorna beordrats att inte anfalla den på nära håll med ubåtar eller ytfartyg. Däremot att hålla en hög spaningseffekt och att omedelbart slå ut den från luften, när tillfälle förr eller senare gavs.

George W Bush tog genast ordet när Rumsfeld hade slutat sitt anförande, det var en markering att presidenten hade godtagit det försvarsministern sagt och att det inte längre behövde diskuteras. I stället vände han sig till CIA-chefen med frågan om man på CIA delade slutsatserna som hade kommit fram i flottans underrättelserapport om terroristubåten.

Det gjorde man i allt väsentligt. Dessutom hade man lagt ned stora ansträngningar på att få fram namnet på den ryske ubåtskapten som ryssarna ställt till förfogande. Relativt säkra källor gav vid handen att det skulle vara en kommendör Anatoly Valerivitch Petrov, före detta fartygschef på den förolyckade atomubåten Kursk. I så fall en av Rysslands garanterat bästa ubåtskaptener. Det var nämligen han som spelade skjortan av 6:e flottan 1999, för övrigt just med Kursk. Man tillmätte uppgifterna stor betydelse, eftersom de vittnade om ett mycket seriöst ryskt stöd för det palestinska terrorangreppet.

Presidenten lämnade därefter ordet åt Condoleezza Rice med en kort nick. Han ville tydligen ha alla kort på bordet innan man inledde någon längre diskussion.

Hon såg som sin första uppgift att förklara svårigheten man mött när det gällde att få den palestinska aktionen definierad som terrorism. Det man exempelvis kunde utgå från var resolutionen i FN:s säkerhetsråd nr 1373 antagen den 28 september 2001, alltså kort efter 9/11.

I paragraf 5 slog resolutionen fast att man "bekräftar nödvändigheten av att med alla medel och i överensstämmelse med FN:s stadgar bekämpa alla hot mot internationell fred och säkerhet som orsakas av terroristhandlingar".

Problemet var ordet terroristhandlingar, det var där den internationella enigheten sprack. Även om det ännu inte fanns någon okontroversiell definition av begreppet terrorism förutsatte man vanligtvis att angreppen måste ha riktat sig mot civila mål. Självmordsbombningar var alltså självklart terrorism på ett kafé i Tel Aviv, men mindre självklara när någon körde in en lastbil med sprängämnen på en amerikansk militärbas.

Det palestinska angreppet hade åtminstone hittills riktat sig mot strikt utvalda militära mål. Sådana aktioner var inte bara svåra att terroriststämpla, de hade till och med folkrättsligt stöd.

Än mer utsiktslöst vore det att använda samma FN-resolution för att komma åt Ryssland med hänvisning till att palestinierna inte hade en stat, att Ryssland därmed hade stött en "simpel terroristgrupp" eller liknande. Palestinierna kunde mycket väl betraktas som ett folkrättsligt subjekt, vilket i princip var samma sak som en stat.

"Men hejda hästarna lite nu", avbröt presidenten. "Menar du att om terroristerna skaffar häftiga grejor och slår mot exempelvis vår flotta så är dom inte längre terrorister?"

"Inte exakt så, Mr President", fann hon sig snabbt. "Om terroristubåten skulle anfalla oss är det färdigdiskuterat, då kan vi kärnvapenbomba den om vi vill. Men nu anföll den faktiskt militära mål i Israel. Därom råder ingen tvekan. Än så länge har dom därmed ett folkrättsligt stöd."

"Men kan vi inte slå till förebyggande?" fortsatte presidenten indignerat.

"Jag tänkte just komma till det, Mr President. Vi kan hävda att vi misstänker att ubåten är utrustad med en kärnreaktor, det strider mot diverse spridningsavtal. Vi kan misstänka att den medför kärnvapen, uttalanden från kvinnan ombord har varit tvetydiga på den punkten. Vi kan kräva en inspektion och om inte ... har vi rätt att agera mot såväl internationell kärnvapenspridning som mot risken för internationell piratverksamhet. Det här är framkomliga vägar, men det är inte terroristvinkeln. Däremot min komplimang, Mr President, för den slagkraftiga formuleringen att man tydligen inte blir terrorist bara man skaffar tillräckligt häftiga grejor. Tipsa era talskrivare om den punchlinen, Mr President."

George W Bush såg plötsligt rätt nöjd ut. Inte bara för att Condi hade berömt honom utan mest för att hon faktiskt levererat godtagbara skäl för att jaga och döda den där jäkla ubåten.

Resten av förmiddagen ägnades åt frågan om hur man skulle förse Israel med nya flottstyrkor. Alternativet att sända US Navy som permanent skydd lyckades Condoleezza Rice manövrera undan. Det skulle innebära att Amerikas Förenta Stater formellt gick i krig mot det palestinska folket och därmed en rätt för ubåten att anfalla amerikanska fartyg. Det kunde sluta med elände. Man måste i så fall ha dödat ubåten först.

Initiativ från EU och Ryssland som seglat upp om att garantera Gaza ett eget territorium till havs, tre sjömil territorialvatten och sex sjömil till den kommersiella gränsen, var visserligen besvärligt. Sådana eftergifter kunde få det att se ut som om terrorism lönade sig. Men allt sådant kunde man blockera med sitt veto i FN.

Besluten för dagen blev i huvudsak som Condoleezza Rice tänkt sig. För det första skulle man avsluta det halvhjärtade kriget mot Iran, möjligen i väntan på en chans att slå till stort, precis som försvarsministern föreslagit.

För det andra skulle man anslå medel till uppbyggnaden av en ny israelisk flotta.

För det tredje skulle man mer diskret än hittills jaga den palestinska ubåten tills man hade ett säkert straffsparksläge. Först då skulle man döda den.

317

Lunch serverades 12:45 och presidenten sade att alla skulle ta några timmar ledigt och träna lite och komma tillbaks med antingen ett godkännande eller ett underkännande av de förslag man enats om. Men det blev ett kort eftermiddagsmöte där presidenten hade behållit sin träningsoverall från joggingturen och skroderade om att han slagit sin säkerhetsuppvaktning. Alla var fortfarande överens om de förslag som lagts före lunch.

Cheney och Rumsfeld uppträdde båda med påtagligt låg svansföring och lämnade Camp David före middagen. På kvällen satt Condoleezza Rice vid flygeln och ledde allsången med standardnummer som Ol' Man River, Nobody knows the trouble I've seen och America the Beautiful, medan George W Bush satt i närheten och försökte få ihop ett avancerat pussel med hästmotiv.

\* \* \*

Efter fem dagars tystnad från U-1 Jerusalem dök hon upp i natten intill en rostig trålare inte långt utanför Tunis. Vid den tidpunkten hade den amerikanska Medelhavsflottan omgrupperat och jagade henne norr om Sicilien och upp mot Balearerna och ner mot Medelhavets mynning i Gibraltar, ifall hon skulle försöka smita ut. Det var ingalunda en orimlig taktik. Man hade ju sett ubåten, den hade till och med videofilmats på nära håll av ett stort antal turister uppe vid Capri och alldeles i närheten av Neapel och det just då oskyddade hangarfartyget USS Ronald Reagan.

Hur U-1 Jerusalem hade kunnat ta sig dit upp kunde ingen förstå. Men det var ett faktum. Och hur terroristerna då skulle komma därifrån var inte alltför svårt att räkna ut, trodde såväl ledningen för 6:e flottan som CENTCOM och framför allt försvarsministern, som än en gång såg allt klart för sig. Ubåten kunde inte gärna gå ner genom Messinasundet.

Efter att ha passerat Messinasundet, snabbare och enklare den här gången, fann de att i stort sett alla målvakter som bevakat den mest självklara passagen mellan östra och västra Medelhavet, mellan Tunisien och Sicilien, var borta.

Bunkringen tog en timme, de största svårigheterna var att pumpa olja från trålarens tankar och därefter direkt från fat, medan ilastningen av förnödenheter, inklusive en låda champagne, gick lika fort och smidigt som förra gången.

"Det här är avgörandets stund, kära fartygskorrespondenter", sade Carl. "Det var med den här trålaren ni kom från Tunis och om ni så önskar kan ni gå ombord på den nu igen och det är det hela. Vi skulle sakna er i mer än ett avseende, men jag kan inte klandra er om ni gör det valet."

De satt med varsitt glas te i officersmässen, överallt omkring dem kånkades nya förråd kors och tvärs.

"Hur lång tid har vi på oss?" frågade Rashida Asafina nästan aggressivt. "Jag hinner väl göra min intervju med löjtnant Zvi Eshkol och den där maskinisten Davis eller vad han hette?"

"Ja, men det blir av lätt insedda skäl det sista vi gör innan vi dyker. Satellitsignalerna till och från Al Jazeera är nog synnerligen övervakade vid det här laget. Så när vi sänder börjar det bli bråttom."

"Vad är våra alternativ?" frågade fotografen Ruwaida, som såg betydligt mer sugen ut att sticka iväg än hennes reporter och chef.

"Följande", sade Carl. "Vi kommer att gå in i en hamn om tolv dagar och det blir offentligt och en stor grej. Då får ni nästa chans att lämna oss. Resan dit uppfattar jag som det minst farliga av allt vi gjort hittills, om vi bara överlever den här bunkringen."

"Kan vi skicka våra kassetter med den där trålaren, allt vårt inspelade material?" frågade Rashida.

"Ja, utan tvekan. Och, lugn jag tar följdfrågan samtidigt, kassetterna kommer fram. Trålaren tillhör oss, det ligger lika mycket i vårt intresse som i ert att materialet bevaras till eftervärlden."

"Men vi börjar få ont om kassetter, vi visste ju inte att vi skulle filma i flera veckor", invände fotografen Ruwaida.

"Det har vi faktiskt förutsett, därför finns trettio betakassetter med någonstans bland allt det vi bunkrat. Just nu kan vi kanske inte hitta dom i röran, men det där ska inte vara något problem", förklarade Carl.

"Var och när går vi i hamn?" frågade Rashida som redan föreföll ha beslutat sig för att stanna kvar.

"Om tolv dagar, som jag sa. Men av rätt självklara skäl kan jag inte säga var. Den som stannar ombord får genast veta och jag tror ni blir angenämt överraskade."

"Och resan dit är säker?"

"Ja. Den sista risken vi tar är er sändning, därefter släcker vi ner fullständigt och försvinner."

"Och hur länge stannar vi på den nya platsen?" frågade Rashida.

"Tre fyra dagar skulle jag tro."

"Och då hinner vi alltså byta fartygskorrespondenter?"

"Säkert. Om Al Jazeera fortfarande vill ha ensamrätten på inbäddade reportrar ombord på U-1 Jerusalem så kan vi ordna den saken."

De båda journalisterna föll lika spontant och samtidigt i skratt och baskethälsade triumferande. Det föreföll klart att tevekanalen Al Jazeera fortfarande skulle vara intresserad av ensamrätten på direktsändningar från U-1 Jerusalem.

Därmed var frågan avklarad och det var bara att förbereda intervjun med de två israeliska krigsfångarna, som de kallades med Al Jazeeras språkbruk.

Det beskrivs som Stockholmssyndromet, ett psykologiskt begrepp som uppstod efter att två svenska bankrånare hade hållit gisslan i ett bankvalv under några dagar. Den historien slutade visserligen som sådana historier brukar, med att rånarna gav upp.

Men det som förvånade omvärlden var att personerna som varit tagna som gisslan, särskilt en av de kvinnliga banktjänstemännen, ihärdigt försvarade rånarna sedan man befriats och snarare riktade sin ilska mot polisen som, menade man, fullständigt i onödan hade hotat att skada dem allesammans där inne i bankvalvet.

Ordet Stockholmssyndromet skulle komma att upprepas i många av all världens tevesändningar de kommande dygnen.

För i intervjun med den numera världsberömda Rashida Asafina i position framför den palestinska flaggan på U-1 Jerusalems torn, intygade såväl löjtnant Zvi Eshkol som maskinisten Uri Davis från den torpederade israeliska ubåten Tekuma att de behandlades förstklassigt ombord, att till och med maten var betydligt bättre än på israeliska ubåtar och att de bemöttes med respekt som kolleger av både palestinier och ryssar ombord. De hade blivit försäkrade att de skulle utväxlas mot palestinska fångar och ingen av dem tvivlade en sekund på det löftet. De hade fått perfekt medicinsk behandling och alla mådde bra, till och med en kamrat som genomgått en komplicerad operation av en trasig lever. Då för övrigt den palestinska besättningen ombord köade för att lämna blod.

De var däremot mycket kritiska mot den israeliska flottans ledning som inte på något sätt förberett sig för ett så logiskt anfall som det som palestinierna genomfört. På den provokativa slutfrågan om de ansåg att Gaza skulle få sitt eget territorium till havs och en egen hamn ryckte de bara på axlarna och svarade att de inte var så intresserade av politik, men att det i och för sig lät ganska rimligt eftersom ockupationen av Gaza hade upphört.

Ingen vakt eller officer skymtade i närheten under intervjun. Det såg nästan ut som om de två krigsfångarna – gisslan enligt andra – hade intervjuats i full frihet. De fick båda hälsa hem till sina familjer och kastade som avslutning slängkyssar in i kameran.

Yes! tänkte Rashida Asafina i det ögonblicket. Den slutbilden satt verkligen! Det var ingalunda en politisk reflektion från hennes sida, utan en strikt professionell journalistisk bedömning.

# IX

Atlanten var som en gigantisk vagga av trygghet för U-1 Jerusalem.
Risken att bara på ren otur möta en amerikansk ubåt var knappt ens
matematiskt kalkylerbar, även om Anatolij på skämt gjort ett försök
som visade att man i så fall behövde 6734 år. Atlanten är en femtedel
av jordens yta, 106,2 miljoner kvadratkilometer, det blev mer än en
och en halv miljon kvadratkilometer per amerikansk ubåt, två gånger
Texas.

Det var bara en transportsträcka, man hade minimal tjänstgöring
ombord för drift och navigering och ägnade mest tiden åt överblivna
sysslor som persedelvård, exempelvis att sy fast en liten palestinsk
flagga på vänster axel på permissionsuniformen, tvätta och stryka
kläder, se på filmer som inte handlade om ubåtar – ryssarna ombord
hade drabbats av vilda västernfeber – hålla språklektionerna i allt stör-
re konversationsgrupper och läsa den väldiga tidningspacke som lang-
ats ombord vid den sista bunkringen inne i Medelhavet. På nätterna
gick man upp mot ytan och körde en stund med snorkel samtidigt
som man spelade in världens nyhetsprogram. Nu när det var mer gott
om tid tog man in BBC och Al Jazeera för att jämföra med de ameri-
kanska kanalerna. Alla rapporterade mer eller mindre utförligt om
hur "nätet drogs åt kring terrorubåten i Medelhavet".

När man gick över ekvatorn organiserades en Neptunfest med
symboliska dop av de sjömän som korsade ekvatorn för första gång-
en. Anatolij Petrov var en mycket illusorisk och populär Neptun.
Självsvåldigt bestämde han att även de israeliska ubåtsmän som inte
gjort sjömännens nybörjarprov skulle döpas, men alla utom en av

israelerna värjde sig indignerat med att de redan var döpta i Indiska oceanen.

Neptunfesten var inte alkoholfri. Dagen efter blev mycket stillsam och man hade gått ner på säkerhetsdjup för att minimera risken för alarm med en besättning som inte var hundra procent i form.

När Mouna kom ut i mässen för något som åtminstone enligt hennes kroppsrytm skulle vara sen frukost var det tomt i officersavdelningen sånär som på den israeliske löjtnanten som satt försjunken i den stora högen av vid det här laget väl tummade tidningar från väst och öst. Hon hajade till när hon såg att det var en israelisk tidning han läste.

"Godmorgon *segen* Eshkol", hälsade hon trött. "Inte visste jag att man kunde läsa Ha'arctz ombord, vad får vi för recensioner där? Får jag slå mej ner?"

"Naturligtvis general, hur visste ni att löjtnant heter *segen* på hebreiska?"

"Det visste jag inte, men jag tog fram det i datorn för den händelse artigheten skulle komma till pass. På arabiska är det lite krångligare, *mulazim awwal.* Som sagt vad säger Israels ledande dagstidning om oss?"

"Ni skulle bli förvånad general, titta här! Förlåt läser ni hebreiska?"

"Javars, men stapplande."

Han visade ivrigt och bläddrade fram och tillbaka i den utsorterade högen med israeliska tidningar och citerade ur ledarartiklar, insändare och nyhetsreportage. Det blev en betydligt mer splittrad bild än hon väntat sig. På ledarsidan i Ha'aretz var man till exempel ursinnig över massakern på badande och fiskare, "så kallade tjuvfiskare", i Gaza. Viss förståelse hade man för att det rådde panik och desperation i hela Zahal, den israeliska krigsmakten, efter det Pearl Harbor som drabbat Israel – tidningen använde sig alltså inte av beteckningen 9/11 – men att det inte ursäktade att Israel skämde ut sig med rena vansinnesdåd. I all synnerhet som den palestinska attacken riktat sig mot militära mål med jämförelsevis minimala förluster i människoliv. Rätta sättet att bekämpa terrorismen var inte att bedriva den själv, löd den förbittrade avslutningen.

"Wow!" undslapp sig Mouna. "Jag hade väntat mej mer blodtörst."

"Det finns också, det är inget att huttla med. Hade vi fått ombord Maariv eller Yediot Aharonot så hade det väl mestadels varit olika mer eller mindre fantasifulla förslag på hämnd. Men det här finns också, det här är också Israel och det är mitt Israel!"

Han underströk det sista med att klappa några gånger med handflatan över den israeliska tidningsbunten.

"Berätta för mej", sade hon. "Berätta för mej om *ditt* Israel."

"Om ni sen berättar om ert Palestina, general."

"Okay, men du först."

Han började med farfarsfar och hans bröder som föddes i slutet av 1800-talet i Ukraina och "återvände" till dåvarande turkiska Palestina 1913. Bröderna hette Schkolnik, men hebreiserade genast sitt namn och tillhörde eldsjälarna när det gällde att återuppliva hebreiskan som modernt språk, var bland pionjärerna i kibbutzrörelsen, startade fackföreningsrörelsen Histadrut och var med och grundade det socialdemokratiska partiet Mapai.

Alla som växte upp i familjen Eshkol blev följaktligen mapainiks och kibbutzniks, Israels kulturella, politiska och till och med militära elit under den första halvan av Yishuvs, alltså det judiska samhällets, existens. Och elitställningen varade långt efter att Israel fötts som stat. Farfars bror hade varit premiärminister och till och med försvarsminister, en post som han emellertid, klokt kan tyckas, lämnade över till Moshe Dayan strax före Sexdagarskriget 1967.

Men att vara mapainik i dag var inte vad det en gång var, utan närmast lite löjligt, som att tillhöra en före detta maktelit, ungefär som man kunde föreställa sig att det var med gammal adel i Europa. Och deras familjehus på kibbutzen, en av Israels äldsta, hade sedan länge förvandlats till weekendhus för släkt och vänner.

I sin barndom hade Zvi sett araberna som en stor hotande massa där ute som ville översvämma det på kartan så lilla Israel. Men på något sätt skiljde han och hans bröder och systrar och kusiner på araberna där ute och araberna hemma, de hade ju gott om palestinskt tjänstefolk och palestinska arbetare på kibbutzen.

Mouna fann ett artigt sätt att förkorta historien genom att gå och hämta sin förbeställda frukost, som fortfarande serverades med färskpressad tunisisk apelsinjuice. När hon kom tillbaks gjorde hon obesvärat tidshoppet.

"Så varför blev du först i pionjärfamiljen med att söka till flottan i stället för armén som alla andra?" frågade hon när hon slog sig ner med sin frukostbricka.

"Oj förlåt general, blev jag för långrandig?"

"På intet sätt, men det du berättat ger mej en rätt bra bild. Och jag är ju din granne och inte direkt okunnig om vår historia. Visst var du först i familjen om att söka till flottan."

"Helt rätt."

"Okay, varför flottan och inte armén?"

Han suckade och nickade resignerat som om hon hade träffat en öm punkt och dessutom visste att hon hade gjort det. Han ryckte på axlarna och berättade, mer kortfattat den här gången, precis som det var.

Han var yngst av tre bröder. Levi och Shlomo hade gjort lumpen före honom – man tillhörde en sådan familj där det inte var tal om att smita från lumpen, även om det var minst tre år som de flesta såg som bortkastad tid.

Levi och Shlomo hatade det. De var inte ensamma, om hon trodde det. För under de senaste decennierna innebar att göra lumpen i Israel att man åtminstone de första åren skulle stå och trakassera palestinier vid vägspärrar, begära ID-handlingar från kvinnor som uppenbart höll på att föda barn, skicka hem skolbarn med hänvisning till vadfan som helst skäl för att de inte fick gå till skolan just i dag, hindra grönsakshandlare i timmar så att deras tomater överhettades i solen, skydda kolonister som hade använt natten till att såga ner den palestinska grannbyns olivträd och tusen andra ting av liknande slag. Först var man nitisk, sedan blev man antingen rasist eller äcklad, det fanns bara de två möjligheterna. Hela världen frågade vad ockupationen gjorde med palestinierna, få tänkte på vad den gjorde med Israel.

Hans äldre bröder tillhörde dem som hade blivit äcklade. Nej mer än så, de hade blivit närmast desperata och beredda att ansluta sig till "Officerare för fred" som hellre gick i fängelse än att fortsätta tjänstgöringen på territorierna. Men föräldrar, farbröder och mostrar skulle ha blivit vansinniga om någon ur pionjärfamiljen anslöt sig till de landsförrädiska.

Utvägen var att söka till flottan. Ute på havet fanns ju ingen palestinsk fiende. Det var rent. Ubåtarna skulle slå mot främmande krigsfartyg, landsätta specialtrupper som Sayeret Matkal för hemliga operationer utomlands eller ...

Där avbröt han sig.

"Eller vara Israels yttersta och sista skydd mot förintelse, genom att kunna förinta", fyllde Mouna i.

"Det kan jag inte kommentera", sade löjtnant Eshkol och slöt sig plötsligt som en mussla.

"Naturligtvis inte. Men det här är inget listigt förhör, det här är ett samtal grannar emellan ute på Atlanten långt hemifrån. Vänta, säg inget! Jag ska säga det och sen går vi vidare. Vi mätte den radioaktiva strålningen från Tekumas sönderslagna för innan vi vågade skicka in vårt räddningsmanskap. Ni hade kärnvapen ombord. Era Popeyemissiler når Iran till och med från Medelhavet, ännu lättare från den ubåt ni har i Eilat och som patrullerar Röda havet. Vi vet."

"Inga kommentarer, general."

"Bra, då är vi förbi det. Så flottan blev din anständiga kompromiss, ett sätt att göra lumpen som familjetraditionen krävde, men utan att plåga havande mödrar?"

"Ungefär så, ja. Eftersom ni palestinier inte har någon flotta."

Det sista sade han med ett ironiskt leende, ryckte på axlarna och gick mot serveringen medan han demonstrativt slog ut med armarna mot det som var en ytterst konkret palestinsk flottenhet.

Hon tyckte om honom, det var bara så. Men som om hon nästan skämdes för den enkelt mänskliga reflektionen försökte hon föreställa sig själv som fånge på en israelisk ubåt, Tekuma till exempel. Hon visste ju en hel del om hur israelerna behandlat hennes folk som fångar, hon hade sänt alltför många agenter i döden.

"Och ni min granne och general, berätta om ert Palestina", uppmanade han när han kom tillbaks med ett glas arabiskt kaffe och en rysk mandelpirog. Är det sant det som står i tidningarna?"

Han klappade på den tjocka högen av engelska och amerikanska dagstidningar som låg bredvid honom på bordet och där man överallt skymtade bilder på henne.

"Jadå", sade hon med en liten uppgiven axelryckning. "Det mesta är sant, men sant på ett sådant sätt att man inte riktigt känner igen det. Kanske har det med formuleringarna att göra. *Dödade sina första judar vid åtta års ålder.* Jo, det är sakligt sett sant. Jag minns det, men jag känner ändå inte igen beskrivningen. När dom bulldozrade vårt hus i Gaza var farmor kvar i huset och dog i rasmassorna. Det är fullt möjligt att någon i familjen hade gjort något straffbart, vad vet jag, jag var ju bland dom yngsta barnen. Naturligtvis hatade jag dom som hade rivit vårt hus, israelerna som jag aldrig såg på nära håll, bara män med hjälmar och vapen som dammade förbi då och då i sina halftrucks, ni hade såna på den tiden. Någon, jag minns inte vem, gav mej två handgranater och tre minuters undervisning och jag och några andra barn låg på ett hustak och ... ja, så var det."

"Men sen blev ni agent med rätt att döda, general. Och framgångsrik i den konsten om man får tro den amerikanska pressen."

"Nåja, det var en lång väg från det där hustaket. Al Fatah tog hand om mej, jag var ju ett litet efterlyst hjältebarn. Men min utbildning blev faktiskt rätt lång fram till det du syftade på."

"Förlåt, men jag är inte helt säker på vad jag syftade på."

"Det var en period på 80-talet. Israel körde en världsomspännande operation som hette Guds Hämnd, eller något i den stilen. Officiellt handlade det om att spåra upp och döda alla som hade med gisslandramat i München under OS -72 att göra. Visserligen var det tyska poliser som sköt alla dom israeliska idrottsmännen i gisslan, liksom palestinierna. Men hämndaktionerna mot oss pågick i tolv år och ni passade på att mörda en del författare och journalister och lite av varje. Då var jag en av dom som slog tillbaks, men jag kan inte säga att vi vann den striden heller."

"Så ni övergick till terror i ren desperation?"

"Vilka ni?"

"Förlåt general, men när ni sa *ni passade på att mörda en del författare och journalister* så lät jag det passera."

"Medges, där har du en poäng löjtnant. Men i alla fall, terrorn drabbar oss mycket mer än den drabbar, förlåt uttrycket, *er.*"

"Så när Hamas eller Islamiska Jihad eller Al Aqsabrigadernas martyrer eller andra fanatiker spränger oskyldiga kvinnor och barn i en supermarket i Tel Aviv, så drabbar det *er?*"

"Ja, men hör nu här löjtnant, det här är ett av mina ständigt återkommande ämnen, något som aldrig släpper mej. Terrorn mot civila drabbar oss mer än er. När U-1 Jerusalem gick ut från Severomorsk i Ryssland hade jag dom aktuella siffrorna, dom har förstås förändrats sen dess. Men i september i år såg det ut så här. Sen Ariel Sharon år 2000 tog sin promenad på den heliga tempelplatsen för att starta bråk, och lyckades, har följande hänt. 3 466 palestinier har dödats av den israeliska krigsmakten. 988 israeler har under samma period dödats av *oss*, men den siffran inkluderar 309 militärer. Och talar vi barn så har *ni* dödat 691 och *vi* 119. Det är så det ser ut rent faktiskt, alltså förlorar vi."

"Var har ni fått dom siffrorna från, general?"

"Inte precis från Hamas informationsminister om du tror det. Det är den israeliska människorättsorganisationen B'Tselem som presenterat dom där siffrorna. Men det stämmer rätt väl med siffror som vi sammanställt inom vår egen underrättelsetjänst."

Han skakade bara på huvudet.

Mouna insåg att det var fel att driva diskussionen vidare. Han var trots allt hennes krigsfånge. När han frigavs skulle han plockas in på ett långt program för debriefing med överordnade officerare, psykologer och rabbiner som skulle få honom att förstå att det mänskliga ansikte han sett var ett falsarium, en djävulsmask som han måste frigöra sig från. Alla samtal av den här typen som han då skulle erinra sig skulle ältas fram och åter till gränsen för det rent plågsamma. Just nu var det inte ens meningsfullt att försöka komma in på ämnet "mitt Palestina" eftersom de redan var alltför intrasslade i söndersprängda människors tarmar och avslitna armar och ben, om så av spikbomber eller Hellfiremissiler.

"Om ungefär fjorton dagar är du förmodligen hemma i Israel igen", sade hon med ett demonstrativt byte av samtalsämne.

Han sken naturligtvis upp, både överraskad och lite tvivlande.

"Hurså, vet ni något om det, general?"

"Svar ja, löjtnant", log hon. "När vi sitter här i Atlantens trygga famn pågår förhandlingar. Vi har åtta israeliska krigsfångar. Israel har ett antal tusen, men där har jag ingen exakt siffra. Ombord på U-1 Jerusalem vill vi naturligtvis bli av med er så fort som möjligt eftersom ni är till besvär, äter och andas och kanske smider dolska planer mot oss. Israel vill ha hem er. Och framför allt vill USA ha bort er från målområdet. Jag tror vi har ett bra förhandlingsläge."

"Hur många palestinier är jag värd, general?"

"Svårt att säga. I religiös eller filosofisk mening är du bara värd en palestinier. I nu gällande gradering av människors olika människovärde, jag menar i media och politik, är du förmodligen värd minst hundra palestinier. Vi kanske kan mötas någonstans på halva vägen i förhandlingarna."

"Fantastiskt goda nyheter, general. Jag kan ju inte gärna neka till att jag hoppas på min frigivning."

"Nej, varför skulle du göra det? Men om jag vore i din situation, fånge ombord på Tekuma exempelvis, hade jag ingenting att hoppas på. Om jag ens fortfarande vore vid liv eller medvetande. Förlåt, det var inte meningen. Glöm det. Vi går i hamn om en vecka och jag gissar att du är utväxlad inom ytterligare en vecka, pigg och frisk hemma på kibbutzen med välförtjänt permission."

"Ja vadå, jag har ju tydligen ingen flotta att tjänstgöra vid!"

Plötsligt kunde de skratta tillsammans. Det var lika oväntat för dem båda.

"Min kära brigadgeneral, om jag får uttrycka mig så omilitäriskt, men ärligt talas hoppas jag kunna, jag vet att det här låter knäppt och inte särskilt realistiskt, men jag hoppas kunna bjuda hem er till kibbutzen."

"Det är en vacker dröm", medgav hon och såg ner i den stora tidningshögen med åtminstone fem synliga rubriker som innehöll orden "Madame Terror". "Och jag skulle bjuda dej till Gaza, där ingen skulle kröka ett hår på ditt huvud om du var med mej. Jag antar att samma skulle gälla på din kibbutz eftersom du är en Eshkol."

"Ja, det är en fin tanke. Eller hur general, nu när ingen hör oss?"

"Visst. Men din livsprognos är något bättre än min."

"Men hoppet dör väl aldrig?"

"Nej, så måste man se det."

\* \* \*

Den palestinske presidenten Mahmoud Abbas kom inte längre ihåg hur många dagar han hade befunnit sig på resa, sannolikt närmade det sig två veckor. Han måste ju sköta hela den palestinska utrikespolitiken själv, eftersom alla viktiga länder i världen bojkottade hans regering som terrorister. Att Hamas hade segrat i de palestinska parlamentsvalen var förvisso en olycka, mest därför att det gav Israel en ursäkt att avbryta alla fredsförhandlingar och bygga sin apartheidmur, "säkerhetsbarriären", färdig i lugn och ro. Man förhandlade ju inte med terrorister, inte ens sådana som valt den exceptionellt ovanliga terrormetoden att vinna ett demokratiskt val. Det var desto mer ironiskt som det var Israel som hade uppmuntrat och till och med finansiellt stött tillkomsten av Hamas på 80-talet för att röra till det för Yassir Arafat och hans administration. Det var en taktik de lånat från amerikanerna som samtidigt byggde upp den islamistiska motståndsrörelsen i Afghanistan för att ordna ett Vietnamkrig åt Sovjetunionen. Det hade fungerat alldeles utmärkt. Sovjetunionen hade fått ett helvete med alla USA-tränade, USA-betalda och USA-beväpnade islamister, liksom PLO fick ett växande helvete med Hamas.

Det var en strålande ironi som han aldrig försummade att påpeka i sina intervjuer med världspressen, fastän reportrarna ignorerade allt sådant och ville ha svar om ubåten i stället. Kunde ubåten anfalla israeliska flygbaser, fanns det kärnvapen ombord som Pentagon påstod, skulle nästa steg bli att försöka förinta Tel Aviv?

Och kunde han som president påverka Hamasregeringen att uppfylla de tre kraven som "hela världen" ställde? Nämligen att för det första erkänna Israel, för det andra stå fast vid alla ingångna avtal och för det tredje avstå från terror?

Det fanns bara en sak att svara. Hade Israel erkänt Palestina? Hade Israel stått fast vid ingångna avtal? Hade Israel avstått från terror, eller vad skulle man annars kalla massakern mot badande och fiskande invånare i Gaza?

Det påstods vara en helt annan sak, eftersom Israel var en demokrati. Med västerländska journalister kom man aldrig längre än så.

Umgänget med västerländska politiker var betydligt lättare än med deras medier. U-1 Jerusalem hade dessutom gjort den palestinske presidenten alldeles särdeles intressant, all världens regeringar utom givetvis USA och Israel stod i kö för att ta emot honom.

Första och enda svårigheten hade varit att ta sig ut från det ockuperade Palestina. Israelerna lät honom aldrig flyga från Ben Gurion-flygplatsen, "av säkerhetsskäl." Alltså måste han ta sig med bil över Allenbybron till Jordanien och vid den israeliska gränskontrollen vid bron utspelade sig alltid ungefär samma teater. En 25-årig löjtnant granskade strängt hans utresedokument, förklarade att de var

331

ofullständiga och att hans identitet dessutom var osäker. Hans invändning att han var den palestinske presidenten bemöttes bara med hånskratt och huvudskakningar och så där höll det på några timmar. Alltid samma sak.

Väl i Jordaniens huvudstad Amman återskapades han både fysiskt och själsligt från att vara den hunsade palestiniern i kö inför en uttråkad israelisk löjtnant till att bli en av världens hetaste statsmän. Allt på grund av U-1 Jerusalem.

Den ryske utrikesministern Sergej Lavrov hade flugit till Amman enkom för att få träffa honom privat och presentera Rysslands politiska avsikter.

Det var verkligen mycket intressant att lyssna på Sergej, som med sin mörka melodiska röst entonigt och utan att någonsin staka sig eller tveka beskrev hur Ryssland nu var på utrikespolitisk offensiv i Mellanöstern. U-1 Jerusalem var också en rysk politisk hävstång, som Sergej formulerade det.

Ryssland hade sammankallat den så kallade kvartetten – Ryssland, EU, FN och USA – till en ytterst allvarlig överläggning om hur man skulle lösa ubåtskrisen. Rysslands förslag skulle bli att Gaza fick en egen hamn, eget suveränt territorium till lands, till havs och i luftrummet, och att den ekonomiska avspärrningen av Gaza upphörde. Gränserna och säkerheten skulle övervakas av FN-trupper och inte israeler.

Mot att palestinierna demobiliserade U-1 Jerusalem. För detta skulle Ryssland lägga hela sin diplomatiska tyngd och politiska styrka. Förutsatt en sak, en avgörande sak. Ubåten måste återföras till Ryssland. Varje förslag om att överlämna den till USA eller FN eller EU måste tillbakavisas. Detta var ett i högsta grad primärt ryskt intresse. Teknologin ombord på U-1 Jerusalem fick inte falla i amerikanska händer, inte på något villkor.

Mahmoud Abbas hade ingen svårighet att se logiken i det argumentet och han höll med om att ifall man kunde uppnå Gazas befrielse så var ubåten i sig inte ett för högt pris. Men om amerikanerna krävde att få beslagta ubåten? Utan amerikanernas välvilja skulle ju varken kvartetten eller FN kunna fatta några beslut?

Sergej hade redan svaret på den frågan. Man skulle helt enkelt hänvisa till att palestinierna köpt ubåten med ett förbehåll om återexport. Det var ett vanligt arrangemang när det gällde försäljning av krigsmateriel, en garanti för att man inte sålde till någon annan än man hade för avsikt att sälja till. Den palestinske presidenten fick vara så god att hänvisa till detta avtal, och till sin principiella beslutsamhet att alltid hålla ingångna avtal. I så fall hade han fulla garantier om Rysslands stöd.

Så långt hade förhandlingarna med Sergej Lavrov varit rätt okomplicerade. De satt dessutom i fred i det jordanska kungapalatset med endast ett fåtal personer omkring sig, Mahmoud Abbas hade en sekreterare och den gamle utrikespolitiska räven Farouk Khadoumi med sig och Sergej Lavrov bara sin obehövliga tolk, hans engelska var utmärkt.

Men i nästa steg blev det lite knepigare. Sergej förklarade att U-1 Jerusalem utan svårighet skulle komma segrande ur en konfrontation med en amerikansk attackubåt. Han påstod det bara, närmast som en självklarhet. Och Mahmoud Abbas hade ingen som helst möjlighet att bedöma trovärdigheten i det påståendet, han visste ingenting om ubåtar och hade bara sett U-1 Jerusalem på teve. Men det Sergej ville komma fram till var att man till varje pris måste skona amerikanerna, även om de anföll. Utsattes USA för förluster skulle deras religiöst fundamentalistiska president förmodligen få instruktioner från Gud att lägga stora delar av världen i aska och ruiner. USA var en extremt känslig nation när det gällde egna förluster. Och bortsett från den oberäkneliga död och förstörelse som skulle spridas över världen om USA nu verkligen drabbades av förluster så skulle det slå igen varenda förhandlingsdörr. Och då hade man inte vunnit något, då befann man sig bara i en situation som var ytterst allvarlig och komplicerad.

När samtalet nått till denna punkt kände sig Mahmoud Abbas märkligt maktlös. Vad Sergej inte visste var att enda kontakten mellan den palestinske presidenten och ubåten bestod av intervjuuttalanden i teve. Och Mahmoud Abbas hade gång på gång upprepat att den palestinska flottan inte hade några som helst krigiska avsikter mot USA – men att man skulle besvara all eldgivning om man blev beskjuten. Vad annat kunde han ha sagt?

Sergej svarade bara att det gällde att se till så att amerikanerna inte fick någon möjlighet att skjuta först. Och låg det förresten någonting i alla påståenden från de amerikanska tevekanalerna att man hade ubåten sågott som fångad utanför den spanska kusten?

På just den frågan kunde Mahmoud Abbas ge ett lugnande svar. För såvitt han visste befann sig U-1 Jerusalem just nu ute i Atlanten. Då log den ryske utrikesministern för första gången.

Betydligt hjärtligare hade det varit att träffa den norska regeringen. Jens Stoltenberg och hans parti hade återkommit till makten och genast med liv och lust kastat sig in i sina gamla fredsmäklarprojekt. Det var ju norrmännen som redan 1993 hade fått igång den så kallade fredsprocessen och nu var Jens eld och lågor för att återuppta ansträngningarna. De kände varandra väl sedan den tiden, Mahmoud Abbas hade varit med som finansiell rådgivare till Yassir Arafat och Farouk Khadoumi var Arafats utrikesminister. Oslo var ett helvete i november, snöblask och mörker, men norrmännens stöd hade varit ovärderligt. De hade bland annat brutit den av USA proklamerade ekonomiska bojkotten, USA hade hotat varenda bank i världen som sände pengar till det isolerade och avsnörda Gaza. Vilket ledde till en hotande svältkatastrof för två miljoner invånare. Mer än 140 000 offentliganställda hade inte fått lön på fyra månader när Den Norske Bank erbjöd sig att förmedla allt ekonomiskt stöd från arabvärlden – och förstås Norge – till den palestinska banken i Gaza. Det var 40 procent av alla sysselsatta i Gaza som därmed kunde ta sig ur det kvävande ekonomiska greppet. USA fick svälja förtreten, de kunde ju inte gärna bomba NATO-medlemmen Norge.

Det näst bästa med mötet med den gamle vännen Jens hade varit att han så lätt och elegant fann ett sätt att ordna utväxlingen av fångar.

U-1 Jerusalem hade bara åtta israeler ombord. Det var förnedrande att kräva ett alltför stort antal palestinier i utväxlingen, som om israeler skulle vara så oerhört mycket mer värda än palestinier. Men då hade Jens kommit på att man ju tidigare haft en uppgörelse från år 2000, just innan Ariel Sharon vandrade upp på Tempelberget i Jerusalem under fredagsbönen och precis som avsett drog igång den andra intifadan. Enligt den överenskommelsen som Ariel Sharon då övergav med hänvisning till intifada, skulle 800 palestinska politiska fångar ha släppts.

Men nu kunde man alltså säga att man gick tillbaks till den gamla överenskommelsen. De 800 skulle ursprungligen ha släppts utan någon motprestation, bara som ett steg på vägen i fredsprocessen. Därför kunde man från palestinsk sida verkligen visa sin goda vilja: tillbaks till fredsprocessen således, tillbaks till frisläppandet av de 800 enligt den gamla överenskommelsen – och de åtta israeliska sjömännen som bonus. Det var en intelligent plan. Ingen behövde tappa ansiktet, ingen behövde väga palestinskt människovärde mot israeliskt, ingen kunde sägas ha blivit utpressad. Jens åtog sig att förhandla fram den nya uppgörelsen och erbjöd dessutom Norge som plats för fångutväxlingen.

Så långt var allt gott och väl. Men enligt Jens fanns det ändå ett krux, en sak som allt kunde stupa på. Och det vore om U-1 Jerusalem hamnade i strid med den amerikanska flottan. Det kunde bara leda till elände. Antingen att amerikanerna dödade alla ombord på U-1 Jerusalem, palestinier och ryssar såväl som de israeliska krigsfångarna. Eller också kunde det, såvitt norska marinofficerare ihärdigt påpekat för sin statsminister, faktiskt sluta med dramatiska amerikanska förluster. Då skulle amerikanerna bli tokiga och sabotera allt i fortsättningen och dessutom hitta någon att bomba någonstans, i värsta fall i Gaza.

På planet mellan Oslo och Kairo skämtade Farouk om att det enda man kunde förutsäga om den egyptiske presidenten Hosni Mubarak var att han först skulle stoltsera med att ta emot den lilla palestinska

335

delegationen på tre man, på grund av ubåten nämligen, och att han därefter precis som Sergej Lavrov och Jens Stoltenberg skulle oroa sig för amerikanska förluster.

Just så absurt blev det också. Farouk hade träffat den egyptiske presidenten åtminstone tjugo gånger och visste väl var han hade honom.

De satt för sig själva med öppna fönster i presidentpalatset i Kairo och hörde konserten av alla bilhornen och bruset från den eviga trafiken inne i stan. Och det dröjde inte fem minuter innan Hosni kom in på det där att man absolut inte fick orsaka amerikanska förluster. Denna unisona omsorg om den amerikanska krigsmakten började nu framstå som närmast vansinnig. Men Hosni ställde det som villkor för att lägga Egyptens röst i FN på den fredsplan som gick ut på att byta Gazas frihet mot ubåten. Och sedan hade han dessutom mage att komma med förmaningar om det olämpliga i att låta islamistiska fanatiker vinna ett val. Något som han själv aldrig skulle ha accepterat, förstås.

Det var inte rätt läge att gräla om den saken. Men Farouk Khadoumi tillät sig ändå den syrliga kommentaren att när det gällde att få galna islamister på halsen var det ändå en viss skillnad dem emellan. Hamas hade byggts upp av israelerna för att ställa till ett helvete för PLO. De egyptiska islamisterna hade Hosni själv och hans företrädare Anwar Sadat uppmuntrat för att de skulle ta kål på vänstern och nu satt Hosni där med horder av galningar som först och främst ville mörda landets president för att sedan göra Egypten till en renlärig stat. Som man sår får man skörda.

Sedan måste de förnedra sig till att låna pengar till flygbiljetter och hjälp att ringa Thabo Mbeki i Sydafrika. De hade fått biljetter för resan till Kairo från Jens Stoltenbergs regering och dessutom pengar insatta på sina American Expresskort, men på något sätt hade den amerikanska regeringen lyckats spärra korten med hänvisning till kampen mot terrorismen. Nu måste de ändå kunna ta sig till Sydafrika via Paris.

Hos den franske premiärministern Dominique de Villepin två

dagar senare blev det ungefär samma sak. De fick löfte om stöd, att Frankrike skulle göra allt man förmådde för att med hjälp av övriga Europa tvinga in Tony Blair på en EU-linje som gick ut på att stödja Gazaplanen. Och de fick låna pengar, kontanter den här gången eftersom samtliga deras kreditkort nu tycktes vara spärrade. Och till sist fick de än en gång förmaningen att inte konfrontera den amerikanska flottan. Dominique sade sig också vara övertygad om att det fanns en risk att George W Bush i händelse av en militär motgång skulle bli tokig och börja sända bombflyg och kryssningsmissiler kors och tvärs.

På planet till Sydafrika skämtade de fram och tillbaka om saken. Det var egentligen smått vansinnigt, men hela världen tycktes överens om att den palestinska frihetsrörelsen måste behandla US Navy med silkesvantar. Och själva visste de inte ens var U-1 Jerusalem befann sig. Men det hade de inte ens vågat antyda för alla dessa politiker de träffat. Samtidigt som de tydligen hade tillgång till ett formidabelt politiskt maktmedel saknade de just nu varje möjlighet att kontrollera det. Enligt de senaste tevenyheterna de sett i VIP-loungen på Charles de Gaulle hade de brittiska och amerikanska flottenheterna säkra indikationer på att man fångat in U-1 Jerusalem utanför Marbella och förberedde sig för det slutgiltiga anfallet. De amerikanska tevereportrarna hade varit upphetsade, tvärsäkra och synbarligen mycket glada.

Tänk om det var sant? Farouk visste lika lite om ubåtar som Mahmoud Abbas. Om två dagar vid en viss tidpunkt skulle Mahmoud slå på sin mobiltelefon. Det var allt de visste.

* * *

Det var tre veckor kvar till turistsäsongens höjdpunkt i Kapstaden, jul och nyår när framför allt nordamerikaner och européer kom flyende från sin vinter till södra halvklotets högsommar. Temperaturen var behaglig, omkring 25 grader och hotellen i hamnområdet Waterfront var redan drygt halvbelagda. Det hade ändå väckt åtskillig irritation när stadens myndigheter plötsligt uppförde avspärrningar kring hotellet Cape Grace och mer eller mindre tvångsförflyttade gästerna från hela det andra våningsplanet. Dessutom beordrade man bryskt undan alla privata lyxkryssare och segelbåtar som låg vid betald kajplats framför hotellet.

Snart surrade de lokala tidnings- och teveredaktionerna av rykten. Klart var att president Thabo Mbeki förberedde sig på att ta emot någon viktig besökare, men sådant brukade minst av allt omges med hemlighetsmakeri. Tvärtom tycktes presidenten älska alla upptåg av det slag som åtminstone för några dagar kunde ta bort uppmärksamheten från alla bekymmer med ministrar som åtalats för våldtäkt eller korruption eller gjort nya sensationella uttalanden om aids.

Snart häckade ett iögonfallande stort antal av Kapstadens nyhetsjournalister ute vid flygplatsen för att omedelbart kunna registrera det hemlighetsfulla besöket. Man hade också bevakning utanför Nelson Mandelas villa. För satte sig Nelson i rörelse så var det definitivt något stort på gång.

Än mer mysteriöst tycktes därför beskedet från presidentens presssekreterare om att ackrediterade medier var välkomna till en särskild pressläktare utanför Cape Grace Hotel klockan 13:45. För besökaren eller besökarna, vem eller vilka de var borde ju rimligtvis passera flygplatsen. Det uppstod ett rykte om att det var Madonna som var på gång och att hon inte tyckte om att bli fotograferad på flygplatser eftersom hon flög osminkad och därför begärt den sydafrikanske presidentens hjälp att lura bort medierna. För säkerhets skull valde de flesta redaktioner att åtminstone ha någon fotograf ute vid flygplatsen för att inte missa scoopet med en osminkad Madonna.

Klockan 13:30 var musikkåren och hedersvakten uppställda på kajen utanför Cape Grace Hotel. Säkerhetsstyrkorna hade utvidgat stängsel och kravallgrindar runt hela området och det uppstod en del irritation när de alltför utdraget granskade presskort och ackrediteringar bland de tillströmmande journalisterna.

Inne i den avspärrade restaurangen satt de två presidenterna Mahmoud Abbas och Thabo Mbeki, den palestinske utrikesrådgivaren Farouk Khadoumi och en flock bredaxlade män med öronsnäckor. Det ringde i president Thabo Mbekis telefon, han svarade kort och irriterat, men blev genast mjukare i rösten, tycktes osäker när han bekräftade något eftersom han ryckte på axlarna innan han avbröt samtalet.

"Nelson är på gång, så nu vill det till att du inte driver med mej", muttrade han nervöst mot Mahmoud Abbas.

Mahmoud Abbas svettades och var grå i ansiktet av nervositet och sömnlöshet. Hela situationen var mardrömslikt overklig. Ena stunden kände han en vild optimistisk förhoppning, nästa stund bara resignerad förtvivlan. Men han hann inte svara sin sydafrikanske kollega, för nu ringde det i hans telefon. Han svarade med en kobras snabbhet.

"U-1 Jerusalem är klar att stiga till ytan, angör kaj om tio minuter, anhåller om att bron mellan Victoria Basin och Alfred Basin lyfts", sade Mouna al Husseini.

En flod av lättnad gick genom hela hans kropp när han nu kunde nicka glatt bekräftande åt Thabo Mbeki och samtidigt viska *tio minuter*. Fast det enda han kom på att fråga Mouna var hur hon kunde ringa från under vattnet och hon svarade glatt att de hade stuckit upp en antenn ovanför ytan.

Den antennen var också det första som observerades av U-1 Jerusalems ankomst, från en av turistbåtarna på väg ut mot Robben Island. Något tunt och vasst klöv ytan som ett svärd och bildade en tydlig rand av vitt skum.

De följande scenerna skulle bli klassiska och visas i tusentals tevesändningar redan de närmaste dygnen. Längst ut i Victoria Basin, alldeles nära inloppet till det stora hamnområdet, steg U-1 Jerusalem till ytan. Ut på däck strömmade sjömän och officerare och ställde upp sig i perfekt ordning på akterdäck och fördäck framför tornet. En stor palestinsk flagga hissades från tornet och en mindre sydafrikansk, som sjömansmässigt angav att just Sydafrika var fartygets destination. All turistaktivitet runt Waterfront stannade av och folk strömmade ner till kajerna i häpen förundran, entusiastisk beundran eller hatfyllt mumlande. Bland de amerikanska turisterna blev reaktionen splittrad, somliga gjorde fingret, andra vinkade och jublade.

Bron vid Clock Tower som avskärmade den inre hamnbassängen Alfred Basin höjdes gnisslande av ivrigt arbetande sydafrikanska soldater och U-1 Jerusalem gled mycket sakta in mot den rensade kajen framför Hotel Cape Grace där hela den väntande delegationen stod uppställd. Musikkåren klämde i med den palestinska nationalsången Biladi och därefter, just när ubåten sakta vred sig för att lägga till, den sydafrikanska nationalsången.

U-1 Jerusalem tog upp nästan hela kajen framför hotellet men de hade inga problem med att lägga till. Sydafrikanska soldater kastade ner trossar som omedelbart och synbarligen ytterst sjömansmässigt togs om hand av matroser i blåa uniformer med den palestinska flaggan på vänster axel. En landgång lades ut och fixerades fort och perfekt. En hög stigande och fallande visselsignal ljöd från ubåtens torn och alla på däck vände sig i en blixtsnabb rörelse upp mot delegationen på kajen och gjorde honnör. Därefter steg en man med ickearabiskt utseende men med amiralsuniform fram mot landgången, stannade upp och markerade att världens just nu mest igenkända frihetshjältinna, eller terrorist, skulle gå iland före honom.

Med Mouna al Husseini i spetsen steg officerskåren på U-1 Jerusalem iland och gick fram mot de väntande presidenterna. Förmodligen visste Nelson Mandela exakt vad han gjorde när han nu skapade ännu en klassisk bild.

Efter att Mouna stramt hälsat honom med honnör tog han henne helt enkelt i famn och kysste och kramade henne till omgivningens förtjusning. Det var ännu en bild som skulle bli affisch på husväggar i en stor del av världen.

Övriga officerare bemöttes mer stramt och korrekt av såväl de två sydafrikanska presidenterna som de två palestinska politikerna.

Carl var ytterst medveten om att detta var en vändpunkt för hans egen del. Han försökte så gott han kunde att inte låtsas om alla kameralinser som zoomade in på den hittills så hemlighetsfulle chefen för den palestinska flottan. Han hade levt ett helt decennium i hästsvans och i skymundan, men från och med nu hade han släppt alla restriktioner för Rashida Asafina, inom en kvart satt hon säkert på Al Jazeeras redaktion i Kapstaden och länkade över allt filmat material som hon hittills inte haft möjlighet att sända.

Det var svårt att förutsäga hur det hela skulle slå. Sakligt sett var han en förrymd mördare, dömd till livstids fängelse. Inte precis den bäste av representanter för ett palestinskt frihetsprojekt. Rashidas intervjuer var förstås positiva i grundtonen, men det skulle inte det internationella mediesamhället acceptera, om inte annat av avundsjuka för att Al Jazeera hela tiden haft exklusivitet till världens just nu hetaste story. Han hade två val, det ena var att över huvud taget inte säga något mer till någon. Det andra var att under de följande dagarna i Kapstaden bevilja exklusiv intervju för något av de mest ansedda amerikanska samhällsprogrammen, exempelvis 60 Minutes. De skulle inte precis behandla honom med silkesvantar, men å andra sidan hade han en del starka poänger till sitt försvar. Han skulle tvärtom tjäna på att få en så tuff och fientlig intervjuare som möjligt emot sig.

Det fick bli en senare fråga. Nu skulle det bli politik hela eftermiddagen. Medan delar av besättningen på U-1 Jerusalem installerade sig inne på Hotel Cape Grace, bevakningen av ubåten organiserades och Nelson Mandela åkte hem för att vila upp sig inför en lång och krävande bankett på kvällen satte sig alla i central ställning inne i ett konferensrum för att förbereda kvällens tal av Mbeki och Mahmoud Abbas – Nelson Mandela skulle bara säga något allmänt om den långa solidariteten mellan den palestinska och den sydafrikanska frihetskampen – och för att diskutera säkerhetsfrågorna.

Thabo Mbeki hade två konkreta frågor. Kunde USA slå ut ubåten där den låg vid kaj utanför hotellet? Kunde Israel organisera en flygattack på så långt avstånd?

Frågorna riktades närmast automatiskt till Carl och hans svar var i princip ja på båda. USA:s närmaste hangarfartyg låg någonstans ute i Indiska oceanen, men fick de anfallsorder skulle de vara inom räckvidd för sitt flyg inom ett eller högst två dygn. Ett kirurgiskt anfall mot ett stort tydligt mål inne i en hamn i dagsljus vore ingen teknisk svårighet för den amerikanska flottans attackflyg.

Vad Israel beträffade var läget mer komplicerat. De hade bara ett tankflygplan, fullt tillräckligt för det de förberedde, en attack mot Iran. Men avståndet till Sydafrika var mer än tre gånger så långt, för att kunna attackera Kapstaden måste de låna amerikanska tankflygplan och det föreföll politiskt osmakligt. Israel hade haft utomordentliga förbindelser med den gamla apartheidregimen, och följaktligen mer ansträngda förbindelser med den regim som uppstått efter apartheids sammanbrott. De skulle inte känna sig politiskt förhindrade att bomba Kapstaden. Men det fanns andra svåra hinder. USA skulle inte vilja ställa sig till förfogande för en sådan attack utan hellre genomföra den på egen hand. Dessutom fanns en i sammanhanget närmast pikant komplikation. Ett israeliskt anfall måste komma norrifrån, på grund av bränsleekonomi. Och Sydafrika hade numera ett jaktflyg bestående av svenska JAS 39 Griffon som var överlägsna både de israeliska F 16 och de amerikanska hangarfartygens attackplan F 14 Tomcat eller F 18 Hornet. Israelerna riskerade helt enkelt nederlag om de försökte en så uppenbart väntad attack. Och ur amerikansk synvinkel var det en ren no-win-situation. Det var äventyrligt nog att ge sig i kast med det sydafrikanska jaktflyget om man kom med tunga och rätt långsamma plan från hangarfartyg. Men även om man vann det militära slaget skulle man förlora det politiska.

Och så tillkom andra politiska komplikationer. För det första var det meningen att här i Kapstaden överlämna de åtta israeliska krigsfångarna, som skulle flygas hem till Israel såfort Israel hållit sin del av det avtal som norrmännen förhandlat fram, att släppa de 800 palestinska fångarna. Innan den fångutväxlingen ägt rum var ett anfall politiskt nästintill omöjligt, eftersom bomber mot Afrikas första segrande demokrati under alla förhållanden vore politiskt vansinne.

Och så en sak till. Pentagon hade gång på gång anklagat U-1 Jerusalem för att ha kärnvapen ombord, vilket i sig kunde tas som anledning för anfall. Den palestinske presidenten borde därför omedelbart ta kontakt med IAEA, den internationella kärnkraftsinspektionen i Wien, och erbjuda dem att komma ner och inspektera ubåten. Det var ett erbjudande de inte kunde säga nej till.

Det var knepigt nog att bomba en ubåt utanför ett hotell om man påstått att den hade kärnvapen ombord, ännu knepigare att bomba för att förhindra en inspektion från IAEA, eller än värre att bomba efter att IAEA:s inspektörer konstaterat att det inte fanns tillstymmelse till radioaktivitet ombord, alltså varken kärnkraft eller kärnvapen.

Slutsatserna var enkla att sammanfatta. Under de närmaste dagarna fanns inte någon reell risk för anfall. USA skulle utnyttja tiden till att skicka fram attackubåtar för att vänta på U-1 Jerusalem utanför Sydafrikas kust. Men det var ett annat och senare problem som det fanns metoder att komma till rätta med.

De två palestinierna rökte som borstbindare och drack whisky, Johnnie Walker Black Label noterade Carl, under hela hans föredragning och diskussion. Afrikanerna höll sig strikt till kaffe.

Under kvällens festbankett hölls tre betydelsefulla tal, med den internationella pressen närvarande. President Thabo Mbeki talade om solidariteten mellan kämpande befrielserörelser och det självklara i Afrikas stöd för den palestinska saken. Förre presidenten Nelson Mandela var kortfattad men mer personlig, han sade att det var en dröm han länge haft att kunna träffa en folkvald palestinsk president och att vägen mot friheten också var vägen mot demokrati och då fick man överse med apartheidanhängarnas tillmälen. För under större delen av sitt liv hade han kallats terrorist, liksom hans palestinske kollega. Desto större var då tillfredsställelsen att sitta terrorist bredvid terrorist, folkvald president bredvid folkvald president, och än en gång se att de dystra tankar man tänkte i fängelsecellen under så många år äntligen och lysande kom på skam.

Den palestinske presidenten Mahmoud Abbas presenterade sin fredsplan så som han själv hade fått den föreslagen både från den ryske utrikesministern och den franske premiärministern. Men dessförinnan hade han förstås sagt alla de självklara vänligheterna om betydelsen av det sydafrikanska värdskapet för detta officiella statsbesök.

Det blev en sen kväll som avslutades med mera whisky uppe i Mahmoud Abbas svit. Inbjudan till IAEA hade gått iväg redan på eftermiddagen och svaret hade kommit blixtsnabbt. IAEA:s team skulle anlända med flyg från Europa redan nästa dag. Det var en lättnad.

Nästa dag var mest avsatt för några politiska föreställningar inför tevekamerorna. De israeliska fångarna skulle släppas och besättningen på U-1 Jerusalem dekoreras med Sydafrikas Order of The Companions of O.R. Tambo.

Innan han somnade, för första gången på åtta månader i en stor och riktig säng, hade Carl en del ironiska fantasier om Pentagon som en myrstack där någon plötsligt kört ner en påk och rört om. Enligt de senaste presskommunikéerna från det amerikanska försvarsdepartementet hade man inte längre U-1 Jerusalem infångad utanför Marbella, man hade med intill visshet gränsande sannolikhet stängt in terroristubåten sydväst om Balearerna i Medelhavet.

I soluppgången vaknade han och gick ut på balkongen. Det skulle han inte kunna göra om två dygn, men än så länge hade de överraskningsmomentet på sin sida. En vit mjuk våg av moln svepte ner från Taffelbergets platta topp. Det var ett fenomen som kallades bergets "bordsduk", hade han inhämtat från en av broschyrerna på hotellrummets skrivbord.

\* \* \*

Condoleezza Rice hade unnat sig en timmes sovmorgon eftersom det var söndag. Klockan hade därmed hunnit dra sig mot åttatiden när

hon var färdig med sitt träningsprogram och satt i morgonrocken vid
det stora köksbordet i sin ödsligt eleganta lägenhet i Watergate. En
utrikesminister för Amerikas Förenta Stater kunde ju inte gärna bo i
ett litet studentkrypin, som George hade sagt.

Men i stunder som dessa, när det inte fanns något särskilt att jäkta
till eller koncentrera sig på kunde hon känna ett svalt drag av melan-
koli. Hennes föräldrar var döda, hon hade varken man eller barn och
just denna söndag hade det inte blivit någon weekendtripp till presi-
dentens ranch i Crawford på den torra Texasslätten där hon tillbring-
at en så stor del av sitt senaste liv. Vädret var alldeles för trist där nere.
Hon hade i stället passat på att göra upp om ett besök över dagen hos
sin faster i Birmingham Alabama. Det var ett löfte som hade blivit
uppskjutet flera gånger, men just nu verkade ingenting kunna kom-
ma emellan. På måndagen skulle hon flyga över till London för att
träffa den nya brittiska utrikesministern Margaret Beckett, men det
var då det, ingenting skulle kunna ta ifrån henne denna korta dags
privatliv.

Hon hade fått rätsida på det misslyckade kriget mot Iran och sytt
ihop en överenskommelse med FN, EU och Ryssland om fortsatta
inspektioner av den iranska kärnkraftsindustrin. Om iranierna konst-
rade så ledde det vidare till sanktioner och försökte de slingra sig ur
sanktionerna på något sätt så ledde det i sin tur vidare mot "andra till-
gängliga medel inklusive våld". Det betydde krig i full skala och var
vad Rummy så förväntansfullt såg fram emot. För det var ju klart att
iranierna skulle trassla till det för sig på antingen det ena eller det
andra sättet, åtminstone skulle man med trovärdighet kunna hävda
det. Men det var en process som drog ut åtminstone ett år i tiden och
därmed var hela krissituationen desarmerad. Vilket var vad hon hela
tiden försökt åstadkomma.

Representanthuset hade trots sin nya demokratiska och Bushfient-
liga majoritet efter höstens val avstått från att krångla med anslagen till
Israel för att återuppbygga flottan. Och terroristubåten var lyckligtvis
utom sikte – Pentagons försäkringar om motsatsen trodde hon inte

längre på – och därmed återstod bara den diplomatiska matchen med EU, där Tony trängdes hårt av sina europeiska kolleger. Det var det problemet hon skulle diskutera med Margaret Beckett när hon besökte London. Och så var det förstås problemet med ryssarna som var på offensiven med en helt ny och aktivt glupsk politik i Mellanöstern.

Så jobb saknades inte, men huvudsaken var att det rörde sig om diplomatiska problem som man kunde arbeta sig igenom på sikt, och inte akuta militära problem. Följaktligen fanns ingenting som skulle förstöra hennes söndag och George var för övrigt ytterst ovillig att syssla med politik på söndagar, eftersom han ansåg att Herrens vilodag inte fick ägnas åt arbete.

När hennes avlyssningsskyddade telefon ringde inne i vardagsrummet anade hon inte oråd. Hon gissade att det var George som ville diskutera någonting han redan hunnit läsa i Post eller Times, båda tidningarna hade ju infernaliskt elaka söndagskolumnister.

Men när det visade sig vara hennes statssekreterare som ringde och bad henne slå på nyhetskanalerna insåg hon att något gått snett. Han visste att hon inte frivilligt såg på teve på söndagarna och han visste att han inte gärna kunde ringa och be henne bryta den vanan om det inte var tillräckligt viktigt.

Det var det förstås. Det var inte bara viktigt, det var dessutom, måste hon motvilligt medge, fruktansvärt imponerande.

U-1 Jerusalem gled in mitt i turistidyllen i Cape Town till tonerna av vad som påstods vara de palestinska och sydafrikanska nationalsångerna. På däck stod en drillad besättning i perfekta uniformer, så långt från bilden av terrorister man kunde komma. Nelson Mandela, den fräcke jäkeln, tog emot självaste Madame Terror med omfamning och kyssar. Och där låg ubåten till allmänt beskådande, lite bulligare och mer strömlinjeformad än amerikanska ubåtar, såvitt hon kunde bedöma, rentav vackrare med ett lägre och mjukare format torn. Det var alltså den ubåt som 6:e flottan påstod sig ha praktiskt taget infångad och dödad i Medelhavet. Allt detta var ohyggligt starka bilder, terroristerna blev krigshjältar, terroristerna togs emot på statsbesök i

Afrikas politiskt viktigaste land, den palestinske presidenten Mahmoud Abbas – som borde ha varit i Kairo för att förhandla om egyptisk medling visavi Amerikas Förenta Stater – såg nu ut som en sorts riktig president.

Medan hon zappade mellan de viktigaste tevekanalerna som alla förmedlade samma otvetydiga intryck av ett visserligen sensationellt men annars närmast normalt flottbesök med två demokratiskt valda presidenter tänkte hon nästan maniskt repetitivt på Rummys uttryck "mjuk makt".

På senare år hade han ofta beklagat sig över att fienden hade blivit allt skickligare att hantera den mjuka makten. Ingen i hela världen kunde stå emot den hårda makt som Amerikas Förenta Stater och dess väpnade styrkor kunde mobilisera. Men gång på gång blev man bortdribblad till och med i egen försvarszon – han talade ju ofta i sådana idrottsmetaforer – av fiendens mjuka maktmedel, deras grepp över television och andra medier.

Det som nu utspelades på teveskärmen i det vita rymliga köket tycktes som en fullständig bekräftelse på Rummys värsta gnäll. Det var nästan som om de hade lånat en regissör från Hollywood, de visste i alla fall hela tiden vad de gjorde och det här var inte precis första gången. Total överraskningseffekt och med fenomenal tajming, klockan åtta en söndagsmorgon Eastern time! De skulle få dansa solo i världens alla medier de närmaste fem, sex timmarna. Det var oerhört, närmast skrämmande väl regisserat. Det var bara att erkänna.

Hon såg en kort intervju med den palestinske presidenten Mahmoud Abbas på en presskonferens innan hon stängde av. Hans utspel gick heller inte av för hackor. För det första hade han kommit på officiellt besök till Sydafrika för att befästa den långa vänskapen mellan den afrikanska och den palestinska frihetsrörelsen, påstod han. För det andra hade man för avsikt att överlämna sina åtta israeliska krigsfångar, med försäkringar både från Sydafrika och den norska regeringen – den *norska* regeringen, har dom lagt sig i nu igen, tänkte hon – om att fångutväxlingen skulle kunna genomföras både skyndsamt och korrekt. För det tredje hyste man ingen som helst fruktan för ett amerikanskt anfall, eftersom man inte hade något fientligt förhållande till USA och dessutom väntade på inspektörer från IAEA – helsike, dom tänker på allt, mumlade hon mellan sammanbitna tänder – och vad Israel beträffade ansåg den palestinske presidenten att de nog inte ville slåss med sydafrikanskt jaktflyg över sydafrikanskt territorium.

Där stängde hon beslutsamt av teven, hällde upp en ny kopp koffeinfritt kaffe och försökte samla tankarna.

Vem var deras Mastermind? Det var kanske inte den mest avgörande frågan just nu, men den här uppvisningen i mjuk makt var direkt hotfull i sin styrka. De bar slips eller militär uniform, de talade perfekt engelska, de var så fjärran från bilden av terrorister – Usama bin Ladin i helskägg och nattskjorta med kökshandduk på huvudet mumlande obegripligheter på Al Jazeera – som man kunde komma. De vände sig i första hand till en västerländsk publik, de tog aldrig ordet Gud i sin mun, de var de farligaste terroristerna hittills i det långa kriget. Så förhöll det sig rent sakligt.

Det var bara att acceptera faktum, ta ett djupt andetag och om någon timme göra sitt bästa för att hindra Rummy från att lägga Cape Town i aska och ruiner. Hon lyfte telefonluren och tog det trista samtalet först, ringde sin faster i Birmingham med den sortens besked hon alltför ofta hade kommit med, hon måste omedelbart infinna sig i Vita huset, något stort hade hänt ute i världen. Hennes faster accepterade som alltid, närmast undergivet och utan minsta gnäll.

Nej, det handlade inte om undergivenhet, rättade hon sig själv när hon satt i baksätet på den svarta limousinen på väg mot Vita huset. Det var stolthet. Faster hade vuxit upp i Alabama vid en tid då svarta måste sitta på särskilda säten längst bak i bussen, då svarta barn inte fick tillgång till skolbuss och då svarta inte ens hade rösträtt. Och nu en kort tid senare var fasters lilla Condi utrikesminister i världens finaste demokrati. Det var stolthet.

Det påminde om hennes eget förhållande till George och The First

Lady. De var inte precis smarta eller bildade personer, George hade inte gjort sig bland professorskollegerna på Stanford. Men demokratin kräver inte att alla skall vara intelligenta, den amerikanska demokratin kräver däremot att alla skall ha samma möjligheter. Och George hade blivit vald av det amerikanska folket, han var Amerikas Förenta Staters president och han tog sitt uppdrag på djupt religiöst allvar, det var det viktiga, inte hans egenhet att då och då blanda ihop saker och säga sådant som kunde förefalla underligt för den som, liksom hon själv, av Gud utrustats starkare å huvudets vägnar. Om hon tog sitt uppdrag från den amerikanska demokratin på samma allvar som han så skulle hon alltid göra sitt yttersta för att hjälpa honom, ungefär som man hjälpte sin gamle far som aldrig fått möjlighet att gå i samma skolor som man själv. Och han var ju också på sätt och vis som en far, eller åtminstone äldre bror, han och The First Lady var hennes närmaste familj om man bortsåg från faster i Birmingham. Någon annan familj skulle hon förmodligen aldrig få, hennes karriär hade gått för långt. Ingen man uppvaktar utrikesministern för Amerikas Förenta Stater, de vågar knappt ens flirta.

Presidenten var stirrig och irriterad när hon kom in i det Ovala rummet och han muttrade något om Herrens vilodag och något om tekniken som hade hakat upp sig. Han hade beställt ett slutet video-möte mellan principalerna. Dick Cheney var i sitt fritidshus i Wyoming, Donald Rumsfeld i Taos i New Mexico, och den nye och alltid lika svammelnervöse CIA-chefen satt förmodligen på sitt tjänsterum i Langley.

Man hade riggat kamerorna och bildskärmarna så att George W Bush satt på sin vanliga stol framför eldstaden och Condoleezza Rice i den stol som reserverades för besökande statschefer eller högste när-varande amerikanske gäst. George W Bush ville helst ha det så, när man måste organisera brådskande möten mellan principalerna och de befann sig på helt olika håll i landet, att han kunde se dem i ögonen när man samtalade. Och framför allt att den han talade med kunde se honom i ögonen.

När den tekniska personalen äntligen fått ordning på alla sladdar och George W Bush var färdig med sin bön till Gud inledde han omedelbart med att be om försvarsministerns synpunkter. Det förefoll Condoleezza Rice som antingen ett mycket smart, eller direkt osmart drag och hon var inte säker på vilket.

För naturligtvis vevade Rummy omedelbart igång. Det första han påpekade var att man tidigare hade enats om att för säkerhets skull klippa till terrorubåten först när man hade ett direkt upplagt läge. Och det här var straffspark. Det var till och med straffspark utan målvakt. De kollaterala skadorna skulle bli minimala, två kryssningsmissiler skulle göra susen och få hela problemet med terrorubåten ur världen. Om presidenten gav ordern så skulle hela operationen vara klar att påbörjas inom fem timmar.

George W Bush ställde några frågor som egentligen bara handlade om det som redan sagts och fick därför rätt likartade svar. Condoleezza Rice avvaktade kallt, det här var just det hon tänkt på i bilen på väg hit, att hennes ansvar för demokratin var att inte tappa huvudet, att tvärtom alltid hjälpa presidenten till bästa tänkbara beslut. I det här fallet innebar det att hon måste få någon sorts broms på Rummy och Dick som båda omedelbart börjat hamra på krigstrummorna.

Presidenten satt något framåtlutad, vilket visade att han antagit det som hans speciellt utvalde journalist Bob Woodward kallat beslutsamt kroppsspråk. Det betydde att han först ville höra alla skäl för anfall från grabbarna innan han slog över den stenhårda passningen till Condoleezza. Inget problem med det, tänkte hon. Jag är beredd.

Dick Cheney visade sig naturligtvis fullständigt enig med Rummy om att det här var det straffsparksläge man talat om. Men nu var det ju så att israelerna också såg på CNN och till och med på Al Jazeera. Så frågan var väl om man inte bara kunde ta det rätt kallt, luta sig tillbaks och låta israelerna göra jobbet.

Han hann inte längre innan Rummy avbröt honom och påpekade att det israeliska attackflyget inte hade så lång räckvidd om de inte fick hjälp från amerikanska tankningsplan på vägen. En kirurgisk operation med kryssningsmissiler var definitivt att föredra.

Då kom George W Bush med en alls inte ointelligent anmärkning, konstaterade Condoleezza Rice med tillfredsställelse. Terrorubåten hade ju fortfarande inte befriat sin gisslan, som de tydligen utlovat. Och dessutom, om terroristerna nu verkligen hade kärnvapen ombord, som var den offentligt proklamerade och upprepade misstanken från Pentagon, vad blev det då för rent fysiska konsekvenser av ett anfall? Rummy skrockade närmast nöjt åt frågorna. Terroristerna skulle, dumt nog ur deras synvinkel kunde man kanske tycka, lämna ifrån sig gisslan inom det närmaste dygnet. Den tiden kunde man använda för att finjustera anfallsplanen. Och eventuella kärnvapen skulle inte kunna bringas att detonera om man sprängde ubåten med ett kirurgiskt anfall.

Helt riktigt, instämde Dick Cheney. Men borde man ändå inte överväga möjligheten att hjälpa det israeliska flyget med tankningen på vägen ner. Det fanns varken vittnen eller tevekameror eller journalistjävlar ute över öppet vatten i Indiska oceanen. Israelerna hade störst och bäst skäl för ett anfall, de löste problemet själva och tog säkert utan besvär hela skiten med att bli än mer ovänner med diverse afrikaner. Och i motsvarande grad slapp Amerikas Förenta Stater dra på sig den olägenheten. Det kunde se ut som en konstruktiv lösning på problemet.

Presidenten rynkade pannan och såg snett uppåt, vilket betydde att han närmade sig ett beslut. Vilket ur Condoleezza Rices synpunkt var ytterst alarmerande. Men inte ens nu lämnade han ordet åt henne utan slog över bollen, som han själv formulerade det, till den nervöse CIA-chefen som hittills bara hade synts i rutan torkande sig själv med en näsduk i pannan.

"Och ni på bolaget hade heller ingen aning om att terrorubåten befann sig i Indiska oceanen i stället för Medelhavet?" skämtade presidenten. Egentligen var den tacklingen riktad mot Rummy och Pentagon, som ju bedrivit en bara nästan helt framgångsrik ubåtsjakt uppe i Medelhavet.

"Nej, Mr President. Ubåtens lokalisering har vi väl snarare sett som en uppgift för de militära, framför allt marina, underrättelseorganen. Och för NSA förstås, som märkligt nog inte kommit nån vart med signalspaningen. Däremot har vi en del nya kunskaper om fartygschefen ombord, vilket kan ha en viss taktisk politisk betydelse."

"Det låter magert som underrättelseinsats", ironiserade presidenten. "Men låt höra!"

"Well, Mr President. Fartygschefen ombord på terrorubåten, Anatoly Valeriovitch Petrov, har nyligen uppgraderats till konteramiral i den ryska flottan och dessutom fått en medalj som heter Rysslands Hjälte, det är ungefär som Medal of Honor hos oss och det betyder ..."

"Det var väl en sällsynt olämplig jämförelse!" fnös presidenten.

"Jag ber om ursäkt i så fall, Mr President. Vad jag försökte säga var bara att det är Rysslands högsta utmärkelse. Slutsatsen är alltså att Mr Putin har tillmätt den här terroroperationen den största betydelse. Vi tänker sätta en av våra journalister på att pressa den där Petrov på varför han fick medaljen. Dom ska ha någon presskonferens där nere om ett par timmar och ..."

"Då tackar vi för den djupa insikten", avbröt George W Bush. "Jag tror mej redan ha fattat att ryssarna tyvärr har många fingrar i den här syltburken. Men därmed börjar det bli dags att koka ner det här till en handlingsplan. Fru utrikesminister?"

Det var nu det gällde, tänkte hon och sneglade på dataskärmen med förbipasserande nyheter. Antingen desarmera situationen. Eller också full katastrof i linje med grabbarnas heta önskemål. Det var vad som stod på spel.

"Mr President", började hon med ett djupt andetag. "Inom de närmaste dagarna vore en attack mot terrorubåten synnerligen kontraproduktivt. IAEA:s president Muhammed El Baradei har tydligen redan satt sig på ett plan från Wien för att personligen leda den grupp som ska inspektera ubåtens eventuella innehav av klyvbart material. Påståendet om sådan nukleär kapacitet ombord på terrorubåten är för närvarande, åtminstone om jag tolkat ett antal uttalanden från Pentagon rätt, vårt huvudskäl för att neutralisera ubåten. Att göra det framför näsan på IAEA och dessutom medvetet riskera en radioaktiv kontamination av Afrikas mest populära turistmål ..."

"Hur många gånger ska man behöva säga det här!" avbröt Rumsfeld. "Kärnvapen poppar inte för att man förstör dom!"

"Tack för upplysningen, herr försvarsminister", återtog hon snabbt ordet. "Jag sa inte heller att vi riskerade en kärnvapendetonation. Jag sa att vi riskerade att kontaminera Cape Town med radioaktivitet, om sådant nu finns ombord på terrorubåten. Det vore illa nog. Dessutom har man bevisligen moderna ryska kryssningsmissiler ombord. Dom har flytande bränsle. Det betyder brand och risk för att hela vapenlasten smäller av utanför det där hotellet och låt vid Gud inte Nelson Mandela vara där på te just då. Tillkommer den israeliska gisslan. Slutsatserna är enkla och klara. Det finns bara inte i sinnevärlden, alltså något som vi skulle kunna kalla acceptabla kollaterala skador i Cape Town. Vi har tillräckligt stora diplomatiska problem i Afrika redan, kan jag försäkra."

"Men vad är alternativet?" avbröt George W Bush. "Vi kan ju inte bara sitta och rulla tummarna och beundra terrorubåtens vackra former, vi måste sparka någon i ändan någon gång och det är vi som är Amerikas Förenta Stater!"

"Helt riktigt, Mr President", svarade Condoleezza Rice med en instämmande nick. "Det är vi som är Amerika, det är vi ensamma som har ansvaret för friheten och demokratin i världen. Just därför bör vi inte fumla med bollen i ett sånt här kritiskt läge. Ingen förstörelse i Cape Town med andra ord. Det betyder att det inte heller blir någon tankningshjälp åt det israeliska flyget."

"Så utrikesministerns mjuka omsorg gäller ett antal afrikaner som hatar oss redan som det är, snarare än en slutgiltig lösning på det här förbaskat knepiga ubåtsproblemet!" avbröt Dick Cheney.

"Inte alls!" svarade Condoleezza Rice efter att fort ha kontrollerat att presidenten nickade åt henne att svara. "Vad jag sa var ingen förstörelse i Cape Town. Vi har flera dar på oss. Inspektionen av IAEA tar bara den sin tid. Vi kan dessutom finna metoder att försinka dom ytterligare. Men antingen får dom därefter välja mellan att göra turistmonument av sin ubåt i Cape Town. Eller också att dyka och lämna området. Eller hur?"

Ingen invände.

"Nåväl, mina herrar", fortsatte hon. "Då har vi fortfarande vårt straffsparksläge. Om ubåten försvinner under vatten och aldrig mer hörs av så är det ur politisk synvinkel den bästa lösningen. Jag är förmäten nog att anta att US Navy skulle kunna förvalta den där straffsparken rätt väl. Eller rätta mej om jag har fel, herr försvarsminister."

"Finns ingen som helst anledning, fru utrikesminister. Er iakttagelse är 100 procent rätt", svarade Rummy.

Hon andades ut. Dels hade hon undvikit den stora katastrofen. Dels hade hon vunnit tid. Så länge ubåten fördröjdes i Cape Town skulle det gå att finna en förhandlingslösning utan att riskera vare sig afrikanska eller amerikanska liv. Hela situationen kunde fortfarande desarmeras utan att Rummy ens skulle fatta hur det gick till.

När mötet avslutades vågade hon se på klockan. Det fanns fortfarande tid att besöka faster i Birmingham, förutsatt att hon anlitade ett regeringsplan från Andrews. Det var visserligen bara tillåtet i nödlägen, men det här var ett sådant.

Donald Rumsfeld hade däremot inga som helst planer på att fortsätta någon söndagsledighet, eller att gå i gudstjänst som presidenten. Han var redan på väg tillbaks till sitt kontor i Pentagon. Problemet var enkelt. Hur skulle man snabbast möjligt få fram den amerikanska flottans bäst utrustade ubåtar till ett bakhåll utanför Cape Town. Det var fortfarande ett upplagt straffsparksläge.

\* \* \*

När hon såg ut genom fönstret gissade Mouna att hon befann sig över Sudan. Ett så oändligt bergigt ökenlandskap kunde inte finnas någon annanstans.

Hon hade omväxlande sovit och lyssnat på en tung och i hennes smak något teatralisk inläsning av Krig och Fred, som låg fyra på lästopplistan ombord, där man ändå hade allt från Vysotskij till Turgenjev att välja mellan. Hon var den enda ickesvarta personen i South African Airways särskilda förstaklassektion på väg mot London. Eftersom de fyra männen i närheten då och då försökte hitta olika sätt att ta kontakt med henne var hon övertygad om att de inte insåg att det var hon som fanns på bild i alla tidningarna, fast i uniform. Hon hade inte lyckats så där särdeles att klä upp sig till sydeuropeisk överklassdam, även om hon hittat solglasögon från Gucci som såg extremt dyra och konstiga ut. Sommarshoppingen i Cape Towns Waterfront var till för medelklassturister. Följaktligen var hon typiskt sommarklädd och skulle drabbas av London i december. Men det var ett gott tecken att hon i första hand oroade sig över sin shopping. Allt annat var ju lämnat i Guds händer, som stollarna i hennes egen nuvarande regering säkert skulle ha sagt.

Man säger inte nej till utrikesministern i Amerikas Förenta Stater. Det är bara så, det alternativet finns inte.

Man kunde däremot säga att det var det mest överraskande telefonsamtal hon fått i hela sitt liv. Det var på andra kvällens bankett – president Mbeki hade delat ut ett antal sydafrikanska ordnar och just när president Abbas offentliggjorde, något berusad vilket hon aldrig tidigare sett honom offentligt, att hon själv nu befordrats till konteramiral och biträdande chef för den palestinska flottan – som den sydafrikanske presidenten reste sig med en mobiltelefon i handen och kom över till henne.

Det var förstås en oförglömlig scen, en komisk sketch. Eller snarare, bara några sekunder senare när hon förstod vad det till synes obegripliga gällde, en väl så tydlig bild av maktförhållandet i världen.

"Det är till er, konteramiral", sade Mbeki när han utan vidare räckte över telefonen.

"Hallå, det här är konteramiral Mouna al Husseini", svarade hon lite fnissigt eftersom hon mest var inställd på att det rörde sig om någon sorts practical joke.

"Godkväll, Madame amiral, det här är Condoleezza Rice, utrikesminister i Amerikas Förenta Stater. Ledsen att störa er mitt i maten, jag hade inte det klart för mej."

"Ursäkta mej ett ögonblick", svarade Mouna och reste sig omedelbart från bordet och gick raskt mot en öppen balkongdörr. "Det var, måste jag nog erkänna, ett överraskande telefonsamtal. Vad kan jag göra för er, Madame utrikesminister?"

"Träffa mej i London i övermorgon, eller åtminstone i närheten av London. Bara vi två. Inofficiellt, ingen publicity. Okay?"

"Varför mej, varför inte min president?"

"Därför att jag inte kan träffa en person över min rang, därför att jag kan tala otvunget med er, därför att det kan sluta med att er president träffar min president. Det har med diplomatisk ordning att göra."

"Jag måste rådfråga min egen president. Och hur vet jag att ni inte är en israelisk imitatör?"

"Jag uppskattar er kvicktänkthet, Madame amiral. Vi har bokat flyg via den amerikanska ambassaden i Pretoria, diplomatisk personal kommer att hämta upp er i morgon och köra er till flygplatsen och den som tar emot er på Heathrow är Sir Evan Hunt på MI 6 och en av hans assistenter som jag tror ni känner, en skotte som jag just nu glömt namnet på."

"Okay, ni är också kvicktänkt, Madame utrikesminister. Låt mej bara tala med min president. Kan jag ringa tillbaka?"

"Lite svårt, jag sitter på ett plan på väg över Atlanten. Vi ringer igen om tio minuter. Tack för samtalet så länge."

När hon kom tillbaks från samtalet på balkongen drog hon Abu Mazen – hon hade svårt att kalla sin president för annat, hon kände honom sedan så länge som den grå musen Abu Mazen – åt sidan och förklarade vad saken gällde. Först blev han lite sårad av att man inte ville träffa honom. Hon förklarade kort att en president inte gärna kan delta i en hemlig förhandling med någon som bara är utrikesminister. Det accepterade han. Men sedan oroade han sig för risken av en fälla, att israelerna var ute efter ett tredje försök att döda Mouna.

Hon viftade undan den tanken med att hon förmodligen klarat sig ur fler fällor än de flesta och att en direkt förhandling med USA faktiskt kunde vara ovärderlig just nu. De kanske inte ens behövde fullfölja hela attacken mot Israel.

Det hade varit värt att tänka på och det var det fortfarande. De hade dragit sig tillbaka på hans rum efter banketten tillsammans med Abu Lutuf, eller nåja, Farouk Khadoumi som han kallades mer officiellt, och vridit och vänt på möjligheter. Det hade varit nästan som på Abu Ammars tid, för mycket Black Label och för mycket förvirrade diskussioner. För frågan var ju, trots alla variationer, mycket enkel. Vad ville Condoleezza Rice åstadkomma?

Mouna hade hög puls när planet taxade in på det gråmulna och regniga Heathrow. Det enda hon med säkerhet visste var att hon från och med nu inte kunde "försvinna" utan vidare. Om de lurat iväg henne i en fälla så skulle det antingen sluta med en jätteskandal eller en sorts politisk rättegång där hon skulle få advokater i absolut världsklass vid sin sida. Och om de skulle göra henne till enda kvinna på Guantánamo bland alla skäggdårarna så var de dummare än lovligt.

Inget av dessa mer paranoida alternativ var troligt. Men särskilt avspänd kände hon sig inte när uniformerad personal kom in i förstaklass innan någon fått lämna planet och erbjöd eskort åt "Madame amiral" inför de häpna afrikanska affärsmännen eller politikerna eller vilka de andra nu varit bland hennes medresenärer.

Sir Evan Hunt och Lewis MacGregor väntade i VIP-loungen. Sir Evan Hunt såg ansträngt artig ut, Lewis MacGregor mer plågat artig.

"Madame amiral, välkommen till brittisk jord och gratulerar till er befordran", hälsade Sir Evan Hunt hjärtligt med ögon som inte log. Lewis MacGregor gjorde bara en antydan till bugning.

Via en del bakvägar och snirklande korridorer på den stora flygplatsen togs sällskapet vidare av inte särskilt diskreta antiterroriststyrkor till en väntande svart limousin.

När bilen gled iväg ut i regnet med sin blåljusblixtrande eskort före och efter var stämningen märkbart tryckt i baksätet. Sir Evan Hunt hade satt sig på ett av de bakre sätena, bredvid Mouna. Lewis MacGregor satt på ett av de nedfällda sätena mitt emot sin chef.

"Well, amiral", sade Sir Evan Hunt efter en stund. "Som ni vet ska vi ju eskortera er till ett möte med vår högst allierade, om jag så får säga. Vad ni och den andra parten då har att säga varandra är för ögonblicket knappast vår sak. Men vi har ju också en del, ska jag säga oklarheter?"

"Med *vi* menar ni MI 6 och Jihaz ar-Razed?" motfrågade Mouna för att vinna lite tid. Hon kände sig inte helt säker på vad som var problemet.

"Precis. Vi har en del oklara affärer, eller hur?"

"Inte vad jag kan se, Sir Evan. Vi har ett avtal som båda parter har hållit, inte sant? Min platschef i London, Abu Ghassan, kom tillbaks efter annan tjänstgöring som för stunden var viktigare. Sen dess har ni ringat in en ny wannabe-terroristgrupp och till och med ställt dom inför rätta innan dom hann göra någon skada. Det är väl ett utmärkt resultat?"

"Onekligen, men nu var det inte det ..."

"Och det var väl vårt avtal? Som vi från vår sida har hållit?"

"Helt klart, Madame amiral. Men nu gäller vår oro närmast vissa brittiska medborgare. När vi granskat pressfoton från er officersgrupp ombord på terror ... jag menar ubåten, finns ..."

"Bröderna Husseini, före detta Howard? Eller jag borde kanske säga löjtnanterna i den palestinska flottan, Peter Feisal och Marwan Husseini och Ibrahim Olwan. Har dom alltså begått brott genom att ansluta sig till en terroristorganisation?"

"Det kunde te sig så, om ni ursäktar Madame amiral. Och det gör oss lite bekymrade, som ni säkert förstår. Just det var ju knappast en del av vårt avtal."

Mouna log, hon kunde inte längre hålla masken. Engelsmännen förnekade sig aldrig, ständigt dessa formaliteter och tassande runt gröten. "Hör nu här, min käre vän", sade hon utan ironi. "Ni har sänt män i döden vid säkert mer än ett tillfälle, Sir Evan. Jag har dessvärre gjort det ofta. Ert problem är ändå inte av det sentimentala slaget. Ni vill veta om ni kan få tillbaks bröderna Husseini och Ibrahim Olwan när jag är färdig med dom?"

Han drog på svaret. Lewis MacGregor rörde inte en min och Mouna fick den egendomliga idén att han snarast var med som en sorts livvakt utan öron. Idioter, tänkte hon. För det första var hon på väg att träffa USA:s utrikesminister, för det andra hade hon kunnat döda de här två töntarna i samma sekund de satte sig i den bepansrade och ljudisolerade limousinen. Engelsmän var galna.

"Jag skulle önska", sade Sir Evan Hunt efter en plågsamt lång tystnad, "att ni på något sätt kunde meddela, eh ... löjtnanterna Husseini och Olwan att dom nog inte skulle ha några juridiska problem, för den händelse att dom bestämde sig för att återvända till Storbritannien efter sin ... tjänstgöring hos er."

"Jag förstår", sade Mouna lättad, "att ni har gjort er hemläxa, Sir Evan. Ni börjar förstå vad U-1 Jerusalem har för vetenskapliga resurser ombord. Inom parentes skulle jag alls inte ha någonting emot om ni meddelade era farhågor på den punkten till er *högst allierade*. Av flera skäl vill vi inte döda amerikaner just nu. Slut parentes. Vi har alltså vissa terrorister hos oss, som om jag överlämnade dom till er på intet sätt skulle behandlas som terrorister. Tack. Jag ska vidarebefordra det budskapet."

Mer behövde inte sägas i saken. Det skulle bara ha blivit pinsamt.

Regnet piskade bilen. De var tydligen på väg söderut längs Themsen. När Lewis svepte undan sin lugg, den första rörelse han vågat göra på länge, såg hon hans vapen under kavajen.

Typiskt engelsmän, tänkte hon igen. Pistolen under armhålan, där den är lättast att ta. Hårsprayen i hans ögon hade räckt för att sedan döda dem båda.

\* \* \*

Carl var på närmast euforiskt gott humör. I två sammanhängande hörnsviter på hotellets andravåning hade han inrättat sin stab med hjälp av sekreterare och personal från turistministeriet som den sydafrikanske presidenten hade varit vänlig nog att ställa till förfogande. Han letade oupphörligt i minnet efter något komiskt citat av Mao som man skojat om i Clarté, den vänsterradikala studentorganisation där han en gång börjat sitt mer medvetna liv. Det var någonting som gick ut på att ordning och reda och byråkrati inte var vapen som skulle underskattas i kampen mot imperialismen. Det låg en hel del i den tanken. Har man USA som potentiell fiende är våld inte omedelbart den mest vägvinnande principen. Publicitet är bättre.

Han hade hittills organiserat två separata presskonferenser som han själv ledde, först med president Mahmoud Abbas och därefter med fartygsledningen på U-1 Jerusalem. Det hade gått alldeles utmärkt eftersom en hord ivriga journalister i ett och samma rum alltid springer i vägen för varandra och den som leder presskonferensen omedelbart kan lämna ordet vidare till en konkurrent om någon enskild reporter blir för besvärlig. Den lite flyktiga, till synes improviserade metoden gav också ett mer avspänt demokratiskt intryck, som om det till exempel vore viktigt att alla skulle få komma till tals. Dessutom hade de fått skrattarna på sin sida eftersom särskilt amerikanska reportrar med viss förtjusning hängde upp sig på den påstått framgångsrika jakten på U-1 Jerusalem uppe i Medelhavet tusentals miles från den plats där de nu befann sig.

I förväg hade de gjort upp att dröja vid vissa saker för att verkligen hamra in sina poänger, att de inte medförde atomvapen, att IAEA:s pågående undersökningar tveklöst skulle bekräfta den saken, liksom att de inte hade någon kärnreaktor ombord, att det politiska målet var begränsat till Gazas territoriella integritet såväl till lands som till sjöss och i luftrummet, att de inte på något sätt kunde se USA som någon fiende och heller inte förutsåg någon konfrontation med den amerikanska flottan.

Det sista var det knepigaste att få till på ett trovärdigt sätt, inte bara för att det var lögn. För även om det var tacksamt att skoja med den anglo-amerikanska ubåtsjakten i Medelhavet så var det samtidigt svårt att förneka att delar av NATO-styrkorna ändå gjorde seriösa ansträngningar att få tag på dem. Carl försökte antyda att det rörde sig om spel för gallerierna med dunkla politiska motiv i bakgrunden. Eftersom han utgick från att de brittiska och amerikanska ubåtskollegerna lika lite som den palestinska flottan verkligen önskade en konfrontation. Det där var deras svagaste avsnitt.

Men det stora numret blev ändå israelerna. Redan tevebilderna när de marscherade iland var starka nog. Carl och Mouna stod vid landgången när fångarna kom upp på däck, somliga som var gipsade stödda på palestinska sjömän. De fick komma fram till landgången en och en, där Carl och Mouna hälsade dem med honnör som omedelbart besvarades, därefter handslag och adjö.

Löjtnant Zvi Eshkol, som tydligen inte riktigt kunde föreställa sig vad moderna teleobjektiv åstadkom, hade tårar i ögonen och kvävde tydligt en impuls att göra som Nelson Mandela, krama om Mouna till avsked. Tur för honom att han höll sig i sista sekunden, noterade Carl. Annars hade han riskerat krigsrätt vid hemkomsten.

Genom sin talesman, löjtnant Eshkol, hade de israeliska krigsfångarna emellertid begärt att få hålla en egen presskonferens. Carl hade organiserat saken på så vis, att han bara höll en kort inledning där han konstaterade att för den palestinska flottans vidkommande betraktade man inte längre den israeliska kontingenten som fångar och att man därför inte riskerade att komma i konflikt med Genèvekonventionens bestämmelser om att krigsfångar på intet sätt fick visas upp eller förnedras. Och därefter hade han utan vidare lämnat rummet med en sista honnör mot israelerna – som då, givetvis, tumlade upp som en man, gipsade ben eller ej, och hälsade tillbaks på samma sätt. Kanonbilder.

Ingenting som sades på israelernas presskonferens överraskade Carl, han såg den uppe i stabsrummen eftersom den sändes direkt i sydafrikansk teve. Inte ett enda ont ord yttrade israelerna om "ubåts-kollegerna" – bara att de använde det ordet! – inom den palestinska flottan. Tvärtom kom flera av dem in på att det vore en tankeställare för deras eget land, som aldrig behandlat palestinska fångar på samma sätt. Sådant var guld värt.

Men efter presskonferenserna vräkte pressamtalen in från hela världen och Carls nyinrättade stab hade fullt sjå att hinna svara i de sex extra telefonerna och artigt men bestämt säga nej till praktiskt taget allt.

För det fanns annan propaganda som krävde mer organisation. Carl hade beslutat om 24 timmars permission för en tredjedel av besättningen åt gången. Under sin permission fick man bo på hotellet, delta i tre organiserade utflykter – Robben Island (obligatoriskt), Taffelberget och Godahoppsudden – på dagarna ägna sig åt shopping för en summa av 200 dollar, dock med bestämda utrymmesrestriktioner vad gällde inköpta souvenirer, och på kvällen restaurangbesök i grupp.

Hans moralkakor i ämnet när de fortfarande låg ute till havs men närmade sig Kapstaden och hade börjat träna viss exercis för uppställningar på däck, helomvändningar med honnör vid särskild skeppspipesignal och annat, hade varit näst intill svavelosande.

Varje sjöman representerade mer än sig själv, inte bara den palestinska flottan, inte bara ryskt sjömanskap, utan framför allt jordens just nu mest berömda och omsusade sjömilitära besättning. Den som gjorde bort sig skulle orsaka indragen permission för alla sina kamrater i femmannagruppen. En man i varje grupp ansvarade för ordningen och skulle personligen ställas till svars om någon svinade ner sig eller skämde ut sig på annat sätt.

Åtminstone de första 48 timmarna hade allt fungerat klanderfritt. Överallt på de kända turiststråken blandade sig uniformerade sjömän och officerare med den internationella allmänheten. Alla hade fått tillstånd att bära sin Order of Companions of O.R. Tambo, den sydafrikanska belöningen för den som utmärkt sig i kampen för frihetens sak. Det blev strålande bilder i såväl internationell press som i ett stort antal privata samlingar av semesterkort. Mest effektfullt var det påtagliga inslaget av kvinnlig personal ombord på den fruktade "terrorubåten".

Den sydafrikanska militärpolisen hade varit vänlig och samarbetsvillig på ett sätt som sannolikt inte var typiskt för vare sig dem själva eller militärpoliser i allmänhet. Det hade exempelvis endast tagit några timmar att förse alla besättningsmän med dokument som möjliggjorde passage ut och in genom det strängt avspärrade området kring Hotel Cape Grace.

Säkerhetsproblemen skulle börja växa först på tredje dygnet, beräknade Carl. För då skulle amerikanska och israeliska agenter komma indansande i turistförklädnad. En amerikansk journalist hade för övrigt avslöjat sig redan på den andra presskonferensen genom att bita sig fast i tjatiga och ingående frågor till Anatolij om hans befordran och utnämning till Rysslands Hjälte. Det luktade CIA lång väg, frågor som var avsedda att surra president Putin fastare under kölen på U-1 Jerusalem.

Från och med dygn tre riskerade man direkta provokationer mot permittenterna och i värsta fall fysiska sabotage mot ubåten. Man måste organisera en del nät och annan utrustning för att hålla dykare borta från hennes skrov.

Rashida Asafina ringde från Qatar och meddelade att hon var beredd att gå på en andra resa men att hon i så fall måste byta fotograf. Carl hade bara en invändning. Hon var välkommen att mönstra på en andra gång men villkoret var att hon även denna gång medförde en kvinnlig fotograf. Det var faktiskt ett villkor. Hon kunde inte förstå varför men han var orubblig och ville inte förklara saken närmare. Skälet skulle hon få veta när de var ute till havs på nytt. Och det var garanterat inte det skäl hon ilsket antydde.

Allt löpte på, elförsörjningen hade till slut ordnats ombord på U-1 Jerusalem med hjälp av två skickliga ryska elektriker som kunde montera om de sydafrikanska kopplingsanordningarna. Fartyget var bunkrat med olja och så mycket förnödenheter man fått plats med, till och med ett generöst sortiment av sydafrikanska viner, en gåva från landets vinodlarorganisation. Hittills inga stora problem, och om några timmar skulle han bjuda fartygsledningen på middag på en fiskrestaurang med vacker hamnutsikt.

Bara ett omedelbart bekymmer kvarstod. Till slut hade det samtal kommit som Carl varnat sekreterarna för att inte bara avfärda. 60 Minutes hade begärt en exklusiv intervju med honom på plats i Kapstaden.

Han hade själv omedelbart tagit över samtalet och sagt att det inte var något problem med intervjun förutsatt att den kunde äga rum inom ett dygn, eftersom U-1 Jerusalem sannolikt inte skulle vara kvar i hamn längre än så.

Det var givetvis inte sant. Deras avfärd försinkades av Mounas resa till London. Men det fanns ingen anledning att ge telefonavlyssnarna på NSA någon exakt tidpunkt för avgång.

Det var hursomhelst inget problem med den saken, meddelade redaktionschefen på 60 Minutes släpigt lugnt, eftersom teamet beräknades landa i Cape Town inom någon timme.

Så satt han där till slut och det var något som måste göras förr eller senare. Det hade varit självklart att han skulle identifieras i samma stund som han steg iland i floden av kamerablixtar. Så många västerländska viceamiraler som var Rysslands Hjälte fanns det inte. Och därmed hade mediemaskinen åtminstone tillfälligt flyttat över sin ångvält från Mouna till honom. Även om reportern på 60 Minutes hade för avsikt att platta till honom och förlöjliga honom så mycket som möjligt, vilket han utgick från, så kunde ingenting bli sämre just nu. De amerikanska medierna presenterade honom genomgående som en galen, förrymd och farlig seriemördare, knappast den palestinska flottans stolthet.

Och så satt den kvinnliga amerikanska stjärnreportern mitt emot honom med sina två kcamerateam. Han hade avvisat alla förslag om att göra intervjun ombord, med hänvisning både till utrymmet och att IAEA:s folk hade rätt att arbeta ostörda där nere.

Hon öppnade stenhårt, som man kunde vänta.

"Amiral Hamilton, ni är alltså en mördare på rymmen, dömd till livstids fängelse i ert hemland Sverige?"

"Det stämmer."

"Ni var chef för den federala svenska säkerhetspolisen men mördade ett flertal av den egna organisationens uppgiftslämnare?"

"Det är också helt korrekt."

"Tappade ni fullständigt kontrollen?"

"Det tror jag nog man kan säga. Den sicilianska maffian hade just mördat min fru, mitt barn och min mor. Utåt kunde jag kanske med min militära bakgrund och självdisciplin uppträda som om jag vore tämligen normal. Men det var jag bevisligen inte, snarare psykotisk."

"Har ni fått någon medicinsk behandling?"

"Jadå, mycket. Ni kan vända er till dr Bloomstein i La Jolla för en mer sakkunnig beskrivning. Han var min terapeut i sju år och jag löser honom härmed från hans tystnadsplikt."

"Så den palestinska ubåten har inte en galning som högsta befäl?"

"Nej, och jag tror min besättning skulle bli mycket förvånad om dom fick höra den frågan. Jag har det fulla ansvaret för alla operationer U-1 Jerusalem har genomfört. Att jag dödade i tjänsten för ett drygt decennium sen har ingenting med mitt nuvarande befäl att göra. Jag var viceamiral på riktigt och det är jag nu också."

"I ert förflutna var ni en så kallad agent med rätt att döda?"

"Så kan man möjligen uttrycka det, även om jag vänder mej mot den litterära terminologin. I regel belönades sådana svåra operationer med motsatsen till fängelse. Som till exempel Navy Cross."

"Jag tänkte just komma till det. Experter som analyserat era uniformsdetaljer säger att ni poserar med ett Navy Cross?"

"Jag poserar inte. Förenta Staternas kongress beviljade mej utmärkelsen år 1993 om jag minns rätt. Det kan ni säkert hitta i kongressens protokoll."

"Vilka tjänster hade ni gjort oss för att få en så hög utmärkelse?"

"Det gällde en operation för att uppspåra och neutralisera sovjetiska atomvapen på drift till en diktaturstat. Det var en gemensam amerikansk-svensk-palestinsk operation. Konteramiral Mouna al Husseini var högsta palestinska ansvariga för operationen. Hennes insatser var större än mina. Hon borde också ha fått Navy Cross, men jag antar att så inte skedde eftersom hon inte tillhörde flottan då. Palestinierna hade ingen flotta på den tiden och hon var arméofficer."

"Kan ni säga något mer om den där kärnvapenoperationen?"

"Nej, ni får fråga era egna myndigheter. Jag finner ingen anledning att handskas vårdslöst med amerikanska militära hemligheter."

"Ni är en Navy Seal, om man får tro uniformen?"

"Det skall man. Jag upptogs i kretsen av Navy Seals efter två års utbildning i San Diego, året måste ha varit 1985. En gång Navy Seal, alltid Navy Seal. Det är vårt valspråk."

"Hur har ni kunnat hålla er på rymmen så länge utan att åka fast?"

"Jag har skyddats av den federala amerikanska regeringen, dels med ett amerikanskt medborgarskap, dels med ett cover under FBI:s vittnesskyddsprogram. Åtminstone FBI måste ha ansett att jag knappast var någon galen seriemördare."

"Ni måste vara medveten om, amiral Hamilton, att det där är ett högst uppseendeväckande påstående?"

"Icke desto mindre sant. Min adress i La Jolla utanför San Diego under namnet Hamlon var ingen hemlighet för vare sig FBI eller omgivningen."

"Vad var avtalet med FBI?"

"Att dom skulle skydda mej och att jag skulle ligga lågt, förstås."

"Och det där med att ligga lågt, det har ni väl ändå brutit?"

"Otvivelaktigt. Min gamla vän och stridskamrat, numera konteramiral Mouna al Husseini sökte upp mej i La Jolla och gav mej ett erbjudande som jag svårligen kunde säga nej till. Kort därefter utnämndes jag till chef för den palestinska flottan av president Mahmoud Abbas. Resten är historia."

"Så då blev ni en legosoldat?"

"Inte alls. Jag är en frivillig, jag arbetar utan lön."

"Men med ert amerikanska medborgarskap riskerar ni att ställas inför rätta som terrorist. Inser ni att ni i så fall riskerar dödsstraff?"

"Det har jag inte funderat över. Det är möjligt. Men i så fall måste dom fånga mej först och det verkar, för närvarande åtminstone, inte särskilt sannolikt. Tyvärr kommer jag inte att kunna återse mitt hem och mina vänner i La Jolla, det inser jag. Men det finns ett pris på allting."

"Fruktar ni för en militär konfrontation med ert ... hur ska vi säga? Med ert senaste hemland USA?"

"Man måste alltid frukta världens starkaste flotta om man befinner sig på ett krigsfartyg med annan flagg än stjärnbaneret. Däremot kan jag inte se att US Navy skulle ha skäl att anfalla oss, eller att de skulle ta den oerhörda risken."

"För i så fall skjuter ni tillbaks?"

"Svar ja. Det är dom kompromisslösa order vi har från den palestinske presidenten. Vi kommer icke, jag upprepar icke, att skjuta först. Men blir vi beskjutna kommer vi omedelbart att skjuta tillbaks med verkningseld. Hursomhelst är det inte en situation jag förväntar mej. Vi är ju för Guds skull inte i krig med USA."

Där avslutade hon intervjun med att nöjt knäppa med fingrarna, resa sig och göra high five med sin fotograf innan hon vände sig mot Carl och försäkrade att detta var en kanonintervju, full av scoopnyheter och oväntade svar och att inte ett ord skulle klippas bort. Han hade varit ett fantastiskt intervjuobjekt som inte svamlade iväg utan svarade kort och färdigredigerat, påstod hon. Det var mycket ovanligt.

Tio minuter senare var teamet från CBS på väg tillbaks till flygplatsen. Kvar satt Carl och försökte räkna ut om intervjun hade varit bra eller dålig ur hans och den palestinska flottans perspektiv. Det var inte lätt att säga. Anklagelser för psykisk instabilitet vägde alltid enormt tungt i USA. Å andra sidan hade han väl inte precis stirrat vilt som Humphrey Bogart och börjat rulla ståldankar mellan fingrarna. Gjort var i alla fall gjort. Nästa arbetsmoment var det sista för dagen och betydligt angenämare, att äta supé på skaldjur och grillad fisk på en stor uterestaurang och dricka en icke obetydlig mängd vitt, ungt och mycket spänstigt sydafrikanskt vin.

* * *

Ungefär som två tungviktsboxare som värderar varandra inför en titelmatch, tänkte Condoleezza Rice när Mouna al Husseini kommit in i herrgårdens brasrum och de hälsat stelt och korrekt på varandra. De var ensamma i det dunkla rummet sånär som på en säkerhetsvakt som satt så långt som möjligt från de två fåtöljerna vid eldstaden.

Hon var sommarklädd, måste förstås panikhandla i Cape Town, tänkte Condoleezza Rice.

Hon är hårdsprayad så att det ser ut som om hon har en kaka på huvudet, varenda smyckedetalj precist planerad, en pedant och estet, fast amerikansk estet, tänkte Mouna.

De satte sig och Condoleezza Rice gjorde en frågande gest mot en bricka med allehanda drycker som stod intill, till och med gin och tonic. Mouna skakade bara lätt på huvudet. Och så såg de på nytt värderande på varandra.

"Det var alldeles utmärkt att ni kunde komma, amiral. Jag uppskattar verkligen det och jag vet att vi har en del att säga varandra och jag hoppas vi ska förstå varandra", började Condoleezza Rice.

"Jag är säker på att vi kommer att förstå varandra, Madame utrikesminister", svarade Mouna snabbt, nästan mekaniskt. Hon markerade att det var värdinnan som skulle serva först.

"Tja, då kör vi väl?" fortsatte Condoleezza Rice. "Vad är det ni vill åstadkomma, vad har er president instruerat er att framföra?"

"Våra krav är redan kända och vi har ingen ytterligare hemlig kravlista. Vi vill ha ett fritt Gaza och det betyder egen hamn, egen flygplats, eget territorium till lands, till havs och till sjöss. Inget mer, inget mindre."

"I utbyte mot vad?"

"Vi demobiliserar U-1 Jerusalem och vi är därefter beredda att återuppta fredsförhandlingarna."

"Ni kommer inte att kunna uppnå allt det där."

"Säger utrikesministern i Amerikas Förenta Stater?"

"Ja. Och säger en vid det här laget rätt van utrikespolitisk bedömare."

Mouna visste inte om hon skulle känna sig nedslagen eller tillplattad eller bara stridslysten. Att bli förbannad vore under alla omständigheter idiotiskt, det här var enda chansen att tala direkt till världens mäktigaste kvinna.

"Jag skulle ha kunnat förstå er avvisande attityd bättre, Madame utrikesminister", började Mouna långsamt, ungefär som om hon talade med engelska byråkrater, "om vi hade krävt östra Jerusalem, återgång till 1947 års gränser och rätt för alla flyktingar att återvända. Det hade setts som orealistiska krav, kanske inte orättfärdiga men orealistiska. Men just därför har vi valt en ytterst måttlig strategi, tycker ni inte det själv?"

Hon är smart, tänkte Condoleezza Rice. Hennes fajl beskriver henne som en lönnmördare i skallerormsklass och Secret Service gick bananer när jag bara ville ha en enda vakt här inne. Men hon beter sig som en professionell politiker. Måste vara en ovanlig kombination.

"Själva konversationspoängen tar ni hem, Madame amiral", svarade Condoleezza Rice med ett plötsligt brett leende. "Men jag har inte bett att få träffa er för att vi skulle debattera rättfärdighet och orättfärdighet. Då är jag rädd att ni utan vidare skulle få övertaget. Fast till ingen nytta. Fråga mej inte vad jag anser om orättfärdighet, fråga mej vad jag kan göra för att desarmera den här situationen."

"Jag har inget mandat att vika från dom här punkterna som jag nämnde. Gaza är ett fångläger för två miljoner människor. Folk säljer sina sista familjeklenoder, kvinnornas sista guldsmycken, olika milisförband börjar beskjuta varandra, situationen är desperat. Det enda vi kan sätta emot, för första gången i vår historia, är överväldigande militär kraft. Ändå utnyttjade vi inte den till fullo, ändå har vi, som ni själv har kunnat konstatera, måttliga krav. När strypgreppet runt Gaza lossnar så 'desarmeras' situationen. Då kan vi återuppta förhandlingsvägen och det är den enda vägen."

"Förhandlingar med den islamistiska Hamasregeringen?"

"Det är den enda regering vi har, det är den folket valde. Men ja, dom är med på presidentens fredsplan. Dom kommer att förhandla."

"Men inte avstå från våld?"

"Avstå från våld? Förlåt Madame utrikesminister, men framstår inte det kravet på Hamas och deras stackars självmordsbombare som lite futtigt just nu? U-1 Jerusalem representerar 10 000 gånger mer kraftfullt våld. Och vi har, jag vill påpeka det igen, varit återhållsamma. Vi har klargjort vår ståndpunkt och vår styrka, men sen dragit oss tillbaka. Vad kan ni mer begära?"

"Om det här förhandlingsutspelet misslyckas, återupptar ni då våldslinjen?"

"Givetvis."

"Och anfaller vadå?"

"Madame utrikesminister, jag är väl medveten om er expertis. Ni vet vilken beväpning som finns ombord. Ni vet att de israeliska flygbaserna är närmast självklara mål vid en upptrappning. Men än en gång, betänk att det är vi som från en militär styrkeposition sträcker ut en hand. Det är ett historiskt genombrott, eller hur?"

"Ja, så kan man nog ... nej, så *måste* man nog se det", svarade Condoleezza Rice och ångrade sig genast. Hon fick inte verka för medgörlig, inte lockas i fällan att då och då svara ja på någon liten sak som hängde som en svans efter en mycket större sak.

"Vi gör ett break", föreslog Condoleezza Rice. "Med det menar jag att vi pratar runt lite i periferin. Exempelvis om England. Okay?"

Visst. Man kunde inte säga nej till utrikesministern för Amerikas Förenta Stater och man måste hålla god min tills man eventuellt blev utkastad. Det var spelets enkla regler för Mounas del.

Deras samtal om England, som visserligen snart blev ganska skämtsamt, till och med fnissigt för att vara ett samtal mellan en utrikesminister och en konteramiral, handlade dock i sin kärna – vilket båda visste och visste att den andra visste – om den avgörande rösten i FN:s säkerhetsråd. Tony Blair var vid det här laget hårt pressad av hela sitt EU-umgänge, sånär som på Litauen och Tjeckien. Samtidigt slogs han för sitt politiska liv och hade börjat få en överväldigande hemmaopinion emot sig. De engelska opinionsmätningarna hade just visat en stabil övervikt för att godta de palestinska kraven och hans tjuriga motstånd förklarades antingen med att han som vanligt var pudel åt George W Bush – ett än en gång återupplivat favorittema hos de engelska ledarsidornas skämttecknare – eller att han var desperat för att i efterhand återigen kunna urskulda det brittiska deltagandet i Irakkriget. Ingen av de två förklaringarna till att Storbritannien var den sista bastionen på USA:s sida inom EU var särskilt smickrande för Tony Blair. En revolt inom hans eget parti var förestående och ett stort antal parlamentariker inom labour hade publicerat ett öppet brev med krav på att han skulle tillkännage datum för sin avgång.

Så det fanns ett och annat att skämta om. Mouna till och med serverade sig en gin & tonic utan att Condoleezza Rice rörde en min. Det var ett inte obetydligt framsteg att de ändå hade kunnat skratta tillsammans.

Hon måste vara den hårdaste och smartaste kvinna jag träffat, tänkte båda två om den andra. Med tillägget: dessutom är hon rätt kul.

Men de insåg också att de redan var inne på övertid, att de måste tillbaks till det hårda spelet. Condoleezza Rice tittade på klockan.

"Okay", sade Mouna. "Då kör vi väl igen. Ni först."

"Allright, amiral", svarade Condoleezza Rice, fast utan spår av spelad eller verklig tuffhet. "Vi drar ut på det hela några månader, det kan Tony inte stå emot. Storbritannien röstar därefter med Frankrike, Kina och Ryssland i säkerhetsrådet och vi lägger ner vår röst. På ett villkor."

"Det låter som om vi är nära och ändå inte. Vilket villkor?"

"Att vi köper ubåten. Komplett."

"Vi har ett bindande avtal med Ryssland om att inte återexportera den krigsmateriel vi köpt. Ledsen, men detta är över huvud taget inte förhandlingsbart."

"Då kommer jag få svårt att övertala presidenten om att inte en gång för alla lösa problemet U-1 Jerusalem med våld."

"Jag skulle ändå vilja be er, Madame utrikesminister", började Mouna resignerat, hon bedömde att det ändå inte fanns något hopp, "att göra ert yttersta för att avstyra en sådan attack mot oss. Amerikanska förluster skulle röra till det förfärligt för oss. Palestinska förluster skulle röra till det förfärligt för er. Det är en no-win-situation. Vad ni gör, starta inte krig mot oss. Och det är inget jag säger för att jag är rädd att dö."

"Nej, jag vet", suckade Condoleezza Rice uppgivet, för också hon visste att spelet var över. "Ni är ju den enda frihetshjältinna som dött två gånger redan. Och dom dödade din man och ditt barn, inte sant?"

Condoleezza Rices abrupta kursändring in i det privata kom sig av att hon plötsligt betraktat ringen på Mounas vänstra ringfinger. Den var svart med ett smalt guldbräm och hade en briljant i mitten på ungefär en och en halv karat, omgiven av en rubin och en smaragd. De palestinska färgerna, hon är numera gift med frihetskampen och hon är lika ensam som jag för resten av livet, tänkte Condoleezza Rice, fastän hennes prognos är betydligt sämre när det gäller ett långt liv, hur vältränad hon än är.

Mouna berättade återhållsamt om sitt tidigare liv, om de döda, om den pacifistiske läkaren som var hennes man under en tid då hon var nära att lämna allt vad krig och underrättelsetjänst hette, bara för att få leva ett vanligt liv med en familj, åtminstone smaka på det.

De satt kvar inpå småtimmarna och pratade om män och livet, om politik och makt och ensamhet vid morgonkaffet. De var så lika.

Och ingen av dem hade någon baktanke om att plötsligt återuppta den politiska förhandlingen som båda betraktade som över. I sitt misslyckande njöt de ändå av att ha funnit någon enda människa på jorden som de kunde tala helt öppet med om det innersta privata.

Det blev inte den vanliga morgongymnastiken för Condoleezza Rice klockan 04:45 även om hennes särskilda utrustning från regeringsplanet hade forslats över till herrgården där Tony Blair hastigt och lustigt kört ut en av sina vänner. Condoleezza Rice hade till slut druckit två gin & tonic, vilket ingen sett förut och ingen annan än Mouna al Husseini skulle komma att se.

När bilen körde fram för att hämta Mouna till Heathrow fick hon en sista särskild ynnest, ett mobiltelefonnummer som hon kunde ringa närsomhelst, "från vilken ubåt som helst". När de skrattade åt det där sista om ubåt omfamnade de varandra, världens två mest ensamma kvinnor.

\* \* \*

Lystring! Klart skepp! kommenderade Carl när U-1 Jerusalem långsamt seglade ut genom hamnbassängerna i Kapstaden. Besättningen på däck hade just genomfört sin avslutande hälsning vid den lilla hamnen där snabbåtarna till Robben Island lade ut och alla hade därefter i strikt ordning tågat mot tornets lucka för att försvinna i ubåtens inre. Flaggorna hade halats från tornet, eftersom flaggor ger ifrån sig ljud även under vatten och de sonarsystem de väntade sig att möta nu var de bästa i världen. Åtminstone de hittills kända bästa i världen.

De hade inte kunnat ha någon som helst stabsöverläggning så länge de var kvar i hamn, avlyssningsrisken var alldeles för stor. Vid sina korta möten hade de bara spridit desinformation, verkat överlägset självsäkra på att ingen fara väntade utanför den sydafrikanska kusten. U-1 Jerusalems sävligt långsamma dykning inför applåderande turister förstärkte intrycket av att här fanns ingen som helst nervositet eller beredskap.

Det var fullständigt tvärtom. Torpedtuberna laddades i samma stund man påbörjade sin dykning, den här gången med två Schkval-torpeder och sex Schtjuka antitorpeder och två konventionella trådstyrda torpeder som motsvarade NATO:s typ Mark 48.

De gick på lägsta fart, mindre än två knop, för att lämna ett rejält försprång till alla tre krabbögonen som simmade iväg med sina små ljudlösa elektriska motorer. I centralen rådde högsta beredskap. Carl hade samlat hela fartygsledningen i deras lilla sammanträdesutrymme. Det blev en kortfattad diskussion.

De gick med dieselmotorer, fullt hörbart. Avsikten var att få veta om de var på väg in i ett bakhåll, deras dieselmotorer drog garanterat bort uppmärksamheten från de små spaningsfarkosterna som löpte iväg med sina tunna kablar efter sig och undan för undan målade upp det undervattniska landskapet framför dem på skärmarna inne i centralen.

Det fanns inte många alternativ. Hittade de ingen väntande amerikansk ubåt framför sig så var det inget problem. Hittade de en, så skulle de möjligen kunna övergå till elektrisk drift, använda något av krabbögonen för att kolla bort amerikanen ungefär som de gjort tidigare med framför allt USS Alabama. Det var betydligt mer oklart vad man skulle göra om man stötte på fler amerikaner.

De gick söderut utefter kusten, snett ned mot det stora djupet, den mest logiska kursen för en ubåt med så stor djupkapacitet som U-1 Jerusalem. Om fienden väntade fanns han här någonstans på mellan 200 och 400 meters djup.

Efter överläggningen i ledningsgruppen gick Carl bort till fartygschefens position där det fanns en mikrofon kopplad till hela högtalarsystemet ombord.

"Lystring, sjömän! Detta är absolut ingen övning för att få fart på er bakfylla efter Afrikas glädjeämnen. Detta är den stora operationen, det ni har blivit tränade för. Vi misstänker ett amerikanskt bakhåll och vi går inte in i det för att förlora. Klart slut!"

Han upprepade för säkerhets skull meddelandet på ryska.

De röda digitala siffrorna som angav realtiden i GMT inne i centralen gick förunderligt långsamt i den absoluta och koncentrerade tystnaden. Krabbögonen löpte fortfarande iväg och ökade avståndet framåt för varje minut och därmed den totala vyn av landskapet framför dem på skärmarna.

Carl och Mouna stod tätt intill varandra bredvid den något rödögde men definitivt skärpte, Anatolij. De visste mycket väl vad han hoppades på.

Mouna grep efter Carls hand. Det fanns inget sensuellt i det, bara en sorts vänskaplig desperation. Hon hoppades att det skulle vara tomt framför dem, mer än allt just nu hoppades hon det. Krig mot USA betydde förmodligen slutet på allt, det sämsta som kunde hända.

"Vi har sonarkontakt etta nolla fyra sexa fyra, går in för en visuell kontakt", hördes plötsligt Peter Feisals lugna svala engelska.

"Det är gott, förbered visuell kontakt", kommenderade Anatolij på ryska.

Carl brydde sig inte om att översätta, vid det här laget måste alla inne i centralen fatta precis allting som hände. Och just nu kanske det var det värsta i allas sinnen utom Anatolijs.

"Vi har också kontakt rakt söderut, går in för en visuell", hördes den ryske ersättaren för Marwan, fast på engelska.

"Det är gott, gör så!" svarade Anatolij.

Mouna höll fortfarande Carls hand i ett grepp som var mer krampaktigt och hårt än något annat.

"Det är på väg åt helvete, är jag rädd", viskade hon.

"Vi vet inte än, dom kan vara på spaningsuppdrag eller försöker öva på oss", viskade Carl tillbaks. "Eller dom vill övervaka oss, dom vill ju för död och pina inte att vi ska ta oss in i Medelhavet igen, Condi måste ha skvallrat om vad du hotade med."

"Försök inte vara lustig, Carl, det här är inte rätt läge", väste hon.

"Vi har en visuell kontakt", rapporterade Peter Feisal som om han berättade om en ovanlig fiskmås. "Okänd typ, finns inte i profilregistret. Går in närmare ... mäter längden ... 107 meter ... siffror kommer. 23, upprepar 23, tvåa trea."

"Vi har en ID", rapporterade dataofficeren fem sekunder senare. "USS Jimmy Carter, Seawolf-klassen, 8 060 ton, kärnreaktor, högsta fart 39 knop, attackubåt."

"Helvetes jävlar, nu tar sjöjungfrun sjögurkan", stönade Anatolij.

"Klarspråk, tack", viskade Mouna.

"Jänkarna har skickat på oss det bästa dom har, kostar nästan som ett hangarfartyg. Jag tror inte dom har kommit för att leka kurragömma. Nu jävlar!"

"Mer klarspråk, tack!" bad Mouna och Carl kände hur hennes naglar trängde in i skinnet på hans högerhand.

"Har hon öppnat torpedluckorna!" vrålade Anatolij till Peter Feisal som skötte det krabböga som hade kontakt med den amerikanska superubåten.

"Svar ja, kommendör! Dom två översta torpedluckorna öppna", svarade Peter Feisal utan minsta darr eller osäkerhet i rösten.

"Helvete!" röt Anatolij. "Öppna ettan och tvåan, förbered avfyring av Schkval. Öppna sexans tub för skott med Schtjuka. Nu!"

De ändrade långsamt kurs och vred sig sakta upp mot den väntande superubåten och saktade ned till nästan stillastående.

"Från och med nu, elektrisk drift!" kommenderade Anatolij.

"Vi har en visuell på bandit nummer två", rapporterade den ryske officer som rattade krabböga syd. "Nummer 757 på tornet."

"Vi har en ID", rapporterade dataofficeren. "USS Alexandria, Los Angeles-klassen."

"Så bra", muttrade Anatolij som plötsligt föreföll ha blivit mycket kallare. "Se om också hon har öppnat torpedluckorna!"

"Är vi inte väldigt nära?" frågade Carl.

"Jo, det kan man säga", svarade Anatolij närmast muntert. "Vi är på tre sjömils håll, dom där bestarna kan skjuta på betydligt längre avstånd. Så jag förstår inte vad dom håller på med."

"Dom kanske vill vara absolut säkra på att träffa?" föreslog Carl.

"Nix", svarade Anatolij. "Dom har hört oss öppna torpedluckorna. Och själva har dom gjort samma sak. Båda parter har brutit mot den heligaste av oskrivna regler. Man kan öka trycket i torpedtuberna och förbereda skott på si eller så vis, gå jävligt nära varandra, skoja med undanmanövrer och allt möjligt. Men man öppnar *inte* torpedluckorna. Det är en krigsförklaring. Dom väntar på något, men jag förstår inte vad."

"Jag tror jag vet", sade Carl. "Dom väntar på den sista ordern från presidenten. Dom har kunnat skjuta på oss länge nu, verkar det som. Men dom måste ha en sista definitiv orderbekräftelse. Sådan är demokratin."

"Låter väldigt farligt i mina öron", muttrade Anatolij med blicken stint ner i skärmarna framför sig.

"USS Alexandria har öppnat två torpedluckor", rapporterade en rysk röst.

"Kan vi komma undan nu?" frågade Mouna. "Dom har gafflat in oss från två håll och väntar på presidentens, eller möjligen försvarsministerns order. Det är deras misstag. Elektrisk drift har vi redan, långsam undanmanöver i både djup- och sidoled?"

"Väldigt riskabelt, dom där Seawolf har en ny sorts målsökande torpeder", svarade Anatolij och knöt handen över en av skärmarna där man såg USS Jimmy Carters stäv med två hotfullt svarta öppningar. Och där bakom de startberedda torpederna.

"Torped i vattnet, 120 sekunder till träff!" rapporterade sonarchefen.

"120 sekunder!" fnös Anatolij. "Var det inte det jag sa, att vi låg väldigt nära. Dåså! Schtjuka mot målet, eld!" röt han i nästa sekund.

"Torped två i vattnet, 115 sekunder till träff", rapporterade sonarofficeren.

"Schtjuka två, eld omedelbart!" svarade Anatolij.

Under de följande tjugo sekunderna yttrades inte ett ord inne i sambandscentralen. Alla såg ändå hela förloppet på skärmarna, de två inkommande torpederna som redan hördes som ett avlägset surr med vanlig hörsel. Och det högre mer vinande ljudet från de mötande antitorpedvapnen Schtjuka från U-1 Jerusalem.

"Båda Gäddorna rakt mot mål, ingen störning. Träff om tio sekunder", meddelade Peter Feisal.

Alla räknade omedvetet ned till de två dova detonationerna med tre sekunders mellanrum.

"Eldgivning, tub ett, Schkval, rätt mot mål!" beordrade Anatolij mellan sammanbitna tänder.

U-1 Jerusalem skälvde till som av en långsam gevärsrekyl när världens mest fruktade torped Schkval styrde rätt mot fören på den ubåt som döpts efter president Jimmy Carter, och som var bara en av tre i sin klass och som kostat mer än 2 miljarder dollar att bygga. Ässet i den amerikanska ubåtsflottan, med 134 man ombord, varav 14 officerare.

"Fem sekunder till träff, ingen störning, kursen helt rätt!" rapporterade Peter Feisal på sin svala korrekta brittiska engelska.

# X

Krigsrättegången mot kommendör Martin L. Stevenson, för tillfället suspenderad fartygschef på USS Alexandria, hade förlagts till den avlägsna brittisk-amerikanska militärbasen Diego Garcia ute i Indiska oceanen. Det var dit den överlevande ubåten kommenderats efter tragedin utanför Godahoppsudden, på order från högsta ort i Pentagon, det vill säga försvarsminister Donald Rumsfeld.

Det var närmast självklart att Rumsfeld ville vinna tid genom att sända iväg USS Alexandria så långt från hemlandet, och framför allt hemlandets medier, som över huvud taget möjligt.

Den förre chefen för US Navy, amiral Vern Clark, hade utnämnts till ordförande i krigsrätten och flögs över från Tampa i Florida tillsammans med en liten grupp av domare och advokater i flottans reserv.

Besättningen på USS Alexandria hade internerats under milda former, det vill säga man var inlåsta på ett stort område med allehanda bad- och sportmöjligheter men med avskurna kommunikationer. Ingen fick ringa hem.

En krigsrätt med så allvarliga anklagelser som det nu var frågan om var inte bara unik i modern historia. Den var också bokstavligen en fråga om liv eller död för den tilltalade.

Krigsrätten sammanträdde i lokaler som vanligtvis användes för undervisning men som saknade luftkonditionering och i stället efter engelsk modell hade långsamt snurrande fläktar i taket. Det blev snabbt olidligt hett i den fullpackade salen.

Rättens ordförande amiral Vern Clark hade varit förutseende nog att tänka efter innan han valde uniform för uppdraget, och en hastig blick på världskartan var nog för att inse att han och hans mannar skulle utrustas med flottans vita tropikuniformer.

Men för den anklagade, kommendör Martin L. Stevenson, var det i alla avseenden hetare. Han och hans tolf officerare, som alla bänkat sig på två rader bakom honom, var klädda i vinterpermissionsuniformer. Man kunde inte gärna komma klädd i vardagliga arbetskläder till något som bra mycket liknade ens egen begravning.

De tolv officerarna från USS Alexandria var ännu inte åtalade, beroende på en teknikalitet för krigsrättegångar. De hade alla ställt sig bakom sin fartygschef, de hade alla stött honom i de svåra beslut som nu skulle avhandlas och om han dömdes skulle de själva snabbdömas efteråt och i klump. Om han friades skulle de också frias.

Amiral Vern Clark var känd som en hårding inom flottan och ingen trodde annat än att Rumsfeld med avsikt sett till att få fram en domare som ville hänga de åtalade. I all synnerhet som åtalet omfattade de två värsta tänkbara anklagelserna, ordervägran i krig och feghet inför fienden i krig. Båda anklagelserna räknas som landsförräderi.

Rättegången började med att anklagelseakten lästes upp. Det var klart på mindre än två minuter.

"Jahapp", sade ordföranden. "Har den tilltalade förstått anklagelsens innebörd?"

"Ja, Sir", svarade kommendör Stevenson.

"Och hur ställer ni er till anklagelserna, kommendör?"

"Icke skyldig, Sir."

"Men vi har invändningar mot åtalsbeskrivningen, sektion två, punkt III", sade plötsligt den unge löjtnanten som beordrats vara försvarsadvokat.

"Håll käften, löjtnant!" befallde ordföranden irriterat. "Sånt där tjafs kan ni hålla på med i det civila. Varsågod att presentera er sakframställan, kommendörkapten!"

Kommendörkaptenen hade alltså åklagarens roll. Det han beskrev var i sak känt för alla i rummet och han drog därför igenom anklagelse-akten snabbt och delvis summariskt. USS Alexandria hade kommenderats till sektorn utanför Cape Town för att assistera USS Jimmy Carter. Båda fartygen hade order från Pentagon och därefter från presidenten att uppspåra och tillintetgöra det främmande och olagliga piratskepp som opererade under namnet U-1 Jerusalem. Ordern var otvetydig, det fanns inga reservationer, ingen möjlighet till missförstånd, eller att improvisera någon egen alternativ handlingsplan.

Eftersom USS Jimmy Carter var det teknologiskt mest avancerade fartyget i hela den amerikanska ubåtsflottan var arbetsordningen mellan de två ubåtarna fullt naturlig. USS Jimmy Carter skulle stå för uppspårandet och dödandet av fienden. USS Alexandria var med som back up för den osannolika händelse att någonting skulle gå snett.

Det osannolika inträffade beklagligtvis. Efter att anfallet inletts från USS Jimmy Carter förstördes de två avfyrade torpederna av okända motmedel och piratskeppet avfyrade därefter en torped av den ryska typen Schkval, som träffade och omedelbart sänkte USS Jimmy Carter.

I det läget var det kommendör Stevensons skyldighet att anfalla fienden och ett sådant anfall förbereddes också. Men i stället för att fullfölja sina skyldigheter som officer i US Navy lät sig kommendör Stevenson övertalas av fienden att kapitulera, avstå från eldgivning och lämna området. Det senare på en direkt order från fienden. Vilket i sig var exempellöst i den amerikanska flottans historia.

Kommendör Martin L. Stevenson och hans försvarare medgav i sak allt som sagts. Men försvaret bad att få presentera inspelade band från stridsförloppet mellan USS Jimmy Carter och den fientliga ubåten. Domstolen beviljade önskemålet.

Amiral Vern Clark slöt ögonen och lutade sig bakåt för att bättre kunna se framför sig vad som hände medan ljudbandet spelades upp och kommendör Stevenson försiktigt guidade den oinformerade lyssnaren genom de olika ljudeffekterna.

Först hördes de två avfyrade torpederna av typ Gould MK 48

ADCAP lämna USS Jimmy Carter och accelerera. Det var den amerikanska flottans absolut modernaste och dödligaste torpedtyp, uppe i 50 knops hastighet inom tio sekunder. De gick rätt mot mål, skjutavståndet var kort och här borde alltså den fientliga ubåtens död vara närmast hundraprocentigt säker. Då kom nästa ljud, två mindre och troligtvis ännu snabbare torpeder med ett mer högfrekvent ljud, bäringen var spikrak mot de inkommande torpederna, vinkeln liten. Så de två detonationerna.

Därefter följde det sannolikt mest fruktade ljudet i den amerikanska flottans ljudbibliotek, det karaktäristiska och fullständigt annorlunda ljud som en Schkval innesluten i sin gasbubbla åstadkommer när den snabbt accelererar upp i svindlande hastighet. Och så ljudet när den slog in i fören på USS Jimmy Carter. Det korta avståndet – vilket inte varit fiendens utan de egna styrkornas val – reducerade tiden från avfyring till träff till något mindre än tio sekunder.

Det märkliga var sedan ljudet av träffen. Det var inte en explosion utan ett utdraget brakande när den två ton tunga torpeden slog igenom sektion efter sektion av USS Jimmy Carter. Utan sprängladdning. Det var tyngden och farten som gjorde jobbet.

Därefter följde ohyggliga ljud av en sönderbruten ubåt som sjunker och bryts sönder ännu mer i ett virvlande dånande moln av luftbubblor.

"Tack! Vi kan stanna där!" beordrade amiral Clark. "Det här är alltså sanningens ögonblick för er del, kommendör Stevenson. Eller hur? Det är nu ni skulle ha öppnat eld med allt vad ni kunde skicka på den jäkeln. Varför denna tvekan? Tänk noga innan ni svarar, kommendör!"

"Ja Sir, tack för rådet Sir!" svarade kommendören med torr mun, avbröt sig och tog en klunk vatten innan han fortsatte. "Jag gav också order om eldgivning, men då hade vi tappat bort målet."

"Det låter obegripligt, kommendör. Ni måste ju haft en absolut säker position när dom sköt?"

"Ja, Sir. Men sekunderna senare försvann dom bakom en ljudridå av något som jag i brist på bättre terminologi måste kalla akustisk desinformation. Får jag kanske fortsätta bandinspelningen?"

Hans begäran beviljades. En kort häpnadsväckande uppvisning följde. Plötsligt lät det som om en dieseldriven ubåt passerade på mycket nära håll och i hög fart. Ljudbiblioteket hade senare visat att det skulle ha varit en israelisk ubåt för full maskin. Men så försvann den och en ny dieselelektrisk ubåt, av turkiskt ursprung den här gången, förföll fly bort mot kusten i närheten av den plats där USS Jimmy Carter hade sjunkit.

Slutsatsen kunde bara bli en. Man utsattes för någon sorts avancerad manipulation och det fanns inget mål att beskjuta i det läget.

Och omedelbart därefter kom telefonsamtalet. Påståendet väckte först både en viss munterhet och förvirring innan kommendör Stevenson lyckades förklara det som alla ubåtsmän i salen, men tydligen inte majoriteten av sjöofficerare som kom från tjänstgöring på ytfartyg och i staber, kände till. Det går utmärkt att ringa från ubåt till ubåt, det finns till och med särskilt angivna frekvenser för den sortens kommunikationer. Och det här samtalet hade kommit rakt in på NATO:s vanligaste frekvens.

Krigsrätten beslöt godta försvarets begäran att spela upp telefonsamtalet i dess helhet. Spänningen steg påtagligt i salen medan advokaten och löjtnanten vid den anklagades sida krånglade med bandspelaren. Till slut kom det, högt och klart men med lite burkigt ljud:

"Detta är viceamiral Hamilton, chef för den palestinska flottan. Anropar fartygschefen på USS Alexandria, svara för Guds skull eller stäng era torpedluckor!"

På ett tecken från kommendör Stevenson stängde löjtnanten av bandspelaren.

"Förlåt, men jag vill uppmärksamma rätten på en detalj av stort intresse", förklarade kommendören. "Att dom vet eller säger sig veta att vi har öppna torpedluckor säger kanske inte så mycket. Det kan till och med vara en chansning. Men dom känner till vår identitet. Dom har vår position såvitt vi måste anta, men dom har identifierat oss inte bara som en ubåt i Los Angeles-klassen, dom har oss till och med som individ."

"Och vad är slutsatsen av det, kommendör?" frågade rättens ordförande med rynkad panna.

"Slutsatsen är att vi, särskilt med tanke på vad vi just bevittnat, och i det här läget hör vi fortfarande svaga ljud från den döende USS Jimmy Carter, har att göra med en fiende som inte bara menar allvar. Han har en teknologi som överträffar till och med vad som finns ombord på en Seawolf."

"Gott. Vi fortsätter. Jag antar att ni plockade upp telefonluren i det här läget, kommendör?"

"Ja, Sir!"

"Kunde just tro det. Då kanske vi får höra resten av detta samtal?"

En ny stund av förtätad tystnad följde i rättssalen när åtminstone trettio par ögon följde den unge löjtnantens mixtrande med den vrenskande bandspelaren. Men så kom det:

"Detta är fartygschefen ombord på USS Alexandria, anropar U-1 Jerusalem. Kom!"

"Utmärkt att ni plockade upp luren, kommendör. Vi har just sänkt USS Jimmy Carter därför att dom gav eld först. Det var inte, jag upprepar *inte*, vad vi önskade. Om ni på USS Alexandria inte stänger era torpedluckor och lämnar området är vi i en mycket brydsam situation."

"Negativt, amiral. Ni talar till en fartygschef inom US Navy, vi kan inte ta order från er!"

"Det vore i så fall mycket dumt, kommendör. Vi har er i siktet, vi har en torped, ni vet vilken typ, riktad mot er stäv. Den når er snabbt om jag ger order om eld. Vi vill undvika det. Därför vädjar jag till er, inte beordrar, jag vädjar till er att lämna området."

"Fortfarande negativt, amiral. Jag kan inte avvika från givna order, och det vet ni!"

"Då gör vi så här, kommendör. Jag sänder en aktiv sonarstöt rakt in i er stäv inom tio sekunder. Då vet ni att vi har er i siktet. Men ni har också därmed vår exakta position. Om ni då öppnar eld förstör vi era torpeder och därefter omedelbart ert fartyg. Betänk att ni har 133 amerikanska liv att ansvara för, kommendör. Här kommer en ping, bara en ping!"

Därefter genljöd salen av en klingande sonarstöt, en *ping* som alla sjöofficerare i hela världen, oavsett om de varit ombord på en ubåt eller ej, kan identifiera.

"Vi bryter där!" befallde amiral Vern Clark och torkade svetten ur pannan med en kritvit näsduk. Det var visserligen hett i salen, men gesten var väl så talande och han var inte ensam om att ångestsvettas vid tanken på den situation som kollegan och kommendören Stevenson befunnit sig i i det ögonblick man avbrutit inspelningen.

"Så i det här läget, precis i det här läget, har ni alltså fiendens exakta position, kommendör?" fortsatte amiralen med tillkämpat lugn.

"Svar ja, Sir. Positionen var inte vad vi väntat oss, fienden hade gjort en förflyttning. Men i och med signalen med aktiv sonar hade vi deras exakta position, ja."

"Så det var andra gången ni hade möjlighet att öppna eld, kommendör?"

"Svar ja, Sir."

"Och det var otvivelaktigt era order, eller hur kommendör?"

"Svar ja, Sir."

"Och varför bröt ni mot given order, kommendör?"

"Av två skäl, Sir. Dels tappade vi bort fienden igen, eftersom vi utsattes för en ny våg av det jag tidigare kallade ljuddesinformation. Vi kan spela upp ..."

"Det behövs inte. Domstolen tror på ert ord därvidlag, kommendör. Så var god fortsätt!"

"Det andra skälet var att viceamiral Hamiltons påpekande föreföll mej helt korrekt. Jag ansvarade för 133 amerikanska sjömäns liv. Jag bedömde att deras liv skulle gå till spillo i onödan om jag försökte ett desperat anfall mot ett mål som vi dessutom inte längre hade bäring på."

"Så ni beslöt att kapitulera, kommendör?"

"Svar ja, Sir."

"Och det finns också inspelat?"

"Svar ja, Sir."

"Utmärkt. Då vill domstolen höra fortsättningen."

Den här gången fick löjtnanten igång bandspelaren utan fummel. Nu hördes bara det mjuka gnisslet från takfläktarna i salen. Alla satt käpprätt upp i väntan på att få höra det oerhörda, en fartygschef inom US Navy som kapitulerade "inför fiendens ansikte" som den ålderdomliga termen löd i anklagelseakten.

"Detta är fartygschefen på USS Alexandria. Anropar chefen för den palestinska flottan. Kom in, amiral!"

"Jag är fortfarande kvar i luren, kommendör. Har ni fattat ett beslut?"

"Svar ja, amiral. Vi stänger nu som ni hör våra torpedluckor. USS Alexandria kommer därefter att avlägsna sig från området."

"Gratulerar till ett modigt beslut, kommendör. Klart slut!"

Tystnaden låg tung i rättssalen och alla närvarande såg svårt plågade ut. Man hade lyssnat till ett nederlag och möjligen till en kriminell officerskollega som visat sig feg inför fiendens ansikte.

"Herr ordförande! Från försvarets sida vill vi framhålla att anklagelseakten innehåller en inneboende motsägelse med två mot varandra stridande påståenden som utesluter varandra om ..." började den unge advokaten. Men han hann inte långt.

"Vill löjtnant Black vara så snäll att hålla käften!" röt amiralen. "Rätten är övertygad om att kommendör Stevenson ärligt och utan krumbukter sagt vad som behöver sägas."

Han hade uttalat orden löjtnant Black med omisskännlig ironi, som förstärktes av hans påstående att kommendör Stevenson nog inte, underförstått, behövde någon black till sitt försvar. Till saken hörde nämligen att löjtnant Black var vit, men kommendör Stevenson svart, den förste afroamerikan som fått befäl över en ubåt i Los Angeles-klassen. Men i den förtätade stämningen var det knappt någon som vågade dra på munnen.

Amiralen bordlade förhandlingen och meddelade att rätten drog sig tillbaka för överläggning och att man skulle återsamlas klockan 1400 för meddelande av dom.

Officersgruppen från USS Alexandria lättade på slipsknutarna, drog av sig kavajerna och slängde dem över axlarna så fort de kom ut från den enkla byggnaden som till synes mot allt förnuft hyste en krigsrätt som avhandlade liv och död för åtminstone deras fartygschef. Man började åter spekulera i ryktet om att Rumsfeld blivit så förbannad att han tillsatt en domare som skulle garantera hämnd. De gick upphetsat diskuterande ner mot den basketplan där förvånansvärt många av grabbarna från USS Alexandria trotsade den tropiska hettan.

Det fanns ingen spricka mellan dem. De stod som en man bakom sin chef, alla påstod att de skulle ha handlat likadant i motsvarande läge. Även vanhedrande avsked och förlust av pension och långt fängelsestraff eller till och med, teoretiskt möjligt, dödsstraff skulle ha varit värt ett sådant beslut. USS Jimmy Carter hade gått under med man och allt, 134 man, en man mer än ombord på USS Alexandria.

De försökte förstås gissa utgången i målet, även om ingen vågade sätta upp en vadslagningslista. Amiral Vern Clark hade inte precis uppträtt vänligt och förstående. Många sade sig plötsligt vara övertygade om att han var för en fällande dom och att de i så fall omedelbart skulle säga upp sig från US Navy om de så fick simma hem från Diego Garcia. Andra var mer optimistiska och menade att förnuftet någon gång måste ha en chans att segra, till och med mot flottans reglemente.

Men när de svettiga och med nödtorftigt knutna slipsar bänkade sig på nytt i skolsalen som föreställde militärdomstol visste ingen vad man borde vänta sig.

Och amiral Vern Clark såg irriterad ut när han kom in i rättssalen och alla flög upp i givakt.

"Förhandlingen återupptagen!" började han med en harkling. Sedan såg han länge ned i bordsskivan framför sig innan han tog till orda.

"Av alla brott som en officer i US Navy kan begå är detta att visa feghet inför fiendens ansikte det mest avskyvärda", började han. "Det kan möjligtvis bara överträffas av brottet att vägra att lyda order från överbefälhavaren, Förenta Staternas president, i en krigssituation. Kommendör Martin L. Stevenson har begått båda dessa brott. Därom råder ingen tvekan. Han har dessutom otvetydigt erkänt dessa brott och är i saken överbevisad av stödbevisning. Därmed kunde detta se ut som ett enkelt mål. Men enkelt är det inte. Det krävs ett jäkligt stort mod för att handla som kommendör Stevenson gjorde. Domstolen konstaterar att kommendör Stevenson därmed räddade 133 amerikanska liv denna dag, som blev den mörkaste i Förenta Staternas flottas historia sen andra världskriget. Domstolens utslag är därför följande. Kommendör Stevenson frias på alla punkter. Hans tjänstedokument kommer inte att belastas av denna sak. Domstolen beslutar att kommendör Stevenson utan vidare dröjsmål återtar befälet över USS Alexandria. Följaktligen kommer inte heller fartygets övriga officerare att belastas."

Jublet var nära att brista ut bland de 13 officerare som kastats mellan förtvivlan och hopp, men då höll amiralen varnande upp en hand.

"En sak till, gentlemen! Domstolen kommer att sända en rekommendation till Förenta Staternas kongress att den måtte tilldela kommendör Stevenson Navy Cross. Förhandlingen är därmed avslutad!"

I samma sekund som ordföranden slog klubban i bordet framför sig med en tung duns bröt glädjescenerna ut bland officerarna från USS Alexandria. De hoppade upp och ned som collegestudenter och gjorde high five. Den grånade amiralen som redan var på väg ut vände sig om och röt dem till tystnad och stillhet.

"Gentlemen! Glöm *aldrig* att ni är officerare i Amerikas Förenta Staters flotta och uppför er därefter!"

Sedan gick han raskt ut.

\* \* \*

Condoleezza Rice hade såvitt hon mindes bara gråtit en enda gång i vuxen ålder. Det var inte den 11 september 2001, hela det dygnet höll hon sig kall, logisk och beslutsmässig. Det var dagen efter när hon kom hem sent på kvällen ensam till sin lägenhet i Watergate och slog på teven. Utanför Buckingham Palace i London hölls en stor sorgemanifestation för att markera solidaritet med det terrordrabbade USA och en skotsk militärparad spelade den amerikanska national-sången med säckpipor. Då blev det plötsligt för mycket för henne, då brast det.

Nu kom det tillbaks, en plötslig känslostöt av samma slag. Allt verkade upprepa sig med någon sorts gudomlig ironi. Den här gång-en hann hon i alla fall avsluta sitt lunchtal inför Daughters of the American Revolution, en extremt blodtörstig organisation, när hennes statssekreterare kom ikapp henne på väg ut genom hotellets källargångar och viskade att det brådskade på väg till NSC, eftersom man saknade en Seawolf utanför den sydafrikanska kusten. Hon bad omedelbart om att få bli lämnad ensam i limousinens baksäte.

Det var nu det brast för henne en andra gång i vuxen ålder och hon grät. Vad som än hänt så måste det vara det värsta. Man "saknade" inte en Seawolf, det visste hon mycket väl. Det kunde bara inte hända, Seawolf hade mer sofistikerad sändarutrustning ombord än en hel modern tevestation. Amerikas Förenta Stater var på väg att kassera in ännu ett nederlag och kunde förvandlas till en rasande sårad jätte som slog vilt omkring sig.

Och detta kom ovanpå en flera dagar lång belägring från medi-erna. Vita huset var nämligen under belägring, ingen tvekan om den saken. Mest hade man dessutom fått äta sin egen skit.

Det hade börjat med att den nye presstalesmannen Tony Snow, ett påstått fynd som staben i Vita huset hade fiskat upp från presidentens favoritkanal Fox Television, hade gått ut med diverse uttalanden om att terrorubåten leddes av en notorisk judemörderska, en sinnessjuk seriemördare samt en av den ryske diktatorn Putin särskilt kommen-derad ubåtskapten som övergett allt vad hänsynsfullt sjömanskap hette, ett "gäng galna mördare" med andra ord. Det värsta var att han lagt dessa uttalanden i presidentens mun.

Det visade sig vara en draksådd av oanade dimensioner. För när "den galne mördaren" amiral Hamilton framträdde exklusivt i 60 Minutes så närmast gödslade han jaktmarken för USA:s undersökande journalister med godbitar. Han hade under sin flykt från fängelse hela tiden skyddats av USA:s regering, till och med ingått i FBI:s vittnesskyddsprogram, han var bevisligen dekorerad med Navy Cross, Mouna al Husseini hade deltagit i samma operation som han själv – i samarbete med de väpnade styrkorna från Amerikas Förenta Stater! Och allt detta grävde journalisterna upp inom några dygn, det ena avslöjandet mer pinsamt än det andra. Och det värsta var att dessa grävarjournalister tycktes ha lättare än någonsin att hitta källor inom administrationen och inte minst inom den nya och mot presidenten fientliga kongressen och till och med i Pentagon. Det liknade nästan en revolt. Och journalistflocken bara dånade vidare, rusiga efter mer blod.

Det var ingen tvekan om vem på den andra sidan som hade organiserat hela denna anfallsvåg av mjuk makt, insåg hon nu. Man behövde inte längre fråga sig vem Mr Mastermind var, det räckte med att se viceamiral Hamiltons intervju på 60 Minutes en enda gång. Närmast som i förbigående, som om han knappt ens var medveten om saken, eftertänksamt och med ärlig uppsyn, hade han kastat ut en hög med köttben som gjorde att hela hundflocken vände sig om från att håna terrorubåten till att kasta sig över den egna administrationen.

Och nu en saknad Seawolf med mer än 130 man ombord. Den modernaste och mest slagkraftiga atomubåt Amerikas Förenta Stater någonsin sjösatt. Saknad! Och vad med atomreaktorn ombord? Låg den på sydafrikanskt territorium och förgiftade havet? Och om Rummy gav sig in på en ny serie lögner för att skydda den egna ändan? Han hade ju fått äta upp varenda smula av sina antydningar om kärnkraft och kärnvapen ombord på U-1 Jerusalem. För att inte tala om fiaskot med jakten på ubåten i Medelhavet när den med smattrande flaggor och munter marschmusik gled in i hamnen i Cape Town.

Hur stor katastrofen än var måste det bli ett omedelbart slut på lögnerna. Det var det enda hon kände sig helt säker på när bilen gled in genom grindarna till Vita huset och hon lade sista handen vid sin ögonmakeup.

Den föresatsen skulle bli svår att hålla fast vid, insåg hon när hon steg in i det dunkla krisrummet i Vita husets källare. Presidenten hade ännu inte kommit, men Rummy och Dick var båda där. Ingen av dem sade något och de undvek att möta hennes blick.

När George W Bush kom in och alla reste sig på vakthavande marinsoldats kommando var han askgrå i ansiktet och verkade närmast frånvarande. Condoleezza Rice fick en känsla av att han knappt kände igen henne när han hälsade.

I stället för att omedelbart få igång föredragningen från de väntande sjöofficerarna – man hade en kamp mot klockan framför sig – förklarade presidenten att man måste börja med en bön, som han själv förestavade. Det var fullständigt oklart vad bönen gick ut på utom att Gud måtte skydda amerikanska liv och välsigna Amerikas Förenta Stater. Alla i rummet låtsades mumla med med sänkta huvuden. Ett tag fruktade Condoleezza Rice att presidenten och vännen drabbats av hjärnblödning.

När föredragande kommendör från flottans underrättelsetjänst äntligen kom igång visade sig budskapet skoningslöst i all sin konkretion.

Klockan 14:48 lokal tid hade USS Jimmy Carter på presidentens order avfyrat två torpeder mot terrorubåten, åtta sjömil utanför Cape Town, alltså fortfarande på sydafrikanskt territorialvatten. Torpederna hade nedkämpats, alltså helt enkelt slagits ut med okänt motmedel. Därefter hade terrorubåten avfyrat en rysk torped av typen Schkval och sänkt USS Jimmy Carter. Allt hade spelats in på USS Alexandria, som deltog i operationen som back up. Inspelningen hade en knapp halvtimme senare sänts via satellit till CENTCOM i

Tampa. Det fanns anledning att befara att samtliga ombord på USS Jimmy Carter hade omkommit eftersom hon slagits sönder och sänkts och inte svarade på nödanrop. Det var sakläget.

Det blev knäpptyst i krisrummet. Alla såg antingen ner i golvet eller i sina papper.

"Menar ni att dom sänkte USS Jimmy Carter?" frågade presidenten till slut.

"Svar ja, Mr President!" svarade kommendören som gjort föredragningen.

"Vet vi att alla våra pojkar ombord är döda?" fortsatte presidenten efter en plågsamt lång paus. Han såg lite hopsjunken ut och verkade underligt okoncentrerad.

"Vi befarar det värsta, Mr President", svarade kommendören blixtsnabbt. "Men vi kan inte veta säkert. Träffen satt i fören och var tillräckligt kraftfull för att omedelbart sänka hela fartyget. Det betyder att minst tre sektioner måste ha slagits ut och vattenfyllts omedelbart. Men det är alltså fullt möjligt att vi kan ha överlevande i fartygets två sista sektioner akterut."

"Vad har vi vidtagit för åtgärder för att försöka rädda eventuella överlevande?" frågade Rumsfeld efter en kort snegling på den till synes frånvarande presidenten.

"Vi har ingen möjlighet att sända assistans från vårt eget territorium, inte inom rimlig tid, mr försvarsminister", svarade kommendören maskinmässigt. "Vi har förberett en kontakt med britterna. Snabbaste sättet att undsätta eventuellt överlevande ombord vore att få ned brittiska räddningsfarkoster med flyg."

"Varför har vi inte redan vidtagit dom åtgärderna?" morrade Rumsfeld. "Klockan tickar, det begriper ni väl?"

"Ja, Sir. Men Amerikas Förenta Stater har ännu inte tillkännagivit förlusten av en atomubåt på främmande makts territorium. Det är en standardprocedur som måste följas enligt alla tillgängliga bestämmelser", kom svaret blixtsnabbt.

Där fanns ett oväntat dilemma som uppehöll dem alla en god

stund. Först måste man tillkännage sin förlust, därefter begära assistans från såväl Storbritannien som Sydafrika. Det senare fick bli utrikesministerns ansvar, Pentagon kunde organisera kontakterna med London. Men först måste man gå ut med ett tillkännagivande från Vita huset. Journalisterna hade redan börjat ringa till presstjänsten, ryktet var ute.

"Dessa fega människor borde hängas högt", sade presidenten plötsligt, fast lågt, nästan mumlande. En förlägen tystnad spred sig i rummet och alla stirrade på honom även om han inte verkade vilja se någon i ögonen.

Det bestämdes att presidenten skulle hålla sitt tal, "bakhållstalet" som man redan kallade det, på prime time samma kväll. Vita husets presstalesman skulle gå ut med ett uttalande om att en amerikansk ubåt på spaningsuppdrag överraskande hade anfallits av den palestinska terrorubåten, trots alla försäkringar om att den inte skulle beskjuta amerikanska örlogsfartyg. Den goda viljan att lita på terrorubåtens talesmän hade alltså kostat ett okänt antal amerikaners liv. Men de skyldiga skulle inte undkomma, de kunde springa för allt vad tygen höll men de skulle inte kunna gömma sig. Och så vidare.

Condoleezza Rice oroade sig för att man än en gång skulle gå ut med lögner, eftersom det fanns alldeles för många inom flottan som kände till sanningen och journalisterna var mer på bettet än någonsin.

Lögnerna skulle först, helt säkert, väcka allmänt raseri, hat och våldsamt hämndbegär i hela USA. Det var lätt att förutse, det var rentav självklart.

Men om lögnerna avslöjades skulle samma raseri vändas mot den egna administrationen och dessutom kleta fast vid presidenten själv, i all synnerhet som han inte verkade tveka inför risken att upprepa den inkorrekta versionen i kvällens tevetal till nationen.

Men som stämningen var när de skiljdes, uppjagad, desperat och förtvivlad, hade hon inte bedömt att det fanns några förutsättningar för att diskutera en mer nyanserad officiell amerikansk version av förloppet. I stället tog hon itu med sitt och återvände till utrikesdepartementet för att ringa ett av sitt livs mest obehagliga telefonsamtal, till den sydafrikanske presidenten Thabo Mbeki.

När hon satt ensam på sitt tjänsterum en halvtimme senare och väntade på att den sydafrikanska administrationen skulle skaka fram sin president kom hon för första gången under denna tragiska dag att tänka på Mouna al Husseini och deras långa samtal en natt för inte så länge sedan i ett litet ruffigt engelskt privatslott. Mouna hade varit fullständigt uppriktig när hon varnade för konsekvenserna av ett amerikanskt anfall på U-1 Jerusalem. Hon hade talat sanning när hon beskrev att det inte var döden hon fruktade, utan de politiska konsekvenserna av att hamna i krig med Amerikas Förenta Stater. Och kanske var det ändå hon som tvingats ge ordern om att sänka USS Jimmy Carter. Det hela var fullkomligt hjärtslitande tragiskt.

*  *  *

När U-1 Jerusalem rundat Afrikas horn låg man stilla och avvaktade ett halvt dygn på djupt vatten innan man gick genom Bab al Mandabsundet och vidare in i Röda havet. Passagen måste ske nattetid, sundet var så grunt att ubåten annars riskerade att upptäckas från luften.

Manövern i det känsliga sundet på Afrikas östkust ägde rum samtidigt som varenda spaningssatellit fingranskade Afrikas västkust och brittiska flottstyrkor låg som en grupp defensiva fotbollsbackar uppe vid Gibraltar sund. Strategin var given, om inte annat så till följd av massmediadramaturgin. Samtliga amerikanska tevestationer påstod sig veta att terrorubåten nu var på väg tillbaks mot Medelhavet för en förnyad attack mot Israel. Dels hade alla palestinska initiativ till förhandlingar om en förbättrad status för Gaza misslyckats, dels hade man försatt sig i en desperat hopplös situation genom att anfalla och sänka en amerikansk atomubåt ute på fredligt spaningsuppdrag. Därmed hade man skrivit under sin egen dödsdom.

Så lät det, åtminstone i amerikanska medier. Vad som sades på annat håll visste man inte ombord på U-1 Jerusalem, för Carl hade gett order om restriktivitet när det gällde att sticka upp antenner ovanför ytan.

Stämningen var underligt tryckt ombord. Inte ens ryssarna verkade särskilt uppåt, trots att deras chef hade genomfört den största segern någonsin mot en amerikansk atomubåt. Men den första uppbetsade triumfen hade fort skrumpnat och övergått till stingslighet och irritation.

Möjligen hade det med de nya fångarna att göra. De amerikanska ubåtsmännen skiljde sig högst påtagligt från de israeler man haft ombord på förra resan. Det kunde bero på att de var fler och att få av dem hade några allvarliga skador. Sånär som på några stukningar och ett brutet finger hade Jelena Mordavina inte haft mycket att lappa ihop på amerikanerna.

Visserligen hade problemet med trängseln ombord löst sig hyfsat, eftersom man började få stora lediga utrymmen i vapenlasten där det gått att stuva in ett tiotal nya sovplatser. Men de amerikanska fångarna blängde och var ytterst fåordiga och förde ideligen viskande samtal. Det började bli svåruthärdligt.

Carl hade gång på gång försökt beröra problemet med fångarnas talesman, en örlogskapten Kowalski som hade svart snaggat hår och talade stötvis i ofullständiga meningar som någon sorts militär parodi.

Kowalski tinade inte på något sätt upp av att bjudas på middag av amiralen, åtminstone inte första gången. Andra gången hittade Carl på en ursäkt för att komma till middagsbordet i sin permissions-uniform med förklaringen att man just haft en liten ceremoni ombord. När Kowalski upptäckte att Carl var en Navy Seal och dessutom dekorerad med Navy Cross ändrade han snabbt attityd.

"Problemet, örlogskapten Kowalski, är att ni och jag måste hitta en fungerande balans ombord", började Carl och höll frågande fram en flaska vin mot Kowalskis glas. Kowalski skakade bara på huvudet.

"Ni borde pröva den här, örlogskapten, det är en charmerande sydafrikansk pinot noir. Meerlust, betyder såvitt jag förstår längtan till havet. Inte?"

Kowalski gav med sig med en kort nick och Carl serverade dem båda.

"Skål, örlogskapten", fortsatte Carl.

Kowalski såg misstänksam ut när han försiktigt smakade på vinet, men tycktes ändå positivt överraskad.

"Som sagt, örlogskapten. Vi borde hitta någon metod att förbättra relationerna ombord", upprepade Carl.

"Hur menar ni då, Sir?"

"Jo, så här. Om vi tänker oss den omvända situationen så hade jag och mina kolleger suttit bakbundna nere vid kölsvinet med huva på huvudet. Jag vill av ett antal skäl inte ha det så och Genèvekonventionen är bara ett av skälen."

"Kan sympatisera, Sir. Men vad göra?"

"Ja, det är just det som är frågan. Ni är femton man, dom flesta helt oskadade. Ni är företagsamma och intelligenta, annars hade ni inte tillhört besättningen på en Seawolf. Såfort man vänder ryggen till så sitter ni och planerar myteri eller sabotage av U-1 Jerusalem. Nej, vänta! Det är inte menat som kritik, snarare som beröm. Men hur tycker ni örlogskapten, som talesman för den amerikanska kontingenten, att jag ska hantera problemet?"

"Undvika myteri, Sir?"

"Svar ja."

"Bakbinda oss. Kölsvinet och huvor, Sir."

"Det var kanske inte det smartaste och mest diplomatiska svar jag hört, örlogskapten. Men jag uppskattar er uppriktighet."

"Meddelat Röda Korset våra namn, Sir?"

"Tyvärr inte ännu. Vi går under absolut radiotystnad och som ubåtsofficer förstår ni tvivelsutan varför. Det var trist att det skulle gå så här. Ingen av oss ville det, men USS Jimmy Carter sköt först."

"Riktigt. Och ni hade turen på er sida. Skit händer, Sir."

Längre än så kom Carl aldrig med örlogskapten Kowalski. Och

även om det var Kowalskis speciella personlighet som kanske var det största hindret för en mer avspänd relation mellan besättning och fångar så var det inte mycket Carl kunde göra åt den saken. Kowalski var högst i grad bland amerikanerna och därmed automatiskt deras talesman och ombud. Vad han däremot kunde göra var att undan för undan öka på Kowalskis tid som inspärrad i deras gemensamma hytt. Som han hoppats löste sig problemet. En natt när Carl kom in i hytten för sitt sovpass och av artighet avstod från att tända ljuset blev han överfallen bakifrån av Kowalski som lade en snara om halsen på honom och försökte strypa honom. Det visade sig vara det tänkta startskottet till ett myteriförsök.

När han misshandlat Kowalski tillräckligt knuffade han ner honom på den nedersta britsen och drog det typiskt amerikanska skämtet om vådan av att hoppa på fel kille.

Sedan dömde han Kowalski till 14 dagars disciplinstraff och låste in honom tillsammans med de fyra amerikaner som funnits beredda i närheten med en del hemmagjorda vapen. Därmed fick en löjtnant Simonsen överta ansvaret att vara fångarnas kontaktofficer. Det gick mycket bättre.

Sista natten innan U-1 Jerusalem skulle komma in i sin anfallszon bjöd Carl kommendör Petrov, Jelena Mordavina, Mouna och världens numera i särklass mest berömda kvinnliga stjärnreporter Rashida Asafina på eventuell avskedsmiddag, som han sade med ett misslyckat skämt. Från och med nästa dygn skulle ett strikt alkoholförbud träda i kraft och beredskapen ombord höjas två steg, så han hade efter noggrann research plockat fram det bästa från de sydafrikanska vinodlarnas gåva.

Han inledde middagen med att överräcka två nya axelklaffar med konteramirals grad till Anatolij och skämtade om att han inte alltid var enig med president Putin, men att Anatolij obestridligen gjort sig förtjänt av befordran, även med hänsyn tagen till de strängare kraven inom den palestinska flottan. De skrattade gott och skålade.

Rashida Asafina – som Carl bjudit mest för att tvinga Anatolij att tala engelska – passade på att ta upp frågan varför det varit så nödvändigt att ersätta fotografen med ännu en kvinnlig fotograf. Jelena Mordavina föreslog att det handlade om en allmän kvinnobrist ombord. Anatolij bedömde att kravet byggde på att kvinnor tog mindre plats, konsumerade mindre mängder syre och lättare kunde ta sig fram genom vattentäta skott och lejdare. Det ledde till nya skratt och skålar.

Därefter förklarade Mouna att det nog var mycket enkelt. Både hon och Carl var ju gamla spionchefer. Och första gången Rashida Asafina och hennes medhjälpare kom ombord så visste ingen vad det var frågan om. Andra gången visste hela världen. Och skulle Mouna, eller Carl, i sina gamla jobb försökt få ombord en spion eller sabotör så hade de satsat hårt på just fotografen. Ett stort antal spioner var fotoutbildade, ett stort antal män kunde köpas av en underrättelsetjänst stadd vid kassa. Men ingen aldrig så välfinansierad eller påhittig spionchef skulle på kort tid kunna skaka fram en agent som samtidigt var anställd kvinnlig fotograf på Al Jazeera. Det var det hela.

Carl hade bara att höja sitt glas och nicka instämmande. Men ett mer allvarligt problem, fortsatte han spelat bekymrad, var att konteramiral Anatolij Valerivitj Petrov hade begått ett allvarligt insubordinationsbrott som, om det inte vore för hans nya ställning som flaggofficer, borde ha lett till att han fått lämna U-1 Jerusalem genom en av torpedtuberna. Nu fick det väl bli krigsrätt i stället, suckade han och betraktade tankfullt sitt vinglas.

De andra stirrade tvehågset på honom, osäkra på vad som egentligen kunde ha skett eller om han skämtade.

Carl drog lite på det. Men nu var det så att flaggofficerarna hade angränsande hytter. Och Carl, som den åtminstone förr i världen alerte underrättelseofficer han varit, hade gjort vissa akustiska observationer. Brottslighet förekom, därom rådde ingen tvekan. Enligt reglementet ombord skulle var och en sjöman, oavsett grad, lämna fartyget och om så nödvändigt genom torpedtuberna, därest han sexuellt närmade sig någon inom det kvinnliga manskapet. Eller hur?

Jelena Mordavina rodnade våldsamt. Anatolij rev sig irriterat bakom ena örat så att mjäll föll ner på matbordet.

"Det var mitt fel", viskade Jelena Mordavina med blicken i bordet, fortfarande vilt rodnande.

"Jag tar det fulla ansvaret!" röt Anatolij.

Carl, Mouna och Rashida Asafina föll i skratt, skålade högtidligt med varandra först och därefter med de nyförälskade unga tu, som Rashida Asafina formulerade det.

"Har ni förlovat er än?" frågade Carl lättsamt för att markera att skämtet nu var över.

"Vi är sjömansmässigt ... jag menar kamratligt förlovade", muttrade Anatolij och Jelena Mordavina nickade ivrigt instämmande, nu påtagligt mer förtjust.

"Säg konteramiral Petrov, har fartygschefer inom den ryska flottan rätt att viga folk?" frågade Carl.

"Näej ... det är nog bara inom civilistflottan man har såna fasoner", muttrade Anatolij och ritade någon sorts cirkel med pekfingret i bordet. Nu hade också han börjat rodna.

"Mm", sade Carl tankfullt. "Inom den svenska flottan där jag kommer ifrån har sjöofficerare den rätten. Och inom den palestinska flottan ... där jag är högste chef, har vi från och med nu den rätten. Så vad sägs? Ska vi här och nu legalisera ert brottsliga förhållande?"

"Vänta, jag måste få hit min fotograf!" utbrast Rashida Asafina och höll på att välta bordet när hon sprang iväg.

Tjugo minuter senare genomfördes vigselakten i en andaktsfull officersmäss med nästan samtliga officerare ombord närvarande. Sydafrikanskt mousserande vin hade burits fram i improviserade champagnekylare, egentligen vita plasttråg avsedda för kött.

"Tager du, Jelena Andrejevna Mordavina, denne man och lovar att älska honom i medvind och motvind, i rikedom och fattigdom, under havets yta och på land så länge du lever och andas?" frågade Carl på ryska.

Tystnad rådde i hela mässen, alla stod upp och de palestinska köksmästarinnorna som hade vakten i köket hängde halvvägs ut genom serveringsluckorna.

"Ja", svarade Jelena Mordavina.

"Dåså", fortsatte Carl. "Tager du Anatolij Valerivitj Petrov denna kvinna och lovar att älska henne i medvind och motvind, i rikedom och fattigdom, under havets yta och på land så länge du lever och andas?"

"Självklart", svarade Anatolij.

"Ja, heter det", rättade Carl.

"Ja, i så fall."

"I den palestinska flottans namn förklarar jag er härmed man och hustru!"

Stormande applåder och mousserande vin.

En halvtimme senare satt Carl ensam med Rashida Asafina och hennes nya fotograf vid bordet. Han anade att kameran var påslagen, men nonchalerade det.

"Vet du, reporter Rashida", sade han dröjande, "det där var min finaste stund ombord på U-1 Jerusalem. Det finns alltid hopp."

"Är hoppet nästan ute?" hängde Rashida Asafina rutinerat på.

"Ja", sade Carl. "Om några timmar går vi in i dödens zon och ingen kan säga hur det går sen."

\* \* \*

Pentagon tycktes läcka som ett såll, så blir det om folket vill bli av med chefen, noterade Condoleezza Rice.

Själv hade hon varit noga med att aldrig med egna formuleringar ansluta sig till presidentens omdömen om fega bakhåll eller Pentagons proklamationer att ingen i hela världen skulle komma åt en Seawolf på annat sätt än svekfulla och fega överfall i fred eller genom sabotage och sällsynt illasinnad terrorism.

Hon hade inte fronderat öppet utan sågott hon kunnat vinglat fram på den slaka linan mellan illojalitet och lögn. Så när de undersökande reportrarna började fingranska allt hon sagt den senaste tiden så hittade de inte några graverande formuleringar. Hon hade aldrig ljugit.

Washington Post hade varit först med att knäcka lögnen om "Bakhållet vid Godahoppsudden", som storyn döpts till. Utskriften från bandinspelningarna från krigsrättegången på Diego Garcia hade på något underligt sätt kommit på drift.

Alla framställningar från medierna om att få tala med fartygschefen ombord på USS Alexandria, kommendör Martin L. Stevenson, tillbakavisades med att fartyget och dess besättning befann sig på ett hemligt uppdrag som skulle vara i över sex veckor och att man tyvärr inte kunde förmedla vare sig satellitsamtal eller någon annan form av kommunikation eftersom USS Alexandria iakttog strikt radiotystnad. Man antydde därmed att hon deltog i den stora jakten på terrorubåten.

Avslöjandet att det var tvärtom, att det var Amerikas Förenta Stater som lagt sig i bakhåll för U-1 Jerusalem och att den palestinska ubåten inte öppnat eld förrän man själva hade blivit beskjutna och att det var orsaken till katastrofen drabbade märkligt nog den brittiske premiärministern Tony Blair hårdare än George W Bush.

Blair hade stått i det brittiska parlamentet och hållit en delvis bejublad och delvis häcklad föreställning – som nu vevades om och om igen i all världens television – där han ställt den retoriska frågan om en demokratisk stat skulle tro mer på "en så kallad president som påstod sig vara chef för ett gäng hänsynslösa och sällsynt blodtörstiga terrorister" eller om man skulle tro på sina vänner och befryndade inom världens största demokrati? Olyckligtvis hade han också antytt att den brittiska underrättelsetjänsten förfogade över en hemligstämplad dokumentation som till fullo bekräftade den amerikanska versionen av "Bakhållet vid Godahoppsudden".

Den palestinske presidenten Mahmoud Abbas hade till en början inte haft mycket att sätta emot när han konfronterades med bakhållsversionen. Han hade inte kunnat annat än att med flackande blick upprepa att enligt hans bestämda order skulle U-1 Jerusalem aldrig ha skjutit först. Men han visste ju inte, han hade inte varit där. Och den världselit av hårda reportrar han fick över sig pressade honom obönhörligt på detta att han faktiskt inte visste.

Men så kom avslöjandet i Washington Post. Och därmed stod det klart att Tony Blair än en gång ljugit inför det brittiska parlamentet. Han förklarade att han skulle avgå till sommaren.

Försiktigtvis låg både medierna och talesmännen för Pentagon och det brittiska Marinministeriet lågt när det gällde att rapportera om framgångar i jakten på U-1 Jerusalem, försvunnen sedan tre veckor. Sannolikt befann hon sig längs den västafrikanska kusten eller i närheten av porten till Medelhavet. Mer sade man inte, vis av skadan. Däremot påpekades det då och då att det som nu ägde rum var den mest omfattande ubåtsjakten någonsin i historien.

När den panikartade kallelsen kom till krisrummet i Vita huset tänkte Condoleezza Rice att det väl ändå snart borde vara dags för Rummys svanesång. Något stort och oväntat hade inträffat och ingenting i den hittillsvarande erfarenheten fick henne att tro att det kunde vara positiva nyheter.

Efteråt insåg hon att hon borde ha hotat med sin avgång, men att hennes personliga förhållande till George grumlade hennes omdöme.

Presentationen av flottans folk inne i krisrummet skulle i varje annat läge ha varit något av det mest uppskakande någonsin. Men nu hade man fått en pervers rutin på överrumplande manövrer från U-1 Jerusalem, som givetvis inte alls befann sig i närheten av Medelhavet.

I sin vanligt entonigt sakliga framställning redogjorde flottans tjänstgörande talesman för underrättelsetjänsten för hur Israel anmält ubåten Leviathan saknad, att man befarade att den hade blivit sänkt, att den militära hamnen längst in i Akabaviken vid Eilat hade anfallits först med torpeder och fyra timmar senare med ett ospecificerat antal kryssningsmissiler. Således den omvända taktiken, om man jämförde med den tidigare attacken mot Haifa i Medelhavet. Korvetterna Lahav och Eilat hade totalförstörts, tillsammans med robotbåtarna

Keshet och Kidon, samt hade ett större ammunitionslager bringats att detonera. Sammanfattningsvis och kort sagt, den israeliska flottan i Röda havet existerade inte längre. Man misstänkte att anfallet hade genomförts av den palestinska terrorubåten.

Om inte budskapet varit så extremt allvarligt skulle Condoleezza Rice ha skrattat högt. Man *misstänkte* att U-1 Jerusalem låg bakom attacken. Jotack. För inte var det väl Iran igen?

"Hur har dom kunnat ta sig ända in i Persiska viken?" frågade presidenten.

Ingen svarade. Dels därför att anfallet skett i Röda havet, dels därför att man måste förmoda att ubåten tagit sig fram under vatten. Och ingen ville tillrättavisa presidenten.

"Dom är instängda i Röda havet, dom hinner inte ut innan vi kan låsa området med en hangarfartygseskader", sade Rumsfeld med hög röst utan darr. Och han lutade sig lite framåt när han sade det. "Nu måste vi klippa dom där terroristerna en gång för alla!" fortsatte han lika beslutsamt.

"Ja, det börjar verkligen bli dags att sparka några ändor. Jag vill ha några ändor!" sade presidenten och reste sig halvvägs upp som om mötet var på väg att avslutas. Därmed reste sig alla och mötet var avslutat.

Det var då Condoleezza Rice tänkte att hon borde ha avgått eftersom hon inte kunde hjälpa sin vän George längre.

\* \* \*

I Washington D.C. finns ett talesätt, att Saudiarabien är den femte statsmakten. Det som möjligen skiljde ambassadören prins Bandar bin Sultan från de andra statsmakterna utanför Vita huset var att han kunde få omedelbart tillträde till presidenten. Även de mest framstående och välvilliga representanterna för den fjärde statsmakten, medierna, kunde få ringa och tjata och ödmjuka sig i månader innan de beviljades audiens. För prins Bandar bin Sultan var det annorlunda. Han hade varit, och var fortfarande, en nära vän till presidentens far, den förre president Bush. Och prins Bandars far, kung Fahd, hade varit en ännu närmare vän till den förste Bush och de hade fattat svåra och historiska beslut tillsammans, främst om det första Irakkriget 1991.

Till detta kom att Saudiarabiens ställning var känslig i arabvärlden, just på grund av de särskilt nära och vänskapliga förbindelserna med familjen Bush. Usama bin Ladin hade byggt upp sitt saudiska stöd på anklagelsen att den saudiske kungen, "Väktaren av de två Heliga Moskéerna i Mecka och Medina", hade låtit de otrogna, det vill säga den amerikanska militärmakten, bygga militära flygbaser i Saudiarabien före, under och efter kriget 1991. Därför hade det saudiska deltagandet i även det andra kriget mot Irak 2003 varit ett enormt risktagande.

Prinsen ringde från sin mobiltelefon när han satt på en restaurang i Georgetown med sin familj och entourage, sammanlagt minst tjugo personer, och meddelade kort att han skulle titta över och att det var viktigt.

Arbetsdagen var slut och George W Bush satt ensam med Condoleezza Rice i Ovala rummet för att diskutera det hon ville, konsekvenserna av ett nytt misslyckande i jakten på U-1 Jerusalem och ett nytt militärt nederlag. Och det han ville, konsekvenserna av att en gång för alla döda den där ubåten.

När prins Bandar ringde och anmälde sin ankomst var det ofrånkomligt. Det var bara att vänta på honom och höra vad det var han hade att säga. För något jäkelskap var det säkert, han skulle inte utnyttja sitt särskilda privilegium i annat fall. De beställde in varsin smörgås med fullkornsbröd, rostad lök och rostbiff fast utan majonnäs, mineralvatten och koffeinfritt kaffe, som de fort satte i sig innan prinsen anlände.

När han steg in i Ovala rummet såg han visserligen något jäktad ut, men uppehöll sig ändå en stund vid sin vän Georges familjeförhållanden, faderns tillstånd, hustruns hälsa och liknande. Först därefter gick han rakt på sak.

"Mr President, förlåt om jag tilltalar dej så formellt George, men nu är det verkligen dej som president jag talar till. Vi har ett akut problem. För en timme sen gick den där ubåten, Al Quds du vet, in i hamnen i Jeddah för att bunkra. Den ligger där nu, till allmänt beskådande. Det är vårt problem."

"Va, vilken ubåt? Menar du *den* ubåten?" frågade George W Bush.

"Är den kvar i Persiska viken med andra ord, så bra."

"Nej, inte Persiska viken, min vän. Den ligger alltså i Jeddah, hamnstad till den heliga staden Mecka. I Röda havet alltså. Det är besvärligt. Men det är ett faktum."

"Kan ni sänka den och internera besättningen?" frågade George W Bush med uppflammande optimism.

"Nej, min käre vän, det kan vi absolut inte. Nu vill jag att du lyssnar på mej. Vi har blivit överrumplade. Någon palestinsk fraktfirma hade beställt kajplats och bunkring, det är en omfattande byråkrati i hamnen i Jeddah. Och plötsligt, strax före midnatt, gled den där ubåten bara in och lade till och nu bunkrar dom för allt vad tygen håller. Vi kan inte hindra det, men jag hoppas vi blir av med dom så fort som möjligt. Och jag vill be dej, som min vän, och vän till min familj, att du verkligen inte kommer på den ljusa idén med en attack på ubåten på vårt territorium."

"Men ni har ju alltid stött oss i kampen mot terrorismen tidigare?" invände George W Bush nästan sorgset, som om han hade blivit personligen sviken.

"Ja George, det har vi. Men det har kostat på. Jag förstår att du vill åt den där ubåten, särskilt efter att dom sänkte er finaste ubåt. Det förstår jag verkligen. Men du får inte anfalla på vårt område, det vore ett allvarligt hot mot den saudiska kungamakten och det vore ett allvarligt hot mot våra mångåriga och goda förbindelser. Jag ber dej alltså från mitt hjärta att inte anfalla på vårt territorium. Och inte ett ord till israelerna är du snäll! Alla vet att dom inte har några egna satelliter och ett israeliskt anfall skulle uppfattas som om det kom på tips från er."

"Den taktiska fördelen är att vi har en exakt position på ubåten när den går ut, vilket den förmodligen gör innan det ljusnar", avbröt Condoleezza Rice beslutsamt. För hennes del vore ett militärt anfall på Saudiarabien om möjligt ännu värre än ett anfall på Cape Town.

"Jag förstår", sade George W Bush och såg skarpsinnig ut med rynkade ögonbryn. "Jag antar att den där terroristdonnan Hosiannah är lite populär hos er också?"

"Nej, George", invände prins Bandar milt. "Inte lite populär. Hon är gudomlig för den obildade massan, den muslimska världens Jeanne d'Arc. Men jag tror vi har förstått varandra, George. Jag uppskattar verkligen vår vänskap, och vänskapen mellan våra familjer, det ska du veta. Förlåt om jag tagit upp din tid så här oanmäld, men nu måste jag nog tillbaks till min egen otåligt väntande familj vid middagsbordet. Tack för din tid, George."

\* \* \*

En amerikansk hangarfartygsstyrka är den mest formidabla krigsmaskin som någonsin existerat på jorden. Den kan i teorin förinta allting i sin väg inom en radie av 800 kilometer från själva centrum, som är hangarfartyget självt. Ett sådant fartyg är 24 våningar högt och har ett 90 meter brett flygdäck och uppemot 6 000 man ombord. Detta är slagstyrkans hjärta och hjärna, med attackflyg, spaningsflyg, radarövervakningsflyg och ubåtsbekämpningsflyg. Men runt detta centrum där den befälhavande konteramiralen är kung, eller rättare sagt nutidens motsvarighet till en romersk härförare, finns en hel flotta bestående av robotkryssare, jagare, fregatter – och två ubåtsjaktubåtar.

Amerikas Förenta Stater förfogar över nio sådana slagstyrkor, utspridda över världshaven. Presidenten kan närsomhelst beordra vilkensomhelst av dessa slagstyrkor att bege sig vartsomhelst och förinta vadhelst presidenten önskar.

Det var den ordinarie slagstyrkan i Indiska oceanen, med hangarfartyget USS George Washington som flaggskepp, under befäl av konteramiral Daniel E. Slepp, som fått presidentens order att gå upp i Röda havet, uppspåra och döda den därstädes garanterat instängda terrorubåten.

Slagstyrkan låg bara åtta timmar från Jeddah när man fick en så kallad röd order, direkt från presidenten, där målet angavs till Jeddah. Med ordern följde dock en strikt instruktion att inte genomföra något som helst anfall så länge fienden befann sig i hamn, eller på saudiskt territorialvatten.

Den första åtgärden som konteramiral Slepp vidtog var självklar, att sända upp spaningsflyg för att bekräfta målets position. När bekräftelse kom verkade resten mycket enkelt. Ubåtsspaningsplan sändes upp för att hålla särskild koll på de grundare vattnen längs den saudiska kusten. I de djupare vattnen härskade de två ubåtsjakt-ubåtarna.

Hangarfartyget höll sig i bakgrunden, fienden uppgavs trots allt vara beväpnad med ryska Schkvaltorpeder och man sände fram attackubåtarna i främsta linjen och därefter de för ubåtsjakt lämpliga fregatterna och jagarna. Robotkryssarna fick en mer tillbakadragen position i närheten av hangarfartyget.

Den konstanta övervakningen av hamnen i Jeddah bekräftade alla informationer man fått och man hade fullständig kontroll över den fientliga ubåten när den löpte ut före gryningen och dök.

En sak som konteramiral Daniel E. Slepp var särskilt tillfreds med var att han hade en av sina bästa vänner som taktisk chef ombord. De hade känt varandra ända sedan ungdomen och båda fann det märkligt att två bondgrabbar från varsin liten håla ute i Kansas skulle hamna bredvid varandra i slutet på en lång karriär, precis som det varit märkligt från början när de hamnat på kadettskolan samtidigt. Kanske var det att de stora vidderna i Kansas på något sätt påminde om hav, det var väl där bondgrabbens längtan uppstod från början.

De sågs i gryningen 0600 uppe på bryggan. Båda var på gott humör och båda hade en stor plastmugg kaffe bredvid sig i ett särskilt ställ som kunde parera sjögång. Till och med ett hangarfartyg rullade en del om det blåste upp ordentligt.

"Så det börjar bli dödardags", hälsade vännen John Robbins när han kom upp på bryggan.

"Jepp. Om inte den jäveln smet upp mot norra delen av Röda havet så har vi snart hans ballar", svarade konteramiral Slepp. "Fast varför skulle han göra det förresten? Han kan ju inte gärna räkna med att få passera genom Suezkanalen", tillade han skrockande.

"Förfärligt trist historia det där med USS Jimmy Carter", muttrade kommendör Robbins. "Dom måste ha haft en satans otur, ingen missar ju normalt i det upplagda läget."

De två cheferna på USS George Washington skulle med säkerhet ha varit något mindre avspända om de fått en mer fullständig information om vad som egentligen hänt i sammandrabbningen mellan den egna flottans förnämsta ubåt och den där terrorubåten. Men Pentagon hade hemligstämplat alla rapporter i ärendet så till den grad att den amerikanska pressen vid det här laget visste betydligt mer om U-1 Jerusalems dödlighet än cheferna ombord på USS George Washington. Och ingen av dem läste tidningar, framför allt inte sådana där hundrasidiga mallgrodetidningar från New York och Washington.

Röda havet visade sig från sin soligaste sida. Vädret var klart och vinden måttlig. Om de båda cheferna uppe på bryggan på USS George Washington väntade sig något så var det mest sannolika en plötslig rapport från någon av de två attackubåtarna om att målet var lokaliserat och förstört. Fast det dröjde märkligt länge, en bra bit in på förmiddagen.

Det de minst av allt väntade sig var det som hände. Plötsligt och mitt i solglittret på den oändliga fria havsytan framför dem steg U-1 Jerusalem upp till ytan. Det var ingen tvekan om identifieringen, ingen liknande ubåt fanns i tjänst någonstans. Dessutom syntes den stora palestinska flaggan på framsidan av ubåtens torn med blotta ögat på flera sjömils håll. Men ubåten förde också en stor, tydlig vit flagg och en person syntes snart uppe i tornet.

"Heliga Guds Moder och alla makrillar, vad i helvete är detta!" utbrast konteramiral Slepp.

"Det är vår fiende, broder", konstaterade kommendör Robbins efter en snabb kikarkontroll. "Och hon för parlamentarisk flagg och ligger sedan länge inom torpedavstånd. Jag slår på alla larm!"

Det fanns en alternativ order i instruktionerna från Vita huset, låt vara på slutet och kanske något pliktskyldigt för formens skull. Det var att "uppbringa" den fientliga ubåten. Vit parlamentarisk flagg från någon som för länge sedan hade kunnat skjuta för att döda borde därför tas seriöst. Om detta enades de två vännerna uppe på USS George Washingtons brygga blixtsnabbt.

Bara sekunder senare anmälde signalistfunktionen ombord att man hade en direkt radiokontakt. En telefon kopplades och ställdes fram hos fartygschefen.

"Tänk för Guds skull på att du talar till en överordnad som dessutom har Navy Cross", flinade kommendören Robbins och pekade glatt på telefonen. Han uppfattade inte situationen som hotfull, om av brist på fantasi eller bara av erfarenhet och sjömilitär logik. Hade befälet ombord på ubåten haft för avsikt att avfyra sina torpeder mot USS George Washington – Herreminskapare vilken katastrof i så fall! – så hade de redan gjort det. Nu ville de snacka, och då var det bara att snacka. Så enkelt som så, i Kansas som varhelst.

Konteramiral Slepp slog på högtalarknappen på telefonen och lyfte luren.

"Detta är konteramiral Daniel E. Slepp!" röt han. "Med vem talar jag?"

"Med viceamiral Carl Hamilton, chef för den palestinska flottan", dånade svaret ut över bryggan så att flera yngre officerare hukade sig. Konteramiral Slepp justerade ljudet.

"Har ni kommit för att överlämna fartyget till US Navy, amiral?" frågade han medan han med teckenspråk försökte reda ut vad hans taktiske chef och vän förberedde för åtgärder.

"Negativt, amiral. Vi har gått upp för att vänskapligt övertyga er om att ni bör ge oss fri lejd och inte vidta några fientliga åtgärder."

"Det är också negativt, amiral. Antingen kommer vi nu att acceptera er kapitulation och uppbringa ert fartyg. Eller sänka er. Vilket blir det?"

"Ingetdera, amiral. Jag vill påpeka att ... jag vill påpeka flera saker och jag ber er ta er tid och lyssna färdigt, annars kanske vi båda trasslar till det. Okay, amiral?"

"Svar ja. Klargör era avsikter, amiral!"

"Tack, amiral. För det första har vi nu fyra Schkvaltorpeder riktade mot fyra delar av ert skrov, torpedluckorna är öppnade, om jag dör tappar jag det grepp som håller inne med eldgivningen. Är vi klara så långt?"

"Jag hör er, amiral. Och vidare?"

"Vi har femton amerikanska krigsfångar ombord från USS Jimmy Carter. Namnen sänds just nu per radio till Röda Korset, jag är säker på att er signalspaning redan har uppfattat det. Vår avsikt är att återvända till Cape Town, överlämna krigsfångarna och därefter lämna området. En sak till. Konversationen mellan oss sänds direkt via satellit till tevekanalen Al Jazeera. Är det uppfattat, amiral?"

"Det är uppfattat. Anhåller om kort paus, amiral!"

"Beviljas. Ni återupptar kontakten när ni vill. Men jag har fingret på avtryckaren och ni har 6 000 amerikanska liv ombord. Klart slut!"

Det som börjat som en närmast godmodig liten okonventionell manöver hade därmed förvandlats till ett formligt helvete. De gamla vännerna från Kansas stirrade varandra i ögonen i förhoppning att den andre plötsligt skulle säga ett förlösande ord.

Det här var en situation som inte fanns, som ingen någonsin tänkt sig. Varje missil som närmade sig ubåten skulle synas på långt håll med blotta ögat och dessutom hade de radar uppe. Några korvetter som kunde ge eld med automatkanon fanns inte i närheten, de jagade ubåt långt föröver. Fyra Schkvaltorpeder in i skrovet på USS George Washington var garanterat en katastrof, bara omöjlig att värdera hur stor.

Signalspaningsenheten bekräftade att en namnlista sänts till Röda Korset, det tog fyra minuter att via CENTCOM i Tampa få bekräftelse på att namnen på de uppgivna besättningsmännen från USS Jimmy Carter var autentiska och rapporterade som saknade. Men de uppgifterna var klassificerat hemligstämplade.

"Så då har vi två enkla frågor", konstaterade den taktiske chefen och fartygschefens gamle vän från Kansas. "Vill vi döda femton amerikanska krigsfångar? Vill vi riskera att sänka USS George Washington?"

"Nej, för helvete! Naturligtvis inte!" morrade konteramiral Slepp och bankade sig desperat med knytnäven mot pannan. "Det är omöjligt!"

"Dåså", suckade vännen och pekade närmast lättsinnigt på telefonluren.

# Epilog

U-1 Jerusalem gjorde en förnyad och än mer uppmärksammad insegling i hamnbassängerna i Kapstaden. De femton amerikanska krigsfångarna överlämnades till den sydafrikanska staten. Men utan villkor. Det fanns inga palestinska fångar i USA att utväxla, inte ens på Guantánamo.

Under det korta bunkringsuppehållet i Kapstaden beviljade Mouna al Husseini bara en enda teveintervju, med den sydafrikanska statstelevisionen. Där bekräftade hon det som amerikanska medier redan hade avslöjat, att två amerikanska ubåtar, USS Jimmy Carter och USS Alexandria, hade legat i bakhåll på sydafrikanskt territorialvatten och öppnat eld, som hade besvarats, samt att USS Alexandria därefter hade kapitulerat och avseglat. I övrigt meddelade hon att uppdraget för U-1 Jerusalem härmed var genomfört och att man tänkte sälja tillbaks fartyget till Ryssland, bland annat därför att de ekonomiska behoven i Gaza var skriande. Men de politiska kraven på ett befriat Gaza kvarstod.

När U-1 Jerusalem därefter, utan några närmare festligheter eller landpermissioner för besättningen, dök och försvann väntade inga fientliga attackubåtar utanför den sydafrikanska kusten.

\* \* \*

Försvarsminister Donald Rumsfeld avgick frivilligt. Kraven på att han skulle ställas inför riksrätt hade blivit alltför omfattande och fått stöd inte bara av demokraterna – självklart – utan också av den republikanska majoriteten i senaten och av den nya republikanska minoriteten i representanthuset. Riksrätt mot en försvarsminister ett år före nästa presidentvalskampanj hade varit en politisk katastrof. Och i den amerikanska medievärlden betraktades Rumsfeld vid det här laget som närmast skvatt galen, inte minst för att han mot bättre vetande riskerat förlusten av ett amerikanskt hangarfartyg med 6 000 man ombord.

\* \* \*

När FN:s säkerhetsråd röstade om den resolution som skulle tillförsäkra Gaza ett suveränt territorium till lands, till havs och i luftrummet, samt att denna territoriella suveränitet skulle garanteras av FN-styrkor från neutrala länder, och vidare att suveräniteten omfattade rätten till egen frihamn och internationell flygplats, antogs resolutionen med röstsiffrorna 14–0 och en nedlagd. USA hade avstått från att använda sin vetorätt.

George W Bush förklarade, något gåtfullt, att han tackade Gud för detta visa beslut och därmed steg hans popularitetssiffror med en procent. Vilket dock innebar att bara president Richard M Nixon haft lägre siffror i hela den amerikanska historien, åtminstone så länge man uppmätt sådana siffror.

\* \* \*

Vad som hände med U-1 Jerusalem var inte helt klart. Amerikansk satellitspaning påstods ha observerat att ubåten lade till vid kaj i Severomorsk norr om Murmansk efter nyåret och att en lång rad svarta lyxbilar funnits parkerade i det eljest rätt påvra området. Någon officiell rysk bekräftelse på att president Vladimir Putin tagit emot ubåten personligen inkom dock aldrig.

Två månader efter att hon sänktes bärgades USS Jimmy Carter från 260 meters djup utanför den sydafrikanska kusten. Kärnreaktorn hade mirakulöst undgått allvarliga skador och stängts av automatiskt vid haveriet. Fjorton av de omkomna ubåtsmännen återfanns aldrig, övriga fördes till militär hedersbegravning på Arlingtonkyrkogården i närheten av Pentagon.

Sökandet efter den försvunna israeliska ubåten Leviathan var länge resultatlöst. Man återfann henne sänkt i Akabaviken efter att den palestinske presidenten Mahmoud Abbas, utan vidare kommentarer, förmedlat en exakt positionsangivelse.

*  *  *

Det politiskt mest överraskande resultatet efter denna "terrorns världsomsegling under havet", som en aggressivt neokonservativ kolumnist i Wall Street Journal kallade historien, gällde formellt en småsak.

Konteramiral Mouna al Husseini fick en högst formell inbjudan från Förenta Staternas kongress för att tillsammans med kommendören Martin L. Stevenson erhålla Navy Cross, något hon enligt kongressens nya majoritet förtjänat för länge sedan och också då skulle ha hedrats med.

Det är klart att det var inrikespolitiskt rävspel och den demokratiska majoritetens iver i denna angelägenhet genomskådades av landets samtliga politiska kommentatorer. Genom att ge "Madame Terror" en sådan utmärkelse tvättade man henne ren från all skuld för döda amerikanska sjömän. Konsekvensen blev att all skuld i stället skyfflades över på förre försvarsministern Donald Rumsfeld. Och därmed på president George W Bush.

Konteramiral al Husseini var mycket måttfull, strikt och lakonisk i sitt tacktal inför den fullsatta kongressen. Hon inledde med att säga att hon framför allt ville hylla kommendör Stevenson för en hjältemodig insats där han genom att bryta mot uppenbart orimliga order hade räddat många liv. Det visade att förnuftet alltid hade en chans och att han var ett föredöme för all världens ungdom som funderade över, eller drömde om, att söka sig till de väpnade styrkorna för att försvara frihetens och demokratins sak.

Hon avslutade med några enkla sentenser som skulle bli närmast klassiska:

"Jag sökte aldrig er fiendskap, jag blev ändå er fiende. Men fiender möts och fiender skiljs. Och kan mötas som vänner igen. Det är aldrig för sent. Hoppet får aldrig dö. Jag är en palestinier. Och just nu er mycket hedrade vän. Låt det förbli så, om inte annat därför att hoppet aldrig får dö. Gud välsigne Amerikas Förenta Stater – och Palestina."

Kongressen applåderade henne stående i mer än en och en halv minut. Därefter besökte hon och kommendör Stevenson Arlingtonkyrkogården och lade sida vid sida ner en krans vid det ännu inte helt färdiga monumentet över de stupade sjömännen från USS Jimmy Carter och en krans vid den okände soldatens grav.

Men efter den ceremonin försvann Mouna al Husseini lika snabbt som mysteriöst från det offentliga ljuset och alla väntande pratshower i kvällsteve. Eller hon gick beslutsamt in i radarskuggan, som hon kryptiskt förklarade saken något år senare i en stor intervju med Robert Fisk, som publicerades i The Independent i samband med att hon invigde den nya hamnen i Gaza.

Men rykten bland Washingtons journalister gjorde gällande att konteramiral al Husseini inte bara hade betydande hjälp av högt uppsatta talskrivare i Washington utan att hon dessutom tillbringade hela kvällen och en stor del av natten hos en av republikanernas numera allra starkaste presidentkandidater, Condoleezza Rice. Grannarna i Watergate hade klagat över "utdragen och alltför högljudd etnisk rockmusik".

\* \* \*

Viceamiral Carl Hamilton skymtade bara till en gång som hastigast. Den svenska ambassaden i Moskva bekräftade att han infunnit sig för att förnya ett sedan länge utgånget pass. Det hade inte funnits några lagliga möjligheter att neka till denna begäran, "då det icke förelåg några som helst oklarheter om sagde svenske medborgares identitet".

Sverige och Ryssland saknade utlämningsavtal när det gällde efterlysta förbrytare. För övrigt förnekade ryska myndigheter att den efterlyste i fråga befann sig på ryskt territorium. Något motsägelsefullt bekräftade man dock att såväl viceamiral Hamilton som konteramiral Petrov vid en gemensam ceremoni tilldelats en andra Rysslands Hjälte.

# Ett särskilt tack till

Ove Bring, professor i internationell rätt, FOI, Stockholm
Anders Järn, kommendör, flottiljchef, 1. Ubåtsflottiljen, Karlskrona
Mohammad Muslim, imam, London
Mats Nordin, kommendörkapten, Försvarets Materielverk
Edvard Piper, kapten, 3:e Sjöstridsflottiljen, Karlskrona
Jens Plambeck, kommendörkapten, 1. Ubåtsflottiljen, Karlskrona

Utan hjälp från sakkunskapen ovan hade U-1 Jerusalem inte seglat långt, vare sig under havsytan eller i den internationella politiken.

Säkert har jag missförstått ett eller annat i det mycket stora tekniska material som jag själv först kämpat med att begripa och därefter kämpat med att också göra begripligt. Sådana misstag kan inte lastas mina högst kunniga, tålmodiga och tillmötesgående sagesmän.

Däremot är U-1 Jerusalem utrustad med något av en framtidsteknologi som ännu inte, såvitt känt, fungerar operativt. Det gäller förmågan att "se" på långt håll under vatten. Den svenska förmågan är för närvarande cirka tio meter, men kapplöpningen på väg mot U-1 Jerusalems teknologiska genombrott pågår för fullt världen över. Utan detta lilla men betydelsefulla tekniska försteg ombord på "terrorubåten" hade det knappast gått att få ihop romanen. Den lilla lögnen behövdes för att göra den stora berättelsen trovärdig.

Från två andra författare har jag lånat högst väsentlig information. Det gäller i första hand Vera Efron som i sin dokumentära roman *Farväl min Kursk* (Efron & Dotter AB 2004) skildrat ryska miljöer och sjömilitära traditioner.

Också från den amerikanska journalisten Bob Woodward har jag hämtat viktig information och miljöbilder från den amerikanska makteliten. Woodward har haft exklusiv tillgång till president George W Bush och dennes medarbetare mot att i gengäld måla hyllningsporträtt i böckerna *The Commanders* (1991), *Bush at War* (2002) och *Plan of Attack* (2004). Mina egna möjligheter att göra en motsvarande research hade givetvis och av ett flertal skäl varit obefintliga.

JG